KB260669

★★★ ★★ ★★
황극의 문을 여는

역사의 수레바퀴

한 승 연 작

역사의 수레바퀴 속에서 어둠을 밝혀 온
촛불의 눈물 같은 사람들!
그 어둠 앞에 자기를 공백이게 하는 용기는
최대의 善이며, 그 아름다움의 대명사다!
보라! 그들이 절규한 심지의 불씨는
오늘도 우리 곁에 의지로 살아 있어
혼돈의 이 시대에 희망을 안겨 준다!
우리들의 역사를 확인하게 하는 불씨, 그 불씨로!!!

揮毫一題

이 책은
우리네 人間삶이
수레바퀴인 것을 깨우쳐주리
수레바퀴가 돌면
길이 지나고 時間이 지나고 세월이 지나고
人間도 歷史도 모두가 지나간다

그러기에 日輪은 우주를 돌게하고
月輪은 땅을 돌게하고 年輪에 세월이 돈다
이러기에 세상최고의 진리를 깨달았다는
부처도 法輪을 말하고 輪廻를 말하여
모두가 수레바퀴인 것을 밝혀놓았으니
수레바퀴의 哲學을 말하는 것을
哲學의 큰 話題가 아니랴!

이 책은
歷史의 수레바퀴 굴름을 들을수 있게하여
우일절래시대는 一의 사상시대이고
삼국적 대립시대는 二의 사상시대여서
삼국대립이 끊어지지 아니하매
歷史는 줄 말이 정연하는게
그래도 時空의 수레바퀴는 돌아
天地人 광체회의 三의 사상시대에 이르렀으니
孔孟의 大道에 모두 함께 나아가
상구 없는 皇極世에 들자고 譚論을 한다
어찌 들어보지 않으랴!

玄妙學人 凡居子

목차

작가의 말

太初의 어둠 속에서도
하얗게 빛나던 靈山 백두산은
이승과 저 세계의 모든 얼들에게
하나의 밝은 빛으로 우뚝 서 있다.
그 壯大함
그 불변함
그토록 시공을 초월한 의연한 모습은
하나님을 사랑하고
이 땅을 사랑하고
사람들을 사랑하라는
영원불멸의 진리를 엄숙히 선포한다.

참으로 진실하고
참으로 선하고
참으로 아름다운
천지의 靈山 백두의 가슴은
금파, 은파, 만파 되어
자유와 평등과 사랑을 위하여
東으로 흐르고
西로 흐르고
南北으로 흐르고

마침내는 세계로 도도하게 흐른다.

天地를 뒤흔들던 거센 폭풍도
알파와 오메가 그 말씀으로
포효하던 바람의 깃발을 접게 하고
마침내는 그 앞에 잠잠하게 한다.
우리는 그 백두의 기적을 보리라!
21세기의 통일과
새로운 평화의 고요한 아침과
어미 곰과 새끼 호랑이가 함께 뛰노는 것을
그리고 다시 고개를 들어 보리라
흰 옷을 입고
흰 구름을 타고
백두산 천지 못 박달나무 아래로
옛 모습 그대로
가신 모습 그대로
홍익인간 이화세계 그 말씀 그대로
原始反本 이 동토에 불을 켜실 우리 님을

이 글은 참으로 풍만한 어둠의 그 울음 같은 것이기도 했다. 텅 비어 외로울수록 나는 다 떠난 긴 밤을 출렁이고 있었다. 그래서 아픈 눈빛 하나로 더욱 반짝여지고 싶은 가슴이 나를 짓이기며, 핏발선 눈으로 붉게 붉게 외쳤다. 다시 조립되는 새날의 아침은 천만 섬을 실은 수레바퀴가 황극의 문을 열게 될 것이라고.

　그런 낮과 밤을 나는 수없이 떠나 보내면서 역사의 수레바퀴를 돌리며 추격했다. 그리고 마침내 그 끝에서 나도 모르게 엉엉 울었다. 서늘한 나의 독방에서 수런거리며 길게 끌리던 수레바퀴 소리가 멈추었기 때문이다.

　이제 빽빽하게 들어 찬 소리들을 모아 내놓는 이 아침은 그래서 청명하기만 하다. 그리고 이제 새롭게 맞는 아침을 위해 한 잔의 커피를 마시면서 진술한다. 그동안 역사의 수레바퀴를 돌리는 데 필요한 자료《여수지역사회, 여순사건 연구》 책자를 모아 보내주신 재경여수향우회 윤주병 고문님과, 그리고 '여순민중봉기' 현장을 담은 TV 녹화 테이프를 보내준 재경여수동문회 전 회장 박영운 씨와,《여수지역사회 문화유적을 찾아서》(김정준 著)를 참고 자료로 보내주신 전 여수동문회장 김정수 씨에게도 감사의 말을 전한다.

　그리고 특히 출판계가 겪는 어려움 속에서도 역사의 진실을 밝히는 데 동참하여 선뜻 출판을 도맡아 주신 한누리미디어 김재엽 사장에게도 깊은 감사를 드린다. 아침 일찍 꿈꾸듯 내 서재를 기웃하는 햇살을 동반하면서―.

2004년 5월 19일

麗 明

1. 프롤로그

인류는 아득히 먼 원시시대부터 시작하여 구석기, 신석기, 청동기시대를 거쳐 현대 첨단 과학시대로 진보 발전된 문명시대를 이루어 나왔다.

이러한 인류 역사 속에서 끊이지 않는 것이 민족과 민족이 살상 대결하는 전쟁으로, 그 민족의 정신사상에 의해서 비롯되어진 것이다.

그런데 오늘날 우리는 어떠한가? 그야말로 조상의 뿌리를 같이하고 있는 동족끼리 그 사상을 달리한 분단국가로 서로의 가슴에 총부리를 겨눈 채 대립하고 있지 않는가. 그러면서도 남과 북이 한결같이 '민족주의'라는 단어를 서슴없이 내세우고 있다.

어디에서부터 잘못 얽혀진 민족의 비극일까?

우리는 과거 치욕의 일제 치하에서부터 치열하게 민족주의를 부르짖어 왔다. 그러한 절규의 함성이 있었기에 강대국들의 힘을 빌리긴 하였지만 어찌되었거나 마침내 그들로부터 벗어날 수 있는 조국 광복의 해방을 맞을 수 있었다.

그러나 그러한 해방의 기쁨도 잠시, 우리 민족은 그 사상을 달리하는 분단국가로 민족 주체성을 잃어 버린 채 아직도 강대국의 힘에 의지하지 않으면 안 되는 약소국가로 전락되어 있는 것이다.

해방이 되고 남한만의 단독 정부가 세워진 지도 어언 56년으로 반세

기가 넘었다. 그 동안 이 땅에는 민족주의를 부르짖으며 애국 애족한다
는 정치인들은 무수히 많았다. 그들이 오늘에 이르기까지 국가와 민족
을 위해서 이루어 나온 업적은 과연 무엇이었는가?

민족주의란 곧 독립의식이 있어야 한다. 그러나 그처럼 민족주의를
내세우며 민족과 나라를 사랑한다는 정치인들은 그것이 한낱 자신들의
영달만을 위해서 벌려 온 입잔치에 불과했음을 그들이 만들어 나온 역
사의 수레바퀴가 말해 주고 있지 않은가.

그야말로 독립된 통일국가를 바라는 국민 앞에 그들은 국민 전체의
안전과 안위를 위해서 그 한 몸 촛불의 심지처럼 불사르겠다는 그 의지
의 약속을 믿어 달라는 것이었고, 그래서 국민들은 그 말에 박수를 보내
며 뽑아 세웠다. 거기에는 국민을 대신하여 그 한 몸을 희생하겠다는 약
속이 있었기 때문이다.

희생이란 어떠한 목적을 이루기 위하여 헌신적으로 그 일에 전념하는
것을 뜻한다. 그것은 마치 한 자루의 초가 몸을 태워서 불을 밝히는 것
과도 같다. 그래서 희생은 선행(善行)의 대명사로 그 자체가 선이며, 그
것은 유실하는 것이 아니라 창출하는 것이라고 했다. 그렇기 때문에 개
인이 아닌 국민 전체를 위한다는 희생은 최대의 아름다움으로 곧 자기
를 이롭게 하는 길이다.

우리는 지나온 역사 속에서 그 같은 선을 이루기 위해서 스스로 고독
한 길을 택했던 이름들을 그렇기 때문에 오래도록 기억하며, 시대를 한
발 앞서 역사의 수레를 끌고 간 선구자라고 말한다.

그들은 한결같이 암울한 시대의 어둠과 맞서 싸웠다. 그러한 그들의
용기는 고독할 수밖에 없었다. 하지만 그들은 한때의 외로움은 영원한
아름다움의 선으로 그것이 영혼 불멸의 참사람으로 세상의 불빛이 된다
는 것을 마음의 의지로 삼아온 것이다. 그러한 그들의 지혜가 시대적인
어두움 속에서 온몸을 태우는 촛불처럼 스스로의 심지를 태우는 용기를
만들어 내게 했을 것이다. 의로운 명예는 결코 죽지 않기 때문이다.

이렇게 시대의 어둠과 맞서 싸운 그들은, '시대에 영합하고 아부한다
는 것이 살아서 자기를 죽이는 것'이라는 것을 스스로 자각한 열린 정

신의 소유자들이다.

그래서 어느 시대에나 있어 왔던 선구자들은, 모든 권력은 한 시대가 지나면 붕괴한다는 것을 말해 왔고, 그러므로 지금 살아 있는 육체로 하여금 고귀한 자기 자신의 영혼을 짓밟아 버리는 그 같은 악덕을 멀리 피하는 삶을 살았기 때문에 역사 속에 아름다운 이름으로 오늘도 회자(膾炙)되고 있는 것이다.

그렇다. 권력이나 명예 그 모든 것들을 비껴가며 살아가는 사람의 몸짓에서 우리는 향기로운 삶의 냄새를 맡는다. 그리고 죽어도 정의의 불꽃으로 다시 살아날 수 있다는 교훈으로 그 이름 앞에서 오늘 이렇게 묵상하며 고개를 숙이게 한다.

그러나 보라! 한 시대가 지나면 육체와 함께 사라져 버릴 부와 명예를 좇아 그처럼 고귀한 자기 자신의 영혼을 무참히 짓밟아 버리는 위선자들이 오늘 우리 국민들 앞에 어떠한 모습으로 그 말로(末路)를 보여 주고 있는가?

국민들이 땀 흘려 바친 나라, 세금을 매월 월급으로 받아 챙겨 온 공직자들, 그들이 백성을 생각하고 나라 일을 근심하는 것은 곧 노동이다. 그 노동의 대가가 바로 국민들이 바치는 세금이란 사실이다.

그런데도 그들은 오늘과 같은 어지러운 모습을 만들어 내고 아무런 부끄러움도 없다. 아니 사색하는 반성의 기미는 보이지 않고, 그 허물을 감추기 위해서 열변을 토하고 있는 모습들이라니, 그처럼 부정직한 그들에게 우리는 그동안 나라 살림을 맡겨 왔었다.

그들이 과연 국가와 민족의 백년대계(百年大計)를 위한다는 정치인들이었을까? 그야말로 분단된 민족으로 무엇보다도 통일과업을 이룩해야 하는 것이 우리 국가와 민족이 안고 있는 숙제일 것이다. 이러한 상황에서 정치인들은 자신들을 위한 파벌을 만들고 모개흥정하듯 기업인들에게서 그 정치자금이라는 명목으로 손을 내밀어 착취했다. 그런 그들이 우리 국민들 앞에 보여준 것이 무엇이라고 그처럼 열변을 토할 수 있다는 말인가?

그들은 한결같이 두 손을 들어 보이며 맑고 깨끗한 정치를 말해 왔다. 그리고 서로가 서로에게 진실하라, 진실하라, 이 말뿐이었다. 참으로 그 허위 속에서 자기 자신을 제외시키고 있다는 것을 스스로도 눈치 채지 못한 채 오히려 진실한가, 아닌가를 감시하는 눈초리로 자기만은 맑은 정치인으로 착각하며 열변을 토하고 있는 모습들이다. 이 얼마나 엄청난 착각이며 오류인가.

오늘 이처럼 어지러운 정치판을 보면서 조선시대 청백리(淸白吏)로 황희(黃喜) 정승이 보여준 한 토막 일화를 새삼스러이 떠올려 본다.

명재상 황희는 너무나 가난했기 때문에 언제나 헌 옷만 입고 지냈다. 어느 날 밤, 부인이 황희 정승의 헌 옷을 빨고 있는데 갑자기 입궐 명령이 내렸다. 황희 정승은 하는 수 없이 뜯어 놓은 헌 옷을 걸치고 입궐했었다. 왕은 얼핏 보아 그 너덜거리는 솜이 양피(羊皮)겠거니 생각했는데 눈여겨 살펴보니 솜이었다는 것이다. 왕은 그러한 황희 정승의 청빈에 크게 감탄했다는 일화를 남긴 것이다.

국어사전에 청렴(淸廉)이라는 어휘는, 성품과 행실이 높고 맑으며 탐하는 마음이 없는 것을 뜻한다고 쓰고 있다. 인품이 그만큼 고상하고 아름답다는 의미를 내포하고 있는 것이다.

오늘 우리는 그처럼 청렴한 청백리의 정치인을 정녕 기대해 볼 수 없는 것일까? 그야말로 트럭으로 실어 온 천문학적인 숫자를 일말의 양심도 없이 서로 나누어 가지고, 그러고도 모자라 누가 더 삼켰는가(?) 하고 심지를 세우는 그들의 번들거리는 눈빛들을 화면을 통해 보면서 국민들은 실망하고 있다.

그러한 위선자들의 악의 온상지대는 하루 아침에 만들어진 것이 아니라는 것을 서로에게 그 책임을 떠넘기면서 오늘 그들 스스로가 국민 앞에 모두 드러내 보여주고 있지 않는가.

콩 심은 데 콩 나고 팥 심은 데 팥 나는 건 당연한 것이다. 참으로 하늘은 끝이 없어 넓고 성긴 듯 보이지만 그 무엇도 새어 나갈 수가 없다고 했다. 그래서 진실의 밧줄을 타고 건너가는 사람과 걸려 넘어지는 사람을 하늘은 하나도 놓치지 않는다고 했다. 이것이 만고불변의 진리라고 현자들이 말하는 것이다.

그렇다. 오늘 우리는 그토록 하늘을 두려워하지 않는 그야말로 변장술에 능숙한 위선자들의 모습을 바라보고 있다. 그들은 그토록 어리석음의 커다란 악을 마음 속에 포장하여 묶어 두고 일말의 부끄러움도 없이 얼마나 믿어 달라고 간절하게 말해 왔던가.

그들 스스로가 그처럼 마음 속에 사육시키고 있는 그 같은 어리석음의 독소는 남보다 뛰어나다는 교만으로 스스로 나서려는 값싼 영웅주의적 참견과, 상대를 억압하려는 포악성을 드러내면서 마침내 착취하려는 비정은 그 말 한 마디면 상대를 죽일 수도 살릴 수도 있다는 무엄함까지도 내보이고 있다. 이것이 바로 그들의 어리석음이 만들어 내는 모습들일 것이다.

그리고 그러한 어리석음의 포장은 조건이 다른 그만큼 다양한 것들을 또 만들어 내게 마련이다. 우리는 그 허수아비 같은 어리석음의 포장에서 결코 아름다움을 느낄 수 없다. 참으로 진실이 실종된 그들 위선의 얼굴들이 추하고 그래서 측은하기까지 해진다.

사심불구(蛇心佛口)란 말이 있다. 뱀의 마음에 부처님의 입이란 뜻으로 마음은 간악하면서도 입으로는 착한 말을 꾸미는 일이나 또는 그런 사람을 일컬을 때 쓰는 말이다.

도둑이 따로 있는 것이 아니다. 허다한 자신의 허물을 뒤로 한 채 상대의 허물만 입질하는 정치인들, 그들은 도둑 중에서도 영악한 도둑이다. 토양이 고르지 못한 흙에서는 한 포기의 꽃나무도 뿌리를 내릴 수가 없다고 했다. 토양이 고른 땅에서라야 사람이 먹을 수 있는 곡식과 과일을 기대할 수가 있고, 그렇지 못한 땅에서는 잡초와 엉겅퀴만 자란다.

마찬가지다. 올바른 정치, 올바른 경제는 올바른 마음 바탕의 정치인들에 의해서만이 탐스러운 열매가 열릴 수 있다. 그러한 올곧은 정치인들이 만들어 낸 사회에서는 범죄자가 있을 리 없다. 깨끗한 마음은 깨끗한 생명력으로 그가 터 잡은 인간을 깨끗하게 만들어 내기 때문이다.

마음이 어두운 사람에게 지식이 있으면 그는 보다 영악한 죄를 만들어 낸다고 했다. 그야말로 누구도 흉내낼 수 없는 교묘한 죄악을 만들기에 급급하기 때문에 마음이 어두운 사람이 가득 찬 사회는 도저히 밝아질 수가 없다는 것을 빗대어 '한 알의 썩은 사과는 그 주위에 있는 모든 사과를 병들게 한다'는 말이 있는 것일 게다.

참으로 어느 누가 청정한 삶을 마다하겠는가. 누가 일부러 그처럼 사악한 곳을 넘나들려 애쓸 것인가? 그러나 그러한 몸짓은 바로 어리석음 때문이다. 아주 작은 어리석음이라도 자기의 부피보다 큰 구렁을 만든다고 했다. 그리고 그 속에서 자기는 이만큼 지혜롭다고 떠벌리기 때문에 어리석음은 만병중의 난치병이라고 단언해 버린 것인지도 모른다.

그래서 어리석은 새는 자기의 둥지를 어지럽힌다는 말이 있는 것으로, 말하자면 어리석음이라는 유리막이 사물을 분별할 능력을 잃어 버리게 한다는 것이다. 오늘 우리는 그같이 어리석은 자들의 모습을 어처구니 없게 바라보고 있다. 그들이 국민들 앞에 얼마나 믿어 달라고 말해 왔던가. 그러나 오늘 그처럼 스스로를 그 탐욕의 손바닥에 간단없이 자기 영혼을 내맡겨 버린 사람들, 그렇기 때문에 그들은 탐욕만 앞세운 나머지 사람들이 참을 수 없어 하는 혐오스러움 따위는 생각지도 않는다. 아니 국가나 민족의 안위는 그 생각조차도 해본 일이 없는 사람들이다.

과거에서 오늘에 이르기까지 탐관오리들의 모습이 그랬다. 혐오의 구렁텅이에 스스로를 내맡긴 채 서로를 파멸로 밀어내리려는 당파싸움은, 헐뜯고 탐욕하며 미워하고 시기하고 질투하며 서로를 끌어내리기에 급급했었다. 그것이야말로 온통 악의 시나리오임을 넉넉히 알면서도 그들은 그대로 따라 움직였음을 우리의 지나온 역사가 말해 주고 있지 않은가.

그만큼 어리석음이라는 악은 스스로를 통제할 수 있는 자기 자신의 이성을 잃어 버리게 한다는 사실이다. 그러나 그 같은 어리석음이라는 악을 꺾을 수 있는 힘은 오직 동정과 희생과 인내를 할 줄 아는 영혼, 그 바름에서 오는 지혜임을 그 악을 멀리 피해간 선구자들의 삶이 말해 주고 있다. 그래서 하느님이 바르지 못한 사람을 벌하실 때는 그 지혜부터 거두어 버린다고 한 것인지도 모른다.

그렇게 고귀한 영혼의 지혜를 잃어 버린 실종된 양심의 위선자들, 그것은 누구나 자기의 물레방아에 물을 끌어대듯이 그 발상 자체가 자기로부터 비롯된 것이다.

그들은 그동안 자신의 의지와는 상관없이 마치 개나 말처럼 눈에 보이는 것만을 위해 종노릇의 시늉도 사양치 않았음을 보여주고 있다. 참으로 많은 정치인, 많은 기업인, 그리고 또 많은 학자들이 과거에서 오늘에 이르기까지 그랬다.

그 같은 모습들이 오늘 우리 앞에 줄을 서서 TV화면을 씁쓸하게 메워 주고 있다. 그러나 이 세상은 그렇지 않은 참으로 많은 사람으로 형성되어 있기 때문에 우리는 다시 오늘을, 그리고 또 내일을 기대하며 살아갈 수 있는 것이다.

우리는 일찍부터 '실패는 성공의 어머니'라는 격언을 들어 알고 있다. 그와 마찬가지로 '넘어짐으로써 안전하게 걷는 법을 배운다'는 영국의 격언 역시 오늘 우리에게 많은 것을 생각케 해주는 말이다. 사람들은 성공보다 실패에서 많은 지혜를 얻기 마련이다. 거듭된 실패에서는 분명히 그 실패의 요인을 찾아낼 수 있을 것이고, 그러면 같은 실패는 다시 거듭되지 않을 것이기 때문이다.

그래서 빛은 어둠을 필요로 하고, 영웅은 난세(亂世)에 만들어진다는 그 말을 오늘 이처럼 암울한 현실을 바라보면서 믿어 보고 싶다. 좋은 선장은 결코 육지에 앉아서 될 수가 없다고 했다. 사람의 참된 용기는 인생의 가장 곤란한, 또는 위험한 위치에 있을 때 비로소 나타난다고 하지 않았던가.

지나온 우리의 역사 속에서 그 같은 선구자들의 삶이 오늘 우리에게 교훈으로 살아 있기에 해방이 되고 분단된 국가로 오늘에 이르기까지의 근대사를 우리는 다시 조명해 볼 필요가 있을 것이다.

포도나무에서는 포도 열매를, 그리고 가시나무에는 가시가 나게 마련인 것으로, 그 원인이 있음으로 오늘에 이르는 결과가 반드시 만들어졌을 것이기 때문이다.

그러므로 우리는 지나온 역사 속에서 크고 작은 사건들을 다시 조명해 봄으로써 위선 속에 묻혀진 사건의 진상, 그 진실을 밝혀 볼 수 있을 것이다. 그 속에서 우리는 염불에는 마음이 없고, 오직 잿밥에만 마음이

어두워 있었다는 과거의 정치인들, 그 술집에서 이어지던 온갖 상담과 흥정, 그로 하여 이루어지던 일체의 위장된 질서가, 그 실상이 오늘 낱낱이 국민들 앞에 드러나면서 우리에게 또 다른 눈을 뜨게 하고 새로운 교훈을 일깨워 주고 있다.

물을 보내지 않으면 물레방아는 결코 돌지 않는다고 했다. 오늘 우리가 숙제로 안고 있는 분단된 민족의 통일 염원도 마찬가지다. 노력 없이 주저앉아 마치 잘 길들여진 콧노래처럼 흥얼거리고 앉아 있기만 했던 정치, 그 결과를 오늘 정부는 국민 앞에 보여주고 있다. 그래서 우리는 지금 국내외적으로 벼랑 끝에 서 있는 정치적, 경제적 사회혼란의 위기를 맞고 있다.

이러한 때일수록 국민 개개인과 나라가 주체성을 확립하지 않으면 안 될 것이다. 그리고 민족 주체성을 확립하기 위해서는 끊임없이 남북대화의 길을 열고 도전하며 노력하여야 한다. 그것만이 우리 민족이 주체성 있는 통일국가로 21세기 문명시대를 열어 가는 세계화 주류 속에 살아 남을 수 있는 길이기 때문이다.

물론 그 노력에는 넘어야 하는 많은 장애물과 괴로움 또한 따르기 마련일 것이다. 하지만 그러한 진통의 괴로움이 없다면 보다 나은 내일은 결코 약속되지 않는다는 사실이다. 괴로움과 즐거움이 교차하는 지점에서 생명은 그 때마다 새로운 불꽃을 피울 수가 있고, 그래서 그러한 노력과 인내 앞에서는 이루어지지 않는 것이 없다고 하지 않았는가.

그래서 노력하는 자의 위로가 되게 하는 하늘은, 그렇기 때문에 스스로 돕는 자를 돕는다는 말을 오늘 우리는 그 노력을 하면서 믿어도 좋을 것이다.

2. 추락하는 가문의 명예

잠시 볼 일이 있어 세운상가를 들렀을 때였다. 가게 한 쪽에서 서너 사람이 모여 앉아 텔레비전을 보면서 주고받는 말들이 들려왔다.

"참말로 정치가 개판이 되는 세상이네, 허허허……."

"아예 개를 금배지 달아서 국회로 보내 보면 어떨까요? 훗훗……."

"그러면 추천을 받아야 할 텐데?"

"개들이 뭘 알어? 사람이 알아서 해야지!"

"그야 어렵지 않지요. 독립 삼일운동 정신의 얼이 새겨져 있는 파고다 공원으로 가서 추천을 받게 하면 말입니다. 그래도 개는 거짓말을 하지 않잖습니까요. 핫, 핫핫……."

"그럼 우리 집 견공님 추천서 받으러 파고다 공원으로 가야겠네. 한 표 추천해 주십사 하고, 카, 핫핫핫……."

"개들이 살판 났네, 개 값이 올라갈 테니까."

"그러니까 이제는 개들이 사람 잡아 먹는 세상이 온다니까요."

"에끼 이 사람아! 그래도 개는 주인은 알아 본다구! 제 먹을 것, 못 먹을 것 식별해서 먹을 줄도 알구 말야, 흐흥."

"그래서 요즘 애완용 견공 값이 사람 값보다 비싸다는 것 아닙니까, 쯧쯧……."

시민들이 주고받는 농담도 이쯤 되면 가문의 영광이 된다는 금배지 국회의원들의 몰골은 말이 아니다. 그 당당하던 위상은 그야말로 개들이 핥아먹은 죽사발보다 못하게 실추된 것이나 마찬가지다.

요즘 화제는 어디를 가나 그같이 아름답지 못한 정치인들의 이야기로 비아냥거림의 입질이 넓어지고 있다. 얼마나 안타까운 현실인가.

살아 있는 사람들이 밤낮 없이 스스로의 목숨을 치고 깎는 행위, 그것은 모두가 욕심 때문이다. 욕심은 그 사람의 눈만 어둡게 하는 것이 아니라 보는 사람의 마음까지도 침울하게 만든다.

오늘 우리 국민들의 실망과 탄식은 바로 그러한 가운데서 삶을 영위하고 있으면서, 국민이 믿을 만한 올바른 정치인들의 부재를 그처럼 안타까워 하고 있다.

참으로 가문의 영광이 된다는 국회의원 총선거를 앞에 두고 그 같은 비아냥거림의 입질이 가는 곳마다 이어졌다.

"이보게 이러면 어떨까? 국회의원 출마하는 사람들 말야. 친가로 육촌, 외가로 육촌까지 보증을 서게 하는 법 말야."

"후후후. 그럼 국회는 공석이겠네요."

"그렇지. 그렇게 되면 자네 말대로 개 목걸이 값이 폭등할 게야. 족보 있는 개는 주인이 믿을 수 있지 않겠어? 보증서는 데 망설여야 할 이유도 없지 않은가 말야, 핫핫핫……."

주고받으며 키득거리는 그들의 입질에 나도 모르게 따라 웃고 있었다. 그야말로 오늘 바보들의 놀이마당 속에서 그 어떤 것을 기대해 볼 수 없는 백치들의 웃음 같은 것이기도 했다.

그 웃음을 끊고 돌아서는 걸음에 그러나 많은 생각들이 안겨 왔다. 그 속에 언젠가 큰오빠(한상호)가 푸념처럼 늘어놓던 말들이 느릿하게 되살아났다.

"그 밥상에 얹힌 밥그릇들이 깨끗하고 더러운 것이 어딨어? 모개흥정하듯 적당하게 서로 알게 모르게 다 배분해서 처먹은 것이 우리나라 정치판인데, 국민들이 모르고 있을 뿐이라구, 쳇!"

그리고 오빠는 그 비밀한 정치 자금을 서로 적당하게 나누어 먹는 현장에 직접 있었다고 열을 올려대기도 했었다. 하지만 그때 나는 허튼 소리쯤으로 귀담아 들으려 하지 않았었다.

그같이 비밀한 일을 오빠가 목도할 수 있었다는 것이 도무지 믿어지지가 않았다. 솔직히 말해서 그 어떤 진실을 말해도 형제들에게 크게 믿음이 가지 않는 것이 우리 집 큰오빠의 생활이었기 때문이다.

말하자면 장손으로 집안의 대소사를 책임질 수 없는 그런 형편이야 어쩔 수 없다고 하더라도 형제들에게 가끔씩 신경을 쓰게 하는 그런 생활의 오빠가 못마땅했기 때문이다. 물론 거기에는 가족이란 개념을 벌써 망각하고 살아갈 수밖에 없는 여러 가지 요인들이 있었다.

그러니까 올케는 광신도들만 모여 사는 집단으로 아이들을 데리고 훌쩍 들어가 버린 지가 오래였다. 그래서 오빠는 그 고독을 늘 술로 달랬다. 그리고 술에 취하면 가족을 몽땅 하느님 제물로 바쳤기 때문에 죽어 천국은 받아 놓은 당상이라고 너털웃음을 풀어내곤 했다.

그래서 오빠를 따뜻하게 맞아 줄 가족이 없는 생활은 주거할 집이 절실하게 필요하지 않았던 것인지도 모른다. 일정하게 정해진 곳이 없이 동가식(東家食) 서가숙(西家宿)하며 지내는 그런 생활을 해왔다.

그런 오빠는 가끔씩 내게 짐으로 얹혀 그 모습을 바라보기만 해도 무거웠다. 물론 부모 은덕으로 최고학부까지 나올 수 있어서 젊어서는 그래도 줄곧 직장은 가지고 있었다. 6·25사변이 나고 이 땅의 젊은 청년들은 모두 전장으로 나갔어야 했다. 그때 큰오빠는 아버지의 경제적인 후광으로 미군 특수부대 8242부대에서 루트 대령의 경호 책임을 맡아 후방에서 그야말로 편안한 군복무 생활을 마치고 나왔다.

그것이 인연이 되어 오빠는 자유당시절 국회의사당 무술 경호원으로 근무하다가 군사혁명 이후 서울시 공무원으로 근무했었다. 그러다가 어떤 사고에 연루되어 사표를 던지고 나온 이후, 외국인 상사에서 잠시 근무를 하기도 했었던 화려한 이력을 가지고 있었다. 그런 만큼 젊어서부터 무위도식해 온 실업자는 아니었다. 그런데도 가족을 잃은 텅빈 고독 때문인지 허허실소(虛虛失笑)를 터뜨리며 일정한 주거지가 없이 떠돌았다. 그러다가 사고를 치는 곳이 언제나 포장마차 술집에서였다.

술은 광기를 부른다고 하던가. 가슴에 그 같은 고독으로 세상을 향해 조소를 던지는 것까지는 좋았다. 만취하면 으레껏 하는 말이 있었다.

'개 같은 놈만 잘 살아가는 이 빌어먹을 세상, 천지개벽이나 해 버려라!'

그처럼 자기 울분을 주체하지 못하고 고래고래 소리를 질러대는 추태에 시비가 따르게 마련이다. 시끄럽다는 주위의 핀잔에 붙는 시비는 마침내 몸싸움으로까지 번지게 되면서 사고를 치는 것이었다. 국회의사당 무술 경위로 있었던 오빠의 유도 실력이 그 후유증을 생각할 이성은 이미 술기운에 실종되고 출렁대는 본능은 유감없이 그 실력발휘를 했던 모양으로 붙들려 들어가는 곳은 언제나 그 인근 경찰서였고, 또 그 뒷마무리는 언제나 내 몫으로 돌아왔다. 그러니까 나는 큰오빠의 보호자인 셈이었다.

그런 여러 가지 이유 때문인지 나는 큰오빠의 그 어떤 말도 귀담아 들으려 하지 않았고, 언제나 무심하게 그 자리에서 흘려 버리기 일쑤였다. 좀더 솔직히 말하면 삐딱하게 쳐다보는 버릇없는 태도가 그 어떤 말도 믿으려 하지 않았었다. 책임감 없이 세상을 살아가는 오빠가 못마땅했기 때문이다.

그런 오빠의 생활은 불의의 사고를 당한 친정어머니도, 그리고 병들어 돌아온 아버지도 끝내는 내가 모시고 있다가 내 손으로 장례까지 치루게 했었다. 출가외인의 입장에서 친정 식구를 돌봐야 했던 내 정신적인 고통은 이루 말할 수가 없었다. 남편의 노골적인 불만에 말대답이 쇳소리를 내고 날아갔다.

'부모가 자식 낳아 기르면서 아들 딸 구별해서 키운답디까? 아들이 모실 입장이 못 되면 딸이 모실 수밖에 없는 거지. 그래 딸은 뭐 부모 애완동물로 키우는 거유?'

말대답이 이쯤으로 배짱 좋게 응수했지만, 그 순간 짓이겨지는 자존심은 그래서 큰오빠를 더욱 삐딱하게 쳐다보는 버릇이 만들어진 것인지도 모른다. 그래서 가끔은 그 불만의 불똥이 병들어 누워 있는 어머니를 향해 날아가기도 했었다.

'저런 아들도 낳았다고 미역국 잡수셨수? 쳇!'

어머니의 뼈 속까지 시리게 했을 그 말, 나는 그 때문에 가끔씩 눈 끝에 이슬이 맺히곤 한다. 세상에 다시 없는 불효를 저질렀다는 후회가 책임감이 없이 세상을 살아가는 오빠 때문이라고 생각했기 때문이다.

그 당시 오빠는 시청을 그만두고 나와 광산업에 손을 댔다가 퇴직금까지 몽땅 날려 버린 채 내게 얹혀 지내다시피 하고 있었다. 보다 못해 중고 택시를 한 대 사주었다. 그리고 한 달이 지났을 무렵, 서대문 경찰서에서 연락이 왔다. 그러니까 택시 사고를 낸 오빠의 보호자로 출두하라는 것이었다. 정신없이 달려갔을 때 오빠는 경찰서 안 구치소에서 초췌한 모습으로 참으로 미안하다는 눈빛을 보내오고 있었다. 그 피 묻은 잠바하며 그러한 오빠의 모습이 울컥 눈물을 쏟아지게 했다.

오빠의 택시 사고는 통금시간이 임박해 올 무렵 불광동 집으로 넘어오는 고개 길에서였다고 한다. 앞 타이어에 못이 찔려 바람이 빠져 나가면서 중앙선을 넘은 것이다. 달려오는 차들을 피하려고 핸들을 잡아 돌린 것인데, 길가 가로수를 일차로 들이받고 마침 택시를 잡으려고 행길로 나와 서 있던 사십대 중반의 남자를 치게 한 것이라고 했다. 그 남자가 바로 그 당시 한참 영화계에서 이름을 날리던 여배우 남정임의 오빠였다. 다행히도 생명에는 지장이 없었지만 이마하며, 여기 저기 찢어진 상처를 성형수술까지 시켜 주어야 했다.

물론 택시와 상관되는 일체의 일은 남편이 모르고 있었던 일이어서 그 뒷마무리를 혼자 이리 뛰고 저리 뛰면서 감당해야 했다. 그 같은 가슴앓이를 혼자 삭히면서 저절로 새어 나오는 한숨은 그런 오빠를 낳은 어머니까지도 원망하게 했다. 그래서 병들어 어쩔 수 없이 출가외인 딸 집에 누워 있을 수밖에 없는 어머니의 그 참담했을 심정을 헤아려 위로해 드리기는커녕, 그 가슴을 아프게 했을 입질에다가 오빠를 대할 때마다 마치 그 어떤 짐짝 쳐다보듯이 삐딱하게 쳐다보기 일쑤였다.

그렇게 하는 일마다 흔히들 말하는 운이 따라주지 않는 오빠였다. 그래서 그 어떤 말도 오빠의 말은 내게 신뢰감을 주지 못한 것이 사실이었다.

노태우 대통령 시절이었다. 한동안 소식이 없던 오빠로부터 전화가 걸려 왔다. 산 속에 작은 별장을 지어 놓았는데 시간이 있으면 한 번 다녀가라는 것이었다. '이게 웬 말씀?' 하고 나는 귀가 번쩍했다. 살다가 이런 일도 있는가 싶어진 것이다.

그야말로 한 세상을 떠돌이 별처럼 살아가는 오빠가 별장을 마련했다니 도무지 믿어지지가 않았다. 하지만 어쨌거나 이제 정착할 수 있는 곳을 마련했다는 그것만으로도 고맙고 반가웠다. 믿어지지가 않으면서도 반가움에 선뜻 가겠다고 대답을 했다.

그 이튿날 나는 오빠가 그렇게 자랑을 늘어놓던 산 속 별장을 내 나름대로 머리 속에 상상해 보며 평소 존경하는 시인 선생님을 모시고 함께 찾아나섰다.

오빠가 말해 준 산 속 별장은 집에서 그리 멀지 않은 원지동으로 서울시가 꽃동네를 새로 이전하여 형성시킨 곳과 바로 근접해 있었다.

청계산 등산로 길을 접어들기 전이었다. 오빠가 일러준 공원이 저만치 눈에 보였다. 그 넓은 공원의 조경이 그럴싸하게 눈에 들어왔다. 그 공원의 중간쯤에 서서 나는 오빠가 일러준 그 별장을 찾으려고 두리번거렸다. 그러나 아무리 둘러봐도 별장 비슷한 것이 눈에 보이질 않았다. 오빠가 말한 위치 그쯤에는 몇 동의 비닐하우스만 을씨년스럽게 자리잡고 있을 뿐이었다.

"그 참, 잘 찾아 온 것 같은데 안 보이네……."

막막해진 나는 두리번거리다가 어쩔 수 없이 그 옆에 보이는 비닐하우스를 찾아 들어갔다. 늙수그레한 사내가 뜨악하게 쳐다보며 누굴 찾아왔느냐고 물었다.

나는 큰오빠의 행색을 대충 말하고 그 별장이 어디쯤 있느냐고 물었다. 그러자 사내는 입가에 묘한 웃음을 만들어 내면서 손으로 가리켰다.

"저기 저거요!"

그러나 사내가 가르쳐 주는 쪽에 아무리 눈꼬리를 치켜뜨고 쳐다봐도 별장 그 비슷한 것도 보이질 않았다.

"안 보이는데요?"

　그러자 사내는 조금은 귀찮다는 듯이 턱짓까지 해가며 퉁명스럽게 말했다.
　"아, 저기 보이는 판잣집이라니께유!"
　"에그머니나!"
　짧은 비명 같은 소리가 나도 모르게 튕겨져 나갔다. 그리고 사내가 턱짓까지 해가며 가르쳐 준 산비탈 판잣집을 어이없게 쳐다봤다. 그 판잣집은 등산객들이 지나다가 적당히 급한 볼일을 보도록 만들어 놓은 산속의 공중변소쯤으로 생각했었던 것인데, 그것이 오빠가 그처럼 경치가 끝내준다고 말한 별장이라니, 기가 딱 막혔다. 함께 동행을 한 시인 선생 보기가 참으로 민망스러워지면서 이게 무슨 망신인가 싶어졌다.
　"세상에나……."
　울상이 되고 만 내 입에서는 연신 한숨 소리만 새어 나왔다. 하긴 천지가 개벽을 하지 않고서야 오빠가 별장을 만들었을 턱이 없었다. 그런 오빠의 말을 그대로 믿고 올라온 내가 어리석었구나, 하는 때늦은 후회가 이럴 수도 저럴 수도 없이 참으로 난감하기만 했다.
　그처럼 엉망이 되어 버린 내 기분을 희석시키려는 것이었을 것이다. 시인 선생은 그런 것은 상관없다는 듯이 혼잣말하듯 했다.
　"그 공기 한 번 좋다! 서울 근교에 이런 데가 있는 것을 몰랐구만, 허허허……."
　하지만 부아가 치밀어 오르는 나는 잔뜩 볼멘 소리가 새어 나왔다.
　"그 말을 믿은 내가 바보지. 요즘은 거지도 저렇게는 안 사는데 그래 저게 그렇게 근사한 별장이야, 쳇?!"
　그야말로 끝없이 뒤틀리는 심사가 '만나기만 해봐라!' 하는 잔뜩 심술 오른 걸음이 눈에 심줄을 세우고 그 판잣집 앞에서 걸음을 세웠을 때였다. 납작한 판잣집은 넝쿨에 싸여 어디가 출구인지 가늠할 수가 없었다. 그래서 고개를 빼고 이리 저리 둘러보고 있는데 잘 다듬어진 대리석 돌판 하나가 눈에 들어 왔다.
　"세상에나! 기가 막혀서……."
　나는 그만 웃음을 터뜨리고 말았다. 대리석 돌판에 'HANS

HOUSE' 라고 영문으로 문패가 새겨져 있었기 때문이다.

그야말로 번지수도 없을 것 같은 산 속 작은 판잣집에 무슨 문패는 그리도 거창하게 만들어 놓은 것인지 웃음이 범벅인 채로 말했다.

"우리 오빠가 현대판 돈키호테, 아니 디오게네스거든요."

시인 선생 역시도 참으로 재미있는 풍경을 본다는 듯이 크게 웃음을 터뜨리며 말했다.

"이 양반이 세상 제대로 살 줄 아는 분이구만. 핫, 핫, 핫……."

그 대리석 문패는 서양 영화 묘지에서나 볼 수 있는 묘비처럼 을씨년스러웠다. 어처구니없는 웃음이 자꾸만 실실 기어 나왔다. 그러면서 오빠가 측은하기도 하고 한편으로는 얄밉기도 했다. 배우지를 못했으면 그렇게 사는 모습을 이해라도 해주겠지만, 이게 도대체 제 정신을 가지고 세상을 살아가는 사람인가 싶어졌다.

대리석 문패가 놓여 있는 출구로 몸을 낮추고 들어가면서 오빠를 불렀다.

"오빠, 안에 계슈?"

그러나 기다리고 있겠다던 오빠의 모습은 아무리 불러도 대답이 없었다.

"이 양반이 사람 오라고 해 놓고 어딜 가셨지?"

그리고 이리저리 둘러보는 판잣집 안은 밖에서 보기와는 달리 넓고 아늑했다. 그 늘어놓은 살림 도구는 때묻은 것이었지만 제법 구색이 갖추어져 있는 것 같았다. 거기에 자연으로 늘어진 넝쿨가지하며, 그 한 옆으로 흐르는 냇물 소리가 별천지 같았다.

물소리가 졸졸거리는 쪽으로 오빠가 송어를 키운다는 물탱크가 눈에 들어 왔다. 말하자면 오빠가 특허를 내놓았다는 조립식 양어장 그 모형도인 셈이었다.

그래도 송어 회는 먹겠구나 싶었다. 성큼 달려가 그 안을 넘겨다봤다. 그런데 이게 웬일인가? 있어야 할 송어는 눈을 씻고 찾아봐도 보이질 않고, 물장구 몇 마리가 한가롭게 헤엄을 치고 있었다.

"세상에나! 송어 사시미 만들어 준다고 오라더니 물장구뿐이네, 오빠

말을 믿은 내가 바보지. 쳇!"

그러자 뒤따라 물탱크를 들여다보던 시인 선생도 파안대소(破顔大笑)를 하며 웃음이 범벅인 채로 말했다.

"어디 꼭 먹어야 맛인가? 먹었다 하고 생각하면 되는 것이지. 핫, 핫, 핫……."

그야말로 생전 처음 그런 구경을 해본다는 웃음이었다. 그 웃음을 뒤로하고 나는 판잣집 안을 둘러보기에 바빴다. 한 옆으로 문고리 같은 것이 붙어 있는 것으로 보아 그곳이 오빠의 침실인 모양이었다.

문짝에 오빠의 낯익은 한자 필체로 '경천(敬天) 숭조(崇祖) 애인(愛人)'이라고 쓰여져 있었다. 그 글귀를 한참 쳐다보고 있던 시인 선생, 고개를 끄덕끄덕 해가며 말했다.

"멋쟁이시네, 허허허……."

하지만 나는 그 글귀 같은 것이 오히려 청승맞게 느껴지면서, 도대체 침실은 어떤 모습일꼬? 하고 눈을 문틈 사이로 갖다가 대고 안을 살폈다.

그 안에는 주절이 주절이 오빠의 낯익은 옷이 걸려 있었고, 그 밑으로 나무 침대 하나가 놓여 있었다. 언뜻 보아도 통나무를 깎아 만든 오빠의 솜씨 같아 보였다.

그 침대 머리맡에 오빠의 유일한 재산 목록(?)인 전화 수화기가 판잣집과 어울리지 않게 근사했다. 퇴색은 했지만 금도금을 한 것으로 보아 아마도 어느 부잣집 안방 마나님이 쓰다가 고물상에 버린 것 같았다. 시대 지난 구식이었지만 보기에 근사했다. 그리고 또 그 한 쪽으로 누가 쓰다가 버린 것 같은 장롱 한쪽이 아마도 그 연대가 자유당 시절 쯤의 것으로 보였다.

그러한 모양새의 고물들이 소파며 냉장고 등 없는 것이 없었다. 낡은 것이었지만 생활에 필요한 것은 나름대로 구색이 갖추어져 있었다. 어쨌거나 외부에서 보기와는 달리 마치 링컨의 통나무집을 연상케 했다.

그 별난 오빠의 판잣집을 둘러보면서 시인 선생은 재미가 있다는 듯이 말했다.

"이 양반이 속세에서 살아갈 줄 아는 도인 중에 득도인이네, 허허허. 모든 것이 다 마음 속에 있는 것이라고 했는데, 어찌 그 고관대작 별장에다가 비하겠느냐, 이 말이겠지. 핫, 핫, 핫……."

그야말로 풍류를 아는 멋쟁이라더니, 이제는 득도인으로 품격을 높여 주는 시인 선생이었다.

그때였다. 그 무사태평한 득도인의 목소리가 들리면서 모습을 나타냈다.

"허허허, 왔구나!"

"쳇! 사람 오라 해놓고, 기가 막혀서……. 여기가 그러니까 오빠가 그렇게 자랑하던 별장이유?"

참으로 그처럼 무사태평한 득도인을 어쩌지도 못하고 볼멘 소리를 해댔다.

"무슨 소리? 그래도 동가식서가숙을 면하게 해준 이 판잣집이 어디 대통령 별장에다가 비하겠냐?"

그 너털웃음을 풀어내는 오빠는 아직 서로 인사도 없는 시인 선생을 쳐다보며 동의를 구하듯 말했다. 그러자 시인 선생이 맞장구를 쳤다.

"언언구구(言言口口) 명언이십니다. 허허허……."

달리 인사가 필요 없었다. 하지만 간단하게 시인 선생을 소개했다.

"이 선생님이 노태우 대통령 보통사람 책자를 만드신 이규호 선생님이세요, 별장이라고 해서 모시고 왔더니 이게 뭐유?"

"허허허, 모양새는 이렇지만 대통령 부럽지 않구만요. 저 한상호라고 합니다."

그리고 오빠는 맞장구를 쳐주는 시인 선생이 반가웠던지 저절로 신바람이 나는 모양이었다. 즐비하게 담궈 두고 혼자 즐기는 산더덕 술, 솔방울 술, 인삼 술, 산딸기 술에 거기서 잡아 담궜다는 뱀술까지를 쭈욱 늘어놓으며 자랑하듯이 말했다.

"골고루 쭈욱 한 번 잡숴 보슈. 기가 막히다니께유, 허허허……."

이쯤 되자 풍류를 즐기시는 시인 선생의 눈이 벌써부터 그 술에 취해 오는지 너털웃음을 풀어내며 말했다.

"참으로 풍류를 아십니다, 허허……"

어느새 주거니 받거니 술잔이 돌아가고 있었다. 내가 그런 오빠를 건네다보며 이죽거렸다.

"그래, 이게 오빠가 젊어서부터 보여준다던 그 청운의 꿈이었수?"

"허허허, 무산지몽이라, 만사는 다 때가 있다는 말도 못 들어 봤냐?"

"세상에나! 고희가 내일 모레인 양반이 얼어죽을 때는, 쳇!"

"무슨 소리하고 있어? 세상이 하도 요지경 속이 돼서 사람을 몰라 본 것인데, 참새가 봉황의 뜻을 어찌 알겠냐. 핫, 핫, 핫……"

"맙소사! 착각은 행복의 지름길이라더니 봉황으로 알고 사는 우리 오빠 제발 경찰서에서 날 부르는 사건이나 만들지 마슈, 킁!"

그 말에는 오빠도 할 말이 없어지는 모양이었다. 웃으면서 화제를 슬그머니 돌렸다.

"그러니께 선생께서 노태우 대통령 당선에 일조를 하셨다 이 말씀이지요?"

그러자 시인 선생은 머쓱하게 웃으면서 말했다.

"제가 뭐 정치를 알아서 한 것도 아니겠고, 다만 토끼 같은 새끼에 이 목구멍이 포도청이라, 허허허. 그냥 써 달라고 청탁이 오니까 손만 빌려 준 것뿐이지요."

사실 시인 이규호 선생은 그랬다. 한국 문단에서는 그를 능가할 사람이 없을 정도로 종횡무진 탄탄한 문장 실력을 갖추고 있었다. 시, 소설, 희곡 할 것 없이 장르를 넘나들어 모두가 인정해 주는 대 문장가로 문단에서는 정평이 나 있는 분이기도 했다. 그래서 노태우 대통령뿐 아니라 박 대통령 시절, 영부인 육영수 여사의 장례 조시(弔詩)를 박목월 선생님과 함께 맡아 쓰기도 했던 분이다.

그 분은 내게 있어 문단 대선배로 그 앞에서는 감히 글을 쓴다고 할 수가 없는 그런 입장이었다. 그 대선배와 내가 그처럼 격의 없이 가까워질 수 있었던 계기가 바로 노태우 대통령 선거 때였다.

대통령 선거 일주일을 남겨 두고 문인 몇 사람이 그의 아지트에서 만났을 때였다. 얼굴이 초췌해진 모습으로 말이 없었다. 물론 평소에도 말 수가 적은 분이었다.

그러나 그 날따라 표정이 몹시 어두워 있었다. 몇 순배 술잔이 돌아가고 그는 그 기분이 무거운 이유를 조금은 내비치었다. 그러니까 틀림없이 노태우 씨가 대통령으로 당선이 될 것이라고 모두 그렇게들 믿고 있는데, 미국 정보 소식통에 의하면 김영삼 씨가 되게 되어 있다는 소식을 전해 들었다는 것이다.

한국의 대통령이 누가 되느냐? 하는 관심에 미국은 우리 국민보다도 더 촉각을 곤두세우고 있고, 그렇기 때문에 그것을 믿을 수밖에 없는 정보로, 그래서 김이 확 새어 버린 기분이라는 것이었다. 어찌 되었거나 정신이 아닌 손만 도구로 빌려 주었다고 하더라도 들어오는 이익을 떠나서 거기에 탑승했다는 자체만으로도 그의 대쪽 같은 성미의 자존심이 걸리는 문제라는 듯했다. 술맛도 나지 않는다는 그런 표정이었다. 그런 분위기 속에서 내가 말했다.

"그럼 나하고 내기할까요? 아무리 정확한 미국의 정보 통신 집계에 의한 것이라고 하더라도 이 번에 김영삼 씨는 대통령에 당선되지 못하거든요."

그 같은 분위기에서 불쑥 던진 내 말을 누가 믿어 주겠는가. 실없이 한 번 던져 보는, 말하자면 위로하려는 소리쯤으로 모두 웃어 넘기고 있었다. 하지만 내 생각은 본 것이 있어서 확고했다. 그것이 600년 전 현자(賢者)가 써 놓은 비서(秘書)였다.

거기에는 우리나라 국운에 대해서 소상하게 적어 두고 있었다. 조선이 멸망할 것과 왜구의 침략을 받아 이 나라가 36년간 치욕을 당하고 해방이 될 것이라는 것, 그리고 또 이어 6 · 25사변이 일어날 것과 이승만 정권이 몰락하고 군 정부가 이어질 것인데, 그것을 '군부삼태맥락'(軍府三胎脈絡)이라고 적어 두고 있었다.

군부가 삼태맥락으로 이어진다면 박정희로부터 전두환, 그리고 노태우가 삼태맥락으로 이어질 것은 자명한 일이다. 그리고 나서 그 다음에 민간 이양을 하게 된다는 것이었다. 그 비서가 그처럼 믿음이 가게 했던

것은 그동안 우리나라에 있었던 크고 작은 사건들이 언제 어떻게 일어
나게 될 것을 소상하게 적어 두고 있었기 때문이다.

그 책을 내가 입수할 수 있었던 것은 박정희 대통령 당시 청와대를 들
락거렸다는 어떤 도인에 의해서였다. 그 도인을 나는 우연하게도 내가
연재를 맡고 있던 『월간 한복』 발행인실에서 만났었다. 발행인이 친구
라면서 그 분을 소개했다. 그런데 그 분은 명함이 없다며 이름조차도 밝
히고 싶지 않은 것인지, 그냥 남들이 '이 대감'이라고 불러 준다고 했
다. 별난 자기 소개였다.

그렇게 간단하게 자기 소개를 한 그는 탁자 위를 내려다보고 있다가
가만하게 말했다.

"기파가 여간 강하신 분이 아니십니다, 그려."

'이게 무슨 소리?'

나는 그런 얼굴이 되고 말았다. 그 같은 두 사람의 분위기에 발행인이
끼어들며 말했다.

"그래서 대감이라고들 한답니다. 도대체 이 친구 얘기는 어렵거든요.
핫, 핫, 핫……."

좀처럼 머리 속이 정리가 되질 않았다. 그러나 그 눈빛이 예사 사람에
게서는 볼 수 없는 그 어떤 섬광 같은 것이 번뜩이는 것으로 보아 기인
아니면 도사쯤 되는 것이라고 미루어 생각하고 있을 때였다. 그가 자리
에서 벌떡 일어나면서 말했다.

"자, 나는 바빠서 이만 가보겠습니다. 다음에 또 만날 도수가 되면 만
나지겠지요."

참으로 별난 사람이었다. 도수라? 모태 기독교 신앙인 내게는 그런
단어들이 낯이 설기만 했다. 아니 그런 단어들은 잡신 놀음이나 하는 삿
된 사람들이 하는 소리쯤으로 마음의 문을 닫게 하는 소리이기도 했다.

그가 나가고 발행인은 그 사람에 대해서 귀띔을 해 주었다. 박 대통령
시절 차지철과 부마(釜馬)사건을 두고 입씨름이 붙어 한방 맞고 죽었다
가 다시 살아난 후로는 청기와집 출입을 끊고 크고 작은 종교판을 돌아
다니는 것으로 소일하고 있다고 했다. 그가 가끔씩 유체이탈을 해서 사

차원 세계를 자유자재로 들락거린다는 말이 친구인 발행인조차도 잘 믿기지 않는다고 웃었다.

글을 쓰는 입장에서는 호기심이 갈 만한 사람이었다. 하지만 기독교적인 내 선입견 때문인지 썩 그렇게 달갑지가 않았다. 그런 그를 며칠 후, 다시 잡지사 발행인실에서 만나게 되었을 때였다.

다시 만나게 되어 반갑다는 인사를 하고 나서였다. 역시 그 특유의 묘한 웃음을 입가에 만들어 내며 그가 말했다.

"그래, 세상 살 맛이 어떻습니까? 눈물이지요?"

"예! ???……."

이 양반 또 무슨 말을 하려고 서두를 이렇게 시작하나 싶었다. 멀뚱하게 그를 쳐다보기만 했다. 그러자 얼마 만에 불쑥 하는 말이 그야말로 기도 안 차오는 말들 뿐이었다.

"선녀님께서는 말법시대에 종교통일문서를 써야 할 사명으로 세상에 보내졌으니 세상에 집착하지 못하도록 뿌리를 아예 싹뚝 잘라 놓았다 이겁니다. 그러니까 세상살이가 고독하다 이런 말이지요. 핫, 핫, 핫……."

"예?!"

그만 기가 딱 막혔다. 말법시대는 뭐며, 종교통일문서를 써야 할 선녀라니, 그래서 나는 별 볼 일 없다는 식으로 심드렁하게 마주하고 있었다.

그런데 그는 내가 말하지도 않은 남편의 띠와, 내 띠에 관한 것까지도 척척 알아내서 말하고 있는 것이었다. 분명히 그 어떤 신이 접신되어 있다는 생각에 조금은 그가 께름해졌다. 하지만 어려서부터 주입되어 온 내 기독교적인 사고는 분명히 나는 하느님 딸이라는 확고한 그런 믿음이 있었다. 아니 문득 성서에 예수가 하느님의 아들이라는 것을 무덤에서 나온 귀신이 말했음을 다시 상기시키며 지금 그에게 접신되어 있는 귀신이 그렇게 나를 알아보고 있는 것이라고 생각했다.

사실 그러한 믿음이 내게 잠재적으로 있었기 때문에 그 앞에서도 조금은 당당해질 수가 있었다. 그래서 선녀라는 말에 키득거리며 내가 하느님 딸이라는 것을 분명히 믿는다고 장난기 섞인 웃음을 헤실거리며 응수해 주고 있었다.

그리고 그 날은 거기에서 그쯤으로 헤어졌었다. 그리고 얼마 후, 노상에서 우연하게 나는 그를 다시 만나게 되었다. 그것을 그는 만날 도수가 된 것이라고 했고, 그래서 근처 다방으로 들어가 그와 많은 이야기를 나누게 되었다. 그것이 계기가 되어 나는 그 사람에 대한 새로운 면모를 발견하게 되었다. 그는 기독교 성서 신·구약을 몇 번이나 읽어 통달한 사람 같았다. 참으로 놀라웠다.

그러한 그의 새로운 면모를 발견하게 되면서 서로의 연락처를 주고받게 되었고, 그 이후 서로 많은 대화를 주고 받는 가운데 종교적인 공통분모를 찾아내게 된 것이라고나 할까? 발동이 걸리기 시작한 것이다.

그에게서 전화가 걸려오면 주저없이 달려나갔다. 하지만 그런 나를 신앙생활을 함께 해 온 주위의 교우들이나, 특히 가족들은 그야말로 마귀 시험에 들었다고 여간 걱정들을 하는 것이 아니었다.

그러나 그로 하여 새롭게 눈떠지기 시작한 내 영혼의 세계였다고나 할까? 새로운 세상을 보는 것만 같았다. 그래서 그를 따라 무당집에서 굿판으로, 여기저기를 기웃거렸다. 그러면서 마침내 내 정신세계는 고정관념으로 묶여 있던 편협한 종교 세계관을 뛰어 넘을 수 있었다. 그 폭을 넓혀가기 시작한 것이다.

그로 하여 얻은 것이 바로 유·불·선·기독교가 근본이라는 대도(大道) 안에 들어 있는 부분 집합체로 근원을 같이하고 있는 지체의 도맥(道脈)이었다는 사실이었다. 놀랍게도 그 공통분모를 발견하게 된 것이다. 그리고 지금까지 우리 주변의 희미한 관심 속에 있는 우리 한민족의 종교 천지인(天地人) 합일(合一)의 '한사상'이 무엇이란 것을 이해하게 되면서 우리 민족의 종교와 뿌리, 그 역사관을 바로 볼 수 있게 되었다.

그것은 내게 있어서 새로운 나를 발견하게 하는 놀라운 하늘의 축복이었다. 그러니까 우리 민족 종교의 천지인 사상에서 천(天)은 한울님으로 이 땅(地)에 물질로 만든 사람(人)을 유익하게 하기 위한 홍익인간 이화세계 사상으로, 그 이념은 박애, 평등, 인간 존중의 자유, 그리고 평화의 정신사상이었다는 사실이다. 홍익이라는 말은 사익과 공익을 모두 포함하는 정신이며 개체와 전체를 모두 살릴 수 있는 조화주의 정신 그것이었다.

이러한 홍익인간 사상이야말로 우리의 선인들이 받드는 한울님이 지상천국을 이 땅에 실현시키기 위해 펴신 하늘 천법으로 바로 대도라는 사실이었다.

이러한 대도의 원리가 들어 있는 것이 세계 어느 민족에게서도 찾아볼 수 없는 천부경(天符經)으로 지금까지 각계에 알려져 있는 경전들 중에서 가장 적은 자수인 불과 81자로 이루어진 단독 경전이다. 그러나 그 내포하고 있는 우주적 전체 원리의 함축도는 그 무엇과도 비견될 수 없는 것이었다. 그야말로 우주가 생성된 극치의 원리로, 우주와 인간의 존재와 그 당위법칙을 81자 속에 함축하고 있는 세계 최고의 진경(眞經)이라는 사실이었다.

이렇게 새롭게 눈 떠지기 시작한 내 종교관은 마침내 나로 하여금 미진하나마 《개천(開天) 그리고 개국(開國)》이라는 책자를 펴내게 되면서, 그 책머리에 한 평생을 '한사상' 만을 주창해 오신 안호상 박사님의 서문을 감히 받을 수 있게 되었다. 그러는 데에는 바로 그 이 대감이라는 분이 크게 교량역할을 해주었기 때문이다.

그 이 대감이 어느날 나를 데리고 들어간 곳이 방배동 사거리에 위치하고 있었던 '단군교' 간판이 붙어 있는 빌딩이었다.

거기에서 나는 마치 단군 할아버지 모습을 하고 있는 교주로부터 그 비서를 얻어 올 수 있었다. 그것은 내가 종교통일 문서인 '신선비서(神仙秘書)'를 써야 할 사람이라는 은근한 그의 귀띔 때문이었다고 생각한다.

그 비서를 들여다보고 놀라운 것은 600년 전에 그처럼 소상하게 앞으로 있을 우리나라 국운에 대해서 적어 놓고 있었는데, 거기에는 크고 작은 지나온 사건들이 그대로 적중했었다는 사실이다.

그리고 또 그 비서에는 도읍이 계룡산 밑 대전께로 옮겨질 것까지를 벌써 기록해 두고 있었다. 그때 나는 전라북도 김제에 있는 교회를 매주주말이면 내려가곤 했을 때였다. 그래서 나는 대전과 가까운 교회 옆에 아파트를 두 채나 사두는 욕심을 부렸었다.

그때 함께 다니던 교우 중에 해군 소장이던 황의성 장군 부인이 있었다. 그가 나를 그 교회로 인도한 사람이기도 했다. 그런데 그의 남편 황 소장이 박 대통령 시절, 출신이 전라도라는 것 때문에 해군제독 서열을 바라보는 자리에서 예편을 해야 하는 사건이 만들어졌다. 그것이 억지로 만들어졌던 이른바 골프채 사건이다.

그는 곧고 청렴하기가 이를 데 없는 사람이었다. 그의 올곧은 성격은 조그만 비리도 묵과하지 못하는 그야말로 군인 정신이 투철한 사람이었다. 전남 구례 출신으로 머리가 명석하여 경기고를 수석으로 졸업했다. 그리고 해군사관학교를 줄곧 우등생으로 마친 그를 동기생 서열에서는 앞설 사람이 없다고 했었다. 그런데 그가 전라도 출신이라는 것 때문에 해군제독 서열을 눈앞에 두고 걸림돌이 된 것이다.

위에서는 조그만 비리라도 털어서 빌미를 삼아야 했다. 하지만 올곧은 그의 성격은 조그만 비리도 털어낼 수가 없었던 것으로, 그러나 어떤 계책을 꾸며 만들어서라도 잘라야 한다고 생각했던 모양이다. 그래서 해군 군수물자를 담당하는 해군 병참으로 발령을 낸 것이다. 그곳은 마음먹기에 따라서 검은 뭉칫돈을 크게 만질 수 있는 요직으로 그곳에 보내면 의도한 대로 사건이 만들어질 것이라고 생각했던 것이다.

하지만 아무리 기다려도 빌미가 만들어지지 않은 것이다. 물론 그의 올곧은 성격 탓이기도 하지만, 그는 굳이 절실하게 돈이 필요 없는 그런 환경이었다. 처가가 당시는 우리나라에서 다섯째 손가락 안에 들어가는 재산가였기 때문이다. 그 재벌의 큰딸과 대령으로 있을 당시 결혼을 하고 거듭 승승장구로 장군 진급을 했다. 그러면서 차기에 해군 제독감으로 지목을 받고 있었다. 그것이 바로 눈엣가시처럼 문제가 된 것이다.

그의 처갓집이 골프장을 가지고 있었다. 그런데 문제는 거기에서 만들어졌다. 아니 문제를 삼을 수도 없는 것을 빌미로 잡고 문제를 삼은 것이다.

그 날 우연한 실수였을까? 골프를 끝내고 캐디가 골프채를 황 장군의 자동차에 싣는다는 것이 엉뚱하게도 다른 차에 실어 분실되는 사건이 생겼다. 그것은 그 앞뒤 상황의 전말로 미루어 보아 어쩌면 그렇게 조작된 것인지도 모른다.

골프채가 분실되었다는 황 장군의 말에 너도 나도 기다렸다는 듯이 골프채를 반갑게 사들고 집으로 찾아왔다. 그래서 골프채 몇 개가 할 일 없이 장소만 차지하고 쌓여 있었다.

그 남아도는 골프채가 짐으로 느껴진 사모님, 쓸 것만 남겨 두고 헐값에 팔아 교회에 헌금했다. 문제는 거기서 빌미가 만들어진 것이다. 골프채가 밖으로 유출되자 마치 기다리기라도 했던 것처럼 조사가 시작되었다. 그러니까 그 골프채를 상납한 사람 중에 경기고등학교 후배 한 사람이 해군 병기 납품을 하고 있었는데 그가 불량 병기를 납품했다는 것이고, 그것을 알게 모르게 눈감아 줄 것을 부탁 받고 골프채를 뇌물로 받았다는 혐의였다.

그것이 빌미가 되어 그야말로 장군 부인이 서빙고에 끌려가 취조를 받는 형편이 되고 말았다. 그것은 황 장군을 향한 일차적 위협이었다. 그리고 위에서는 그 뇌물 받은 것을 묵인해 주는 조건으로 순순히 옷을 벗고 물러나라는 압박을 가해 왔다. 그러나 성격이 대쪽처럼 곧은 황 장군은 우직하게도 그들과 맞서 뒤로 물러날 기미를 보이지 않았다. 뇌물로 받은 사실이 없다는 그의 대응이었다. 그야말로 날아가는 새도 말 한 마디로 떨어뜨린다는 절대 권력 앞에서도 황 장군은 요지부동의 자세였다.

사건을 그렇게 뇌물 상납혐의로 몰고 가면서 그 같은 줄다리기 흥정을 하고 있을 때였다. 박 대통령이 저격을 당하는 10 · 26 사건이 터진 것이다.

그때 황 장군은 하늘이 참으로 인간보다 우월하다는 것을 느끼게 했다고 말했다. 그 까닭은 다행스럽게도 인간은 인간을 속일 수가 있지만, 하늘은 결코 매수할 수가 없음을 보여준 것이라고 했다. 그리고 그것이 그토록 열심히 신앙생활을 해 온 아내의 기도 덕분이었을 것이라고 웃으면서 내게 말했었다.

그 사건이 있은 후, 그 처해졌던 어려움 속에서 세상 인심이 어떻게 돌아간다는 것을 회의적으로 느꼈었던 것인지 황 소장은 미련 없이 별을 달고 있었던 장군 복을 벗어던져 버렸다. 그리고 명예스럽게 예편된 것만으로도 하늘에 감사한다고 했다.

그런 그가 김영삼 씨의 선거에 힘을 실어 주고 있다는 마누라의 귀띔이었다. 그래서 연일 집으로 찾아오는 손님들로 정신이 없다고 푸념처럼 말했다. 그때 나는 그 비서를 보았기 때문에 정색을 하고 말했다.

"큰일났네, 모두 김영삼 씨가 당선될 것으로 알고 있지만, 아직 하늘이 허락한 때가 아닌데, 어쩌지?"

그러자 그녀는 그게 무슨 소리냐는 듯이 눈을 휘둥그레 떴다. 나는 이 대감을 통해서 얻은 그 비서 이야기를 늘어놓았다. 그녀가 기독교인이지만 그래도 내 말에 귀를 기울여 준 것은 그녀의 어머니가 열렬한 불교 신자였고, 그래서 그녀의 정신 속에는 그러한 말들을 포용할 수 있는 복합적 신앙이 자리하고 있었기 때문이다. 하지만 정말 그것을 믿을 수가 있을까? 하는 그런 눈빛이었다. 그래서 나는 그 부분을 복사해서 그녀를 만나는 주일날 건네주면서 말했다.

"만약 노태우 씨가 당선됐을 때, 당신 친정이 정치적으로 된서리 맞을까 봐 그런 거야, 황 소장 갖다가 보여줘, 참고가 될 테니까."

사실 나는 그녀와 친숙하게 지내 오던 처지여서 그녀의 친정과 연관이 지어지는 일이라면 남의 일처럼 생각되지 않았다. 그리고 황 소장과는 같은 고향 사람으로 결혼 전부터 집안적으로 알고 지내 오던 처지였기 때문에 더욱 신경이 쓰여졌던 것이다.

이렇게 집안적으로 가까이 지내 오던 황 소장은 내 동생을 해군에 입대하게 하여 보살펴 주었고, 제대 후에는 외항선을 탈 수 있게 주선해 주었을 뿐만 아니라, 동생의 결혼식 주례까지도 맡아 주었다. 그래서 비서에 적혀 있는 그 부분을 복사하여 건네주며 귀띔을 했었던 것이다.

그리고 선거의 뚜껑을 열었을 때, 비서에 적혀 있는 그대로 노태우 씨가 대통령으로 당선된 것이다.

이렇게 나는 그때 그를 통해 얻은 비서로 하여 노태우 씨가 틀림없이 대통령으로 당선이 될 것을 확신하고 있었고, 또 그 확신을 이 선생님에게 내기까지를 걸어가며 자신 있게 말할 수 있었던 것이다.

그런 일이 있고부터 시인 이규호 선생은 마치 내가 무슨 신기나 있는 사람처럼 이것 저것을 가끔씩 물어 오는 바람에 곤혹스러워질 때도 있었지만, 그러나 더욱 돈독해진 선후배 관계가 되면서 호칭도 '선생님' 하던 것에서 '형!' 하고 부를 수 있게끔 발전되어 있었다.

그런 선후배 관계로 그 분은 내게 있어 문학을 하는 데 여러 가지로 많은 도움을 주고 있었다. 그래서 그 날도 바람이나 쏘이고 오자는 내 제의에 스스럼없이 따라 나와준 것이다.

그런데 오빠는 그 시인 선생이 노태우 씨 글을 썼다는 내 이야기에 또 그 믿어지지 않는 말을 꺼내며 신바람이 나는 듯이 열을 올리기 시작했다.

"그 때 여당 대통령 후보로 노태우 씨가 나왔을 때 이병철 씨가 각 당사로 연락을 했다는 거 아닙니까. 열두시 점심시간을 이용해서 각 당수들과 한 자리에서 볼 일이 있으니 좀 만납시다, 해서 그가 약속한 자연농원으로 갔지요. 그 볼 일이라는 것이 그겁니다. 선거 때 재벌들이 응당 내놓는 정치자금이라는 거, 그런데 말입니다. 그 높으신 어른들이 무지렁이 백성들보다 더 얌체 노릇을 하드라니깐요. 이병철 씨가 선거자금으로 백억을 내놓으면서 정권 실세 후보 노태우 씨 오십억하고, 나머지 가지고 두 볼 일 없는 평민당, 신민당 반반으로 나누어 가지라는 것이었는데, 마침 그 때 김대중 씨는 비서를 데리고 안양 선거유세 중이어서 불참하고, 속기사로 있던 내가 대신 갔다는 것 아닙니까. 허허허······. 그때 나는 그 높으신 어른들 식사하는 건물 밖에 있었기 때문에 안에서 돌아가는 사정을 모를 수밖에요. 그런데 그 안을 들락거리던 김영삼 씨 비서가 이병철 씨가 각 당사로 연락했었던 모임인 만큼 뒤에 알게 될 일이라고 생각했던지 그 안에서 돌아가는 상황을 나와서 들려주지 않았겠소. 핫, 핫, 핫······. 그런데 이 안에 계신 높으신 분들 둘이서 그 사실도 모르고 은밀하게 나누어 갖자고 의견이 모아졌었던 거요. 그

때 맞대결로 나온 김대중 씨는 별 볼 일 없는 찬밥신세였으니까 실세인 노태우 씨가 칠십억으로 하고, 김영삼 씨가 삼십억, 이렇게 둘이서 적당하게 모개흥정으로 꿀꺽해 버린 건데, 그 사건이 언제 불거졌느냐? 노태우 다음으로 김영삼 씨가 대통령을 살아먹고 김대중 씨가 대통령이 당선되고 나니까 노태우가 아무래도 그때 그 일이 찜찜하니 켕겼던 모양이라, 그때 이병철 씨가 김대중 씨 몫으로 주라던 그 이십억에 그동안 이자까지를 붙여 준 것인지 아무튼 그 이십 삼억을 김대중 씨가 중국 가서 있을 땐데 비서를 시켜서 부쳐준 거요. 이것이 급비였는데 이런 사실을 알리 없는 이회창 씨가 노태우 씨한테서 김대중 씨가 어떤 묵계로 정치자금을 비밀리에 받아먹은 줄 알고 밝히라고 물고 늘어졌던 거요, 허허허⋯⋯. 그러니까 이 때는 이병철 씨가 죽고 난 뒤라, 김영삼 씨는 입을 굳게 다물고 있고, 이회창 씨는 문제를 만들어 떠들어대고 할 때, 그래 이 사실을 알고 있던 내가 그 사실을 국회에 공개하지 않았겠소. 핫, 핫, 핫⋯⋯."

그야말로 오빠가 국회에 공개했다는 대목에서는 신바람이 저절로 나는 모양이었다. 하지만 도무지 믿어지지 않는 이 같은 말을 가만히 듣고 있자니 갈수록 황당한 말뿐이어서 내가 끼어들었다.

"도대체 무슨 소린지 내 원 참, 그렇게 거창한 사건을 공개했는데 왜 오빠 이름은 신문에 깨알만큼도 안 났수?"

"그게 그러니까 내가 여수 출신 국회의원 김충조 씨 당사로 찾아가서 비서한테 그 사실을 낱낱이 말해 준 건데, 비서가 그것이 사실이라면 김태정 씨한테 진정서를 내라고 하드라구. 그래 내가 썼지. 뭐라고 했느냐? 그것은 노태우 씨가 준 돈이 아니고, 사실은 이병철 씨가 각 당수들에게 그때 준 돈이라고 그랬지. 그래 김태정 씨가 조사를 시작했는데, 김영삼 씨는 당시 같은 약자 입장에서 비밀을 만들었던 것이 좀 그랬던 모양인지, 끝까지 입을 다물고 있다가 노태우 씨가 시인하자 뒤늦게 어쩔 수 없이 그 사실을 시인했다는 것 아니겠소. 그래, 김태정 씨가 그 사건을 풀어낸 일등공신이 된 거다 이 말씀이야, 허허허⋯⋯."

오빠의 그 같은 말이 도무지 믿어지지가 않았다. 그래서 불쑥 핀잔주

듯 볼멘 소리로 쏘아 붙였다.

"오빠 이야기를 듣고 있으면 나도 머리가 이상해질라고 한다니까, 쳇!"

그러나 한 잔 술이 들어간 오빠는 그러거나 말거나였다. 한쪽 구석에서 그때 대검찰청으로 보냈었다는 진정서를 자랑스럽게 내보였다. 한문으로 쓴 오빠의 필체였다.

陳情書

大檢察總長 貴下 韓相浩 謹呈,

謹啓

우리 인간이 살고 있는 이 세상에는 거짓말도 많고, 또 진실이 많으면 그마만치 살기가 좋다는 것은 부정하지 않지만 저 자신은 부정합니다.

무엇을 부정하느냐.

천하를 좌우하는 권좌에 올라서서 호령하는 대통령은 알고도 모른다, 모르고도 안다 하면 끝나는 세상이지만 죽지 못해 살고 있는 한 국민이 사실과 진실을 밝힌 데도 모른다, 그러한 사실이 없다고 하면 무고죄를 적용 형무소 생활을 하게 된다는 것을 부정하지 않는다는 말씀입니다.

예를 들면, 박정희 대통령 시대 때, 이북 김일성 장군이 준 10만 달러를 가지고 넘어와서 박정희 대통령에게 주라는 달러 돈을 가로채 가지고 우리나라에서는 처음으로 남산에다가 텔레비전 방송국을 세워 놓고 대한민국 만세! 하던 시대는 아득한 옛날 이야기지만 그 건설 자금의 출처를 지금도 비밀리에 함구령을 내리고 우물쭈물하는 것이 오늘의 현실 아닙니까?

그러한 실례가 있듯이 전두환 대통령 말기에 차기 대통령 출마자 선거 비자금으로 삼성그룹 회장 이병철 씨가 백억을 여당 오십억, 야당 오십억씩 갈라 쓰시요, 하고 내놓은 돈을 가지고 당연히 여당은 한 사람이니까 오십억을 가지고 가야 하고, 야당은 김대중, 김영삼 두 당수께서 반반씩 나누어 가지고 이십오억씩 가지고 가는 것이 도리인데 김대중 당수께서 도착하시기도 전에 노태우, 김영삼 당수가 우물쭈물하다가 노태우 칠십억, 김영삼 당수가 삼십억씩을 나누어 갖자고 합의하고 모든 것은 우리가 알아서 처리하겠습니다, 하니까 이병철 회장은 어차피 경상도 사람 대통령 되기는 마찬가지니까 들이서 알아서 처리하시요, 하고 끝내 버렸습니다.

그런데 문제는 그래도 양심은 있었는지 노태우 씨는 대통령을 다 살아 먹고 그리고 김영삼 씨가 대통령을 살아 먹고 난 뒤 그때서야 이십억을 내놓고 이자까지 붙여서 비서를 시켜 김대중 당선자에게 전해 준 돈인데, 그에 대한 자금의 출처와 목적이 내용상 전혀 다르다는 것을 분명히 말씀드리면서 진정서 내용으로 대신할까 합니다. 이상입니다.

西紀 1998년 2月 5日, 서초구 원지동 250, 陳情人 韓相浩

大韓民國 大檢察總長님 貴下.

그 진정서 뒤로 당시 1997년 2월 6일 목요일 신문에 실린 '나대로 선생' 이홍우 풍자만화를 오려 붙여 두고 있었다.

풍자 내용은 '盧한테 20억 받았다'였고, '가신 甲' 왈 '나는 한보 돈 1억 5천 받았어유' 그 밑으로 '盧한테 1전도 안 받았다'고 딱 잡아떼는 모습 밑으로 '가신 乙' 왈, '한보 돈 1전도 안 받았다' 하고 있는 모습에 나대로 선생 왈 '주인들 닮았네' 하는 당시 정치 상황을 풍자시킨 만화였다.

그리고 그 뒷장에 흘려 쓴 오빠의 영문 필체가 그만 웃음을 자아내게 했다.

내 짧은 영어 실력으로는 도저히 해득해 볼 수조차도 없는 역대 대통령의 평가 내용이었다.

"이 시더 기인은 기인이구랴. 그러니까 오빠가 그 정치자금 사건의 전말을 검찰청에 진정서로 냈다는 거유?"

"아, 그래서 그 전말이 밝혀진 것 아니었겠나 말여, 호호호……."

"세상에나, 그럼 그 당시 김대중 씨 정치자금 사건을 밝혀 준 일등 공신이 바로 오빠였구랴?"

"그렇지, 흐흥……."

"그래, 김태정 씨는 그 사건을 밝혀 준 공로로 법무부 장관까지 올라

갔고, 오빠는 겨우 얻어 가진 게 그래, 고작 청계산에 올라와 터 잡은
이 별장이었수?"

"왜 이 별장이 어때서? 사람은 다 자기 분수껏 사는 것이여. 분수에
넘치게 올라가다 보면 다 그런 것 아니겠소? 허파에 바람이 풍선처럼
들어간 마나님들 그 옷로비 사건으로 안팎으로 그 모양새가 좀 구겨졌
느냐 말이요. 헛, 헛, 헛……."

"옳으신 말씀이요, 허허허……."

그야말로 그 품값 얼마 되지 않는 글을 업으로 가난하게 살아가는 선
비 입장에서는 오빠의 그 말이 술맛을 돋궈주는 모양이었다. 술잔을 주
거니 받거니 하면서 응수를 했다. 거기에 오빠는 저절로 신바람이 나는
모양이었다.

그 비밀한 사건뿐만 아니라, 박정희 대통령 당시 이북에서 넘어왔었
다는 미화 10만 달러에 대한 이야기도 늘어놓았다.

"우리 국민들은 모르고 있는 것이 너무나 많다는 거요. 그 참 내가 무
슨 팔자 소관인지 모르지만 그 내용을 모르니까 내가 신고를 했다는 것
아닙니까. 그 일로 결국은 시청을 그만 두게 됐지만 말요, 허허허. 아무
튼 내가 동대문구청에 근무하고 있었을 땐데 말입니다. 흠흠……. 그 때
내가 창신동국민학교 앞에 있는 동대문구청 기숙사에 있었을 때요. 밤
이면 이상하게 그 옆집 부근에서 그것도 조심스럽게 땅을 파는 소리가
딱딱하고 들리는 것이 아니겠소? 그래서 이상하다 생각하고 마침 같은
고향 사람이 근무하고 있던 종로경찰서에 신고를 했었던 거요. 잠복근
무를 하던 경찰이 잡고 보니 간첩이 십만 달러를 갖고 넘어와서 땅 속에
은닉하려고 했던 모양인데, 그 간첩이 하는 말이 김일성이가 박정희 주
라고 해서 가져 온 돈이라 했다 이겁니다."

"세상에나! 그것이 말이나 되는 이야기유? 쳇!"

"믿거나 말거나지만 그것이 사실인 것을 어쩌겠소? 그 때 정보부장이
김종필이었을 때요. 그래 김종필 씨가 그 돈을 국민들한테 공개하지 않
고 남산 텔레비전 방송국을 세웠던 거요. 그 돈으로, 호홍!"

도무지 믿기지가 않는 말이었다. 김일성이 그야말로 무엇 때문에 원

수 척처럼 대립하고 있는 남한 정부에 그같이 엄청난 돈을 그것도 박정희에게 건네주라는 것이었다니, 상식적으로 도무지 이해가 되지 않는 것은 당연했다. 말문조차 막혀 버린 채 어이없다는 표정으로 오빠를 쳐다봤다. 그러면서 불쑥 말했다.

"그러다가 이제 정말 정신병원으로 실려 가는 것 아니유? 그게 말이나 되는 소리냐구요? 쳇!"

"너는 모를 수밖에 없지. 김일성이 왜 박정희가 정권을 잡자 그 돈을 내려보냈는지 흐흥! 거기에는 다 이유가 있었던 거라구, 원래 박정희는 좌익이었거든, 그건 모름지기 다 알고 있는 사실 아녀? 박정희 대통령 큰형 박동희도 그렇고, 작은 형이 박상희거든. 그 해방 공간에서 모두들 좌익 세상이 될 것 같았던 거지. 박근영이가 대구폭동을 일으켰을 때 말여, 박정희 형 박상희가 대구 좌익 간부로 이름을 날렸던 사람이었거든, 그 사위가 누군지는 다 아는 사실 아녀? 그러니까 김일성이로서는 다시 남북대화를 열 수 있는 가능성이 있다고 생각할 수도 있었던 것 아니었 겠냐구? 흠흠……."

사실 박정희 대통령은 여순사건 때 그러한 불리한 사상적인 입장을 감추기 위해 좌익 색출에 앞장섰던 아킬레스건이 있었다. 그것은 자기가 불리허진 상황에서 살아남기 위한 보호책으로 어제의 동지를 밀고했던 사건이다. 1946년 10월, 대구폭동은 박근영을 비롯해서 대구 사람 김상곤, 황태정, 박상희가 좌익 경북 책임자로 폭동의 주모자들이었다. 그 주모자로 활약하던 박상희의 동생이 박정희였다.

박정희(1918년생)는 대구사범학교를 졸업했다. 그리고 첫 발령지가 문경이었다. 그러나 여기에서 타고나면서부터 어쩔 수 없었던 그의 '끼'가 화근으로 교장에게 투서가 들어오고, 혈서까지 들어오면서 당시 교장은 어쩔 수 없이 더는 그를 구제해 줄 방법이 없음을 말하고 만주로 떠나라고 했었다는 것이다.

그래서 교장이 그에 대한 인정으로 써 준 추천서를 받아 들고 만주 육군사관학교로 들어가게 된 것이지만, 그러나 야심이 많았던 박정희는 좀더 출세하려면 일본사관학교를 들어가야 된다고 생각했던지 일본으로 건너가 고쪼사관학교를 졸업하고 다시 만주로 건너갔다. 그리고 토벌대에서 독립군을 잡아 엮는 일로 그 명성을 날리다가 해방을 맞고 조국에 돌아와 정보대장으로 전라도를 책임 맡게 되었는데, 그때 소장이 바로 김창해였다고 한다.

해방이 되고 당시 군부에는 좌익세력들이 많았었던 것이 사실이다. 박정희 역시도 좌익에 속해 있었다. 그런데 해방공간에서 재건정부 수립을 앞두고 여기저기서 민중봉기가 일어났고, 마침내 여수에 주둔해 있던 14연대에서 반란이 일어났던 것이다. 당시 정보장교로 좌익에 속해 있었던 박정희였으나 본색을 감추고 14연대 좌익 색출에 나설 수밖에 없었다. 그러나 그의 전력이 좌익 색출작업에서 탄로가 나면서 군사재판에 부쳐지고 말았던 것이라고 했다.

그때 박정희를 구해 준 사람이 일본 군대에서 함께 있었던 강문봉 씨였는데, 그가 박정희에 대한 보증을 섰고, 조건부로 군부에 있던 좌익세력들의 명단을 넘겨주는 조건으로 박정희는 그 아슬했던 위기를 모면할 수 있었다고 했다.

이러한 사상적인 약점을 가진 사람이 바로 박정희였고, 그런 그가 이후 남한의 통치자의 자리에 올라앉았고 보면, 김일성으로서는 당연히 타협의 가능성이 있다고 생각했었을 수도 있었을 것이다. 그래서 김일성은 당시 그러한 호의적인 타협적 의사를 그러한 방법으로 내보였을 것이라는 오빠의 말이었다.

듣고 보니 조금은 그럴 듯해지기도 했다. 사실 오빠는 그 때의 일로 해서 동대문구청을 그만둘 수밖에 없는 일이 벌어졌었기 때문이다. 당시의 정보기관이 어떤 권력기관이던가.

그런데 오빠는 겁도 없이 그 뒷처리에 대한 불만을 노골적으로 하고 다녔다. 오빠의 불만은 그랬다.

"신고는 내가 했는데 그 많은 돈을 취득했으면 보상이라도 있어야 하는 것 아니냔 말여, 쳇!"

이러한 노골적인 불만이 전해지면서 다시 전해 오는 말은, '입 다물고 있지 못하면 좋지 못해!' 하는 으름장이었다고 한다.

"빌어먹을 것! 그래서 사표를 던지고 나와 버렸지 않았겠소? 그랬는
데 가만히 보니까 암암리에 박정희가 김일성이한테 고맙다는 인사를 하
려고 했던 것인지 알 수는 없는 일이지만, 아무튼 그 뒤에 정보부장 이
후락이를 국민 몰래 이북으로 보냈던 이유가 뭐겠소? 흐흥……."

들고 있자니 그야말로 귀가 다 멍멍해지는 것만 같았다. 그런데 다음
오빠의 말은 갈수록 태산같이 아득해져 오는 소리뿐이었다.

"김일성이가 남한에 돈 내려보낸 것이 어디 그 때 뿐인 줄 아슈? 또
있었지, 흐흥! 그것도 이상하게 내가 신고를 해가지고 전기고문까지 당
하지 않았겠수? 그때는 내가 특수부대에 있었을 땐데, 그때는 이북의
경제가 남한보다 훨씬 좋았을 때지요. 김일성이가 미국에 있던 선교사
를 통해서 이승만 박사한테 갖다가 주라고 한 돈이었는데 그때도 10만
불이었소. 환산해 보슈 얼마나 큰돈이었는가. 그것을 이기붕이가 중간
에서 가로막았다는 것 아닙니까? 어쨌거나 남북 협상이 이루어지고 통
일국가를 이루게 되면 눈앞에 보이는 권좌를 잃게 될 것이라는 것 때문
이었던 거요. 이것이 당시 권력을 잡고 있던 정치인들의 한결 같은 모습
들이었고, 그래 여기에 반대를 하고 나서면 무조건 빨갱이로 몰아 처형
했다는 것 아닙니까. 흐흥!"

"무슨 소리가 무슨 소린지 귀가 다 멍멍해지네. 김일성이가 무엇 때
문에 그 많은 돈을 내려보내? 잘 먹고 잘 살으라고? 홋홋홋……. 지금
오빠 소설 쓰고 있는 거유?"

도무지 믿기지 않는 오빠의 말이었다. 그래서 그렇게 응수를 했다. 그
러자 오빠는 웃을 일이 아니라는 듯이 정색을 하고 말했다.

"그러니까 김일성이가 불법으로 남침을 하기 전에 그렇게 타협적으
로 남북통일을 해 보자고 몇 번을 시도했었다는 사실을 우리 국민들이
모르고 있으니까 하는 이야기여. 그것을 모르니까 국민들이 대북송금이
어쩌고저쩌고 해쌌지만, 그 사실을 알면 김일성이가 불법으로 남침을
하게 된 그 이유도 알아지게 된다는 말이여, 흠흠……."

"아이고 그만하슈, 돌아버리겠네. 잘못하다가는 듣고 있는 우리도 반
공법 위반으로 잡혀가는 것 아닌가 모르겠네, 쳇!"

더 듣고 있기가 민망해졌다. 아니 시인 선생은 이게 무슨 소리? 하는 그런 얼굴 표정이어서 중간에서 가로막았다.

그러자 오빠는 시청을 그만 두고 김대중 씨를 따라다니며 있었던 추억담을 늘어놓기 시작했다. 하지만 민망해 하는 내 입장과는 달리 시인 선생은 고개를 주억거리며 그야말로 재미있다는 듯이 들어주고 있었다.

그러니까 오빠는 그 때 그 신고했었던 일로 시청을 그만두고 평민당 김대중 씨를 따라다니게 된 것이라고 했다. 이곳 저곳을 기웃거리다가 당시 평민당 홍보국장으로 일하던 고향 사람 신인규 씨로 인해서 들어가게 된 것이었다.

그는 한때 시청 자문위원으로 있었고, 국회의원 출마를 몇 번 하기도 했지만 그때마다 낙선의 쓴 고배를 마셨다. 오빠는 그 분의 운전을 해주고 있었고 그 인연으로 그때 이병철 씨가 여야 각 당수들과 점심식사를 함께 하는 자리에 평민당 속기사로 현장에 있었다는 이야기였다.

오빠가 그처럼 속기를 배울 수 있었던 것은 미군 특수부대에 근무했었기 때문이라고 덧붙여 자랑까지 늘어놓았다.

시인 선생은 오빠가 살아가고 있는 생활 모습과는 달리 그 이력이 화려한 것이 여간 흥미롭고 재미있다는 표정이었다. 오빠의 정치판 돌아가는 이야기에 가끔씩 추임새까지 넣어가며 흥을 돋워주다가 장자(壯子) 이야기를 꺼냈다.

"어느 날 장자가 군데군데 꿰맨 베옷을 입고 띠를 두르고 해어진 짚신을 신은 차림으로 위나라의 혜왕을 찾아갔는데, 그런 장자의 모습을 보고 혜왕이 물었다는 것 아닙니까? 선생은 어떻게 그처럼 피폐한 모습입니까? 그러니까 장자가 하는 말이, 이것은 가난한 것이지 피폐한 것이 아닙니다. 선비로서 도덕을 지니고서도 행하지 않는 것은 피폐한 것이지만 옷이 해어지고 신발이 뚫어진 것은 가난한 것이지 결코 피폐한 것은 아닙니다. 이것은 다만 때를 만나지 못했다는 것뿐입니다, 이렇게 말했다는 것 아닙니까. 그와 같이 참으로 때를 만나시지 못한 것 같습니다. 허허허……."

그러자 오빠는 조금은 머쓱해져 오는지 손까지 휘휘 내저어가며 말했.

다.

"그렇다고 내가 시방 내 자랑하자는 것이 아니고, 과연 누가 이 시대를 살면서 평범하고 속된 것에서 벗어날 수 있겠는가 그 말이지요. 세상은 날이 갈수록 부귀공명이라는 먹이 앞에서 죽기 아니면 살기로 사투를 벌이는 판국인데 나같이 재주 없는 놈은 그저 이것이 내 팔자다 하고 사는 거지요, 누구 간섭도 받을 것 없고 말입니다. 이 산 속에서 이렇게 제왕 노릇을 하고 지낸다는 것 아닙니까, 핫, 핫……."

오빠의 인생철학이 이쯤 되고 보면 더 할 말이 없어졌다. 그야말로 혼탁한 세상을 저만치 내려다보며 초월자 같은 웃음을 풀어내고 있는 오빠를 쳐다보며 내가 헤실거렸다.

"도사님 우리 집 한 도사님, 한낮에 공해 없는 술이나 자시고 이렇게 세월 낚고 앉아 계시니 천년 살아 천연기념물 되시겠수, 쳇!"

그러자 이 양반 속은 있었던지 파안대소를 하며 말했다.

"헛, 헛, 헛… 알아주니 고맙다. 신선이 따로 있냐? 개판으로 돌아가는 세상에서 개한테 물리는 것보다 차라리 개들한테 길을 양보하고 이렇게 산 속에 들어와 살면 무릉도원이지, 허허허……."

그처럼 세상을 저만치 내려다보고 살아가는 우리 집 한 도사님과 몇 시간을 보내고 어둑한 길을 내려올 때였다. 멀리까지 배웅을 해 주며 오빠가 말했다.

"야, 명작을 쓰려면 이런 데 와서 써야지 근사한 작품이 나오지, 언제든지 생각 있으면 오라구! 내가 방 만들어 줄 테니까."

"아이구 맙소사! 우리 집 도사는 한 사람으로 그만 됐네요."

그날 오빠와 그렇게 몇 시간을 놀고 헤어졌었다. 그런데 어찌된 일인지 그 날 이후 오빠에게서 소식이 뚝 끊어지고 없었다. 전화도 불통이었다. 그러나 그것이 오빠의 생활이거니 하고 한동안 잊고 있었다.

3. 숲 속의 기인

어느 날 작은 오빠로부터 전화가 걸려 왔다.

"야, 형님이 사고를 친 모양이다. 그 참……."

"무릉도원 도사님이 무슨 사고는?"

"농담할 때가 아니야……."

가슴이 철렁했다. 작은 오빠의 침통한 목소리로 보아 이 양반이 또 사고를 쳤구나 하는 불길한 생각이 들었다. 하지만 종종 있어 왔던 그런 사고이겠거니 그렇게 짐작했었다.

그런데 이번에 저지른 사고는 그 정도쯤으로 생각했던 것과는 달리 심각했다. 주변에서 어쩌다가 말로만 들어오던 정신병원으로 실려 갔다는 이야기였다. 그 정신병원은 보통의 정신병원과는 달리 바깥 세상과는 통제된 정신병원으로, 한 번 들어가면 죽어서 그 시신이 병원 의사들 연구 실험용으로 실려 나간다는 곳이다. 말하자면 보호자 없는 행려병자들이나 가는 곳으로 보내졌다는 것이었다.

그 곳에서 오빠는 조상은덕을 크게 입었음을 또 한 번 느끼게 한 것이라고나 할까?

평소 오빠는 지갑 속에 젊은 날 미군 특수부대에 근무했던 시절, 그토록 당당한 모습의 사진 한 장을 마치 무슨 큰 보물인양 간직하고 다녔었다. 그 사진을 환자 방을 출입하는 담당직원에게 내보이며 또 그 화려했던 전력을 늘어놓았던 모양이었다. 그것이 동정심을 불러 일으키게 한 것이었던지 그 직원이 작은 오빠에게 연락을 해 주었다는 이야기다.

한 걸음에 달려간 작은 오빠의 조치로 하마터면 병원실험용이 되어서야 나올 뻔했던 바깥 세상으로 방면되어 다시 나올 수 있게 되었다. 하지만 서초구청장실을 모조리 때려 부순 기밀파괴 손실에 대한 벌과금을 작은 오빠가 낭창하게 지불해야 했다.

사건의 발단은 큰오빠가 그처럼 대통령 부럽지 않은 별장이라고 늘어지게 자랑해 오던 그 판잣집이 말썽이 된 것이었다. 그 때 서초구청에서는 그 산비탈 비닐하우스에 번지수를 대신하는 호수 번호 딱지를 붙여 주었는데, 오빠의 판잣집에도 그 딱지가 배분되어졌다고 했다. 그러다 어느 날 구청 직원이 오빠의 판잣집 딱지를 다시 회수해 가버린 것이다.

그 이유는 비닐하우스가 아닌, 외관상 아름답지 못한 판잣집이기 때문에 철거를 해야 한다는 것이 시비의 발단이 된 것이었다. 철거를 해달라, 못하겠다 하는 구청 직원과 오빠의 시비는 마침내 도사님을 분노케 했던 모양으로 즐비하게 담궈 두고 즐기던 술을 병째로 들어 마신 것인데, 그 술기운이 구청 직원들을 뿌리치고 구청장실로 뛰어 들어가게 한 용기를 불어넣어 준 모양이었다. 입씨름 끝에 또 그 유도 실력을 발휘한 것이다. 이윽

고 경찰 백차가 달려 왔고, 실려 간 곳이 서초경찰서 구치소였다.

그런데 술이 아직도 알딸딸하게 덜 깬 상태에서 시비를 해 보았자 이미 승산 없는 일이라는 것이 느껴지자 에라 모르겠다, 한껏 목청을 돋우어 노래를 부르기 시작한 것이다. 하지만 그 노래는 결코 듣기 좋은 노래가 아닌 악악대는 고성으로 청춘도, 포부도, 꼬깃한 세월 속에 묻어 버린 신세타령이나 마찬가지였다. 평소에 콧노래로 즐기던 〈낙화유수(落花流水)〉 유행가를 멋대로 작사를 해서 부르기 시작한 것이다.

"이～ 강산 낙화유수 흐르고～ 흘러,

다시 못～올 내 청춘 간～ 곳이 없고

백발의 무정～ 세월 손짓만 하니

갈 곳 없는 이～ 세상 무정도～ 하다."

해프닝도 이쯤 되고 보면, 정신병 환자 취급을 받는 것도 무리는 아니었을 것이다. 그래서 오빠는 죽어서나 나오는 행려 정신병 환자 병원으로 실려 가게 된 것이라고 했다.

큰오빠가 벌금을 물고 나왔을 때는 판잣집은 구청 직원에 의해서 이미 해체되어진 채, 흩어져 있는 가재도구가 볼썽 사나운 모습으로 처연하기만 했다.

그처럼 누구의 간섭도 받지 않아 제왕처럼 살아가고 있다고 자랑을 하던 오빠의 판잣집은 'HANS HOUSE' 대리석 문패만 저만치 나뒹굴어 있는 채, 을씨년스러운 모습으로 눈길을 끌고 있었다.

너무나도 크게 뚫린 현실 앞에서 큰오빠는 이전의 도사님 같은 소리도, 제왕 같은 웃음도 잃고 말이 없었다. 그야말로 저녁 바다처럼 암울한 눈빛이 한동안 멍하니 서서 무엇인가를 깊이 생각하는 듯했다. 그러다가 옷소매를 걸어 올려부쳤다. 그리고 판자더미 쌓인 속을 굽은 등으로 이리저리 헤집고 있었다. 얼마 만에 그 속에서 끄집어 낸 것이 오빠의 모습과 어울리지 않는 기타였다.

그 기타를 주워 들고 오빠는 거기에 묻은 흙먼지를 입고 있던 잠바를 벗어 털어내고 있었다. 그것이 밤이면 오빠의 유일한 오락물이라던 것이다.

그런 모습을 하고 있는 오빠의 등뒤로 조상님들의 모습이 어른거리면서 두런거리는 소리가 들리는 것만 같았다.

"에고— 한씨 집 대들보라고 백마 태워 기상 살렸더니, 그 부모 은덕은 어딜 가고 저 모양이 되었누?"

그 한숨 실어 나르는 산비탈에 점점 눈시울을 젖게 하는 저녁 놀 빛이 붉게 물들어가고 있었다.

그러나 가난이 없으면 태양도 또한 비치지 않는다고 하던가. 그 일이 있고부터 큰오빠는 어떤 큰 결심을 한듯 일체 술이라는 것을 입에 대지 않았다. 그리고 언젠가부터 그 부근 성당을 나가고 있다고 말했다.

그처럼 변화된 생활 때문이었을까? 죽음으로 되돌아가는 시간 앞에서 그 준비를 조용하게 하고 있는 듯한 오빠의 모습이 조금은 슬퍼 보이기까지 했다. 이전의 판잣집이 있던 자리에서 밑으로 내려와 다시 세워 놓았다는 오빠의 초라한 판잣집이었다. 그 통나무 침대 머리맡에 미리 준비해 두었다는 검은 띠를 양쪽으로 늘이고 있는 을씨년스러운 영정 사진이 청승맞아 보이다가 가슴이 시리도록 저미어 왔다. 그것이 오빠의 삶이었다는 가슴 속 슬픈 이야기를 말해주고 있었기 때문이다.

그런 오빠는 이미 세상의 모든 것을 벗어 던진 초월자, 그 같은 모습으로 가끔씩 나타나 내게 많은 생각을 안겨 주기도 했다. 이제는 진정한 청계산 도사가 되었는가. 조용하게 서초구 노인복지회 회장 직분을 맡고 있다고 했다.

그런 오빠가 어느 날 불쑥 나타나 그야말로 기도 안 차 오는 말들을 가만하게 늘어놓았다.

"그 사람들이 왜 그 모양들인지 모르겠어? 아 노무현이가 대통령 된 것이 얼마나 됐다고 이러쿵저러쿵 평가 저울에 올려놓고 대통령상이 아니다, 기다 해대는지, 아무튼 우리 국민들 언제부터 그렇게 모두 정치학 박사가 됐는지, 쯧쯧……."

"그러니까 오빠는 노무현이 지지파네?"

"아, 지금 나라꼴이 엉망인데 니편 내편 가르고 있을 때냐? 그동안 정치적으로 썩어서 내려 온 똥물이 둠벙을 이루고 있는데, 퍼낼 시간은 주고 달근질을 해대든가 말든가 해야지, 감 따오라고 올려놓았으면 그 시간은 줘야 할 것 아니었냐구. 그동안 밑둥 썩은 똥물 퍼내랴, 끌어내리려고 하는 인사들 상대하랴, 그야말로 썩은 밑둥 청소는 언제 하고 정치를 하겠냐구? 정신없지, 정신없어? 쿵!"

"그래도 뭔가 비리가 있으니까 그러는 것 아니겠수?"

"그 말 같은 소리를 해라. 그 정치자금이라는 게 지금까지 관례가 있어 온 건데, 아 막말로 그 선거 당시 노무현이가 우세했던 것도 아니겠고, 먹었어도 같이 먹었을 것이고, 아니면 더 잡수셨거나 했을 텐데 뭐가 그리 결백하다고 국민들 앞에 밝히라고? 쿵! 똥 묻은 개가 그야말로 재 묻은 개 나무라고 있는 격이니, 아예 양심을 스위스 은행에 보내지 않구서야 그렇게 뻔뻔스러울 수가 없지, 쯧쯧……."

오빠가 하고 있는 모습이 마치 어떤 열사나 되어 있는 듯했다. 내가 그런 오빠를 힐끔 쳐다보며 던지듯이 말했다.

"경제가 이 모양이고 그러니까 대통령 잘못 뽑았다고 그러는 것 아니겠수?"

"경제는 누가 이렇게 만든 건데? 밑둥부터 썩어 문드러져 나온 건데, 내가 그걸 내 눈으로 똑똑히 보았으니까 말하는 거지. 흐흥! 이제 와서 까마귀 날자 배 떨어진다고 덤터기를 쓴 건데, 그것도 팔자소관 아니겠냐? 정치를 잘 했다는 선군이든, 폭군이든 간에 제왕은 다 하늘이 내는 것이라고 했으니께, 흐흥……."

그렇게 말하는 오빠의 표정을 물끄러미 쳐다봤다. 청계산 도사님이 되었구나 싶었는데 오늘은 또 다른 모습을 보여주고 있었기 때문이다. 가볍게 웃으면서 말했다.

"오빠 노인복지회 감투를 썼다더니 많이 변했구라?"

"세상이 열두 번 바뀌어도 나는 나여, 내 팔자 내가 아는 놈인께 대통령 팔자도 봐 준 것 아니었냐?"

오빠의 그 같은 말에는 더 할 말이 없어졌다. 또 믿어지지도 않는 말이 따라 나올 것 같아서였다. 그러나 예상했던 대로 오빠의 그 믿어지지 않는 말이 또 웃음과 함께 섞여 너부러지고 있었다.

"세상에서 나 같은 사람 없을 걸! 대통령 선거투표날이 내일인데 대
통령 당선 축하문을 써 들고 들어가니까 기도 안 찬 모양이드라고, 대한
민국에 있는 점쟁이 많아도 나처럼 확신하지는 못했을 것이여. 그때 거
의가 다 이회창이가 된다고들 했으니께, 노무현 씨 비서가 오늘 무슨 당
선 축하문을 가져 왔느냐고 그러드라고, 흠흠……."

"약간 정신 이상한 사람으로 봤겠지 뭐, 오빠 말이 사실이라면 큉!"

도무지 말같지 않은 소리에 심드렁하게 대꾸했다. 그러나 말이 나오
면 끝까지 시시콜콜 그 말을 다 해야 직성이 풀리는 오빠였다.

"그래서 내가 그 비서를 보고 그랬지. 내일 투표가 끝나고 가져온 축
하문은 아부하자는 축하문이고, 오늘 미리서 내가 써서 가져온 축하문
은 하늘의 계시로 써서 가져온 것이요. 그러니까 비서가 하는 말이 일리
가 있는 말이요, 하드라구, 허허허……."

그리고 오빠는 잠바 주머니에서 접은 쪽지를 꺼내 보이면서 말했다.

"이것이 그때 내가 쓴 축하문이라는 것 아니겄냐. 핫, 핫, 핫……."

"세상에나 어디 구경이나 좀 합시다."

무슨 보물인양 접어서 간직하고 있던 축하문이란 것을 받아 펼쳤을
때 참으로 기가 막혔다. 아니 기인이 따로 없구나 싶어졌다. 축하문은
이랬다.

대통령 당선 축하문

축사

천지 만물을 창조하시고 우리 인간의 모든 역사와 생명을 보호하시며 주
관하시는 만복의 근원 되시는 하느님이 축복하여 대통령에 당선됨을 진심
으로 축하합니다.

오직 하느님의 무한하신 사랑과 자비와 위로만이 받고 살 수 있는 영광을
기원하면서 이 모든 것을 만고장야에 어둠이 사라지고 찬란한 아침 햇빛이
무변대해의 수평선 위에 금파 은파 만파를 일으킬 때 저 백두산 천지를 바라
봅니다. 우리 민족의 영산인 백두산 천지는 이미 하늘과 땅 사이에 있으면서

그 장대함, 그 불변함, 시공을 초월한 자연의 신비는 진실하고 선하고 아름다움을 담고 천만년의 비밀을 과시하는 자연의 신비입니다. 이승과 저승의 모든 얼들에게 생명의 빛이 되어 하느님을 사랑하고, 이 땅을 사랑하고 모든 인간들을 사랑하는 영원불멸의 진리를 엄숙히 선포하고 언제 어디서나 물 흘러가듯이 바람 스쳐가듯이 조용히 찾아오는 예수님 사랑, 모든 인간들의 마음 속에 평화를 지켜주시고 사랑해 주시는 예수님 사랑, 그 사랑 하나 되어 물결치게 하옵시고 태양처럼 빛나는 생명의 빛을 의지하여 예수님 사랑을 먹고 마시고, 공생공존의 기쁨을 반분하는 마음으로 영생복락의 면류관을 쓰시고 삶의 기적을 체험해 주시기 바랍니다. 축하합니다.

서기 2천 2년 12월 한상호 拜上

참으로 기도 안 차오는 축하문이었다. 오빠를 쳐다보고 이죽거렸다.

"신통술을 가진 도사가 따로 없구랴. 각 사람 운이란 것이 그야말로 하늘의 기밀에 속한 것인데 대통령 운을 알아냈으니 말유. 참말로 기네스북에 오를 일이네."

"홋, 홋, 홋. 대한민국 도사들 다 나와보라 그래. 나처럼 선거 전날 그렇게 자신을 가지고 할 수 있는 사람 몇이나 되는가."

그야말로 믿을 수도 안 믿을 수도 없는 오빠의 그 같은 말은, 대통령 선거 전날 그렇게 할 수 있었던 것은 그러한 계시를 하늘로부터 받았다는 것이다. 그러니까 그 계시가 허황된 것이 아니었음을 그 대통령 당선으로 입증해 준 것이라는 그 자랑 같은 것이기도 했다. 그 축하문 뒤에 몇 장의 글이 더 붙어 있었다.

"이건 또 뭐유?"

"으응, 그냥 써 본 거여 읽어봐."

"글은 내가 쓸 게 아니라 오빠가 쓰셔야겠수. 하느님한테서 영감을 직접 받으니까 흐흥!"

그렇게 이죽거리면서 다음 글을 읽어나갔다.

그야말로 기가 막혀서! 소리가 목구멍까지 올라왔다가 내려가면서 웃음이 범벅인 채로 말했다.

"무슨 소리가 무슨 소린지 머리가 나빠서 도무지 모르겠네. 그러니까 미국식 민주주의가 먹구름이고, 그 먹구름이 이제 사라져 갈 것이다 그런 말이유? 그것도 저 위에 계시를 받아서 쓴 거유? 그 참, 감상적인 취

미라고도 할 수 없고, 참으로 못 말리는 우리 집 도사님이네. 아, 그 국
제적인 예언보다 가까운 이 동생 운명이나 좀 예언해 보슈, 글 써서 밥
먹고 살겠는가, 흐흥……."

"그런 글 백날 써 봐라. 골만 빠지지 쳇! 글을 쓸라믄 백년 후에라도
남을 글을 써야제. 죽고 나믄 몽땅 내다가 태워 버릴 글을 쓰고 앉아가
지고 손 아프다, 허리 아프다 해싸니까 새끼들이 눈을 흘기지. 밤낮 써
봐야 돈도 안 되는 짓 하면서 그런다고, 아 요즘 세상은 돈이 만능을 행
사하는 하느님이란 것도 모르냐? 쳇!"

"얼씨구! 그래서 오빠는 그 돈도 안 되는 흰소리나 읊고 사슈? 다 정
해진 팔자대로 산다며? 이것도 다 팔자 아니겠수? 홋홋홋, 애들이 그럽
디다. 외가집 식구들은 몽땅 그렇게 생겼다고."

그 말에는 할 말이 없어지는 모양이었다. 슬며시 그 쪽지를 집어 주머
니 속에 다시 집어넣으면서 이죽거리듯이 말했다.

"이제 봐라, 세상이 홀딱 뒤집어지지. 쿵!"

"그거야 오빠 아니라도 현자들이 한 말들 아니겠수? 천지개벽이 된다
구, 후후후……."

그렇게 떠벌리며 오빠를 쳐다봤다. 그토록 늙어도 티 없이 순진하기
만한 오빠의 모습이었다. 측은하게 바라보면서 문득 옛날 일들이 어제
처럼 새로웠다.

"난리만 안 일어났어도 오빠의 운명은 달라져 있을 텐데 그치, 오
빠?"

"그런 말하믄 뭘해? 국운이 다 그렇게 생겨서 그런 것이고, 나라가 엎
어지든 바로 서든 다 하늘 윷판 도수에 따라 대통령도 점지해진다는 것
아니겠냐? 막말로 죽을 놈은 접시 물에 엎어져도 죽는 것이고, 살 놈은
벼랑에서 떨어져도 사는 것이여. 내가 죽었을 놈 같았으면 벌써 열두 번
도 더 죽었지, 흐흥……."

"그러니까 오빠처럼 조상 덕 본 사람이 어디 또 있수? 여순반란사건
에 살아 남을 수 있었던 것도 그렇고……."

"그건 그래, 그때 아버지 아니었으면 꼼짝없이 죽었지."

"그때 오빠는 뭘 알고 그렇게 설치고 다녔던 거유? 어디 좀 들어 봅시다. 그 여순반란사건이 왜 일어났던 거유?"

"거 기분 나쁘게 반란, 반란하지 마라. 어디까지나 민중봉기였지 반란은 아니었으니께. 그게 다 주체성 없는 지도자를 잘못 만나서 민중봉기가 반란이 돼 버린 것 아니겠냐? 그야말로 애국충정을 역적 폭도로 뒤집어씌운 것이 여순반란사건이란 것이여. 한 나라의 지도자가 그것도 제 국민을 그렇게 많이 죽이게 한 것도 역사상 없는 일이지. 그때 수산학교 졸업생이 겨우 둘만 살아남았다는 것 아니냐, 쿵!"

"그러니까 오빠는 그 산 증인이네."

"말도 마라, 그 속에서 꼼짝없이 죽었을 놈인데, 살 놈은 이렇게 살아 가지고, 호홍!"

그때 일을 생각하면 가슴이 젖는 듯 오빠의 목소리가 가만하게 조용해졌다. 그리고 그때 그 생생한 현장에 서 있는 듯 코웃음을 쳤다.

"해방이 되고 새롭게 재건되어져야 할 나라 그 첫 단추가 잘못 꿰어진 데에서 비롯된 거였다구, 쿵! 물론 그거야 당시 미군정에 의해서 그렇게 만들어졌던 것이지만, 그때 통일을 가로막고 있었던 것이 바로 주체의식이 없었던 지도층들 때문이었다는 것 아니냐. 그것이 국가 비극이기도 했지만 국민 전체의 비극이라는 것을 보여준 것이여. 그때 일어났던 사건들은, 호홍……."

그리고 오빠는 그때 있었던 사건의 전말을 가만하게 들려주기 시작했다.

"언젠가는 그 진상이 밝혀질 날이 오겠지, 그 육이오 사변이 일어나게 된 직접적인 동기와 배경 말야. 우리 국민들은 아직도 그 사실을 전혀 모르고 있거든, 호홍……."

"?……."

"그러니까 해방이 되고 정치 불안을 야기하는 중요 요소가 바로 국가권력의 정통성 문제였거든. 국가권력의 정통성은 국민들의 지지를 얼마나 많이 확보하느냐? 하는 문제가 적용되거든. 그런데 당시 이승만 정권은 정통성의 지지를 국민들로부터 많이 확보하지 못한 상황에서 어쩔 수 없이 그 권력을 유지하기 위해서는 폭력성을 나타낼 수밖에 없었던 것이라구. 그 폭력성이 비인간화로 국민의 인권침해를 나타냈던 것이었지. 그 결과가 바로 국민의 생명과 재산에 막대한 손실을 입혔다는 것 아니냐, 킁! 막말로 일제 식민 치하에서도 우리 국민을 그렇게 많이 죽게 한 끔찍한 일은 없었거든."

"그런 악행을 저질렀어, 정부가?"

"악행이란 것이 별 거냐? 그 악행이라는 것이 어리석음을 업고 형제처럼 의좋게 붙어 다닌다는 것이지, 흐흥. 그래서 어리석은 자가 상황을 장악하고 있을 때는 사악한 자가 지휘하고 있을 때와 마찬가지로 끔찍한 일이 일어나기 십상이거든, 킁!"

"그러고 보면 해방이 된 것이 오히려 국민들한테는 더 불행하게 된 거네."

"당시 우리 국민들 입장에서는 그랬지. 그렇다고 나라를 빼앗기고 식민지 노예로 전락해서 살아갈 수는 없는 노릇 아니겠냐? 아무튼 당시 상황이 그랬어. 주체성 없고 어리석은 사람들이 의로움을 가장 입에 담고 스스로 지혜롭다고 의기양양해서 나 아니면 안 된다, 이런 자가당착으로 어제의 동지를 암살해 버렸던 거여. 백범 김구 선생이 그 당시 국민들로부터 지지를 더 많이 받고 있었으니까 그 권력을 유지하기 위해서는 그냥 무자비하게 제거해 버린 거지, 흐흥……."

"그러니까 국민을 위한 정치가 아니라 자기네들 일신의 영화를 위한 정치꾼들이었네."

"초대 내각 정부부터 보여준 것이 그랬고, 지금까지 해온 정치 지도자들이 국민들에게 보여준 것이 뭔데? 정도의 차이는 있지만 국민의 안위와 인권문제는 안중에도 없이 모두 자기네들 권력을 지켜내기 위해서 열심히 투쟁해 온 비극의 역사 아니었냐구, 킁! 그래서 수단과 방법을 가리지 않고 권모술수, 착취, 배신, 협잡은 말할 것도 없고 살인 집단테러 등을 불사하면서 권력자는 거기에서 쾌감을 느낀 거지. 국민이야 죽든 말든 모두 그래 왔던 정치사 아니었냐구, 달리 설명할 수가 없지, 흐흥……. 그래서 그 똥물이 오늘에 와서는 숫제 국회라는 썩은 둠벙을 만들어 버린 거라구, 쿵!"

"그럼 몽땅 퍼내고 거기 보낼 만한 인물 없으면 차라리 족보 있는 견공 추천하는 게 낫겠네. 요즘 사람들이 그러드라구, 개를 추천하는 것이 훨씬 믿을 만하지 않겠느냐구, 흐흥……."

"썩은 정치꾼들보다야 백번 옳지, 쿵! 부귀와 명예는 그것을 어떻게 얻느냐가 문제인데, 흠흠. 썩은 똥물 철학만 배워가지고 그러한 행위들이 어느 정도 악한 생각에서 비롯된 것인지를 쉽게 파악하지 못한 것 아니겠냐. 분명한 도덕에 근거를 두고 얻은 부귀와 명예라면 사회가 안정되고, 그런 끔찍한 일이 일어날 수가 없지. 그런데 어리석은 자들은 마치 태양을 그려 놓고 빛이 비추기를 기다리는 격이나 마찬가지여서 사회가 어둡고 혼란이 오게 되는 거라구. 눈앞에 보이는 이익만 챙기게 되니까, 쿵!"

"그 정치라는 권력의 힘 말이유, 그렇게 달콤하고 그렇게 좋을까? 그래서 야심가들은 굴뚝 청소부와 같다고 하는 말이 있나부지 뭐. 캄캄하고 기분 나쁜 통속 높은 곳을 향해서 기어올라가면서 온몸이 새까매져도 전혀 관심을 두지 않는다고 말유……."

"그런 것 보면 황 소장이 더 없이 정직한 사람이지, 평민당 김대중 씨 공천으로 구례 국회의원 한 번 살아먹고, 까마귀 검은 곳에 백로야 가지 마라 했다고 미련 없이 재공천을 마다하고 밀어내 버렸다는 것 아니냐. 그 대쪽 같은 성미가 썩은 똥물 속에 섞여 지내자니 오죽이나 기가 막혔겠어, 뻔하지. 훗훗훗……."

"그러니까 그 여순반란사건도 당시 정부가 권력을 놓지 않으려고 확대하고 호도해서 일어난 사건이었네?"

"그 반란, 반란 소리 하지 말라니까 그러네. 글을 쓴다는 작가가 그쯤은 알고 있어야 하는 것 아니냐? 역사의 진실은 언제고 밝혀야 하는 것이고, 그것이 작가가 해야 할 일 아니냐 그 말이여, 쿵!"

"그럼 말해 보슈, 그때 있었던 상황을 말유. 오빠 말 믿다가 나도 오빠처럼 영창에 실려 가는 일 생기는 것 아닌가 모르겠네, 흐흥……."

"누군가는 해야 되는 일이여. 그러니까 사건이 발발하게 된 동기는 제일공화국 정통성 확보가 확립되지 못한 데서 생긴 것이고, 직접적으로는 여수에 주둔해 있던 십사연대에서 촉발된 것이지만, 그 전에 시월 대구폭동 아니 민중봉기가 일어나면서 전국적으로 그 불씨가 번진 것인데, 아무튼 사건이 일어나게 된 직접 동기는 정부에 대한 민중항쟁이었어. 물론 그 배경에는 좌익의 조종도 있었지만, 그보다 근본적인 원인은 해방 이후 새로운 민주사회 건설에서 제반 개혁의 요구가 좌절된 데 대한 민중항거였던 거여. 그러니까 처음에는 부녀자 중심으로 약 일천 명 가량이 대구시청 앞에서 쌀을 달라고 농민봉기 성격을 띠고 시위를 벌리는 데서 시작했었던 건데, 다음에는 대구역 앞에 노동자들 오백여 명이 집결해 가지고 동맹파업 시위를 벌리는 바람에 경찰과 형사들이 시위군중을 해산시키려고 발포를 하다가 그만 시위군중 한 사람이 죽는 사고가 발생했거든. 결국 대구 민중항쟁은 농민들로부터 시작했고, 그것이 민중항쟁의 불씨로 번지면서 그 여파가 경북지방의 농촌 등지로 확산됐고 전국으로 번졌다는 것 아니냐. 아무튼 당시 위정자들이 국민의 인권을 유린한 야만 행위였어. 여순사건도 그렇고 당시 시민들이 거기에 호응하는 데는 다 그만한 이유가 있었던 거라구, 민심이 천심이니까……."

그리고 오빠는 그 옛날 여순사건에 직접 뛰어 들었던 동기와 배경을 풀어놓기 시작했다. 그때의 일을 회상하는 오빠의 주름진 눈가에 꼬깃한 세월 속에 오래 묻어 두었던 그 어떤 의지의 불꽃 같은 그림자가 일렁이고 있는 것만 같았다.

4. 해방공간, 그리고 격동시대

한상호는 여수수산학교 4학년이었다. 그때는 학교가 6년제였다.

총학생회장 최재욱이 학생들을 모아 놓고 열변을 토하고 있었다.

"여러분! 지금 우리나라는 해방이 되었다고는 하지만 나라는 더욱 나쁜 악운에 처해 있소. 나라의 권력기관의 향배는 국가 운영에 절대적 영향을 미친다고 했소. 그런데 오늘 우리 권력기관 자체가 바로 친일세력의 존재기반이었다는 사실이요. 말하자면 해방 이전부터 우리 민족을 억압하는 데 그 일익을 맡아 역할해 온 세력이라는 사실에 대해서 그대들은 어떻게 생각하고 있는가?"

그의 말은 그랬다. 새롭게 재건되어야 할 국가기관에 일제 식민지 경찰의 고등계 형사와 헌병, 그리고 일제를 돕던 지주와 실업가들과 또한 독립운동 진영을 염탐하고 독립운동가를 체포 학살 고문해 오면서 독립운동 조직을 파괴해 오던 그들이 해방 정국에 다시 등용되어 활개를 치고 있음을 지적하면서 흥분하고 있는 것이었다.

최재욱은 다시 말을 이었다.

"이들이 재건 정부에 등용된다는 자체가 단독정부를 수립하려는 성격이 무엇인지를 명백히 입증해 주는 결정적 증거라고 나는 생각한다. 어떤가? 그자들은 일제의 식민 정책하에서 직위는 낮았지만 가장 핵심적인 기능을 수행해 왔고, 그러한 작태가 우리 민족사에 끼친 영향은 실로 막대했지 않은가. 해방된 나라에서 처단해야 할 민족 반역자들을 사면해 주고, 거기에다가 권력기관에 끌어들이고 있다는 것이 말이나 되는 소린가? 미군정이 이들을 재등용시키는 데는 그 속셈이 분명히 있다고 보아야 하네. 친일파들은 반민족 세력이었거든, 그렇다면 그들을 이용하여 민족세력을 파괴해 보자는 속셈이 아니고 뭔가 말이다."

숨을 죽이고 듣고 있던 후배 학생이 일어서서 거기에 응수했다.

"그렇지요. 미국은 우리 강토를 갈라서 전략기지로 세우고 미국의 정책을 충실히 집행해 줄 담당자로 친일세력 이상 가는 집단이 없다고 생각한 것이지요."

"내 생각도 그렇네. 그들은 외세의 앞잡이 노릇을 할 수밖에 없는 정신구조를 가지고 있으니까 그들을 활용하여 우리 민족을 분열시키자는 근사한 정책이지 흥! 그래야만이 자국의 이익을 만들 수 있을 테니까."

사실 그때쯤 우리 민족의 해방을 위해 목숨을 걸고 일제와 싸웠던 독립 애국지사들은 남한만의 단독정부를 세우려는 미군정의 방해물로 인식되었고, 그래서 그들의 설 자리를 점점 좁혀 오는 세력에 그 힘을 잃어가고 있는 실정이었다.

그것이 해방 정국의 실태로 뜻있는 국민들과 학생들에게 거듭 실망만을 안겨 주면서 분노하게 한 것이다. 사실 일제의 패망 이후 우리 민족은 무엇보다도 먼저 통일된 민족국가를 수립하는 것과 동시에 친일파 민족 반역자를 청산하는 일이었다.

하지만 미군정은 이렇게 우리 국민이 염원해 오던 기대와는 달리 민족 반역자들을 처단하기는커녕, 그들의 계획된 단독정부 수립을 위해 민족을 괴롭혀 온 반역자들의 생존 활로를 열어줄 뿐만 아니라, 일제와 다름없이 그들을 활용하는 것은 그들의 영달을 보장해 주면서 옹호해 주고 있는 것이나 마찬가지였다. 그래서 친일을 해오던 반민족 세력들은 미군정으로부터 오히려 등용되면서 재건되는 국가 권력기관에서 당당하게 네 활개를 치고 있었다.

이들의 일제로부터 훈련된 악습은 이후 민중항쟁에서 보여준 행태로 그 실상을 잘 드러내 주게 된다. 이들은 일제시대 독립투사들을 괴롭혀 온 수법으로 민족자주독립을 외치는 세력을 좌익, 혹은 '불순세력' 그리고 '과격세력'으로 몰아붙이면서 미군정에 반기를 드는 쪽을 탄압하기에 앞장섰다.

당시 경무부 수사국장이던 최능진은 해방 초기, 이렇게 재등용된 경찰을 일러 이렇게 말했었다.

"북한에서 축출된 부패한 식민지 경찰관을 포함해서 일본의 훈련을 받은 경찰과 민족 반역자의 피난처이다. 경무국은 부패했으며 민족의 적이다"(부루스 커밍스,《한국전쟁의 기원》일월서각 참조)

그리고 그는 여기에서 총독부 각 기관의 촉탁들, 밀정들이 새로이 경찰에 들어간 것을 감안하면 친일적 성향은 경찰 모두가 가지고 있었던 것으로 보아야 한다고 지적했다. 이렇게 미국이 일제 식민지 경찰을 그대로 유지하고 오히려 강화시킨 이유는 그들이 누구보다도 민족 해방운동의 주체와 핵심 흐름에 대하여 잘 알고 있고, 또 자기 민족을 오랜 동안 탄압해 온 기술자들이며 외세에 대한 충성심과 반민족적 성향이 강하기 때문이라고 꼬집었다.

당시 이러한 정국으로 흘러가고 있는 실태에 대해 학생들 또한 불만을 토로하고 있는 것이었다.

"생각들 해보게나, 어떻게 이런 일이 있을 수 있다는 말인가? 정치판이 친일 모리배와 친일적 성향을 가진 출세주의자들의 독무대가 되어가고 있지 않은가. 그들은 그야말로 미국의 눈치 보기에 바쁘고 거기에 얹혀 지금 자신들의 권력만 키워가려고 하고 있잖은가. 남한만의 단독선거라니? 그것은 민족과 국토를 갈라놓자는 것이 아니고 뭔가 말이다. 우리 국민 모두가 나서서 결사반대해야 한다고 생각한다. 과거에 친일 세력들이 이제는 친미 세력으로 정치권력을 쥐려고 단독선거를 옹립해 주고 있는데 국민이 그들에게서 민족 주체성을 바란다는 것은 어리석은 일이지, 안 그런가?"

모인 학생들은 학생회장 최재욱의 이 같은 열변에 모두 동감한다는 표정들이었고, 그는 계속 말을 이어나갔다.

"모든 타락 가운데 가장 경멸해야 할 것은 자기 자신의 의지에 의존하지 않고 타인에게 의존해 사는 것이라고 토스토예프스키가 일찍이 그의 작품에서 말하고 있었네, 괴테도 그랬어. 인간 최대의 가치는 인간이 외계의 사정에 될 수 있는 대로 좌우되지 않고 이것을 좌우한다는 데 있다고 말일세! 그런데 지금 우리가 주체성 잃고 국민의 인권을 무시하는 권력층의 타락을 가만히 앉아서 보고만 있어야 하겠는가?! 그것을 나 최재욱은 그대들에게 묻고 싶다. 신념은 인간으로서 가장 중요한 것이지만 제아무리 굳은 신념이 있더라도 침묵으로 가슴 속에 품고만 있다면 그건 아무 쓸모가 없다고 했네. 그 어떤 대가를 치르더라도, 죽음을 걸고서라도 자신의 신념을 발표하고 실행한다는 용기가 지금 우리는 필요하다고 생각한다! 어떤가?! 그대들은 지금 주위를 의식할 필요가 없다! 이러한 내용의 전단지를 써서 시내에 돌리는 것 말일세.”

“옳소! 옳소! 그런 주체성 없는 썩은 정치인들을 타도합시다!”

“그렇소! 우리 다 함께 일어납시다!”

“그렇다! 우리는 남한만의 단독선거 수립을 절대 반대한다! 민주주의는 백성이 나라의 주권자라는 말이다. 국민의 의사를 무시하는 정치인들은 마땅히 지탄받아야 마땅하다!”

총학생회장 최재욱의 말에 학생들은 너도 나도 흥분하고 그의 말에 이유 없이 따라 일어설 뜻을 표명했다.

당시 해방정국은 이처럼 학생, 민간인할 것 없이 지도층에 대한 불만이 누적되면서 나라 안은 어수선했다. 우리 민족이 그처럼 염원하던 해방의 기쁨도 잠시였다.

이러한 혼돈은 1945년 12월 미국의 번즈 국무상, 영국의 베번 외상, 소련의 몰로토프 외상이 모스크바에 모여 결정한 한반도의 신탁통치안을 들고 이 땅에 미군정이 실시되기 시작하면서부터였다. 강대국이 모여 결정한 한반도의 신탁통치안의 요지는 이러했다.

1. 한국을 독립국가로 재건하기 위해 임시적인 한국 민주정부를 수립한다.
2. 한국 임시정부 수립을 돕기 위해 미 · 소 공동위원회를 설치한다.
3. 미 · 영 · 소 · 중의 4개국이 공동관리하는 최고 5년 기한의 신탁통

치를 실시한다.

이것이 모스크바 3상회의의 내용이었다. 이러한 신탁통치안은 미국의 루스벨트 대통령이 세계 제2차 대전 중에 구상해 낸 것이었다. 식민지 국민은 자치 능력이 부족하기 때문에 일정기간 교육을 통한 준비기간이 필요하다는 것이었다. 미국이 한반도에 대한 신탁통치가 외교석상에서 처음으로 제기된 것은 1943년이었다. 영국 수상 이든과 미국 대통령 루스벨트가 가진 워싱턴 회담에서였다.

그 제안이 구체화 된 것은 그 후 카이로, 얄타, 포츠담 회담을 거치면서였다. 1943년 11월 말 테헤란에서 열린 미·소 양국 회담에서 루스벨트는 스탈린에게 한국의 신탁통치안을 제시했다. 여기에 스탈린이 수동적으로 동의하면서 미·소간의 한반도 신탁통치가 구두로 합의되었고, 이후 1945년 2월 얄타회담에서 미국은 소련이 한반도에 지배적인 영향을 미치는 것을 막기 위해 신탁통치 안을 구체화하려 했다. 그러나 의외로 일본의 패망이 빨리 다가오게 되자 한반도를 미·소 양국이 분할 점령하게 되면서 양국은 한반도 문제를 매듭짓기 위해 모스크바 3상회의를 열었던 것이다.

이때 미국이 제시한 신탁통치안에 소련이 수정안을 내어 채택되면서 1945년 12월 27일 마침내 한반도 신탁통치안이 정식으로 발표되었다.

처음 미국발 보도로 알려진 이 내용은 '미국은 즉시 독립을 주장하며, 소련은 신탁통치를 주장한다'는 내용이었지만, 사실과는 정반대로 가고 있었고, 신탁통치와 독립을 은연중에 대치시키는 내용이었다.

이 소식이 전해지자 국내 정치세력은 찬반양론으로 분열되면서 격렬한 찬반 투쟁이 전개되기 시작한 것이다.

김구 선생이 주도하고 있던 임시정부 계열은 해방된 조국에 어떠한 외세의 간섭도 받아서는 안 된다는 주장으로 '임시정부를 중심으로 하는 과도정부 수립'을 천명했다. 그리고 즉각 독립을 내걸고 반탁운동의 선두에 나섰다. 이렇게 미군정에 대응하고 나서는 김구 선생은 많은 대중적 지지를 받았다. 이때 함께 반탁입장을 취하던 좌익 세력들이었고, 통일정부 수립을 위해 통일위원회를 설치할 것을 제의해 왔다. 그러나

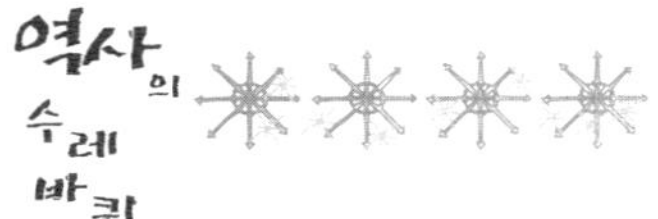

임시정부가 비상정치회의 소집을 통해 오랫동안 짓밟혀 온 한민족의 기상을 되찾아 '통일공작'을 추진하자고 제안하므로써 그들의 제안은 결렬되었다.

그러자 좌익 세력들인 이른바 '인민공화국'과 조선공산당은 마침내 1946년 1월 2일 3상회의 지지를 공식적으로 밝히고, 2월 15일 '민주주의민족전선'(민전)을 결성, 좌익만의 통일전선을 이루어 임시정부 김구와의 노선을 달리했다.

한편 우익은 임시정부를 중심으로 비상정치회의 준비회의를 열고, 이승만의 '독립촉성중앙협의회'가 이에 합세하면서 좌익이 불참한 가운데 비상국민회의가 개최되었다. 이로써 국내 내분은 극으로 치닫기 시작했다.

한반도 신탁통치 문제를 놓고 이렇게 국내의 각 정파의 입장이 그 견해를 달리하면서 이를 둘러싸고 반민족 친일세력, 민족세력간의 대립적 구도가 좌우익간의 대립으로 바뀌기 시작했다. 이러한 국내 분열은 마침내 김구 등의 통일정부수립 노력이 끝내는 좌절될 수밖에 없게 만들었다. 그것은 미군정 세력을 등에 업은 친미세력들을 유리하게 만들어 주었기 때문이다.

결국 각 정파간의 격렬한 대립은 미군정의 세력을 등에 업고 일신의 영달만을 위하는 정치꾼들에게 기회를 만들어 준 것이다. 마침내 미군정이 남한 단독정부수립 노선을 치닫게 하는데 도덕적 명분을 만들어 주면서, 민족분열로 완전한 통일국가를 이룰 수 없게 만들어 버린 것이다.

사실 모스크바 3상회의 결정에는 한반도의 분단보다도 통일정부 수립을 가능케 하는 구상이 더 많이 포함되어 있었다. 그런데도 이렇게 서로간에 생각을 달리하는 분열로 인하여 미·소의 타협을 유도하려는 노력을 적극적으로 하지 못했다는 평가를 받고 있는 것이 사실이다.

신탁통치안의 내용 중에는 한반도를 어느 1개 강대국의 지배에 놓지 않으려는 한반도의 중립화적 구상이 포함되어 있었기 때문이다.

신탁통치란 국제연합 감시하에 특정국가가 특정지역에 대해 실시하는 특수 통치제도를 일컫는다. 그래서 통치국은 이 제도의 기본 목적에 따라 평화증진, 주민보호, 인권존중, 자치 또는 독립원조를 하도록 되어 있는 것이다. 즉, 신탁통치를 거친 후 독립시킨다는 구상이다. 그러나 안타깝게도 내분으로 해방정국을 이끌고 갈 구심점이 약해지면서 그 기회를 잃고 만 것이다.

한반도 신탁통치안을 가지고 미군이 인천에 상륙한 것은 9월 8일이었다. 상륙하기 하루 전 9월 7일, 일본 요코하마의 태평양 미국 육군 총사령부에서는 맥아더 사령관의 이름으로 포고 제 1호를 발표하여 38선 이남에 미군정을 선포했다. 그리고 일제치하에서의 정부 및 공공단체의 관리나 고용원은 다시 평상 업무에 종사하도록 지시를 하였다.

그로 하여 재고용된 일제하의 한국인 경찰관들이 이후 치안을 맡게 되면서 해방이 되고 자치적으로 조직되었던 치안대 조직은 점차로 해체 당하고 말았다.

미군이 인천에 상륙하던 날, 당시 우익 측에서는 미군을 환영하기 위해 연합군환영준비위원회를 대표해서 조병옥·정일형 등이 인천까지 출영했고, 이러한 미국의 신탁통치안을 별로 달갑지 않게 여긴 건국준비위원회에서는 박상규 등이 여운형 위원장의 메시지만을 들고 환영을 나갔었다.

한국에 상륙한 미군은 다음 날인 9월 9일 오후, 38선 이남지역에 대한 군정을 포고하고, 이어 12일 아놀드 소장이 군정장관에 취임했다. 그로부터 본격적인 미군정체제를 갖추어 나갔다.

이렇게 미군정 당국이 남한에 군정을 실시하면서 공표한 것이 중경임시정부는 물론, 인민공화국 등 미군정 이외의 어떠한 권력기관도 인정하지 않겠다는 것이었다. 그 발표와 함께 미군정은 해방 후, 전국 각지에 자발적으로 결성된 치안대 및 인민위원회 등, 각종 자치기구들을 강제로 해체시켰다. 그리고 일본의 식민지 통치기구를 그대로 존속시키면서 조선인 행정관리들을 그대로 인계받아 통치했다.

당시 우리나라에는 일제와 대항하여 독립운동을 전개한 국내외 독립운동단체가 460개였다. 이러한 가운데 안재홍은 '조선국민당'을 결성하여 임시정부 지지를 천명하였고, 송진우는 미군의 진주와 함께 '한국민주당'을 발기하여 임시정부의 지지를 결의하였다. 그러나 그 후 '한국민주당'은 미군정과 밀착되면서 홍사단 출신의 사람들과 함께 군정에 참여하여 해방 후의 정치에 막대한 영향을 끼쳐 왔다.

10월 5일 임명된 김성수를 위원장으로 하는 미군정 장관 고문 11명은 여운형을 제외하고 모두가 한국민주당 관계자들이었다는 사실에서도 볼 수 있다.

주한미군 하지(John R. Hodge) 중장은 해방공간에서 조선인민공화국의 조직으로 크게 뭉쳐 있는 좌익 세력을 견제할 정당이 나오기를 기대했던 것이다. 그래서 앞으로는 정당 대표만을 상대로 중요한 정치 문제를 상의하겠다고 발표했다. 그 발표가 있고 새로운 정당들이 만들어지면서 정국은 더욱 분열되었고, 그로 하여 더욱 정파간의 혼란을 가져왔다. 미군정의 의도대로 된 것이라고 할 수 있다.

해방 초기 활발한 활동으로 두각을 나타낸 사람이 여운형이었다. 그래서 미군정은 더욱 그를 견제할 많은 정당이 만들어지기를 바랐던 것이다.

여운형은 대부분의 민족주의자들이 변질되어 일제에 협력하거나 깊이 칩거하고 있을 때 일제의 패망을 내다보았던 사람이다. 그래서 해방이 되기 1년 전, 1944년 8월 1일자로 건국동맹을 조직했었다. 거기에는 조동우, 황운, 현우현, 김진우 등 대부분이 독립운동을 벌려 온 사람들이었다. 조국 해방에 대비할 목적으로 결성된 조직이었다. 그는 그 활동을 비밀리에 펴면서 지방에 세포조직까지 구성하고 있었다.

그런 여운형에게 해방이 되기 하루 전날인 8월 14일 총독부 니시히로 경무국장으로부터 연락이 왔다. 일본의 패전 소식과 함께 과도기의 치안을 맡아 달라는 요청이었다.

경무국장은 여운형을 만나 이렇게 교섭했다.

"일본은 패배하였소. 금명일 중에 이것이 공식으로 발표될 것이요, 이제부터 우리의 생명이 당신에게 달려 있소, 도와 주시요!"

그것은 행정권 이양의 교섭과도 같은 것이었다. 말하자면 일본인들이 안전하게 고국으로 돌아갈 수 있도록 그 보장을 해달라는 부탁이었다. 당시 한국에 거주하는 일본인들은 71만 명이 넘었다. 우리 민족의 해방은 그들의 생명을 위협하는 공포 같은 것이었다. 그래서 그들이 안전하게 본국으로 돌아갈 수 있도록 도와달라고 교섭을 해 온 것이다.

그러한 부탁은 그에 앞서 조선총독 아베 노부유끼가 송진우에게도 해 왔다. 그러나 송진우는 쫓겨가는 일제를 돕고 싶지 않은 것이었다.

3·1운동에 참여했던 송진우였다. 그는 당시 호남의 대지주로 재벌인 김성수가 중심이 된 지주들의 세력을 배경으로 국내에서 막강한 정치 자원을 차지하는 그룹을 대표하고 있었다.

일제 치하에서도 부를 누릴 수 있었던 이들 그룹은 그렇기 때문에 해외 유학 등으로 신학문을 배워 온 지식층들로 조직된 그룹이다. 그런 조직을 가지고 있는 송진우였던 만큼 국내 막강한 세력을 가지고 있었다. 일본 총독부로서는 당연히 생각해 볼 만한 사람이었다. 그러나 거절을 당한 것이다. 그래서 다음으로 생각한 사람이 여운형이었다. 은밀하게 국내 조직을 가지고 있음을 파악하고 있었기 때문에 부탁해 온 것이다.

그러한 경무국장의 제안을 받아들인 여운형은 정치범과 경제범을 석방시키고, 3개월간의 식량 확보, 그리고 조직 활동에 대한 일체의 간섭을 하지 말 것을 조건부로 내세우고 제안을 받아들였다. 그리고 돌아와 이미 결성되어 있는 건국준비위원회에다가 출옥한 독립지사들과 반일 인사들을 참여시켰다.

이 같은 건국준비위원회는 여운형을 위원장으로 안재홍이 부위원장을 맡았고, 중앙 부서로 총무부 부장에 최근우, 재무부에 이규갑, 조직부에 정백, 선전부에 조동우, 무경부에 권태석으로 좌우익 인사들을 고루 배치했다.

그리고 2천여 명으로 결속된 청년과 학생들로 건국치안대를 조직하여 치안을 담당하게 했다. 이렇게 해방공간에서 결성된 건국동맹 조직이 미군정으로서는 당연히 못마땅할 수밖에 없었고, 그래서 견제세력이 필요했던 것이다.

그러나 이미 조직을 세포화 시킨 여운형은 그 조직에 3대 강령을 세웠다.

첫째는 완전한 독립국가를 건설한다는 것이었고, 둘째는 전체 민족의 정치적, 사회적 기본질서 요구를 실현할 수 있는 민주주의 정권을 수립한다는 것이었다. 그리고 셋째는 일시적 과도기에 있어서 국내 질서를 자주적으로 유지하여 국민 생활의 확보를 기한다는 내용이었다.

그래서 그 세력을 견제하는 미군정은 더욱 '건국준비위원회'를 인정하지 않겠다는 것이었고, 여기에 맞서는 여운형을 걸림돌로 생각할 수밖에 없었을 것이다.

여운형이 주도하고 있는 건국준비위원회는 송진우 등 다수의 안전을 기하는 우익 세력들이 불참했다. 그리고 안재홍을 비롯한 김병로, 이인, 허헌 등 우익 및 중간 노선의 인물과 박헌영을 추종하는 좌익 세력과 정백 중심의 장안파 공산당 계열 등이 여기에 참가하여 좌우 합작 단체의 성격을 띠고 있었다.

8월 말경에는 지방 조직도 확대되어 145개 지부가 전국적으로 설치되었다. 이렇게 세포 조직을 확보해 나가는 여운형은 중앙위원회에도 각 계열의 인사들을 고루 포섭했다. 김준연, 이용설, 김약수, 이동화, 이강국, 최용달 등이 임명되었다. 그러나 시대 흐름을 관망하는 송진우는 끝까지 참여를 거부했다. 그 만큼 신중을 기하는 송진우였다.

한편 그 당시 우파에는 장덕수가 속해 있었다. 그는 여운형의 이 같은 손짓에 임시정부의 환국을 기다린다는 명분을 내세워 참여를 거부했다. 그 역시도 미군정이 달가워하질 않은 여운형의 조직 단체에 들어갈 이유가 없다고 생각한 것이다.

이러한 시대 상황 속에서 두각을 나타냈었던 여운형의 처지는 고독할 수밖에 없었다. 그러한 틈을 비집고 좌익들로만 뭉쳐진 그룹들이 조직을 서둘러 건국준비위원회를 장악하고 말았다. 그리고 인민공화국을 선언하고 나섰다. 그래서 건국준비위원회를 조직했던 여운형은 좌익세력의 당수였던 것처럼 평가받기도 했다. 하지만 그는 사실적으로 좌·우익을 이렇게 모두 포용하는 정신구조를 가지고 있었음을 그의 행적에서 보여주고 있다.

결국 여운형이 주도하여 결성했던 건국준비위원회는 그 발족 20일 만에 '인민공화국'으로 깃발이 바뀌면서 여운형은 그 뒤로 물러서야 하는 입장이 되고 말았다. 그러나 여운형은 끝까지 민족주의 세력과 사회주의 및 공산주의 세력을 영합함으로써 해방정국을 이끌고 나갈 수 있다고 생각한 사람이다. 이러한 그의 정신구조가 사상적인 색채에 있어 불분명하다고 비난을 받기도 한 이유였다.

이렇게 당시 폭넓게 포용하려는 여운형을 비난하는 좌·우파 세력들이었고, 거기에다가 미군정과의 극심한 불화의 마찰은 마침내 그를 꺾기 위한 반대파들에게 빌미가 되면서 몇 차례의 테러를 당하기도 했었다. 그러다 여운형은 끝내 자신의 안위를 지켜내지 못하고 1947년 7월 극우청년 한지근에 의해 암살되고 말았다.

이처럼 해방공간에서 새로운 국가 재건건설에 심혈을 기울였던 여운형은 동족의 음해에 사라지고 말았던 것이다. 그가 처음 애국 충정을 인정받을 수 있었던 것은 1919년 10월 일본 도쿄에서 열린 조선독립 연설장에서였다.

그날 제국호텔에는 5백여 명의 언론인, 각계 인사들이 모였었다. 그 앞에서 여운형은 '조선독립운동은 나의 사명이며 필생의 과업이다'라고 전제하고, 조선독립의 당위성과 필요성을 한 시간 반에 걸쳐 개진함으로써 일본 사람들을 놀라게 했었다는 일화는 너무나 유명했다.

그는 유복한 집안에서 태어났지만 신학문을 배우면서 공산주의와 민주주의가 무엇인가를 터득하고 집안의 노비문서를 내다가 불살라 버림으로써 노비들을 해방시키기도 했다.

이러한 그의 자유사상은 그 후, 민족해방투쟁에서 수차례에 걸쳐 투옥되는 옥고의 시련을 겪기도 했다. 그러나 끝내 굽힐 줄 몰랐던 그의 민족 동포애는 해방공간에서 건국준비를 해오다가 주도권을 빼앗기고 그 형세가 뒤바뀌면서 날개 파닥이던 의지의 꿈은 처연한 죽음과 함께 역사의 뒤안길로 묻혀지고 말았던 것이다.

그의 죽음은 재건되어야 하는 새로운 정국에 큰 손실이 아닐 수 없었다. 그리고 그 뒤를 잇는 민족적 비극은 암울한 그림자로 다시 이어지고 있었다. 그 같은 비극은 우리 민족의 해방이 강대국의 힘을 빌리지 않으면 안 되었기 때문에 일어난 비극이었다. 새롭게 재건되어야 하는 국가 건설을 놓고 구심점이 약했던 관계로 외세의 간섭을 받아야 했고, 그로 하여 내분이 만들어졌기 때문이다.

하지만 그 당시 끝까지 우리 민족의 독자적인 재건국가를 고집해 온 '민족주의자'도 많았다. 그 대표적인 사람이 바로 백범 김구 선생이었고, 그를 따르던 임시정부 요원들이 그랬다.

백범 김구 선생을 비롯한 그들은 오직 민족주체사상만이 이 나라와 민족을 살릴 수 있다고 말해 왔다. 그 생각을 같이한 동지들이 상하이 임시정부 첩보 36호 안희제, 김정균, 김형극 3인조로 그들은 대부분이 대종교의 활동을 펴 온 사람들이다. 그러나 이들은 해방을 맞은 조국에 돌아와 설 자리를 잃고 뒤로 밀려났다. 새로운 재건 정부에 주축을 이루는 대열에는 당시 친일적인 이력을 가지고 있던 그와 비슷한 인사들이 다시 활개를 칠 수 있는 무대가 만들어지고 있었기 때문이다.

해방이 되고 처음 미군정의 눈치를 살피며 여운형의 손짓에 불참했던 장덕수는 그러나 이후 차츰 모습을 나타내 미군정의 극우반공 테러리즘이나 이승만 체제의 극우반공 독재에 앞장서고 나섰다. 그것은 군국주의 파시즘에 앞장섰던 것과 같은 맥락에서 볼 때 어쩌면 그들은 정신구조가 비슷했고, 그래서 지극히 자연스러운 일이었던 것인지도 모른다.

장덕수의 과거 친일적인 행적이 그것을 말해 주고 있는 것이다. 일제시대 장덕수의 친일 행적은 여러 면에서 대단한 영향을 끼쳐 왔었던 것이 사실이다. 그는 머리가 뛰어난 재사로 「동아일보」가 아끼는 명논설가였다. 그렇기 때문에 그의 활동은 강연과 함께 문장에서도 두드러졌다. 그의 반민족 친일 논설은 익히 잘 알려져 있다.

1943년에 그는 「매일신보」와 「동양지광」 등에 〈선혈로 조국을 지키자〉 〈의무교육제의 실시를 앞두고〉 〈학도 열성에 감사〉 등의 글을 썼다. 1944년에는 〈입영 학병에 부탁〉 〈관민일치 총궐기〉 등을 담화 형식으로 발표하였으며, 1945년 『국민문학』(5, 6월호)에는 〈징병의 감격을 말함〉이라는 논문을 써내기도 했다.

이때 그와 같이 활동해 온 사람이 주요한, 신흥우, 김활란, 유진오, 정인섭 등이 있다. 이들이 일제의 민족 말살정책이나 파시스트 군국주의 전쟁 범죄에 과도하게 협력했다는 것은 누구나 인정하고 있는 사실이다.

그만큼 그들은 일제 식민지 치하에서 근대화 지상주의에 물들어 있었고, 그것은 일본 패망 이후, 다시 미·영에 대한 찬미로 다시 이어졌다. 이러한 모습을 만들어 나온 그들은 자신들이 마치 기독교와 일본, 미국의 '모던' 문명의 전파자로 생각하고 선민의식과 우월의식을 가지고 있었음을 그들의 행적에서 잘 나타내 주고 있다. 그래서 민족문화에 대한 모멸과 민족에 대한 열등의식을 부추겼다. 그리고 제국주의 문화침략의식에 접속되어 그 운동에 앞장서고 나섰다.

이렇게 그들은 민족의식을 말살하고 황국신민이 되어야 한다는 일제의 논리에 애당초부터 체질적으로 순응하게끔 접착력이 좋은 사람들이었다는 평가를 받고 있다.

당시 해외유학을 하고 돌아온 식자층들은 대개가 그러한 정신구조를 이루고 있었다고 한다. 하지만 그들이 신학문을 배우면서 서유럽의 민주주의 사상을 제대로 배워 왔더라면 오늘 우리나라의 운명은 달라졌을 것이다.

그들은 '나'와 민족이 하나라는 개념에 있어 전혀 결렬되어 있었기 때문에 시류에 영합하는 그러한 모습들을 만들어 나왔고, 그래서 개인주의나 자유주의가 무엇인지조차 모르는 오직 일신의 영달만을 추구하는 그러한 삶을 살아 왔음을 그들의 행적에서 보여주고 있다.

1941년 12월 국민총력조선연맹 주최로 '애국열변 대강연회'가 부민관에서 열렸을 때였다. 장덕수는 조병상, 윤치호, 이성근 등의 거물급 친일파들과 어깨를 나란히 하고 열변을 토했다. 그는 〈적성국가의 정체〉라는 선정적인 제목으로 "오랜 동안 두고두고 받아 온 미·영의 압박과 굴욕에서 이제 동아(東亞) 민족의 해방을 부르짖는 결전을 개시한 것이다. 이제 동아민족은 압박과 착취를 당하여 뼈만 남았지만, 이제 뼈로써 단연 궐기하여 구적 미·영을 타도하지 않으면 아니 되겠다"라고 외쳤던 것이다.

이렇게 장덕수는 일제가 태평양전쟁을 도발하고 곧 동남아시아를 침략하여 싱가포르를 점령하는 개가를 올렸을 때, 이처럼 '미 · 영 타도'에 열을 올리는 모습을 보여 주었다.

이러한 장덕수의 웅변은 도미 유학파들과 함께 일제를 돕는 싱가포르 공략 대강연회를 가졌었고, 일제의 패색이 완연하던 1944년까지도 계속되었다. 그 해 1월 〈금일의 태평양〉이란 제목으로 방송하였고, 그 해 10월에는 국민동원총진회 주최에서 그의 연제는 〈대의(大儀)에 철하라〉는 기막힌 강연으로 열변을 토하기도 했다는 기록이다.

장덕수는 "학생 제군 중에는 재학지를 떠나 행방을 감추고 또 집에 돌아온 자도 빨리 지원 수속을 취하지 않고, 선배와 뜻있는 사람의 권고까지 피하고 있다 하지 않은가. 이러한 비열하고도 언어도단의 치욕을 모르는 젊은이가 있으리라고는 추호도 생각지 않았다"라고 울먹이면서 '폐하'의 군인 되어 반도황민회를 실천하라고 외쳤던 것이다.

그런 때문으로 어떤 기록에서는 '학병 강제 권유에 총독의 칭송을 받게끔 정신방면으로 우리 학도를 가장 괴롭힌 자는 미쓰로(香山光朗 ; 이광수), 장덕수 두 사람'이라고 지적하고 있다.

이광수가 일제에 충성했던 행적은 많이 남아 있다. 1944년 11월 난징(南京)에서 열린 제 3회 대동아 문학자 대회가 열렸을 때였다고 한다. 어느 글에서 춘원 이광수는 '조선놈의 이마빡을 바늘로 찔러서 일본인 피가 나올 만큼 조선인은 일본 정신을 가져야 한다'라고 쓴 것에 대하여 현상윤(玄相允)은 이렇게 꼬집어 조롱했다고 적고 있다.(김팔봉 〈나의 회고록〉『세대』1965년 12월 참조)

"여보게 춘원, 어떻게 조선놈의 이마에서 일본 피가 나오겠는가? 말이 안 되는 소리가 아닌가?"

그 사실 여부를 김팔봉이 거론하여 춘원에게 물었을 때 춘원의 대답이다.

"그래, 그런 글을 내가 썼지, 그건 사실이야!"

이렇게 그는 1943년부터 학병권유의 글과 연설을 번갈아 써왔음을

보여주는 속에 '일본 천황'에 대한 경모와 신뢰를 보여주고 있다. 이것
이 근대 문명을 받아들였던 당시 해외 유학파들이 보여준 '지식인상'으
로 이광수, 최남선을 비롯하여 이인직, 김동인, 주요한, 김동환, 모윤
숙, 유치진, 최재서, 백철, 김기진, 박영희 등 친일을 했던 문사들로 해
방 이후, 그들이 하루 아침에 애국자들로 변신되었다는 사실이 그것을
대변해 주는 것이다.

5. 개화기 지식인들의 이력서

해방공간에서 조선 문단의 걸물로 꼽혔던 이광수, 최남선의 친일 행각은 너무나 잘 알려져 있다. 춘원 이광수는 천애 고아로 자랐다. 그러나 그의 천재성은 그러한 악조건 속에서도 역경을 딛고 일어난 애정결핍증 소년이 지닌 민감성으로 발휘되어 희대의 천재성을 작품 속에서 나타내기 시작했다. 그 작품이 춘원 이광수가 1909년, 18세 때 발표한 단편으로 〈사랑인가〉였다.

이광수가 일본의 기독교 선교사계 교육기관인 메이지(明治)학원에 다니고 있을 때였다. 그는 문학의 천재성을 인정받게 되면서 임시정부의 「독립신문」 발간 일을 맡게 되었다. 그러한 관계로 춘원은 도산 안창호 선생과 긴밀한 사제적, 동지적, 육친적 관계를 맺게 되면서 그의 이념 노선을 따랐었던 것이다.

그래서 춘원이 '2·8 독립선언서'를 외국으로 보내는 사명을 띠고 상하이에 도착한 것은 1919년 2월 5일이었다. 그러나 상하이로 건너간 춘원 이광수의 눈에 비춰진 독립운동가들의 환경과 입지는 너무나 열악했다. 근대화된 문명국가인 대일본제국을 도저히 이겨낼 수 없다고 판단한 것이다. 안창호 선생의 충고도 아랑곳하지 않고 「독립신문」 일을 그만 두었고, 그대로 남아있거나 아니면 미국으로 건너가 독립운동 일을 도우라는 도산의 권고를 뿌리친 채 1919년 3월 귀국했다.

그로부터 차츰 변신을 보인 이광수였다. 그의 친일적 발언은 차라리 조선총독부를 돕고 나선 것이다. 해외 독립운동가들을 유랑자로 다음과 같이 표현했다.

"중등 이상 교육을 받은 조선인 가운데 중국, 시베리아 등지의 2천여 유랑자들이 지닌 위험성을 세 가지로 나눠서 경고한다면, 첫째는 독립운동을 표방해서 무기를 들고 조선 안에 몰래 들어오는 일이며, 둘째는 과격파 러시아의 선전자가 되는 일이고, 세 번째는 사기꾼 또는 절도 강도가 되는 일인데, 이들의 수효는 적은 것 같지만 실제로 일본의 국방 및 사회의 안녕에 대해 경시해서는 안 되는 관계라고 경고까지 할 정도로 돌변한 태도를 보여주었던 것이다."

마침내 그는 민족개량운동 선전에 앞장서기 시작했다. 1922년 《민족개조론》을 펴냄으로써 동아일보에 입사하였고, 이어 〈민족적 경륜〉을 써내면서 조선인 청년들로부터 많은 비난을 받기도 했다.

그러나 이후 이광수는 모든 장르를 동원하여 일본제국을 찬양하는 글들을 써왔다. 〈조선의 학도여〉 등의 시와 소설 〈그들의 사랑〉 등 〈성년 3주년〉이란 수필이 있으며, 또 〈반도 민중의 애국운동〉 등의 평론과 〈지원병 훈련소〉 방문기 등이 그것이다.

그런가 하면 당시 이광수 못지 않은 화려한 친일 문필가가 주요한이었다. 그는 친일 예찬론자였다. 1941년 12월 14일 조선임전보국단에서 개최한 미영타도 경연대회가 열렸었다.

그는 여기에서 〈루스벨트여 대답하라〉는 제목을 연설하면서 "반도의 2400만은 혼연일체가 되어 대동아성전의 용사 되기를 맹세하고 있다"고 연설했다. 그리고 1943년 11월 4일 화신 6층 회의실에서 있었던 학도병 종로익찬위원회에서 호별방문, 권유문 발송, 지역별 간담회 및 학교강연회 등을 통하여 학병 권유연설에 적극적으로 나섰고, 〈약의 시대〉라는 글에서 "출진 학도의 구두 소리는 아시아 부흥의 진군이 되고 조선의 일본적 재생의 새벽 종소리가 될 것"이라며 학병 출전을 호소 권유했었다.

그리고 1943년 대동아전쟁 2주년 기념 결전예문 전국대회 행사의 하나로 12월 4~5일 이틀에 걸쳐 만주 신징(新京)에서 '예문가회의'가 열렸을 때였다. 이때 그는 조선문인보국회의 특파사절로, 국민총력조선연맹의 데라모토(寺本喜一)와 조선연극문화협회의 유치진과 함께 참가했었다. 그는 이 회의 개회식장에서 축사를 낭독하였는데 그 서두 내용 일부는 이러했다.

"금일 문학은 다만 이기기 위한 문학, 미·영 격멸을 위한 문학이 있을 뿐입니다. 동양이 오늘의 찬연한 문화를 건설할 수 있는 것은 금일 미·영 격멸의 피비린내 나는 문화활동을 통해서만이 가능할 수 있습니다. 우리들은 친애하는 만주제국 5000만 민중들 역시 하루라도 속히 직접 총을 잡고 포악한 미·영의 두상에 불의 세례를 내릴 것을 기원해 마지 않는 바입니다."

이렇게 적극적으로 친일을 해왔던 그는 처음 작품활동을 하던 초기에는 친일 시인이 아니었음을 보여주고 있다. 그것이 1919년 『창조』 창간호에 실린 그의 글에서 보여준다.

주요한은 1900년 10월 평양에서 목사의 8남매 중 장남으로 태어나 1912년 평양 숭덕학교를 졸업했다. 그리고 도쿄 유학생 목사로 파견된 그의 아버지를 따라 일본에 건너간 이듬해에 메이지학원 보통부(중등부)에 입학하였다. 1918년 보통부를 졸업하고 그 해 9월 도쿄 제일고등학교에 입학했다.

이때 그는 교토유학생회지, 『학우』 창간에 〈에투우드〉라는 제목 아래 5편의 시를 발표하면서 인정받게 되었고, 그로부터 초기 우리나라 근대시 형성에 중요한 역할을 해온 것이 사실이다.

이렇게 시작한 그의 문학 활동은 김동인, 전영택 등과 일본에서 『창조』를 창간하면서 본격적인 문학 활동으로 민족운동에 관여하면서 상하이 임시정부의 기관지인 「독립신문」에 '송아지' 라는 필명으로 〈대한의 누이야 아우야〉〈조국〉 등 독립운동을 외치는 애국시를 발표했었다. 그리고 상하이의 이광수를 도와 편집 일을 맡기도 했었던 애국시인으로 이광수가 이끄는 수양동우회의 중요 멤버로 활약해 오던 그였다. 동우회는 도산 안창호 선생이 설립한 '흥사단' 의 국내단체로서 실질적인 책임자는 이광수였다.

그래서 이광수와 함께 동우회 기관지인 『동광』을 편집하였고, 동아일보, 조선일보 등 언론계에 종사해 오면서 동우회 활동을 통해 독립운동에 기여하고자 했음을 보여준다.

그러나 일제가 1937년 6월 6일자로 이러한 활동에 해산령을 내렸다. 그리고 거부하는 수양동우회원들에 대한 일제 검거가 시작되었고, 150명의 피검자 가운데 2명이 옥사하는 사건이 발생하면서 〈화수분〉의 작가 전영택, 작곡가 현제명, 홍난파 등 18명이 1938년 6월 29일 전향하는 성명서를 발표하면서 주요한 역시도 이광수 등과 친일문학의 대열로 들어서게 된 것이었다.

그 후 그가 친일 문학에 공식적으로 참여하게 된 것은 1938년 12월 수양동우회를 대표하여 국방헌금조로 종로경찰서에 4000원을 기탁하면서부터였다. 그리고 그는 그 해 12월 부민관 강당에서 열린 '시국유지원탁회의'에 참석하여 이광수, 조병옥, 현영섭, 권충일, 갈홍기 등과 함께 내선일체의 구현, 동아협동체의 건설 등의 문제를 토론하면서부터 친일시인으로 변신한 것이었다.

이것이 당시 한국인을 대표하는 지식인들의 모습이었고, 친일문학의 선구자격인 이인직 또한 마찬가지였다. 신소설의 개척자로 한국 근대문학사의 서장을 화려하게 장식하고 있는 문사다. 그는 1904년 러일전쟁시 일본군의 조선어 통역관으로 종군 1906년 「국민신보」 주필을 맡았었다.

이것이 계기가 되어 이완용의 후원을 얻어 「만세보」를 인수하여 1907년 「대한신문」을 창간한 후 사장직을 맡게 되면서, 이 신문을 통해 이완용 내각의 기관지 역할을 충실하게 해왔었다. 이러한 혁혁한 공로로 이인직은 1911년 경학원 사성이 되었다.

이처럼 화려한 친일파 열전 속에서 비극적 생애를 마친 문사가 근대초기의 소설가 김동인 선생이라고 할 수 있다. 그는 1900년 평양 갑부의 아들로 태어나 일찍이 일본 도쿄로 건너가 청산학원 중학부를 졸업했다. 졸업 후에 화가가 될 꿈으로 천단(川端)미술학원에 재학하다가 도중에 뜻을 달리하여 문학의 길을 택했다. 당시 우리나라에는 순수 문학작품은 춘원 이광수의 〈무정〉뿐이었을 정도로 그 형태가 세워져 있지 않은 시기였다. 그러나 어려서부터 외국문학을 접해 왔던 그는 1919년, 기미독립만세 봉화가 터지기 한 달 전, 도쿄에서 순수 문학잡지『창조』를 발간할 정도로 부유한 집의 아들로 빈곤을 모르고 성장했었다.

월탄 박종화 선생이 쓴 김동인에 대한 회고록에서 '오만한 천재 김동인의 풍류'라고 적고 있을 정도로 1920년대 백금 물부리에 단장을 짚고 멋진 양복장이 신사로 김동인의 호사스런 생활은 가히 최상급이었음을 묘사해 두고 있다. 하지만 빈곤을 몰랐던 그의 생활은 풍류아적인 호사스런 생활로 차츰 재산이 바닥이 나면서 근대문학 초창기에 '문학을 위한 문학'을 주창해 왔던 그의 순백한 긍지의 자존심은 밑바닥으로 떨어져 딩굴 수밖에 없게 되고 말았다.

그처럼 예술지상주의를 부르짖고 '천황모독죄'로 옥살이까지도 했던 그가 언젠가부터 생활고에 시달리게 되면서 그 좌절의 고통을 잠시라도 잊기 위해서였을까? 마약에 손을 대기 시작한 것이다. 그로부터 그는 통속작가로 전락했고, 마침내는 자진해서 총독부를 찾아가 친일하겠다고 자청하는 오욕의 흔적을 남기고 말았다.

이렇게 그는 살아남기 위한 어쩔 수 없는 생활 수단으로 친일문학을 하기 시작한 것이다. 조선일보에 장편소설 〈정열도 병인가〉를 쓰면서 1939년 여름 임학수, 박영희와 더불어 '성전종군작가'라고 쓴 '다스께'(어깨띠)를 두르고 경성역을 떠나 북지로 황군 위문길에 나서기도 하면서, 1942년 1월 6일 「매일신보」에 〈태평양송〉을, 이어 1월 13일에는 〈감격과 긴장〉을 쓴 이후, 1944년 〈쾌전하의 문단인의 결의-총동원 태세로〉 그리고 〈반도민중의 황민화-징병제실시 수감〉에 이어 〈일장기 물결〉 그리고 〈문화인의 총궐기〉, 〈전시생활 수감〉 등의 글을 실어 '내선일체'와 성전(聖戰)을 기렸으며, 1941년 〈백마강〉, 그리고 1944년에 발표한 〈성암의 길〉 등 많은 작품을 통해 대일본제국을 선양하는 김동인의 친일문학은 해방이 되는 1945년 8월 15일 아침까지도 이어졌다.

이것이 그처럼 부요함 속에서 『창조』를 직접 발간했었던 근대문학의 화려한 개척자 김동인의 자포자기했던 모습으로 출세를 목표로 시대에 야합했던 유학파들과는 또 다른 모습으로 경제적, 정신적 파탄이 가져다주는 결과였다.

그들과 함께 각종 친일단체의 핵심으로 맹활약을 해오던 친일시인이 김동환이다. 그는 1925년 장편 서사시 〈국경의 밤〉을 써서 우리에게 너무나 잘 알려진 시인으로 그의 이 작품은 '망국민의 민족적 비애를 노래하고 있다'고 평가를 받고 있다. 이 작품에서 그는 향토성에 기반을 둔 민족주의 성향을 짙게 내포하고 있지만, 그 역시도 당시 개량민족주의 노선을 걸었던 문인들이 그처럼 시대에 영합했던 것처럼 변질되어 갔다.

그의 친일적인 작품으로 〈일천병사의 숲〉〈우리들의 칠인〉〈님의 부르심을 받들고서〉 등이 있고, 부여신궁(扶餘神宮) 건설과 근로 봉사하는 감격을 읊고 있는 작품으로 〈고란사에서〉, 그리고 전쟁을 예찬하는 작품으로 〈비율빈 하늘 위에 일장기〉〈미영 장송곡〉〈적국항복 받고 지고〉 등이 있으며 '지도민족' '조국 일본강토'를 외치는 대동아공영의 이념을 합리화 시키는 작품들이었다.

이러한 그의 친일 행적은 문필 활동쪽보다 단체 활동에서 훨씬 더 활발했음을 보여주고 있다. 그는 직접 경영하던 『삼천리』라는 잡지를 통해 임전대책협의회를 결성하고 나섰으며, 거기에 〈새로운 동양의 건설〉 등을 실어 잡지의 내선일체 체제를 마련하는 기틀을 삼았고, 1942년에는 잡지명을 아예 『대동아』로 바꾸어 버릴 정도로 친일매족의 선봉에 앞장서고 나섰다.

이렇게 적극적인 활동을 보여 온 그는 황민화 운동의 자발적인 실천 방안으로 물자 및 노무공출의 철저한 방안책, 국민생활의 최저 표준화 운동 방책, 전시봉공의 의용화방책 등을 내세웠고, 그에 대한 협의라는 명분하에 각계 유력인사들 198명에게 안내장을 발송했다.

이를 바탕으로 임전대책협의회가 발족되면서 11명의 상임위원이 선출되었는데 윤치호, 최린, 김흥우 등과 더불어 〈송화강수여 말하라〉라

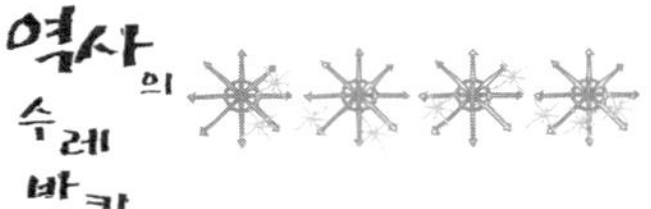

는 제목을 가지고 부민관 대강당에서 임전대책연설회를 열어 연설을 하기도 했었다.

그리고 일제가 전쟁 자금을 조달하기 위해 매출했던 1원짜리 채권을 소화시키기 위해 채권가두유격대를 결성하여 거리로 나섰다. 여기에 이광수, 모윤숙, 최린, 방응모, 윤치호 등이 종로 화신 앞에 나가 전쟁자금 조달을 위해 행인들에게 채권을 팔아 모으기도 했다.

이렇게 김동환은 그가 경영하는 삼천리사를 발판으로 개화기의 문인들을 끌어 모아 수차에 걸쳐 좌담회를 열었다. 주제는 언제나 시국에 관련된 것으로 '전쟁과 문학과 그 작품을 말하는 좌담회', '신체제하의 조선 문학의 진로' 등으로 일제의 전시체제하에 어떻게 하면 좀더 적극적으로 부응할 수 있겠는가, 하는 논제였다. 여기에는 김동환을 비롯하여 주로 이광수, 유진오, 박영희, 정인섭, 최정희 등이 주 멤버였다.

이것이 일제시대 친일 문사들이 보여준 모습으로 김동환은 자신만이 아니라 그의 아내 최정희(소설가)까지도 친일의 현장으로 내몰았다. 다름 아닌 1942년 '조선임전보국단 부인대'를 발족하게 한 것이다. 부인대 활동은 군복수리작업, 근로봉사운동을 하는 것이었다. 여기에서 간부는 김활란, 임영신, 고황경, 박마리아, 박인덕, 박순천, 노천명, 모윤숙, 임효숙 등이었다.

이 모임에서 활동했던 김활란은 일제하에서 유일한 여성 교장으로 우리나라 여성박사 1호다. 그는 YWCA 창립자로 교육 분야뿐 아니라 기독교계의 대표적인 인물로 그 명성과 지위를 확보해 온 여걸로 꼽힌다.

시대에 앞서 자유주의 여권론을 주장하고 나섰던 여자, 그는 강연과 글 등을 통해 여성해방론을 부르짖으면서 여성의 개량적인 실력양성운동으로 그 업적을 남겨 온 우리나라 대표적인 여성지도자임에는 틀림이 없다. 그러나 그 역시도 일제치하에서 학교를 지킨다는 명분으로 민족사에 씻을 수 없는 오점을 남긴 것이 사실이다. 그 시대 상황에서는 여성해방운동보다도 민족해방운동이 더 절실하게 요구되던 때였기 때문이다.

그래서 해방 후 그녀에 대한 평가는, 그녀가 여성해방운동에 남긴 업적은 실로 지대한 것이었지만, 그보다 더 중요한 민족개념이 서 있지 않은 정신구조로 여권론을 주장하고 여성계몽운동을 펼쳐 왔다는 것은 여권을 주장하기 전에 민족주의를 심어주지 못했다는 또 다른 평가를 받고 있기도 한 것이다.

그렇게 평가를 받고 있는 것은 그녀가 일제의 요구에 이리저리 끌려다니면서 친일파 군상들과 함께 민족말살정책, 황민화정책을 돕는 연설을 많이 해왔기 때문이다. 거기에다가 다시는 주워 담을 수도 없는 일본제국 정책에 대한 예찬론의 글을 써왔다는 사실이 그것이다.

1940년대를 넘으면서 태평양 전쟁 이후, 일제는 확장되는 전선을 일본군인만으로 막을 수 없게 되자 창씨개명을 강요하고 지원병제에서 징용, 징병, 정신대 등으로 강제연행을 시작하였다.

그때 김활란은 야마기 카쓰란(天成活蘭)으로 창씨개명하고, 그 정책에 앞장서서 부인궐기 촉구 강연, 결전 부인대 강연, 방송 등을 통해 일제의 그 같은 정책을 미화 연설했다. 당시 그녀는 임전대책협력회 위원, 조선임전보국단 부인대 지도위원, 국민총력 조선연맹 평의원, 조선교화단체연합회 부인계몽독려반, 조선언론보국회 이사 등 각종 친일단체의 임원직을 맡고 있었다.

이렇게 활발한 그녀의 활동은 내선일체, 황민화시책을 선전하며 징병, 징용, 학병 동원에 대한 이해를 촉구했다. 1942년 12월 『신시대』라는 잡지에 일제가 징병제를 실시하고 나선 데 대해 그녀는 〈징병제와 반도여성의 각오〉라는 제목으로 다음과 같은 요지의 글을 썼다.

"이제야 기다리고 기다리던 징병제라는 커다란 감격이 왔다. 지금까지 우리는 나라를 위해서 귀한 아들을 즐겁게 전장으로 내보내는 내지의 어머니들을 물끄러미 바라만 보고 있었다. 그러나 반도여성 자신들이 그 어머니, 그 아내가 된 것이다. 이제 우리도 국민으로서의 최대 책임을 다할 기회가 왔고, 그 책임을 다함으로써 진정한 황국신민으로서의 영광을 누리게 된 것이다. 생각하면 얼마나 황송한 일인지 알 수 없다. 이 감격을 저버리지 않고, 우리에게 내려진 책임을 다하기 위하여 최선을 다할 것이다."

그리고 1943년 12월 그녀는 『조광』이라는 잡지에 〈뒷일은 우리가〉라는 제목으로 다음과 같은 글을 실었다.

"학도병 출진의 북은 울렸다. 그대들은 여기에 발맞추어 용약(勇躍) 떠나련다! 가라, 마음 놓고! 뒷일의 총후(銃後)는 우리 부녀가 지킬 것이다. 남아로 태어나서 오늘같이 생의 참뜻을 느꼈음도 없으리라. 학병 제군 앞에는 양양한 전도가 열리었다. 몸으로 국가에 순(殉)하는 거룩한 사명이 부여되었다."

이러한 그녀의 친일활동으로 이화여자전문학교는 여자청년연소 지도자 연성과로 바뀌어 기존 학생들에게는 3개월간의 교육을 실시하고, 신입생에게는 1년간의 교육을 시켜 전국에 설치된 여자청년연소 지도자로 배치하여 농촌여성을 계몽한다는 일제의 방침이 세워졌다. 말하자면 우리나라 여권신장을 부르짖고 나온 김활란을 전국적으로 그들의 식민화 운동정책을 펴는 데 활용하고자 한 것이다. 이러한 일제의 방침이 세워지면서 1944년 이화여자전문학교 학생 모집에는 150명 모집에 40명 밖에 지원하지 않았고, 재학생들도 격감되었다. 그리고 그녀의 제자들과 후배들이 그런 그녀를 외면하고 학교를 떠났다.

이렇게 공인된 그녀의 입지에서 본심과는 다르게 안면몰수하고 저지른 친일적인 행위였다고 하더라도 민족적 자존심과 긍지가 어디에서부터 심어지는가 하는 질문을 받았을 때, 민족을 향해 내뱉은 그녀의 숱한 반민족적 연설, 글, 방송 등은 다시 쓸어 담을 수 없는 비난의 화살이 될 수밖에 없는 것이었다. 그녀가 교육자의 위치에 있었기 때문에 국민들에게 끼친 정신적인 악영향은 그 어떤 것보다도 실로 큰 것이었기 때문이다.

이렇게 당시 해외 유학을 하고 돌아온 신여성들은 선각자적 현안으로 나라의 힘을 기르는 것만이 곧 나라를 구할 수 있는 길이라는 신념으로 그 활동을 펴왔던 것은 사실이다.

하지만 민족주체의식의 국가관이 확고하게 서 있지 못한 정신구조가 그것이 민족혼을 말살하는 매국행위였음조차도 의식하지 못하고 그들에게 영합하고 말았던 것이다.

당시 교육계에 종사하는 그러한 신여성들이 김활란 이외에도 황신덕, 송금선, 이숙종, 신봉조, 조동식, 배상명 등 서울여학교 교장들로 김활란과 약속이나 한 듯이 그 같은 행적을 남겼다.

황신덕은 제자를 정신대로 보낸 교육자였다. 초기에 그녀는 기자로 재직하면서 1927년 여성운동과 항일운동의 일원화라는 목표 아래 조선 독립을 목적으로 좌우세력이 협력하여 '근우회'를 창립하였다. 황신덕은 여기에서 중책을 맡아 애국 계몽적 여성운동을 이끌어 왔었다. 그러다가 일제의 조선인 탄압정책이 노골화 되면서 근우회가 해체되었다.

그 후 황신덕은 친일 인사로 변모했고, 중앙여고의 전신인 '경성가정의숙'의 교장직을 맡게 될 당시의 그녀는 이미 각종 친일단체에 깊이 관여하고 있었다고 한다.

경성가정의숙은 초대 추계학원 이사장인 박찬주의 남편 이우공의 서재(이왕가의 소유건물)를 희사 받아 1940년 10월 10일 신입생 37명으로 시작한 학교다. 당시 서울에는 황족이나 친일 고관 부인이 중심이 되어 여성의 민족의식을 약화시키고 노동력을 착취하기 위한 준비로 여성교육을 여성 근대화로 위장시키면서 '문명에 점취하는 시대적 요청에 따라 여자 교육을 실시하여 구습에서 벗어나는 것'이라는 명분하에 조선 여성의 친일화, 식민화를 하는 데 크게 공헌을 하게 했다.

일제하에서 여성운동의 맥락은 기독교 여성단체가 중심이 되어 선교활동과 함께 교육운동, 계몽운동, 문화운동 등을 전개한 흐름과, 신여성운동 그룹은 개인적 차원에서 봉건적 남녀차별에 저항하며 자유주의적 경향을 띠고 있었고, 그 다른 한편으로 독립운동과 기층 여성의 생존권 투쟁운동을 결합시키는 사회주의적 여성운동으로 크게 나누어 볼 수 있었다.

황신덕은 적어도 1930년 중반까지는 친일운동에 협력하지 않았다. 순수한 애국계몽운동 계열의 여성지도자였다. 그러나 혹독한 일제의 탄압정책이 지속되자 조선이 독립한다는 것은 불가능한 일이라고 판단한 것이고, 그로부터 친일하게 되었음을 보여준다.

당시 국내의 민족주의계 인물 대부분이 일제의 탄압에 투쟁성을 잃어 버린 것이다. 침묵할 것인지, 굴복할 것인지 택일을 해야 하는 기로에서 끝까지 남아 외롭게 투쟁하는 쪽은 적었고, 침묵하는 쪽이 아니면, 비록 굴욕적이더라도 개인적 출세의 야망으로 일제와 타협하여 자신의 왕성한 활동력으로 사회적 생명을 이어가는 쪽을 택한 사람들로 나누어져 있었다.

여기에서 황신덕은 세번째 길을 택한 것이다. 그녀는 평양의 학자 집안에서 태어났다. 평양 숭의여학교를 졸업하고 일본으로 건너가 사회사업을 전공하였다. 숭의여학교 시절에는 황에스더와 함께 '송죽회'를 조직하여 독립운동의 일환으로 '일본어배격운동'을 벌인 적도 있었다.

일본에서의 수학을 마친 그녀는 1925년부터 기자생활을 시작하여 「시대일보」, 「중외일보」를 거쳐 1934년부터 1940년, 중앙여고의 전신인 '경성가정의숙'을 설립하기 이전까지 「동아일보」 기자로 재직하였다.

동아일보 기자로 활동하던 당시 황신덕은 글이나 강연을 통한 활동뿐만 아니라 각종 친일단체의 간부, 임원직을 맡아 활동하였으며, 1940년 10월에 결성된 '국민총력조선연맹' 후생부 위원직을 '아등(我等)은 황국신민으로서 황도정신을 선양하고 사상통일을 기하며, 아등은 전시체제에 즉하고 국민생활의 쇄신을 기한다'는 강령을 내세우고, 각종 친일단체의 간부와 중책을 맡으면서 여성들을 대상으로 황국신민이 될 것을 호소했다.

물론 그녀는 그 이전에도 신문기고 논설을 통해 전시를 맞이한 조선여성들의 황민화 국가관을 설득하는 한편 전국 순회강연에 참석하기도 하면서 종로 기독교청년회관에서 여성들을 대상으로 보국을 주제로 한 시국강연회를 개최하고 연사로 참석하여 〈비상시국과 가정경제〉라는 제목으로 강연하고 국방헌금을 모금하기도 했었다.

이러한 그녀의 친일활동은 일제의 측면에서 볼 때 적극적인 친일인사로 뽑혔던 것으로, 그녀의 숙원인 교육사업 경성가정의숙은 그녀에게 자리를 제공해 주게 되었음을 나타내 준다. 그리고 그녀의 친일 업적에 의해서 1940년 37명으로 세운 이 학교는 1945년 1월 사립학교 규정에 의해 중앙여자상과학교로 인가를 받게 된다. 하지만 별로 달갑지 않은 의구심을 남기게 된 것은 그녀의 친일 행적 때문이다.

그 증거로는 정신대와 관련해 양심고백을 한 일본인 교사 이케다 씨는 '정신대 모집이 많았던 학교의 교장은 영전했다'는 증언이 그것이다. 그의 이 같은 발언을 주목한다면, 황신덕 교장이 제자를 정신대로 보낸 대가로 경성가정의숙은 그 후 정식학교로 인가를 받게 된 것이라는 구구한 추측을 만들어내게 했고, 또 그 사실을 증언해 주는 듯한 물증의 사진 한 장이 당시 정신대에 자진해서 나갔던 김금진 할머니에 의해서 불거져 나온 것이다.

1943년 '근로봉사와 정신대'라는 항목하에 학교마다 2명의 학생을 정신대로 보내라는 명령이 하달되었을 때였다. 황신덕 교장은 전교생을 모아 놓은 자리에서 다른 학교 학생들은 정신대에 지원하고 있는데, 그런 용기 있는 학생이 없다며 눈물로 호소하였다고 한다.

그 눈물의 호소에 김금진이라는 한 여학생이 자발적으로 정신대에 입대하겠다고 나섰다. 그 여학생이 정신대로 차출되어 나가기 이틀 전, 이를 기념하기 위해 찍은 사진 속에는 일장기 머리띠를 두른 제복의 여학생 뒤로 교장 황신덕의 모습이 있었고, 또 부교장으로 있던 박순천의 모습도 거기에 있었다.

이러한 그녀의 지울 수 없는 족적은 '일제의 압박에도 굴하지 않고 민족의 자긍을 지킨 사람'이 아니라 '황민화 운동'에 앞장섰던 '친일성향이 강한 교장 선생님'으로 그 뒷모습을 남겨 주고 있다.(충남대 장하진 교수, 사회학, 반민족문제연구소 참조)

이렇게 당시 일찍이 해외 유학을 하고 돌아온 신학문의 유학파 지식층들은 처음에는 나라와 민족을 위해 독립운동 조직과 연결하여 움직이는 듯하다가 변질되면서 민족혼을 말살하려는 그들의 정책에 앞장서고 나섰다는 사실이 한 결 같은 모습이라고 할 수 있다.

그러한 모습으로 일제의 식민지화 정책에 탑승했던 사람이 또한 육당 최남선이었다.

그는 1890년 서울의 비교적 유복한 집안에서 태어나 일찍이 신학문을 접한 한국 근대사 사학계의 거성으로 꼽히는 인물이다. 그는 1907년 불과 18세의 어린 나이로 문화 사업에 뛰어들어 19세가 되던 1908년에 월간잡지 『소년』을 창간했을 정도로 신학문의 선구자였다. 그 뒤 1910년에 그는 조선광문회를 조직하여 《역사지리연구》를 간행하였으며 1914년에는 『청춘』지를 발간하였다.

이렇게 거침없이 치달리기 시작한 그의 풋풋한 젊음의 정열은 1919년에 이르러서 3·1독립선언서를 기초하여 만들었다. 그것이 유명한 '최후의 일인 최후의 일각까지' 라는 공약3장의 글귀였다. 그의 나이 30세 때의 일로 그는 일약 독립운동가로서 이름을 떨쳤다.

그러나 그 일이 빌미가 되어 1921년 10월까지 2년 6개월간이나 옥고를 치루고 나왔었다. 그러나 출옥하면서 가출옥이라는 석연치 않은 부분은 있었지만 그가 어떤 묵계에 의해 가출옥되지 않았을까? 하는 쪽으로 보는 이들도 있었다. 그러나 그것은 그가 이후 보인 지조의 변절에서 그 같은 의심을 만들어 내게 했던 것인지도 모른다.

아무튼 그는 그로부터 3년 뒤, 1928년 조선총독부 역사왜곡기관인 조선사편수회 편수위원직을 수락함으로써 여지없이 변절자라는 지탄을 받기 시작한 것이다. 그것도 다른 사람이 아닌 3·1 독립선언문을 기초한 최남선이었기 때문에 그의 방향전환은 더욱 크게 실망을 안겨준 것이다.

일제가 조선사편수회에 최남선을 끌어들인 것은 바로 그 점이었다. 당시의 지식인들이 그를 민족의 양심으로 믿고 있었을 정도로 한국 지식인을 대표한다는 걸물이었기 때문이다.

1911년 총독부에 설치된 조선사편수회는 취조국에서 비롯되었다. '구습제도의 조사와 조선사 편찬의 계획'을 설치목적으로 하였다. 그 뒤 편찬과 및 편찬위원회로 개편되었다가 1925년 조선사편수회라는 독립기관으로 발족되었다.

일제가 이 기관을 설치한 목적은 조선을 영구히 식민지화 시키기 위해서였다. 조선 사람들의 정신개조 작업이 필요했던 것이다. 말하자면 조선인을 일본인으로 개조한다는 '동화주의' (同化主義)에 그 목적이 있었다.

여기에서 편찬하려는 조선사란, 조선 사람으로 하여 '병합의 은혜'를 깨닫게 하는 역사를 만들어 내는 일로, 그것이 식민사관에 의한 한국사 왜곡 작업이었다. 일제는 《조선사》 35권 편찬 작업을 통하여 《삼국사기》를 한국고대사의 기본 사료로 못박고 《삼국유사》의 기록은 허구의 신화라는 '사설'로 잘라내 버림으로써 한국사를 2천년 역사로 축소시켜 버린 것이다.

이때 최남선은 '조선사'에 국조 단군에 대해 제대로 수록되지 않은 점을 항의했다고 말했지만, 그의 의사는 전혀 관철되지 않았고, 그대로 인쇄되어 나옴으로써 그는 일제가 의도적으로 역사를 왜곡시키려고 했던 작업에 동참했었다는 그 사실 하나만으로도 그 오명을 씻어 낼 수가 없게 된 것이다. 일제가 우리의 역사를 잘라내기 위해 그 작업을 하고 있었다는 것을 동참하고 있었던 그가 모르지 않았을 것이라는 것 때문이다.

일제는 조선을 그들의 식민지화하기 위해서는 먼저 동방의 정신문화를 꽃피워 왔던 배달민족 그 뿌리 역사를 잘라내야 한다고 생각한 것이다.

사람이 동물과 다른 것은 정신, 즉 마음이 있다는 점이다. 그래서 개개인에게 정신이 있듯이 인간 집단이나 국가와 민족에게도 그 나름대로의 국민정신, 민족정신과 같은 집단정신이 있다. 이러한 정신은 일정한 방향을 가지고 움직일 때 그 가치가 인정되면서 엄청난 힘을 발휘하게 되기 때문이다.

그렇기 때문에 일제는 한민족의 얼을 과소평가하기 위해 국사를 왜곡시킨 것이 바로 우리의 국조 단군왕검이 곰과 상간하여 탄생된 인간으로 토테미즘을 삽입시킨 것이다. 하지만 《환단고기》를 펴낸 임승국 선생의 '배달겨레의 얼과 뿌리를 되찾자는 글' (삼국유사)에 나오는 웅녀는 암곰이 아니라, 하늘나라 크신 태시의 성모 하느님을 뜻하는 것이다. 여기에서 쓰여진 웅(雄)은 굳셀 웅, 혹은 웅장하다고 할 때 쓰여지는 웅자다.

  이것을 일제는 짐승 '곰'을 나타낼 때 쓰는 곰 웅(熊)자로 표기한 것으로, 결국 이러한 토테미즘에 숨겨진 함정은 최고의 문화향상을 대표하는 민족에게는 토테미즘 따위는 존재하지 않고, 최저의 문화현상을 나타내는 민족에게만 존재한다는 이야기로 몰고 간 것이다.

  이렇게 일제가 국조 단군왕검 이전의 개천성조(開天聖祖) 환웅(桓雄)을 곰녀로 토테미즘의 이론을 도입한다는 것은 저절로 저질의 문화민족임을 공술하는 것과 같은 논리다. 그만큼 일제는 우리의 역사를 왜곡시켜 그들의 식민지로 만들기 위해 혈안이 되어 우리의 국조 단군 한배검에게는 역사적인 실체성과 탄생의 신화적인 두 면이 있게 된 것이다.

  그것은 일제가 영구히 조선을 식민지하에 두기 위해 조선총독부에서 국사의 2141년을 잘라버리고 위만조선으로부터 겨레역사가 시작한 것처럼 국사 교과서를 꾸며냈던 것이다.

  《단기고사(檀紀古史)》의 〈태고사(太古史)〉에 보면 '환인의 아들 환웅이 천평(天坪)에서 천부경을 설교하시니 사방 사람이 운집하야, 청강하는 자가 시중과 같더라'고 되어 있다.

  정책 미분상태의 다스림 속에서 원시 성서인 3대 경서(天經, 神誥)를 기반으로 하여 도덕과 윤리에 입각한 덕치국가를 형성하였음을 인식할 수 있게 하여 주는 기록이다.

  또 남사고 선생의 《격암유록(格庵遺錄)》에 보면 '丹書用遠 天符經에 無窮造化 出現하니 天井客은 生命水요 天符經은 眞經也며'라는 기록이 있다. 무궁한 조화가 들어 있는 천부경이라고 하였으며, 또 그 천부경만이 진경이라고 한 것이다.

  그러나 천부경은 불행하게도 남사고 선생께서 천부경을 기록한 때에서 불과 200년 만에 일어난 임진왜란으로 그 자취를 감추어 버리게 되었다.

  임진왜란 때 조선의 4대 사고(四大史庫) 중에 전주사고만 겨우 남고 기타의 사고는 모두가 소각되어 버렸다. 임진왜란이 스쳐간 후에 5대 사고를 설치하여 묘향산에서 유일하게 살아남은 자존본인 전주사고의

것이 마니산사고로 옮겨졌다. 그러나 고종 3년 1866년 병인양요(丙寅
洋擾)때 프랑스 함대의 강화도 공격으로 우리 사고의 잔명이었던 마니
산사고마저 양적이 던진 폭탄에 불타 민족의 사록이 영원히 사라지고
말았던 것이다.

　그러나 발해의 석실(石室)에서 우리 민족의 3대 원시 경전 중의 하나
인 삼일신고(三一神誥)를 봉장한 것이 남아 있어 한민족 성전의 보존승
계국으로 우리 겨레의 뿌리의 얼은, 환국(桓國) 신시(神市)로부터 그
주맥을 이루어 나왔음을 찾아 볼 수 있게 한 것이다.

6. 배달민족의 시원과 개천성조(開天聖祖)

단군역사에 관한 문헌으로는 환단고기(桓檀古記), 삼국유사(三國遺事), 세종실록(世宗實錄), 삼국사기(三國史記), 단기고사(檀奇古史), 동사년표(東史年表), 규원사화(揆苑史話), 제왕운기(帝王韻紀), 동국문헌비고(東國文獻備考), 대동사강(大東史綆), 세가보(世家譜) 등 여러 책들이 있다.

우리의 뿌리 역사 실록에는 단군왕검이 조선을 개국하기 이전 배달환국(桓國)으로 1564년간 18대에 걸친 천황의 시대가 있었고, 단군왕검께서 조선을 개국하신 이래 47대에 이르는 제왕시대가 있었다.

우리 한민족 뿌리 역사 기록에서 이 땅에 처음 하늘문(開天)을 열고 내려와 배달나라를 세웠다는 개천성조(開天聖祖)가 환웅천황(桓雄天皇)이시다. 이분을 어떤 실록에서는 환인(桓因)으로 적고 있지만, 실은 태초 건곤(乾坤) 음양교합(陰陽交合)으로 체(體)와 용(用)이라는 일체신(一體身)의 관계에서 그 대권(大權)을 가지고 오신 태극(太極) 천지부모(天地父母)로 음적(陰的) 하나님의 위치다.

하늘 천신(天神)들이 지구에 내려와 물질인간을 창조하고, 그들에게 지각(知覺)을 열어주기 위해 여러 가지 방편으로 삶의 방식을 가르쳐 주었다는 선천의 시대, 그러한 민족뿌리 창조역사를 서양 기독교 구약 성서나 마찬가지로 우리의 단군역사 문헌에서도 기록하고 있다는 사실이다.

그러한 우리 한민족 역사의 뿌리 기록이 허구의 신화에 지나지 않는 것이라고 말한다면 구약성서 창세기의 기록도 마찬가지로 허구일 수밖에 없다.

그렇다. 지구상에 인간의 종(種)이 생겨난 데에는 동서가 이와 같이 그러한 전개 상황이 유사한 뿌리 역사를 기록하고 있다는 사실이다.

한민족의 시원은 개천성조 환웅으로 하여 처음 중원대륙 천산에 처음으로 나라가 세워졌다. 하늘 천신(天神)이 내려와 세운 나라, 그래서 나라 이름을 신불(神佛), 혹은 환국(桓國)이라고 불렀고, 백성들은 환웅을 '신불천황'이라고 불렀다고도 한다.

환웅천제가 하늘 삼천의 신관과 신장을 거느리고 내려와 배달나라 조상 '아반'과 '아만'을 창조하고 그들에게 세상을 살아가는 방법과 하늘의 근본이치를 가르쳐 온 우리 민족의 창조신이면서 수호신이다.

환웅천제께서(단기 앞 1565~1471) 하늘 삼천의 신장을 거느리고 하강하셨다는 곳이 아시태백이다. 그래서 이 산을 삼신산(三神山), 한밝산(太白山), 또는 백산(白山), 천산(天山), 백두산(白頭山) 등으로 불렀다는 것이며, 여기에는 기리 살고 안 죽게 하는 약초(長生不老藥)들이 많아 신선들이 이것을 취해 먹었다고 하여 영산(靈山)이라고도 불렀다. 이 백두산은 태초 우주의 신비를 간직하고 있어 새와 짐승과 모든 물건들이 흰 빛을 드리우고 있어서 멀리서 바라보면 눈 또는 구름과도 같다고 하였다.

이 같은 우리 역사 뿌리의 기록을 《환단고기》뿐 아니라, 여러 문헌에서도 구약성서 창세기나 마찬가지로 펼쳐 보여주고 있다. 신이 하늘로부터 지상에 내려와 물질 인간을 창조했다는 기록은 이렇게 동서가 조금도 다른 것이 없다. 신으로부터 창조되어진 인간과 신이 하나로 어우러지면서, 창조신들에 의해 삶의 방식을 배워 나가던 시대, 그 시대를 성서가 기록하고 있는 것처럼 인간이 발가벗고 살면서 수치를 몰랐다는 원시시대로 신인합발(神人合發)하던 시대임을 동서가 이렇게 유사하게 기록해 두고 있다는 사실이다.

서양의 구약성서 창세기에서 전개되고 있는 상황이 그것이다. '야훼'가 처음 사람 아담과 이브에게 짐승의 가죽으로 옷을 지어 입히고, 천사들로 하여금 집을 지어 주게 하였으며, 세상을 살아가는 모든 방식을 터득하게 한 것처럼 마찬가지였다. 한민족의 조상신 환웅천제가 선관들에게 명하시어 우관은 토지를 맡게 하고, 사관은 문서를, 고시농관은 곡식을 맡게 하였으며, 신장 풍백은 명령을, 우리고 우사는 질병을 맡게 하고, 뇌공은 형벌을, 운사 신장은 선과 악이 무엇인가를 가르치게 했다는 기록이다.

이렇게 하늘의 천신들이 지구에 내려와 창조신 그 고유한 색(色)의 '호흡' 정기(精氣)를 불어넣어 물질인간 종자를 심어 놓은 뜻은, 그것이 조물주 농사업장으로 그 씨앗을 꽃피게 하여 열매를 거두기 위함이라는 것을 시대를 달리하여 오고 간 많은 성인 현자들이 인간 세상에 전해 주고 간 '진리' 라는 경전의 '말씀' 이다.

성현들은 이처럼 하늘의 섭리를 땅에 펴신 조물주의 근본의 이치를 가르쳐 주었고, 그래서 씨앗을 뿌리는 자와 자라나게 하기 위해 물(생명수)을 주러 오는 자(성자들), 그리고 그 열매를 거두어들이는(주인)자가 각기 다름을 《그리스도의 세계》라는 신약복음서에 '진리' 라는 말씀으로 기록해 두고 있다.

이것이 조물주 정기의 씨앗을 땅에 심고 이성이라는 싹이 돋아나기까지 보살펴 주던 신인합발의 원시시대였음을, 그리고 구석기, 신석기, 청동기시대를 거쳐 점차 문명시대로 나온 이것이 인류역사임에 틀림이 없다.

지구상에는 5색 인종으로 인간의 부류가 나뉘어져 있다. 그리고 각기 그 색을 달리하는 족속이 나라를 달리하고 민족을 이루어 나왔다. 그 족속마다 유전되어 내려오는 유전자 염색체는 오늘날 고도로 발달된 과학문명으로도 그 해답을 얻어 낼 수 없는 것이 사실이다. 그렇기 때문에 구구한 역측을 신학자들이 만들어 내고 있는 것이다.

인류 최초의 조상은 노랑머리에 파란 눈을 가진 이스라엘 족속의 조상 아담과 이브의 후예였는데 어느 날 하느님의 '기적' 에 의해서 불경이, 누렁이, 푸렁이, 검둥이, 흰둥이로 변질되었다고 서양기독교 신학자들이 서슴없이 말하고 있다.

하지만 그러한 논리를 원시시대로부터 진보되어 그 옛날 창조신들이 그랬던 것처럼 오늘날 시험관 아기를 탄생시키는 등, 이제 신의 도정(道程)에 이른 문명사회에서의 인간들이 그러한 성경해석을 과연 의심 없이 받아들여 믿을 수 있을까 하는 것이다.

그러나 '나' 라는 존재 즉, 물적 증거인 나를 지구 위의 인류가 생성된 시작으로부터의 시간과 공간대를 좁혔을 때, 지금 존재하고 있는 '나'는 분명 내 조상 유전자의 몸체이며, 그로부터 수천년을 이어온 내 조상 그 끝의 몸체라는 사실이다.

그렇다. 동서양의 뿌리 기록이 태초 '있음' 의 시작을 기록하고 있는 것과 같이 처음 각 족속의 조상이 지구상에 존재하게 된 데에는 또한 '그' 라는 창조주가 분명히 있다는 얘기가 된다. 그러므로 그로부터 창조되어진 인간 피조물들은 지구상에서 가장 위대한 지적 동물로 존재하면서 그 존엄성을 높이고 윤리, 도덕, 지능, 예지의 고도로 진보한 숙명적 존재로 영적인 사고까지를 발휘하고 있는 것이다,

이렇게 창조주로부터 만들어진 피조물 인간들은 그러나 아직까지도 '근원' 에 대한 수수께끼를 풀어내지 못하고 구구한 억측 논리를 펴고 있는 것이 사실이다. 그래서 일부 기독교인들은 지구상에 최초의 인간이 노랑머리에 파란 눈으로 창조된 아담과 이브였고, 그들을 지은 '야훼' 신이 우주와 만물을 조물해 낸 유일하신 창조주(절대자)로 믿으라는 서양 신학자들의 논리에 '아멘' 믿습니다, 하고 고개를 주억거리고 있는 실정이다.

하지만 중앙아시아로부터 위치해 있는 우리 한민족은 그 유전자 염색체가 그들과는 다른 황인종으로 창조신이 엄연히 다른 '환웅천제' 이시다. 그분을 백성들은 '한알님' 이라고 했는데, 구약성서 창세기의 기록이나 마찬가지로 처음 아시 태백에 내려와 물질인간 남자 '아반' 과 여자 '아만' 을 창조했다는 환단고기의 기록이다.

여기에서 남자(陽) 와 여자(陰)에게 아(亞)가 붙는 것은 처음, 시초로

만들어진 남자와 여자임을 뜻한다. 아시태백 또한 마찬가지다. 처음 물질계 창조 역사를 시작했다는 의미를 갖는다.

이 옛말 아시는 그로부터 쓰여져 내려와 아직도 여러 지방에서 사용되고 있다. 논밭의 초벌갈이를 할 때 '아시갈이' 그리고 길이나 터를 닦는 것을 '아시닦이'라 하며 과일 등의 첫맛을 '아시맛'이라고 부른다. 이로 미루어 '아시땅' '아사달'은 처음 땅, 곧 물질계 역사가 처음 시작된 땅임을 의미하고 있는 것이다.

그래서 환웅천제께서 처음 이 땅에 물질계 창조역사를 펴신 곳을 '아시태백'이라고 했다. 여기 아시태백 천지 못으로부터 모든 물질계의 근본이 되는 강이 발원하여 갈라지는 물줄기는 북으로 송화강, 동으로 두만강, 남으로는 압록강, 서로는 두도강으로 그 수맥은 멀리 태평양으로 이어져 있다는 지구 유일의 강의 원천(源泉)이다.

처음 물질인간을 창조한 곳, 그것을 특히 성서가 창세기에 기록하고 있다는 사실이다. 이스라엘의 조상신 '야훼' 하느님이 그 족속의 조상 아담과 이브를 창조했다는 곳이 '에덴동산'이다. 그러나 그들은 창조신 야훼의 명령을 거슬렀다는 불순종한 죄과로 그들이 지음을 입었다는 에덴동산에서 쫓겨나게 된다. 그리고 그들이 다시 돌아오지 못하도록 그들 창조신 야훼는 에덴동산 동편에 그룹들과 두루 도는 화염검을 두어 생명나무의 길을 지키게 했다는 창세기의 기록이다.

이것이 바로 수메르에 근원을 두고 나라를 세운 야훼 하나님의 백성 이스라엘 족속 그 조상이 어떻게 하여 동방 에덴으로부터 흘러가게 되었는가를 나타내 주고 있는 뿌리 역사 기록이다. 그런데도 서양 기독교 신학자들은 아직까지도 그들의 처음 조상 아담과 이브가 창조되어졌었다는 에덴동산을 언급조차 하지 못하고 있다. 아니 의도적으로 하지 않고 있는 것인지도 모른다.

하지만 성서는 그것을 분명하게 암시해 두고 있다는 사실이다. 강이 에덴에서 발원하여 네 줄기로 갈라져 나왔다는 것이 바로 그것이다.(창세기 2장 10~16)

"강이 에덴에서 발원하여 동산을 적시고 거기서부터 갈라져 네 근원이 되었으니 첫째의 이름은 비손이라 금이 있는 하월라 온 땅에 둘렀으며 그 땅의 금은 정금이요, 그곳에는 베델리엄과 호마노도 있으며, 둘째 강의 이름은 기혼이라 구스 온 땅에 둘렀고, 셋째 강의 이름은 힛데겔이라 앗수로 동편으로 흐르며 넷째 강의 이름은 유브라데더라……."

그리고 그 에덴동산은 분명히 동방에 있었다는 다음 기록이다.

"여호와 하나님이 동방의 에덴에 동산을 창설하시고……."

이렇게 성서는 여호와 하나님의 창조 역사가 대우주적인 창조 역사가 아니라 일부 지엽적인 그 구획을 가르는 동산 창조 역사였음을 분명하게 나타내고 있고, 그 시작은 지구에서 유일하게 강의 원천이 있는 곳, 바로 동방에서 비롯되어졌음을 이렇게 완벽하게 기록해 두고 있다는 사실이다.

바로 이것이다. 여호와는 동방에 에덴동산을 창설하고 그의 영광을 위한 처음 사람 아담과 이브를 창조했으며, 그들을 그 동산에서 내치고 난 다음 화엄검을 둘러 그들이 다시 돌아오지 못하도록 길을 막았다는 기록이다.

성서 속에서 처음 사람 아담과 이브가 창조되었다는 그 비밀한 에덴동산의 땅, 그 곳은 분명 우주의 모든 서기(瑞氣)가 고루 뻗어 있는 지구 중심의 자궁혈(子宮血)로, 인류 역사가 처음 이 '아시땅'에서 비롯되어졌음을 이렇게 서양사 뿌리 역사 기록에서 나타내 주고 있다는 사실이다.

그러므로 해가 뜨면 지구상에서 제일 먼저 해가 비치는 동방의 해뜨는 나라, 이 밝은 터에 하늘나라 지상천국의 나라를 건설하고자 천상에서 삼천의 신장을 거느리고 태백산정으로 하강하셨다는 한민족 우리 조상 창조신이 '환웅천제'님이었다.

환웅(桓雄)이라 함은, 밝은 하늘나라 크고 웅장하신 성모 하느님의 신위다. 태초에 물질을 형상화 시켜 낸 성모 하느님의 자리, 이를 중국의 산해경(山海經)에서는 천상모태황후(天上母胎皇后)라고 적고 있다. 즉 우주 만물을 조물해 낸 조물주 양적(陽的) 성부의 대위(代位)로 음적(陰的) 성모 하느님을 뜻한다.

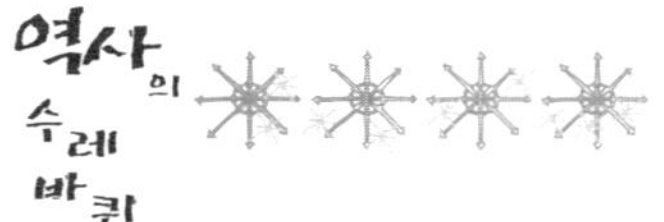

이러한 음적 성모 하느님의 신위를 아직도 풀어내지 못하고 있는 기독교 신관(神觀)이다. 그것은 태초에 만물을 조물해 낸 절대자 하느님이 이렇게 음양 조화를 이루고 우주와 만물을 창조해 냈음을, 그것이 태초 우주 자연지도(自然之道)임을 헤아려 보지 못한 때문이다. 그래서 성서 요한 계시록(21장 2~7절)에 다음과 같이 기록된 성구를 아직까지도 풀어내지 못하고 있는 기독교 신학이다.

"또 내가 보매 거룩한 성 새 예루살렘이 하나님께로부터 하늘에서 내려오니 그 예비한 것이 신부가 남편을 위하여 단장한 것 같더라. 내가 들으니 보좌에서 큰 음성이 나서 가로되, 보라 하나님의 장막이 사람들과 함께 있으매 하나님이 저희와 함께 거하시리니 저희는 하나님의 백성이 되고 하나님은 친히 저희와 함께 계셔서 모든 눈물을 그 눈에서 씻기시매 다시 사망이 없고, 애통하는 것이나 곡하는 것이나 아픈 것이 다시 있지 아니 하리니 처음 것들이 다 지나갔음이리라. 보좌에 앉으신 이가 가라사대, 보라 내가 만물을 새롭게 하노라 하시고 또 가라사대, 이 말은 신실하고 참되니 기록하라 하시고 또 내게 말씀하시되 이루었도다, 나는 알파와 오메가요 처음과 나중이라, 내가 생명수 샘물로 목마른 자에게 값없이 주리니 이기는 자는 이것들을 유업으로 얻으리라."

이렇게 하늘로부터 내려와 그 장막이 사람들과 함께 있으면서 인간 세상적인 육신의 마음을 정법(正法)으로 다스려 그 속사람 영혼의 때를 닦아낸 곧 세상을 '이긴 자'(聖徒)들에게 그 위로가 되어 주겠다는 하느님의 약속이 많은 경전들 속에 기록되어 있는 이것이 성현 또는 현자들의 예언이다. 말하자면 땅에 뿌려진 인간 종자 씨앗들의 이성(理性)이 자라 완전한 신(神)의 성품을 이루었을 때, 그 익은 신의 소생이 세상을 '이긴 자'로 곧 신의 열매가 된다는 것이다.

그러므로 그 익은 열매를 거두기 위해서 그 때가 이르면 세상에 출현하신다는 하느님, 그가 처음 만물을 지었기 때문에 나는 처음이요 마지막으로 '알파요 오메가'라고 했는데, 그가 출현하여 신의 성품으로 익은 자와 그때까지 익지 못한 쭉정이를 골라 낸다는 주인의 타작마당, 이 '때'에 대해서 많은 경전들이 그처럼 예언해 두고 있는 것으로, 곧 조물주 하느님의 뜻이 땅에서 이루어진다는 성공시대다.

그러나 이러한 조물주의 창조섭리를 풀어내지 못하고 있는 기독교 신학에서는 그렇기 때문에 오늘도 하느님의 아들 재림 예수만을 논하고 있는 것이다. 그것은 서양의 우주 신관은 태초의 천지부모가 이렇게 음양, 체(體)와 용(用)으로 존재한다는 사실을 모르기 때문이다. 그래서 오직 홀로 존재하는 유일신관(唯一神觀)으로 성삼위(聖三位)의 신위를 아직도 풀어내지 못하고 있는 것으로, 이것이 바로 서양 기독교 신학의 문제점인 것이다.

하지만 불교 경전에서 말하는 '삼존불'의 의미가 그것이다. 여기에 '삼보귀의하라'는 법문은 결국 법신불, 화신불, 보신불의 성삼위 일체론을 말한다. 이러한 삼신 원리에서 말법시대(末法時代) 이 땅에 용화세계(龍華世界)를 이루기 위해 출현한다는 구주미륵이 '화신불'로 성모 하느님의 존체며, 성서가 기록하고 있는 하늘 백보좌에 앉아 계시다가 많은 하늘군대, 곧 천군천사들을 거느리고 지상천국을 이루기 위해 다시 지상 강림하신다는 백보좌 하느님의 실체다.

그처럼 높은 태극(太極) 천지부모 위치에서 내려와 이 아시태백에 물질계를 열어 우리 배달나라를 세우고 다시 하늘 천지부모 태극의 위치로 오르신 하느님이 바로 한민족의 조상신으로 환웅천제님의 신위다.

이렇게 하늘 높은 보좌의 환웅천제께서 그의 거룩한 뜻을 지상에 펼치기 위해서 하늘 문을 열고 내려와 물질인간 창조 역사를 펴신 날이 바로 상원 갑자 상달, 상날이다. 그래서 하늘과 땅과 사람이(天地人) 다같이 합일을 이룬 성스러운 날이라고 하여 우리 한민족의 국가 경축일 개천절로 정해진 것이다.

아득한 태시에 하늘에서 지상으로 내려 온 '환웅천제'가 나라를 세웠다고 하여 신불(神佛)나라로 불렀다는 신불의 불(佛)은 저자 시(市)자가 아니라, 앞치마 불, 또는 사람이름 불자이며, 또 이 불은 불(火)과 벌(罰)로서 곧 터, 땅, 나라 등으로 쓰이게 되므로 신불은 곧 검벌(神國)이라는 말이 된다.

그래서 신불의 나라 백성들은 하늘의 웅장한 태극의 하느님이 내려와

세워진 나라로 하늘 제사권이 주어진 천손(天孫)민족, 혹은 으뜸의 장손민족이라고 한 것이며, 환웅천제께서는 그 정통성을 우주 창조의 원리가 들어 있는 원방각 3개의 천부인(天符印)을 백성들에게 주어서 나타내게 했다.

천부인 원방각의 둥근 도로방 모양은 원대 무궁한 우주를, 사각은 물질인 땅을, 그리고 세 뿔은 사람을 뜻하는 곧 천지인(天地人)이 합일을 이룬다는 진리의 표상인 것이었다.

이것이 또한 태시(太始)의 우주와 천지만물을 창조한 그 비밀이 함축되어 있는 우주창조 당위법칙으로 한민족의 경전 천부경 속에 81자로 함축되어 있는 것이다.

천부경 속에 담아두고 있는 일시무시(一始無始)란, 처음 하나가 없음에서 시작되었다는 것이며, 일석삼극무진본(一析三極無盡本)은 처음 하나를 쪼개 3극으로 되지만 근본은 없어지지 아니 한다는 뜻이다.

그리고 천일일지일이인일삼(天一一地一二人一三)이란 근본된 그 하나에서 하늘이 첫 번째요, 그 하나에서 땅이 두 번째로 태어났고, 그 하나에서 사람이 세 번째로 창조되었다는 것이며, 그리고 일적십거무궤화삼(一積十鉅無軌化三)이란, 하늘 일월(日月)이 둘(陰陽)이지만 생물과 함께 셋이고, 땅도 물과 뭍 둘이지만 생물과 함께 셋이며, 사람도 남녀 둘이지만 자식까지 합쳐 셋이란 뜻이다. 그 다음으로 이어지는 대삼합육(大三合六)이란 큰 수 3은 천지인이며, 각각 음양을 합하면 6수가 된다는 것이다. 또 생칠팔구운삼사성환오칠(生七八九運三四成環五七)은 나는 수는 7, 8, 9며, 운행하는 수는 3과 4며, 이루어 돌아오는 수는 5, 7이다. 그리고 다음으로 이어지는 것은 상수철학(象數哲學)이므로 설명을 줄인다.

바로 이것이 처음 환웅천제께서 하늘로부터 가지고 내려오신 천부인 원방각 속에 들어있는 우주 원리로 한민족의 삼일철학을 낳게 했던 것이며, 여기에 동양철학 오행음양(五行陰陽)의 진수(眞數)인 삼태극(三太極)의 원리가 내포되어 있는 것이다.

이렇게 한민족의 조상신 환웅천제께서는 태초 조화주 하느님 우주창조 원리 원방각 천부인을 가지고 이 땅에 내려와 물질계를 열으셨고, 그러므로 백성들은 이곳을 신령한 '한울님'이 하늘 대권을 가지고 내려오신 삼신산(三神山)이라고 했다.

즉 태초의 천지부모 '한알'(陽) 성부와, '한울'(陰) 성모가 이성(理性)으로 합일(合一)의 교태를 이루었을 때 만들어져 나온 것이 천지부모의 '얼'로 분자(分子)이기 때문에 '한얼'님이다. 이러한 태초의 우주 원리가 우리 민족 신앙으로 심어졌고, 이것이 바로 삼신사상(三神思想)

이다. 그래서 우리 조상들은 일찍부터 하늘에는 '한알님' '한울님' '한얼님'이 계신다고 믿어 그 '한님'들을 모시는 삼신각을 세워 두고 빌었을 뿐만 아니라, 또 칠성각을 세워 '칠성님'께 빌어 온 풍습이 그로부터 만들어져 내려왔다.

우리 조상들이 빌어온 '칠성님'이란 천지부모의 분자적인 '한얼' 그 성령체로 하느님의 능력행사를 하는 바로 그 '빛'의 존체들이다. '빛' 속에는 빨, 주, 노, 초, 파, 남, 보, 이렇게 7색이 들어 있다. 이것이 물질을 만들어 내는 과학의 원리로 양적 전자파와 음적 전자파가 마찰을 일으켰을 때 물질을 만들어 내는 빛이 만들어져 나온다는 원리다. 이것이 현대과학에서 말하는 상대성 원리로 유쌍단일원리(有雙單一原理)라고 한다.

우리 동양철학에서 오행음양 사상을 바탕으로 하는 태극 팔괘도의 배치가 그것이다. 태초 우주가 이렇게 음양 짝을 이루고 있기 때문에 천지만물이 그러한 음양의 이치를 이루고 있으면서, 해와 달이 밤과 낮이라는 하나의 틀 속에서 운행되어지고 있고, 또 그러한 이치로 아름다운 조화의 세계를 이루고 있는 것으로 이것이 바로 공존의 미학이라는 것이다.

그래서 본자연으로부터 비롯되어진 모든 대자연과 자연이 불교에서 말하는 삼천대세계(三天大世界)로 하나로 고리를 잇고 있음을 말하고 있고, 특히 기독교 성서 신구약 역시도 그 이치를 분명히 나누어 기록해 두고 있다는 사실이다.

하지만 서양 신학자들은 어디까지나 유일신관이기 때문에 그러한 우주신관을 아직까지도 헤아려 보지를 못하고, 이스라엘 족속의 창조신 '야훼'를 스스로 존재하는 본자연의 위치, 즉 영계의 태극 천지부모의 위치에 올려놓고 성도들에게 의심은 곧 '죄'가 된다고 설파하고 있다.

그러나 성서는 분명히 창세기 1장에서 본자연 영계가 대자연 신계를 하느님의 '이데아'라고 하는 능력의 '빛', 곧 말씀(LOGOS)으로 우주와 만물을 창조하고 그 엿새째 되던 날 그 지으신 대자연의 모든 것을 관리하고 다스릴 하늘사람 곧 신계를 창조했음을 기록해 두고 있다는 사실이다.

　창세기 1장의 창조는 2장부터 등장하는 야훼신의 물질인간 창조와는 그 창조의 순서부터가 이렇게 엄연히 다르다는 사실이다. 더욱 구분되는 것은 1장에서는 '우리' 라고 하는 복수형의 다신(多神)이 등장하여 '우리가 우리의 형상대로 사람을 만들자' 라고 기록하고 있다.

　이때에 만들어진 사람은 2장에서처럼 유일신으로 등장하는 야훼가 흙이라는 물질로 사람을 만들었다는 것과는 엄연히 다른 창조의 세계다. 곧 하느님의 빛, 말씀으로 우주와 만물이 창조되어졌다는 것이 1장의 기록이다. 그리고 2장에서 보이는 야훼신의 창조처럼 그 지은 사람 아담과 이브에게 이것은 먹어도 되고, 저것은 먹어서는 안 된다고 한 것과는 다르게 '모든 것이 너희 것이 되리라' 고 창조와 동시에 그 지은 사람에게 축복을 해 주었다는 분명한 기록이다.(창세기 1장 24 ; 28)

　"하나님이 가라사대 땅은 생물을 그 종류대로 내되 육축과 기는 것과 땅의 짐승을 종류대로 내라 하시고(그대로 되니라) 하나님이 땅의 짐승을 그 종류대로, 육축을 그 종류대로, 땅에 기는 모든 것을 그 종류대로 만드시니 하나님이 보시기에 좋았더라. 하나님이 가라사대 우리의 형상을 따라 우리의 모양대로 우리가 사람을 만들고 그로 바다의 고기와 공중의 새와 육축과 온 땅과 땅에 기는 모든 것을 다스리게 하자, 하시고 하나님이 자기의 형상 곧 하나님의 형상대로 사람을 창조하시되 남자와 여자를 창조하시고 하나님이 그들에게 복을 주시며 그들에게 이르시되 생육하고 번성하여 땅에 충만하라, 땅을 정복하고 바다 고기와 공중의 새와 땅에 움직이는 모든 생물을 다스리라, 하시니라."

　바로 이 성구다. 1장의 창조에서는 우주와 만물을 지으시고 그 여섯째 되는 날 그것들을 다스릴 사람을 지을 때에 남자와 여자를 동시에 창조했고, 다수로 등장하는 하나님들 그 형상을 따라 사람을 지었다고 했다.

　그러므로 각기 다른 일곱색 빛이 음양오행으로 이루어진 색을 따라 대자연을 관리하는 신계족, 즉 하늘 사람들이 창조되어졌음을 나타내 준다. 그들은 창조와 동시에 번성하여 땅에 충만하고 땅을 정복하라는 축복을 받았기 때문에 우리라고 하는 하나님들 그 빛의 색을 따라 각기 하늘 정부를 이루고 있으면서 바람을 다스리는 신, 구름과 비를 내리게 하는 신, 태양 과 달, 그리고 별들의 운행을 관장하는 신, 또는 바다 물을 다스리게 하는 용궁신 등등으로 헤아릴 수 없는 많은 신들이 그 맡은 직분을 충실하게 이행해 오고 있는 것이다.

이렇게 그들 신계족은 다스림의 이치로 하느님 말씀에 의해서 창조되어졌고, 그로부터 하늘에 정부를 이루고 있으면서 대자연의 세계를 다스려 온 하늘 권세자 들임에 틀림이 없다. 그러한 하늘의 권세자들은 창조와 동시에 '번성하여 땅을 정복하라' 는 이 같은 축복을 창조와 동시에 받았었기 때문에 지구에 내려와 물질 인간을 창조할 수 있었던 것이며, 그들(神界)이 각기 세운 족속으로부터 절대자 하느님으로 섬김을 받아왔던 것이다.

그들 신계족이 땅에 내려와 물질인간을 창조한 것이 그들의 영광이 되는 것이기 때문에 이스라엘 족속의 창조신 야훼가 "내 영광을 위해 지은 자들을 오게 하라" 이 성구의 뜻이 거기에 있는 것이다.

그들이 세운 나라, 그 족속으로부터 각기 영광을 받아오던 시대가 성서적으로 영계의 성자 그리스도 예수가 출현 이전, 야훼가 그가 창조한 이스라엘 백성을 다스리면서 그 백성들로부터 절대자 하나님으로 섬김을 받아오던 구약시대였다.

우리의 뿌리 역사 기록도 마찬가지다. 개천성조이신 환웅천제 이래로 단군왕검이 세워지기 이전까지의 천황시대가 바로 창조신이 그가 세운 배달 나라 백성을 친히 가르쳐 진화시켜 오던 이른바 신인합발하던 선천의 시대였다.

그렇다. 각 인간 족속들은 처음 그 창조신들에 의해서 지음을 입을 때부터 그 유전자의 색을 따라 창조되어진 것으로, 성서 창세기 기록이 그것이다. 이스라엘 족속 창조신 야훼가 그 지은 사람에게 "호흡을 불어넣음으로 생령이 된지라" 바로 그 색을 달리하는 창조신의 정기의 호흡, 그 유전인자를 불어넣었다는 이야기가 된다.

그러므로 지구상에는 그 피부색을 달리하는 인간 종자가 '있음' 의 근원으로 비롯된 '빛'의 색을 따라 5색 인종으로 창조되어 번성되어 나왔고, 그 이치로 세상은 하늘나라 그림자 형상이라고 말하고 있는 것이다.

이렇게 우주는 삼천(三天)의 대세계가 합일을 이루고 있는 것으로, 영계의 본자연과, 신계의 대자연, 그리고 인계의 자연이 하나의 세계로 연결 고리를 잇고 있으면서, 물질인간 창조신(신계)들은 그들의 창조에 따른 의무와 책임을 다하기 위해 때로는 진노하기도 하고, 더 심하게는 이방 족속들에게 수모와 억압을 받는 노예의 종으로 버려두었다가 다시 끌어내는 역사를 보여 주기도 한 이것이 이스라엘 민족 뿌리 역사로 구약성서다. 우리의 역사도 그와 다를 것이 없다.

이렇게 하늘의 섭리는 태초 본자연이라는 영계로 하여 하늘나라 정부 신계족이 태초의 말씀으로 창조되어졌고, 말씀에 의해서 창조된 신계족으로 하여 지구라는 땅에 물질 인간들이 창조되어졌음을 성서는 창세기 1장과 2장으로 분명하게 나누어 기록해 두고 있다.

구약성서 창세기 1장에서 보여 주는 창조가 그것이다. 우리라는 다수로 등장하는 신이 곧 하느님 능력을 행사한다는 하느님의 빛으로 곧 하느님의 영이다. 말하자면 창세기에 등장하는 우리라고 하는 다신이 우리 민족 삼신사상(三神思想)에서 말하는 '한얼님'들로 태초의 빛의 존체이면서 우리 조상들이 말하는 바로 그 '칠성님'의 존체라는 사실이다.

이렇게 복수형의 우리라고 하는 성령체들이 각기 분자적으로 그 능력 행사를 해 온 진리체 성자들이었음을 성서가 그처럼 기록해 두고 있지만 서양의 신학자들이 아직도 풀어내지 못하고 있다. 그것이 성부와 성자와 성신이라는 성삼위의 문제로 기독교 신학이 지금까지 안고 있는 문제의 숙제다. 하지만 그 섭리에 대한 비밀을 성서는 다음과 같이 기록하고 있다.(요한계시록 4장 1~6)

"이 일 후에 내가 보니 하늘에 열린 문이 있는데 내가 들은 바 처음에 내게 말하던 나팔소리 같은 그 음성이 가로되 이리로 올라오라, 이 후에 마땅히 될 일을 내가 네게 보이리라 하시더라, 내가 곧 성령에 감동하였더니 보라 하늘에 보좌를 베풀었고, 그 보좌 위에 앉으신 이가 있는데 앞으신 이의 모양이 벽옥과 홍보석 같고, 또 무지개가 있어 보좌에 둘렸는데 그 모양이 녹보석과 같더라, 또 보좌에 둘러 이십사 보좌들이 있고, 그 보좌들 위에 이십사 장로들이 흰옷을 입고 머리에 금 면류관을 쓰고 앉았더라. 보좌로부터 번개와 음성과 뇌성이 나고 보좌 앞에 일곱 등불 켠 것이 있으니 이는 하나님의 일곱 영이라……."

이 성구에서 분명하게 나타내고 있는 하나님의 일곱 영이라는 존체, 그 영이 곧 하나님의 빛으로 그 능력을 행사하는 분자적인 성령체들이었음을 이렇게 나타내 주고 있다는 사실이다. 그 비밀한 하나님의 '일곱 영' 그들이 인간 세상에 각기 천도의 말씀으로 인간 영혼을 성숙하게 하기 위해 뿌려주고 간 진리의 물을 생명수, 혹은 감로수라고 했다.

그것이 바로 인간 종자 씨알들에게 천도를 이루게 하는 하늘 법으로 태초의 진리라는 경전의 말씀이다. 그래서 태초의 말씀이 인간 모양으로 육신을 쓰고 출현했었던 진리의 성자들이었음을 다음 성구에서 나타내 주고 있다.(요한 계시록 5장 2, 6~7)

"내가 보매 보좌에 앉으신 이의 오른손에 책이 있으니 안팎으로 썼고 일곱인으로 봉하였더라."

"내가 또 보니 보좌와 네 생물과 장로들 사이에 어린 양이 섰는데 일찍 죽임을 당한 것 같더라, 일곱 뿔과 일곱 눈이 있으니 이 눈은 온 땅에 보내심을 입은 하나님의 일곱 영이더라."

그렇다. 이렇게 하나님의 일곱 영 성자들이 이 땅에 인간 육신 몸으로 출현하여 각기 그 사명을 이루고 간 성체(부처)로 진리의 불을 밝혀준 진리의 '금촛대'였음을 다음 성구에서도 밝혀 주고 있다.(요한계시록 2장 18 ; 20)

"그러므로 네 본 것과 이제 있는 일과 장차 될 일을 기록하라, 네 본 것은 내 오른손에 일곱 별의 비밀과 일곱 금촛대라, 일곱 별은 일곱 교회의 사자요 일곱 촛대는 일곱 교회니라."

바로 이것이다. 보좌 위에 앉으신 이의 오른손에 들린 안팎으로 쓴 책이 '일곱인'으로 봉해져 있다는 것, 그러나 이렇게 일곱인으로 봉해져 있다는 비밀한 기록을 서양 신학자들은 오늘도 풀어내지 못하고 있다.

그래서 진리의 성자는 오직 그리스도 예수뿐이라는 주장으로 타종교는 삿된 것으로 매도해 오고 있는 기독교 서구 신학이다. 그것은 서양의 우주신관이 동양과는 다르게 유일신관이기 때문이다.

그러나 성서는 하나님의 분자적인 성령체가 일곱 영으로 보좌 앞에 등불을 켜고 있으며, 그 등불이 이 땅에 보내심을 입은 일곱 교회의 사자, 진리의 불을 밝혀 주고 간 금촛대였음을 기록하고 있고, 다시 또 기록하고 있는 일곱 뿔과 일곱 눈의 비밀, 그것이 하늘나라 원천의 진리, 그 '빛'의 표상임을 북두칠성으로 나타내어 어두운 인간세상 길 잃은 나그네의 이정표를 삼게 하고 있는 것이다.

그러나 서양 족속과는 다르게 이러한 하늘의 이치를 우리 민족은 조상신 환웅천제로 하여 일찍부터 배워 온 민족으로 〈사답가(寺畓歌)〉에 이르기를 하나님이 인간 농사를 짓는 밭이 일곱 두락이 있는데 그것을 사답칠두문무성(寺畓七頭文武星)이라고 했다. 이 얼마나 일찍부터 하늘 원천의 이치를 배워 온 축복 받은 민족이었던가.

그러나 서양 유대 족속은 그 원천을 헤아려 보지 못한 것이다. 그렇기 때문에 이스라엘 땅에 '사랑'이라는 성부 하나님의 도맥을 가지고 출현했던 그리스도 예수는 그가 분자적인 하나님의 영임을 나타내어 '나는 영(靈)이니'라고 말씀했고, 또 '아버지가 내 안에 내가 아버지 안에 있느니라' 그리고 '나를 본 것이 하나님을 본 것이다' 이렇게 말씀했던 것이지만, 하늘의 섭리를 헤아려 볼 수 없었던 그 시대 이스라엘 백성들은 예수가 감히 하나님과 자기를 동등하게 말한다고 하여 '이단'으로 내쳤고, 마침내는 야훼 하느님에 대한 불경모독죄로 십자가에 처형되고 말았던 것이다.

그리스도 예수는 분명히 태초에 하나님과 함께 만물을 창조해 낸 위치로, 신약복음(요한 1장 1~6)에서 기록하기를, "태초에 말씀이 계시니라, 이 말씀이 하나님과 함께 계셨으니, 이 말씀은 곧 하나님이시니라. 그가 태초에 하나님과 함께 계셨고, 만물이 그로 말미암아 지은 바 되었으니 지은 것이 하나도 그가 없이 된 것이 없느니라, 그 안에 생명이 있었으니 이 생명은 사람들의 빛이라, 빛이 어둠에 비취되 어두움이 깨닫지 못하더라."

　바로 그 빛의 존재인 것이다. 즉 태초의 '말씀이 육신이 되어' 이 세상에 화육(化肉)하여 오신 하나님의 분자적인 영으로 만물을 창조한 위치, 그래서 '참빛'이라고 감히 말씀할 수 있었던 것이다.

　이것이 아직도 완전히 이해되지 못하고 기독교 서구신학이 숙제로 안고 있는 성부와 성자와 성신이라는 성삼위 일체론이다. 하지만 우리 민족 조상신 환웅천제께서 가르쳐 주신 하늘의 이치, 곧 삼신천법(三神天法)은 3위의 하느님 신위는 비록 그 본질은 일체이지만 현실 역사에서 작용하는 주체적 입장은 아버지(聖父)와 아들(聖子), 그리고 어머니(聖母)는 엄연히 독립적으로 존재한다는 이러한 가르침이었다.

　이렇게 우리 배달민족은 조상신 환웅천제 하느님으로 하여 일찍부터 이러한 하늘의 비밀한 섭리를 배워 왔다. 그래서 고대 다른 민족들과는 달리 하늘에는 조화주 '한얼님', 교화주 '한울님', 치화주 '한알님'으로 삼신(三神)이 일체를 이루고 있다는 것을 알았고, 그러므로 만생명이 이 삼신으로부터 점지를 받는 것이라고 믿어 그로부터 삼신께 빌어 온 한민족 고유의 민간 신앙 풍습이 만들어져 나온 것이다.

　그러한 민간 신앙은 또 조화주 한얼님의 아들 한알님이 일곱분으로 존재한다고 믿어 왔는데, 그들을 칠성님이라고 했다. 이러한 우리 민족 고유의 사상은 그로부터 지구상에서 유일하게도 칠성각을 세우고 칠성님께 빌어 왔고, 그로 하여 만들어져 내려온 풍습은 귀한 자손을 얻었을 때 칠성님으로부터 점지받고 태어난 자손이라고 하여 일곱색 색동저고리를 만들어 입혀 온 아름다운 풍습이 만들어지기도 한 것이다.

　그러므로 선천시대 환웅천황으로부터 천통을 이어 받아 온 우리의 국조 단군왕검은 이러한 하늘의 근본 이치를 백성들에게 가르치셨는데 다음과 같은 말씀이었다.

　"태초에 한인상제께서 음과 양의 상생원리로 칠색의 조화를 이루어 무수한 기파를 발생하여 생명의 원소인 물질이 형성되었으니 이것이 우주에 널려 있는 수많은 뭇별이며 너희가 살고 있는 땅이 생겨났느니라."

이것이 배달나라 백성들에게 심어진 '한사상'으로 종교며 철학이었다. 이러한 우리 민족 고유의 한사상은 크고 작은 법계가 모두 들어 있는 원통맥의 진리로 노자 성현이 가르친 삼생만물의 이치이며, 기독교 서양신학이 지금까지도 풀어내지 못하고 있는 성부와 성자와 성신이라는 성삼위론의 이치를 일찍부터 조상신 환웅천제로 하여 배워 온 지구상에서 유일한 배달민족으로 세계 속에 으뜸으로 세워진 장손민족의 특권이며 그 은혜인 것이었다.

이렇게 인류의 시작과 함께 손을 잡고 태어난 종교라는 형태는 태초의 본자연 영계의 하나님 음양 조화기운에 의해서 빛으로 존재한다는 칠성님들이 천도라는 대도의 원통 맥에서 갈라져 나온 분파적인 도맥으로 그 도의 숨결을 각기 이 땅에 심어두고 간 것이다. 그들을 우리는 세계 칠대성현(七大聖賢)이라고 말한다.

이처럼 비밀한 하늘의 섭리를 우리 한민족 조상들은 일찍이 조상신 하나님으로부터 배워 왔고, 그러므로 삼일천법을 바탕으로 하는 동양철학에서 만이 그 비밀한 하늘의 섭리를 다음과 같이 밝혀 볼 수 있게 한다는 사실이다.

즉 만물은 태초의 건곤 음양 천지부모가 교합한 상태를 태극이라고 하는데, 그래서 1수는 성부를 말하며, 2수는 성모를 말함이다. 이 둘이 결합함으로 아들이라는 성자 개념의 3수를 낳은 것이다. 이 3수가 천지 창조의 기본 숫자로 성삼위이면서 바로 동양철학이 말하는 삼태극의 원리다.

즉 무의 절대세계에서 유의 현상계로 전개될 때에는 이렇게 3위수가 성립된다는 것인데, 이 3수가 바로 삼신이 일체라는 '있음'의 근원 자리다. 이렇게 태초의 우주는 영과 혼과 넋, 삼신이 혼연일체를 이루고 비롯되어진 것으로 노자 성현의 격물치지(格物致知) 사상의 삼생만물이라고 하는 이치가 바로 이것을 말해 주고 있다.

이것이 서양인들과는 달리 동양인이 보는 우주관으로 그것을 설명할 때에 건곤 천지일월과 인간의 상호관계에서 우주를 움직이는 근원적인 힘은 4개로 양(陽)은 목화(木火), 음(陰)은 금수(金水)로 이것을 사상

(四象)이라 하고, 이 사상이 4시공간으로 전개될 때 4방위가 된다는 것이다.

이러한 우주 원리로 우리 인체에서는 사지(4)가 있어 십(十)자의 모양으로 이 사지의 우주력은 한 뿌리의 조화기운 중성(土)으로부터 흘러나와서 현상세계를 작용 변화시켜 나간다는 원리다.

이 중성의 조화기운 자리를 도(道)가에서는 도라고 하며, 이것이 곧 종교에서 말하는 믿음(信)의 자리로 진리라고 하는 근본 있음으로 만물이 생겨난 이치의 자리다. 그래서 환웅은 건곤 천지부모의 조화기운으로 하느님 조화의 세계를 이루는 핵심체인 것이며, 체(陰)는 유형(有形)으로 만물을 형상화해서 그 이상을 실현시켜 나가는 구체적인 작용을 하는 곧 태극 성모 하느님의 자리인 것이다.

이러한 태초의 상대성 우주 원리에 의해서 천지는 우주 음양의 본체이며, 따라서 만물을 변화시키는 구체적인 음양의 작용은 일월이 수행한다는 것으로, 인간 또한 음양 짝을 이루고 하느님의 이상을 현실세계에 직접 실현시켜 나가는 사역(用)자로 그의 소생이라고 한 것이며, 그래서 인간을 하느님 조화세계의 주체라고 한 것이다.

이것이 동양인이 보는 도요 삼일철학으로서 이러한 동양사상을 바탕으로 하여 하늘 천법의 도맥을 다음과 같이 풀어 볼 수 있게 한다는 사실이다.

노자 성현으로 세워진 도교는 1, 6수에서 나온 북방임계흑제현무(北方壬癸黑帝玄武) '은잠성으로 죽음을 나타내며, 상징이 거북이다. 그리고 예수 성현으로 세워진 기독교는 2, 7화(火) 불기운에서 나온 '발양성'으로 남방병정적색주작(南方丙丁赤色朱雀)으로 사랑을 나타내며, 상징이 까치다.

공자의 유교는 3, 8목(木)에서 나온 '직진성'으로 동방갑을청제청룡(東方甲乙 靑帝靑龍)으로 자유를 나타내고, 상징이 용(龍)이다. 또한 석가로 세워진 불교는 4, 8금(金)으로 서방경신백제백호(西方庚申百帝白虎) '신축성'이며, 윤회의 탄생을 나타내고, 호랑이가 그 상징이 된다.

이것이 동양철학 음양오행설을 바탕으로 보는 도맥으로 동방성인(東方聖人) 우리의 국조 단군왕검으로 세워진 천손의 도맥은, 중앙 5, 10 토(土)에서 나온 '조화성'으로 중앙황색봉황(中央黃色鳳凰) 조화를 나타내며, 상징이 봉황이다.

그렇기 때문에 중앙(土)에 속하는 우리 배달민족의 창조신 조화사상은 평화를 추구해 온 민족정신을 심어 준 것이다. 그로부터 흘러 온 우리 배달민족 정기는 그렇기 때문에 건국 이래 이웃 나라로부터 침략은 받아 왔지만, 먼저 침략을 해 본 역사가 없는 민족이다.

이렇게 우리 민족은 종교적인 심성이 다른 민족에 비해 강한 것으로 고대사에서 사대사상(四大思想)의 발상지가 된 것은 바로 그 중앙(土)에 위치해 있는 원통맥의 대도 자리기 때문이다.

그래서 배달민족 후손들은 우리 원통맥의 종가집으로부터 분파되어 나간 성자들의 지체적인 도맥을 다시 포용하고 또 받아들일 수 있었던 것이며, 이것은 우리 민족의 혈류 속에 흐르는 바로 그 민족정기의 흐름 때문이라고 할 수 있다.

이렇게 우리 배달민족은 놀라운 하늘 섭리 가운데 세워진 천손 민족으로 대도의 근본자리로부터 지상에 하느님의 뜻을 이루기 위해서 세워진 축복받은 민족이었다.

이러한 우리 민족의 뿌리 사상을 역사적으로 살펴보면, 고대사에서 이웃 민족을 지배하여 왔던 형이상학적인 사상의 이데올로기로 우리 민족사에 길이 연결되어 왔다. 이것이 야훼신으로부터 창조되어 선택받았다고 자랑하는 서양 이스라엘 족속과는 비교도 될 수 없는 축복 받은 배달 한민족의 자랑인 것이다.

그렇다. 우리 민족의 조상신 하나님은 대도의 주인으로 태극 천지부모 성모 하느님의 자리에서 그 뜻을 펼치기 위해 지상에 직접 내려와 창조된 민족이라는 사실이다. 그러한 우리 한민족 뿌리 역사 기록을 서양의 구약성서나 마찬가지로 기록해 두고 있다.

《예기(禮記)》의 〈왕제〉 편에 따르면, 동이의 구겨레 또는 구이겨레(九夷族)는 1 견이, 2 우이, 3 방이, 4. 황이, 5 백이, 6 적이, 7 현이, 8

풍이, 9 양이 외에 삼국지가 말한 것과 같이 1 부여, 2 고구려, 3 동옥저, 4 읍루, 5 예, 6 마한, 7 진인, 이렇게 한밝산을 발상지와 중심터를 삼은 동이의 9겨레가 벌써 7,8천년 전부터 한원(中原, 中國)으로 갈라져 나가 그곳을 개척하고 살았었다고 기록하고 있다.(역대신선통감 권 3, 제 8절)

여기에서 주목되는 것은 처음 웅족과 호족이 나란히 이웃하고 살았던 원주민이라는 대목이다. 웅족은 환웅천제의 말씀에 순응하여 배달나라 백성이 되는 성은을 입었으나 호족은 그렇지를 못하여 훗날 한밝산 부근에서부터 멀리 떨어져 나가 오늘날 서양인으로 일컬어지는 무리가 되었다고 적고 있다.

그러한 기록을 뒷받침이라도 해 주듯이 서양 역사의 뿌리를 기록하고 있는 성서 창세기에서 그 같은 사실을 뒷받침해 주고 있다. 이스라엘 민족의 조상 아담과 이브가 창조된 에덴동산은 동방이었다고 했다. 그런데 그들 창조신의 명령을 어김으로 그곳으로부터 쫓겨났다는 기록이 그것이다.

이러한 동서의 뿌리 역사 기록을 종합해 볼 때, 동양족과 서양족은 처음 백두산정을 둘레로 하여 창조되어졌고, 거기에서부터 갈라져 나왔음을 동서가 유사하게 개진하고 있다는 사실이다.

서양사에서 선천의 시대를 기록한 것이 이스라엘 족속이 그 창조신 야훼로 하여 가르침을 받아오던 구약시대였고, 그 선천의 시대가 마감된 것이 성자 그리스도 예수의 신약복음의 시대로 새로운 진리의 후천시대 그 문이 활짝 열렸던 것처럼 우리의 역사도 마찬가지였다.

우리 민족 창조신 환웅천제가 천신들과 함께 조화를 이루어 배달나라 백성들을 교화하던 선천의 천황시대가 마침내 문이 닫히고, 치화(治化)의 단군왕검 시대로 드디어 후천시대 그 문이 열렸던 것임을 기록하고 있는 것이다.

즉 개천성조 환웅천제께서 이 땅에 내려와 하늘의 은혜를 베풀어 처음 배달나라의 조상 아만과 아반을 생겨나게 했고, 그로 번성된 인간들이 씨족과 부족, 그리고 점차로 종족을 이루어 마침내 나라 형태로 세워진 것이 배달나라다. 이렇게 환웅천제로 하여 동방 아시땅에 세워진 민족을 웅족, 혹은 한족이라고 했는데, 후천의 단군왕검의 시대로 문이 열리기까지 배달나라를 다스려 온 천황의 시대가 환웅천제로부터 18대로 이어졌다. 그 마지막 거불단 천황이 바로 단군의 아버지였으며, 단군은 (서기 전 2370년 5월 2일) 신단수 아래서 웅(雄)씨 족 왕녀를 어머니로 하여 태어났다.

그렇기 때문에 단군왕검께서 개국하신 조선은 선천의 시대와는 달리 인간들로 구성된 완전한 현실적 지상국가인 것이다. 국조 단군이 조선을 통치하는 이상은 선천시대 환웅천황의 유지를 받들어 지상에 이상적인 하늘나라 모형인 유토피아, 곧 광명세계를 지상에 실현하는 것인데 신약복음에서 그리스도 예수가 설파했던 하늘나라 '사랑의 법' 곧 인간을 사랑하고 인간의 생명을 존중하는 인본주의 사상으로 그 이념과 이렇게 맥을 같이하고 있다는 사실이다.

바로 이것이었다. 천지창조를 하신 대권주(大道)로 이 땅에 오신 환웅천제께서 펴신 삼신천법 속에는 종교를 통합하는 만법이 들어있는 것이었다. 이것이 국조 단군왕검께서 백성들을 가르치신 홍익인간 재세이화(弘益人間在世理化)라는 한얼사상이었다. 즉 예수께서 하늘을 우러러 "하늘의 뜻이 땅에서 이루어지이다"라고 말씀한 하늘나라 모형국가를 지상에 건설하는 그 이념과 같은 것이었다.

이렇게 하늘나라 천권의 사명을 받고 동방에 천도문명을 열어갈 후사로 보내진 동방 성인이 바로 우리의 국조 단군왕검이었다. 그렇기 때문에 우리의 국조 단군왕검은 천국도 인정하고, 신선국 곧 천국의 이상도 지상국에서 실현되는 것을 원했다. 이것이 선인들로부터 물려받은 우리 민족 고유의 한얼사상으로 경천(敬天) 숭조(崇祖 : 감지, 感地) 애인(愛人)이라는 삼일철학에서 비롯된 사람이 곧 신이라는 높은 경지의 휴머니즘으로 자연관과 인간관을 바탕으로 하는 것이었다.

이러한 한얼숭배, 조상숭배, 인간 사랑을 골자로 한 인내천 사상이 바로 우리 배달 한민족의 종교며 철학이었다. 즉 인간이 큰 덕과 슬기와 힘을 갖추면 누구나 해탈의 자각자, 곧 진인(眞人)이며 신이 될 수 있다는 불교 사상과, 예수가 설파했던 '너희가 마음에 사랑을 이루면 내가 너희를 형제라 부르기를 부끄러워하지 않겠노라' 이 같은 개념이었다. 곧 인간이 진리의 말씀을 듣고 성령으로 거듭나면(탈겁) 한알님과 동등한 하느님의 아들로 신이 된다는 것이었고, 이것이 우리 민족 본래의 한얼사상으로 그렇기 때문에 분파된 성자들의 진리의 말씀과 그 맥을 상통하고 있는 것이다.

이렇듯 우리 배달민족은 서양 족속과는 다르게 성자 출현 이전에 벌써 창조와 동시에 그 같은 하늘나라의 높은 천도선법을 배워 왔고, 그 진의가 구현되어 동방의 정신문화를 꽃피워 왔던 것이다.

7. 개국조 단군왕검

　마침내 배달나라는 선천의 환웅천황시대가 18대 거불단 천황으로 마감되고 그 천통을 이어 받을 후사로 태어난 분이 바로 단군왕검이었다. 후천의 치화(治化)의 시대로 그 문이 열린 것이다. 왕검께서는 선천의 시대로부터 내려온 한얼사상의 천도를 받들어(서기 전 2333년) 조선을 개국했다. 이분이 제1대 단군왕검으로 배달 한배검(朝鮮王儉)이라고도 한다.

　한배검 단군왕검께서는 한얼님을 받드는 의식들로 나라를 세우고 백성을 다스렸는데 선천에 이 땅에 내려와 배달나라를 세우신 환웅천제의 거룩한 개천의 뜻을 기념하기 위하여 10월을 지극히 높여서 신성시했다. 그래서 개국 또한 10월 상달 상날(10월 3일)로 선포하고 강화섬 마니산에 제천단을 쌓고 해마다 한얼제사를 올렸다. 그 풍습이 그로부터 이어져 내려오면서 10월 상달 제사를 함경도에서는 상산제(上山祭), 평안도에서는 태백이날(太白日)이라고 하였는데, 그것은 모두가 우리 민족 조상신(환웅)께 드리는 한밝산제사(太白山祭)라는 말이다.

　만주 지방에서는 3월 16일이면 밝산제(白山祭, 太白山祭)를 지내고 있는데, 그 이름을 쌴쓰류제(三十六祭)라 한다. 이것은 곧 우리의 조상신 하느님이 어천(御天)하신 날을 기념하는 제사이다.

　아직까지도 만주 철령 등의 지역에는 숲 속에 흔히 옛 제단 터들이 그대로 있다고 한다. 그곳 사람들의 말에 이르면 그것은 아득한 한 옛적 하느님께 제사 드리던 터라고 말해 오고 있다. 그 터가 고구려와 발해 때에도 제사를 드렸던 터임을 《신단실기(神壇實記)》에도 기록하고 있다.

이러한 제천행사 풍습은 국조 단군왕검으로부터 비롯되어 상달에는 하늘의 성은을 끝없이 기리기 위해 온 나라가 큰 잔치를 베풀어 하늘에 제사를 올렸다. 그 제사의 이름이 시대를 따라 변해 왔는데, 그 잔치를 '맞이굿' 혹은 '한얼 맞이굿'이라 했고, 예맥에서는 한얼춤(舞天), 마한에서는 수두(蘇塗 = 소도 = 솟대), 또 진한과 변한에서는 계음, 고구려와 발해에서는 새맹세(東盟, 寒盟 = 한얼맹세), 백제에서는 교천(郊天)이라 하였다. 우리의 전통 가무는 여기에서부터 이렇게 비롯된 것이었다.

처음 단군왕검은 도읍을 아사달 혹은 무협산, 곧 한밝산에 세우고, 나라를 열었는데 이 한밝산이 곧 삼신(三神, 上帝) 환웅천제가 삼천의 신장을 거느리고 하강하셨다는 곳이다. 그리고 이 산에는 안 늙고 안 죽게 하는 선약(仙藥)이 많았다고 전해지고 있는데 이곳으로부터 물질계를 여는 강이 발원하였다는 것이고 보면, 인류 역사가 처음 시작된 지구 중심의 땅으로 아침해가 뜨면 제일 먼저 비취는 동방의 에덴임에 틀림이 없는 땅이다. 성서가 기록하기를 거기에는 안 죽게 하는 생명나무가 있었다는 것이며, 또 강이 에덴으로부터 네 줄기로 갈라졌다는 기록이고 보면 더욱 분명해진다는 사실이다.

또한 문헌상으로 이 산에는 신선들이 글자를 만드는 방법책인 육서(六書)가 맨 처음 있었다고 한다. 그리고 모든 신비한 방법을 적은 〈신선도서(神仙道書)〉들 가운데 으뜸가는 〈삼황내문〉이 있었다고 하는데, 옛적에는 글이 없어서 말과 일들을 기록할 수가 없었다. 그런데 배달 환웅께서는 글자 만드는 신지(天神) 문서관에게 글자를 만들게 하여 태시의 기록을 여기에 남기게 한 것이다. 이것이 한 옛적 짐승의 발자국 모양을 한 최초의 녹두문자로 글자의 시초라고 한다.

우리 민족의 경전인 천부경은 우주의 원리가 들어있는 원방각을 토대

로 처음은 녹두문자로 만들어진 것이다. 이것을 토대로 단군 한배검께
서는 다시 글자를 만들어 백성들에게 사람으로 태어난 도리를 알게 하
는 3윤리(三倫理) 강연을 펴셨는데, 이것이 천통을 이어 받은 삼신천법
으로 삼일신고였으며, 곧 하늘의 근본 이치를 알게 하는 한얼사상이었
다.

이러한 배달민족 삼신천법 천부경 속에는 우주의 생성 원리와 만물의
탄생, 그리고 배달민족의 과거와 현재와 먼 미래를 81자로 함축하여 놓
은 세계적인 단독 경전이다. 이 천부경은 최근에 학계에 널리 알려지게
되었다. 그러면서 배달민족의 근원지가 바로 고대 문명을 이뤄나온 그
발상지였음이 각종 문헌에서 고고학적으로 강력히 뒷받침 되어지고 있
다.

즉 환웅천제로부터 세워진 우리의 배달 천도문명이 서쪽으로 흘러 황
하 문명과 마야. 잉카 문명을 낳았으며, 남서쪽으로 흘러 내려가서 수메
르 문명을 열었고, 인도와 이집트 및 고대 그리스 문명을 낳게 했음을
찾아볼 수 있게 한다는 사실이다.

우리 배달민족의 고사 중에서 《삼성기(三聖記)》와 《소도경전(蘇塗經
典)》을 보면, 우리 민족이 남북 5만리, 동서 2만리, 즉 아시아 전 대륙
을 통치했다는 최초의 환인국(桓因國) 12나라가 있었다는데 중국인들
은 한국의 사료를 탈취하여 자기들의 나라가 세계 속에 중심으로 세워
졌다고 하여 중화(中華)라고 했지만, 이것은 사실과는 왜곡된 것이다.

중국의 역사는 반고신화(盤固神話)에서부터 시작하고 있다. 〈18사략〉
반고의 뒤를 이은 왕으로 천황 씨와 지황 씨, 그리고 인황 씨를 들고 있
는데, 그 인황 씨와 그 형제들이 150대를 이어 4만 5천 6백년을 지냈다
는 것이며, 그 인황 씨 다음으로 유소 씨와 수인 씨가 승계했고, 그 다음
으로 복희 씨와 여와 씨와 신농 씨가 대를 이은 것으로 되어 있다. 하지
만 중국의 삼황오제설은 우리 배달민족의 삼신천법 사상, 즉 조화주, 교
화주, 치화주인 삼황 천제설을 모방 개조한 것이다.

그러나 그들이 이처럼 시조로 받드는 삼황으로부터 승계를 이었다는
복희와, 여와와 신농은 분명히 우리 한족에서 갈라져 나간 일파로 중국

인이 말하는 삼황오제의 나라들은 고대사에서 우리 배달국의 지배를 받아오던 군소국들이었다는 사실이다.

그러한 고증으로는 중국사고지도집(中國史古地圖集)에 만주와 몽고와 바이칼 호를 중심으로 한 5개국이 발견되었다. 국내외 학자들이 터키에서부터 베링해협까지 5개국을 더 찾아내 12개 국중 10국을 발견하고 그 곳에서 모든 고고학적 증거를 찾아내기에 이르렀다. 이 최초의 국가들의 최고 통치자는 우리 배달민족의 웃어른인 환웅(桓雄, B.C 7399년)이시다.

이러한 역사적 고증은 또 1971년에 발견된 경북 고령군 개율면 양하리 아래의 산비탈 암벽에서 천부경 내용과 너무나 많이 닮은 선사시대의 암각화를 찾아낸 것이다. 이 암벽화는 환웅시대 때의 사슴 발자욱을 보고 개발한 점자로 이어지는 글임에 틀림이 없음을 판명했는데, 암각화는 90% 가까이 천부경과 그 내용이 일치된다는 분석결과가 나왔다.

처음 환웅천제로부터 세워진 배달민족이 번성하면서 아홉 겨레로 번성되었고, 이 아홉 겨레를 9환겨레(九桓族), 혹은 구한겨레(九韓族)라고 하여 나라를 '한나라' 라고 통칭해서 불렀으며, 한배검의 9형제가 나라를 다스렸다고 하여 이분들을 9황(九皇)이라고 하였다.

이들 9한겨레가 바이칼 호수의 동녘으로 흐르는 흑룡강으로부터 삼신산인 한밝산(太白山, 白山, 天山, 白頭山)을 둘레로 차지하고 살았다는 것이 문헌상으로 나타난 우리 배달 뿌리 역사기록이다.

이러한 우리의 배달 고조선에 대한 뿌리 역사를 반증해 주는 유적들이 여러 천년동안 전해 오고 있는 것으로, 한얼님께 제사를 올리던 한밝산의 보본단, 묘향산의 단군굴, 강화도 마니산의 제천단(참성단), 구월

산의 어천대 등이
있다. 고구려 때
에는 등고신묘
(登高神廟)와 단
군묘인 성제사
(聖祭祀)가 있었
는데, 고려에 이
르러서도 이 성제
사 때에는 임금께

서 친히 제사를 올렸고, 또 초하루와 보름에는 관리들로 하여 제사를 올
리게 하였다고 한다.

이 한밝산은 끝으로 우리의 국조 단군 한배검께서 그 사명을 마치고
하늘로 오르셨다는 산이기도 하다. 조선을 개국하신 우리의 국조 단군
왕검은 이렇게 한얼숭배, 조상숭배, 인간사랑을 골자로 한 홍익인간 이
념을 개국과 동시에 백성들에게 펼치셨던 것으로, 요(堯)임금과 같은
때다.

이러한 단군왕검의 '한얼' 사상을 바탕으로 하는 조선은 한얼숭배, 조
상숭배, 인간사랑을 골자로 한 홍익인간 이념으로 치정하면서, 한편으
로 나라 안의 열두 명산을 택하여 국선소도(國仙蘇塗)를 설치하게 하여
미혼의 자제들을 뽑아 글읽기, 활쏘기, 말타기, 예절 배우기, 음악 배우
기, 주먹치기 등 여섯 가지 재주(六藝)를 익히도록 하였는데 이들을
'국자랑' 이라고 불렀다고 한다.

이들 국자랑이 출행할 때에는 머리에 수려한 천지화를 꽂고 다녔기
때문에 사람들은 일컬어 천지화랑이라고도 불렀으며, 이들이 훗날 신라
시대의 화랑도를 만들게 한 그 전신이 된 것이었다

이렇듯 백성들의 문무를 함께 발전시켜 나가는 단군왕검께서는 몸소
소도단에 납시어 영특하고 용맹스런 국자랑들에게 도(道)에 대하여 가
르치셨는데, 곧 다음과 같은 말씀이었다.

"성품을 밝게 하면 내 안에서 한알님과 통하여 재세이화 홍익인간하

느니라. 어버이와 자식은 사랑으로써 맺어진 까닭에 이보다 더 크고 귀
중한 사랑은 없으며, 임금과 백성은 예법으로써 맺어진 까닭에 이보다
더 크고 중한 법이 없으며, 또 스승과 제자는 도리로써 맺어진 까닭에
이보다 더 크고 귀한 도리는 없느니라."

이것이 효성과 충성과 신의(信義)와 용기와 정의 등 5본길(本道, 常
道)인 5계율(五戒)이었다. 이렇게 사람의 근본 도리를 가르치신 단군왕
검께서는 웃사람은 의관을 갖추며 칼을 차고 음악을 익히게 하였으며
아랫사람을 범하는 일이 없도록 하여 위와 아래를 함께 다스리시니 백
성들은 태평성대를 누렸고, 그 덕화가 미치지 않은 곳이 없음으로 갈수
록 백성이 늘어났다.

이러한 '한얼' 근본의 가르침으로 백성을 가르치시니 이 때에 국경이
동쪽으로 창해, 서쪽으로 요서, 남쪽은 남해, 그리고 북쪽은 서비노에까
지 이르렀고, 다수 민족이 아홉, 소수민족이 열넷으로 불어났었다는 기
록이다.

그리고 이렇게 불어난 백성들을 위하여 단군왕검께서는 만국박람회
를 국도 평양에서 크게 열어 열국의 진귀한 물품을 쌓아 서로의 문물을
알리게 하였다고 한다. 뿐만 아니라 기계 공장을 송화강 연안에 세우고
갖가지 배와 기계를 만들어 백성들의 생활이 새로운 기계의 힘을 이용
할 수 있게 하기 위하여 나라 안에 크게 알리어 기계의 발명자에게 포상
하도록 하였으며, 이 때에 발명된 것들은 다음과 같다.

만운갑이 지남차와 목행마를 발명하였고, 목아득이 우주이론을 저술
하는가 하면, 지이숙이 태양력과 팔괘상중론을 저술하여 올렸으며, 그
때에 개발된 발명품이 황룡선, 자행선, 양수기, 차경기구, 자발전차, 천
문경, 조담경, 구석편, 자명종, 경중누기소적, 발전동춘기, 색금, 천리
상응기, 축전기, 양해기, 측우기, 양청계, 측한계, 축시계, 양우계, 측풍
계 등이었다.

이렇게 백성들의 문화를 발전 향상시켜 나간 단군왕검은 그와 동시에
천도를 가르치심으로 백성들은 서로 양보하기를 즐거워 함으로 정복문
화를 창조신(야훼)으로부터 배워 나온 서양 족속과는 이렇듯 그 사상부

터 달리하고 있었던 것이다.

그러므로 건국 이래 이웃나라를 침략해 본 일이 역사적으로 없는 민족으로 중국의 최고 지리지(地理志)인 산해경(山海經)에 이르면, "동방에 있는 군자불사지국(君子不死之國)은 의관(衣冠)을 정제(整齊)하고 칼을 찾으며 성격이 양보를 좋아하고 다투지 않으며, 아침에 피어나 저녁에 지는 꽃(무궁화)이 있다"고 적고 있다.

중국의 공자도 2,500년 전 논어(論語)에서 중국에는 도(道)가 행해지지 않기 때문에 한반도 백성 구이(九夷)의 나라에서 살고 싶다고 했으며, 우리 배달나라를 군자국(君子國) 또는 예의지국(禮儀之國)이라 하여 다른 민족(東西北方民族)과 다르다고 하였다.

이렇듯 지고한 사상으로 배달겨레 단군왕검의 조선은 72대에 거쳐 3840년간 단군천황의 황금시대가 이어지면서 만주 배달나라 본토를 중심으로 동양문화와 동양철학의 근원지로 훌륭한 역사의 틀을 견고히 하였으며, 그로 하여 한족(漢族)을 비롯한 이웃 민족들을 지배해 왔던 우수한 민족이었다. 그것은 민족 뿌리 사상이 삼신천법으로(三神天法)으로 곧 만법(萬法)의 대도(大道)를 배워온 민족이었기 때문이다.

우리 배달민족은 재천제세(在天濟世)의 법리, 곧 천지인이 하나라는 자연지도를 처음부터 이렇게 배우고 익혀 왔던 것으로, 이것이 민간 신앙의 고신도였으며, 만물감통(萬物感通) 사상으로 풍류도(風流道)였다.

우리 조상들의 민간 신앙으로 심어진 삼신일체라는 우리 민족 삼일(三一)철학이다. 곧 삼신 조화주 한얼님에 의해서 만물이 창조되어졌다는 것으로 하늘과 땅과 사람이(天地人) 동떨어진 것이 아닌 너와 내가 결국 하나라는 개념이다.

이처럼 높은 인본주체사상으로 홍익인간 이념을 이 땅에 펼치신 우리의 국조 단군왕검은 완전하게 신성을 이룬 하느님의 아들로 서방세계에 출현했던 예수 그리스도의 영과 동일체라는 사실이며, 서양보다 앞서 동방에 출현하여 그 사명을 이루고 가신 것이다.

사실 예수의 영은 성서 기록상으로도 마리아에게 잉태되기 전, 유대 족속 뿌리로 세상에 출현했었던 구약시대 병거를 타고 하늘로 승천했다는 '엘리야' 의 영임을 기록해 두고 있는 것이 사실이다. 하지만 윤회설을 인정하지 않고 있는 서양 신학자들은 그 부분에 대해서 지금까지도 거기에 대한 언급을 하지 못하고 있다.

그러나 성서 기록은 이렇게 성자들의 윤회뿐만 아니라 인간 생명의 윤회까지도 언급해 놓고 있는 것으로 예수께서 십자가에 매달리기 전에 제자들에게 남기신 말씀이 그것이다.(마태복음 17장 26~28)

"사람이 만일 온 천하를 얻고도 제 목숨을 잃으면 무엇이 유익하리요, 사람이 무엇을 주고 제 목숨을 주고 바꾸겠느냐, 인자가 아버지의 영광으로 그 천사들과 함께 오리니 그 때에 각 사람의 행한 대로 갚으리라. 진실로 너희에게 이르노니 여기 섰는 사람 중에 죽기 전에 인자가 그 왕권을 가지고 오는 것을 볼 자들도 있느니라."

이 성구에서 나타내고 있는 '여기 섰는 사람 중에 죽기 전에' 그리스도가 다시 세상에 올 때에 볼 자들도 있다는 그 대목이다. 그 성구는 바로 생사윤회를 나타내고 있는 것으로 예수께서는 그 이전에도 인간 육신의 몸으로 세상에 출현했었고, 또 다시 그러한 인간세상 질서를 밟고 오게 된다는 사실이다. 그러한 윤회의 이치로 석가 부처는 그가 세상에 출현하기 전 많은 부처들이 세상에 오고 갔다고 말씀해 두고 있는데 그것이 모두 일대사(一大事)를 인연한 것이라고 제자들에게 말씀했다.

그렇다. 세상에서 말하는 성현들(영계)이나 현자들(신계)은 이렇게 모두 하나님 농사업장의 일을 하기 위해서 시대와 나라를 달리하고 인간 종자를 진화 성숙시키기 위한 천도(진리)의 말씀을 가지고 이 세상에 오고 갔음을 나타내 주고 있다.

그러한 하늘의 섭리로 동방의 이 터전에 후천의 사명을 받고 출현하셨던 단군왕검이었다. 그러나 배달겨레 단군조선은 세대가 멀어지면서 도(道)가 오래 되면 마(魔)가 꾀이듯 변질되어 갔다. 우리 조상들의 얼과 마음을 지배해 오던 사상이자 종교인 하늘과 땅과 사람이(人乃天) 결국 하나의 세계를 이루고 있다는 만물감통사상(萬物感通思想)은 마침내 미신적인 차원으로까지 떨어져 심지어는 '샤머니즘' 이라는 용어의 발상지인 '시베리아'의 그것과 동질의 것이냐, 또는 샤머니즘이란 명칭을 붙이는 것이 타당하냐에 관해서 여러 가지 논제가 되고 있는 실정에까지 이르렀다.

이렇듯 지고한 우리 조상들의 만물감통사상은 그 본질이 점차로 흐려지면서 다만 높은 산은 생명의 근원이며 산신(山神)은 생명과 화복(禍福)의 사신으로서 백두산, 금강산, 토함산 등이 모두가 생명이 나오고 죽으면 혼백으로 돌아간다는 것으로만 믿었다. 그래서 산신을 위하는 산신제를 비롯한 각종 제사를 신성한 장소를 택하여 지내게 된 민간 신앙은 배달민족 본래의 자연관이 변질되어진 것이다. 하지만 사람이 죽으면 저승으로 간다는 우리 조상들의 영혼불멸의 사상은 조상들의 영혼을 위하는 제사 풍습으로 이어지면서 고대 우리 조상들로부터 나온 이 같은 제사풍습은 시베리아로 흘러 들어가 전 민족에게서 그 같은 샤머니즘적 제사의식을 볼 수 있게 된 것이다.

지구상에 현존하는 약 2억 3~4천명에 달하는 미개발 야만인들이 종교라는 형태로 가지고 있는 것이 바로 샤머니즘이다. 이것은 진리의 성자들 출현 이전에 배달민족을 제외한 모든 민족들이 이와 유사한 샤머니즘적 제사 행위를 보여주고 있는데, 특히 이스라엘 민족 구약성서가 그러한 행사기록으로 온통 가득 차 있다.

그러나 우리 조상들이 세계 으뜸의 문화를 일으킬 수 있었던 만물감통, 재세이화, 홍익인간의 이념과 사상은 단순히 자연과 그저 어울리는 것이 아니었다. 호연(浩然)한 자연과 감정을 같이 하려는 공감의 정신이 그 본질인 것이었다. 자연과 인간이 서로 주체를 잃지 않고 조화를 이룰 때 자연은 더욱 자연다워지고, 인간은 더욱 인간다워진다는 뜻이었다.

단군왕검이 조선을 개국한 이래 단군조선은 왕성했던 전성기와 쇠퇴하기 시작한 후기로 나누어진다. 전성시대에는 동아시아를 통일했던 것으로 멀리 인도와 중동 및 이집트까지 배달민족의 문화적인 영향력을 행사해 왔음을 여러 문헌에서 나타내고 있다. 단군조선은 47대나 이어지면서 2096년 동안 계속되었다.

그러나 개천 3840년, 그토록 동방의 찬란한 정신문화를 꽃피워 왔던 배달겨레 조선 황실은 해모수천황 고무서를 마지막으로 그 문이 닫히고, 고주몽의 독립된 왕조로 전락되면서 그 전통 맥이 사실상 퇴색되어진 채로 희미하게 이어져 내려 온 것이다.

하지만 고구려 시대만 하더라도 배달나라의 정통적인 맥을 그 나름대로 이어 받아서 마침내 본토를 수복하고 전통문화를 계승하면서 태평성대를 누릴 수 있었다. 그러다가 왕조 수립 725년만인 개천 4565년(서기 668) 28대 보장왕 27년에 신라와 당나라의 연합군에 의해 평양성이 함락되면서 왕조가 멸망하기에 이르렀다

이 무렵 고구려 사람 대중상이 흩어진 유민을 이끌고 본토를 중심으로 하여 말갈족과 소수 부족들을 규합하여 개천 4565년에 대진국이라는 새로운 왕조를 세워 고구려의 정통 맥을 계승하였다. 그리하여 대중상의 맏아들 대조영이 왕위에 오르면서 나라 이름을 발해라고 하고, 연호를 천통(天統)으로 배달나라 전통의 맥을 계승해 나가다가 왕조 수립 258년만인 개천 4823년(서기 926년) 15대 애왕 26년에 거란족의 요나라 태조 엘리아포치가 침략하여 수도 홀안성이 함락되면서 왕조는 완전히 멸망하고 말았다.

그 후 유민들은 본토에서 200여 년간 광복 투쟁을 하였지만 그 뜻을 이루지 못했다. 그리고 일부는 사방으로 흩어져 살기에 이르렀고, 일부는 고려로 망명하여 살았다.

결국 국조 단군왕검께서 조선을 개국하신 이래 3840년 동안 통일자주 국가로서 홍익인간 이화세계의 건국이념 아래 만주를 중심으로 아시아 전 대륙을 주름 잡고 다스려 왔었던 배달나라, 그러나 그 후손은 마침내 왕국으로 전락하면서 따라서 배달 사람들의 정신 사상도 점차 흐려지기 시작한 것이다.

그러나 신라에서는 단군 한배검의 가르침을 크게 일으켜 풍류교, 혹은 숭천교, 풍월도, '풍월교' 라고도 불렀으며, 진흥왕 때는 이 풍월도의 실행자를 모집하여 인재등용의 기틀을 이루었다. 이들이 곧 화랑도로서 신라 통일의 원동력이 된 것이다.

그러나 고려 말기부터 조선 오백년을 지나오는 동안 이러한 민족정신은 점차 흐려지면서 그 빛을 잃기 시작한 것이다. 특히 고려 고종 때에 이르러 원나라 임금 홀필렬은 단군을 받드는 모든 것들을 탄압하기 시작하여 배달정신을 빼앗아 버리고 인도에서 중국을 거쳐 들어온 불교만을 숭상하게 하여 마침내는 우리 배달겨레의 민족 신앙은 겨우 무속인들에게서나 찾아 볼 수 있게 되었다. 그로부터 국력은 심히 약화되고 백성은 주체성을 잃기 시작한 것이다.

주체성이란, 내가 나의 주인공이라는 마음의 상태다. 내가 객체가 될 수 없는 것이며 그러므로 주체성에는 부족의 주체성이 있을 수 있고, 또 민족의 주체성, 개인의 주체성이 있다. 이와 같은 주체성은 곧, 내가 나의 주인공이며 우리 민족, 우리나라의 주인공이라는 자부심의 자각에서 비롯되는 것이다.

우리 배달겨레의 주체성이란, 인간이 신으로부터 창조된 뜻대로 참 자아를 깨달아 자기의 위치를 바르게 확보한 상태의 정신 사상인 것이다. 곧 인간이 만물의 영장으로서 영장다운 자격을 갖추고 나아가서 천하 만물을 다스리는 권한을 소유한 모든 것의 주인이라는 인식 상태다.

즉 본질적인 내가 우주의 주인이라는 주인 의식을 갖는 것으로 삼라만상을 지배하는 모든 인간과는 화이동(和而同)하는 상태를 말한다. 이것이 개천 이래 우리 한민족 정신세계에 깊이 뿌리를 내린 배달겨레 주체성의 극치였던 것이다.

그러나 이처럼 높고 숭고한 우리의 민족정신이 조선 500년을 지나오는 동안 공자, 맹자 사상을 주축으로 하는 유교가 들어오면서 건국이념이 되었고, 조선 중기에 들어온 주자학은 지나치게 인간 행위의 형식화를 가져왔다. 특히 유교는 정치적인 색채를 띄고 지배자의 방편으로 이용되어 왔고, 일반 민중과 부녀자들은 삼국시대 받아들였던 불교 사상이 점차 미신적인 차원으로까지 떨어져 현세의 복덕을 기원하는 방법으로 유교와는 또 다른 차원에서 정신적인 위안처를 삼고 있었다.

그러므로 풍월도와 불교, 유교의 혼합체는 점점 더 세속적으로 흐르면서 우리 민족 본래의 근본정신과는 거리게 멀어지게 되고, 기타 잡술과 결탁되어 주술적 미신을 섬기는 신앙으로까지 변모되면서 본래의 민족정신이 흐려지기 시작했다.

즉 우리나라에 사대주의 사상을 낳게 한 유교가 들어오면서 신분관계를 중시하는 관존민비, 남존여비, 그리고 반상제도 등 엄격한 인간차별 의식이 깊이 뿌리를 내린 상태에서 우리 배달겨레의 주체성을 상실하고 중국을 숭상하는 모화 풍조는 마침내 사대주의와 게으르고 나태한 인간 상을 만들어 냈던 것이다.

말하자면 수족을 움직이는 농공(農工)과 상업 행위 등, 생산적인 면보다는 오히려 글이나 읽고 청렴하게 살아가며 나라에서 내리는 녹이나 받기를 즐겨하고 또 선현의 글이나 암송하면서 형식적인 윤리 도덕으로 소일하는 것이 그 한 예일 수가 있다.

그것은 곧 내세에 대한 적극적인 관념도 없었으며, 생활 또한 자연적인 성정(性情)에 맡겨 두므로 사회에 수없이 많은 폐단을 가져왔다. 한민족의 종교며 철학으로서의 홍익인간 이념의 한얼사상은 정확하게 고려 말기로부터 시작하여 조선 500년을 지나오는 동안 들어 온 부분 도맥으로 점차 이렇게 흐려지기 시작한 것이다.

중국으로부터 받아들인 유교가 건전한 우리의 한얼사상 바탕 위에서 받아들여지지 못한 관계로 중국적인 것도, 완전한 한국적인 것도 아닌 이상한 형태로 받아들여지면서 지배자의 정치적인 방편으로 사용되어 온 것이 사실이다.

그래서 조선 오백년을 중심으로 한 우리 역사상의 왕도정치는 왕도에 바로 서서 치정했던 왕은 적었고, 또 설령 있었다고 하더라도 관인들의 세도에 월권적인 타락으로 왕도를 바로 펴나가지 못했으며, 또는 왕 자신이 뚜렷한 사상이 결여되어 무능해진 상태에서 민중을 오도함으로 천명에 위배하였다.

그토록 자기 자신만의 사리사욕을 충족하려는 왕권의 행사에 자연히 백성들도 따라서 부패하였으며, 주체성은 말할 나위도 없이 기회주의로까지 그 근성이 타락하여 버렸던 것이다.

그러나 다른 한편으로 본래의 우리 것을 되찾자는 운동이 밀물처럼

일어났다. 그 사명을 듣고 일어난 사람이 바로 동학의 수운 최제우(崔
濟愚 ; 1824~1864 천도교 제1대 교주, 동학의 창설자) 선생이었다.
그러므로 동학 천도교 사상에는 민족 주체와 민족 자각의 정신이 깊게
그 뿌리를 내리고 있는 것이다.

수운 선생은 하느님을 위하는 지극한 마음과 아울러 하느님의 영기(靈
氣)와 화합하는 신적인 상태를 수심정기(守心精氣)라고 했다. 이렇게 수
심정기로써 하느님을 모실 수 있다고 믿었던 것이 우리 민족의 인내천
사상으로 동서를 막론하고 인간 존엄성의 극치가 되고 있는 것이다.

수운 선생이 우리 민족의 사상을 되찾자는 의도가 바로 여기에 있었
던 것이다. 나라와 개인 그 어떤 집단도 이렇게 뚜렷한 사상이 없을 때,
그 주체성이 있을 수 없고, 그리하여 매사에 기회주의자가 될 뿐만 아니
라 자기비하로까지 떨어져 버릴 수밖에 없는 것이기 때문이다.

결국 우리 민족에게 불명예스럽게 붙여진 사대주의사상, 노비근성,
걸인 근성은 역사적으로 주체성 침해를 물리적으로 이겨내지 못한 결과
에서 초래된 것이었다.

이러한 시대 상황에서 본래 우리 배달민족의 사상을 되찾자는 수운
선생은 순교를 당하였고, 조선조 말기 동학의 제2대 교주 최시형(崔時
亨 ; 1827~1898, 호는 해월)은 전봉준의 난 후에 동학을 수습하다가
1898년에 체포되어 교수형을 당함으로써 본래의 우리 것을 되찾자는
동학혁명 운동은 끝내 그 불을 붙이지 못하고 말았다.

그리고 점차 민족 주체성을 잃어 버린 채 기울어진 국력은 마침내 일
제의 식민지로 전락되어 버리고 말았다. 그로부터 민족과 문화를 말살
하여 일본화 하려는 그들의 정책은 창씨개명을 비롯한 언어의 말살 등,
우리 민족은 온갖 것을 착취당하는 속에서 조상 뿌리의 역사까지도 그
들의 식민정책 요구에 따라 잘려 나가면서 그처럼 문화민족이 아닌 곰
의 자손으로 왜곡 당하고 말았던 것이다.

그렇다. 원류가 없는 냇물은 있을 수 없다. 배달민족의 후손인 우리의
삶은 아득히 먼 조상으로부터 면면이 이어져 내려온 피의 혈류로 오늘
우리들의 삶의 전부인 것이다.

8. 일본으로 건너간 백제문화

일본이 그토록 신격화하고 있는 천황가(天皇家) 그 뿌리를 거슬러 올라가게 되면 엄연한 우리 배달민족의 후손으로 백제에서 흘러 들어간 왕족이었다는 사실을 알게 된다.

이러한 역사적인 사실을 그들은 지금까지도 애써 부인하려 하고 있지만 일본 교토대학의 우에다 교수는 "지금까지의 동양사를 새로 써야 한다"고 주장한 바 있고, 또 가시마노보루는 "일본의 천황가는 백제에서 나왔다"고 논증한 바 있다.

그들이 여왕벌의 심벌처럼 신격화하고 있는 '아미테라스 오미카미'는 바로 백제의 마지막 의자왕의 누이동생이었다는 것이 역사적으로 밝혀져 가고 있는 것이다.

백제가 나당 연합군에 의해서 패망하게 되자 난을 피해 해상에서 떠돌고 있던 백제의 왕족과 그 수행원들이 어쩔 수 없이 왜인들이 살고 있던 섬나라로 흘러 들어갈 수밖에 없었다.

이 섬에는 사람 모양새가 왜소하게 생긴 토착 원주민들이 나라 이름도 없이 살고 있었다. 그렇게 생긴 모양새가 왜소하게 생겼다고 해서 왜놈들이라고 하게 된 것이다.

그 당시 우리나라는 삼천 오백년이라는 긴 역사를 가지고 이미 삼국이 통일되고 있을 때였다. 그들과는 비교가 될 수 없는 문명국가였다.

그들 토착 원주민들의 눈에는 백제의 몰락한 왕가의 수려한 모습이 그대로 하늘에서 내려온 신들로 보여진 것이다. 절대적인 천신(天神)으로 떠받들어 추앙하기 시작했다.

공주 일행은 문명이 없었던 토착민들로부터 추앙을 받게 되면서 백제의 공주는 우매한 그들로부터 여신으로 신격화 되기 시작한 것이다. 그들이 하늘로부터 내려왔다고 절대적으로 믿는 여신, 그 '아미테라스 오미카미'는 그렇게 해서 탄생되어진 것이다.

그로부터 백제의 공주는 그들의 정신적인 지주가 되었고, 그들 토착 원주민을 다스리면서 수행원들로 하여금 문명된 배달민족의 문화를 가르쳐 주기 시작한 것이다. 그러나 백제의 공주는 언제나 떠나 온 고국을 잊지 못했고, 그리하여 해 뜨는 바다 저편에 있는 고국을 바라보며 '해동', 해동(日東)이라 한 것인데 그의 아들 천지천황이 어머니가 그처럼 잊지 못하고 있는 나라, 그래서 나라 이름을 일본(日本)이라고 붙였다는 것이다.

이것이 오늘날 대일본제국이라는 나라가 세워진 뿌리 역사로 일본의 절대 군주 그 천황가가 이루어졌다. 그로부터 천황가는 일본인들의 구심점으로 승계되어져 나오면서 세력 다툼 싸움에서도 천황을 앞세워 내세우는 정신적 지주가 되기에 이른 것이다.

그렇기 때문에 그들의 무사도 정신은 백제의 칠지도를 이어 받은 계백 장군의 보국, 믿음, 충의를 낳게 한 보국의 사무라이 정신으로 이어진 것이라고 할 수 있다. 결국 이렇게 일본의 정신적 지주의 뿌리는 우리의 단군사상, 홍익사상에서 비롯되어 그들의 대화사상을 낳게 한 것이었다는 사실이다.

그런데도 그들은 호시탐탐 천황가 조상의 나라 땅을 노려, 임진왜란 이전의 침략 행위만도 수차례에 걸쳐 있어 왔고, 마침내 1876년 강화도 조약으로부터 시작하여 주권을 빼앗고 뿌리 역사마저 잘라내고 왜곡시키는 등, 온갖 만행을 저지르고 있었던 것이다. 거기에 민족 주체의식이 결여된 해외 유학파 지식인들이 민족 주체성을 잃어 버린 채 그들의 식민정책에 앞장서고 있었던 것이다.

개화기에 있어서 실로 한국 지식인을 대표할 수 있었던 육당 최남선이 보여준 것이 그것이다. 1943년 11월 20일, 그의 변절기에 「매일신보」에 〈가라! 청년 학도여〉라는 제목으로 다음과 같은 글을 실었다.

"제군! 대동아의 성전은 세계 역사의 개조이다. 바라건대 일본 국민으로서의 충성과 조선 남아의 의기를 발휘하여 한 사람도 빠짐없이 출진하기를 바라는 바이다."

이 글이 일찍이 3·1독립선언서를 기초했던 육당 최남선의 글이라니, 그 때 대구 감옥에서 14년간 옥고를 치르고 있던 심산 김창숙 선생은 일본인 간수가 심산에게 읽어보라고 넣어 준 《일선동조론》을 받아 보고 "도시 이런 흉서(凶書)가 있는가"라고 개탄하며 마룻바닥으로 내동댕이쳐 버렸다고 한다.

바로 이것이 범속한 자와 범속하지 않은 자의 차이다. 그래서 세상은 아름다운 책이지만, 그것을 읽을 수 없는 자에게는 거의 쓸모가 없듯이 아무리 지식이 많아도 그 지식을 바르게 쓰지 못하면 혐오를 느끼게 할 뿐이라는 것을 우리에게 교훈으로 보여준 것이다.

최남선, 그는 역사 학자로서 최대의 자존심을 버리고 일제의 '내선일체론'에 동참했었다는 그 사실 하나만으로도 그의 지나온 업적은 이처럼 무참하게 무너지고 말았다.

배달민족의 역사관을 바르게 전해 주는 것만이 역사학자가 해야 할 자존심으로 국민의 주체의식을 살리는 길이 곧 나라를 구할 수 있는 일이기 때문이다.

하지만 육당 최남선은 살아남기 위해 그와 뜻을 함께 했던 애국 동지들이 옥고와 갖은 핍박 속에서 고난의 시간을 견뎌 내는 동안 안타깝게도 변절하여 이 같이 한민족 뿌리 역사사관을 왜곡시키는 '역사편찬위원회'에 동참했었다는 씻을 수 없는 오점을 이렇게 후세에 남기고 말았던 것이다.

9. 혼란을 몰고 온 재건정부 색채

　우리나라 개화기에 해외 유학을 하고 돌아온 지식인들 대부분이 친일을 해 온 경력을 가지고 있었던 것은 사실이다. 그들은 해방이 되고, 다시 또 미군정에 탑승하여 애국 애족을 입에 달고 나섰다. 거기에 국민들은 실망하고 새로이 건국되는 대한민국 정부에 대한 원성이 그처럼 높아지고 있었다.

　그래서 마음이 어두운 사람에게 지식이 있으면 그는 보다 영악한 죄를 만들어 낸다는 말이 있다. 그런 사람들은 누구도 흉내 낼 수 없는 교묘한 죄악을 만들기에 급급하기 때문에 마음이 어두운 사람이 가득 찬 사회는 도저히 밝아질 수가 없다고 했다. 해방이 되고 새롭게 재건되어야 할 정국이 그랬다.

　이승만의 신임을 얻어 내무부 장관과 국회 부의장 등 굵직한 요직에 오르기도 했던 윤치영은 미국 아메리칸 대학원을 졸업하였고, 한때 임시정부 구미위원으로 활동하면서 이승만의 측근을 지켰던 사람이다.

　그러나 그는 1936년 귀국하여 중앙기청 부총무가 되었으며, 1941년 태평양전쟁 무렵부터는 전향노선에 서서 '임전대책협의회' 채권가두유격대에 참가하였을 뿐만 아니라, 동양지광사 주최의 미영타도 대좌담회 연사로 참가하여 황민(皇民)의 사명에 대해 연설하기도 했었다. 그리고 「매일신보」 사설에 대동아공영권 건설에 미칠 회담의 영향을 발표하기

도 했던 사람이다.

그의 가계(家系)는 2대째 친일 유업을 이어온 내력을 가지고 있었다. 그의 아버지 윤웅렬은 1856년 16세의 나이로 무과에 급제했다. 그러므로 대원군에게 발탁되었고, 그로 하여 출세의 길을 치달리게 된다. 그런 그가 친일 문명개화노선을 걷게 된 계기는 1880년 7월 당시 별군관의 신분으로 제2차 수신사 김홍집의 수행원으로 도일하면서부터였다.

그는 함께 도일한 이조연, 강위 등과 동양삼국의 합력을 취지로 하는 흥아회에 참석하게 되면서, 당시 도쿄에 머물고 있던 개화승 이동인의 소개로 일본 재야인사 등과 접촉하게 된다.

그리고 귀국한 그 이듬해인 1881년, 별기군 창설의 주역을 담당하여 좌부영관으로 임명되었다. 그것이 인연으로 그의 아들 윤치호를 신사유람단 조사였던 어윤중의 수행원으로 파견하게 되면서 윤치호는 한국 최초의 유학생이 되었다.

근대화 운동에 앞장선 윤웅렬이었다. 그러나 1882년 임오군란이 일어나면서 난을 피해 원산으로 도망갔다. 그 후, 원산별원(元山別院) 주지 이시카와(石川子因)의 도움으로 일본 나카사키로 망명하여 2년 후 갑신정변을 계기로 귀국했다. 그러나 1894년 청일전쟁 후 김홍집 내각이 들어서게 되자 풀려나서 경무사를 거쳐 군부대신의 자리에 올랐다.

그 후 윤응렬은 민비시해사건이 일어난 후, 대신 일부와 구미파 요인들이 주동한 정부 개조 쿠데타 계획인 이른바 춘생문사건(春生門事件)에 가담했었던 것인데, 내통하고 있던 안경수, 이진오 등의 밀고로 계획이 탄로나면서 중국 상하이로 망명했다.

정치적으로 이용익과 대립해 있던 윤응렬은 이후, 러일전쟁 무렵 정계를 은퇴하고 기독교에 귀의했다. 그런 그는 1910년 일제의 조선강점 당시 조국과 민족을 팔아 버린 매국노들에게 수여하는 남작의 직위를 매국 공채 5000원을 주고 받았다. 이렇게 일본 귀족의 직함을 받은 윤응렬이었으나, 1911년 9월 22일 조선 땅에서 사망했다.

그 부친의 남작 직위를 승계한 윤치호였다. 하지만 1913년 10월 이른바 '105인 사건'의 주모자로 체포되어 작위를 박탈당하고 옥고를 치르게 되었다. 그러나 1915년 감옥 문을 나서면서 디딘 땅, 우러른 하늘이 일제의 것이라는 사실을 인정한 윤치호는 3·1운동 거사 직전 국민 대표로 나서도록 권유를 받았을 때 이를 거절해 버렸다. 그리고 3·1운동 직후 기자 회견을 통해 그는 다음과 같은 내용을 발표했다.

"강자와 서로 화합하고 서로 아껴 가는 데에는 약자가 항상 순종해야만 강자에게 애호심을 불러 일으키게 해서 평화의 기틀이 마련되는 것입니다 마는, 만약 약자가 강자에 대해서 무턱대고 대든다면 강자의 노여움을 사서 결국 약자 자신을 괴롭히는 일입니다. 그런 뜻에서도 조선은 내자에 대해서 그저 덮어 놓고 불온한 언동을 부리는 것은 이로운 일이 못됩니다."(경성일보, 1919년 3. 7)

이것이 이완용의 담화에 이어 발표된 윤치호의 담화문이었고, 그것은 민족자결에 대한 부인이었으며, 자치 능력을 부정하는 독립 불능론이었고, 투쟁무용론을 주창한 것이었다.

이러한 그의 발언은 일제 당국의 논리를 극명하게 대변해 주고 있는 것이었다. 그의 이러한 매국 인식은 일제가 벌인 정치노선의 주요 근간을 이루었다. 그 후, 그의 활동은 청년층의 반일 동향을 억제하는 데 이용된 교풍회(矯風會) 회장직을 비롯해서 1921년 6월 민족분열과 대일타협화를 꾀하기 위해서 결성된 조직의 조선인산업대회 연사로 나섰고, 범태평양협회 부회장, 그리고 1925년에 결성된 태평양문제연구회의 회장 등을 맡아 일제의 문화정치라는 정치선전에 적극 앞장서고 나섰던 것이다.

그리고 만주 침략 직후인 1931년 총독부 주요 관료들과 친일 조선인들의 친목단체로 조직된 토요회, 그리고 1934년에 결성된 조선대아세아협회와 1935년 10월에 일본 천황의 국민정신 작흥조서(作興調書)에 바탕한 내선일체를 목적으로 조선교화단체연합회가 조직되었는데 이 단체들이 그가 새로운 조국 일본을 위해 활동하던 단체들이었다.

이러한 윤치호의 친일 협력은 1937년 7월 중일전쟁 이후 일제의 전시체제가 강화되자 그의 활동상황 역시도 높아지고 있었다. 1937년 7월 총독부 학무국 주최의 시국강연회에 이어 2차 전선순회 시국강연반 강사로 나선 그의 활동은 그 해 7월 황국신민화 실천운동을 목적으로 하는 '국민정신 총동원조선연맹'을 창립하여 총회 준비위원 및 상임이사로 선정되었다. 이 창립식에서 윤치호는 '천황폐하 만세!'를 삼창하여 조선의 내지인(內地人)임을 천명 받기도 하였다.

그의 이 같은 황국신민화 운동은 종교 쪽에서도 이루어졌다. 일제는 당시 평안남도 지역이 전통적으로 관헌에 반항하는 지역이며 불온사상의 근원지라고 보았다. 그래서 지역주민들이 선교사의 보호를 받기 위해 정치적 의미에서 기독교를 신앙하고 있다고 판단한 것이다. 그래서 조선 사람들을 이용하여 포교활동을 전개할 필요가 있다고 느낀 것이다.

1938년 5월 전도보국, 황도 실천을 목적으로 경성기독교연합회가 결성되었다. 여기에 평의원으로 선출된 윤치호였다. 그리고 기독교의 일본화를 달성하기 위해 그 해 6월 소집된 전 조선기독교청년연맹위원회에 참가한 후 그는 다음과 같은 담화문을 발표했다.

"이제야 대임(大任)을 마쳤습니다. 우리 기독교 청년들도 이제는 완전히 내선일체가 되었습니다.”

그리고 같은 해 7월 그는 조선기독교연합회의 결성으로 기독교의 내선일체와 황민화 체제가 완성됨과 동시에 평의원 회장으로 선임되었다. 그리고 1939년 10월 동경 아오야마 학원에서 열린 감리교의 내선일체를 위해 조선의 감리교회와 일본의 메도디스트 교회의 합동을 논의하는 일선(日鮮) 감리교회 특별위원회가 열리자 전권위원으로 정춘수, 김영섭, 신흥우, 양주삼, 유형기 등과 함께 참가하였다.

평신도 대표로 이 회의에 참석한 그는 조선 감리교단의 자주권을 이양하고 일본 감리교단으로 종속시키는 기독교 황민화에 동의하는 데 지대한 역할을 해온 것이다. 이러한 그의 활동은 하나님의 종에서 일본 국왕의 종으로 개종했다는 비난을 받기도 했다.

그의 일제에 대한 충성심은 ‘이토 치코우로’로 창씨를 개명하고 1941년 8월 발기된 임전대책의회 위원으로 참석하여 다음과 같이 일본에 대한 애국충정 결의문을 낭독했다.

“우리는 황국신민으로서 일사보국(一死報國)의 성(誠)을 맹세하여 임전국책에 전력을 다하여 협력할 것을 결의함.”

그리고 1941년 12월 진주만 습격 이틀 후, 총력연맹 주최 결전보국대강연회에서 〈경전체제와 국민의 시련〉이라는 제목으로 다음과 같이 강연했다.

“이 결전은 제국의 1억 국민뿐만 아니라 동양 전민족의 운명이 여기에 달려 있다. 이 성스러운 목적 관철에 우리 반도 민중도 한 몫을 맡아 협력치 않으면 안 될 것이다.”

이렇게 그는 조선의 아들들을 일제의 총알받이로 내모는 일제의 징병제 실시에 앞장서면서 다음과 같은 담화문을 발표했다.

“우리는 조선 청년을 영광스런 일본 해군의 자랑스런 대열로 받아들인 데 대하여 제국정부에 감사하지 않으면 안 된다.”

그리고 이어 학병제도가 실시되자, 그는 또 이렇게 담화문을 발표했다.

“파격의 영광인데 어찌 주저할소냐. 개인과 가정, 일본과 세계 인류를 위해 총진출하라!"

그것도 애국 충정에 모자랐던지 윤치호는 그 해 11월 이광수, 박흥식, 송진우, 주요한, 한상룡 등 친일 인사들과 함께 학도병 종로익찬회의를 개최하고 학병 권유를 위한 호별 방문, 권유문 발송, 간담회, 학교 강연회 개최 등을 결의하여 5일 동안에 걸쳐 진명학교 등 10개소에 학병권유 부형간담회를 열기도 했다.

이렇게 일제의 징병제 실시에 적극 협력을 하고 나선 윤치호는 학병제의 솔선협력을 결의한 후, 평남지역 독려강연반 연사가 되어 이때 모인 90명과 함께 YWCA에서 학병제 경성익찬위원회를 조직하여 학병 독려를 본격화하였다.

이러한 일제에 대한 협력으로 윤치호는 1945년 4월 일제로부터 칙선 귀족원 의원으로 선출됨으로써 그의 부친 윤웅렬의 뒤를 이어 2대째 일본의 귀족으로 입적하게 되었다.

일본의 망극한 처우개선에 감사한다는 윤치호는 조선내 7인의 일본 귀족 중 한 사람으로 처우감사 사절단 대표 사절로 선임되어 총독과 군사령관을 방문하여 감사를 표하였다. 그리고 서울을 출발, 일본으로 건너가 일본 관계 요로에 감사를 표하고 귀국하였다.

그 후, 윤치호는 황은에 보답하기 위해 1945년 2월 박춘금이 결성한 대화동맹(大化同盟) 위원장으로 취임하여 일제의 필승체제 확립과 내선일체를 촉진하는 활동을 해오다가 전황이 불리하게 되자 성전 완수에 매진하고자 한다고 하였으며, 그 해 6월 결성된 언론보국회 고문으로 취임하여 조선이 해방되는 그 날까지 일본 귀족으로 그의 직분을 충실하게 이행하다가 해방이 되던 해 12월 뇌일혈로 개성부 자택에서 80년 생을 마감했다.

윤치호의 아버지 윤웅렬은 슬하에 치호, 치왕, 치창을 두었는데 윤치호의 동생 치왕은 영국 유학생 출신으로 의학박사였으며, 해방 후 군의감을 지냈고, 막내 치창은 1949년 초대 주영공사를 지내기도 했는데, 그의 장남 윤일선은 미영타도 대강연회 연사로 참가한 적도 있으며, 차남 명선은 만주국 총무청 사계처(司計處) 통계과장을 지냈고, 막내 승선은 일본군 관동사령부 대위였다.

그리고 윤치호의 장남 윤영선은 이승만 정권의 자유당 시절 1950년 1월부터 11월까지 농림부 장관을 지내기도 했다.

윤치호의 아버지 윤웅렬의 동생이 윤영렬이었는데 그의 아들이 치오, 치소, 치성, 치병, 치명, 그리고 막내가 윤치영이었다. 장남 치오는 갑신정변 당시 친일개화파로 지목되어 도일한 후 '게이오의숙'에서 학업을 마치고 동경외국어 학교에서 한때 조선어 교사 생활을 해오다가 13년 만에 귀국하여 대한제국 말기 학무국장과 일본 유학생 감독을 지냈으며, 일제의 한국강점 후 1915년 3월까지 약 4년 6개월 간 중추원 찬의(贊議)를 지내 왔다.

그리고 차남 치소는 일제 식민지 치하에서 실업가로 활동하다가 1911년 5월 조선상업은행 감사 자리에 올랐다. 그리고 동양서원(東洋書院)과 혁신점(革新店)을 경영하면서 분원자기주식회사 감사를 지냈다. 그러다가 1924년 4월부터 총독부 중추원 참의를 3년간 역임하였으며, 1937년 8월 국방헌금으로 2000원을 기증했는데, 당시 쌀 120가마에 해당하는 엄청난 금액이었다. 그리고 9월에는 애국경기도호 군용기 헌납기성회 집행위원을 맡기도 하였다. 그의 아들이 윤보선(尹潽善)으로 대한민국 제4대 대통령을 지낸 것이다. 그러니까 윤치영은 윤보선의 작은 아버지다.

이러한 가계 내력을 가진 윤치영이 또한 이승만의 신임을 얻어 재건되는 대한민국 정계에 모습을 나타내고 합법공간에서 각종 사회 운동에 적극 참여했다. 이렇게 새로운 국가와 사회를 어떻게 건설할 것인가 하는 중요한 시기에 이승만 박사를 중심으로 한 남한에서는 미군정이 실시되자 그처럼 어제 '적국영미(敵國英美)를 타도하자'고 외치던 그들이 그 중심에서 활발하게 미군정 당국자들에게 접근하기 시작했다.

그들이 그럴 수 있었던 이유는 서양문물을 받아들인 기독교인이며 해외 유학파들로 영어를 구사한다는 장점이 있었기 때문이다. 당시 해외 유학을 하고 돌아온 지식인들 대부분이 외래 종교 사상으로 물들어 있었기 때문에 자신들이 태어난 민족에 대한 적극적인 자긍심 같은 것은 이미 부재 상태나 마찬가지였다. 바로 민족주체성을 상실하고 민족허무주의로 돌아온 것이다.

결국 민족주체 의식을 상실한 채 신학문만을 익히고 돌아온 민족허무주의자들, 그들의 어설픈 나라 사랑 정신에 의해서 새로운 재건 정부수립의 기틀이 이루어지게 된 것이다. 그 결과가 낳은 것이 마침내 38선을 분계점으로 미군정이 점령하고 있는 남쪽은 민주주의 체제로, 그리고 소련군이 점령하고 있는 이북은 소련식 공산체제로 나누어지게 된 것이다.

바로 그것이다. 주체의식을 잃고 남에게 기대려는 감정, 남에게 의지해서 무언가를 이루려는 정신이야말로 가시를 심어놓고 장미를 기다리는 것과 다를 것이 없는 것과 같이 당시 재건 정부 형성구조가 그랬다.

남한을 통치하고 있는 미군정은 그들과 의사가 통할 수 있는 영어를 잘하는 유학파들이 필요했던 것이다. 그래서 민족에 대한 애정이 없는 그러한 인사들과 유학파들을 필요로 하여 행정고문으로 임명했다.

이러한 미군 체제하에서 사실상 과거 친일관료, 경찰, 지주 등 반민족적 인사들이 정계의 중요한 행정관리 자리를 차지하고 앉게 된 것이다.

그래서 당시 미군정은 사회주의자들은 물론, 일제에게 죽음을 무릅쓰고 민족해방을 위해 투쟁해 온 김구 선생을 비롯한 임시정부 요인들을 배제시킨 이유가 바로 그것이었다. 민족 주체의식이 강한 사람은 확실한 자기 신념을 가지고 있기 때문에 그들의 수족이 되어 주는 노예로 부리기에는 부적절하다는 사실이다. 그래서 그처럼 주체의식이 실종된 자들을 그들은 필요로 했던 것이다.

10. 민중봉기의 시작과 배경

　해방이 되고 국민의 일차적 과제는 민족자주 독립국가를 건설하는 것이었다. 그러나 미군정이 실시되면서 불행하게도 국민들의 이 같은 바람은 정반대로 나타났던 것이다.

　미군정은 일제가 만들어 놓은 악법들은 폐지했지만 신문지법, 보안법 등은 그대로 존속시켜 미군통치하에 활용해 왔고, 항일 운동가들을 고문하고 탄압하던 자들을 청산하기는커녕 그들에게 권력을 남용할 수 있는 기회를 다시 만들어 주고 있는 것이나 마찬가지였다.

　그래서 친일을 해오던 접착력 좋은 지식인들의 군정청 접근은 오히려 당연한 듯 활개를 치기 시작했다. 그리고 그들은 자신들의 친일 이력을 덮어 주고 그들의 출세를 보장해 줄 정치 세력으로 당시 미군정이 끌어들인 이승만을 택했던 것이다.

　당시 미국에서 귀국한 이승만은 그를 옹립해 줄 지지파들이 국내에는 약했던 관계로 그들을 규합할 수밖에 없었던 것이 그의 입장이었던 것인지도 모른다.

　그러나 해방된 조국에서 국민들이 바라는 것은 민족반역자들에 대한 처단 문제였다. 그러나 이미 그들로 주축을 이루고 있는 흐름은 그 문제는 대한민국 정부수립 이후로 한다는 구실로 미루어졌다.

　그때 세계에서는 국제연합 제1차 총회가 개최되면서 안전보장이사회가 구성되었고, 1946년 필리핀이 독립을 선언했다. 그리고 파리 강화회의가 열리고 있었으며, 중국은 국공내전이 재발하고 있었고, 1947년에는 파리 평화조약이 체결되고 있었을 때였다.

그러나 우리 해방정국은 여전히 혼돈상태 그것이었다. 새롭게 나라가 재건되어야 할 시급한 상황에서 합법정부 요인들은 국민의 지지를 얻어 내지 못한 채, 사회 분위기는 1948년까지 좌우익간의 공존관계로 서로 대립적 갈등을 빚고 있었다. 소련의 공산화 혁명의 마르크스·레닌주의를 추종하는 좌파와, 미국의 자유화 자본주의 민주주의 체제를 요구하는 우파로 민족적 비극의 불씨는 마침내 38선을 경계로 분단국가를 만들어 내게 한 것이다. 그러니까 그 불씨는 우리 민족의 해방을 도와준 강대국의 정치제도라는 그 사상의 맞대결이 만들어 놓은 것이라고 할 수 있다.

우리가 맞은 8·15해방은 자유 프랑스인들처럼 드골 휘하에서 스스로 쟁취한 것이 아니었기 때문이다. 연합국(미국, 소련, 영국, 중국, 불란서)의 전승으로 얻어진 것이었기 때문에 해방정국을 이끌어 갈 그 주체세력이 약했던 것이다.

당시 중국 중경에 백범 김구 선생이 이끄는 우리의 임시정부가 있었지만, 사실상 그 힘이 약했던 것이 사실이다. 그것은 일제의 주도면밀한 억압으로 독립투사들이 점점 그 용기를 잃어 갔고, 더러는 변질되어 적당하게 시류에 타협하거나 아니면 적극성을 보이지 않은 상태에 있었기 때문이다.

이러한 상황에서도 백범 김구는 끝까지 고독한 지도자의 위치를 벗어나지 않고 갈수록 그 포악성을 드러내는 일정과 맞서 싸웠었다. 그처럼 고독해져 오는 상황 속에서 김구는 해외에 나가 있는 동포들에게 호소했고, 흩어져 가는 동지들을 모아 1941년 12월 대일 선전포고를 한 데 이어 미국 OSS와 협동으로 전투공적을 세웠었다. 임시정부의 광복군이 연합군의 일원으로 항일전쟁에 참가할 것을 서둘렀던 것이다.

백범 김구 주석과 이청천 광복군 사령관 등이 서안으로 가서 직접 국내 정진군의 특수훈련을 시찰하고 돌아왔었다. 그런데 유감스럽게도 그 기회를 놓치고 말았다. 일본이 갑자기 항복을 해왔기 때문이다.

그래서 1945년 3월 임시정부가 대독일 선전포고까지 했는데도 우리의 임시정부는 승전국 대열에 끼어 있지를 못했고, 해방을 맞고 귀국하는 과정에서도 미군정은 그처럼 우리의 상하이 임시정부를 인정하지 않으려 했다.

그로 하여 해방이 되고 정부 자격으로 귀국할 수 없었던 김구를 비롯한 임시정부 요인들은 귀국이 늦어질 수밖에 없었다. 8·15 해방이 되고 뒤늦은 11월 5일 이승만은 임시정부 요인들이 들어온다는 것을 발표했다. 하지만 귀국과정에서 정부로 승인하지 않겠다는 미군정에 의해 임시정부 주석 김구 선생을 비롯한 요인들은 그야말로 개인자격으로 환국할 수밖에 없는 수모를 겪어야만 했다.

하지만 우리 국민이 그처럼 강대국의 힘을 빌린 해방이었다고 하더라도 그것은 어찌 되었거나 포악한 일제로부터 벗어나게 된 우리 민족의

1945년 9월 9일, 아베 총독의 통치이양문서 서명과 동시에 총독부 광장의 게양대에서 미군이 지켜보는 가운데 일장기가 내려지고 있다. 미군정의 시작이다.

새로운 탄생이었고 그 부활이었다.

그런 해방공간에서 우리 국민의 염원은 36년간이라는 긴 세월 동안 이민족으로부터의 굴욕에서 벗어나 당당한 주권국가로서 국제 사회의 일원이 되는 것이었다. 그런데 그러한 해방의 기쁨도 잠시 이민족으로부터 또 다시 국정에 대한 간섭을 받아야만 했다. 여기에 접착력 좋은 혈통들이 출세 길을 열기 위해 날뛰면서 분열이 시작되고 있었다. 진정으로 국가의 백년대계(百年大計)를 생각하는 애국자들은 적었고, 일신의 영달만을 꿈꾸는 기회주의자들이 기득권을 갖기 위해서 온갖 술수와 음해, 그리고 테러까지도 일어나고 있었던 것이다.

그러나 유리한 쪽은 언제나 술수에 능한 자들이었다. 그들은 이미 그러한 쪽으로 기술이 잘 연마되어 있는 친일파이거나 영어를 잘 구사할 줄 아는 유학파로 미군정에 의해 자신의 출세를 기대해 볼 수 있었던 것이다.

그러한 흐름에 밀려난 것은 안타깝게도 민족해방을 위해 그토록 목숨을 내걸고 싸워 온 독립투사들이었다. 얼마나 기다려 온 조국 해방이던가.

우리 민족의 해방은 1910년 8월 29일 경술 국치일로부터 정확히 34년 11개월 보름만에 이루어진 것이다. 하지만 1876년 2월 2일 일제의 강압에 의해 체결된 병자수호조약(강화도조약)으로부터 계산하면 69년이었고, 실제적으로 국권을 빼앗긴 1905년 을사보호조약에서부터 계산하면 40년간의 긴 세월이었다.

그 기간 동안 우리 한민족은 모든 것을 이민족에게 빼앗긴 통한의 망국기였다. 말과 글씨를 빼앗기고, 전통과 문화를 박탈당하고, 그것도 모자라 조상 대대로 물려받은 조상의 성씨마저 바꾸어야 했던 치욕은 그야말로 민족말살 바로 그 정책이었다.

그러한 민족굴욕을 벗어나기 위해 오직 그 한 몸 조국 광복을 위해서 불사르겠다는 신념 하나로 조국 광복을 위해 광야를 집으로 삼고 세계를 향해 허위거리며 외쳐 온 독립투사들의 희생이 있었기에 마침내 조국 광복을 맞을 수 있었던 것이다.

그러나 해방된 조국으로 돌아온 그들에게 안겨 준 것은 실망과 배신 뿐이었다. 독립투사 인사들은 자력으로 해방을 쟁취하지 못한 약소국가 국민의 설움을 다시 되씹어야만 했다.

꿈에라도 그리던 조국 해방, 그 날이 오면 더덩실 춤을 추며 귀국할 것이라고 생각했던 그들에게 해방된 조국은 환희가 아니라 절망만을 안고 기다리고 있었던 것이다. 애국 애족한다고 설쳐대는 접착력 좋은 무리들의 술수에 뒷전으로 밀려나야만 했다. 하지만 그들은 무엇보다도 민족자주 독립국가의 건설이 시급하다고 외롭게 호소하고 투쟁을 벌렸다. 그처럼 민족정기가 살아있는 정신은 우리에게 없어서는 안 될 공기처럼 폐부를 파고 들었고, 그래서 많은 국민들이 지지하고 나섰다.

그러나 그것은 결국 미군정을 등에 업고 자신의 영달만을 위해 치달리는 무리들의 이기심에 의해 결국은 죽음으로 내몰리는 결과만 초래했을 뿐이다.

해방 초기 미국서 돌아온 이승만도 처음에는 미군정의 정책을 별로 반가워 하지 않았음을 그의 행적에서 보여주고 있다. 그러나 이미 미군정에 접착하고 그 정책에 무조건 찬성하고 휩싸여 돌아가는 무리들의 기득권에 실려 앞으로 나서고 있었음을 보여준다. 그것은 어쩌면 통합을 위한 어쩔 수 없는 방법이랄 수도 있었다고 하지만, 어쨌거나 그의 입장에서는 그들을 포용해야만이 자리 구축을 할 수가 있었기 때문이었을 것이다.

하지만 거기에 합류하지 않은 김구였다. 처음 미군정은 국민들의 지지가 김구에게 쏠려 있음을 파악하고 김구를 이승만과 함께 끌어들이려 했던 것도 사실이다. 그러나 거기에 응하지 않은 김구였다. 그래서 미군정은 김구를 더욱 견제했고, 이승만은 거기에 실려 대부(代父)로 추대를 받으면서 정국의 기득권을 쥘 수 있게 된 것이었다.

정국이 이러한 추세로 흐르면서 1948년, 분단은 이미 기정사실화 되어가고 있었다. 남과 북으로 대립된 상태에서 체제를 달리하는 정권이 들어설 준비가 진행되어지고 있었기 때문이다. 미 · 소공동위원회의 결렬과 동시에 한반도문제는 유엔으로 이관되었기 때문에 분단 상황이 눈

초대대통령 취임식의 날

앞에 다가선 것이다.

그처럼 오래도록 잃어버렸던 나라를 다시 찾은 마당에서 남과 북으로
갈라져서 반쪽 정권을 세워서는 안 된다는 것이 김구, 김규식 선생의 강
력한 주장이었다. 남북 협상을 서두르는 김구는 이북의 김일성과 김두
봉에게 남북요인 회담을 제의하는 서신을 보내는 한편, 유엔 한국위원
단에 남북협상 방안을 제시했다.

그리고 어떠한 경우에도 완전한 통일국가 건설을 해야 한다는 백범
김구는 1948년 2월 10일 '삼천만 동포에게 읍고함'이라는 성명서를
발표했다. 성명서 내용은 다음과 같았다.

"나는 통일된 조국을 건설하려다가 38선을 베고 쓰러질지언정 일신
의 구차한 안일을 취하여 단독정부를 세우는 데는 협력하지 않겠다."

이렇게 성명서를 발표하고 김구는 남북 협상 길에 올랐다. 그것이 통
일 정부 수립을 위한 김구의 마지막 몸부림이었다. 그러한 김구의 몸짓
을 남한만의 단독정부를 세우려는 데 협조하고 있는 무리들이 곱게 보

아 줄 리가 없었다. 드디어 미군정청이 김구 일행이 남북협상 길에 오르는 것을 막아 보려고 반대하고 나섰다. 그와 동시에 이승만을 지지하고 있는 청년단체, 학생, 그리고 월남서 돌아온 인사들로 구성된 단체와 기독교 단체들까지도 모두 반대하고 나섰다.

그러나 일반국민들은 미군정을 등에 업고 남한만의 단독정부 수립으로 치달리는 정국에 반발하고 나선 것이다. 국민들 역시도 남북이 분단되는 것을 당연히 원하지 않았기 때문이다.

우리 국민들은 봉건군주체제에서 곧바로 식민지지배를 겪었기 때문에 민족자주 통일국가 건설을 기대했고, 그것이 실망으로 돌아왔을 때 더욱 분노한 것이다. 그야말로 혹독한 일제의 치욕을 견뎌내며 그토록 기다려 온 조국 광복이었는데 남한만의 단독정부 수립이라니, 거기에 반대하는 국민감정은 복합적으로 정국이 만들어 내는 여러 가지 불만요소에 민중항쟁의 불씨가 되어 번지기 시작했다. 대구 폭동이라는 것이 그랬고, 제주 4·3사건과 여수 제14연대 반란으로부터 불붙기 시작한 여순민중봉기가 남한만의 단선단정이 추진되면서 국민 민중봉기는 이렇게 각지에서 들고 일어났던 것이다.

1946년 10월 1일 대구 폭동이 일어나기 전, 그 해 9월에도 조선노동전국평의회(전평)의 주도로 전개된 전국적 규모의 총파업이 번지기 시작했다. 이때 일어났던 총파업은 미군정의 탄압에 직면한 좌익세력이 기존의 미군정에 대한 태도를 전면적으로 수정한다는 의미를 지닌 것이기도 했다. 그래서 신전술의 일환으로 대대적인 파업을 전개하고 나선 것이었다.

이때의 파업은 9월 24일 서울을 비롯한 전 철도종업원 1만 명이 쌀배급, 임금인상, 해고반대, 노동운동자유, 민주인사 석방요구 등을 외치면서 본격적으로 전개되면서, 9월 25일에는 출판노조 1천 3백여 명과 대구 우편국 종업원 4백 여명, 그리고 27일에는 서울 중앙우편국 6백여 명, 중앙전화국 1천여 명이 파업에 들어가는 사태가 벌어졌다. 이에 미군정은 당황하기 시작했다.

경찰과 우익단체, 그리고 대한노총을 동원하여 파업본부를 진압해 들어갔다. 여기에서 끝까지 항거하는 노동자 1천 2백 명을 검거했다. 그 후 전평이 제시한 요구 조건을 대한노총이 다시 제안했을 때, 미군정은 이를 수락함으로써 9월 총파업은 일단락 되었다.

그러나 전국 각지로 번져 나가기 시작한 미군정에 대한 불만의 불씨는 각지로 번져 파업이 잇따랐고, 마침내 10월 1일 대구 민중항쟁의 폭동이 일어나게 된 것이다.

이때의 충돌은 양측이 모두 다 많은 피해를 낸 사건이었다. 군중들은 충돌에서 사망한 시체를 떠메고 시위를 벌리기 시작하면서 대구 민중봉기는 극으로 치달았다. 시위군중들은 대구 경찰서를 장악한 후 무기를 탈취하고 시내 대부분의 파출소를 점령했다.

2일 하오 6시경, 대구 시내는 계엄령이 선포되면서 전차 4대를 앞세우고 들어온 미군정의 출동으로 대구시를 포함한 각 지서, 파출소는 다시 원상을 회복했다. 그러나 잇따르는 격렬한 시위는 미군정에 대항하면서 성주, 고령, 영천, 경산 등지로 번져 나갔고, 마침내는 경남, 전남, 전북, 강원 등 전국적으로 확산되기 시작했다.

이렇게 처음 대구 폭동의 원인은 전평의 지휘하에 이루어졌었다. 그러나 이후 일반 대중이 들고 일어났던 민중봉기로 그것은 이미 전평의 통제를 떠난 민중들의 불만이 터져서 나온 민중항쟁이었다. 물론 처음에는 전평 등, 좌익의 조종이 있었던 것도 사실이다. 하지만 민중이 목숨을 걸고 들고 일어설 수 있었던 것은 해방 이후 재건 정부에 대한 실망 때문이었다.

민중의 항거 이유는 그랬다. 먼저는 통일정부 수립 기대에 대한 좌절에서 온 것이기도 했지만, 미군정의 공장 접수, 그리고 만연하는 실업난과 물가고, 또한 해방을 맞아 고국으로 돌아오는 귀환동포에 대한 무대책 등이 민중들에게는 좌절감과 분노를 안겨 준 것이었다.

그리고 또 다른 실망은 일제치하에서 친일하던 인사들이 처벌되기는커녕, 그야말로 당당하게 재건되는 정부에 재등장하여 활개를 치게 하고 있다는 것도 불만이었고, 토지개혁의 지연 등, 일제의 공출이나 다름없는 미군정의 하곡과 추곡에 대한 강제 매입으로 거기에 따른 극심한 식량난이었다. 그래서 농민들이 들고 일어난 민중항쟁은 좌익의 움직임에 합세한 것이 아니라 3·1제 소작 제도에 반대하는 추수투쟁과 결합하면서 전국적으로 농민봉기를 불붙이게 한 계기가 된 것이었다.

이렇게 시작된 대구 민중 10월 항쟁은 그 전개되는 3개월 동안 많은 사상자와 국가는 물론 국민재산상의 엄청난 피해를 가져오게 한 것은 말할 것도 없었다. 이때의 10월 항쟁으로 3백만 명이 참가하여 3백여 명이 사망했으며, 3천 6백여 명이 행방불명됐고, 부상자가 2만 6천여 명이었으며, 그리고 체포된 자가 1만 5천여 명에 달했다.

이때 체포된 사람들의 가옥은 무참하게 파괴되거나 약탈당하기도 했다. 그런가 하면 붙잡혀 경찰서로 끌려간 사람들은 병신이 되어 나올 정도로 혹독한 고문을 당했으며, 은닉하다가 체포된 사람들을 다 수용할 수가 없을 정도여서 정부는 곳곳에 임시 수용소를 설치할 정도였다.

대구 10월 항쟁의 결과는 이토록 비참한 결과를 초래하면서 공산당 좌익 세력들도 마찬가지로 큰 타격을 입었다. 그때까지 잔존하던 지방의 인민위원회가 철저하게 파괴되었기 때문이다.

그러나 이러한 민중항쟁의 불씨는 꺼지지 않고 계속 이어졌다. 1947년, 미군정과 지방정치세력간의 충돌이 제주도 3·1기념식 행사장에서 또 다시 일어났다. 당시 중앙에서도 마찬가지였다. 좌우익이 각각 남산과 서울운동장에서 별도의 기념집회를 갖고 시가행진을 가졌다. 그 도중에 남대문에서 충돌을 일으키는 사건이 있었고, 제주도에서는 좌익계의 민주주의 민족전선이 기념식을 주도하여 오현중학교에서 2천여 명이 참석하는 기념회를 가졌다.

그런데 집회가 끝나고 시가행진을 할 때였다. 관덕정으로 집결하는 과정에서 경찰에 의한 발포사건이 발생하면서 6명이 사망했다. 이로부터 미군정 경찰과 제주도의 지방정치 세력간에는 적대적인 불씨가 만들어지기 시작했다.

일반인들도 미군정에 대한 불신과 분노를 표출하기 시작했다. 제주도민들은 미군정 경찰의 무차별 발포에 항의하면서 제주도 총파업 투쟁위원회를 결성했다. 그리고 전격적으로 파업을 결행했다.

여기에 도·군청 관리들이 75%나 참여하면서 민중봉기는 본격화 되기에 이르렀다. 그러니까 미군정 초기부터 이어져 온 제주의 인민위원회 및 대중들과 경찰, 우익단체간의 갈등은 마침내 무장봉기로 폭발한 것이다.

제주도민들이 들고 일어난 민중봉기의 요구 조건은 이랬다.

1. 미군 즉시 철수
2. 망국적인 단독선거 절대 반대
3. 투옥중인 애국지사 즉시 석방
4. 유엔 한국임시위원단 철수
5. 이승만 매국도당 타도
6. 경찰대와 테러집단 즉시 철수

그리고 한국통일 독립만세 등의 슬로건을 내걸고 유격대가 조직되면서 경찰과 충돌하는 유격전이 벌어지기 시작했다.

제주도의 봄, 유채꽃이 흐드러지게 피어 있는 4월 3일 새벽 2시, 새벽 공기를 뚫고 한 발의 총성이 울리는 것을 신호로 한라산 주위의 여러 봉우리에서 일제히 봉화가 올려졌다. 봉화를 신호로 산중에 집결해 있던 약 3천여 명의 유격대들은 도내 20여개의 경찰지서 가운데 10여개 지서를 일제히 기습 공격했다.

이어서 유격대들은 화북, 조전, 삼양, 세화, 성단, 남원, 한림, 애월 등 지서를 습격하고 문상길 등은 트럭 3대의 경비대 병력으로 제주경찰, 검찰청 등을 습격했다.

이러한 사태에서도 미군정 당국은 끝내 제주도민들의 요구를 묵살했다. 그리고 군정경찰을 대폭 추가 파견시켰다. 뿐만 아니라 극우단체인 서북청년단을 일으켜 도민을 탄압하기 시작했다. 이윽고 이러한 미군정의 억압정책은 제주도민들의 격렬한 분노를 자아내게 했다. 당시 중도적인 입장을 취해 오던 도민들마저도 반미군정 성향으로 돌아서게 했다.

마침내 미군정 당국은 4월 5일 제주도 지방경비사령부를 설치하고 통행증명제를 실시하는 한편, 4월 10일에는 5연대의 7개 대대를 제 9

연대에 증파, 배속시키고 대대적인 토벌작전을 실시했다. 여기에서 쌍방간에 많은 희생자를 낼 수밖에 없었다.

이러한 상황에서 제 9연대장 김익렬 소령과 유격대 대표 김달삼 사이에 협상을 위한 회담을 가졌다. 김달삼은 4개 요구 조건을 제시했다.

1. 단독 선거, 단독 정부 수립 반대
2. 경찰의 완전 무장해제, 경찰 토벌대의 즉시 철수
3. 반동테러단체의 즉시 해산, 서북청년회의 즉시 철수
4. 피검자의 즉시 석방, 부당한 검거, 투옥, 학살 즉시 중지

이러한 제안은 회담 결과 양자간에 일정한 타협이 이루어져 결국 유격대는 무장해제에 동의함과 동시에 4월 30일 이를 실시하고자 했다. 그러나 안타깝게도 당시 경무부장 조병옥의 지시로 경찰에 의한 기습공격이 감행되었다. 이로써 회담의 성과는 무산되면서 격렬해진 유격대와 미군정 경찰간에 치열한 충돌이 다시 이어졌다.

당국은 10월 8일, 도 전역에 계엄령을 선포했다. 그리고 11일에는 제주도에 경비사령부를 설치했다. 본격적인 토벌작전에 들어간 것이다. 거기에 유격대는 사생결단으로 대응할 수밖에 없게 된 것이다.

그러나 유격대는 지리적 고립과 병력 및 보급품 조달 중단 등으로 점차적으로 기력을 잃어가기 시작했다. 그러면서 49년 중반 무렵 유격대는 토벌군에 의해서 거의 소멸되고 말았다. 이 사건으로 제주도민은 5·10일 총선을 치르지 못했다.

이때 토벌대측의 발표는 사살 약 8천명, 포로 약 7천명, 귀순 약 2천여 명, 군경 전사 209명, 부상 142명, 이재민 9만 명, 민간사상자 3만이라는 집계를 냈지만, 그러나 한 자료(김천영 편저 〈연표 한국현대사〉)에 의하면 살상 8만 6천, 방화 1만 5천호, 7만 5천 두의 소와 2만 2천 필의 말 및 2만 9천 마리의 돼지 도살, 곡류 13만 5천 석 등의 피해를 입었다고 밝혔다.

이 사건으로 10만 여명이 살상되면서 제주도에는 그 후, 연약한 부녀자를 제외한 장정들을 전혀 구경할 수가 없을 정도였다고 한다.

이렇게 국가폭력에 의한 무차별한 토벌은 같은 동족끼리 서로 총부리

를 겨누어 죽이게 하는 민족적 비극으로 해방 정국에서 계속적으로 이어지면서 제주도 4·3사건은 여순사건을 일어나게 한 그 계기가 된 것이었다.

당국은 본격적인 유격대 토벌을 돕기 위해 여수에 주둔해 있던 제14연대를 제주도로 투입하려 했던 것이다.

제14연대 창설은, 단정단선반대 투쟁이 절정을 이루던 1948년 5월 초 광주의 4연대 1개 대대를 기간으로 하는 14연대가 여수에서 창설되어 신월동에 주둔하고 있었다.

국방경비대는 미군정하에 수립된 정책이 반영된 결과로 1946년 1월 15일 제1연대 창설로 만들어졌었다. 미군정에서 국방경비대를 창설하면서 특별한 사상 검열이 없이 '불편부당, 정치적 중립'을 내세우며 국방경비대원들을 모집했었다. 이렇게 특별한 제한이 없었던 관계로 국방경비대에는 다양한 세력들이 참여할 수 있었다.

그래서 일제 때 일본군, 만주군, 중국군 등에서 군대 경력을 쌓았던 세력들이 참여하였고, 미군이 상륙하기 전 사설 군사단체를 조직하고 활동하던 세력들이 사설 군사단체를 해산하는 미군정책에 의해 국방경비대에 참여하거나 다른 부문에서 활동하게 되었다.

국방경비대는 이렇게 창설될 때부터 향토연대로 편성되었다. 미군정에서는 국방경비대 창설 계획인 '뱀부계획(Bamboo Plan)'안을 작성하여 각 도에 1개 연대씩 편성하게 했다.

이렇게 다양한 색채들이 모인 국방경비대와 향토연대는 국가가 수립되면 만들어질 '군대의 주역'이라는 의식이 국방경비대의 특성이었다, 하지만 당시 민중들로부터 일제시대 종사해 온 친일집단으로 지탄받고 있었던 경찰들로부터 '국방경비대는 빨갱이 소굴'이라는 비난을 받기도 했다. 이러한 서로간의 갈등과 대립으로 경찰은 마침내 미군정에 국방경비대를 비방하는 보고를 제출하면서 국방경비대와 경찰은 극한 대립을 하고 있었다.

그런데 4월 3일 제주도에서 일어난 정부 단선단정에 반대하는 무장봉기가 일어난 것이다. 제주항쟁 초기에는 각도에서 차출한 경찰 동원만으로 진압작전에 나섰다. 하지만 경찰의 힘만으로 어려워지자 국방경비대를 진압작전에 동원하면서 국방경비대는 유격대 토벌작전을 전개하게 했고, 경찰은 해안 부근의 마을 치안을 담당하게 했었다.

국방경비대가 유격대 토벌을 하고 있을 때였다. 제주도 모슬포 부근에서 작전 지휘를 하고 있던 제9연대장 박진경이 암살당하는 사건이 발생했다. 이 사건은 동족을 살상하는 작전에 반대하는 일부 국방경비대원들의 저항이었다.

이 사건을 계기로 전군 차원의 사상검열이 시작되었다. 이로써 대한민국 정부의 수립 이전부터 진행되었던 숙군의 합법성이 부여되는 계기가 되면서 이전보다 강력하고 조직적인 숙군이 전개되었다.

이러한 숙군의 여파는 제14연대를 분파 창설하게 했던 광주의 제4연대까지 디쳤고, 제4연대의 숙군은 제14연대에까지 그 파문을 가져오게 했다.

이때 제4연대 출신으로 제14연대 창설요원이던 이등중사 김영만이 체포되었다. 그는 제14연대 남로당 세포 조직 제14연대 독립대책이며 재정책을 맡고 있었다.

제14연대 남로당 조직에서는 김영만의 체포 계획을 사전에 알고 있었지만, 김영만을 도피시킨다면 그에 따른 조직 수사 확대를 우려하여 그 한 사람이 체포당하는 것으로 조직을 지켜낼 것을 결정하였다고 한다.

이렇듯 숙군의 여파로 제14연대 남로당 조직의 위기감이 조여지고 있을 때 제주도 파병문제가 놓여지게 된 것이다. 그 해 10월 초순부터 시작되는 시가전 훈련과 무기 교체가 급속하게 이루어지면서 제주도에 14연대가 파병될 것임을 짐작한 부대내의 좌익들은 은밀하게 술렁이기 시작했다.

제주도 토벌작전에서 연대장 암살사건을 계기로 미군정이 숙군을 시작하여 그 영향으로 소위 '혁명의용군사건'에 연대장 오동기 소령이 연루되어 구속 수감되었기 때문이다.

당시의 정국분위기가 그랬다. 전라남도 대부분의 지역 역시도 1946

년 전반기부터 우익의 우세로 기울어지고 있었지만, 그러나 계속되는 인플레현상과, 특히 미군정의 미곡 수집령으로 일반 농민들의 삶은 일제시대나 별반 달라진 것이 없어 군정당국에 대한 원성이 높아가고 있을 때였다.

그야말로 농민들의 불만과 실망이 점점 누적되어 가면서 마침내 전남 동부지방 구례, 순천을 포함한 4개 군에서 5. 10일 선거를 저지투쟁하는 사건이 발생했었고, 1948년 3 · 1절을 계기로 구례의 경찰서 및 우익 습격사건을 비롯하여 순천의 시위군중과 우익 학생과의 충돌사건이 빈번하게 일어났었다.

그러면서 전남 동부지방의 민중들까지 들고 일어나기 시작한 것이다. 이렇게 민중봉기로 들고 일어나기 시작한 사태는 점차로 광양과 여수 등지에서 경찰지서와 투표소를 습격하는 등, 사건은 급진전으로 확대되어 나갔다.

이러한 민중봉기는 5월 10일 제헌 선거를 전후로 해서 더욱 빈번하게 일어나면서 고흥으로까지 번져 나갔다. 1948년 3월 29일 새벽 3시, 안재정을 비롯한 3인이 대서면 지서를 습격한 사건이 발생하면서 9월 3일, 이들 모두가 경찰청에 의해 체포되기도 했다.(가람기획, 김삼웅 著, 〈해방 후 정치사 100장면〉 참조)

II. 여수 제14연대 반란의 불씨

1948년 3월 17일 미군정은 남한과 도정부법령 제175호로 국회의원 선거법을 공포했다. 그리고 1948년 7월 12일 국회의장 이승만은 대한민국 헌법을 제정하고 7월 17일 이 헌법을 공포하였다. 이날 정부조직법 법률 제1호도 함께 공포 시행되었다.

그리고 1948년 8월 15일, 대한민국 정부의 수립을 내외에 선포하면서 대한민국 제1공화국이 탄생되었다.

그러나 국민들은 남한만의 날치기 정부 수립에 대한 불만이 팽배해 있었다. 그런 민중들의 감정은 곳곳에서 크고 작은 사건을 일으켜 경찰과 충돌했다. 그러면서 그 불씨는 전국적으로 번져 확대되어 나가고 있었을 때였다.

여수 역시도 마찬가지였다. 정부에 대한 불만은 1948년 7월 하순부터 8월 상순까지 2기분 배급을 받지 못하자 더욱 높아갔다. 당시 여수 읍민들은 8만이었다. 당국으로부터 2기분 배급식량을 분배받지 못하고 있었던 것은 도정 공장에서 이윤이 박하다는 이유로 도정을 하지 않았기 때문이다. 그래서 여수 군민은 식량난에 허덕일 수밖에 없었다.

그런데 설상가상으로 1948년 7월 수해가 덮친 것이다. 여수 지방은 많은 이재민들이 무더기로 재산을 잃고 구제회를 조직하기도 했다. 이렇게 구제운동을 전개할 정도로 여수읍민들은 식량난에 허덕이게 되면서 당국에 대한 원성은 더욱 극도로 치솟고 있었다.

이처럼 어수선한 사회 분위기 속에서 학생들은 좌, 우익으로 나누어져 있었다. 노골적으로 정부를 비판하는 여수수산학교 학생회장 최재욱이었다. 그의 논리 정연한 이론 전개에 학생들은 그야말로 전적으로 동감한다는 그런 모습들이었다. 거기에 박수를 치며 힘을 실어 주는 학생들이 많았다.

그 당시 사회분위기는 그랬다. 남한만의 단독정부 수립에 대한 실망으로 국민감정은 그렇게 기울어지고 있었다. 그래서 최재욱의 합리적인 이론전개는 학생들의 마음을 더욱 움직이게 했던 것인지도 모른다. 젊음의 그 어떤 힘을 끌어 올려 출렁거리게 하는 학생회장 최재욱의 모습은 더없이 당당해 보이기까지 했다.

총학생회장 최재욱은 웅변대회에서 늘 1등만 차지했던 만큼 그의 말은 논리가 정연했고 설득력이 있었다. 그래서 확실한 자기 신념의 의지를 불러내게 했다. 그는 얼굴도 남자답게 잘 생긴 데다가 학교생활 또한 성실해서 모든 학생들에게 모범으로 존경을 받고 있는 터였다.

그의 집은 목포 무안이었다. 그래서 학교 앞에 위치해 있는 기숙사 생활을 한상호와 함께 하고 있었다. 기숙사 방은 30개 정도였고, 거기에는 50명 가량의 학생들이 함께 숙식을 하고 있었다.

사실 해방 후 젊은 학생들이나 식자층 사이에서는 공산주의 사상이 그야말로 유행병처럼 번지고 있었을 때였다. 사상이란 곧 철학이고, 그래서 국가의 정치이념에는 반드시 뚜렷한 정치소신이 있어야 된다는 것이 곧잘 그가 하는 말이었다.

그런데 당시의 국제 정세는 강대국 소련과 미국의 정치이념인 공산주의와 민주주의로 그 이데올로기가 양립되어 있었고, 그 사이를 넘나들며 민족해방을 호소했던 우리의 독립운동가들이었다. 여기에서 생각하는 각자의 사고가 그 정치적인 사상으로 노선을 달리하면서 갈등과 대립을 가져오고 있었던 것이다.

좌파가 추종하는 공산주의 이론은 당시의 신학문 학구파들에게 있어서는 더 없이 분명한 논리 전개로 그럴 듯했다. 그래서 우리나라도 그러한 사회주의 혁명을 해야 한다는 것이 단호한 좌파들의 주장이었다.

총학생회장 최재욱 역시도 좌파에 속해 있었다. 그래서 그것만이 과거의 그릇된 가치판단에서 벗어날 수 있는 길이며, 그것이 해방된 독립국가로 새로운 민족 혁명의 과업이라고 그는 열을 올려가며 말했다.

"우리 선조들은 한, 당, 송, 원, 명, 청나라 시대에 끊임없이 사신이 왕래하면서 그 나라 좋은 것은 왜 못 배워 오고 모조리 궂은 것만 받아들여 왔었던 거요. 의관, 문물 등 중국의 실물을 쫓는다는 것이 조선조 오백년의 일관된 정책이라고는 하지만, 망하기 좋은 주자학이나 발달시킨 결과는 편협한 당파 싸움질에 의타심만 기르게 했었지 않은가 말이다. 양반이랍시고 손가락 하나 놀리지 않고 그야말로 나라에서 내리는 국록이나 받아먹고 책만 읽고 앉아 입만 놀려대서 민족의 원기를 그대로 소진시켜 버린 결과가 보여준 것이 바로 나라를 빼앗기고 식민지 노예생활을 하게 했었던 것 아니었느냐, 그 말이지 쿵! 하지만 마르크스 공산주의 이론은, 교육과 노동이 서로 결합하는 것은 인격의 근본적인 구성여건이라고 했네. 즉 높은 인격은 교육과 생산노동의 조화적인 상호 결합에서만이 가능하다고 하는 이런 말이거든, 그것은 바로 인간의 본질을 노동과 자연과의 관계 속에서 찾기 때문인데, 이 얼마나 근사한 사상의 논리인가? 그러니까 인간은 자연을 개조하는 노동과정에서 자신도 변하게 되는 것으로 노동은 바로 인류 생활의 원천이라는 것이고, 그렇기 때문에 인간은 계급에 관계없이 누구나 다 노동을 통해 자신의 존재 의미를 찾아가고 있다는 이런 논리거든, 그래서 마르크스는 바로 노동이란, 인간존재의 전면적이고 일차적인 조건이라고 규정했다는 것 아니겠나, 흠흠……. 그래서 공산국가에서 정치 사상교육을 가장 강화하고 있는 것이고, 아무튼 동서양의 교육사를 통해 볼 때 교육과 정치의 관계는 아주 밀접했거든, 일찍이 고대 그리이스 스파르타의 교육에서는 군국주의에 의한 통치 수단으로 이용되어 오기도 했었으니까, 흠흠……."

"그럼 결론적으로 공산주의 교육이론에서 교육과 생산노동의 결합에 대한 주장은 마르크스, 레닌 교육사상의 원리로, 혁명적이고 전체적인 인간형성의 주요 과정으로 사회주의를 건설하는 데 있어서 그만큼 중요한 의미를 갖게 된다는 것 아닙니까요? 그 참 근사한데요, 흐흥……."

상호는 평소에도 학생회장 최재욱을 존경하고 따랐다. 다방면으로 박식했고 또 이해가 넓었기 때문이다. 아니 상호뿐 아니라 함께 하숙을 하고 있었던 학생들은 자연히 그의 논리적인 사상 열변에 조금씩은 거기에 동화되어 가고 있었던 것이 사실이었다. 대화는 자연히 맞장구를 치듯이 주고받고 있었다.

"그렇네, 서로 다른 역사와 문화의 차이로 정치적 이념에 의해 형성된 것이 공산주의와 민주주의가 아니겠나, 나도 거기에 동감하네. 교육방침은 공산계급의 통치를 위한 수단으로 교육이 이루어져야 하고, 또 그것은 생산을 위한 노동과 밀접한 관계로 이루어져야 한다는 생각이거든, 그래야만이 자주성과 창조성을 가진 혁명인재가 육성될 수 있다는 것 아니겠나!"

사실 상호가 그에게서 빌려와 읽어 본 공산주의 세계관은 다음과 같은 내용으로 되어 있었다.

1. 자연현상의 설명은 변증법과 유물론에서 출발한다.
2. 이상주의, 관념주의, 혹은 부르조아적인 생활철학과는 조화될 수가 없다.
3. 낙관주의란 노동자계급의 이익과 병존하는 데 기초가 되고 있다.
4. 인간주의, 사회주의적 애국심과 국제주의의 우월성을 인정한다.
5. 이론과 실천의 결합, 세계관과 공산주의 사회건설의 결속이 이루어진다.
6. 공산주의 세계관은 혁명을 본질로 한다.
7. 부르조아 이념에 대한 증오심을 갖는다.

위와 같은 것이 공산주의의 교육이념으로 공산주의의 유물론 세계관이다. 이것이 바로 마르크스 레닌사상의 핵심으로 유물론이란, 인간의 정신은 물질의 소산에 불과하며, 그 물질에 의해서 지배된다는 논리다. 그래서 유물론적 세계관에 의하면 인류사회의 발전은 인간의 의지나 정신세계와는 무관하며 물질관계의 변화에서만 이루어진다는 것으로 이것은 확실하게 객관적으로 존재하는 것은 물질뿐이기 때문이라는 것이다.

이렇게 공산주의 이론을 정립해 낸 칼 마르크스(Karl Marx)의 아버지 하인리히 마르크스는 국적은 독일이었지만 유태계였다. 그는 유태인 대학살을 피해 1818년에 독일어를 쓰는 땅에서 마르크스를 낳았다. 그즈음 유럽전역에서는 유태인에 대한 경계심과 멸시가 대단했다. 그래서인지 마르크스는 자라면서 '나는 누구인가?' 하는 자문 속에서 늘 짙은 고독과 함께 성장했다.

마르크스의 아버지는 유태인으로 당연히 유태교를 믿어야 했었는데도 자유주의 사상을 가졌던 변호사였다. 그래서 마르크스가 일곱 살 나던 1824년 자녀들과 함께 기독교로 개종을 해버렸다. 유태인 혈통에서 유태교를 떠난다는 것은 대단한 결단으로 용기가 필요한 것이었다.

그래서 마르크스의 가족은 같은 혈통의 유태교 집단으로부터 따돌림을 받을 수밖에 없었고, 그것이 경계의 소외감으로 마르크스로 하여금 많은 것을 생각하는 사람으로 그처럼 정신적인 성장을 시켜 주었던 것인지도 모른다.

결국 그는 그러한 환경적인 소외감 때문에 학창시절 젊은 헤겔파라 불리우던 좌파들의 써클에 적극적으로 어울렸고, 1841년 4월 마침내 예나(Jane)대학에서 철학박사 학위를 받을 수 있게 되었던 것이다. 하지만 마르크스는 대학에 남을 수 없었고, 겨우 라인신문의 편집장으로 취직이 될 수 있었다.

그러나 그것도 불과 5개월만에 신문사가 폐간 당하면서 그 후로는 일생동안 취직이라고는 해 본 일이 없는 마르크스의 생활이었다.

그렇기 때문에 늘 불안 초조한 삶으로 이어져야 했던 그의 생활은 억울하다는 것이 늘 심층 밑바닥에 그처럼 깔려 있었고, 그 팽배된 사회적 구조의 불만은 마침내 보편적인 믿음이나 신을 부정하기에 이르렀다. 그러면서 당시의 권위체제나 학설 등에 반발하고 나서기에 주저하지를 않았다. 그의 외침은 이랬다.

"부르조아 사회를 쳐부수고, 새로운 사회를 건설하기 위하여 노동자여! 프롤레타리아여 단결하라! 그대들이 잃은 것은 그대들의 발목에 있는 족쇄요, 얻은 것은 모든 것이니라!"

그의 이와 같은 외침은 당시 유럽의 산업자본주의가 펼쳐내는 부조리의 사회현상 속에서 그처럼 억울하게 착취당하고 있는 시민들을 구제할 수 있는 처방의 묘약을 만들어 내는 새로운 불씨였다. 바로 마르크스가 부르짖은 '사회혁명' 혹은 '세계혁명'이라는 새로운 사상에 불씨를 당긴 것이다.

마르크스는 그가 살던 모든 사회의 체제를 줄기차게 비난했고, 그의 통렬한 비난은 마침내 부르조아 자본주의 사회체제를 전면적으로 부정하는 공산주의 이론을 만들어 내기에 이르렀던 것이다.

그 이론과 함께 마르크스는 혁명 활동에 직접 뛰어 들어 조직을 세우고 노동자가 노동의 대가를 재대로 받지 못하기 때문에 소외되는 것이라고 역설했다. 그처럼 불합리한 사회구조를 맹렬히 비판하고 사회주의 혁명의 불씨를 당긴 마르크스는 인간성과 사상의 문제를 놓고 끝없이 고민하다가 1856년 가난한 망명 생활 끝에 영국의 런던에서 사망했다.

그가 남긴 말년의 저서 《자본론(Das Kapital)》에서 노동자가 어떻게 착취를 당한다는 점에 대해서 다음과 같이 적고 있다.

"노동력의 구매와 판매는 순환의 영역 또는 상품 교환의 영역에 속하며, 이것이 인간의 천부적 권리이기도 하다. 상품을 사고 파는 것은 그들의 자유이기 때문에 노동력의 판매도 자유라고 말할 수는 있다. 그러나 우리가 돈의 소유자(자본가)와 노동력의 소유자(노동자)가 거래를 하는 표면만 볼 것이 아니라 이면을 보면 '거래 이외는 노동자와 면회 사절!'이라 쓰인 팻말 뒤에 어떤 일이 일어나고 있는가? 이런 착취를 통한 비밀스런 이윤창출은 결국 노출되고 만다."

이렇게 마르크스는 노동자들이 불이익을 당하게 만드는 자본가의 착취문제 중요하게 다루었던 것으로 생산력과 생산관계를 둘러싼 시대적 변동을 연구해 내놓은 것이다. 이것이 공산주의 이론으로 유물변증법 또는 사적유물론이라고 한 것이다.

말하자면 상품의 생산가치와 시장에서의 교환가치간에 잉여가치가 발생하게 된다는데 여기에서 발생되는 잉여가치를 모조리 자본가들이 차지하기 때문에 노동자는 자연히 착취를 당하게 된다는 그의 주장이다.

이러한 자본가 구조의 사회에서 '노동자 착취'라는 개념은 바로 프롤레타리아 혁명을 일으키게 했던 마르크스의 공산주의 이론으로 그 시대 역사발전을 보인 것이다. 이러한 논리를 그는 변증법적 역사발전이라고 말했다.

이렇게 마르크스는 유물변증법이란 역사발전의 사상무기로 그 사회 자본가들이 노동자를 착취하고 있다고 설파함으로써 당시의 서양 기독교 신앙이 그 정신적인 뒷받침이 되고 있는 자본주의 사회에 대해서 그야말로 사상적인 공격을 무차별하게 가했던 것이다.

이러한 그의 공격은 인류역사 발전의 원동력은 하느님이 아니고, 물질을 생산해 내는 인간의 노동력이 인류 역사를 발전시켜 나왔다는 것이었다. 즉, 원시시대에는 소유의 개념도 없었고, 그래서 누구나 평등하게 위축감 없이 잘 살아갈 수 있었는데 수렵생활, 그리고 농경사회 등으로 그 생산 양식이 발전됨에 따라 고대에 노예사회 제도가 생겨났고, 그리고 계급의식을 갖게 하는 봉건사회에서 자본주의 사회로 넘어오면서 의식주 해결이라는 경제조건이 평등해야 하는 인간의 권리를 짓밟게 된 것이라고 역설했다.

그렇기 때문에 평등한 인간의 권리를 되찾기 위해서는 원시사회에서 문명사회로 넘어오면서 만들어졌던 자본가 위주의 사회제도를 개혁해야 한다는 것이었고, 그래서 모두가 공익으로 잘 살 수 있는 공산화 혁명은 불가피한 것이라고 했던 것이다.

이러한 논리 전개의 유물론적 해석이나 잉여가치설 등은 그 시대가 요구하는 역사적 혁명으로 상당한 공헌을 해 준 것이 사실이었다. 과학적 방법론으로 사회현상을 설명하여 이해시켜 주고 있었기 때문이다. 무엇보다도 그 시대 상황은 부르조아 계급의 횡포가 극에 치닫고 있었기 때문에 그 시대 사회에 경종을 울리게 했던 것이다. 빈익빈 부익부의 사회병리 현상이 조금은 예방되어진 것이 사실이었기 때문이다.

마르크스의 공산화 주장은 인간이면 누구나 평등해질 권리가 있다는 것이었다. 그래서 산업 자본주의 사회구조를 재조정해야 한다는 것으로 이것이 마르크스가 바라보는 이상화사회였다.

그가 일으킨 공산화 제도의 사회주의 혁명이라는 불씨는 시대에 소외되고 계급에 억눌린 백성들로부터 절대적 환영과 지지를 받으면서 세계로 번져 나가고 있었다.

해방이 되고 우리나라에서도 그 같은 마르크스의 공산주의 사상을 선동하고 박수를 보내는 사람들이 좌익으로 불리웠다. 그리고 미국의 민주주의 사상을 추종하는 사람을 우익이라고 했다. 이렇게 양분되어 들어온 외래사상으로 당시 해방정국은 정치적인 혼란을 빚고 있었다. 북한은 소련의 그 같은 공산주의 체제로 굳혀져 가고 있었고, 남한 정부는 자본주의 국가인 미국의 민주주의 체제로 굳혀져 가고 있었기 때문이다.

정부수립이 두 달째로 접어들었을 때였다. 서울에서는 민족주의 성향의 연소 국회의원들이 '미군 철수하라!' 는 내용의 성명서를 발표했다.

그리고 1948년 10월 13일 여수에 주둔해 있던 14연대는 제주 파병을 위한 시가전 예행연습을 했었고, 그 이틀 후 15일, 국방경비대 사령부는 19일 오후 6시를 기해 14연대에게 제주도로 출동하라는 파병 명령이 하달된 것이다. 14연대는 여수 신월동에 주둔하고 있었다.

출동명령은 제14연대 내 좌익계 사병들에게 동족상잔과 반란 중 양자택일을 하지 않으면 안 되는 긴박한 상황이었다. 출동 시간은 21시로 되어 있었다. 그래서 제 1대대는 식사 후 떠날 출동준비를 하고 있었고, 잔류부대인 2대대는 출동부대의 식사 준비를 하고 있었다.

이럴 즈음 연대 인사계 선임하사관 지창수(池昌洙)는 부대 내에 핵심세포 40여명에게 사전의 계획대로 무기고와 탄약고를 점령케 하고 비상나팔을 불게 했다. 이때 시각이 20시경이었다.

비상나팔 소리에 출동대대는 지체 없이 연병장에 집결하였다. 그러자 이들 앞에 모습을 나타낸 지창수가 결의에 찬 모습으로 말했다.

"지금 경찰이 우리한테 쳐들어온다. 경찰을 타도하자! 우리는 동족상잔의 제주도 출동을 반대한다! 우리는 조국의 염원인 남북통일을 원한다! 지금 조선인민군이 남조선해방을 위해 38선을 넘어 남진 중에 있다. 우리는 북상하는 인민해방군으로서 행동한다, 알았나!"

당시에는 경찰과 국방경비대가 서로 간에 대립을 보이고 있을 때였다. 그의 이 같은 말은 감정의 불씨를 당기기에 충분했다. 들고 일어섰다.

"옳소! 우리는 민족상잔을 더 이상 보고 있어서는 안 될 것이오, 우리 함께 일어섭시다!"

"그렇소, 일제 치하에서도 그 같이 우리 국민이 처참한 죽음을 당하지는 않았소. 이것은 나라를 팔아먹은 매국노 이완용이보다 더한 역적들이 아니겠소?! 어느 역사에 제 국민을 그렇게 죽음으로 몰아넣은 제왕이 있었단 말이요? 타도 합시다!"

"옳소! 이것은 민주정치가 아니요! 민주주의 정치는 국민의 의견에 따른다는 것인데 지금 국론은 어느 개인이나 당파의 특정한 이론에 좌우되고 있는 실정이요, 이것이 우리가 그토록 바랐던 민주주의란 말이요? 일어섭시다!"

여수 순천 민중항거의 불씨는 이렇게 제14연대에서 지창수 선임하사관이 반란의 불씨를 붙이고 있었다. 여기에 반대 의사를 밝힌 동료가 있다면 당연히 처형하는 것으로 이를 반대한 3명의 하사관이 즉석에서 사살되었다.

마침내 지창수를 대장으로 하여 정부명령을 거부한 혁명군으로 돌변한 제14연대가 되고 말았다. 연대 병기고와 탄약고를 접수한 것이다.(한국전쟁사 제1권; 해방과 건군 참조)

그리고 저녁 9시경 비상나팔을 불어 출동준비를 하고 있던 제1대대 병력을 재빨리 소집했다. 이렇게 하여 제1대대에 대한 무장이 끝났을 때, 나머지 2개 대대를 소집한 김지회 중위(소대장)가 나타났다. 그 역시도 그렇게 밖에 할 수 없는 자기 자신의 소신을 밝힘으로써 약 2,500명에 달하는 병사들이 그 같은 결의에 힘을 실어 주었다.

1948년 10월 19일 23시 30분경이었다. 제14연대 영내에서는 14연대 혁명이 성공할 수 있다는 확신을 얻고 있었다. 그래서 그 같은 소식을 평소에 그 뜻을 내비치고 교류하고 있었던 민간인들, 그리고 학생들에게 김지회 소대장은 빠르게 전달하도록 했다. 지휘는 제14연대 소대장 김지회가 맡았다.

수산학교 기숙사는 신월리에 주둔하고 있는 14연대로 가는 길목, 학교 앞 덤산 밑에 위치해 있었다. 그 소식을 접한 학생회장 최재욱이었다. 그 날 밤으로 비상소집을 했다. 그리고 흥분된 얼굴로 말했다.

"여러분! 드디어 우리들도 이제 일어설 때가 온 것 같네, 14연대 경비병들이 오늘 밤 혁명을 일으킨다는 기별을 보내 왔어. 우리도 작은 힘이지만 의병으로 일어서야 하질 않겠나. 우리가 일어서는 것은 나라를 위해서가 아니겠나?! 미제국주의 사상을 찬양하는 저 앞잡이 놈들은 국가의 비극임과 동시에 국민전체의 비극이고 우리의 혁명 정신에 암적 존재들이 아니겠나! 그야말로 작은 하나에 착오가 생기면 백 가지의 착오가 뒤를 따르게 된다고 하질 않던가? 지금 정부가 그렇네. 민족과 국가의 백년대계를 위한다는 자들이 지금까지 국민 앞에 보여준 모습이 무엇이었다는 말인가? 간악한 일제치하에서 볼 수 없었던 만행을 일말의 양심도 없이 저지르고 있지 않은가 말이다. 우리는 그 같은 동족상잔을 가만히 보고만 있어서는 안 될 것이다! 아니 우리가 일어서야 한다! 사람은 누구나 확실한 자기 신념이 있어야 한다고 했지 않은가! 이제 그대들의 신념을 곧게 지키려는 것을 하늘이 부른 것이다. 음흉한 사람은 불행을 피하려고 애쓰지만 하늘이 찾아가서 혼을 낸다고 하는 말도 있지 않은가. 그것은 칼날을 쥐느냐? 칼자루를 쥐느냐의 차이인 것이다! 자! 우리도 이제 민족과 나라를 위해 의병으로 일어서자!"

1948년 10월 20일 새벽 1시 20분경이었다. 이렇게 학생과 군민이 합세한 14연대는 여수 읍내로 진입했다. 그리고 무기고를 접수한 후, 그 무기들을 좌익단체 및 학생 600여명에게 나누어주고 각 관공서 및 중요기관을 점령하기에 이르렀다. 그리고 마침내 여수 시내를 완전히 장악한 시간이 새벽 6시경이었다.

10월 20일 오전 10시경, 본격적으로 보안서 및 인민위원회가 빠르게 구성됐다. 이 조직에 의해 경찰, 우익인사, 우익청년단, 지주 색출작업 명단이 만들어지는 한편, 14연대 소대장 김지회는 제주도 출동거부 병사위원회를 조직하고 그 명으로 성명서를 내걸었다.

"제주도 출동 절대 반대! 미군도 소련군을 본받아 즉시 철퇴하라!"

그리고 그 밑으로 '인민공화국 수립만세!' 라고 써서 붙였다.

10월 20일 오후 3시경, 시내를 장악한 14연대는 중앙로터리 광장에서 인민대회를 열었다. 모인 군중은 4만 여명에 이르렀다. 함성은 제주도 동족상잔 토벌을 반대한다는 한결 같은 목소리였다. 그것은 반란이 아니라 부당한 중앙에 저항하는 민중봉기였다.

이 같은 민중봉기의 인민대회는 추도가, 해방의 노래 등으로 시작하여 이용기, 박채영, 김귀영, 문성휘, 유복동 등 5명이 의장으로 선출되어 대회를 진행해 나가고 있었다. 여기에서 6개항의 결정서를 채택했으며, 최후의 결전가를 부르고 대회를 마쳤다. 그리고 신속하게 구성된 인민위원회 조직에 의해 인민재판 명단에 오른 인사들의 색출작업이 본격적으로 시작되었다. 총성은 여기저기서 터져 나왔고, 끌려가는 사람 뒤로 울부짖는 가족들의 몸부림과 아우성이 그야말로 아비규환 그것이었다.

그러한 아비규환 속에서 한상호가 28기생 선배들의 잔심부름을 해주고 있을 대였다. 광순여관 아들 최양수가 상호를 만나자, 찾고 있었다는 듯이 다급하게 말했다.

"어이, 이리 나 좀 보세나!"

"?⋯⋯"

상호가 은근한 눈짓을 해 오는 최양수를 따라 그 한 옆으로 갔을 때였다. 양수는 주위를 둘러보며 가만하게 말했다.

"자네 아버지가 나보고 연락을 좀 해달라고 하드구만, 얼른 가보게."

아버지는 당시 광주에서 출장을 내려와 광순여관에 투숙하고 있었다. 그때 여순사건을 만나게 된 것이다. 광순여관 아들과 상호는 같은 반 친구였다. 상호가 기별을 받고 광순여관을 찾아들었을 때 아버지는 지레 겁을 먹고 여관 방 다다미를 뜯고 그 밑에 몸을 숨기고 있었다. 상호의 목소리를 듣자 조심스럽게 모습을 나타냈다.

상호를 바라보는 아버지의 얼굴이 침통했다. 아버지는 아들의 팔에 두르고 있는 '민주청년동맹'이라고 쓴 완장이 사뭇 못마땅하다는 듯이 혀를 끌끌 차며 말했다.

"하라는 공부나 할 일이지 뭘 안다고 설치고 다니는 거냐? 쯧쯧 쯧……."

"우리 학생들도 이제 알 것은 다 알고 하는 짓이구만요. 십사연대가 제주도 출동명령에 반기를 들고 일어났다는 것 아닙니까? 생각해 보세요 같은 동족끼리 토벌이라니 이게 어디 말이나 될 법한 소립니까? 당연히 우리 학생들도 들고 일어나야지요. 두고 보십시오. 이것은 반란이 아니라 위대한 혁명과업으로 역사에 남을 테니까요."

"하긴 제 동족끼리 토벌을 해야 한다니 반기를 들고 일어설 만도 하지, 쯧쯧……."

"아버지는 질서가 잡힐 때까지 당분간 여기서 불편하시더라도 꼼짝 하지 말고 계세요. 아셨지요?"

"소식이 궁금해서 그런다. 김영준 씨 그 양반이 무사할는지, 부르조 아 계급부터 척결한다는 것이 공산주의 혁명 아니냐?"

아버지는 그 반란이 다만 14연대에 숨죽이고 있던 공산주의 좌익세 력들에 의해 일어난 것이라고 단정지어 말했다. 상호는 아버지가 걱정 하는 것을 알고 있었다. 세상이 공산주의로 바뀌면 먼저 아버지의 사업 부터 타격을 입게 될 것이기 때문이다. 우선 그 사업의 후원자가 여수 제일의 갑부 김영준 씨이고 보면 부루조아 계급 숙청 작업 제1호로 척 결될 것이고, 그렇게 되면 아버지가 벌려 놓은 사업도 따라서 타격을 입 을 것은 당연한 일이기 때문이다.

아버지가 걱정하는 것이 무엇인지 알아지면서 상호가 말했다.

"부익부 빈익빈, 이것이 모순된 자본주의 사회제도 아닙니까? 그래서 인간은 모두 공평하게 잘 살아야 하는 정치제도를 만들어야 한다는 것 이 공산주의 사상인데 그게 어디 잘못 된 겁니까? 누구나 평등하게 잘 살 수 있는 그런 사회 제도를 만들어야지요. 물론 가진 자 쪽에서는 그러한 공산화 제도를 반대하겠지만요, 공정하게 말해서 저는 그 이론에 찬성하거든요. 그 이론을 찬성한다고 해서 그렇게 흉측한 인간으로 내몰아 처형까지 한다는 것이 어디 말이나 되는 말입니까? 그렇잖습니까. 공산주의 사상을 찬양하는 백성들은 어디 이 나라 백성이 아니고 적국의 스파이쯤 된다는 말입니까? 사상이란 것이 정치이념이고, 정치는 전체 국민을 위한 공익 수단이어야 한다면 공산주의고 민주주의고 간에 그 견해를 달리한다고 해서 부모 때려죽인 대천지 원수마냥 그렇게 때려잡아 죽이는 것이 민주 정치라면 그거 잘못된 것 아닙니까? 그러니까 나라 주인은 국민이어야 하는데 심부름꾼들이 주인을 몽둥이로 때려잡아 죽이는 이런 꼴이니 여기저기서 이렇게 난리가 일어나는 것 아닙니까?"

"너 하숙을 시킨 것이 잘못이구나. 언제 그렇게 빨간 물이 몽땅 들어버렸냐? 혁명은 이상적인 꿈이 아니라 현실이다. 너 말대로 공산화 혁명이 그렇게 쉽게 이루어질 것 같으냐?!"

"저는 꼭 그렇게 사상적으로만 생각하고 싶지 않거든요. 민주주의 공산주의고 간에 사상을 떠나서라도 그렇지요. 이런 꼴을 보자고 국민들이 목이 터져라 하고 해방을 부르짖었던 것은 아니잖습니까. 이것은 혁명 이전에 민중봉기라니까요. 여기에서 사사로운 개인적 이익에 연연해서는 안 된다 이런 말입니다. 그러니까 아버지도 이제 마음의 준비를 해두셔야 하고, 김영준 씨 문제야 전들 어떻게 하겠습니까, 하지만 나가서 소식이나 알아보고 오지요. 모르기는 하지만 지금쯤은 아마 인민재판대에 올랐을 겁니다."

아버지의 침통한 표정이 한동안 말을 잃고 있었다. 그러다가 얼마 만에 풀기 없는 목소리로 실소하듯 말씀했다.

"그 참, 인민재판이라? 허허. 그래, 그 어른이 무슨 잘못이 있다고 인민재판을 받아야 한다더냐? 쯧쯧……."

"경찰 후원회장을 맡고 있는 것도 그렇고, 또 일제시대 비행기 두 대 값을 헌납했다면서요?"

"그거야 나라 잃은 국민이 살아남으려니까 어쩔 수 없이 시류에 영합

했던 거 아니겠냐. 그래도 그 어른이 돈 벌어서 좀 좋은 일을 많이 했
냐? 고아원도 짓고, 학교도 짓고, 그렇게 한 분이 없지. 너 가서 돌아가
는 상황 좀 알아보고 오너라. 경찰 경비정 선장 서가올이도 틀림없이 무
사하지 못했을 테니 그 소식도 함께 좀 알아보거라."

아버지는 후원자 김영준 씨의 뒷 소식과 함께 당시 경찰 경비정 선장
이던 아버지의 친구 서가올을 걱정하고 있었다.

아버지는 그 여순 사건이 나기 1년 전, 우리나라 최초의 수산개발 주
식회사를 설립했었다. 말하자면 원양어업의 전신으로 그 시작인 것이었
다. 건착선이 6척에 경비정 1척으로 출발했다. 거기에 후원을 해준 김
영준 씨였다. 그래서 본사는 전라남도 도청 소재지인 광주에 두고 있었
고, 지사를 여수에 두고 있어서 아버지는 지사에 출장을 왔다가 그 변을
만나게 된 것이었다.

사실 상호가 여수수산학교에 진학하게 된 데에는 절대적인 아버지의
의사에 따른 것이었다. 하지만 독실한 기독교 신자였던 어머니는 처음
그것을 반대했다. 그것은 아들의 성격이 거기에 어울리지 않는다는 것
때문이었다. 그래서 장래 목사를 만들고 싶어했던 어머니였다.

그만큼 상호의 성격은 낙천적이어서 어려서부터 풍류아적인 기질로
감성이 풍부했고, 그러한 예술가적인 낭만파 기질이 어머니의 눈에는
늘 심약하게만 보였던 것이다.

그러나 아버지는 장손인 상호를 당신의 뜻을 담고 있는 수산업 후계
자로 만들어야 한다는 생각이었고, 그래서 여수수산학교에 입학시킨 것
이다. 그리고 아버지는 여수수산학교 후원회 회장직을 맡아 상호의 학
교생활에 더 없이 큰 백 그라운드가 되어주고 있었다.

그런 아버지는 당시 공부를 잘 하는데도 집이 가난해서 학비를 미처
내지 못하는 학생이 있으면 상호 말을 전해 듣고 대납해 주기도 했고,
또 상호가 기숙사 생활을 하게 된 것도 그랬다.

하루는 상호가 카메라를 들고 돌산을 들어가기 위해 나룻배를 기다리
면서 콧노래를 흥얼거리고 있었다.

"북쪽에는 종고 산이 솟~아 있고요, 남쪽에는 장군도가 놓~여 있고

나, 거울 같은 바다 위에 고기 잡는 배, 돛을 달고 왔다 갔다 오~동도
바다, 아~아 아름답고나 여수항 경치, 아~아 아름답고나 여수항 경치
~."

언제 보아도 가슴을 시원하게 해주는 바다, 그 물결 위로 희망을 싣고
오락가락하는 돛단배와 거기에 한가롭게 끼룩거리는 갈매기의 노래 소
리는 상호의 젊은 꿈과 낭만을 끝없이 풀어져 나가게 했다. 그러한 출렁
거림이 카메라로 손장난을 하고 있을 때였다.

저만치 바위 끝에 한 여학생인 듯싶은 처녀가 바다를 멍하게 쳐다보
고 있는 것이 카메라 앵글에 잡혔다. 한 폭의 그림과도 같았다. 그런데
그 여학생이 신발을 벗어 두고 합장을 하는가 싶더니 갑자기 바다로 뛰
어들려는 몸짓이었다. 놀랜 상호가 소리를 지르며 달려가 막아 세웠다.
그러면서 말했다.

"이게 무슨 짓이요?"

처녀는 멈칫했다. 두 눈에 눈물이 글썽하게 고여 있었다. 상호가 나무
라듯 말했다.

"무슨 사연이 있는지 모르겠지만, 이렇게 목숨을 함부로 해서 되겠
소?"

"이런 세상 더 살아서 뭣합니까?"

그리고 처녀는 그럴 수밖에 없는 자신의 처지를 털어놓았다. 처녀는
공주사범학교를 다니던 여학생으로 이름은 함남례라고 했다. 그 여학생
의 아버지는 해방이 되기 얼마 전 만주로 떠난 뒤 소식이 끊어졌고, 어
머니마저도 시름시름 앓다가 죽고 난 뒤 외갓집에 얹혀 살게 되었다고
한다. 그러나 형편이 가난하여 더는 학교를 중단할 수밖에 없게 된 처지
에서 차라리 중이나 되어 버릴까 하고 나왔다가 그 생각을 자살로 바꾼
것이라고 했다.

상호는 여러 말로 처녀를 달래어 위로하고 마음을 돌아서게 했다. 그
러나 갈 곳이 없다는 처녀를 구해 놓고 보니 다음 일이 난감했다. 어쩌
지도 못하고 하는 수 없이 아버지가 정해 준 서교동 하숙집으로 데리고
올 수밖에 없었다. 그러나 학생 신분의 처녀 총각이 한 방에서 기거를

할 수 없는 처지여서 그렇게 된 사실을 광주 아버지에게 전했다.

당시로서는 전화가 있는 집이 드물었을 때였다. 광주 집 전화가 33번이었다. 상호의 전화를 받은 아버지는 좋은 일을 했다면서 급하게 달려오셨다. 그리고 갈 곳 없다는 처녀를 당분간 상호가 있던 하숙집에 머물러 있도록 선처해 주고 그 길로 상호를 기숙사로 옮겨 생활하도록 했다. 물론 그 얼마 후 그 여학생은 아버지의 도움으로 다시 복학을 하게 되었다. 하지만 하숙생활보다 기숙사 생활에 오히려 더 즐거움을 느낀 상호였다. 기숙사 생활을 하는 동안 총 학생회장 최재욱과 유대 관계를 더욱 돈독하게 가질 수 있었던 것이 무엇보다도 즐거웠기 때문이다.

이렇게 아들의 말이라면 믿고 따라주는 아버지였다. 이러한 아버지의 물질적 정신적 지원이 있었기 때문에 상호는 해방이 되고 일본 경찰이 타다가 두고 간 기마대 말을 여수 경찰서에서 세 필, 그리고 한 필을 수산학교에서 인수하여 학생특별활동으로 활용해 왔었는데, 전교에서 그 특별활동을 하는 학생이 상호까지 포함하여 5명이었다.

그러나 그 말을 주로 상호가 맡아 관리하게 되면서 유도를 익혔고, 그래서 그 백말을 타고 거들먹거리고 다니는 상호를 주위 친구들은 은근하게 부러워들 했다. 그러니까 그 타고난 '끼'에 아버지의 후광은 날개를 달아 준 것이나 마찬가지였다.

그야말로 즐겨 부르는 '이 강산 낙화유수 흐르는 물에 새 파란 잔디 위에 지은 맹세야…' 그 콧노래나 흥얼거리며 카메라를 들고 산으로 바다로 사진 찍으러 다니는 것이 또한 취미였다.

그리고 밤이면 공부보다도 기타를 치며 그 구성진 목소리를 뽑아댔지만, 그러나 그런 상호를 기숙사 안에서 탓할 사람은 누구도 없었다. 아니 모두들 부러워했다. 상호가 그러한 악기들을 다룰 수 있게 된 것은 순전히 환경적인 것으로 아버지의 영향 때문이었다.

아버지 역시도 예술적인 감성이 풍부한 분이셨다. 그래서 학창시절 특별활동으로 바이올린을 하셨고, 그래서 못 다루는 악기가 없었다. 그런 관계로 집안응접실에는 그러한 등등의 악기가 많았기 때문에 상호는 자연히 아버지를 따라 여러 가지 악기들을 익힐 수 있게 된 것이었다.

　그 시절, 그러한 고급 취미를 즐길 수 있었던 환경을 친구들은 모두 부러워 했고, 그래서 여학생들 사이에는 단연 선망의 대상이기도 했다. 훤출하게 큰 키에 어느 한 구석 모자람 없는 상호를 여학생들은 마치 귀공자 대하듯 눈부시게 바라보며, 그 중에는 가슴앓이를 하는 연애편지도 많았다.

　이렇게 상호는 더 부러울 것이 없는 환경 속에서 가난을 모르는 넉넉한 학창시절을 보내고 있었다.

　아버지 한종수 씨는 1907년에 전남 구례에서 태어나 여수수산학교 8기생으로 졸업했다. 그러니까 아버지는 상호의 대선배인 셈이었다. 아버지는 구례 산간지방에서 태어났지만 일찍이 개화의 물결을 타고 있었던 집안의 경제적인 덕분으로 일본 제국시대 여수수산전문학교를 졸업했다. 그리고 첫 취임 발령을 받은 곳이 포항수산전문강습소였다. 거기에서 상호는 한씨 문중의 장손으로 태어났었다.

　그리고 1934년 아버지는 다시 남해어업조합 이사로 발령을 받았고, 1937년 전라남도 진도어업조합 이사로 발령을 받았었다. 거기에서 장녀를 낳았다. 진도에서 출생하였다 하여 이름을 진숙(珍淑)이라고 했다.

　그 다음 발령지가 전라남도 관양어업조합 이사였다. 거기에서 1939년 차남 상택(相澤)이 출생했다. 그리고 1942년 전라남도 고흥어업조합 이사로 발령을 받았고, 거기에서 차녀를 낳았다.

　그리고 그 다음 1944년 전라남도 연도어업조합 이사로 발령을 받았다. 여기에서 8·15 해방을 맞은 것이다. 해방이 되고 1946년 아버지는 당시 우리나라 수산업 전군기지였던 고흥군 나라도어업조합 이사로 발령을 받았었다.

　그 이년 후, 그러니까 여순반란이 일어나기 그 일년 전, 1948년 아버지는 우리나라 최초의 수산개발주식회사를 설립했던 것이다. 아버지는 일찍부터 우리나라가 삼면으로 바다로 둘러싸여 있기 때문에 수산업의 전망을 내다보았고, 그것이 우리나라 비전이라는 신념의 확신이 대단한 분이셨다. 그래서 수산업의 전망을 김영준 씨에게 피력했을 때, 여수 제일의 갑부로 천일고무공장 사장이던 김영준 씨는 아버지의 견해를 믿고 따라 주었고, 주저없이 물질적 지원을 해주고 있었던 것이다. 그런데 14연대에서 돌발적인 혁명적 반란이 일어나면서 지주계급 숙청작업에 붙들려 들어간 것이다.

아버지의 부탁을 받은 상호가 밖으로 나가 아버지가 궁금해 하고 있는 분들에 대한 소식을 알아보았다. 그런데 두 사람 모두 붙들려 들어가 인민재판을 기다리고 있다는 말이었다.

상호는 달려가 그 소식을 아버지에게 전했다. 그러자 아버지는 역시 예측이나 하고 있었던 것처럼 풀기 없는 목소리로 말씀했다.

"흠 무사할 수가 없을 테지, 너 나가서 그 분들을 좀 만나고 올 수 있겠냐? 너라면 그쯤은 할 수 있을 테니까……."

"지금 내가 가서 만난다고 해서 무슨 도움이 될 수 있나요?"

"물론 안다, 쪼물래기 학생이 무슨 힘이 되겠냐? 가서 담배라도 좀 넣어 주고 오너라. 그리고 내가 부디 천우신조로 다시 만날 수 있게 되기를 기도하고 있다고 전해다오, 부디 몸조심 하시라고……."

상호가 아버지의 부탁을 받고 김영준 씨가 붙들려 있다는 읍사무소로 향했다. 하지만 총을 메지 않고는 그 장소에 접근할 수가 없었다. 그때 같은 반 친구 유희근이 귀띔을 했다.

"시민극장으로 가 보세나. 거기 가면 신분 확인하고 총을 나눠준다고들 하데."

친구 유희근은 고향이 같은 구례로 그래서 상호와는 더욱 친밀하게 지냈다. 유희근과 함께 상호는 시민극장으로 달려갔다. 말 그대로 군인들이 부대에서 총을 가지고 나와서 학생들에게 무조건 나누어주고 있었다. 총은 왜정시대에 쓰던 99식 총 아니면, 미제 M1 소총이었다. 모인 학생은 600명쯤으로 거기에 여학생들도 그에 못지 않게 많은 숫자가 박수부대로 나와 웅성웅성했다.

그러니까 그때가 10월 20일 오전 10시경이었다. 보안서 및 인민위원회를 구성한 이들은 이 조직에 의해 경찰, 우익인사, 우익청년단, 지주 색출작업에 들어간 그 한편으로 이 날 아침 여수역에서 6량의 통근 열차에 인민공화국 깃발을 단 약 700명쯤 되는 반란군들을 태우고 또 각종 차량으로 1,300여명이 순천으로 향했다.

당시 순천에는 경찰과 더불어 경비 임무를 맡은 제14연대 2개 중대가 홍순석 중위의 지휘 아래 파견되어 있었다. 그리고 제4연대 1개 중대 병력이 20일 새벽 광주로부터 파견되어 순천을 방어하고 있었다.

그 날 오전 9시 30분경, '민족해방군위원회'라고 쓴 완장을 두른 이른바 혁명군들이 여수를 출발하여 순천에 도착하자 홍순석 중위 휘하에 있던 2개 중대도 여기에 합세했다. 그러자 동천변을 사이에 두고 반란군을 방어하던 제4연대 1개 중대에서도 사병들이 내부에서 폭동을 일으켰다. 그리고 거기에 합세하는 사태가 벌어지면서 그 날 12시 경, 순천읍은 이들에 의해 완전히 포위당했다.

순천읍을 지키던 500여명의 경찰은 속수무책이었다. 다수의 사상자를 내면서 이들에게 밀리었고, 오후 3시경에는 경찰병력의 패퇴로 순천은 14연대 혁명군에 의해 완전히 점령당하고 말았다.

이렇게 점령된 순천 역시도 좌익학생, 노동자들에게 무기가 지급되면서 경찰, 우익 요인, 기독교인 등을 적발 처형하기 시작했다. 순천을 장악한 14연대는 3개부대로 재편성하여 약 1천 명은 구례, 곡성, 남원 방면으로 진군했고, 나머지 일부는 벌교, 보성, 화순 방면으로, 그리고 나머지는 광양, 하동 방면으로 무리 없이 그들이 외치는 혁명전선을 확대시켜 나갔다.

이것이 순식간에 진행된 일로 20일 저녁과 21일 사이였다. 남원은 14연대가 도착하면서 주민들이 여기에 합세했고, 구례는 14연대가 도착하기도 전에 벌써 숨죽여 지내던 좌익 세력과 군민들이 합세하여 경찰서와 지서가 완전히 점령당해 있었다.

그리고 보성 역시도 지방 좌익 세력들과 군민들이 합세하여 들고 일어나 경찰서를 공격했다. 대책 없는 경찰과 우익 인사들이었다. 경황없이 달아나 버리면서 14연대는 그대로 무혈입성을 할 수 있었다.

이렇게 인민공화국 깃발을 단 14연대는 집집마다 그리고 달리는 차에도 그와 같은 깃발을 달게 했다. 혁명의 불씨를 당겼던 여수는 이제 완전히 인민공화국 깃발을 펄럭이는 가운데 인민재판에 들어간 것이다.

21일이었다. 여수경찰서장 고인수를 비롯한 사찰계 직원 10여명이 인민재판에 회부되어 처형됐다. 그러나 총무과장 정홍수, 수사과장 정주용 등은 양심적인 경찰로 석방되기도 했다.

이날 육군 총사령부는 반군 토벌사령관에 송호성 준장을 임명하고 동 사령부를 21일 오후 광주에 파견했다. 그러나 여수인민위원회는 22일 날도 역시 반역자 적발과 숙청을 계속하고 있었다. 여수군청을 비롯한 각 행정기관을 장악한 인민위원회는 과장급 이상은 모두 파면하고, 나머지 직원들은 정상적인 업무를 계속 집무케 했다.

10월 23일, 대한민국 정부는 이를 반란으로 규정하고 여수·순천지구에 계엄령을 선포했다. 당시 대한민국으로 정부는 수립되었지만 계엄법은 아직 만들어지지 않았을 때였다. 그런 상태에서 국무회의가 이를 제정하고 의결했던 것이다. 이것은 식민지 시대 일제가 계엄령을 소급해서 적용해 오던 것과 같은 처사였다.

그런데 새롭게 재건되었다는 대한민국 정부에서 일제가 식민지 정책으로 써 오던 계엄령을 선포했다는 것은 민주주의 국가로서 국민을 무시한 헌법위반인 것이었다. 국무위원과 정부는 법률안을 제출할 수는 있지만 제정할 수 있는 권한은 없는 것이기 때문이다.

그 날 오전 부산에서 파견된 해군부대와 국방경비대 병력 일부가 육, 해군 합동으로 여수 상륙을 시도했다. 그러나 신무기로 무장하고 잘 훈련된 14연대의 강력한 저항에 좌절됐다. 정부군의 진압 작전은 처음에는 이렇게 반군에 밀리어 쉽지 않게 되면서 10월 21일 재조정 진압작전에 들어갔다. 총 5개 연대의 10개 대대와 1개 비행대, 경비행기 10대, 해안경비대 함정 등이 동원되었다.

이렇듯 진압군의 토벌이 재조정되고 있을 때, 인민공화국 깃발을 펄럭이고 있는 여수는 여전히 인민재판이 계속 이어지고 있었다. 총을 얻어 둘러멘 상호가 김영준 씨가 붙잡혀 들어가 있다는 곳으로 향했다.

인민재판 심사는 군청 읍사무소 2층에서 열리고 있었다. 상호가 그곳을 찾아들어 갔을 때는 다행히도 김영준 씨와 서가을 씨는 아직 인민재판을 받지 않은 대기 상태에 있었다.

상호는 바쁘게 총학생회장 최재욱을 찾아 만났다. 그리고 김영준 씨가 아버지의 후원자라는 것과, 그가 사회적으로 봉사해온 그 기여도를 인민위원회가 참작해 주었으면 좋겠다고 그냥 흘리듯이 말했다. 그만큼 평소에 상호는 최재욱을 형처럼 따랐고, 그래서 최재욱 형이라면 조금은 도움이 되어 줄 수도 있을 것이라는 생각을 해본 것이다. 최재욱과 14연대 김지회와는 긴밀하게 연락이 되고 있음을 알고 있었기 때문이었다.

인민재판은 14연대 김지회 대장과 서주석이 함께 심사를 맡고 있었다. 이윽고 김영준 씨가 불려 나왔다. 순간 서주석의 눈과 김영준 씨의 눈이 딱 마주쳤다.

"자네를 여그서 이렇게 만날 줄은 몰랐네."

김영준 씨가 서주석을 향해 먼저 입을 열었다. 그 얼굴이 갑자기 한 줄기 구원의 빛을 본 사람처럼 얼굴에 생기가 돌았다. 김영준 씨는 평소에 서주석을 아껴주고 있었기 때문이다.

"죄송합니다. 영감님."

그러나 서주석은 극히 사무적인 어투로 담담하려고 하는 표정이 역력했다. 그러자 김영준 씨가 조금은 목소리에 힘을 주고 말했다.

"이 사람아, 내가 뭘 잘못했다고 날 이렇게 잡아와?"

"영감님이 무슨 잘못이 있겠습니까? 죄라면 돈이 많다는 것이 죄지요."

"어허 이 사람아, 있는 것도 죄가 된다던가?"

옆에 있던 김지회가 다소 부드러운 어조로 그런 김영준 씨를 향해 물었다.

"어떻게 해서 경찰 후원회장을 맡게 되었소?"

"내가 무엇을 알아서 맡았겠소? 내가 돈이 있다가 보니까 덕을 보려고 했던지 감투를 씌워 주니까 그냥 쓰고 있는 것뿐이었소."

"그건 맞는 말이지만 그 경찰 우두머리라고 하는 자들이 친일을 했던 고등계 형사들이었다는 사실은 알고 있을 것 아니요? 그런 자들을 후원해 준 것이 옳은 일이라고 생각하셨소?"

"나는 한 푼 두 푼 돈을 벌어가지고 없는 사람을 도와준 죄 밖에 없소. 고아원도 세우고, 양로원도 세우고 했소. 옛날에 내가 엿장사를 하면서 낫 놓고 기역자도 모르는 것이 평생 한이 돼서 학교 후원회장직도 맡았지요, 가난한 사람을 돕고 살려고 하는 것이 내 신념이었소. 살려 달라고 하는 말은 아니지만, 만일 나를 살려 준다면 옛날 삼십년 전으로 돌아가서 엿판을 짊어지고 살다가 마치겠소, 그렇게 해주시겠는가."

사실 김영준 씨는 소금이 귀했던 시절 소금장사, 엿장사로 시작해서 한 푼 두 푼 모은 돈으로 고무신이 귀했던 일제시대 천일고무공장을 세워 전국적으로 고무신 판로망을 확보함으로 마침내 부상(富商)의 입지를 굳혀 나온 사람이었다. 이렇게 부를 일으킨 김영준 씨는 그 돈을 가난한 사람들을 위해 솔선수범 앞장서기도 하여 여수 시민들로부터 덕망이 높은 분으로 알려져 있었다. 그런 김영준 씨가 착취계급 명단에 끼어 여수 유지들과 함께 끌려온 것이다. 그런 김영준 씨를 마주보고 있기가 민망한 듯 서주석은 시선을 피했다.

이때 물끄러미 김영준 씨를 건너다보고 있던 김지회가 어떤 결심을 한 듯 이윽고 입을 열었다.

"좋습니다, 영감님 말씀대로 영감님은 노동으로 돈을 번 것이니 정상을 참작해 볼 필요가 있는 것 같아 보내드릴 테니 우리가 부를 때까지 집에 가서 근신하고 계십시오."

김지회의 말이 이렇게 떨어지자 김영준 씨 본인이야 더 말할 것이 없었겠지만, 상호 역시도 뛸 듯이 반갑고 고마웠다. 최재욱 형이 아마도 김지회에게 넌즈시 김영준 씨에 대한 이야기를 유리하게끔 귀띔해 준 것이 아닌가? 그렇게 생각했기 때문이다.

인민재판에서 뜻밖으로 풀려 나가게 된 김영준 씨였다. 일어나서 고맙다는 인사를 한 번 꾸벅해 보이고 뒤도 돌아보지 않고 한 걸음으로 인민재판장실을 빠져 나갔다. 상호도 슬며시 일어나 그 뒤를 따랐다. 그렇게 밖으로 나왔을 때였다. 김영준 씨는 마치 달아나듯 저만치 줄달음질을 하고 있었다. 그때 경비를 맡고 있던 군인이 그를 향해 소리를 쳤다.

"정지! 정지!"

그러나 김영준 씨는 그 지옥 같은 곳에서 구사일생으로 풀려난 것만 반가웠던지 걸음아 나 살려라 하는 그런 몸짓이었다. 뒤도 돌아보지 않고 그대로 줄달음질 치고 있었다.

그때였다. 경비군인은 뒤쫓아가면서 정지! 소리를 연발하더니 어느 순간 그를 향해 방아쇠를 잡아 당겼다. 줄달음을 치던 김영준 씨가 퍽 하고 길바닥으로 엎어졌다. 공포로 쏘아 올린 군인의 총알이 그대로 명중한 것이었다. 그 어이없는 광경을 상호는 똑똑히 목도하면서 더 없이 허망했다.

"바보 같은 양반, 집에 가서 기다리라고 했소, 하면 될 것을……."

상호는 그처럼 어이없게 죽어간 김영준 씨를 보고 아버지가 당부하던 서가올의 생각이 퍼뜩 뇌리에 스쳤다. 돌아서서 다시 최재욱을 찾았다. 그리고 조금 전에 목도했던 일을 말하고 붙잡혀 온 경찰 경비정 선장 서가올의 아버지의 친구인 것을 말하고 담배라도 넣어주고 싶다고 사정하듯이 말했다.

그러자 최재욱은 고개를 끄덕이며 김영준 씨가 안 되었다는 듯이 말했다.

"사람 운명이란 것이 다 그런 것을 어찌겠나, 죽은 양반이야 안 됐지만 잊어버리게, 죽을 운수가 되면 인간의 힘으로는 안 된다는 것을 보여 준 걸세."

그리고 그는 아버지 친구 서가올이 아직 인민재판을 받지 않았음을 확인하고 붙들려 와 감금돼 있는 곳으로 상호를 안내했다. 하지만 상호는 아버지의 친구라는 사람의 얼굴을 한 번도 본적이 없었다. 그래서 그 안을 둘러보며 말했다.

"여기 서가올이란 분이 계십니까?"

그러자 한쪽에 창백하게 앉아있던 아버지 또래의 건장하게 생긴 한 남자가 머뭇하다가 힘없이 대답했다.

"나요."

상호가 한 걸음 다가서며 가만하게 다시 물었다.

"한종수 씨를 아십니까?"

그러자 그 분의 눈이 뜨막하게 크게 떠지면서 대답했다.

"그렇소만."

"제가 한종수 씨 아들입니다. 아버님께서 천우신조로 다시 뵙게 되기를 빈다고 하시면서 이 담배를 전해 달라고 해서 왔습니다."

상호의 이 같은 말에 그는 벌떡 자리에서 일어나며 눈시울이 붉어지고 있었다. 울컥 목이 메여 오는지 젖어드는 목소리로 말했다.

"고맙네, 그리고 가서 전해 주시게. 내 살아나가지 못한다고 해도 친구 우정 죽어서라도 잊지 않겠다고 말일세."

말끝이 흐려지면서 어느 사이 두 눈에 눈물이 맺히고 있었다. 그 눈물을 바라보고 있어야 하는 상호는 더 없이 민망하기만 했다. 사 가지고 간 담배 두 갑을 얼른 건네주고 돌아서면서 말했다.

"부디 하나님의 가호가 함께 하시기를 빌겠습니다."

상호가 자신도 모르게 어머니가 믿어 온 하나님에게 빌어 보기는 처음이었다. 그때 그 상호의 기도가 자신을 죽음에서 구해 주는 기도가 될 것을 그때는 참으로 알지 못했다. 아버지의 그 같은 뜨거운 우정의 담배 두 갑이 며칠 후 아들을 죽음의 현장에서 살려내게 하는 그 구명줄이 될 줄이야 누가 짐작이나 했겠는가.

그 날 오후, 인민재판의 결정에 따라 처형된 사람이 대한노총 여수지구위원장 박귀환 씨를 비롯해서 사찰계 형사 박찬길, 박기남, 경찰서 후원회장 연창희, 한민당 간부 차활언 등 주요 우익 인사들이 처형되었다.

그리고 다음 날인 24일, 순천 방면으로부터 진압군의 공격이 시작되었다. 그러나 반란군들의 저항에 큰 피해를 입고 폐쇄했다. 이때 반란군 측에서는 민주 여성동맹원 정기덕이 사망하고 기타 사상자도 많았다. 이러한 상황 속에서 25일 오후 1시경, 보안서 앞 광장에서 어제 있었던 격전으로 사망한 정기덕의 인민장이 거행되었다.

이것을 본 군중들의 사기는 더욱 뭉치는 기세를 보였다. 그러나 다음 날인 26일, 미군정은 혼란한 한국 정부와 한국 군인들을 믿을 수 없다

하여 직접 작전지휘를 하고 나섰고, 진압군에게 탄약과 무기, 식량을 비롯해서 통신수단까지 전적으로 지원하면서 무차별적으로 포사격을 개시해 왔다.

그야말로 불꽃 튕기는 공방전이 벌어졌다. 상황이 다급해졌다. 총질을 배우지 못한 학생들이었다. 하지만 총격전이 벌어지면서 어쨌거나 맞서 싸우지 않으면 안 될 형편이었다. 시민극장 옆 민가의 지붕 위로 올라간 학생들 속에 상호도 끼어 있었다. 배우지도 못한 총질을 얼마를 해대다가 주위를 돌아 봤을 때 살아남아 있는 학생은 유희근과 상호뿐이었다.

"안 되겠네, 달아나세!"

상호와 친구 유희근은 그대로 총을 버리고 지붕 위에서 뛰어 내려왔다. 그때 마침 거리는 스물스물 저녁 어둠이 깔리고 있었다. 그래서 무조건 백운산 쪽으로 달아나기로 했다. 둘이서 조심스럽게 천일고무공장이 있는 다리를 건너고 있을 때였다.

"서라!"

진압군이었다. 그들은 이쪽이 머리를 깎은 학생이란 것을 확인하고 명령조로 말했다.

"새끼들! 머리에 손 얹고 다리 밑으로 내려갓!"

꼼짝 없이 죽은 목숨이었다. 시키는 대로 머리에 손을 얹고 다리 밑으로 내려가고 있을 때였다. 어느 순간 몇 방의 총성이 울리는 것과 동시에 옆에 있던 유희근이 상호 쪽으로 퍽하고 밀치며 쓰러졌다. 동시에 상호 역시도 앞으로 고꾸라졌다. '죽었구나' 하는 생각이 들었을 때는, 아직 살아 있었기 때문에 할 수 있는 생각이었다.

그들은 두 학생이 총에 맞아 그대로 죽은 것이라고 생각했었던 모양이다. 어둠이 살려 준 것이었다. 상호가 정신을 차렸을 때는 그들의 모습이 저만치 뿌연 어둠 속에 묻혀가고 있었다.

슬며시 몸을 움직여 보았다. 몸이 자유스럽게 움직여졌다. 다행하게도 몸에 총을 맞은 곳은 한 군데도 없었다. 상호가 쓰러진 것은 유희근이 총에 맞고 상호 쪽으로 쓰러지면서 중심을 잃고 함께 쓰러졌기 때문이었다.

　총을 맞고 쓰러진 유희근은 그러나 다행하게도 어깨 밑을 총에 맞았기 때문에 많은 피는 흘리고 있었지만 아직 살아있었다. 급한 대로 옷을 찢어 상처를 묶었다. 그리고 유희근을 부축하여 끌고 찾아간 곳이 대판동에 있는 양조장 최씨 집이었다. 그 집 아들은 1년 선배였지만 유희근과 친했었다. 그 선배는 당시 우익 쪽에 속해 있었다. 피를 흘리고 들어온 유희근을 보자 선배는 서둘러 극장 앞에 있는 여수병원으로 데려가면서 말했다.

　"쫓기는 반란군한테 당한 것이라고 말하게, 알았나?"

　유희근을 병원 앞에 데려다 주고 상호는 잠시 망설였다. 숨을 곳이 막막해졌다. 그때 생각한 곳이 나룻배를 건너 돌산으로 숨어야겠다는 생각이었다.

　당시 돌산은 좌익 학생들이 많았었다. 이 지역은 돌산이 군(郡)으로 있던 시절에 두남면(현 돌산지역)의 소재지가 있었던 관계로 타지역보다 식자층이 많았다. 그런 관계로 당시 사회 분위기 흐름에서 좌익 계열에 가담자가 많았다. 그래서 여순사건이 발발하기 그 1년 전에도 순경과 좌익학생들 간에 잦은 충돌이 빚어지기도 했던 곳이다.

　1947년 5월 1일, 그러니까 해방 후 두 번째 맞는 노동절 행사에서였다. 전 두남면의 소재지였던 서덕리 서기마을에서 메이데이 행사가 열렸다. 행사의 주관은 서기 마을의 박두수 씨를 비롯한 죽포, 율림, 둔전, 서덕 마을의 지식인 청년들이 주동하는 행사였다.

　그 행사에 참여하기 위해 마을 청년들이 율림과 죽포 사이 고개를 넘어야 했다. 그런데 고개를 넘어오는 청년들을 죽포에 있던 임시 지서의 순경들이 길을 막고 행사에 참여하려는 것을 저지하면서 서로간에 감정이 악화되어 대립적 충돌의 불씨가 만들어졌다. 그 자리를 빠져 나온 일부 학생들이 그 사실을 행사장에 알렸고, 순경들이 저지하고 있는 고개로 달려간 다수의 학생들과 순경들 사이에 충돌이 빚어지면서 위협을 느낀 순경들은 휘두르던 대검을 그대로 던져버리고 달아나기에 바빴다.

　그러나 달아났던 죽포지서 순경들은 다음날부터 율림 주변 부락 청년들을 검거하기 시작했다. 그리고 붙잡아 온 청년들을 사건의 진상을 조사한다는 명분으로 보복성 고문을 모질게 했고, 그로하여 지역 청장년과 죽포지서간에 극도로 악화된 감정은 여순사건이 발발하기 이전에 벌써 여러 사건들에 중대한 영향을 끼치기도 했었다.

이러한 분위기 속에서 1948년 5월 10일 총선이 열리게 되자 남한만의 단독선거 반대를 외치던 이 지역 좌익계들은 5월 10일 투표저지를 위해 투표소로 뛰어들었다. 그리고 경비경찰관 3명을 기둥에 묶어 놓고 주민들이 지켜보는 가운데 투표함을 불살라 버렸다. 그러나 그 며칠 뒤 투표는 다시 실시하게 되면서 이 지역은 대규모 좌익계 검거령이 내려졌다. 젊은 청년들은 지서로 경찰서로 줄줄이 잡혀 들어가 모진 고문을 받고 풀려 나왔다. 이러한 사건들이 계기가 되어 지역민과의 감정 대립은 극도로 악화되기에 이르렀다.

이러한 대립적인 지역 분위기 속에서 여순사건이 발발하자 이 지역 남로당원을 주축으로 한 인민위원회가 빠르게 결성되었다. 면 위원장으로 율림의 유형모 씨가 선출되었고, 죽포의 김주열, 김우호, 서기의 박두수 씨 등이 그 주요 인사들이었다. 특히 김주열, 김우호, 박두수 씨 등은 죽포보통학교의 교사들로 이 지역 주민들로부터 존경을 받아 오던 사람들이었다. 그래서 지역 주민들은 이들의 말이라면 무조건 따랐었다.

인민위원회가 열리고, 지역 청년들에 의해 죽포지서를 장악하게 되자 지서의 순경들에 대한 처리가 문제였다. 그러나 김우호 씨 등이 나서서 인명만은 해치지 못하게 하여 모두 방면해 주었다.

이렇게 당시 돌산 지역은 좌익계열들이 많이 살고 있었기 때문에 상호는 당분간 그곳으로 몸을 피해 볼 생각이었다.

당시는 여수와 돌산 사이를 나룻배를 타고 건너야 했다. 다행히도 상호는 돌산으로 사진을 찍으러 다니면서 사공과 친하게 얼굴을 익혀둔 사이였다.

밤을 이용해 나룻배를 타고 돌산으로 숨어들었다. 그러나 그곳도 이미 숨어 지낼 수 있는 안전지대가 아니었다. 하룻밤을 숨어 지내고 다시 여수로 나와야 했다. 진압군들이 배를 타고 돌산으로 건너오기 시작했기 때문이다. 더구나 좁은 지역에서 은닉한다는 것은 어려운 일이어서 날이 저물기를 기다렸다가 다시 나룻터로 나왔을 때였다.

사공은 상호를 보자 사뭇 걱정스럽게 말했다.

"이보시게, 부두에 진압군인들이 좌—악 깔렸네, 실어다 주는 것은 문제가 아니네만 내리고 오르는 사람들 조사가 여간 심하지를 않네, 그려."

"그럼 어쩌지요? 여기도 안전할 수가 없는 것 같은데요."

상호는 돌산을 피신처로 생각하고 들어온 것을 그때야 후회했다. 이럴 수도 저럴 수도 없는 상황에서 눈앞이 막막하기만 했다.

그러자 사공은 상호를 보고 말했다.

"어쨌거나 그래도 넓은 데로 나가서 숨어야 안 되겠능가. 이렇게 하세, 옷을 벗고 배 밑창에 붙어 있게나, 실어다 줄 테니. 눈을 속이는 수밖에 없질 않겠나, 어서!"

돌산 나루터에서 바다를 사이에 둔 여수 부두까지 거리는 약 200미터쯤 된다. 상호는 사공이 일러준 대로 주섬주섬 옷을 벗어 배에 감추고 팬티만 걸쳤다. 그리고 사공이 시키는 대로 나룻배 밑창에 찰싹 달라붙어 여수 부두에 다시 도착했다. 그리고 어둠을 틈타서 해안을 감시하고 있던 진압군들의 눈을 겨우 피해 기숙사가 저만치 내려다보이는 덤산으로 몸을 숨길 수가 있었다.

그때 진압군은 이렇게 퇴로를 막고 색출하면서 그들이 운집해 있을 만한 곳에는 무조건 기름을 뿌려 불을 질렀다. 거기에 쫓기는 자들 역시도 마찬가지였다. 경찰서뿐 아니라 관공서할 것 없이 불을 지르고 퇴각하는 바람에 여기저기서 불길이 하늘 높이 치솟고 있었다.

특히 여수시내 덕충리는 숫제 온 동네가 불바다였다. 그 동네는 가장 가난한 사람들이 모여 사는 빈민가로 좌익들이 많이 살고 있던 동네이기도 했다.

그 곳에 운집해 있는 사람들 대개가 그랬다. 36년간 일제의 학정 밑에서 억눌리면서 기아와 헐벗음으로 시달려 왔던 관계로 해방된 조국에 대한 기대가 한껏 부풀어 있었던 사람들이었다. 하지만 해방이 되고 정부는 그들에게 계속적인 실망만 안겨 주었고, 그래서 이곳 사람들은 좌익 지하당원들의 손발이 되어 준 것이다. 밤이면 좌익의 붉은 삐라를 올빼미처럼 거리에 붙여 주고 거기에서 받은 품값으로 허기진 배를 채우며 생활하기도 했다.

그들에게 있어서는 사상의 개념 같은 것은 전혀 알 필요조차도 없다는 그런 몸짓들이었다. 다만 각박해진 현실 앞에서 생존을 위한 수단 그것뿐이었다. 그런 그들에게 있어서는 가난이 유죄였다. 일제의 억압에서 조국이 해방되었다는 기쁨도 잠시 정부군이 불붙인 화염 속에 그처럼 속절없이 죽어가야 했다.

14연대에 합세했던 학생과 민간인들은 어쩔 수 없이 진압군에 밀려나면서 구례, 광양방면으로 대부분이 퇴각했다. 그러나 미처 빠져 나가지 못한 군인과 학생들은 참호 속으로 숨어들면서 그 속에 숨어 지내던 우익 청년들과 선량한 시민들을 총살하는 참상이 벌어졌고, 진압군 또한 마찬가지였다. 반란군이 퇴각하고 진압군이 들어왔다는 반가운 소식에 토굴에서 뛰어 나오는 선량한 시민들을 폭도로 오인 사살하는 과오도 저질렀다.

여수 시내는 다시 쫓는 자와 쫓기는 자들이 뒤바뀐 채 아비규환을 이루고 있는 공포의 도가니 속이었다. 이렇듯 분별할 수 없는 어지러운 상황 속에서 시민들은 혁명을 부르짖는 그들과 진압군의 틈바구니 속에서 우왕좌왕하다가 죽어갔다.

이렇게 진압군이 들어오면서 피해는 죄 없는 시민과 또한 학생들이었다. 합세하지 않았던 학생들마저 미처 변명해 볼 겨를조차도 없이 붙잡히면 무조건 배로 실려가 시체도 찾을 수 없이 고기밥이 되어갔다.

이것이 여순사건에서 볼 수 있었던 수장(水葬)의 참상이었고, 그래서 젊은이들은 붙잡히면 죽지 않으면 모진 고문을 당하고 나와야 했다. 상호는 돌산을 빠져 나와 덤산에 숨어 있다가 아버지가 은거해 있던 광순여관으로 숨어들었다. 아버지는 상호를 보자 우선 아들이 살아 있었다는 반가움에 덥석 손을 잡았다.

"아이고 이놈아, 그래 살아있었구나. 그래 내가 뭐라고 하더냐, 혁명이 그리 쉬운 것인 줄 알았더냐? 쯔쯔."

그야말로 태산이 무너져 내려앉는 것 같은 아버지의 한숨 섞인 소리가 이어졌다.

"그러나 저러나 큰일이구나, 잡히면 무사하지를 못할 텐데. 그러게 공부나 할 일이지 뭘 안다고 설쳐 가지고 무조건 까까머리 학생들은 다 붙잡아 가는 모양인데 여기라고 무사할 수 있겠냐?"

그 여관도 언제 가택 수색을 할지 모른다는 아버지의 한숨 섞인 말이었다. 만약 좌익 학생을 숨겼다가 발각이 되는 날에는 숨겨 준 주인마저도 피해를 입을 것이기 때문에 더는 그곳에 숨어 있을 수도 없다는 것이었다. 상호는 어쩔 수 없이 아버지와 헤어져 떠날 수밖에 없었다. 밤이 이슥해지기를 기다리는 동안 아버지가 어디서 마련해 왔는지 내미는 평복으로 갈아입고 아버지가 쓰시던 모자를 눌러쓰고 여관을 빠져 나왔다.

어쨌거나 당시의 어지러운 상황으로는 고향 구례로 가서 조용해질 때까지 숨어 지내다가 서울로 상경하라는 아버지의 당부의 말씀이었다. 태산이 무너지는 듯한 아버지의 한숨 소리를 뒤로하고 상호는 어두운 밤길을 재촉했다.

구례를 가려면 순천 쪽으로 가서 백운산을 넘어야 했다. 그래서 조심스럽게 서정다리를 지나고 있을 때였다. 맞은켠 쪽에서 오는 군인 몇 명이 있었다. 상호는 학생 신분의 머리를 감추기 위해서 모자를 깊숙이 눌러내려 썼다. 그런데 군인 하사관 한명이 상호 곁으로 다가와 눌러쓴 모자 밑으로 얼굴을 찬찬히 훑어보면서 말했다.

"읍사무소에 들락거리던 학생 같은데 너 학생 맞지?"

순간 상호는 눈앞이 아찔해졌다. 그들이 길을 막아섰기 때문이다.

상호는 온 몸이 그대로 굳어 버린 채 아무 말도 할 수가 없었다. 이윽고 그들은 상호가 눌러 쓰고 있던 모자를 벗겨 보고 학생이란 것을 알게 되자 거칠게 오랏줄로 묶었다. 상호가 그들에게 끌려 간 곳은 서정다리에서 저만치 보이는 서국민학교였다.

　학교 운동장은 이미 여기 저기 피가 고여 질퍽했고, 운동장 철봉대에 물간 생선처럼 축 늘어진 채 혀를 길게 빼내 물고 죽어 있는 사람들과, 그 밑으로 처참하게 죽어있는 시체들이 즐비하게 쌓여 있었다.

　그 참담함 속에서 여기저기서 남편을, 그리고 아들의 이름을 애타게 부르며 울부짖는 아낙들과, 또 가족의 시신을 찾아내고 땅을 치며 통곡하는 모습들은 그야말로 생지옥이 따로 없는 것 같았다.

　그들은 상호를 운동장 한 곁에 서 있는 벚나무에 묶어두고 조사를 하기 시작했다.

　"가담했었던 학생 맞지? 어느 학교 몇 학년 몇 반이야? 바른대로 말해!"

　상호는 더는 살아날 수가 없음을 알았다. 하지만 끝까지 부인을 하는 수밖에 없었다.

　"내가 학생으로 읍사무소를 들락거린 것은 사실이요, 하지만 그건 붙잡혀 간 아버지 친구 분한테 연락을 취해 주기 위해서였던 거요."

　"짜식, 너 거짓말하고 있는 것 아냐? 그래, 느이 아버지가 연락을 해 달라는 친구분 이름이 뭔데?"

　"아버지가 수산학교 후원회장이시고, 아버지 사업을 후원해 주셨던
분이 김영준 씨였소. 그리고 친구분은 경찰 경비정 선장 서가올 씨인데
상황을 알아보고 오라고 해서 들락거렸던 거요."
　"아버지 성함이 뭐냐?"
　"한종수 씨요, 광주서 출장을 오셨다가 난리를 만나서 광순여관에 숨
어 계셨소."
　"틀림없냐?"
　"조사를 해 보시면 알 것 아닙니까."
　"그래? 그럼 미안하지만 조사가 끝날 때까지는 여기 있어 주어야겠
다."
　그리고 그들은 돌아서서 무슨 말인가를 주고받다가 사라졌다. 사실
여부를 확인하러 간 모양이었다. 하지만 상호는 거기에 크게 기대를 할
수가 없었다. 가담하여 설치고 다녔던 것이 조사를 하게 되면 드러날 것
이고, 또한 아버지의 친구분 서가올 씨의 그 뒤 소식은 모르지만 아무튼
사실을 증명해 줄 김영준 씨는 이미 세상을 떠나 버렸기 때문이다.
　그런데 잠시 후 믿을 수 없는 기적이 일어난 것이다. 아버지의 부탁을
받고 담배 두 갑을 건네주었던 서가올 그분이 상호 앞에 반갑게 모습을
나타낸 것이다. 그 분은 인민재판에서 일제에 협력하지 않았다는 것이
증명이 되어 풀려났고, 그래서 그 입장이 바뀌어 있는 처지로 다시 만나
게 된 것이다. 그분은 상호가 묶여 있는 것을 보자 함께 온 그들을 돌아
보며 말했다.
　"이 학생은 좌익 학생이 아녀, 내가 보증을 함세, 풀어 주시게!"
　담배 두 갑을 몰래 넣어 주게 했던 아버지의 우정을 죽어서도 잊지 않
겠다고 하던 그 약속이 이렇게 살아서 그 은혜를 크게 갚고 있는 것이었
다. 그것이야말로 조상의 선업이 3, 4대까지 이르게 한다는 말을 그야
말로 실감나게 한 것이었다. 이렇게 크게 그 은혜를 입고 다시 살아날
수 있는 상호였다.
　하지만 더는 여수에 머뭇거릴 수가 없었던 상호였다. 좌익 학생들 틈
에 끼여 활동을 해온 것이 사실이었기 때문이다.

풀려 나오는 그 길로 미평을 거쳐 곧장 순천을 넘어 관양 사이에 있는 백운산을 저만치 바라보고 걷고 있을 때는 뿌옇게 먼동이 터 오고 있었다. 10월의 찬바람이 속살을 파고들면서 발은 부르텄고, 몇 끼니를 굶은 시장끼가 한꺼번에 몰려오면서 마음도 몸도 지쳐 있었다. 하지만 지체할 수가 없는 걸음이었다. 계속해서 백운산을 향해 걸었다. 그러는 동안 해는 중천에 떠올랐고 들판에는 가을걷이를 하러 나온 농민들이 하나 둘 그 모습이 보였다.

상호는 갈증과 허기진 배를 채우기 위해서 길옆에 붙어있는 무밭을 허청허청 걸어 들어갔다. 그리고 큰 무 하나를 골라 뽑아 흙을 문질러 털어내고 씹었다. 시원하게 목을 적셔주는 달콤한 맛이 목구멍을 넘어가면서 비로소 살아 있음을 실감나게 했다.

그때였다. 저만치서 진압군인들이 들어오는 자동차 행렬이 있었다. 가을걷이를 하러 나와 있던 농부들이 그들을 향해 '대한민국 만세!' 소리를 외치며 손을 흔들어 주고 있었다. 도망자의 신분을 감추어야 하는 상호였다. 그들을 따라 '대한민국 만세!'를 따라 외치며 손을 흔들었다.

그러자 거기에 대한 답례인 듯 군인 한 사람이 손에 들고 있던 태극기를 상호를 향해 던져주며 지나갔다. 상호는 쫓아가 밭고랑에 던져진 태극기를 주워들었다. 어쨌거나 이처럼 어지러운 상황 속에서는 그 태극기가 필요할 것 같았다. 접어서 주머니 속에 넣고 다시 얼마쯤 백운산을 향해 논둑길을 따라 걷고 있었다. 논에는 7, 8명쯤 되어 보이는 농부들이 벼를 베고 있었다. 상호가 그들 곁을 지나가고 있을 때였다. 지나가던 진압군인들이 상호를 보자 차를 세우고 검문을 하기 위해서 이쪽으로 오고 있었다.

상황이 다급해진 상호는 주머니 속에 넣어 둔 태극기를 생각했다. 얼른 꺼내 흔들어 보였다. 그러자 군인들은 다시 차에 올라타고 지나가 버렸다. 그 아슬했던 순간을 태극기를 흔들어 모면할 수 있었던 상호는 달음질하듯 백운산을 향했다.

상호가 백운산으로 들어섰을 때는 저녁나절이었다. 백운산은 숲이 울창하여 한낮에도 해가 보이지 않는 곳이었다. 동서남북을 분간할 수 없는 어둠 속에서 대충 어림 눈짐작으로 숲 속 길을 더듬어 가까스로 간전면 효곡리를 향해 내려 가고 있을 때였다. 갑자기 숲 속에서 인기척이 나면서 서너 명쯤으로 짐작되는 사람들이 불쑥 상호 앞을 가로 막아서며 말했다.

"암호를 대라!"

"?······"

암호라니? 도대체 어느 쪽 사람들인지 어둠 속에서 짐작할 수가 없었다. 상호가 머뭇거리자 그 중에 한 사람이 말했다.

"저놈 몸수색을 해라!"

꼼짝없이 몸수색을 당하고 있는 상호였다. 그런데 주머니에서 태극기가 나온 것이다.

"어?! 태극기 아냐? 짜식!"

말투로 보아 진압군에 밀려 산으로 도망친 14연대 군인들이 틀림없는 것 같았다. 상호는 일단 안심을 하면서 그들을 향해 말했다.

"저도 진압군에 쫓기는 학생입니다. 믿어 주십시오."

그러나 그 말을 그대로 믿어 줄 리가 없는 그들이었다. 일단은 몸에서 태극기가 불거져 나왔기 때문이다.

상호는 그 태극기를 소지하게 된 경위를 변명처럼 늘어놓았다. 그러자 그들은 오히려 상호를 간첩으로 몰아 세워 다그치듯 했다.

"이 짜식이! 우리더러 그 말을 믿으라는 말이냐? 이놈 간첩이 틀림없는 것 같다. 끌고 가서 자백을 받아내고 없애 버려!"

상호의 말을 믿어 주지 않는 그들이었다. 상호가 꼼짝없이 그들에게 묶여 끌려간 곳은 그 아래 황등면이 저만치 내려다보이는 산중턱이었다. 거기에는 백운산으로 달아났던 14연대 반란군인들이 대여섯 명쯤 대기하고 있었다. 그들은 어떤 한 사람을 포박해 잡아다 놓고 있었는데, 주고받는 이야기로 보아 그 아랫마을 황등면장인 것 같았다.

"면장이 어디에 있는지 탐색하러 보낸 놈이 틀림없는 것 같다. 더 조사해 봐!"

"절대 간첩이 아닙니다, 나는 순천 사람도 아니고 여수에서 학교를 다니다가 혁명에 가담했었기 때문에 진압군을 피해 다니다가 고향 구례로 가는 학생입니다, 제 말을 믿어 주십시오."

상호는 사실 그대로를 믿어 달라고 애원하듯이 말했다. 그러자 그 무리 속에 끼어 있던 한 청년이 상호를 보고 물었다.

"그럼 여수 돌산 장사를 알고 있나?"

"돌산 장사를 모르는 여수 사람이 어디 있겠소, 돌산 장사가 여수중학교에 다니는 아직 학생 아닙니까."

"어, 어! 진짜로 아네."

그 청년이 바로 상호를 구해 준 생명의 은인으로 김종부였다. 그 역시도 여수중학교 5학년으로 14연대 반란의 혁명에 가담했었던 학생이었고, 그래서 김종부는 상호를 되도록이면 유리한 입장으로 도와주려고 하고 있었던 것인지도 모른다. 그가 군인들에게 다가서며 말했다.

"면장과는 아무런 관계가 없는 것 같은데요."

"좋다! 끌고 가서 면장과 대질시켜 보아, 서로 면식이 있는 자들인지."

"알았습니다, 가자!"

김종부라는 청년은 붙잡혀 온 황등면장과 상호를 대면시키면서 면장을 보고 물었다.

"당신 이 사람을 알고 있지?"

"처음 보는 사람이요."

그러자 김종부는 그것보라는 듯이 옆에 따라온 군인을 보고 말했다.

"서로 면식이 없는 것으로 보아 탐색을 나온 사람은 아닌 것 같은데요."

"그래도 태극기를 소지하고 있었던 것이 어쩐지 찜찜하단 말야, 처치하지 않으면 문제가 생길 수가 있어! 밤에 총성이 울리면 산이 우르릉거릴 터니까 저 면장이랑 함께 자네가 땅을 파고 묻어 버려!"

김종부는 상호를 동정해 주고 있었으나 어쩔 수 없이 군인의 명령에 따를 수밖에 없는 것이 안타깝다는 목소리로 말했다.

"그 참 운이 없는 것으로 생각하게나."

상호는 꼼짝없이 묶여 황등면장과 등을 대고 앉아 있게 했고, 저만치서 4명의 반란군들이 두 사람을 묻을 땅을 파는 소리가 심장의 고동소리를 쿵쾅거리게 했다.

두 사람을 지키고 있던 김종부가 조금은 지켜보기가 민망하다는 듯이 혼자 말하듯 중얼거렸다.

"우리가 원했던 혁명은 이것이 아닌데 면장을 해먹었다고 해서 죽일 필요도 없고, 태극기를 가지고 있었다고 해서 죽여야 한다니, 그 참."

그리고 그는 잠시 두 사람의 얼굴을 번갈아 쳐다보다가 무슨 생각을 했는지 상호 옆으로 바싹 다가서며 빠르게 귀에다 대고 말했다.

"승산 없는 일이었어, 우리 함께 도망치세나."

그리고 그는 빠른 동작으로 묶인 두 사람의 포박을 끌러 주면서 황등면장을 보고 말했다.

"여기서 도망치게 되면 그때부터는 어르신이 저를 도와 주셔야 합니다. 자요, 어서 여기서 빠져 나갑시다! 여기서 조금만 떨어져도 어두워서 찾아내지 못할 거요."

"고맙네, 이 은혜를 어떻게 갚을지."

꼼짝없이 죽을 목숨으로 생각하고 있었던 황등면장은 뜻밖에 도망쳐 나가자는 김종부의 말에 감격하고 있었다. 저만치 어둠 속에서 땅을 파는 소리가 쉬었다가 다시 들려오고 있었다. 도망자가 된 세 사람이었다. 죽기 아니면 살기였다. 그러한 절박한 상황에서 세 사람은 어둠을 타고 그곳으로부터 빠져 나오는데 마침내 성공했다.

황등쪽으로 가는 길과 구례쪽으로 가는 갈림길이 나왔을 때였다. 김종부는 황등면장을 따라 황등쪽으로 가면서 상호에게 말했다.

"혹시 가다가 붙잡혀 누구냐 묻거든 백운산이요 하고, 다시 묻거든 백운산 가요 하시오, 이것이 암호요."

상호는 생명의 은인 김종부와 가는 길을 달리하면서 다시 만나자는 약속과 함께 고향집 주소를 일러 주고 헤어졌다.

상호가 악몽 같은 죽음의 현장에서 빠져 나와 효곡리를 지나 구례군

간전면 한들이라는 동네에 당도했을 때는 먼동이 터오는 이른 아침이었
다.

그 당시는 밤에는 산에 숨어 있던 반란군들이 동네에 내려와 설쳐대
고, 낮에는 군경이 동네를 지키는 그야말로 어수선한 때였다.

상호는 한들 동네에 살고 있던 할머니의 동생 집을 찾아 들어갔다. 그
때가 아침 10시경이었다. 그런데 군경이 집집마다 수색을 하다가 숨어
지내던 동네 좌익 청년 하나를 잡아낸 것이다. 동네 사람 전부를 정자나
무 밑으로 모이게 했다. 그 좌익 청년을 통해 동네 좌익 선별하는 데 이
용하려 한 것이다. 청년은 28세라고 했다. 국군이 청년을 동네 사람들
앞에 세워 놓고 으름장을 놓았다.

"지금부터 너 아는 친구를 말해! 그렇지 않으면 여기서 몽둥이로 맞
아 죽을 테니 알았어?!"

그 같이 서늘한 으름장에 청년은 동네 사람을 둘러보다가 전혀 낯선
상호와 눈이 마주쳤다. 그의 손가락이 상호를 향해 쭉 뻗었다.

"어어?!"

순간 상호의 입에서는 짧은 비명 같은 소리가 튀어나갔다. 그러나 곧
이어 달려온 순경에게 상호는 그대로 멱살을 잡힌 채로 질질 끌려 나갔
다. 참으로 어이없는 순간이었다. 그리고 뒤이어 달근질을 해대는 군경
의 성화에 청년은 여섯 사람을 더 손가락질했고, 그래서 상호까지 모두
7명이 앞으로 끌려 나왔다. 화가 머리 끝까지 치밀어 오른 상호였다. 청
년을 향해 버럭 소리를 질렀다.

"너 임마! 언제 나를 안다고 손가락질을 해대는 거냐 어이? 저 녀석
미친 놈 아녀?!"

그러나 상호의 이 같은 항변은 그 같은 상황 속에서 아무런 도움도 되
지 못했다.

"짜식! 입 다물고 얌전하게 있지 못해!"

그와 동시에 상호의 눈에 불이 번쩍 나는 것 같았다. 순경이 손에 들
고 있던 총대로 상호의 뒤통수를 내리쳤기 때문이다. 참으로 억울했다.
어제 밤 그처럼 죽음의 사지에서 구사일생으로 살아나온 것인데, 이번

에는 어이없게도 그와 반대로 진압군에 붙잡혀 꼼짝없이 죽게 되었기 때문이다.

참으로 어처구니없는 상황 속에서 놀랍게도 상호 앞에 다시 그 기적 같은 것이 일어났다. 모여 있던 동네 사람 가운데서 한 청년이 앞으로 불쑥 나서며 말했다.

"저 학생은 좌익과는 아무 상관이 없는 사람이요. 내가 보증을 합니다."

그 청년은 반갑게도 상호를 익히 알고 있는 사람이었다. 그 청년의 아버지가 바로 상호의 아버지가 나라도어업조합 이사로 있을 당시 운전을 해 주던 운전기사였기 때문이다. 평소에 아버지가 이웃에게 베풀어 준 남다른 인정이 다시 또 아들을 사지에서 구해내게 한 것이었다.

아버지는 그랬다. 어려운 사람을 보면 그대로 지나가지를 못하는 자상한 성품이었다. 그래서 시골 산간에는 더욱 생선이 귀했던 시절, 아버지는 휴가를 보낼 때마다 생선을 푸짐하게 싸서 보내는 것을 언제나 잊지 않으셨다. 그러한 아버지의 자상한 성품은 아이들을 맡고 있는 담임 선생은 물론 학교 교장에 이르기까지 귀한 생선을 가끔씩 보내 주곤 했었다.

그 같은 아버지의 성품이 오늘 다시 상호를 살려낸 것이었다. 그 운전 기사의 아들 청년은 평소에 그 동네 순경과 긴밀한 유대 관계를 가지고 있었던 듯 주고받는 눈빛이 더 없이 친밀해 보였다. 청년의 도움으로 기적처럼 다시 풀려나게 된 상호였다.

하지만 안타깝게도 좌익 청년으로부터 지목 받은 나머지 여섯 사람은 동네 사람들이 지켜보는 가운데서 처형되고 말았다. 그 속에는 하필이면 그 때 처갓집에 다니러 왔다가 어이없게도 지목을 받고 죽어간 젊은 사람도 있었다. 그러니까 그때 붙잡힌 좌익 청년은 전혀 얼굴이 낯선 생면부지의 사람만 골라서 손가락질을 해댄 것이었다.

그 같은 위기를 다시 넘기고 살아난 상호는 그 청년에게 살려 주어서 고맙다는 인사를 남기고, 그 길로 마산면 냉천리에 있는 고향집을 향해 걸음을 재촉했다.

상호가 고향집에 당도했을 때는 마을에도 무장군인들이 들어와 있었
다. 조심스럽게 고향집으로 숨어든 손자를 보자 할아버지는 여간 놀라
워하지 않았다. 그간의 이야기를 대충 전해 듣고 난 할아버지는 손자를
한 발자국도 방문 밖으로 나가지 못하게 이르고 문단속을 시켰다.

그때 할머니는 순천에서 전도사 생활을 하고 있던 큰 딸 고모가 걱정
이 되어 가시고 집에는 할아버지와 일하는 머슴, 그리고 식모 인순이 등
셋만이 있었다.

상호가 할아버지의 철저한 문단속 감시 아래 1개월쯤 지내고 있을 때
였다. 저녁나절 뜻밖에도 생명의 은인 김종부가 찾아왔다. 할아버지는
그 청년이 상호를 살려준 은인이었다는 말에 덥썩 손을 잡고 치하의 말
씀을 입에 침이 마르도록 하셨다.

"고맙네, 자네가 아니었으면 저 녀석이 지금쯤 꼼짝없이 죽어 땅속에
들어가 있었을 텐디 말여."

할아버지는 손자를 살려준 생명의 은인이라는 말에 닭을 잡게 하는
등 극진하게 대우를 해주었다. 그러면서 시국이 안정될 때까지 함께 거
기서 은신하며 함께 지내라고까지 말씀했다. 사실 고향집은 숨어 지내
기에는 모든 여건으로 보아 안성맞춤이었다.

우선 동네에서 그만큼 인심을 잃지 않은 할아버지였다. 그리고 집과
담 하나 사이로 붙어있는 지서만 하더라도 그랬다. 원래 지서 자리는 할
아버지의 여동생 고모할머니가 불쌍한 고아들을 위해서 세운 건물이었
는데, 해방이 되고 마산면 지서로 탈바꿈한 것이다.

할아버지의 형제는 모두 삼형제로 아들 둘에 딸이 하나였다. 그 딸이
구례 제일의 갑부 김계목 집 큰머느리로 시집을 간 것이다. 그런데 신랑
김종원은 딸 둘을 낳고 신학문을 한다며 미국으로 떠나 뉴욕 콜롬비아
대학에서 철학박사 학위를 취득하고 돌아왔었다.

그러나 고모할아버지는 분명한 철학이 없었던 분으로 그의 풍류적인
기질은 세상만사에는 뜻이 없었고, 오직 풍류 속에 묻혀 살았다. 그러다
가 또 다른 여성과 만나 정분이 나면서 할머니에게 이혼을 요구해 왔다.
당시 둘째 딸 김길순이 이화전문학교에 다니고 있었을 때였는데, 딸보

다 나이가 어린 여자였다.

그야말로 신식 바람이 풍선처럼 들어서 돌아온 남편이었고, 그 남편의 성화 같은 요구에 할머니는 이혼을 해주면서 엄청나게 많은 위자료 턱으로 전답을 받았었다. 하지만 그것이 촌부에게 정신적인 위로가 될 수는 없었다. 그런데 그때 그 위로를 해준 것이 신앙이었다. 기독교에 입문하게 된 것이다.

당시 기독교에 입문하도록 권유한 사람이 바로 상호의 큰고모였다. 고모는 결혼을 하자마자 신랑이 강도를 만나 죽었다. 그래서 유복자를 낳게 된 고모는 아들 용호를 친정어머니에게 맡기고 그 길로 미국 선교사의 추천으로 신학교를 나와 순천제일교회 전도사로 사역을 하고 있었다.

그 조카의 권유로 고모할머니는 기독교에 입문하게 되면서 마산면 냉천리에 교회를 어머니와 함께 세웠다. 그리고 남은 일생을 불우한 이웃을 위해 봉사하겠다는 오직 그 신념 하나로 자신의 터밭에 고아원을 세웠던 것인데, 해방이 되고 지서로 탈바꿈 된 것이다.

그러한 고모할머니의 불우이웃돕기 실천은 그렇기 때문에 고모할머니 집 마당은 언제나 잔칫집처럼 술렁거렸다. 보리고개가 있던 시절, 거지들이나 가난한 사람들이 식솔을 데불고 들어와 언제라도 배불리 먹고 갈 수 있도록 대문을 열어 두고 있었기 때문이다.

이렇게 그리스도의 사랑을 실천적 행동으로 옮기신 고모할머니는 사변이 나고 서울에서 내려온 이혼한 신랑의 가족들을 그대로 감싸주고 한 집안에서 함께 지내는 지극한 그리스도의 사랑을 실천으로 보여주기도 하신 분이었다.

이러한 고모할머니의 사랑 나눔의 선덕은 입에서 입으로 구례 고을에서는 모르는 사람이 없었다. 그래서 그 같은 고모할머니의 공덕은 특히 가까운 친정집 할아버지에게까지 끼쳐 혼란의 시대에 감시자의 눈을 그처럼 비껴가게 할 수가 있었던 것이다.

그러니까 상호는 집안 어른들이 배풀어 놓은 공덕으로 그처럼 고향으로 돌아와 별 고통 없이 편안하게 숨어 지낼 수 있었던 것이다. 그러나 김종부는 이 같은 할아버지의 친절한 배려에도 서울로 상경하겠다고 말했다. 물론 황등면장을 사지에서 구출해 주었기 때문에 비록 반란군의 혁명에 참여했던 전과가 드러난다 하더라도 면피가 될 수 있었던 것이고, 거기에다가 황등면장으로부터 생명을 살려준 은인으로 학비 전액 지원을 해주겠다는 약속과 함께 당분간 생활비로 쓰라고 3천원을 받았다고 했다. 당시로서는 엄청난 거액이었다. 종부는 그 돈이 있음을 말하고 함께 떠나자고 제의했다.

그러나 상호로서는 아직 아버지의 허락도 받지 않은 상태에서 훌쩍 마음대로 떠날 수가 없었다. 그래서 먼저 올라가도록 했다. 그리고 이후 서울에서 다시 만나자는 약속과 함께 서울에 살고 있는 고모할머니의 딸집 주소를 소상하게 적어 주었다.

이렇게 생명의 은인 김종부가 찾아와 상호와 며칠을 함께 지내는 동안 김종부는 여수 순천에 진압군이 들어오고 난 뒤에 있었던 참담했던 소식들을 대충 전해 주었다.

그때 진압군이 여수 순천을 회복하고 민중에 대한 당시의 보복은 더없이 참혹했었다는 이야기였다. 순천의 경우, 5천여 명의 읍민을 모두 순천북초등학교 교정에 집결시켜 놓고, 군용 팬티를 입은 자, 머리가 짧은 자, 하얀 고무신을 신은 자를 1차로 분류하고, 2차로 인민재판에 적극적으로 참여한 자를 1급, 그리고 소극적으로 참여한 자를 2급, 애매한 자를 3급으로 분류하였는데 반군이나 인민재판에서 적극적으로 활동하여 우익 인사의 처형에 앞장섰던 자는 즉석에서 곤봉, 개머리판으로 무참하게 때려 죽였다는 것이다.

이처럼 형세가 역전된 과정에서 평소 개인 감정의 원한 풀이로 모략 밀고하여 무고한 사람들이 희생되기도 했다. 이 때 백두산 호랑이로 이름을 날린 김종원 대대장은 일본도를 휘둘러 수명을 즉결 참수하는 솜씨를 보이기도 했다고 한다.

결국 이때 일어난 여순 민중봉기는 진압군의 계속적인 토벌작전으로 여순 지방은 질서를 회복했지만 적지 않은 반군들이 지리산으로 도주하여 빨치산 유격대를 형성하는 계기를 만들었다. 그래서 구례지방은 통행증이라는 것이 발급되면서 낮에는 군인과 경찰이 활개를 쳤고, 밤에는 빨치산들이 내려와 식량과 물품을 약탈해 가는 그 중간 틈바구니에서 선량한 시민들이 애매한 무고로 죽거나 곤욕을 치르기도 했었다.

이때 진압군에 붙잡혀 군사재판에 회부된 반군이 1,714명이었고, 이 중 866명이 사형을 당했던 것으로 여수 순천 민중봉기는 남한에 단독 정부가 수립된 이후 정치적, 이념적 갈등이 빚어낸 민족적 비극으로 제주 민중봉기 4·3사건 진압 토벌과정에서 일어난 민중봉기의 연장선이었다.

그런데도 이승만 정부는 초기에 민중봉기의 여순사건을 정부 책임에서 회피하기 위해 권력에서 소외된 극우정객과 공산주의자들이 지방 좌익들을 충동질하여 군인 일부와 합세하고 일으킨 반란으로 발표했다. 그것은 반란의 진원지를 김구 세력을 지목하고 그를 제거하기 위한 의도로써 언론을 일으켜 공격을 취하고자 한 것이었다. 국민들로부터 많은 지지를 얻고 있는 김구는 신생 정부에 그만큼 걸림돌로 우환 덩어리였기 때문이다.

정부가 수립되고 김구를 추종하고 따르는 이들이 소장파 한독당이었다. 김구는 아직도 날치기 대한민국 정부를 인정하지 않겠다는 고집으로 제도권 밖에 머무르고 있었지만, 한독당 의원들과 무소속 소장파 국회의원 등으로부터는 반 이승만 세력으로 구심점이 되고 있었던 것이 사실이다. 뿐만 아니라, 국민들로부터 민족주의 상징으로 신망과 존경을 받고 있었기 때문에 이승만으로서는 가장 강력한 라이벌로 대각선에 놓여 있었던 인물이었다.

그래서 그 같은 말을 의도적으로 만들어 발표를 한 것이었지만, 그런데도 여론의 동요를 일으키지 못하고 아무런 효과를 얻어내지 못하자 이승만은 초기 발표를 뒤엎었다. 그리고 그 화살을 지하에서 숨을 죽이고 있는 좌익 공산주의자들의 조작에 의해서 일어난 것처럼 그 방향을 바꾸었다.

결국 그 화살은 지하에 숨죽인 좌익 빨갱이들이 북한 공산주의로부터 지령을 받고 폭동을 일으킨 것으로 다시 발표하였고, 그로 하여 돌아온 피해는 고스란히 여수 순천지역 일대의 민중들이 감내해야만 했다. 정부는 이렇게 그 책임을 완전히 민중들에게 떠넘기기만 한 것이다.

이러한 신생 정부의 발표와 함께 사건의 진원지인 여수를 비롯하여 순천, 광양, 구례, 고흥, 보성, 그리고 화순 일부와 곡성까지도 학살 대상 지역으로 국군과 경찰에 의해 자행된 학살 행위는 그대로 야만성의 극치를 보여준 것이라고 할 수 있다.

그냥 총살을 시키는 것이 아니었다. 동네 사람들이 지켜보는 가운데서 시아버지와 며느리가 서로 번갈아가며 뺨을 치게 했을 뿐만 아니라, 나무에 세워 놓고 부분적으로 살점을 떼어 내는 등 당시의 경찰과 군인들은 일제시대로부터 배워온 그대로의 잔인성을 피로 나눈 동족에게 자행했던 것으로, 보복적인 테러 학살, 약탈, 방화 등은 일제시대에서도 볼 수 없었던 그야말로 참혹한 민족비극의 참상이었다.

그 때 여수를 비롯한 전남 동부 8개 지역에서 진압군에 의해 보복 학살된 인명 피해자가 집계에 의하면, 여수지역 5,000명, 순천 2,200명, 보성 400명, 고흥 200명, 광양 1,300명, 구례 80명, 곡성 100명으로 총 10,000여명에 이르렀다. 그리고 지방 좌익과 반란군에 의해 처형된 인명 피해가 전체적으로 500여명에 달하는 것으로 집계되었으며, 행방 불명된 자가 4325명에 달했다.(이영일, 여수지역사회연구소 소장 자료 참조)

이렇게 많은 인명피해를 낸 여순사건은 대한민국 정부가 들어서고 2개월만에 일어났던 민중봉기로 동족상잔의 한국전쟁전을 일으키게 한 그 불씨가 된 것이기도 했다.

12. 사라져 간 큰 별, 백범 김구

상경 길에 상호를 찾아왔던 김종부는 며칠을 함께 묶고 서울에서 만나자는 약속을 뒤로하고 떠났다.

그처럼 어수선했던 상흔을 안고 그 해 겨울 흰눈이 내리기 시작했다. 광주에서 상호가 염려되어 내려온 아버지는 아들의 혼사를 서둘렀다. 물론 그것은 당시 제법 좀 있다는 집에서 흔히 볼 수 있는 조혼(早婚)의 풍속도이긴 했다. 하지만 이때 아버지가 서두른 혼사는 정신적으로 혼란상태에 빠져 있을 아들의 마음을 안정시켜 보려는 그 방책 같은 것이기도 했다.

집안 어른들이 수소문하여 물색한 신부감은 당시 순천사범을 졸업하고 고향으로 돌아와 마산면에 소재해 있는 청천국민학교에서 이제 막 교편을 잡고 있던 당년 19살 된 김애순이라는 같은 동네 처녀였다.

그 해 음력 동짓달, 구례 전역은 통행발급증이 적용되고 있을 때였다. 그런 분위기 속에서 상호의 결혼은 서둘러지고 있었다. 장가를 들게 함으로써 풀어져 나가는 젊음의 의식을 조금이라도 묶어 두고자 한 것이었다.

처녀의 집안은 동네에서도 알아주는 갑부였고, 처녀 또한 거기에 재색을 겸비하고 있어서 상호는 어른들의 의사를 그대로 받아들여 따랐다. 그때 상호의 나이 20살이었다. 혼례를 치루고 아버지는 상호를 데리고 곧 바로 서울로 상경했다.

그리고 다시 편입해 들어간 학교가 지금의 용산경찰서 앞에 위치해 있던 2년제 홍익전문학교였다. 당시는 거기에서 2년제 수업과정을 마친 학생들은 자동적으로 4년제 홍익대학으로 입학할 수가 있었다.

사실 여수수산학교는 그 해 반란사건으로 인해서 졸업생이 겨우 둘 살아남아 졸업장을 받았을 정도였다. 그래서 아버지는 그러한 방법을 생각했던 것이다.

당시 외가 쪽으로 어머니의 고모님 그 딸이 원효로 1가에 살고 있었다. 아버지는 그 집에 상호를 맡기고 내려가시면서 당부의 말씀을 하셨다.

"이제 너도 여러 가지 경험했으니 공부나 열심히 해라, 이제 너에게 딸린 가족이 있다는 것 잊지 말고……."

아버지의 의도는 바로 그런 가족이라는 끈을 묶어 줌으로 해서 책임감을 갖게 하자는 것이었다. 그래서 상호는 신랑 학생이 된 셈이었다.

그 해 1949년, 북대서양조약 조인, NATO가 창설되었고, 중화인민공화국이 수립되었다. 그러는 속에 남한만의 정부는 여전히 어수선해 있었다.

그 전 해인 1948년 8월 5일 제헌국회 제 40차 본회의에서 '반민족행위자 처벌법' 약칭(반민법)이 발의되어 수차례 수정된 끝에 9월 22일 공포된 바 있었다.

말하자면 헌법 제101조의 '국회는 1945년 8월 15일 이전의 악질적인 반민족 행위를 처벌하는 특별법을 제정할 수 있다'는 조항에 의해서 반민법이 제정된 것이다. 이 제헌법에 따라 '반민족행위 특별조사위원회'와 '반민족행위 특별검찰부' 그리고 '반민족행위 특별재판부' 등이 함께 설치된 것이다.

조사위원회가 발족되면서 1949년 1월 12일, 각도에서 조사부 책임자까지 임명되면서 반민특위의 위원장에는 임시정부 요인 출신으로 김상덕이 선임되었다. 그리고 조중현을 비롯한 8명이 위원으로 선출되어 활동에 들어갔는데, 반민족 행위자들의 죄질을 다음과 같이 규정했다.

1. 일본 정부와 통모하여 한일합방을 위해 적극적으로 협력한 자
2. 한국의 국권을 침해하는 조약 또는 문서에 조인한 자와 이를 모의한 자
3. 일제로부터 작위를 받은 자
4. 일본 국회의 의원이 된 자
5. 독립운동자나 그 가족을 살상한 자
6. 중추원 부의장과 고문 또는 참의자가 된 자
7. 책임관 이상의 관리가 된 자
8. 밀정 행위로 독립운동을 방해한 자
9. 독립운동을 방해하는 일제기관의 중앙관리를 지낸 자
10. 군경으로서 악질행위를 한 자
11. 국내에서 비행기 또는 탄약 공장을 경영한 자
12. 도, 부의 자문위원, 결의기관의 의원을 일제에 아부한 자
13. 관리들 중에서 적극적으로 일제에 협력한 자
14. 일본 국적의 취득을 위한 각 단체의 간부 중 악질행위를 한 자
15. 종교, 문화, 사회, 경제의 각 방면에 걸쳐 반민족행위를 자행한자
16. 반민, 언론, 또는 저술을 통해 일제에 협력한 자
17. 특별히 개인적으로 일제에 협력한 자들로 규정했다.

이들 중에서 일본 정부와 통모하여 한일합방에 적극 협력한 자와 한국의 국권을 침범한 조약 또는 문서에 조인한 자, 그리고 이를 모의한 자는 사형 또는 무기 징역에 처하고 그 유산의 전부나 절반을 몰수하며, 일제로부터 작위를 받은 자와 일본 국회의원이 된 자, 독립운동자나 그 가족을 살상한 자는 무기징역, 또는 8년 이상의 징역과 그 유산의 전부 또는 일부를 몰수한다고 규정했고, 또 정부 내의 친일분자 숙청을 위해 일제치하의 고등관 이상, 상훈 5등 이상을 받은 자는 관공리, 헌병, 고등계 형사를 막론하고 이 법의 공소시효가 끝날 때까지 공무원이 될 수 없다고 명문화했던 것이다.

이렇게 시작된 반민특위는 국민의 열광적인 지지를 받았다. 조사 업무가 실시되면서 반민족 행위자로 파악한 숫자가 7천여 명이었다.

1949년 1월 18일부터 검거에 들어가면서 박흥식, 이종형, 최인, 김태석, 이성근, 유철, 이광수, 최남선, 문명기 등이 악질 친일파들로 체포 검거되었다.

그러나 이러한 특위활동을 저지하기 위한 반대 음모가 경찰 내부에서 진행되기 시작했다. 당시 경찰 고위간부 대다수가 친일을 해 온 자들이었기 때문이다. 그래서 서울시경 수사과장으로 있던 최난수는 특위활동에 앞장선 의원들을 제거하기에 음모를 꾸몄고, 여기에 이승만 대통령까지 이들에게 합세해 주었다. 특위조사위원들을 초치하여 노덕술은 경찰의 공로자이므로 석방하라고 요구하고 나선 것이다. 그러나 반민특위는 거기에 굴하지 않았다. 이승만 대통령이 말한 노덕술의 공로란 친일을 해왔고, 이어서 이승만 정권을 옹위하는 바로 그 민중봉기를 진압한 공로자였기 때문이다.

거기에 응하지 않은 반민특위는 그 뒤를 이어 배정자, 김대우, 이기용, 김정호 등을 속속 체포 심판대에 세웠다. 그러자 친일파들의 온갖 방해공작은 반민특위 대원들을 온갖 위협에 직면하게 했다. 이승만 정부는 여기에 비협조를 보였을 뿐만 아니라 오히려 방해 공작으로 반민특위에 앞장선 국회의원들을 이른바 국회프락치 사건으로 옭아매기 시작했다.

1949년 6월 4일 반민특위가 서울시 경찰국 사찰과장 최운하와 종로서 사찰 주인 최응선을 구속하자 6월 6일 중부경찰서장은 무장경찰을 동원하여 반민특위의 특별경찰대를 포위했다. 그리고 대원들을 무장 해제시킨 후, 무기와 서류를 압수하고 이들을 연행했다.

국회는 당연히 이를 문제삼고 나섰다. 그러자 내무차관 장경근은 이를 옹호하기 위해 자신의 지시였다고 함으로써 특위활동을 와해시켰다. 그럼과 동시에 이승만 정부와 친일 세력은 반민법 제29조를 개정, 법 공포일로부터 2년간으로 되어 있던 공소시효 기간을 1949년 8월 31일로 단축해 버림으로써 반민특위의 활동을 사실상 봉쇄해 버린 것이나 마찬가지였다.

이렇게 반민특위 활동이 정부로부터 봉쇄되자 김상덕 위원장을 비롯한 특별조사위 전원과 일부 특별재판관, 특별검찰관이 사임할 수밖에 없게 되면서 특위활동은 그대로 종언을 고하고 말았다.

이러한 상황으로 반민법 공소시효가 만료될 때까지 반민특위가 취급한 조사 건수는 682건인데, 체포가 305건, 미체포 173건, 자수 61건, 영장취소 30건, 검찰에 송치된 건수는 559건이었다. 이 중에서 특별검찰부가 기소한 것은 221건이었으며, 특별재판부가 종결한 것은 불과 38건으로 해방 후 친일파 및 친일잔재 문제는 청산하지 못한 과제로 공허함만을 낳고 사실상 깊이 묻어버리고 말았던 것이다.(가람기획, 김삼웅 著 〈해방 후 정치사 100장면〉자료 참조)

뿐만 아니라 이승만 정부는 그때부터 반정부 인사들을 옭아매기 위한 방법으로 국방경비법, 해안경비법 등을 법률인양 적용했다.

하지만 그것은 정부가 교묘하게 국민들을 속여 온 악법이었다. 1948년 7월 12일 이승만이 국회의장으로 있을 당시 대한민국 헌법으로 제정했던 법령집에 의하면, 국방경비법과 해안경비법은 1948년 7월 5일 공포, 1948년 8월 4일 효력발생, 법률호수 미상으로 쓰여 있다. 그러나 1948년 7월 5일에 이러한 법률이 공포된 일이 없다는 사실이다. 그러나 이렇게 공포된 일이 없는 법률을 마치 법률인양 적용하기 위해서 그 법률호수는 미상이라고 할 수밖에 없었던 것이다.

이처럼 애매모호한 법률 아닌 법률은 군법 피적용자인 군인, 군속 등은 물론, 국방경비법 제32조(이적), 제33조(간첩)의 죄는 민간인에게도 적용, 반정부 인사들을 옭아매는 데 족쇄로 사용해 왔던 것이다. 그래서 국민들은 이것이 법률인 줄 알고 속아 왔고, 또 많은 사람들이 그 법률에 의해서 처형되어졌던 것이다.

유현석 변호사의 법조회고에서 〈국민을 속이는 사람들〉이라는 소제목으로 그 진실 여부를 다음과 같이 밝혀 두고 있다.(여수지역사회연구소 소장 '이영일 조사 자료' 참조)

국방경비법은 미군정에 의하여 공포된 일이 없고, 따라서 결코 법률이 아닌데도 대한민국 정부와 법원에 의하여 정당하게 제정, 공포된 법률처럼 적용되면서 특히 한국전쟁 기간 동안 '아마 상상도 못할 정도로 많은 사람들을 합법적으로 처형하는 데 동원되었다.' 이것이 만일 공포된 일도 없는, 따라서 법률의 효력이 없는 것이라고 한다면, 이 법에 따라 재판을 받고 처형된 사람들은 참으로 무고하게 학살당한 피해자라고밖에 할 수 없다. 더 큰 문제는 국방경비법의 문제가 반세기 전, 어처구니 없는 한국 역사의 한 장을 장식하는 에피소드로만 끝나지 않는다는 데 있다. 국방경비법은 국가보안법은 물론 사회안전법을 거쳐 보안관찰법에 이르기까지 대한민국 법률에 인용 계승되는 형태로 지금까지 살아남아 있다. 그래서 국방경비법에 의해 수십 년간 억울하게 옥살이를 한 피해자들이 우리 주변에 살아남아 있고, 나아가 이들에게 보안관찰처분의 족쇄를 채우는 근거가 되고 있다.

이것이 해방이 되고 새롭게 재건된 대한민국 제1공화국 정부가 국민을 속이며 저질러 온 악의 씨앗으로 정권의 실체 그 뿌리였던 것이다.

정권의 실세를 잡은 그들은 그렇기 때문에 당시 국민으로부터 많은 지지를 얻고 있는 김구가 눈엣가시처럼 더욱 화근이 되는 존재라고 생각한 것이다. 그래서 김구 선생에 대한 암살 시도는 몇 차례에 걸쳐 모의되어 왔었다.

이렇게 김구와 이승만은 어제의 동지적 연대에서 오늘은 그같이 현실적인 정적이라는 특수한 관계에 놓이게 된 것이다. 두 사람은 다 같이 민족해방운동을 해 온 항일 투사들로 다른 점이 있다면 이승만은 외교적 방법으로 독립을 해야 한다는 것이었고, 김구는 무력을 동원해서라도 독립을 쟁취해야 한다는 노선을 걸어왔었다.

그래서 해방이 되고 미국서 돌아온 이승만은 남한만이라도 반공정권을 세워야 한다는 입장으로 미군정을 업었고, 김구는 또다시 외세의 간섭을 받아서는 안 된다는 입장으로 분단이 되면 전쟁은 반드시 불가피하게 일어나게 된다는 것으로, 그래서 기필코 통일정부를 수립해야 한다는 것이 김구 선생의 강력한 주장이었다.

그러나 1948년 이승만을 옹립한 세력으로 남한만의 단독정부가 수립되었고, 여기에 김구는 끝까지 참여를 거부하면서 비판자의 입장으로 나뉘어 서게 되었다. 이 때부터 두 사람은 확실하게 정적의 관계로 갈라

지게 된 것이다.

이때부터 백범 김구는 초야에 묻혀 지냈다. 하지만 이승만으로서는 강력한 라이벌일 수밖에 없었다. 정부의 실현성 여부와는 상관없이 김구 선생에게는 통일정부 수립이라는 분명한 명분과 또한 독립운동의 정통세력이라는 대의명분이 실려 있어서 그 영향력은 은둔해 있지만 국민들로 하여 행사하게 한다는 사실 때문이었다. 그것은 그의 끈질긴 민족해방의 집념과 확고한 목적, 그리고 잠시도 멈추지 않은 그 사투의 노력이 얻어낸 결과였다.

그런가 하면 그와는 반대로 이승만을 옹립하고 있는 세는 거의 모두가 친일행적을 가진 사람들로 이 점이 이승만에게는 도덕성에 대한 콤플렉스 같은 것으로 작용한 것이다. 이러한 일련의 대각선상에서 1949년 초부터 김구를 암살하려 한다는 소문이 파다하게 번지고 있었다.

그러한 소문에도 김구는 태연하게 다음과 같이 말했다.

"왜놈도 나를 죽이지 못했는데 동포가 설마 나를 죽일 수 있겠는가."

김구 선생이 그처럼 소문을 대수롭지 않게 여긴 것은, 그래도 조국 광

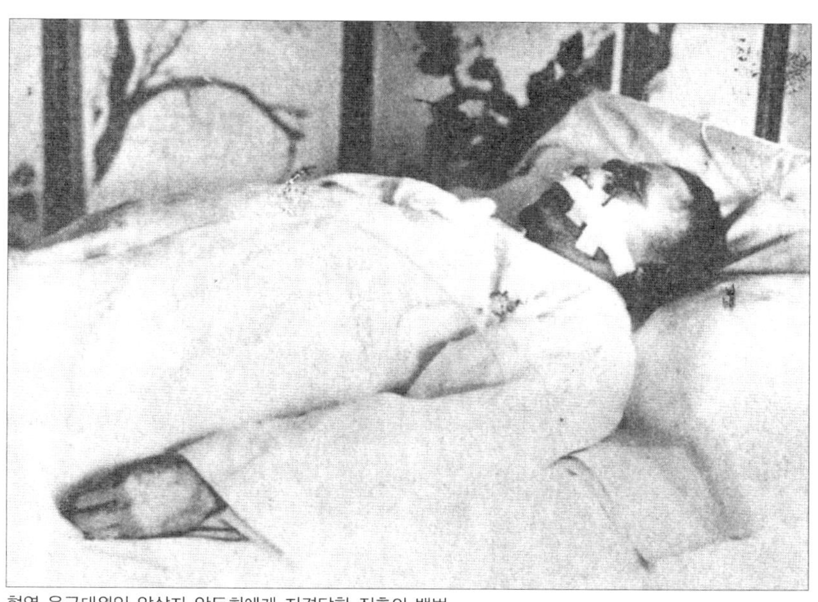

현역 육군대위인 암살자 안두희에게 저격당한 직후의 백범

복을 위해 함께 뛰어왔던 어제의 동지를 설마, 하고 그만큼 믿었던 것임에는 틀림없다.

그 얼마 전, 김구 선생은 북행을 하여 통일 정부 수립을 논의하는 등 남북협상을 벌였지만 무위로 그치게 되었고, 마침내 남과 북에 반쪽 정권이 들어서면서 초야에 묻혀 미국과 이승만 세력의 분단정부 수립을 지켜보며 그대로 은둔 생활을 해 오고 있었던 것이다.

그러나 1949년 6월 26일 오후, 김구 선생은 경교장 2층 거실에서 중국시선을 읽으며 무료를 달래고 있었다. 그때 찾아온 사람이 현역 군인 안두희였고, 그가 쏘아댄 네 발의 총탄을 맞고 백범 김구 선생은 74세를 일기로 마침내 파란만장한 그의 일생을 마치고 말았던 것이다.

체포된 범인 안두희는 김구 선생 암살 이유를 한독당이 정부를 전복하려 했고, 소련의 주장에 따라 미군철수를 추진하고 있어 그 위험성이 절박했음을 느껴 살해하게 된 것이라고 밝혔다.

이렇게 그는 끝까지 그 배후가 없는 단독 범행이었음을 주장함으로써 그 배후를 둘러싼 많은 의문이 당시에 제기되었지만 은폐되고 말았던 것이다. 하지만 백범 김구 선생의 죽음을 애도하는 전 국민들은 확증은 없지만 심증만은 라이벌에 의한 암살로 한결같이 굳히고 있었다.

특히 사건 당일 오전 9시, 서울 일원에 느닷없이 내려진 특별경계령이었고, 사건이 공표되자 마치 기다리기라도 했던 것처럼 나타난 헌병대 요원들이었다는 것하며, 거기에다가 이승만은 특별성명에서 사건을 한독당의 내분으로 인한 것이라고 몰아붙이고 있었을 뿐만 아니라, 사건 발생 5시간만에 헌병사령관이 이승만의 심복 전봉덕으로 바뀌었다는 점하며, 그리고 또 사건 당일 이승만, 신성모 등의 석연치 않았던 행적 등, 모두가 확증은 없지만, 그러나 심증을 굳히기에는 충분한 것들이었다.

그리고 이후, 더욱 명확해지는 것은 암살범 안두희가 군사재판에서 무기징역을 언도 받았었으나, 곧 뒤 이어 일어난 6·25 때 특사 조치로 풀려 석방되면서 다시 국방부에 근무했었을 뿐만 아니라 그 후, 복권조치가 취해져 암살범이 그처럼 육군 중령으로까지 초고속 승진을 할 수 있었다는 것은 당시 김구 선생의 암살배후가 누구란 것을 보다 분명하게 국민들에게 말해 주고 있는 것이라고 할 수 있었다.

그렇다. 부귀공명이라는 먹이를 목표로 정한 범속한 사람들에게는 그 먹이를 위한 끊임없는 사투가 있다. 그런 만큼 시대적 배경이나 환경에 따라 양심 따윈 던져 버리고 적당히 부정과도 타협해 가며 살아가고 있는 것인지도 모른다. 그러나 범속하지 않은 사람이란 바로 자신이 할 수 있는 일을 성취한 사람이다. 범속한 사람은 할 수 있는 일은 하지 않고 할 수 없는 허황된 꿈만을 바라고 있는 사람이다. 이러한 범속한 사람들이 모인 속에는 온갖 비리가 싹트고 부정과 부패가 들끓기 마련이다. 그처럼 어지러운 세상에서는 시류에 영합하지 않는 자는 죽는다, 그래서 적자만이 살아남는다.

그러나 한 세대가 지나면 누구나 맞게 되는 그 죽음을 거룩하게 맞을 수 있다는 것, 그것은 숭고한 영혼으로 영원히 세상에 그 이름과 함께 살아남을 수 있는 엄청난 축복인 것이다.

백범 김구! 그가 그처럼 일신의 안일을 포기하고 체념했던 희생, 그것은 그의 내면에서 끊임없이 타오른 조국애의 불꽃으로 그의 삶은 마침내 숭고한 영혼으로 승화된 것이다.

선생은 나라가 가장 암울한 시대에 태어나 74세로 생을 마치기까지 오직 조국 광복만을 위해 이 땅에 태어난 사람처럼 피끓는 애국애족 그 일념 하나만으로 치달으며 살아왔다.

그는 더없이 가난한 빈농의 아들로 태어났다. 그러나 선생의 가계(家系) 혈통은 신라 마지막 임금인 경순왕의 후손이다. 그 8대 손이 충렬공이고 그 현손이 익원공으로 선생은 그로부터 21대 손이다. 충렬공과 익원공은 모두 고려조의 공신들이었다.

그러다가 선생의 방계조 김자점(金自點, 1651년 조선조 16대 인조 때의 문신)은 1649년 17대 효종이 즉위하여 파직을 당하자 이에 앙심을 품고 청나라에 조선이 북벌을 꾀한다는 사실을 밀고하여 소란을 일으킨 죄로 후에 유배되어 사형을 당하고 말았다.

이렇게 역적의 죄로 멸문의 화를 당하게 되자 김구 선생의 11대조 되는 어른은 처자를 이끌고 한성에서 도망하여 해주 부중에서 서쪽으로 흘러가 백운방 텃골 팔봉산 양가봉 아래 숨어서 양반의 신분을 감추고 농부의 모습으로 바꾸어 버려진 농토를 일구어 농사를 짓기 시작했다.

그러다가 군역전이라는 땅을 경작하게 되면서부터 아주 상놈의 패를 차게 되었다. 이 땅을 부쳐 먹는 양반 아닌 상놈들은 나라에서 부를 때는 언제나 거역함이 없이 군사로 출전해야 하는 것이었다. 당시는 나라가 유교적인 성향으로 흐르고 있을 때여서 나라에서는 문(文)만을 높이고 무(武)를 낮추었다. 그래서 군역이라면 천한 상놈들이나 하는 일이었다.

그러니까 왕족이 하루 아침에 역적으로 멸문을 당하고 그 후손들은 살아남기 위하여 어쩔 수 없이 이렇게 상놈 행세를 해가며 살기 시작한 것이 김구 선생의 가계 혈통이었다.

선생의 아버지 때에 이르러서는 제법 살아가는 모양은 갖추었지만, 그러나 가난하기는 마찬가지였다. 그래서 아버지는 현풍 곽씨의 14세 된 따님과 24세 때에 늦 성혼을 올렸는데, 당시 풍속도로서는 늦은 결혼이었다.

　신부의 나이 17세 때였다. 어느 날 밤 꿈을 꾸었는데 푸른 밤송이 속에서 붉은 밤 한 알을 얻어서 감추는 꿈이었다. 그것이 김구 선생을 잉태한 어머니의 태몽이었다.

　그 태몽을 달고 이 세상에 태어나게 된 선생은 그러나 그의 파란만장한 삶을 예고나 해주기라도 하는 듯, 보기 드문 난산이었다고 한다. 진통이 시작된 지 6, 7일이 되어도 아이가 나오지 않자 약으로, 비방으로 온갖 방법을 다 써 보아도 효험은 없고, 어머니의 생명이 위태롭게 되자 집안 어른들이 일러주는 또 다른 비방으로 소의 길마를 머리에 씌워 지붕에 올라가게 해 놓고 소의 울음소리를 냈는데, 그때 아이가 울음소리를 내면서 세상 밖으로 나오더라는 것이었다.

　겨우 17세의 어린 나이로 난산을 겪은 산모는 젖이 말라붙어 암죽을 쑤어 먹일 수밖에 없게 되었다. 산모는 점점 아이가 귀찮아지면서 때로는 빨리 죽었으면 좋겠다고 짜증을 부리기도 해서 아버지가 가슴에 품고 동네를 돌아다니면서 젖동냥을 구걸하며 아이를 키워냈다고 한다.

　그렇게 부모의 애간장을 다 녹이고 태어난 아이는 3살 때 마마 천연두를 치루게 되었는데, 몸에 열기로 돋은 종기를 경험이 없는 어머니가 대침으로 따서 고름을 짜낸 것이 굵은 마마 자국을 남기게 한 것이라고 했다. 그래서 김구 선생의 얼굴 모양새는 볼 품조차 없는 것이 사실이었다.

　그러나 아이는 자라면서 힘이 장사였고, 또 생각이 다른 아이들과는 다르게 올곧고 성숙했다고 한다. 그래서 서당에 갈 수 없는 그런 비루한 환경 속에서도 이 사람 저 사람에게 물어서 천자문을 떼었고, 또 국문도 그렇게 배워서 이야기책을 줄줄이 읽어가는 영특함을 보였는데, 그가 본격적으로 글공부를 시작하게 된 것은 어느 날 보고 듣게 된 충격 때문이었다고 한다.

　어느 날 문중에서 새로 혼인을 한 집이 있었다. 그 집 할아버지가 한성 갔던 길에 양반들이나 쓰는 갓을 부러움에 사가지고 와서 소중하게 간직해 두고 바라보기만 했었던 것인데, 새 사돈을 맞게 되면서 밤에 몰래 내어 쓰고 새 사돈을 맞이한 것이 말썽이 된 것이다. 그 갓을 쓴 현장을 양반들에게 들켜 갓은 갈기갈기 찢겨져 버린 것이다.

이 때 김구의 나이 12살이었다. 어린 김구는 밤새도록 분해서 울었다. 그리고 다 같은 사람으로 태어나 어찌해서 양반이 되고 상놈이 되는가를 어른에게 물었다. 그 물음에 어른은 글공부를 잘 해서 큰 선비가 되어 과거에 급제를 하면 양반이 될 수 있는 것이라고 일러 주었다.

이 말을 들은 나이 어린 김구는 그때부터 글공부에 전념할 생각으로 마음을 다부지게 굳히게 되었다. 그러나 양반들이나 다니는 서당을 상놈 자식이 간다는 것은 반상제도가 엄격하여 감히 엄두조차 낼 수가 없는 일이었다. 그래서 생각한 것이 동네에 글공부를 할 수 있는 장소를 적당히 마련하고 글공부를 하고자 해도 가세가 넉넉지 않아 서당을 못 가는 아이들과 상놈의 자식들이 함께 모여 글공부를 할 수 있는 장소를 집안 어른을 졸라 마련했다.

그러나 모셔 올 선생이 문제였다. 그래서 겨우 수소문하여 모셔 온 선생이 이성원이라는 양반이었는데, 이 분은 양반이지만 글을 많이 배우지 않아서 양반 서당에서는 모셔가지 않는 분이었다. 그래서 김구의 성화로 집안에서 어중간하게 마련한 서당으로 모셔 올 수가 있었던 것이다. 그것이 글공부를 전념하게 된 시작의 동기였다.

김구의 아버지는 의협심이 남다르게 강한 분이었다. 그래서 그와는 아무 상관이 없는 일이라도 양반이나 강한 사람이 약한 사람을 업신여겨 깔보는 것을 그대로 보고 넘기질 못하는 성미였다. 그래서 인근 상놈들은 아버지를 공경하면서도 두려워했고, 양반들은 무서워서 피하곤 했다. 모든 일에 주도면밀하면서도 행동적인 아버지는 해마다 세밑이 되면 당시에는 귀한 달걀이나 담배 같은 것을 많이 마련해서 감영의 영리청과 사령청에 선물을 하곤 했는데, 그 답례로 받아 오는 것이 책력이나 해주먹 같은 것이었다. 이것은 양반들이 감사나 판관에게 아부하는 것이나 맞서는 수단 같은 것이었다.

이렇게 영리청이나 사령청과 친교하는 것을 계방(契房)이라고 했다. 이렇게 계방을 해 놓으면 감사의 영문이나 본아에 잡혀가서 영청이나 옥에 갇히는 일이 있더라도 영리와 사령들이 사정을 보아주기 때문에 갇히는 것은 이름뿐, 실제로는 영리나 사령들과 같이 숙식을 하며 편히 지냈다. 또 태장이나 곤장을 맞는 일이 있다 하더라도 사령들은 매우 치는 시늉만을 하고, 맞는 편에서는 죽어가는 시늉으로 엄살만 떨면 그만이었다.

주도면밀한 김구의 아버지는 이렇게 그 계방을 열어 놓고 있었기 때문에 의협심을 마음껏 발휘했던 것으로, 도리어 양반들을 걸어서 소송을 하여 그들이 잡혀 오게 되면 제 아무리 감사나 판관에게 뇌물을 써서 벗어난다 하더라도 아버지의 편인 영속들에게 호되게 경을 치고 많은 재물을 없애곤 하여 망한 부자가 1년 동안에 십여 명이나 되기도 했다.

그래서 아버지를 무서워하는 인근 양반들은 아버지를 달래려고 도존위(都尊位)에 천거했다. 이렇게 도존위에 천거된 아버지는 공무를 집행할 때 다른 도존위와는 반대로 양반에게는 엄했고, 가난하고 미천한 사람에게는 한없이 후하였다. 그러한 선친의 피를 이어 받아서인지 김구의 성품 역시도 불의를 보고는 참지 못했다. 그래서 가난하고 미천한 자를 보면 자기를 희생하면서까지도 감싸 안는 성미는 아버지 그대로를 닮았다.

김구 선생이 옥중 수감 중에 탈옥을 모의한 적이 있었다. 무술년, 1898년 3월 9일 인천형무소에서 있던 일이었다. 김구의 어머니는 아들의 옥중 수발을 위해서 요리집 식모살이를 해가면서까지 돈을 모아 집어넣어 주곤 했다.

김구는 그 돈으로 아편을 하고 있는 간수를 매수했다. 돈 150냥을 간수에게 건네주면서 그 날 밤 한턱을 낼 터이니 쌀과 고기와 술을 한 통 사오라고 청했다. 관속이나 간수들은 전에도 김구로부터 받아먹은 일이 있었기 때문에 탈옥을 하리라고는 생각지 않은 것이다. 의심 없이 받아 챙겨 넣고 김구가 시키는 대로 했다. 형무소 안으로 술과 고기가 들어오자 간수는 각 감방마다 돌아다니며 죄수들의 여흥을 돋궈주고 자기는 아편을 피우려고 제방으로 들어가 버렸다.

그 틈을 타서 김구는 마루 밑에 깔아 놓은 박석을 미리 준비해 둔 창끝으로 들추고 땅을 파서 옥밖으로 나왔다. 그리고 옥담을 넘을 줄사다리를 묶어 놓고 보니 시간이 많이 지체되었다. 그렇게 되면서 탈출을 모의했던 자들을 불러오는 것은 아무래도 시간적으로 무리라는 생각이 들었다. 그래서 혼자 그대로 담을 넘어 도주할 생각이었다.

그러다가 김구는 생각을 바꾸었다. 그들이 사회에 나가서 비록 쓸모없는 시정잡배에 불과한 사람들이라 하더라도 사나이로서 한 번 약속한 신의를 버린다는 것이 양심에 허락치 않은 것이다. 위험을 무릅쓰고 다시 돌아가 그들부터 밖으로 내보내고 나왔을 때는 그들은 아직까지도 담장을 넘어설 엄두를 내지 못하고 벌벌 떨고만 있었다.

그것을 본 김구는 그들부터 한 사람씩 만들어 놓은 줄사다리를 이용해 담장 밖으로 내보내고 본인은 밀어 올려 주는 사람조차도 없이 혼신을 다해 담장을 넘어 밖으로 나왔던 것이다.

이렇게 다급한 상황에서도 남자로 태어나 한 번 약속한 신의는 지켜야 한다는 것이 백범 김구 선생의 양심이었고, 정신이었다. 그처럼 숭고한 정신이 있었기 때문에 김구 선생은 동지들로부터 신뢰를 받고 있었고, 또 살아 있는 양심의 신앙처럼 많은 국민들로부터 존경을 받을 수 있었던 것이다.

이처럼 많은 사람들로부터 존경을 받아 온 백범 김구 선생은 그의 생애에서 단 한 번도 허황된 일신의 안일을 추구해 본 일이 없이 올곧게 살아온 삶이었다. 그에게 있어서 살아간다는 것은 오직 나만의 일이 될 수 없다는 높은 차원으로 자신을 끌어 올려 아름다운 나라와 사회를 만들기 위해 사색하고, 또 그 일념만을 위해서 치달아 온 삶이었다.

그렇다, 누군가가 그에게 그런 삶을 살아가도록 강요한 사람은 없다. 그것은 순수한 자신의 열정, 그 자신의 심성에서 비롯된 것이다. 자신의 삶을 통해서 세상에 무엇인가 기여할 수 있다는 것은 엄청난 기쁨이기 때문일 것이다. 그것은 자신의 삶을 그만큼 음미할 수도 있다는 얘기가 될 것이며, 그렇게 스스로 음미할 수 있는 삶은 그만한 가치가 있기 때문일 것이다.

그처럼 이 세상에 태어나서 무엇이 값진 삶이란 것을 교훈으로 남겨

주고 떠난 그의 영혼은 오늘도 우리 곁에 이렇게 살아 있어 그 진리를 말해 주고 있다. 그토록 숭고한 백범 김구 선생의 교훈이야말로 진정으로 자기를 던져 희생할 수 있는 애국애족의 정신이 살아 있었기 때문일 것이다.

참으로 어둡던 혼란의 시대, 그 어둠을 밝히는 촛불처럼 오로지 나라와 민족만을 위해 자기를 희생의 제물로 내던질 수 있었던 백범 김구 선생의 용기, 그것이야말로 주체성을 잃은 채 애국애족을 입에 달고 자기 일신의 안일과 영달만을 위해 온통 정신이 팔려 즐기는 그 숱한 사람들과는 달리, 그는 외롭게 민족의 공동선 그 목표만을 향해 그처럼 전진해 나온 것이다.

그것이 이 세상에 왔다 간 한 생(生)의 보람으로 자신의 삶을 값지게 하기 위한 최상의 값어치라고 보여주고 있는 그의 뒷모습은, 그렇기 때문에 더욱 아름답고 거룩하기까지 한 것이다.

13. 예고된 한국전쟁

검은 먹구름이 몰려오면 한 떼의 소낙비를 예감하는 것처럼 천둥번개 치는 소리가 어느 날 북쪽 하늘로부터 우르릉거렸다.

1950년 6월 25일, 북측은 민족자주 통일의 길을 더는 대화로써 열 수 없다고 판정했던 것일까, 마침내 무력을 동원한 민족 비극의 6·25 전쟁이 터진 것이다.

그날 새벽, 멀리서부터 희미하게 들려오는 대포 소리가 있었다. 시민 들은 이 심상찮은 대포 소리에 모두들 긴장하고 있었다.

그래서 상호 역시도 아침을 먹고 라디오 뉴스에만 귀를 붙들어 두고 있을 때였다. 이때 이승 만 대통령의 약간은 떨 리는 듯한 그 특유의 불 안정한 음성이 들려왔 다.

"시민 여러분 지금 들 리는 대포 소리는 우리 국군이 사격 연습을 하 고 있는 것입네다. 국민 들은 안심하시고 동요되

화물열차 지붕은 물론 기관차 꼭대기까지 피난민들은 빽빽이 달라 붙어 추위와 위험을 무릅쓰고 남으로의 피난길에 올랐다.

후퇴하기 전에 폭파했던 한강 철교

어서는 아니됩네다."

그러나 그 방송이 있고 얼마쯤 후, 그 대포 소리는 더욱 크고 요란스럽게 가까이 들려오기 시작했다. 사람들은 대통령의 그 같은 말에도 믿을 수 없다는 듯, 술렁이기 시작했다.

상호가 동정을 살피기 위해 밖으로 나와 남산으로 올라갔을 때는 벌써 미아리 쪽으로부터 봇짐을 꾸리고 나선 피란민들의 모습이 서울역 쪽을 향해 바쁜 걸음을 하고 있었다. 아무래도 심상찮은 분위기였다. 그래서 좀더 사태를 파악하기 위해서 상호가 서울역으로 달려갔을 때였다.

서울역은 벌써 피란민들로 인산인해를 이루고 있었다. 그리고 준비된 열차에는 이미 기차 지붕 위에까지 피란민들이 봇짐을 안고 올라앉아 있었고, 그 틈새를 비집고 들어가려는 사람들로 서울역은 일대 혼란으로 아수라장이었다. 달리 생각해 볼 겨를이 없었다. 셔츠 바람의 맨몸인 상호는 달려가 그 틈새를 비집고 겨우 기차 지붕 위에 올라앉을 수 있게 되었을 그때쯤, 상호는 퍼득 아버지가 생각난 것이다.

당시 아버지는 회사일로 서울 출장을 오셔서 명동여관에 묵고 계신다고 하셨기 때문이다. 당시는 지금처럼 공중전화가 있는 것도 아니어서 긴박한 상황에서 서로 쉽게 연락을 취할 수가 없었다.

그런 상황 속에서 아버지에게 연락을 취하지 못한 것이 상호로서는 여간 안타깝고 여간 조바심이 나는 것이 아니었다. 그것은 아버지 또한 마찬가지였다. 여관에 묵고 있었던 만큼 소식이 빨랐다. 전화 연락을 할 수가 없는 상황에서 사태를 알아보기 위해 서울역으로 나왔던 것인데, 이미 준비된 열차에 이승만 대통령을 위시한 고위층 관계 가족들이 줄을 지어 기차에 올라타는 모습을 보게 된 것이다.

사태가 심각해졌다는 것을 직감한 아버지 역시도 빈 콤인 채, 그대로 기차에 올라타고 보니 아들 상호에게 연락을 취하지 못한 것이 안타깝기만 한 것이었다. 그러나 달리 어찌해 볼 도리가 없는 상황이었다. 안타까움을 실은 기적소

1951년 1월 유엔군의 집중포격에도 기세등등하게 밀려 내려오는 중공군의 인해전술로 피난길에 오른 서울시민들이 하행열차를 기다리고 있다.

리는 벌써 서울역 플랫홈을 빠져 나가고 있었다.

그때 아버지가 올라 탄 기차는 대통령과 각계 정부 고위 관료 가족들의 피란을 위해 준비된 기차였다. 그렇기 때문에 곧 바로 피난 수도 부산으로 직행했다. 그러나 그 다음 상호가 올라 탄 기차는 대전을 종착으로 더는 운행하지 못했다. 그래서 상호는 가족들이 기다리고 있을 광주까지 이틀을 걸어서 당도했다. 그러니까 상호가 올라탄 기차가 피란민을 실었던 마지막 기차였다.

상호가 광주에 도착했을 때는 사변이 일어났다는 충격적인 소문으로 술렁거리고 있었다. 어머니는 무엇보다도 서울로 출장 떠난 아버지의 소식 때문에 전화통 옆에서 떠나지를 못하고 안절부절이었다.

"집에 전화가 없는 것도 아니고 이 양반이 어찌된 건가 전화 한 통이 없네. 무슨 변고가 난 것이여."

어머니는 땅이 꺼져라 하고 한숨만을 내쉬며 식음을 전폐했다. 어머니의 말대로 집에 전화가 없는 것도 아닌데 아버지로부터 소식이 끊어졌기 때문이다. 그래서 어머니는 상호에게 며느리와 다섯살 막내 동생 상철이를 데리고 먼저 고향집으로 가 있도록 했다.

그러나 상호가 구례 고향집에 당도했을 때는 인민군이 대책 없이 밀고 내려 오고 있어서 그곳 역시도 곧 점령당하게 될 것이라는 소문과 함께 경찰 가족들이 피난을 서두르고 있었다.

　한편 부산에 당도한 아버지는 상호가 떠난 다음 날 광주 집으로 전화를 걸어왔다. 어머니에게 무사하게 부산에 도착해 있으므로 식구들을 데리고 고향집으로 가서 있으라는 기별이었다. 아버지는 여수 출장 중에 난리를 겪었기 때문에 부르조아 가족으로 지목을 받고 곤욕을 치루게 될 것을 먼저 걱정하신 것이다.

　아버지의 생존을 확인한 어머니는 그것이 당신의 기도 덕분이라고 식구들에게 말하면서 혹시나 하고 며칠동안 사태를 관망하면서 피란 봇짐을 꾸려 두었다. 그러는 며칠동안 피란민 행렬은 줄줄이 내려오고 있었고, 그때쯤 광주 역시도 요란한 폭음 소리와 함께 땅이 우르렁거리는 대포 소리가 여기저기서 요란하게 들려왔다. 그때쯤 동네에서 숨을 죽이고 있던 좌익 분자들이 붉은 완장을 팔에 두르고 설쳐대기 시작했다.

　새벽이었다. 대문을 두드리는 소리에 어머니가 대문을 열었을 때는 붉은 완장을 팔에 두른 장정 몇이 들이닥치면서 대뜸 아버지를 찾았다. 어머니는 아버지가 서울로 출장중이어서 그렇잖아도 지금 소식을 기다리고 있는 중이라는 넋두리로 그들을 돌려 세웠다.

　그리고 다음 날 새벽, 어머니는 가족을 데리고 어둠을 틈타 광주를 빠져 나왔다. 사흘을 걸어서 고향에 당도했을 때는 구례 역시도 이미 인민군들 손안에 들어가 있었고, 고향집 사랑채는 숫제 그들이 업무를 보는 장소로 활용되고 있었다.

　구례군 마산면 냉천리에 소재하고 있던 고향집은 지서와 담장을 같이 하고 있었고, 또 지서는 마당이 없었으나 고향집은 마당이 넓었기 때문에 그들은 지서를 장악하면서 고향집을 함께 하나로 활용한 것이었다.

　상황이 그쯤 되자 뒷켠 밭 무 구덕이 속에 몸을 숨기고 있던 상호는 더는 은닉할 수가 없게 되었다. 어쩔 수 없이 그들 앞에 모습을 나타내게 되면서 상호는 인민공화국 붉은 완장을 팔에 감게 되었다.

　그러나 그 붉은 완장이 붙들려 들어간 장인 김봉두 씨를 사지에서 살려내게 한 것이다. 장인이 인민군들에게 붙들려 들어간 처갓집은 초상집 그대로였다.

　상호가 장인이 갇혀 있다는 구례읍 경찰서를 찾아 들어갔을 때는 장

구례군 마산면 냉천리 한상호의 고향집 전경

인은 인민재판을 기다리고 있었다. 장인에게 붙어 있는 죄목은 산 사람을 밀고했다는 것이었다.

여순반란사건이 나고 험준한 지리산 일대로 숨어 들어간 패잔 반란군들을 빨치산부대라고 했다. 퇴로가 막힌 그들은 밤이면 지리산 밑 부락에 출몰하여 식량을 탈취해 가는 것으로 부락민들은 밤이 되면 출현하는 그들로 하여 마음을 놓고 잠을 잘 수가 없는 형편이었다. 그러나 구례읍 경찰서와 가까이 있는 냉천리는 그래도 비교적 피해가 적은 셈이었다.

그러던 어느 날 밤, 이 마을에도 산 사람들이 출몰했다. 그러나 연락을 받은 구례읍 경찰서에서 공격을 가해 왔다. 그때 미처 달아나지 못했던 빨치산 여자대원 하나가 뒷집 헛간에 숨어 있는 것을 주인이 발견했다. 그래서 주인은 그 일을 지서에 알리기 전에 장인에게 먼저 은밀히 그 처리 문제를 의논해 왔다.

그대로 숨겨 줄 수도 없는 당시의 상황이었다. 정부 계엄령 선포문에서 '반도의 소재를 즉시 보고하지 않거나 만일 반도를 숨겨주거나 반도와 밀통하는 자는 사형에 처한다'고 명시했기 때문이다.

그렇다고 해서 남자도 아닌 여자를 그대로 밀고해 버리라고 할 수도 없는 장인은 그 여인의 목숨만은 상하게 하고 싶지 않았던 것이다. 그래서 빨치산 여자 대원 하나가 자수를 하려 한다고 신고하도록 한 것이었다.

물론 그 신고로 하여 그 여자 빨치산 대원은 목숨을 건질 수가 있었다. 그러나 그때 그 여자를 숨겨주지 못하고 신고를 하게 했다는 그것이 장인의 죄목으로 세상이 뒤바뀌자 붙들려가게 된 것이었다.

인민재판 대열에 놓여진 악질 반동분자 명단에는 장인까지 도합 7명이었다. 목숨이 경각에 달려 있었던 장인이었다.

장인의 구명운동을 나선 상호였다. 그때 마침 지천리에 있는 작은 이모의 친척벌 되는 사람이 다행히도 그 책임자로 있었다. 그래서 무사하게 장인을 빼내오게 된 것이었다.

아무튼 이렇게 6·25사변 당시 상호와 고향집 식구들이 무사할 수 있었던 것은 얼기설기 얽힌 그 인연 때문이었고, 또 평소에 어른들이 불우한 이웃을 보살펴 온 그 선덕이 있었기 때문이다.

6·25 전쟁 초기, 인민군이 이렇게 남한을 거의 석권해 가고 있을 때였다. 부산에 피란해 있던 아버지는 여순사건이 일어나기 직전 사들였던 건착선 6척과 경비정 1척을 모두 부산항으로 모으고 사태를 관망 중에 있었다.

그러다가 1950년 9월 28일 서울수복이 되었다. 그리고 승승장구하여 압록강까지 밀로 올라갔다. 그러나 다시 국군이 후퇴하게 되었다. 중공군이 참전하여 대책 없이 인해 전술로 밀고 내려왔기 때문이다.

그때 이승만 정부는 서울에서의 재철수가 불가피해지자 국가비상시 예비 병력을 양성하고 병력동원을 신속히 한다는 취지에서 국민방위군 설치법안을 제정 12월 16일 공포했다.

법안의 주요 내용은 다음과 같았다.

1. 군경과 공무원이 아닌 만 17세 이상 40세 이하의 장정을 제2 국민병에 편입한다.

2. 제2국민병 중학생을 제외한 자는 지원에 의해 국민방위군에 편입

부산 근처 피난민 수용소를 찾은 이승만 대통령을 이선근 정훈국장이 영접하고 있다.

시킨다.

3. 육참총장은 국방장관의 지시를 받아 국민방위군을 지휘, 감독한다는 내용이었다.

마침내 사조직이라고 할 수 있는 대한청년단을 개편하여 방위군이 편성된 것이다. 대한청년단이라는 단체는 해방 이후 좌우익 대결에서 생겨난 것이다. 이때 생겨난 단체가 대동청년단, 서북청년단, 청년조선총연맹, 대한독립청년단, 국민회청년대 등 6개 반공청년단체들이 1948년 10월 이 대통령의 통합지시로 합쳐진 단체였다.

이 통합운동의 주요 멤버가 유진산, 이성수, 문봉재, 김성주, 황은봉, 강낙원 등이었는데, 단장에는 이승만과 신성모의 지시에 따라 김윤근이 임명되었던 것이다.

그런데 방위군이 편성되자 대한청년단 단장이었던 김윤근을 비롯하여, 부사령관에 윤익헌, 참모총장에 박경구가 임명되었고, 대한청년단 및 청년방위대 요원 일색으로 사령부 간부들이 임명되면서, 이 핵심간부들에 의해 방위군 편성대상자에 대한 소집영장이 발부되었는데, 이들은 경상북도 일대에 설치한 교육대를 향해 보도로 남하시키게 한 것이다.

그러나 이처럼 나라의 위급한 상황에서도 애국애족의 정신이 근본적으로 결여되어 있는 당시 대부분의 고위층 관료들이었다. 그들의 탐욕으로 뭉쳐진 치졸한 이기심은 방위군 후송 과정에서 엄청난 액수의 경비와 막대한 양의 식량, 그리고 군수품 등이 부정으로 유출되었다. 이같은 엄청난 비리에 제대로 처우를 받지 못한 장정들이었다. 많은 동사자, 아사자, 병사자, 환자 등을 속출하게 한 것이다.

결국 그들의 자신만을 위한 이기심은 자기를 이롭게 하는 것으로만 끝나지 않고 타인에게 이처럼 엄청난 피해를 준 것이었다.

이 사건은 이 후 국회조사단이 구성되어 진상조사에 들어갔다. 이승만 대통령은 1951년 3월 중순부터 방위군 장정들을 귀향 조치시키는 한편 방위군 사령부의 부정을 수사하도록 지시했었다. 하지만 당시의 국방장관 신성모는 이를 은폐하려고 했다. 부정과 연루되어 있었기 때문이다.

결국 조사단에 의해 밝혀진 내용은 방위군에 책정된 예산 209억원 중 실제 집행되어진 액수는 겨우 130억 뿐이었고, 750만명 정도의 유령병력을 조직하여 23억 5천만 원의 현금과 5만 2천여 섬의 식량이 부정 유출되었음이 밝혀진 것이다.

그밖에도 귀향장병의 귀향경비, 의약품, 부식비 등이 부정처분 되었는데, 이처럼 부정처분된 예산을 국민방위군 간부들이 착복했음이 드러났다. 그 중에서 상당 부분이 정치자금으로 유출된 것이 밝혀지면서 그해 5월 7일 신성모 국방장관을 해임했다. 그리고 이기붕이 국방장관에 임명됨과 동시에 국회조사단이 국민방위군 부정사건 진상규모를 조사하도록 했다.

장관에 임명된 이기붕은 5월 17일 김윤근 사령관의 구속을 발표했다. 그리고 1개월간의 재조사 끝에 헌병사령부는 김윤근을 비롯한 부사령관 윤익현, 재무실장 강석환, 조달과장 박창원, 보급과장 박기환, 회계과장 보좌관 노용식, 제 15 교육대장 박철, 제 27교육대장 임병선,

제 10단장 송필수 등 6명을 군법회의에 회부했다.

그리고 1951년 7월 19일 언도공판에서 송필수는 무죄가 선고되었고, 김윤근, 윤익현, 강석환, 박창원, 박기환 등 5명은 사형이 구형되어 그 해 8월 13일 대구 근교에서 총살형이 집행되었다.

결국 대국애족을 입에만 달고 다녔던 이들은 눈앞에 보이는 욕심에만 눈이 어두워 제게 닥치는 위험을 모르고 있다가 마침내 큰 재난을 스스로 불러 일으킨 것이었다.

이처럼 그 진상이 밝혀진 이 사건은 그러나 부정유출된 자금이 이승만 세력과 정부 고위층에 유입되었다는 진상만은 은폐된 채였다. 그리고 국회내의 청년단 출신 김종회 의원이 국민방위군용 군수물자를 부산으로 유출, 3억여원을 횡령하여 이승만 대통령 비서에게 전달했다는 것만 폭로되었을 뿐, 그 책임 소재가 당사자들이 처형됨으로써 결국 이 사건의 정치적 연루는 그대로 묻혀지고 말았던 것이다.

그러나 국민방위군 예산이 국회내 이승만 지지세력인 신정동지회, 정부고위층, 군부내의 간부 등에 정치자금으로 뇌물 상납되었다는 설은 그 뒤에도 끝없이 꼬리를 물고 나돌고 있었던 것이다.

참으로 참혹한 전쟁의 와중에서도 이들은 아주 작은 이익에서부터 큰 이익에 이르기까지 이렇게 이익과 연관지어지는 것이라면 시기와 때를 가리지 않고 집어삼키는 냉혈인간들의 모습을 보여주고 있었다.

그러한 주체세력들의 비정은 국민들의 안위는 안중에도 없었음을 당시의 여러 상황 속에서 보여주고 있었는데, 그 또한 비인도적인 실례가 1951년 2월 11일 거창양민학살사건이라고 할 수 있다.

당시 인민군은 유엔군의 인천상륙작전과 9·28수복으로 허를 찔리게 되면서 전선에 투입되었던 병력이 퇴로가 끊긴 채 협공을 당하고 산속으로 달아나 잠복하게 되었다. 패잔병들은 당시 지하로 들어가 숨어 지내던 남로당 좌익 현지세력들과 규합하여 후방 게릴라 부대로 활약하기 시작한 것이다.

전쟁 초기에 진주, 마산, 창녕 등지에 진주했던 북한 제2사단, 제6사단이 약 40만 명이었다. 이 패잔부대들은 험준한 지리산 일대의 산악지대에 포진했다. 그리고 노령산맥의 줄기를 타고 순창, 정읍, 구례, 남원, 장성 등 호남 일대와 거창, 함양, 산청, 합천 등지에 출몰했다.

정부에서는 이러한 상황에 대처하기 위해 1950년 10월 2일 공비토벌을 위해 육군 제11사단을 창설했었다. 사단장에 최덕신 준장이 임명되었는데, 광주에 20연대, 남원에 13연대, 그리고 진주에 9연대를 배치했다. 그러나 이처럼 많은 정부병력 동원에도 공비토벌은 쉽지 않았다. 험준한 산악지대를 거점으로 기습 공격을 해오는 게릴라 부대였기 때문이다.

그래서 지리산을 중심으로 하는 산골마을에는 지역에 따라 낮에는 정부군이, 밤에는 공비들이 출몰 지배하면서 뺏고 빼앗기는 공방전이 거듭되어지면서 그 사이에서 곤혹을 치루는 것은 양민들이었다.

그로 하여 그처럼 참혹했던 거창사건이 일어나게 된 것이다. 중공군이 대거 남하를 하기 시작한 1951년 12월 5일이었다. 약 4~5백 명의 공비들이 신원면 지서를 습격했다.

여기에서 경찰과 청년의용대 대부분이 사살되고, 10여명이 간신히 살아남아 탈출하는 사건이 일어나면서 토벌군 제 11사단 9연대(연대장 오익경)는 2월 초 거창, 함양, 산청 등 지리산 남부지역 일대에 공비소탕 작전을 개시하면서 함양의 제1대대, 하동의 제2대대, 거창의 제3대대가 합동작전을 나선 것이다.

이 때 거창의 제3대대는 경찰 청년의용대와 함께 1951년 2월 7일 신원면에 주둔하게 되면서 공비들은 산골로 퇴각했다. 작전 계획에 따라 제3대대는 경찰과 의용대 병력을 남기고 신창방면으로 계속 진군했다.

군대가 신원면을 떠나자 공비들은 이 날 밤 다시 출몰하여 경찰과 교전하는 사태가 벌어졌고, 마침내 경찰병력은 방어가 위태로운 상황에 처하게 되고 말았다.

이렇게 되면서 2월 11일, 신원면에 재진주하게 된 제3대대는 대현리, 중유리, 와룡리 주민들을 신원국민학교로 모두 모이도록 명령했다. 모인 주민이 약 1천명 가량 되었다. 그렇게 소집된 주민들을 경찰 및 지방유지 가족만을 골라낸 뒤 모두 박산 골짜기로 끌고 갔다. 그리고 거기에

서 휘발유를 뿌려 주민 모두를 불태워 버렸던 것이다. 이 같은 집단학살
은 10일 대현리, 덕산리 일대에서도 마찬가지로 자행되었다.

이때 학살된 주민의 숫자가 6백여 명에 이르렀다. 그러나 제3대대는
학살의 숫자를 겨우 187명으로 줄였고, 그들이 모두 공비 및 통비분자
들이었다고 연대에 보고를 했던 것이다.

이 같이 무고한 주민들을 집단학살시킨 현지 주둔군들은 이 사건을
은폐하기 위해서 현지와 외부와의 왕래를 일체 차단시켰다. 그리고 생
존 주민들에게 그 실상을 발설하는 자는 공비로 간주하여 총살하겠다고
위협을 했었다.

그러나 이 같은 진상 보고를 그 사건이 일어났던 약 1개월 후, 1951
년 3월 21일 제11사단 자체가 보고하지 않을 수 없었다. 사단장 최덕신
이름으로 보고 된 내용이 다음과 같은 것이었다.

"학살주민의 대부분이 양민이어서 군에 대한 신뢰가 땅에 떨어지고,
이 밖에도 부녀자 강간, 물품 강요, 재산 약탈 등으로 주민들이 분노하
고 있다."

이때의 거창사건으로 궁지에 몰리게 된 신성모 국방장관이었다.

"외국의 원조로 전쟁을 수행하고 있는 마당에 이 같은 군의 비행이
외국에 알려지면 전쟁수행에 지장을 초래하고 군의 사기를 해친다"고
하여 사건을 묵살할 것을 지시한 것이었다. 그런 한편 3월 중순 현장을
답사한 신성모 국방장관은 "희생자 수는 187명이며, 모두 통비자였다"
고 허위 발표를 한 것이다.

이러한 허위 발표에도 거창 출신 국회의원 신중목은 거기에 탑승했
다. 그러나 국회는 장면 총리, 신성모 국방, 조병옥 내무, 김준연 법무
등에게 조사단을 구성하여 현지를 조사하도록 지시했다.

그래서 국회와 국방부측이 합동으로 조사를 나간 것이 1951년 4월 7
일이었다. 조사반이 신원면으로 들어가려 했을 때였다. 조사활동을 방
해하기 위해 공비로 가장한 군인들이 공격을 해 온 것이다. 어쩔 수 없
이 조사단은 성과 없이 그만 철수를 할 수밖에 없었다. 그러나 국회의
특별지시로 진상조사가 다시 실시되면서 헌병 사령부는 제9연대장 오

익경, 제3대대장 한동석 등 대대 정보장교 이종대 등을 구속 군법회의에 회부했다.

그리고 1951년 7월 27일 대구에서 중앙고등군법회의가 열렸다. 이어 12월 26일 선거 공판에서 김종원 징역 3년, 오익경 무기 징역, 한동석 징역 10년이 선고되었다. 이로써 거창사건의 책임 추궁은 일단락 되었다. 하지만 이들은 모두 1년만에 석방되므로써 많은 의구심을 낳게 했었다. 오익경, 한동석은 현역으로, 김종원은 경찰 고위 간부로 재기용 되었기 때문이다.

이처럼 세상에는 그들 같은 조악한 총명함을 반기는 구석도 있고, 또 그들 같은 너무나 영악한 현명을 필요로 하는 구석도 있다.

참으로 이렇게 애국애족이 무엇인지도 모르는 그들의 이력은 바로 민족의 '얼'이 빠져 버린 일제시대 배워 온 그 악습에 의한 것이었다고 할 수 있다.

1951년 그때 세계에서는 샌프란시스코에서 대일강화회의 개최, 미일 안전보장조약 조인이 있었고, 이집트에서는 대영조약을 파기 선언했다.

강직한 성품의 성재 이시영 부통령은 동족상쟁의 전쟁 중에도 권력욕에서 헤어나지 못하는 이승만에게 크게 실망한 끝에 부통령직을 스스로 물러났다.

그리고 한국에서는 5월 1일, 이시영 부통령이 피란국회로 사임서를 제출함으로써 큰 충격을 던져 주고 있었다. 당시 국회의장은 신익희였다.

부통령직을 스스로 사임하겠다는 이시영은 〈국민에게 고한다〉는 다음과 같은 글을 발표했다.

"취임 3년 동안 오늘에 이르기까지 나는 도대체 무엇을 해왔던가. 대통령 보좌하는 것이 부통령의 임무라 할진대, 내가 취임한 지 3년 동안에 얼다만한 익찬(翼贊)의 성과를 거두어왔단 말인가."

그것이었다. 그가 국민에게 고하는 자탄의 글 속에는 모든 진실을 한 입으로 삼키고 있는 엄청난 허상의 탁류 속에 자신 또한 어쩌지도 못하고 그 무리 속에 합류되어 있어야 했던 자신의 참담한 고백 같은 것이기도 했다.

성재 이시영은 더는 부끄러운 정치인이라는 이름에서 벗어나 깨끗한 이름으로 남고 싶었던 것이었을 것이다. 그가 국회에 보낸 공한내용에서 그 심정을 밝혀 볼 수 있게 한다.

"탐관오리는 도처에 발호하여 국민의 신망을 실추케 하며 정부의 위신을 손상케 하고 신생 대한민국의 장래에 암영을 던져주고 있으나, 누가 참다운 애국자인지 흑백과 옥석을 가릴 수가 없게 되었으니, 내 어찌 그 책임을 통감하지 않을 것인가. 그러한 나인지라 이번에 부통령직을 사임함으로써 이 대통령에게 보좌를 다하지 못한 부끄러움을 씻으려 하며, 과거 3년 동안 아무런 공헌이 없었음을 사과하는 동시에 일개 포의(布衣)로 돌아가 국민과 더불어 고락과 생사를 같이하려 한다. 나 이시영은 본시 노치(老齒)인 데다가 무능한 인물임에도 불구하고 선량 여러분이 돈독한 중의를 모아 부통령으로 선출해 준 데 대해 과분하고 또 참괴한 일로 생각했으므로 사퇴할까 했으나 외람되게 대임을 맡았던 것이다. 취임 3년 동안에 아무런 소임을 다하지 못하고 시위(尸位)에 앉아 소찬(素餐)을 먹는 격에 지나지 못했으므로 이 자리를 물러나서 국민 앞에 무위무능함을 사과함이 도리인 줄 생각되어 사표를 내는 것이다. 선량 여러분에게 부탁하고자 하는 것은 국정감사를 더욱 철저히 하여 이도(吏道)에 어긋난 관료들을 적발, 규탄하되, 모든 부정사건에 적극적 조치를 취해 국민의 의혹을 석연히 풀어주기 바란다."

참으로 청백리 같은 노애국자의 우국충정이 담긴 명문장이었다. 부통령의 이 같은 사임서 제출은 그렇지 않아도 국민방위군 사건과, 그리고 이어진 거창양민학살 사건으로 그 책임문제가 논란되고 있을 때여서 국회에 적지 않은 자극을 던져 주게 된 것이다. 무엇보다도 국민의 여론이 악화될 것을 염려한 것이다.

피란국회는 그 내용을 본회의에서 공개하고 심각하게 논의한 끝에 반려해야 한다는 것으로 의견이 모아졌다. 국회는 장택상, 조봉암, 두 부의장과 각파 대표를 부통령이 머무르고 있는 숙소로 보내 사임의 뜻을 거두어 줄 것을 간곡히 부탁했다. 하지만 이시영은 끝내 받아들이지 않았다.

이시영은 깨끗한 이름으로 남고 싶었던 것일 게다. 깨끗한 이름은 한 목숨 새롭게 태어날 수도 있다는 것을 아는 사람, 그것은 그만큼 지혜로운 사람일 것이다.

그의 심정을 돌이키지 못하고 돌아선 국회의 각파 대표들은 어쩔 수 없이 이승만 대통령을 방문하고 그의 사임을 만류해야 한다고 요청했다. 거기에 이승만은 한 마디로 거절했다.

"부통령이 현정부를 만족하게 생각하지 않아서 나가겠다는데 내가 어떻게 말리겠는가."

그 말 속에는 이승만 대통령이 이시영 부통령을 별로 달갑지 않게 생각하고 그동안 사실적으로 견제하고 있었음을 드러낸 말이기도 한 것이었다. 부통령 사임서는 그렇게 해서 국회에 제출된 3일 후 본회의에서 수리되었다.

그러나 어둠 속에서 절개가 키워지듯이, 임시정부 요인 출신으로 재건국가 건설에 몸을 아끼지 않았던 그의 맑고 깨끗한 영혼은, 이시영이라는 그의 이름 석자와 함께 신선한 아침 이슬처럼 그렇게 온 국민들의 가슴을 젖어들게 했던 것이다.

이시영 부통령의 사임서가 피란국회에서 수리되고 3일 후인 1951년 5월 17일, 국회는 부통령 보궐선거를 재석 과반수 이상의 득표자가 나오질 않아 결선 투표까지 거쳐야 했다. 그 결과 김성수가 이갑성을 누르고 제2대 부통령에 당선되었다.

그러나 정작 김성수 본인은 다음과 같은 말로 당선을 사양했다.

"오죽했으면 이시영 부통령이 그 자리에서 물러났겠느냐."

그리고 수락을 고사하다가 결국 민국당 간부들의 간곡한 권유에 겨우 수락했다. 그렇게 하여 제2부통령에 취임하게 된 김성수였다.

그러나 그는 잔여임기를 남겨 놓고 그 역시도 사임서를 제출했다. 이승만 대통령이 1952년 5월 26일 정치파동을 일으켜 절정에 이르렀을 때였다. 10여 명의 야당 국회의원이 체포되었다. 이승만 대통령이 장기 집권을 모색하고 국회를 탄압하기 시작한 것이다. 부통령 김성수는 5월 29일, 폭탄적인 사임서를 제출하고 미련 없이 부통력직에서 물러나 야당 결선어 나서게 된 것이다.

1952년, 임시수도 부산을 제외한 전 국민이 전쟁의 잿더미 속에서 기아에 신음하고 있을 때였다. 그러나 임시수도 부산에서는 피란정부가 이승만 대통령의 권력연장을 위한 온갖 음모와 시나리오를 만들어내고 있었다. 대통령의 임기만료가 얼마 남지 않았었기 때문이다. 그래서 강압적 수단으로 직선제 개헌을 추진하기 시작한 것이다. 차기 대통령 선거는 이승만에게 불리했기 때문이다.

당시는 6·25 전쟁 중이었고, 또 그동안 이승만 정부의 거듭된 실정으로 있었던 대구 폭동과, 제주 4·3 민중항쟁, 그리고 여순 민중봉기, 거기에다가 또 국민방위군 사건, 특히 거창양민 사건 등으로 이 대통령의 인기는 그야말로 땅에 추락되어 있었던 것이다. 더욱이 원내 분포는 이승만과 등을 돌린 한민당 계열이 다수를 차지하고 있었기 때문에 이승만은 정권 연장을 위해서 이렇게 강압적 수단을 동원하고 있었던 것이다. 그것이 그처럼 악명 높은 개헌사의 서곡이었다.

1952년 5월 25일, 합법적으로 개헌이 불가능하다고 판단한 이 대통령은 5월 25일 정국혼란을 이유로 부산시를 포함한 경남과 전남북 일부지역에 비상계엄령을 선포했다. 그리고 영남지구 계엄사령관에 원용덕을 임명하는 등 물리력을 동원했다.

이렇게 피난수도 부산은 전시중인데도 불구하고 이승만 대통령의 장기집권을 위한 정치파동이 계속 이어지고 있었다. 법과 질서보다도 조작된 민의와 폭력에 의해 분위기는 날이 갈수록 어수선하기만 했다.

어느 날 국회의원이 탄 버스가 헌병대로 끌려갔고, 서민호 의원이 자신을 저격하려는 군인을 정당방위로 사살하는 사건이 일어났다. 서민호 의원은 석방의결로 석방되었다.

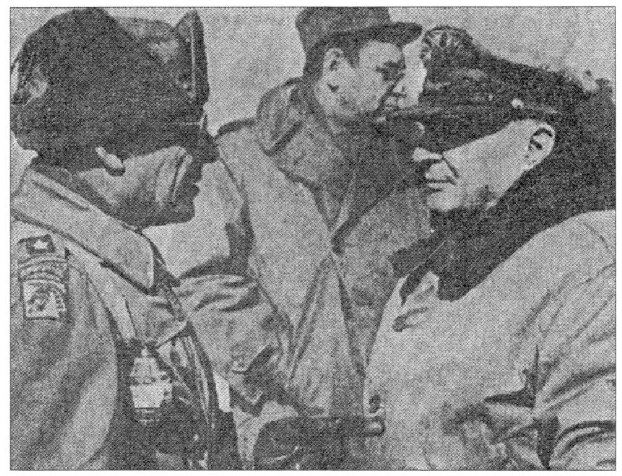

한국전선에서 첫대면한 맥아더 장군과 리지웨이 장군.

그런데도 이에 항의하는 관제 데모가 계속되었고, 재야원로 60여명이 호언구국선언문을 발표하던 중 괴한들의 습격을 받아 여러 사람이 테러를 당한 사건이 발생하는 등, 피난수도 부산은 그야말로 밀려내려 온 피란민들과 함께 어수선하기 짝이 없었다.

6·25전쟁이 터지기 전 이승만과 등을 돌린 한민당이었다. 그래서 이 대통령을 명분상의 국가원수로 밀어내고 자파가 실권을 장악하려는 내각책임제 개헌을 구상 모의하고 1950년 2월, 의원내각제 개헌안을 국회에 제출한 바 있었다. 그러나 국회에서의 표결 결과는 재석 179명 중 가 79, 부 33, 기권 66, 무효 1로써 재적 의원수 3분의 2에 미달하여 부결되고 말았던 것이다.

거기에 이어 이번에는 이승만의 주도로 직선제 개헌 작업이 임시수도 부산에서 진행되어졌다. 그러나 1952년 1월 28일 표결 결과는 재적 163명 중 가 19, 부 143, 기권 1로써 부결되는 참패를 당했다. 이와 같은 여세를 몰아 야권은 1952년 4월 국회의원 123명이 의원내각제를 골자로 하는 개헌안을 국회에 제출했다. 여기에 이승만은 당황할 수밖에 없었다. 이미 부결된 대통령 직선제 개정안을 5월 14일, 다시 국회에 제출했다.

그러나 직선제 개헌안이 국회에서 부결되자 원외 자유당과 그 방계 단체들은 국민회, 한청, 족청 등을 움직였다. 각 지방지부 조직원들을 동원했다. 1952년 1월 말부터 백골단, 땃벌떼, 민중자결단 등의 명의로 국회의원 소환 벽보와 각종 삐라를 뿌리는 등 공포 분위기를 조성했다.

그런 한편으로 전국애국단체 투쟁위원회 명의로 직선제와 양원제 지지 민의 데모, 가두시위를 벌리는 한편으로 국회 앞에서 성토대회를 열어 민의 반대 국회의원 소환 요구 연판장 등 광적인 이승만 지지 운동을 전국적으로 전개했다. 물론 이 운동에 경찰은 시종일관 방조하거나 방관하는 입장이었다.

이에 따라 국회에서는 반이승만 무드가 고조되면서 국회는 재적 183명의 개헌 정족수인 3분의 2보다 더 많은 123명이 내각책임제 개헌안을 제출하기에 이르렀다.

이렇게 국회내의 분위기가 내각책임제 개헌으로 기울게 되자 이승만은 새로운 수단방법을 모색하고 나섰다. 그래서 장면 국무총리를 해임시켰다. 그리고 장택상 국회부의장을 총리에 임명하는 한편, 윤치영, 이갑성 등 52명의 원내 자유당 의원을 자파세력으로 끌어 들였던 것이다.

이승만이 총리에 임명시킨 장택상은 국민들이 다 아는 친일가문 출신이었다. 그런데도 그는 미군정 세력을 업고 미군정의 수도청장, 초대 외무장관 등을 지내 왔었고, 또 이승만이 그를 총리에 임명시킨 것은 장택상이 끌고 있던 신라회의원 21명을 대통령 직선제 개헌을 지지하는 쪽으로 돌릴 수 있다는 계산 때문이었다.

세상을 그처럼 영리하게 살아가려 애쓰는 사람들에게는 한결같은 공통점이 있다. 가볍고 얕은 꾀와 잔재주가 그들의 삶의 방식을 이루고 있다는 점이다. 이승만의 계산은 그대로 적중되어 장택상은 그들을 이승만을 지지하는 쪽으로 돌렸고, 당시 발생한 서민호 사건을 빌미로 이승만 정권을 연장하는 데 앞장서고 나섰던 것이다.

이렇게 합법적으로는 개헌이 불가능하다고 생각한 이승만이었다. 그래서 정국이 혼란하다는 것을 이유로 부산시를 포함한 경남과 전남북 일부지역에 비상계엄령을 선포했던 것이다.

이러한 물리력 행사로 계엄사령부는 언론검열을 실시했고, 그 한편으로 내각 책임제 개헌촉진 주모자 체포에 들어갔다. 드디어 5월 26일, 국회의원 40여 명이 타고 국회에 등청하던 버스가 크레인에 끌려 헌병대로 들어가는 사건이 발생했다. 임홍순, 이용설, 서범석, 김의준 의원들이 피신하기에 이르렀다.

국회가 이쯤으로 혼란에 빠지자 이시영, 김성수, 김창숙, 장면 등 반 이승만 야당 원로들은 부산에서 '호헌구국선언대회'를 열어 이승만 독재에 대결하고 나섰다. 이것이 바로 이른바 국제구락부 사건이다.

이때 야당 의원들이 들고 일어났던 호헌구국선언대회는 그러나 그 결실을 얻지 못했다. 6·25기념석상에서 이승만 암살미수 사건이 일어났기 때문이다. 그로 하여 야당은 완전히 전의를 상실하게 되었다.

이때의 사건은 이승만 정권이 권력연장을 위한 정치파동이 몰고 온 결과였다. 사건은 부산 충무로 광장에서 열린 6·25기념식전에서였다. 암살미수로 현장에서 붙잡힌 범인은 당시 62세로 의열단 출신의 유시태였다.

그는 민국당 출신 김시현 의원의 양복을 빌려 입고 김 의원의 신분증을 소지한 채 유유히 기념행사장에 들어간 것이다. 그리고 이 대통령이 한참 연설을 하고 있을 때, 그는 2m쯤 떨어진 뒤에서 독일제 모젤 권총의 방아쇠를 잡아당긴 것이다. 그러나 격발되지 않았다. 거듭 방아쇠를 잡아 당겼으나 탄환은 여전히 나가지 않았다.

그때 그 옆에 서 있었던 경호 헌병이 달려들어 권총을 든 유시태의 팔을 침과 동시에 등 뒤에서 치안국장 윤유경이 달려들어 유시태를 꿇어 앉혔다. 이것이 이 대통령 암살미수 사건이었다.

이 사건은 과연 유시태가 이 대통령을 진실로 암살하려고 했던 것일까? 하는 많은 의문을 남겼다. 유시태는 헌병대로 끌려갔다가 곧 육군특무대로 이송되었다. 유시태는 법정

피난 정부를 따라 수십만명의 피난민이 한꺼번에 몰려든 부산은 순식간에 만원이 되어 「가장 지저분한 도시」로 변해 버리고 말았다.

수용소 피난민들을 상대로 우리 신성모 국방장관은 피난민들의 안정을 당부하며 전쟁전개 상황을 알리고 있다.

에서 '이승만 대통령에게 경각심을 주기 위해서 권총탄환을 일부러 물수건에 적셔 두었다가 불발탄을 만들었다'고 진술했다.

이렇게 살해 의사가 없었음을 주장한 이 사건의 배경을 두고 많은 논란이 일어날 수밖에 없었다. 물론 연루자로서 그에게 권총과 양복을 제공한 민국당 김시현 의원이 체포되었고, 뒤이어 민국당의 백남훈, 서상일, 정용환, 노기용 의원과 인천형무소장 최양옥, 서울고법원장 김익진, 안동약국 주인 김성규 등이 공범으로 체포되었다.

그리고 뒤 이어 정부는 이 사건을 민국당의 고위층으로까지 수사를 확대할 기미를 보였다. 견제세력인 민국당을 옭아매려는 빌미가 이 사건으로 주어진 것이기 때문이다. 그러나 뚜렷한 혐의사실이 드러나지 않자 더 이상 수사는 진전을 보지 못하고 그 선에서 그쳤다.

범인 유시태는 국가원수 살인미수 혐의로 구속기소 되어 언도공판에서 양복을 유시태에게 내어준 김시현과 함께 사형이 선고되었다. 그리고 민국당 김성규, 서상일, 백남훈 의원에게는 징역 7년, 6년, 3년이 각각 선고되었고, 최양옥, 김익진, 노기용에게는 무죄가 선고되었다.

사형을 언도 받은 김시현 의원은 1924년 사이토 총독과 총독부 과관들을 암살하기 위해 상하이에서 동양 최초로 제조한 시한폭탄과 권총을 반입하여 거사 착수 중에 발각되어 10여 년을 복역하기도 했던 사람이다. 해방이 되고 대한민국이 건국되면서 안동갑구에서 민의원으로 당선된 의원이었다. 그러나 김시현은 유시태와 사건을 모의하기 전 동지들에게 미칠 영향을 생각하고 의원직을 탈퇴했었던 것이다.

범인으로 붙잡인 유시태와는 같은 고향 사람으로 경북 안동 풍산면 출신이었다. 두 사람은 일제시대 상하이를 비롯, 해외 각처를 망명하면서 대일 테러를 함께 모의하기도 했던 의열단원으로 애국지사들이었다.

결국 이때 불발탄으로 미수에 그치고 만 대통령 암살사건은 이승만 정권을 이어가게 하는데 하나의 좋은 빌미를 만들어 준 것이나 마찬가지였다. 그로 하여 더욱 심해진 관제 데모는 6월 28일 국회의사당을 포위했다. 그리고 "반민족국회를 해산하라!"고 아우성쳤다.

그 시류를 타고 원외 자유당은 "진정한 민중의 소리를 들어야 한다!"고 외치면서 배은희, 박영출, 이갑성 의원이 주동이 되어 국회의 자진해산 결의안을 본회의에 제출했다.

이 같은 사태가 결국 이승만으로 하여 더욱 강경책을 쓸 수 있게 하는 그 구실의 빌미가 제공되어진 셈이었다. 국회해산을 단행하겠다는 위협은 마침내 '발췌개헌'으로 권력연장을 감행했다.

발췌라는 단어를 국어사전에서 찾아보면 '여럿 중에서 필요한 것을 추려냄'이라고 되어 있다. 이처럼 기묘한 단어를 활용하여 정치연장 도구로 삼은 것이 발췌개헌 사건이었다.

이 발췌개헌안은 1952년 7월 4일, 심야에 국회의원을 강제로 연행, 경찰 군대와 테러단이 에워싼 국회에서 기립표결로써, 출석 166명의 의원 중 가 163명, 기권 3명으로 강압적으로 가결되었다. 그리고 7월 7일 공포 시행되었다. 그리고 정국이 혼란하다는 구실로 선포되었던 비상계엄령은 28일 해제되었다.

이처럼 강행 통과시킨 발췌개헌안은 이승만 권력연장을 위한 사실상의 친위 쿠데타로 장택상 총리가 그 역할을 충실히 해낸 것이었다. 그러므로 1952년 8월 5일 실시된 첫 직선제 대통령 선거에서 이승만은 압도적으로 제2대 대통령에 당선될 수 있었다.

그 무렵까지도 전쟁은 국군이 북진하는가 하면, 다시 밀려 내려오는 그야말로 상황을 예측할 수 없는 전쟁의 와중에 있었다.

상호는 아버지의 연락을 받고 여수에서 배를 타고 부산에 도착하여 아버지와 상봉했다.

당시는 전시 중이었기 때문에 젊은 청년들은 모두 전장에 나가야 할 국민의무가 있었다. 아버지는 전장에 나가야 할 아들을 염려하신 것이다. 그래서 아버지는 그동안 친분을 맺어왔던 506 특무대 공작과장으로 있던 박 소령에게 아들을 부탁하고 상호를 불러 내렸다. 박 소령은 당시 36세였고, 그 506특무대 대장이 김창룡이었다. 그래서 상호의 신원보증을 박 소령이 섰고, 그로 하여 미군 8240 특수부대에 무난하게 들어갈 수 있게 된 것이다. 그때 상호의 나이 23세였다.

그때 아버지가 가지고 있던 연락선을 당시 미군 8242 특수부대에서 활용하고 있었다. 그 부대는 한국군을 좌우하는 공작부대였다. 그러한 인연으로 상호는 루트 사령관의 경호원으로 들어가게 된 것이다. 부대는 부산 충무동 한국군 헌병대 옆에 있었다. 당시는 영어를 제대로 구사하는 사람이 별로 없었을 때였다. 상호 역시도 처음에는 루트 대령과 의사소통이 전혀 불가능할 수밖에 없었다. 그런데 다행스럽게도 루트 사령관의 통역관이 와다나베라는 일본 사람이었다.

일제시대 교육을 받아온 상호였다. 그래서 일본어에는 능숙했던 관계로 사령관과의 의사소통은 그 부관인 와다나베가 얼마동안을 해주었다. 그리고 점차 영어를 익혀 그런 대로 의사소통을 할 수 있게끔 되었다.

그 즈음 아버지의 사업은 운영난에 봉착해 있었다. 뒤에서 자금을 지원해 주던 김영준 씨가 여순사건으로 사망하고, 뒤이어 일어난 6·25 전쟁은 아버지의 사업에 큰 타격을 입혔던 것이다.

그 당시 아버지는 건착선 6척과 연락선 1척을 여수에서 부산으로 옮겼지만 국방부에서 조업을 하지 못하도록 지시를 내린 것이다. 건착선은 근해에서 조업을 하는 것이 아니었기 때문이다. 조업을 하지 못하는 상태에서 선원들의 봉급은 매월 지불해야 했고, 거기에 따른 제반의 경비 문제로 난처한 입장에 처해 있었다.

그래서 생각다 못한 아버지는 광주에 있던 저택을 처분하도록 어머니에게 연락을 취하고, 우선적으로 고향집을 농협에 100만원에 저당하여 운영자금으로 활용했었다. 그러던 중에 어머니로부터 광주 집을 200만원에 처분했다는 전갈을 받고 아버지는 상호를 휴가 내어 올려 보냈던 것이다. 당시로서는 엄청나게 큰 액수였다.

그런데 아버지에게 행운의 여신은 그처럼 외면만 했던 것일까? 하필이면 상호가 고향집에 당도하기 그 전날 밤, 동네에 산 사람의 출몰이 있었다. 다급해진 어머니였다. 광주 집을 처분한 돈을 쌀독 안에 숨겨두고 있었기 때문이다. 그때 출몰한 산 사람들은 양식을 필요로 했던 것이다.

어머니는 쌀독 안에 숨겨 둔 돈 보따리를 먼저 챙겨들고 식구들을 채근하여 뒷동네에 살고 있는 장동 이모네 집 언덕 대나무 숲 속으로 피해 숨어들었다. 고향집은 섬진강을 앞으로 바라보고 있었고, 집 담장 뒤로는 지서가 있었기 때문에 섬진강을 끼고 출몰한 빨치산들과 지서와 격전이 붙은 상황에서 고향집은 그대로 총알받이였기 때문이다.

한동안 요란한 총격전이 붙다가 조용해졌었다. 경찰이 후퇴를 한 것이었다. 그러자 산 사람들은 그 동네뿐 아니라 그 인근 부락까지 올라와 샅샅이 뒤졌고, 마침내 식구들이 숨어있던 산 부락 동네까지 들어와 설쳐대고 있었다.

식구들이 숨을 죽이고 엎드려 있었을 때였다. 그때 다섯 살난 막내 상철이가 철없이 칭얼거렸다. 어머니는 그 소리가 새어 나가게 될 것이 두려워 얼른 막내의 입을 손으로 틀어막았다. 그러자 세상 모르는 철부지 막내가 울음을 터뜨리면서 몸을 비틀었다. 그 바람에 어머니가 안고 있던 돈 보따리가 데굴데굴 저만치 언덕 아래로 굴러가 버렸다.

그 언덕을 뒤로 병풍처럼 하고 있는 것이 이모집이었다. 그들은 그 동네에 들어와 먼저 제일 큰 이모집부터 앞뒤로 뒤지고 있었던 것이다. 구례 고을에서는 허완 씨하면 천석지기로 이름이 나 있었기 때문이다.

그들 앞에 생각지도 않았던 돈 보따리가 굴러 떨어지면서 횡재를 하게 된 산 사람들이었다. 더 찾아볼 것도 없다는 듯이 사라졌다. 기가 막힌 어머니와 식구들이었다. 집 한 채 값을 그대로 산 사람들 입에 넣어주고 말았기 때문이다.

상호가 도착했을 때는 그 사건이 일어난 다음 날이었다. 상호는 그 돈을 기다리고 있을 아버지를 생각하며 허탈해 했다. 아니 식구들 모두가 허탈에 빠져 있었다.

상호는 오래 머물러 있을 수가 없었다. 밤이면 언제 또 산 사람들이 출몰할는지 알 수가 없었기 때문이다. 그때 마침 순천에서 고모가 아들 용호를 더리고 와서 있었다. 그래서 함께 떠나기로 하고 구례 찬수역으로 나갔다. 그러나 기다리는 기차가 하루 종일 기다려도 들어오지를 않았다.

당시의 기차 편은 빨치산들이 급습을 하게 되면 운행을 하지 못했다. 그렇게 예측할 수가 없는 기차 편이었지만, 달리 어떤 교통수단이 없었기 때문에 기다려야 했다. 그때는 통행금지 시간이 7시였다.

열차 편을 기다리던 세 사람은 어쩔 수 없이 찬수 역 앞에 있는 여관으로 들어갈 수밖에 없었다. 그런데 그날 밤, 하필이면 빨치산들이 내려와 그 여관을 덮친 것이다.

불을 끄고 막 잠이 들려고 할 때였다. 방문 앞으로 요란스러운 발자국 소리가 들리면서 뒤이어 3발의 총성이 울렸다. 그와 동시에 그들은 누군가의 이름을 부르며 나오라고 소리를 질렀다.

다급해진 오빠였다. 어둠 속에서 먼저 벗어 둔 군복부터 감추어야 한다는 생각이 번개처럼 머리에 스쳤다. 벌떡 일어나 한쪽 천장을 뜯고 군복을 그 속에 감추었다. 그리고 방문 옆 방바닥에 납작 엎드려 숨을 죽였다.

그때였다. 다시 그들의 목소리가 방문 밖에서 크게 벼락을 치듯 들려왔다.

"김덕규! 네가 여기 투숙하고 있다는 것을 알고 왔다, 어서 순순히 나와라!"

그러나 투숙자들의 방에서는 아무런 기척이 없었고, 숨죽이는 공포

분위기가 잠시 흐르고 있을 때였다. 4발의 총소리가 다시 연발로 터지면서 그 옆방에서 여자의 자지러드는 비명 소리가 들려왔다.

그때쯤 조금 떨어진 곳으로부터 요란한 총성이 들려왔다. 구례읍에서 찬수역에 빨치산들이 급습했다는 연락을 받고 출동한 군경들이었다. 빨치산들은 그 총성을 듣고 바쁘게 구두 소리를 내며 사라졌다.

군경들이 여관에 당도했을 때는 옆방 여자의 비명 소리도 멎어 있었다. 그 방문을 열었을 때였다. 그 여자의 죽어 있는 젖무덤을 헤집고 칭얼거리는 세상 모르는 어린아이의 모습이 가슴을 뭉클하게 했다.

그날 아침 파출소에서 현장 조사가 나왔다. 그때쯤 상호는 천장에서 군복을 차려 입고 그들 앞에 나서며 말했다.

"파출소장이 누구요?"

그러자 앞에 건장하게 생긴 남자가 대답했다.

"나요."

"그럼 김덕규가 누구요?"

"나요."

그 대답을 하고 그는 조금은 머쓱해 하는 표정이었다. 그 날 밤, 파출소장 김덕규는 그 여관에 투숙해 가끔씩 그래왔듯이 자리로 마련해 둔 천장에서 쉬고 있었기 때문이다. 그런데 파출소장 김덕규가 그 곳에 투숙해 있다는 것이 빨치산들에게 밀고된 것이다.

파출소장 김덕규가 상호를 보고 물었다.

"아무튼 북새통에 탈 없이 살아서 반갑소, 우리 통성명이나 합시다. 이름이 뭐요?"

"나, 한상호요."

"으응, 우리 마누라도 한씬데?"

참으로 묘한 인연이었다. 구례 간전면 한천석 씨의 딸이 용인으로 시집을 갔다는 말을 할아버지로부터 들은 적이 있었다. 그런데 그 신랑이 바로 눈앞에 서있는 김덕규라니, 참으로 반가웠다.

두 사람은 그러나 그 날은 거기서 헤어졌다. 김덕규는 헤어지면서 다시 만나자는 약속을 하고, 경기도 용인집 주소를 자세히 적어 주었다.

상호는 그야말로 긴 목을 늘이고 기다리고 있을 아버지 앞에 허탈한 모습으로 나타났다. 소식을 전해 들은 아버지는 사업을 시기적으로 잘못 시작했음을 후회했지만, 이미 돌이킬 수가 없는 일이었다. 한 고비 태산을 넘고 나면 강이 있고, 그 강을 건너고 나면 또 눈앞에 막막한 바다가 가로막고 있는 것 같은 상황에 침통한 눈빛이 가늘게 떨리고 있었다. 그러나 잠시 후, 스스로를 위로하듯이 말씀했다.

"난리 북새통에 재산을 몽땅 이북에 두고 넘어 온 피란민들도 있고, 아직도 흩어진 가족들 생사를 모르는 사람들이 한둘이 아닌데, 거기에 비하면 그쯤이 대수겠냐, 식구들이 다 무사한 것만도 천우신조라고 생각해야지……."

그러나 자금난에 봉착해 있는 아버지의 얼굴은 어둡기만 했다. 그리고 얼마 뒤 어머니는 아버지를 찾아 부산으로 왔고, 식솔을 데리고 이사를 했을 때는 아버지는 적조하고 피폐한 부산 피란생활에서 허허로운 가슴을 위로 받으려 했던 것일까? 사업가로 이름난 여사장으로부터 자금 지원을 받게 되면서 사실상 동거생활에 들어가 있었다. 그 여사장은 당시 서면에서 양녀 하나를 데리고 혼자 살고 있는 과부였다.

그것이 어머니에게 있어서는 큰 충격이었겠지만, 그러나 할아버지 할머니를 비롯한 식구들은 오히려 아버지의 피난지에서의 생활을 조금은 이해하고 있는 입장이었다. 가산을 털어 시작했던 사업이 거듭된 재난으로 궁지에 몰리고 있었기 때문에 그 여자로 하여금 조금은 위로 받고, 또 의지해 보고 싶은 마음도 어느 정도는 있었을 것이기 때문이다.

그것을 보고 하늘이 각 사람에게 정해 준 운명이라고 하는 것인지도 모른다. 그처럼 아버지는 계획한 일마다 시기적으로 뒤틀려 갔지만, 그러나 끊임없이 도전하고, 끊임없이 실패하면서도 시작에서부터 심었던 자신의 땀과 의지와 그리고 설계를 재점검하며 미래를 향해 그렇게 열심히 뛰고 있었다.

14. 김일성의 대남 송금 10만 달러의 정체

1953년 7월 27일, 휴전협정이 이루어지면서 정부는 임시수도 부산에서 환도했다. 1953년 10월 27일이었다.

따라서 상호가 근무하던 미군 8240 특수부대도 서울로 올라왔다. 사령부는 서대문에 있었다.

그리고 루트 사령관의 숙소는 명륜동에 위치해 있는 50평 정도의 적산가옥으로 당시 비어 있던 이층집이었다. 환도 후의 서울의 모습은 황량하기가 그지없었다.

당시 서울은 주인을 잃은 빈 집이 많았다. 상호는 올라와 얼마쯤 지나고 다시 복학을 했다. 그때는 서울이 수복이 되었다고 하지만 아직 어수선한 때여서 모든 면에서 질서가 제대로 잡히지 않은 때였다. 그래서 학교는 복학하는 학생 수가 모자랐고, 그렇기 때문에 학생 출석 성적이 좋지 않더라도 적당하게 시험만 치루면 가능했던 시절이었다.

상호는 그렇게 적당하게 학교와 군복무 생활을 양립하면서 첩보요원으로 이북에 넘어갈 사람을 모집하러 다녔다. 조건은 이북의 지리적 사정에 밝아야 했기 때문에 고향이 이북인 사람이어야 했다. 그리고 조건이 맞아지면 당시 만이천원이라는 큰돈이 위험부담금으로 지급되면서 첩보요원으로 훈련을 받아야 하기 때문에 배를 타고 영종도로 보내졌다.

그리고 거기서 교육이 끝나면 각자 임무를 가지고 이북으로 보내졌는데, 임무 수행이 끝나면 지시대로 정해 준 시간까지 어김없이 약속 장소로 나와 있어야 접선이 되면서 다시 넘어올 수 있게 되는 것이었다.

거기서 임무를 마치고 살아서 넘어온 첩보요원들을 8240부대에서 조사 검토하여 그 자료를 미국으로 보내는 업무를 그 부대가 맡고 있었다. 그래서 살아 돌아온 첩보요원들의 몸수색을 가끔은 상호가 맡기도 했다.

그런 어느 날이었다. 고향이 이북 평양으로 첩보요원으로 보내졌다가 온 청년의 손이 무의식적으로 자주 허리춤께로 가고 있음을 발견한 상호였다. 그래서 옷을 벗겨 조사를 해보았지만 별 다른 것이 없었다. 다만 허리끈이 천으로 꼬아져 만든 것을 착용하고 있었다는 것 밖에는 다른 이상함을 발견하지 못했다. 그래서 그냥 지나치려다가 그 허리끈을 풀게 했다. 그리고 손끝으로 쭈욱 한 번 훑어보았다. 그런데 어느 지점에서 손끝에 만져지는 촉감이 이상했다. 조그만 무엇이 들어있는 것 같았다.

"응, 이게 뭐지?"

그러자 그 첩보요원의 낯빛이 순간 납색으로 변해지고 있음을 똑똑히 본 상호였다. 이상한 예감이 들어 칼끝으로 허리끈을 잘랐을 때였다. 꼬깃하게 말린 작은 종이 쪼박지 하나가 불거져 나왔다. 백악관이 그려져 있는 것으로 보아 분명히 달러 돈이 틀림없는 것 같았다. 그런데 이제까지 상호가 한 번도 구경해 본 일이 없는 처음 보는 것이었다. 거무스레한 검정색 바탕이었는데, 놀랍게도 100만$ 이라고 쓰여져 있었다.

첩보요원은 조사실로 넘겨졌고, 그 엄청난 달러 돈이 진짜인지 가짜인지를 확인하기 위해 미대사관으로 연락이 취해졌다. 미대사관은 시청 옆에 있었다. 그러나 그 달러 돈을 받아 든 미대사관 직원들조차도 어찌된 일인지 그 진의를 가려내지 못했다. 드디어 조사를 하기 위해 미국에서 3인의 조사반이 나왔다. 그들은 그 달러 돈을 큰 가방처럼 생긴 기구에다 쓰윽 집어넣었다. 검증결과 그 달러 돈은 120년 전에 미국에서 발행한 수표였다는 것이 밝혀졌다.

그 수표는 놀랍게도 소련이 카나다를 미국에 팔아넘길 때, 미 재무성에서 발행하여 소련에 넘겨 준 수표로 개인이 바꾸어서 활용할 수도 없는 무용지물이나 마찬가지였다.

그런 수표를 어떻게 하여 첩보원이 습득할 수 있었는가 조사가 시작되었다. 첩보원은 그 무용지물 같은 수표를 진짜로 알고 건네받고 오히려 이쪽의 정보를 건네주고 온 것이다. 그러니까 이중간첩으로 매수당한 것이었다.

그는 자기가 그토록 심한 바보였다는 것을 전혀 깨닫지 못하고 그 무용지물의 쓸모없는 종이 쪼박지를 마치 그 어떤 소중한 보물처럼 간직하며 한 동안은 가슴이 부풀어 있었을 것이 틀림없다.

이것이 사람들이 살아가는 삶의 현장으로 이보다 더한 어리석음도 곳곳에서 일어나기 마련이다.

그 즈음 루트 사령관 통역관으로 다시 발탁되어 들어 온 사람이 고향이 이북 평양 사람으로 송길호였다. 그는 일제시대 일본 와세다대학 영문과를 나왔다. 그와 상호는 루트 사령관의 통역관과 경호원이라는 관계에서 친하게 지냈다.

루트 사령관의 경호원 당시 한상호의 모습

그때 8240 특수부대 요원은 총 50명이었는데, 김창룡이 대장으로 있던 506 공작 부대에서 밀봉교육을 시켜 이북으로 넘겨 보낸 자들이 살아서 넘어 오면 모아 온 자료를 받아서 미국으로 보고하는 것이었다. 그래서 중국어, 일본어, 영어를 할 줄 아는 통역관들이 필요했던 것이다.

그러니까 그때가 8월, 어느 저녁 퇴근 무렵이었다. 통역관 송길호가 외출했다가 들어서는 상호를 보자 찾았다는 듯이 말했다.

"이보게 상호! 나하고 저녁에 함께 나갔다가 올 데가 있네."

"어디를 출타하시는데요?"

"그 참, 아무래도 찜찜하단 말야."

"뭐가요?"

그러자 송길호는 한참 무엇인가를 깊이 생각하는 듯하다가 입을 열었다.

"고향 친군데 사상이 좌익이었거든, 그 친구가 전쟁 중에 월남했다는 소식을 전혀 들어 본 적이 없는데 말야. 불쑥 연락이 왔지 뭔가. 좀 만나자는 게야, 아무래도 기분이 찜찜하거든 뭣 땜에 그러는지."

"피난 내려 온 것 아닐까요? 전쟁통에."

"절대 그럴 친구가 아니지, 좌익 골수 분자였거든. 아무튼 만나서 이야기 좀 하자는데 안 나가자니 좀 그렇고, 그래서 말인데 자네가 같이 가주어야겠네, 나와는 모른 척하고 저만치 떨어져서 말야."

"그러니까 경호를 맡아 달라 이 말씀이군요, 하하하."

상호는 대수롭지 않게 생각하고 크게 웃었다. 그리고 송길호 통역관이 보기보다는 소심한 사람이라고 생각했다. 상호는 군복을 벗고 사복으로 갈아입었다. 그리고 송길호 통역관이 시키는 대로 약속이 되어 있다는 부대 옆 술집으로 먼저 들어가 자리를 잡고 앉았다. 그리고 해장국한 그릇에 곁들여 소주 한 병을 시켰다. 허름한 선술집이었다.

그때 선술집에는 두 사람의 손님 밖에 없었다. 그들은 술과 안주를 시켜 놓고 누군가를 기다리고 있는 눈치였다. 상호는 직감적으로 송길호가 말한 그 친구일 거라는 생각이 들었다. 그래서 무심한 척 눈길도 주지 않은 채 소주잔을 홀짝거리고 있었다.

사이를 두고 이윽고 송길호가 선술집 안으로 모습을 나타냈다. 그리고 짐작했던 대로 그 사람들을 향해 반갑다는 듯이 손을 흔들어 보이며 말했다.

"어! 먼저 왔구만, 이게 얼마만인가? 반갑네."

"그래, 살아서 이렇게 만날 수 있다니 반갑네. 역시 자네는 소식 들은 대로 신수가 좋구만, 허허허.”

　송길호는 그들과 마주앉아 그동안의 안부를 주고받다가 정색을 하고 물었다.

　“그래, 어떻게 된 건가? 자네는 이북에 있을 것이라고 생각했는데 말야, 흐흥!”

　“허허 이북에 있을 사람, 이남에 있을 사람이 이 판국에 어디 따로 있는가? 이북, 이남 가르지 말게나. 전에도 말했지만 나는 같은 국가, 같은 민족이라는 것 밖에 모르는 사람 아닌가.”

　“그 참, 자네가 전쟁통에 월남했다는 이야기는 도무지 들어 보지를 못했는데 이렇게 만나니 반갑지 뭔가.”

　“내가 월남한 것이 그렇게도 궁금한가? 그야 자네처럼 먼저 내려 올 수도 있고, 이렇게 나중에 내려 올 수도 있는 것 아니겠나, 흠흠. 자네는 그 꼬장꼬장한 성미가 여전하네 그랴, 핫 핫 핫…….”

　그 친구라는 사람은 송길호의 본론적인 물음을 애써 피하고 호탕하게 웃어제꼈다. 그러다가 잠시 후 정색을 하고 말했다.

　“이보게 친구, 민족분단의 비극을 깊이 생각해 본 일 있나?”

　그러자 송길호가 그 말을 받아 말했다.

　“그래, 엄청난 비극이었네. 같은 피를 나눈 동족끼리 서로의 가슴에 총부리를 겨누어야 했다는 것 말일세. 이번 전쟁에서 얼마나 무고한 많은 생명들이 죽어간 줄 아나? 남북한 합쳐서 350만 명쯤에 이르는 희생자를 냈다고 하네. 그것이 인민을 위한다는, 그러니까 자네가 좋아하던 그 공산주의 사상 아닌가? 김일성이 전쟁을 도발함으로써 어찌된 줄 아나? 유엔으로부터 침략자라는 낙인이 찍히게 되었네, 어디 그뿐인가? 국제적으로나, 우리 민족적으로나 공산주의는 이제 가장 위험한 존재로 인식되게 되었단 말일세.”

　“모르는 소리하지 말게나. 도발을 하지 않으면 안 되는 이유가 분명히 있다고 들었네. 다시 말하면 우리 민족은 하나로 통일하지 않으면 강대국의 노예 밖에 안 된다는 것, 그래서 무력행사를 하기 전에 평화적인 대화로써 그 길을 열어 보려고 부단하게 노력했었다는 것을 자네가 모

특수부대 요원 당시 한상호의 모습(좌측)

르니까 그렇게 말할 수 있는 것이네. 왜 평화적인 대화를 열지 못했던 것인 줄 아나? 이남 지배자들의 사고는 공간사고거든, 흐흥! 말하자면 인간 정신을 중요시하기보다는 그가 어떤 감투를 쓰고 있는가를 중요시하고, 또 재산은 얼마며 집안은 어떤가, 이렇게 공간적 물질적 현상에 중점을 두고 있는 것이 미제국주의 민주주의거든 쿵! 그러니까 공간 사고는 내용보다 형식에 치우치고 인간의 고귀한 동기보다는 결과에 관심을 갖고 사회정의와 민족적 당위보다는 목전에 호의호식하는 것과 감투 쓰는 일과 돈버는 일, 그 자체만을 치중하다 보니까 지배자들이 감투싸움에 혈안이 되는 것 아니겠나. 그들이 언제 민족을 위하고 애국애족을 보여 온 대국자들이라는 말인가? 몽땅 미제국주의에 젖어 있는 매국노들이지. 일제시대 독립지사들을 잡아죽인 매국노들을 그대로 등용시키고 있는 남한 정부가 민족 통일의 대화를 열어가겠는가? 그처럼 밑둥까지 정신이 썩어 있는 남한 정부를 맹하니 바라보고 있는 것이 그럼 민족을 위한 옳은 일이라고 생각하는가?"

그의 이 같은 가만한 열변에 송길호는 말문이 막힌 모양이었다. 술잔을 비워 건네주며 말했다.

"아직도 자네의 사고는 여전하구만……."

"그 참, 그런 의식도 없다면 우리 민족은 영원히 구제불능 아니겠나, 흐흥. 그야말로 강대국 발밑에 엎드려 놀아나는 꼴들이라니! 그게 바로 얼빠진 노비 근성이 아니고 뭐이겠나, 국가와 민족은 어떻게 되든 말든 뱃가죽만 불리면 된다는 유치한 사고 말일세. 그 유아적인 사고를 벗어나지 못하고 있는 것이 남한 정부 지도자들이지, 그러니까 전쟁의 와중에도 국민들 앞에 보여준 것이 어떤 모습이었나. 자네도 지성인이니까 곰곰이 잘 생각해 보게나, 기가 막힐 테니까."

그 같은 친구의 이야기를 송길호는 듣고만 있었다. 술잔만 기울이다가 얼마 만에 입을 열었다.

"하지만 김일성이가 무력 남침한 것만은 옳지 않았다고 생각하네."

"허어 그래, 평화적으로 대화를 열자고 해도 외면해 버리는 데야 물리적인 방법을 취할 수밖에 없지 않겠나."

"언제 김일성이가 평화적인 방법으로 대화를 열자고 했다던가? 나는 금시초문일세."

그러자 그 친구는 잠시 사이를 두었다가 입을 열었다.

"사실 내가 자네를 찾아 온 것은 자네의 도움을 받고자 왔네, 도와주겠는가?"

"내가 자네를 도울 수 있는 일이라는 것이 도대체 뭔가?"

"어려운 일이 아닐세, 지금 자네 부대가 있는 자리 말일세, 그 마루 밑 땅을 파고 전쟁이 나기 전, 십만 딸라를 묻어 둔 사실이 있네. 그것을 찾아만 주시게, 그럼 자네에게 크게 사례하겠네. 자네가 마침 그 부대 통역관으로 있다는 것을 알고 믿고 찾아 온 걸세."

"이게 무슨 소린가? 언제 뭣 땜에 자네가 그 엄청난 돈을 거기에다가 묻어 두었다는 말인가? 나는 도무지 이해가 안 가네."

"그거야 나랑 함께 가서 확인해 보고 나서 자초지종을 이야기해도 늦지 않네, 그렇게 해주겠는가?"

"아니 같이 들어가자는 말인가? 그건 안 되네, 거기가 어디라고……."

송길호는 단호하게 거절했다. 그러자 잠시 사이를 두고 그 친구가 다시 입을 열었다.

"그것이 어렵다면 자네가 지금 들어가서 확인만이라도 해주시게."

"그야 어렵지 않지만 글쎄, 나는 처음 듣는 소리라서 그러나 아무튼 가서 확인은 해 보고 오겠네."

"그래 주시겠는가? 찾기만 하면 평생 자네가 편안하게 살도록 사례해 줌세, 분명히 약조하네."

테이블을 사이에 두고 그들의 이야기를 훔쳐 듣고 있는 상호였다. 도무지 그 엄청난 돈을 무엇 때문에 그들이 거기에 묻어 두었다는 것인지 얼핏 이해가 가지를 않았다. 그러나 그들이 하는 이야기로 보아 이북에서 넘어온 간첩들일 것이라는 쪽으로 심증이 굳어지고 있었다.

송길호가 확인해 보고 오겠다며 밖으로 나갔다가 얼마 후에 다시 돌아왔다. 초조하게 송길호가 나타나기만을 기다리던 두 사람은 송길호가 들어오자 채 앉기도 전에 대뜸 물었다.

"찾아보았는가?"

"예끼 이 사람아! 딸라 비슷한 종이 쪼박지 같은 것도 없던데, 자네가 지금 날 놀리나?"

송길호는 정말 그렇게 생각하고 있는 모양이었다. 조금은 볼멘 소리를 하고 있었다. 그러자 그 친구는 그럴 리가 없다는 눈빛으로 송길호를 조금은 의심스럽게 건너다보며 말했다.

"거 이상하네, 분명히 마루 밑에 묻어 두었다고 했는데……. 누가 거짓말을 하는지 모르겠네."

"그러니까 자네가 직접 묻은 게 아니었든가?"

"……."

그러자 잠시 동안 말없이 송길호를 뚫어져라 쳐다보고만 있던 그 친구는 얼마만에 무겁게 입을 열었다.

"뭘 숨기겠나. 사실은 그 딸라 돈은 남한 정부 이승만에게 평화적으로 대화를 열어 보자고 북에서 내려보냈던 돈일세. 남한 국민들은 너무나 모르고 있는 것이 많네. 그것은 미군정을 업고 자신의 권력 연장만을 위해 혈안이 되어 있는 그 협잡배들 때문이지. 우리 민족은 자주 국가로 남북이 힘을 합해서 통일을 해야 하지 않겠나. 분단 문제를 미·소간의 흥정의 산물로 돌려서는 안 된단 말일세. 우리는 과거 나라를 잃고 우리 민족이 식민지 노예로 얼마나 불행했던가를 다시 상기하지 않으면 안 된다는 말일세. 일제의 식민지 노예 생활을 오래해 오다 보니까 우리 민족 국민성이 강한 세력을 지나치게 의식하는 나머지 우리 자신의 민족적 의지나 역량을 과소평가하려는 경향이 있는 것이 사실 아니던가. 이것은 앞으로의 조국통일을 위해서 도움이 되지 않는다는 말일세, 자네가 어느 나라 어느 민족에 조상 뿌리를 두고 있는가. 통일을 하자는 데 힘을 합치자는 말일세. 지금 이 나라 운명은 젊고 의식 있는 우리 젊은 이들에게 달려 있네. 전에도 내가 자네에게 말했던 것처럼 자본주의 허점을 바로 남한 정부가 그 실상을 보여주고 있지 않은가 말일세. 제각기 자신만 잘 되겠다고 하는 이기주의와 황금만능주의에 빠져 나라야 어찌 되던, 또 남들은 어떻게 어떤 상태에 빠지던 잔인할 정도로 자신만의 성공과 출세를 위해 치닫고, 각자 자기 자신만의 이해관계만을 위해서 신경을 곤두세우고 정치를 하잖는가 말야. 그들이 민족과 나라를 생각한다면 그런 모습을 하겠는가? 모두 위선자들이지. 위선이란 일종의 타락이라고 했네. 타락한 자들이 국가와 민족을 생각하겠나? 어림도 없지 쿵! 내가 여기서 길게 얘기하지 않겠네. 사실 그 돈 십만 딸라는 우호적으로 평화 통일을 해보자고 선교사를 통해서 이승만에게 갖다 주라고 북에서 내려보낸 것이었다네. 말하자면 미국을 믿지 말고 우리가 자주적으로 독립하자는 뜻이었지 않겠나. 그런데 울리는 메아리조차도 없었으니 분개할 수밖에 더 있었겠나?"

송길호는 처음 들어보는 엄청난 이야기에 놀랐는지 한꺼번에 쏟아 물었다.

"십만 불이라? 그게 사실인가? 아니 그게 도대체 언제 있었던 이야긴가? 지금 정부가 환도해서 올라온 지도 불과 얼마 되지도 않는데 도무지 무슨 말인지 나는 지금 이해가 안 되네."

그들의 주고받는 이야기를 훔쳐 듣고 있는 상호 역시도 얼른 납득이 되질 않는 이야기였다. 그러나 분명해지는 것은 임무를 띠고 남파된 간첩이라는 생각에는 틀림이 없었다. 술을 마시는 척하고 더욱 그 쪽으로 귀를 붙들어 맸다.

송길호의 친구는 아무래도 믿어지지 않는다는 표정으로 고개를 갸우뚱거리다가 정색을 하며 말했다.

"그럴 티가 없어. 거짓말을 했을 때는 살아남지를 못한다는 것을 아는데 그 신부가 거짓말할 턱이 없지."

그 말에 송길호가 불쾌하다는 듯이 말을 받았다.

"그렇담, 내가 자네한테 지금 거짓말한다고 생각하는 건가?"

"이건 분명히 뭔가 잘못된 거야. 신부가 거짓말을 할 상황이 아니니까. 내 솔직히 이 마당에 다 털어놓겠네."

그리고 그는 그 어떤 결심을 크게 한 듯 자초지종을 털어놓기 시작했다.

"그 돈은 여순반란이 일어났을 때 순천에 있는 손양운 목사 아들 둘이 좌익들 손에 죽었지 않은가. 그런데 진압군이 들어와서 그 아들 죽인 좌익을 체포해서 총살시키려고 한 일이 있었다는 것은 자네도 들어서 알고 있으리라고 믿네. 그때 그 손 목사가 사령관을 찾아가서 부모 죽인 원수까지도 사랑하라는 것이 기독교 정신이니 이 기회에 기독교 선교사업을 복음화 하겠소, 해서 이승만이 사면 조치를 했다는 것 아니겠나. 여기에 북에서는 크게 감동을 받았고, 그렇다면 기독교 정신으로 평화통일을 이룰 수 있겠구나, 해서 신부를 통해서 기독교 선교사업에 쓰라고 십만 불을 내려보냈다네. 그런데 몇 달이 지나도 이승만으로부터는 고맙게 잘 받았다는 인사 한 마디도 없고 싹 무시해 버렸다는 말씀이야, 괘씸할 수밖에. 더는 평화적으로 대화가 안 되겠다고 생각한 거지. 그래서 무력으로라도 적화통일해 보고자 한 거고. 흠흠 그래, 내려왔을 때 결국 그 신부를 붙잡아 올라갔는데, 알고 보니 이승만이와 교량 역할을 해주겠다던 이기붕이가 조금만 기다려라, 기다려라, 해서 그렇게 몇 달이 지나버렸다는 게야. 그래 그 돈은 어디 두었느냐고 하니까 신부가 살고 있던 마루 밑에 묻어 두었다는 것 아니겠나. 그래 그 진실 여부를 확인하러 보냈지만, 이미 사령관 숙소로 변해 있고, 자네가 마침 그 통역관으로 있다고 해서 내가 이렇게 위험을 무릅쓰고 온 걸세. 어떻든 방법을 찾아 통일을 해보자고 한 것인데, 안 그런가? 도와주시게."

"그 참, 도무지 믿어지지 않는 말이구만. 그렇다고 자네가 지금 헛소리하자고 날 찾아 온 것도 아닐 테고."

그 말을 뒤에서 훔쳐 듣고 있던 상호의 두 귀는 쫑긋해질 수밖에 없었다. 여순사건이 일어나고 순천에서 있었던 손양운 목사에 대한 이야기를 고모를 통해 직접 들은 일이 있었기 때문이다.

여순사건이 일어나기 직전, 순천 역시도 학생들 간에 좌, 우익으로 나누어져 치열한 사상 논쟁은 언제나 몸싸움으로까지 번지고 있었다는 것은 너무나 잘 알려진 일이다.

좌익 학생들은 환경론에서 무신론, 무신론에서 유신론, 유신론에서 결정론, 결정론에서 자유의지론, 자유의지론에서 사회계급론, 자유와 핍박, 착취와 노동 등을 논제로 삼았고, 우익에 속하는 기독학생들은 사랑과 용서와 화해, 박애와 평등, 속죄와 구원, 천국사상의 기원, 산상보훈에 나타난 역설적인 파라독스의 종교 등을 내세워 논쟁을 했다.

이러한 사상 논쟁은 서로가 서로를 이기려고 우겨대다가 주먹이 오고갔고, 마침내는 일대격투가 벌어지기도 했다. 그럴 때면 선생들이 뛰어들어왔지만 좌익 학생은 우익 쪽 사상을 가지고 있는 선생을 구타하고, 우익 학생은 좌익 쪽 성향을 가지고 있는 선생을 구타하는 난극이 벌어지기도 했었다. 그러한 학생들 간에 사상 논쟁은 유도하는 학생들에 의해 창밖으로 내던져지는 사태까지 벌어졌다. 그래서 교무회의에서는 좌익 선생은 우익 학생을 벌주어야 한다고 매도했고, 우익 선생은 좌익 학생을 처벌해야 한다고 매도함으로써 학생들이 동맹휴학을 들어가는 사태가 벌어지면서 급기야는 교장이 정체불명의 괴한들에게 끌려가 구타를 당하고 사표를 내기도 했던 것이다. 이렇게 좌, 우익 학생들로 나누어져 학교가 심각한 상태에 빠져 있을 즈음 여순사건이 터진 것이다.

여순사건이 나고 좌익 학생들에게 붙잡혀 간 손양운 목사의 두 아들이 손동신, 손동인이었다. 죽었다는 소식이 전해진 것은 진압군이 순천에 들어오기 하루 전 날인 25일이었다.

손양운 목사는 두 아들의 시신이 운반되어 왔을 때, 두 아들을 한꺼번에 잃어 버린 충격에 넋이 나가 있었고, 온 집안 식구들은 물론, 손 목사가 돌보고 있던 애양원 나환자들까지도 통곡의 울음바다로 변했다. 그리고 두 아들의 시신은 가족과 애양원 청년들의 떠나보내는 애절한 찬송과 기도 속에 안치 되었다.

그런데 상황은 바뀌어 진압군이 순천에 들어오게 되었다. 진압군이 치안을 맡았다. 그러나 지역 사정에 어두운 진압군으로서는 지역 사정에 밝은 지방 우익들의 도움이 필요했다. 좌익 사상자들의 색출작업이 시작되면서 그 보복은 만만치 않았고 더 없이 참혹했다.

그때 순천은 우익 학생과 기독학생들로 학생연맹이 조직되었는데, 학생연맹에서 내려진 판단은 진압군에 의해 거의 받아들여지면서 우익 인사 처형에 앞장섰던 자는 즉석에서 곤봉과 개머리판으로 때려 죽였다. 여기에서 백두산 호랑이로 이름난 김종원 대장이 일본도를 휘둘러 수십 명을 즉석에서 참수하는 솜씨를 보인 것이다.

그 색출 작업 이틀째 되는 날, 손양운 목사의 두 아들을 끌고 가서 총살시킨 좌익 학생 강철민이 붙잡혀 온 것이다. 그가 두 아들을 끌고 가서 총살했고, 또 죽은 후 확인 사살까지 했으며, 시체를 끌어다가 중학교 앞 신작로에 버렸다는 사실까지도 확인했다. 그래서 강철민에 대한 판결문에는 '악질―사형' 이라는 글씨가 뚜렷이 적혀 있었다.

아들을 죽인 범인이 체포됐다는 소식을 전해 듣고 손 목사는 애향원을 출발해 순천으로 향했다. 그리고 먼저 찾아간 곳이 나덕환 목사였다. 그때 마침 상호의 고모가 그 자리에 있었다고 했다.

손 목사의 부탁은 아들을 죽인 범인 강철민을 구해달라는 부탁이었다고 한다. 그것이 원수까지도 사랑하라는 그리스도 예수님의 복음이 아니겠느냐는 부탁에 감동한 나덕환 목사였고, 고모 또한 감동했었다는 이야기였다.

그 길로 나덕환 목사는 밖으로 나가 강철민을 구제해 내려 했으나 범인 강철민은 악질로 낙인이 찍혀 있어 구해 내기가 쉽지 않았다. 담당 대령은 사정을 하는 나덕환 목사를 오히려 귀찮다는 듯이, 오히려 군무 집행 방해자, 국가치안 방해자, 좌익 가담 옹호자 운운하며 끄떡도 하지 않았다. 그리고 그는 대통령의 사면조치가 있기 전에는 자기 임의대로 사면조치를 할 수가 없다고 책임을 회피해 버렸다는 것이다.

어쩔 수 없이 허탈하게 돌아설 수밖에 없었던 나덕환 목사와 손양운 목사는 그렇다면 대통령에게 탄원서를 낼 터이니 그 회신이 올 때까지 만이라도 사형을 중지시켜 달라고 부탁을 했다.

그리고 돌아온 손양운 목사는 이 대통령에게 아들을 죽인 원수를 이 번 기회에 살려내어 그리스도 사랑의 말씀을 복음화하려 한다는 진정서 를 냈고, 그로 하여 사면조치가 내려진 것이라고 했었다. 그때 이 대통 령의 특별 사면 조치에 김일성은 감동을 했다는 것이다.

그렇다. 권력자는 권력 대신에 자비를 행할 때에 가장 위대하다는 말 이 있듯이, 김일성은 그러한 기독교 정신대로라면 남북 대화를 열어갈 수 있겠다고 생각한 것이었을 게다. 그래서 당시 미국에 거주해 살고 있 던 신부를 통해 남한정부와 우호적인 평화 협상을 그러한 기독교 정신 을 중심으로 열어 보고자 의도했던 자금이라는 말인 듯했다.

그때 신부가 그 자금을 가지고 내려와 거주해 있던 집이 바로 명륜동 1가 58번지 3호였는데 신부가 들어가 살기 전, 남북교통주식회사 사장 집이었다고 한다. 그러다가 신부가 임무를 수행하기 위해 인수를 했던 것인데, 그 임무를 수행하지 못한 상태에서 인민군에게 붙들려가고 빈 집으로 있었다.

그런데 환도가 되고 그 빈 집을 하필이면 미군 4280 특수부대 사령관 이 거처하고 있게 된 것이다. 그 사령관의 통역관이 이북 사람으로 송길 호였다. 그래서 이북에서는 그와 친분이 있는 사람을 찾아 남파시켰고, 그를 회유하여 신부가 말한 것이 어디까지 사실인가를 확인하려 했음을 다음에 알게 된 사실이었다.

그 돈은 신부가 일본을 경유해서 4월에 받아가지고 들어 온 것이라고 했다. 그 당시 이기붕이 국회의장으로 있었을 때였다. 신부는 이기붕에게 이 대통령과 연결해 줄 것을 거듭 부탁을 했었지만, 정국이 어지럽다는 이유로 계속 기다려 달라는 말뿐이어서 신부는 그로부터 3, 4 개월을 초조하게 기다려 오다가 6 · 25가 나면서 붙잡혀 간 것이라고 했다.

그러니까 이북으로부터 책임이행을 하지 않았다는 추궁을 받게 된 신부였고, 그래서 그 친구는 사실 여부를 확인하기 위해 남파된 것 같았다.

하지만 그 마루 밑에는 아무것도 없었던 것을 확인하고 돌아온 송길호였다. 실없는 짓이었다는 듯이 말했다.

"신부가 거짓말하지는 않았을 테고, 집 번지수를 잘못 알고 온 것 아닌가?"

"이보시게나, 그렇게 집 번지수조차 어림짐작으로 찾아 온 것이라고 생각하나? 방법은 하나밖에 없네, 자네라면 어떤 방법으로든지 나를 그 집으로 들여보내 줄 수 있지 않겠나. 잠깐이면 되네, 같이 가서 찾아보도록 해주게."

"글쎄, 신분증 제시를 하지 않고는 쥐새끼 한 마리도 얼씬할 수 없는 것을 어쩌겠나, 미안 허이."

그러자 사내는 더는 할 말이 없다는 듯이 일어나 술값을 지불하고 밖으로 나가 버렸다. 송길호가 그 뒤를 따라 나가면서 말했다.

"너무 서운하게 생각하지 말으시게, 경계가 삼엄하니 낸들 어쩌겠나."

상호가 그 뒤를 따라 나왔을 때는 밖은 어둠이 짙게 깔려 있었다. 상호가 그들과 저만치 사이를 두고 따르고 있을 때였다. 앞서 걷던 두 사람 중에서 한 사람이 어둠 속에서 재빠르게 그 옆 전봇대를 기어오르는 것이 눈에 들어왔다. 상호는 술이 들어가서 아마도 객기를 부리는 줄로만 생각했었다.

그런데 순간 그 사내는 전신줄을 끊어 쥐고 내려왔고, 그 친구는 송길호를 끌어다가 전봇대에 세웠다. 그리고 두 사람이 약속이나 한 듯이 번개처럼 합세하여 송길호를 전신줄로 묶는 것 같았다.

상호가 뛰어가 손을 써 볼 그런 여유조차 없이 순간적으로 일어난 일이었다. 그들이 도망가고 상호가 달려갔을 때는 송길호는 감전으로 죽어 땅에 눈을 희번이 뒤집고 있었고, 그 전신줄만 전봇대에 늘어져 있었다.

겁이 덜컥 난 상호였다. 그 앞뒤 상황을 너무나 잘 지켜 본 증인이었기 때문이다. 발설을 했을 때는 무사하지 못할 것이라는 생각에 그대로 입을 다물어 버리기로 했다. 그래서 부대에서는 송길호 통역관이 술을 먹고 오다가 넘어져서 죽은 것이라고 소문이 돌았다.

하지만 그 사건의 현장에 있었던 상호는 여간 마음이 무겁지가 않았다. 그런데 그 일이 있고, 9월 중순쯤 부대는 효창동 2번지로 옮겼다. 그리고 사령관의 숙소는 원효로에 있는 청기와 집으로 옮기면서 상호의 마음이 조금은 가벼워질 수가 있었다. 송길호가 죽었던 그 길을 어쩔 수 없이 지날 때마다 그 환영이 되살아나곤 했었기 때문이다.

부대가 효창동으로 옮기고 얼마쯤 지났을 때였다. 포로교환으로 문제의 신부가 내려오게 된 것이다. 그때 이북으로 돌아간 첩보원들이 돈의 출처를 확인하지 못하고 돌아오자 이북에서는 포로교환으로 하여 신부가 직접 확인하도록 조처를 취한 것이었다.

그래서 다시 돌아온 신부는 그때 40세였다. 신부가 묻어 둔 마루 밑을 파 보았을 때는 가방은 통째로 사라지고 그 자리는 텅 비어 있었던 것이다. 이미 관리사는 오리무중으로 행방불명이었고, 할 수없이 신부는 정부에다가 그 사실을 진정서로 냈던 것이다. 그러므로 그 돈이 반입되어 들어오게 된 경로가 밝혀졌다. 그 돈은 김일성의 지시로 일본 재일교포들이 만들어 신부에게 건네준 것이라고 했다.

그처럼 엄청난 돈이 행방불명된 것에 정부에서는 관리사를 잡아내기 위해 수사기관을 총동원하여 수사망을 폈지만 겁을 먹고 꼭꼭 숨어 버린 관리사를 끝내 찾아내지 못했다. 지금처럼 주민등록이 있던 시절도 아니었고, 더구나 어수선했던 시국이었기 때문이다. 그래서 그 사건은 결국 정부에서도 포기해 버리고 말았던 것이다.

그런데 그 달러 돈을 훔쳐간 범인을 어느 날 상호가 우연하게도 찾아내게 된 것이다. 그때 그 부대에 중국어 통역관이 있었다. 그 역시도 이북 사람이었다. 그가 외출을 하고 돌아와서 무심코 흘리는 말이었다.

"그 참 알 수 없는 일이란 말야, 지나 내나 이북에서 불알 두 쪽 달랑 달고 넘어 왔는데 그처럼 천석군 만석군 부럽지 않게 살고 있는데 도대체 이해가 안 간단 말씀야. 피란민들이 환도하기 전에 빈집털이를 한 사람들이 많았다고 하더니 그 친구 빈집털이를 했나? 그래도 그렇지 황금 덩어리를 줍지 않구서야 그럴 수가 없거든, 분명히 어떤 횡재를 한 게야."

그가 흘리는 말에 상호는 퍼뜩 신부가 묻어 두었다는 그 달러 돈이 뇌리를 스쳤다. 그래서 지나는 말로 한 번 해보았다.

"혹시 그 십만 불하고 연관이 있는 것 아닐까요? 김창룡 특무대장에게 한 번 이야기해 보시지요. 갑자기 천석군으로 살게 된 원인을 알아보라고 말입니다."

그러자 중국어 통역관은 심드렁하게 말했다.

"목숨만 걸고 둘이 넘어온 친군데 이렇든 저렇든 나야 상관할 게 무에 있겠나, 수양산 그늘이 광동 팔십리라는 말도 있는데 친구 잘 살면 좋은 것 아니겠나, 이렇게 걸판지게 술도 얻어먹을 수 있고 말야, 흐흐흐."

그러나 상호는 어쩐지 그쪽으로 자꾸만 심증이 굳혀졌다. 그 사람이 영어 통역관으로 근무했었다는 사실이 더욱 그 쪽으로 의심이 가게 한 것이었다.

그때 김창룡이 맡고 있던 506특무대는 충무로에 있었다. 그 부대와 8240부대는 밀접한 관계에 있었기 때문에 대장 김창룡은 퇴근 시간이면 상호가 있는 8240부대를 어김없이 들러 가곤 했다.

그 이튿날이었다. 퇴근 무렵이 되자 김창룡 대장이 모습을 나타냈다. 상호는 그 이야기를 해야겠다고 생각했다.

"대장님 잠깐 드릴 이야기가 있습니다."

김창룡 대장은 뜨막하게 상호를 쳐다보며 다음 말을 기다렸다.

"저 중국 통역관 친구가 말입니다. 3·8선을 넘어올 때 그야말로 빈손으로 넘어왔다는데 지금 천석군 부럽지 않게 살고 있다니, 혹시 그 딸라 돈 십만불하고 연관이 있는 것이 아닐까요? 수사력을 동원해서 자백을 받아 보시지요, 아무래도 심증이 그 쪽으로 가거든요, 영어 통역관을 했었다니 말입니다."

"그으래? 알았네."

그렇게 해서 김창룡은 중국인 통역을 통해 그 친구 집 주소를 확인하고 조사에 들어갔다. 그를 체포하여 물고문, 전기고문까지 시도한 그 일주일만에 드디어 자백을 받아냈다. 김창룡으로서는 커다란 수확을 올린 것이다. 김일성이 이승만에게 갖다가 주라는 미화 10만 달러 사건의 실마리를 찾아냈기 때문이다.

그가 마루 밑에 묻어 둔 10만 달러를 손에 넣을 수 있게 된 동기는 이러했다. 신부가 인민군에게 붙잡혀 가고 집은 관리사 혼자 지키고 있었다. 심심하던 관리사는 주인이 당부하고 간 그 문제의 가방이 생각난 것이다. 도대체 신부가 무엇을 그렇게 소중하게 감추어 두었기에 그 옷가방만큼은 손을 대지 말라고 했던가. 그것이 여간 궁금해진 것이 아니다. 그래서 조심스럽게 마루 밑에 묻어 둔 그 옷가방을 열어 본 것인데 거기에는 황금 보석도 아닌, 그야말로 꼬부랑 글씨로 된 책 같은 것이 잔뜩 들어 있는 게 아닌가.

관리사가 보기에는 별 것도 아닌 것으로 생각된 것이다. 그러면서도 그게 그처럼 소중하게 간직하고 신부가 끌려가는 순간까지도 당부를 했던 것이 아무래도 궁금해져서 마침 그 옆집에 살고 있던 영어 통역관을 불러다가 내보인 것이다.

"이게 도대체 뭐요?"

통역관은 그만 눈이 '확' 뒤집힐 수밖에 없었다. 그러나 순간 딴 마음이 들어간 이 통역관은 별 거 아니라는 듯이 관리사를 보고 말했다.

"이건 영어를 배울 때 쓰는 영어 콘사이스라는 거요, 이게 어디서 났소?"

그래서 무식한 관리사는 아무 생각 없이 신부가 당부하던 이야기와 그 묻힌 장소를 이야기 해버린 것이 화근이었다.

그 뒤, 이 통역관은 생각한 것이 있었기 때문에 밤마다 술과 안주를 사 들고 들어와 관리사를 만취하게 했다. 그리고 야금야금 그 많은 달러를 몽땅 훔쳐내고 그대로 종적을 감추어 버린 것이다.

그 사실을 까마득히 모르고 있었던 관리사였다. 밤마다 오던 통역관이 그 며칠째 보이지를 않자 그 집을 찾아간 것이다. 그런데 그 집은 이미 텅 비어 있는 것이 아닌가.

이상한 예감이 든 관리사가 그 가방을 꺼내 보았을 때는 텅 비어 있었다. 겁이 날 수밖에 없는 관리사는 그 길로 고향 경상도 영천으로 도망쳐 숨어 버린 것이다.

그 범인을 상호의 신고로 찾아냈을 때였다. 범인은 그 돈을 깊이 숨겨두고 야금야금 바꾸어 서대문에다가 거창한 저택도 마련하고 그야말로 호의호식하고 있었는데, 벌써 그 돈에서 3분의 1정도를 바꾸어 쓰고 나머지를 땅에 묻어 두고 있었다. 그때 10만 달러이면 지금 돈 일조가 넘는 가치의 액수인 것이다.

그 엄청난 액수를 김일성은 이승만에게 보내어 기독교 선교사업에 쓰라고 내려보냈던 것은, 물론 북측이 당시로서는 남한보다 경제력이 나은 편이기도 했지만, 그렇게 평화적인 방법으로 남북대화를 열어 민족 자주독립 국가를 만들어 보자는 우호적인 통일공작금이었던 것이다.

하지만 일신의 영달만을 위하여 치닫는 이기붕은 그러한 남북협상을 반가워하지 않은 것이다. 일시적인 그의 성공이 통일됨으로 무산되어 버릴 것이 두려웠기 때문이다.

그것이 얼마나 큰 어리석음인가를 그는 알지 못한 것이다. 그래서 자신이 남보다 뛰어나며 재기(才氣)가 번뜩인다는 그의 착각은 그로 하여 남북대화를 단절케 하고, 많은 이 땅의 선량한 목숨들을 그처럼 죽어가게 한 것이다.

그처럼 엄청난 문제의 돈, 10만 달러를 상호가 찾아낸 것이다. 그런데 그 되찾은 딸라 돈이 다시 화근이 된 것이다. 김창룡이 그 찾은 딸라 돈을 루트 대령에게 갖다가 주어 버렸기 때문이다.

그 돈은 엄연히 김일성이가 이승만에게 전해 주라는 돈이었다. 그런데 김창룡은 상호가 귀띔한 것이 루트 사령관의 지시에 의한 것인 줄 알고 그 돈을 바로 루트 사령관에게 건네 준 것이 이 후 말썽이 되었다. 그러나 그 어마 무시한 돈이 8240부대로 굴러 들어오자 루트 사령관은 이승만 박사를 만난 자리에서 이렇게 말했다고 한다.

"대한민국 애국자는 김창룡이 밖에 없습니다, 내가 떠날 때는 내가 살고 있는 청파동 집을 김창룡에게 주고 가겠소."

당시 루트 사령관이 살고 있던 집은 친일파 거부가 살았던 집으로 용산구 원효로 1가 17번지의 4호였다.

그 일이 있고 얼마쯤 지난 4월 어느 날이었다. 상호는 퇴근을 하고 지난날 백운산에서 생명을 구해 주었던 그 김종부와 연락이 되어 만났다. 두 사람은 지난날의 아슬했던 이야기로 주거니 받거니 거나하게 술을 마셨다.

그때 상호는 통행금지 시간에 제한을 받지 않았다. 루트 사령관의 경호를 맡고 있는 신분증이 있었기 때문이다. 그래서 취한 종부를 숙소까지 데려다 주고 루트 사령관의 숙소로 귀가할 때는 거의 12시가 임박해 있었다.

상호는 생명의 은인 김종부를 만나 술을 마시고 돌아오는 걸음이 여간 기분 좋은 것이 아니었다. 그때 꼼짝없이 죽은 목숨으로 지금쯤 땅에 묻혔어야 할 목숨이 이렇게 살아 있다는 것만으로도 경이로웠기 때문이다. 콧노래가 저절로 나오면서 갈지자 걸음을 걷고 있을 때였다.

효창동에 있는 숙소가 저만치 눈에 들어왔을 때였다. 갑자기 건장한 두 사람이 나타났다. 얼핏 보아도 그때 그 송길호를 죽였던 자들이라는 생각이 뇌리에 스칠 때는 이미 늦었다. 두 놈이 상호에게 달라 들어 팔을 비틀었다. 그러면서 말했다.

"짜식! 여기서 죽지 않으려면 순순히 옷 벗어!"

유도 2단인 상호의 실력으로는 도무지 그들을 당해 낼 수가 없었다. 술이 거나해져 있는 데다가 또 그들은 이미 이북에서 그보다 더한 당수 실력까지도 겸비하고 남파시킨 간첩들이었기 때문이다.

그야말로 불가항력으로 그들에게 신분증이 들어있는 군복과 군화 등을 몽땅 빼앗기고 속내의 바람으로 밧줄에 묶인 채 행길 옆으로 처박히고 말았다. 그것도 미군특수부대 루트 사령관 경호원의 몰골이라니, 체면이 말이 아니었다.

상호는 온 몸을 묶인 채 숙소로 돌아와 묶인 밧줄을 풀어냈다. 그리고 새벽 파출소를 찾아가 신고를 했다. 그러나 이미 사건은 전날 밤 일어나고 말았다.

그들은 상호의 군복과 신분증을 소지하고 어둠을 틈타 루트 사령관 숙소로 스며들어간 것이다. 그 숙소에는 부대원이 총 15명이 있었고, 통역관 와다나베, 그리고 보좌관과 운전수가 있었다.

루트 사령관은 당시 혼자였다. 한참 깊은 잠에 빠져 있던 루트 사령관은 느닷없이 침범해 들어온 괴한에게 협박을 받은 것이다.

"헤이! 그 십만불 내놔, 어서!"

루트 사령관은 이불을 뒤집어 쓴 채, 총을 겨누고 있는 괴한의 하는 짓을 꼼짝하지 못하고 바라볼 수밖에 없게 된 것이다. 괴한은 그 문제의 달러를 찾아내기 위해 얼마 동안 온 방을 뒤집었지만 결국 찾아내지 못하고 달아났다. 그런데 그 괴한이 달아나면서 벗어던지고 간 상호의 옷과 신분증이 문제가 되었다.

이른 새벽, 청천 날벼락이 상호에게 떨어졌다. 부대 부관인 와다나베 소령의 호출이 날아왔다. 불려간 것이다.

와다나베 소령은 상호를 보자 눈살을 찌푸렸다. 마주 대하기가 더 없이 민망해진 상호였다. 어쩔 수 없이 어제 밤 귀가 길에 당했던 일을 그대로 말했다.

"기노노방 쥬이찌고로 구다이니 가이데 구루도끼 규니 후다리노 교도가 와다구시노 군복구또 피스톨오 못데 늬게데 시마이마시다."

그러자 못마땅하게 흘겨보던 와다나베 소령이 이윽고 입을 열었다.

"기마사노 구찌까라 이마모 사께노 니호이까데루, 군복꾸또 피스톨오 호꾸쏘니 못떼 가이떼 이끼나사이."

그의 말은 얼마나 술을 많이 마셨으면 지금까지도 입에서 술 내음이 나느냐는 힐책이었다. 더 이상 그 어떤 변명 같은 것을 해 볼 수가 없었다. 어찌 되었거나 간첩이 상호의 군복과 신분증을 가지고 들어와 루트

사령관을 위협했기 때문이다. 그 일로 더 없이 불쾌해진 루트 사령관이
었다. 상호를 바로 쳐다보려고 하지 않았다. 등을 돌려 돌아선 채로 말
했다.

"저놈이 군복을 뺏겼다는 것이 간첩과 관계가 있다. 조사해!"

그대로 간첩과 연결된 자로 처벌을 받게 될 상황이었다. 그러나 평소
상호를 더 없이 아껴 주었던 와다나베 소령이었다. 일주일을 조사하는
척 시늉을 하다가 혐의 없음으로 보고가 되었지만, 그 일로 상호는 군복
을 벗을 수밖에 없게 되었다.

상호가 군복을 벗고 며칠이 지났을 때였다. 루트 사령관은 밤마다 그
괴한의 환영에 시달렸던지 김창룡이 건네 준 달러를 몽땅 소지한 채, 본
국으로 돌아가지 않고 홍콩 첩보부대로 임지를 바꾸어 떠나면서, 그는
약속대로 원효로의 저택을 김창룡 대장에게 주고 간 것이다.

그야말로 상호의 귀띔 덕분에 어느 날 갑자기 횡재를 하게 된 김창룡
이었다. 그러나 나쁜 소식은 제비의 날개를 타고 오고, 좋은 소식은 목
발을 짚으며 온다던가.

김창룡과 강문봉 사이에 입씨름이 붙게 된 것이다. 문제는 김창룡이
루트 사령관에게 건네 준 그 달러가 화근인 것이었다. 강문봉은 엄연히
그 돈은 이승만 대통령에게 갖다가 주어야 할 돈인데 루트 사령관에게
건네주었다는 그 책임 추궁의 힐책 같은 것이었다.

당시 김창룡 하게 되면, 경찰은 물론 모든 사람들이 이름만 들어도 비
껴 갈 정도였다. 그리고 또 강문봉은 누구이던가. 제2군 사령관으로 하
늘에 날아가는 새도 떨어뜨린다는 사람이었다. 이 엄청난 세력의 두 사
람 사이가 그 일로 벌어진 것이다.

그로부터 얼마 후, 김창룡은 아침 출근을 하기 위해 막 대문을 나서려
다가 괴한의 총탄을 맞고 쓰러졌다. 붙잡힌 범인은 허 대령이었다. 강문
봉과 고향이 같은 이북 사람이었다.

물론 그것은 군 내부의 갈등에 의한 것으로 보도되었다. 하지만 상호
의 생각은 그랬다. 그 증오의 불씨는 그때 이북에서 김일성으로부터 넘
어온 그 10만 달러가 입씨름이 되면서 만들어 낸 것이라고……

15. 김일성의 성장 배경과 주체사상

  북측이 1950년 6월 25일, 남조선 인민해방을 시켜야 한다는 명분하에 무력 남침을 강행하기 이전, 그처럼 평화적인 통일방책 모색안으로 신부를 통해 내려보냈다는 그 10만 달러는 결국 그렇게 많은 진통을 안겨주고 허망하게 사라져 버렸고, 그 탁류에 부초처럼 휩쓸렸던 상호였다.

  그 후 상호는 가끔씩 남과 북으로 사상의 대결을 보이고 있는 지도자들의 그 정신사상 문제를 곰곰이 생각해 보게 되었다. 한 나라의 운명은 그 나라를 움직이는 지도자의 정신에 따라 성장되기도 하고, 또 그와는 반대로 패망으로 몰고 가기도 하기 때문이다. 그래서 먼저 북측의 김일성의 정신구조를 이루고 있는 성장과정을 살펴보기로 했다.

  북측의 지도자 김일성(金日成)은 아버지 김형직(金亨稷)과 어머니 강반석(姜盤石) 사이에서 1912년 4월 15일 평안남도 대동군(大同郡) 고평면(古平面) 남리(南里)에서 태어났다. 평양에서 40리 떨어진 지금의 만경대가 위치해 있는 곳이다.

  김일성의 본관은 전주 김씨(全州金氏)로 시조는 고려 문장공(文莊公) 김태서(金台瑞)로 그의 묘는 전라북도 완주군 구이면 모악산에 있다. 신라 경순왕의 넷째 아들 대안군(大安君)의 7대 손이다.

  그 김태서의 아들 김계양(金繼佯)이 김일성의 직계 조상이며, 임진왜란 때 전주에서 평안남도 대동군으로 이주를 하였다. 고조부 김응우(金應禹), 증조부 김보현(金輔鉉)으로 이어지고 거기에서 장남으로 태어난 아들이 김일성의 아버지 김형직으로 형권, 형록 삼형제였다.

김형직의 장남으로 태어난 김일성은 집안에서는 장손(長孫), 증손(曾孫), 종손(宗孫), 성주(成柱) 등으로 불리웠다.

김일성의 아버지 김형직은 기독교계 숭실(崇實)중학을 졸업하고 순화(巡和)학교에서 교편을 잡았다. 그리고 김일성의 장인 강돈욱 역시도 숭실학교를 졸업하고 당시 창덕(彰德)학교에서 한문과 성경을 가르친 독실한 기독교 신자로 장로였다. 그래서 딸의 이름을 반석(盤石)이라고 했다. 말하자면 반석 같은 굳센 믿음의 딸이 되라는 뜻으로 붙여준 이름이었다.

그러니까 김일성의 양가 부모 집안은 조선 말엽 개화기에 들어오기 시작한 서양의 기독교를 일찍 받아들였던 기독교 집안이었다. 이러한 가계 혈통의 아버지 김형직과 어머니 강반석 사이에서 1912년에 태어난 김일성이었다. 그의 부친 김형직은 아들 김일성이 10세 되던 1921년 단신으로 만주로 떠났다. 당시 일제는 대륙진출로 만주 도처에 뻗어가고 있었고, 그 침략적 횡포에 특히 3·1운동이래 만주에서도 우리 민족의 독립군이 활약하면서 만주로 떠난 김형직은 독립군에서 군의관 일을 맡아보게 되었다.

김일성은 부친이 떠난 1923년 2월, 12세로 기독교계 형덕학교에 입학했다. 그리고 14세가 되던 해에 독립군 아버지를 따라 만주로 건너갔다. 그러나 독립군을 돕고 있던 아버지가 병사하게 되자 중국인 대장 '무' 씨가 그를 양자로 삼아 만주 무송(撫松)제일소학교에 전학을 시켜주었다. 그러다가 15세가 되던 1926년 화순현의 화성의숙(華成義塾)으로 전입해 들어갔다. 독립단체 학교로 초대 교장이 최동시(崔東時)였다. 그가 바로 천도교교령(天道敎敎領)을 지냈고, 훗날 서독대사, 외무장관을 역임한 최덕신 씨의 부친이다.

화성의숙을 거친 김일성은 16세가 되던 1927년 중국 길림성에 있는 위문중학교에 입학했으나, 1929년 18세로 3학년을 중퇴하고 독립군을

따라 다니기 시작했다. 나라 잃은 한(恨)을 안고 독립운동에 몸을 바쳐
왔던 김일성의 아버지 김형직이 아들에게 보여주고 간 모습이 그런 것
이었기 때문이었을까?

어린 나이로 독립단체에 뛰어든 김일성은 이때부터 벌써 남다른 통솔
력을 보여 왔던 것으로 '육군판사' 혹은 '어린 장군님'이라는 별명이
따라붙었다고도 한다.

한편 김일성의 어머니 강반석은 남편이 병사하자 만주 독립군부대의
차천리 대장(車千里隊長)이 이끄는 부대에서 봉사생활을 하기 시작했
다. 그리고 여기에서 얻어 온 음식으로 일가는 생활을 유지했는데, 이때
영양실조르 김일성의 동생 철주(哲柱)가 사망하는 슬픔을 당하기도 했
다.

거기에서 청년 김일성은 어쩌면 가진 자와 갖지 못한 자의 비극적 불
균형을 깊이 생각하게 된 것인지도 모른다. 그것은 시대적으로도 그랬
다. 1917년 마르크스·공산당 선언 등에서 영향을 받은 볼셰비키당에
의한 러시아혁명은 소위 '피압박민족' '노동자계급' 등을 선동하는 역
할을 했다. 그로부터 중국공산당이 조직되었고, 이때 일제에 대한 저항
운동에 나섰던 우리 민족 운동가 등의 일각에서도 이러한 공산주의 사
상을 제창하는 운동이 일어났던 시기였다.

그래서 당시 만주에는 1920년 이래 공산주의 사상이 전파되어 혁명
이란 구실아래 마적단들이 부락민을 털고 다녔다. 그렇게 되면서 독립
군도 더러는 마적단들과 같이 그렇게 매도를 당하기도 했다. 당시 만주
는 무법천지나 마찬가지였기 때문이다.

1931년, 김일성이 몸을 담고 있던 독립단체가 모택동의 산하인 동북
항일직군(東北抗日職軍)에 흡수되었다. 이때 2군장을 맡았던 중국인
주보중(周保中)은 김일성을 몹시 아꼈다고 한다. 여기에서 김일성은 주
보중으로브터 게릴라 전법과 전술, 전략 등을 배웠고, 1939년 9월 항
일무장전트의 게릴라부대를 조직하게 되었다.

김일성이 소련으로 들어가게 된 것은 1941년이었다. 일본군의 토벌
작전에 밀리게 된 김일성의 게릴라부대는 우수리강을 건너 소련 땅 하

바로프스크로 피신을 하기에 이르렀다. 여기에서 김일성과 그의 일행은 일제의 스파이로 오인을 받게 되면서 제일감옥에 투옥되었다.

이때 그를 구해 준 사람이 동북항일직군의 부사령 군장이던 중국인 주보중이었다. 그의 보증으로 풀려나게 된 김일성은 소련 극동군치해주사령부(極東軍 治海州同令部, NKVD)에서 첩보훈련을 받게 되었다.

여기에서 김일성은 정치정보책임자인 로마넹코 소장(少將)의 눈에 들게 되었고, 이것이 그가 이북의 정치 지도자로서 운명을 바꾸어 놓게 한 계기가 된 것이다.

로마넹코는 소련 스탈린의 직계로 비밀경찰 두목인 베리야와 같은 동향으로 친척관계였다. 1945년 8월 8일, 일본의 패망이 결정적으로 되자 소련군이 급격히 만주 땅으로 남하해 올 때였다. 그는 모스크바에 있는 베리야에게 '앞으로 조선 땅은 김일성에게 맡기는 것이 좋을 것 같다'라는 전문을 보낸 것이다. 그 전문을 받은 베리야는 스탈린을 설득해서 김일성을 북한 통치의 지도자로 지목을 받게 한 것이다. 해방이 되고, 입북을 할 당시 김일성은 소련군 소좌 계급장을 달고 있었다.

이러한 성장 배경과 활동으로 북한 지도자의 위치에 오른 김일성의 공산주의 사상은 여타 공산국가들의 체제와는 또 다른 특이한 공산국가 체제로 '돌연변이' 공산국가라는 빈축을 들어오고 있다.

그것은 적어도 그의 성장 과정에서 독특하게 형성된 민족해방 의식이 잠재적으로 강하게 작용하고 있었기 때문이라고도 볼 수 있을 것이다. 그래서 이북 공산주의 체제를 연구한 미국의 석학 스칼라피노 교수는 북한의 김일성은 '민족공산주의'라고 말한 바 있고, 또 일부 외국인 학자나 저널리스트(일본 AA派 의원 字都宮이나, 미국의 코헨 등 諸氏) 또는 제3세계의 정치가들 중에는 김일성을 평화를 추구하는 인물로 평가하는 사람도 있다.

그러나 또 다른 한편으로는 세계적으로 불가사의 속에 싸여 있는 북한정치 지도자로 그래서 이해하기가 어려운 '돌연변이'라는 평가를 받아온 것도 사실이다.

그것은 민족해방을 부르짖어 왔던 김일성의 정신구조 속에는 공간적 사고로 물질적 현상에만 집착하는 남쪽의 서방 민주주의 체제를 구축하고 있는 정치지도자들과는 또 다른 사고로 체제를 구축해 나왔기 때문이다. 즉 사회정의와 민족적 당위성만을 내세우고 추구해 온 김일성의 정신구조는 강대국 중심의 민주주의와 공산주의라는 양대 사상이 안고 있는 문제점을 그때 벌써 읽어냈는지도 모른다. 그래서 강대국들이 세계에서 일어나는 일을 해결함에 있어서 정의의 입장에서보다는 자국의 입장을 먼저 생각하고 펼치는 외교라는 사실을 완전히 읽어내고 배제한 것 같은 그처럼 독특한 정책을 펴기 시작한 것이다.

이러한 김일성의 정신구조는 조상대대로부터 내려온 전통적인 배달민족 주처의식과, 그 속에 혼합된 유교주의, 불교주의, 그리고 인간은 누구나 평등하다는 기독교주의가 그의 성장과정 속에서 무의식적으로 그의 잠재 속에 혼합되어 있었기 때문에 그야말로 독특한 돌연변이 공산주의 체제를 만들어 나온 것이라고 말하는 학자들도 있다.

특히 1960년대에 이르러서는 중·소간의 이데올로기 논쟁이 심화되고 있을 때였다. 이때 김일성은 '주체사상'이라는 말로 중·소 분쟁의 압력에서부터 과감하게 벗어나는 모습을 보여주고 있다. 그것은 김일성의 정신구조 속에 내재되어 있던 민족 주체의식의 자아를 그대로 드러내 보인 것이라고 할 수 있다. 그는 마침내 1962년 북한노동당 조직을 만들면서 '김일성주의'를 확고하게 세워 보였다. 그러니까 소련 공산당 마르크스·레닌주의를 북한 실정에 맞게 창조적으로 재확립하고 나선 것이라고 할 수 있다. 그리고 김일성은 세계를 향해 선전하고 나선 것이다.

"우리는 무조건 남의 나라만 따를 필요가 없다. 소련의 푸라우다지에 나면 우리 신문에도 그대로 쓰는 일이 있는데, 그래서는 발전을 가져 올 수가 없다."

이렇게 유일사상에서 주체사상을 선언하고 나선 김일성의 의도는 사실상 강대국의 간섭을 받지 않겠다는 일종의 혁명 같은 것이기도 했다.

이때부터 이북은 '김일성주의'가 만들어지면서 '김일성원수(金日成元帥)님은 조선민족의 태양일 뿐 아니라 혁명을 하는 전 세계 인민의 태양이시다.' 하며 마르크스·레닌보다도 훌륭한 사상가로 선전되면서 우상화 되기에 이르렀다.

그러한 김일성의 주체사상은 미국의 뉴욕타임스지, 영국의 런던타임스지, 불란서의 르몽드지 등을 위시해서 서방 및 중립국의 각 신문에 대대적으로 김일성주의가 반복하여 실리기도 했다. 그와 동시에 세계 각국에서는 이른바 '김일성사상연구소' 란 것이 만들어졌다. 물론 그것은 북한 인민들의 피나는 노력의 결실로 막대한 외화를 써가면서까지 세계 속에 김일성 주체사상을 선전한 노력의 산물임에는 틀림없을 것이다.

북측에서는 그 같은 김일성의 민족주체사상을 확립해 놓고 '민족해방' 그리고 '인민민주주의 혁명과업수행' 이라는 목표달성을 구호로 내걸었다. 그리고 열성당원이나 고위 간부가 아니더라도 당에 충성할 수 있도록 교육을 체계화 시켜 나갔다. 그것이 '당학습' '일일사업총화' '당생활총화회의' 등을 반복시켰고, 직장마다 역사연구실을 두어 김일성의 항일투쟁 역사를 공부하게 하는 한편, 인민학교 교과서 내용에도 우리 민족의 항일운동의 역사를 실어 민족 주체의식을 고조시키는 작업을 전개했다.

그리고 〈청소년들을 혁명적으로 기르는 데 대하여〉라는 제목으로 남조선 인민을 해방시켜야 한다는 사명감을 고조시키는 사상교육을 시켜 나온 것이다. 그러한 것이 김일성의 정책 주체사상으로 북측의 인민들은 그 정신이 무장되어 지면서 '우리는 김일성 수령께서 생각하는 대로 생각하며, 행동하는 대로 행동하고, 수령님과 함께 숨을 쉬어야 한다. 그와 함께 하지 않는 어떤 일도 용납 할 수 없다' 는 김일성 복제인간이 만들어졌다는 비난을 받기도 한 것이 사실이다. 하지만 이북을 방문한 외국인들은 김일성의 이처럼 탁월한 남다른 지도력에 그야말로 감탄을 했다는 이야기다.

이렇게 김일성은 그가 제창한 독특한 주체사상으로 강대국의 간섭으로부터 과감하게 벗어나는 한편, 남북통일을 위해서라면 때로는 우호적으로 혹은 물리적 수단을 동원하여 오직 자주 통일국가를 이룩하려고 부단히 노력해 오고 있었다.

상호는 가끔씩 그때 있었던 사건을 떠올려 보곤 했다.

하지만 그러한 진실이 남쪽 국민들에게는 은폐되어 온 것이 사실이다. 반공법 위반이라는 굴레로 그러한 세계적인 정보가 실린 서적을 보거나, 아니 전해 주기만 해도 불온사상의 적색분자로 신고되면서 처벌을 받아야 했기 때문이다. 그래서 국민들은 우물 안에 개구리처럼 세계가 돌아가는 정세에 어두울 수밖에 없었다.

16. 정치철학 없는 재건정부

북한은 김일성이 만들어 낸 새로운 정치철학으로 전 인민이 허리춤을 졸라매고 오직 남반부 통일을 꿈꾸면서 치닫고 있는 동안 남한 지도자와 국민은 어떠한 정신으로 민족통일을 위한 무장을 해오고 있었던 것일까?

해방이 되고 우리는 서양 선진문명을 그대로 선호하여 받아들였다. 그러한 국민 생활은 외형상으로는 북한보다 평화스러워 보인 것만은 사실이었다. 그러나 나라는 민족 주체의식을 상실한 지도자들과 그들이 만들어 낸 국내적 혼란 속에 극도로 휘말리고 있었다.

오직 자신만을 위해 출세하려는 정치인들의 민족철학의 부재는 그랬다. 나와 더불어 존재한다는 국가관은 이미 실종된 채, 성공과 출세를 위한 자기주장이 되풀이 되어지면서 국가와 민족이야 어떻게 되든 알 바가 아니라는 그런 모습들이었다. 그처럼 온갖 추악한 술수를 만들어 내고 있는 작태에 국민들은 "못 살겠다, 갈아 보자"는 외침으로 국민을 위한 새로운 지도자가 나타나 주기를 그토록 열망했다.

그 즈음 보수야당인 민주당은 창당과정에서 배제된 조봉암, 서상일, 박기출, 신숙 등 혁신세력이 별도의 혁신계 신당을 창당할 것을 협의하고, 1956년 1월 26일 진보당추진위원회를 구성하여 본격적인 창당활동에 들어가면서 다음과 같은 내용의 〈발기취지문〉을 채택 공포했다.

"우리 민족의 자주독립과 민주주의 쟁취의 역사적 성업인 3·1운동의 숭고한 정신을 다시 환기 계승하여 우리가 당면한 민주수호와 조국통일의 양대 과업을 수행할 수 있는 혁신적 신당을 조직하고자 이제 분연히 일어섰다. 우리는 진정한 혁신을 위한 오로지 피해를 받고 있는 대중 자신의 자각과 단결 위에서만 실현될 수 있다는 것을 깊이 인식하고, 관료적 특권정치의 배격과 대중본위의 균형 있는 경제체제를 확립할 것을 기약하고, 국민대중의 토대 위에 선 신당을 발기하고자 한다."

그리고 진보당추진위원회는 다음과 같은 '강령'을 채택했다.

1. 우리는 공산독재는 물론 자본가와 부패분자의 독재도 이를 배격하고, 민주주의 체제를 확립하여 책임 있는 혁신정치를 실현한다.
2. 생산 분배의 합리적 통제로 민족자본을 육성한다.
3. 민주우방과 유대하여 민주세력이 결정적 승리를 얻을 수 있는 조국통일의 실현을 기한다.
4. 교육체제를 혁신하여 국가보장제를 수립한다.

이와 같은 강령으로 진보당추진위원회는 1956년 5월 15일 실시된 제3대 대통령 선거와 제4대 부통령 선거에서 조봉암과 박기출을 러닝메이트로 했고, 집권당인 자유당은 이승만 대통령과 이기붕을 러닝 메이트로 했다. 그리고 제1야당인 민주당은 대통령 후보에 신익희, 그리고 부통령에 조병옥을 후보로 내놓았다.

집권당의 이승만 3선 출마의 길은 이미 사사오입 개헌 파동으로 열어놓은 자유당이었다. 그래서 당연히 이승만 대통령의 후계자로 등장할 이기붕을 부통령에 당선시키기 위한 정지작업을 1년 반 동안에 걸쳐 공공연하게 서둘러 왔던 것이다.

그러면서도 이승만은 그동안에 있어 왔던 권력 집착의 모습을 의외로 버리는 모습을 국민 앞에 보여 국민들을 놀라게 했다. 3월 5일 실시된 지명대회에서 대통령 후보로 지명을 받은 이승만 대통령이었는데도 불출마 선언을 다음과 같이 한 것이다.

"제3대 대통령에는 좀더 박력 있는 인사가 나와 국토통일을 이룩해주기 바란다."

이렇게 되자 자유당은 각종 관제민의를 동원했다. 그리고 이승만의 변의를 촉구하고 나서면서 경무대 어귀에는 관제 데모가 집결하여 이승만의 재출마를 탄원하는가 하면, 각급 지방당부와 지방의회로부터 재출마를 간청하는 호소문, 결의문, 거기에다가 혈서까지도 날아들었다. 그뿐만이 아니었다.

평소에는 서울시의 통행을 규제해 오던 우차와 마차까지도 총동원되면서 "노동자들은 이 박사의 3선을 지지한다!"는 함성이 터져 나온 것이다. 이와 같은 관제민의 운동이 절정에 이르렀을 3월 23일이었다.

이승만 대통령은 담화를 통해 "민의에 양보하여 종전의 결의를 번복하고 대통령 선거에 출마하기로 결심한다"는 뜻을 밝혔다. 물론 여당에서는 이를 선거전에 집권당이 곡예를 부리는 것이라고 거기에 맞섰다.

그런가 하면 민주당도 부통령 후보를 둘러싸고 심각한 갈등이 벌어졌다. 후보 선정에 있어서 민국당 계열의 신익희와 원내 자유당 계열의 장면 지지세력 사이에 대립적 갈등을 나타낸 것이다. 부통령의 후보에는 조병옥과 김준연이 경합을 벌렸다. 그리고 몇 차례 타협 끝에 전국대의원대회에서 대통령 후보로 구파의 신익희, 부통령 후보에는 신파의 장면을 선출했다.

이렇게 하여 제3대 대통령 선거전은 이승만, 신익희, 조봉암으로 압축되면서 5월 15일 선거에 대한 열기가 막판으로 달아올라가기 시작할 무렵, 야권 후보 단일화 운동이 추진되었다. 여기에서 조봉암은 다음과 같은 내용의 취지문을 내놓았다.

1. 책임 있는 혁신정치
2. 수탈 없는 경제체제의 실현
3. 평화 통일의 성취, 등 3가지 정책을 단일후보가 수용한다면 자신은 사퇴하겠다는 것을 제의했다.

이쯤 되자 민주당에서도 야당연합을 기피하고 있다는 인상을 심어주지 않기 위해 협상제의를 수락했다. 그러면서 다음과 같은 조건부의 내용을 내놓았다.

1. 내각책임제와 경찰의 중립화

2. 유엔 감시하의 남북한 총선거

3. 경제 조항의 재검토, 등을 그 협상 조건으로 내세웠다.

이렇게 해서 야당연합전선을 위한 담판에 들어가게 되었다. 거기에서 박기출 후보는 야당연합전선 형성을 위해 사퇴했다. 그러나 조직과정에서 의견대립을 빚어 서상일계가 탈퇴하는 등 우여곡절의 타협을 거쳐 조봉암은 단독으로 출마를 했다.

막바지 회담에서 진보당은 이렇게 제안했다.

"진보당에서 대통령 후보를 포기하겠으니, 민주당에서 부통령 후보를 포기하라."

이러한 협상안을 제시했던 것이다. 그러나 이 타협안은 20여 일을 끌었다. 이렇게 야당협상이 지지부진하게 끌리는 가운데 어느새 5·15 선거전은 중반전에 접어들면서, 민주당은 '못살겠다 갈아보자'로 선거 구호를 내걸었다. 그리고 자유당의 실정과 독재, 부정부패를 공격하고 나섰다.

여기에 자유당은 구호를 '갈아봤자 별 수 없다'고 맞섰다. 그리고 세포조직 확장에 총력을 기울이면서 선거전은 격렬해졌다. 이때 정부기관지를 제외한 대부분의 언론은 민주당에 기운을 실어주는 논조를 보이면서 전국 각 도시에서 농촌에 이르기까지 민주당 지지자가 늘어나면서 붐을 일으켜 나갔다. 이 같은 선거 분위기 속에서 민주당은 끝까지 그러한 열기를 몰아가기 위해 5월 3일, 서울 한강 백사장에서 마지막 유세를 가졌다.

토요일 오후, 한강 백사장에는 30만 인파가 모여들어 선거사상 처음 보는 대성황을 이루었다. 여기에서 신익희 후보는 열변을 토했다.

"대통령은 우리 국민의 심부름꾼에 지나지 않는다."

이렇게 그 서두를 전제하고 나서 다음과 같이 열변을 토했다.

"심부름꾼이 잘못을 저질렀을 때는 주인이 갈아치우는 것은 당연한 권리다!"

이렇게 정권교체를 역설하자 모여든 군중은 그야말로 열광적인 박수를 보냈다. 폭발적인 인기였다. 이와 같은 국민들의 지지에 신익희 후보는 연일 무리했던 과로를 무릅쓰고 장면 박사와 함께 호남선 열차에 몸을 실었다. 일요일인 5월 4일, 야당 바람을 일으키기 위해 이리로 향하고 있었다.

그러나 선거를 10일 앞둔 새벽 4시쯤, 무심한 하늘은 이 나라 운명이 그 새벽을 열기에는 아직도 기다려야 함을 예고했던 것일까?

과로가 겹친 신익희 후보는 열차 안에서 쓰러져 운명하고 말았다. 그의 비명 횡사는 제1야당의 후보를 잃은 채 실시될 선거전에서 자유당 이승만 승리를 예고해 준 것이나 마찬가지였다.

5월 15일, 개표 결과는 볼 것도 없이 판정이 났다. 이승만 504만 6,437표였고, 조봉암이 216만 3,808표를 얻어 4년 전보다 무려 3배 이상의 득표를 하여 강력한 경쟁자로 등장했던 것이다.

이 선거에서 신익희 씨를 애도하는 추모표가 185만 표로 집계되었던 것으로, 집권당의 이승만은 부정선거에도 불구하고 총 투표수의 80% 이상을 획득할 것이라는 예상을 뒤엎고 겨우 52%선에 그쳤던 것이다.

이 때 부통령에는 장면 후보가 401만 2,654표로 380만 5,502표를 얻은 자유당 이기붕을 압도함으로써 사실상 이 선거전에서는 실질적으로 자유당이 패배한 것이나 마찬가지였다. .

1956년, 그때 세계에서는 소련 스탈린 격하운동이 시작되면서, 폴란드, 헝가리에서 반소폭동이 일어났고, 튀니지, 모로코가 독립되었으며, 제2차 중동전쟁이 일어났다.

그 해 한국에서는 바람직하지 못한 사건이 일어나고 있었다. 9월 28일 오후 2시, 명동 시공관에서 민주당 전당대회가 거의 끝나갈 무렵이었다. 그때 한 방의 요란한 총성이 울렸다. 날아간 총알은 참으로 다행스럽게도 장면 부통령의 왼손을 아슬아슬하게 스치고 지나갔을 뿐이었다.

참으로 죽음의 위기를 그처럼 모면한 장면 부통령이었다. 피가 철철 흐르는 왼손을 감싸쥐고 다시 단상에 뛰어 올라선 장면 부통령은 모인 군중을 향해 말했다.

"여러분! 나는 무사합니다. 안심들 하십시오."

그 인사를 남기고 장면 부통령은 병원으로 향했다.

그 사건은 5·15 선거에서 장면 부통령이 이기붕을 제압하고 취임한 지 1개월만에 일어난 사건이었다. 이날 민주당에서는 신익희 후보의 급서로 비록 정권교체는 이루지 못했지만, 그토록 온갖 술수를 동원한 부정선거에서도 장면 후보를 부통령에 당선시켰다는 흥분의 열기로 경축 분위기에 휩싸인 채, 이 날 새 지도부를 선출했었다. 전당대회는 조병옥을 대표최고위원으로 선출하고, 장면, 곽상훈, 박순천, 백남훈을 최고위원으로 뽑고 시종일관 축제무드에서 대회가 진행되었었다. 장면 부통령이 연설을 마치고 단하로 내려왔을 때였다. 만세를 부르며 열광하는 당원들 사이를 헤집고 막 시공관 동쪽문을 빠져 나가려는 순간에 저격을 당한 것이다.

범인은 김상붕으로 현장에서 체포되어 경찰에 넘겨졌다. 그는 자유당 정책위원이자 이기붕 측근이던 임홍순의 조종을 받은 하수인이었는데, 권총을 쏜 후, 현장에서 체포되자 '조병옥 박사 만세!'를 외쳐 마치 그의 범행이 신구파 싸움으로 몰고 가려는 서툰 연극을 연출해 내기도 했다.

사건 현장에서 부상당한 범인은 경찰병원에서 치료를 받으면서 끝까지 민주당원이라고 우겼다. 그러자 민주당은 국회에서 진상규명을 통해 '배후 조종자는 여당 안에 있다' 라면서 배후 규명을 촉구하고 나섰다.

경찰 수사에 따라 최훈이라는 자가 체포되었고, 그 배후 조종자로 당시 성북경찰서 사찰계 주임이던 이덕신 경위가 구속되었다. 그러나 경찰은 그 후, 이 사건의 배후를 더 이상 밝히려 하지 않았다. 그 배후 조종은 더 이상 조사를 하지 않았지만 심증은 뻔한 것이었다.

자유당이 그를 암살 기도한 것은 이승만이 83세의 고령으로 '유고'가 된다면 자동적으로 부통령인 장면이 대통령직을 승계 받게 되어 있기 때문이었다. 그래서 장면 부통령은 당선이 되고는 정부 집권당으로부터 여러 가지 푸대접을 받아왔다. 심지어 중앙청에서 열린 정, 부통령 취임식에서도 부통령의 자리조차도 마련되어 있지 않았다.

그래서 장면 부통령은 어쩔 수 없이 귀빈들이 앉는 자리의 맨 가장자리에 앉는 수모를 당했고, 뿐만 아니라 취임연설의 기회도 주지 않아서 별도의 성명서를 만들어 배포하기에 이르렀다. 그러나 자유당은 성명서 내용을 트집잡고 '장 부통령 경고결의안' 을 발의하는 등 온갖 무도함을 그 짧은 시간 동안에 저질러 왔던 것이다.

그러는 동안에 민주당 측에서는 장 부통령을 제거하려는 음모가 진행되고 있다는 정보를 입수했었지만, 그렇다고 활동을 중지한 채 은신해 있을 수만은 없었던 것이다. 그래서 이날 전당대회에도 참석했던 장면 부통령은 연설을 하고 내려오다가 드디어 그와 같이 계획된 암살위기를 아슬하게 모면한 것이었다.

하지만 이 사건은 배후를 밝혀야 한다는 세론이 빗발치면서 경찰은 다시 김상붕의 처 조복순, 그의 형 김상봉, 형수 이정자, 최훈의 처 김수정과 권총을 매각한 윤태봉 등을 차례로 구속했지만, 그러나 이 사건을 일개 경찰서의 사찰계 주임이 꾸몄다고는 아무도 믿지 않았다.

조사가 조금 더 진일보 되어 서울시경 사찰과장, 치안국 특정과장, 치안국 분실과장 등에게서 자금이 흘러 나왔다는 것까지는 파악되었다. 하지만 그 위의 선이 어디에 있는 누구인지는 끝내 밝히지를 못하고 말았다.

그러나 이때의 사건은 그 후, 4·19혁명이 일어나고 새롭게 재조사가 시작되면서 당시의 배후 조종은 저격사건 당시 치안국장으로 사건현장에 5분만에 출현하여 의혹을 사게 했던 김종원으로부터 그 진상이 밝혀졌는데, 김종원이 1960년 5월 18일 광주사건으로 구속되고 나서였다.

김종원의 진술에 따르면 이기붕의 지시에 의해 임흥순이 총책을 맡아 저격사건을 음모하게 된 것이었는데, 그 당시 임흥순은 자유당의 고위 정객 2명과 이 음모를 계획하여 이를 이익흥 내무장관에게 지령했고, 이익흥은 김종원 치안국장에게, 김종원은 다시 특정과장이던 장영복과 중앙사찰분실장이던 박사일에게 지시하고, 그는 이 지시를 다시 시경 사찰과장 오충환에게 구체적인 지시를 내리자, 그날부터 이덕신은 그 준비를 직접 서둘렀다는 것이 밝혀진 것이다.

그렇다. 강아지가 묻혔던 땅처럼 옳지 못한 일들은 아무리 은폐하려
고 해도 그 냄새가 나기 마련이다. 그것이 어리석음이라는 옷으로 치장
을 하고 그처럼 그 누구도 자신보다 훌륭하지 못하다고 제거해 버리려
는 그야말로 일신의 권세욕에만 눈이 어두워 있던 위선자들이 빚어낸
잔인한 악행의 모습들이었다.

국어사전에서 악(惡)이란 착하지 않거나 올바르지 않은 것, 즉 양심
을 좇지 않고 도덕을 어기는 일이라고 풀이하고 있다. 그래서 '악' 자가
붙어 있는 어휘는 한결같이 무섭고 혐오스럽고 불안전한 것들이다.

그처럼 사악한 자들이 사태를 장악하고 있을 때는 그렇기 때문에 사
회가 혼란에 빠지고 무질서해질 수밖에 없는 것이다. 그러한 사회에서
악(惡)은 선(善을) 질식시키는 데 주저하지를 않는다.

5·16 선거를 치루고 집권당인 이승만의 정적으로 대각선에 놓이게
된 조봉암이었다. 국민들로부터 사실상 많은 지지를 받고 있음을 선거
투표 결과로 보여 주었기 때문이다.

이때부터 정치적 위협을 느낀 자유당은 조봉암을 제거하기 위한 음모
작업에 들어갔다. 그렇게 해서 옭아 묶어 낸 것이 조봉암에게 씌워진 간
첩사건이었다. 그것은 진보당의 주장이 북한의 주장과 같다는 것 때문
이었다.

1958년 1월 12일과 15일 진보당 간부들이 박정호 등 14명의 간첩단
과 내통했다는 혐으로 조봉암을 비롯하여 윤길중, 김기철 등 진보당 전
간부를 검거 송치했다.

이 무렵 간첩 양명산이 군 수사기관에 검거되었었다. 당국은 조봉암
이 양명산과 접선하면서 공작금을 받았고, 북한의 지령에 따라 간첩행
위를 했다고 발표함과 동시에 정부는 재판도 열리기 전인 2월 25일, 평
화통일론, 북한이 밀파한 간첩, 밀사, 파괴공작대들과의 접선, 당원을
의회에 진출시켜 대한민국을 파괴하려는 기도 등의 이유를 들어 서둘러
서 진보당의 등록을 취소시켰다. 1차적으로 진보당 조봉암의 손발을 묶
은 것이다.

구속된 조봉암은 1958년 7월 2일 1심 재판에서 징역 5년을 언도 받

재판을 받고 있는 조봉암(왼쪽 첫번째). 이승만 정권은 3대 대통령 선거를 통해 강력한 정적으로 떠오른 조봉암에게 날조된 죄목을 씌워 끝내 형장에 세우는 만행을 저질렀다.

았다. 평화 통일론이나 간첩혐의에 대해서는 모두 무죄였다. 그러나 판결 뒤 법원청사는 반공청년을 자처하는 괴청년 수백 명이 몰려들어 외치며 난동을 부렸다.

"친공판사 유병진을 타도하라!"

"조봉암을 간첩혐의로 처벌하라!"

이 같은 소동이 있고 난 뒤, 1958년 8월 12일, 자유당 지도부가 정부와 사전협의를 거쳐 전문 3장 40조, 부칙 2조로 된 새 국가보안법안을 국회에 제출했는데, 거기에는 간첩행위를 한 자는 극형에 처하게 한다는 조문이었다. 이렇게 집권당은 간첩을 색출하고 좌경세력을 발본색원한다는 명분을 들어 새로운 보안법안을 국회에 제출했는데 다음과 같은 내용이었다.

1. 간첩활동의 방조행위에 대해 범죄구성의 요건을 명백히 하며,

2. 간첩죄 피고인의 변호사 접견을 금지하며,

3. 상고심 제도를 폐지한다.

이와 같은 3대 원칙의 정략이 숨겨져 있었다. 이러한 자유당 법안이 제출되자 민주당과 일부 무소속 의원들이 들고 일어났다.

"간첩개정의 확대규정은 정, 부통령 선거를 앞두고 야당과 언론인의 활동을 제약하고 탄압하려는 저의가 숨어 있다."

그리고 야당은 또 이렇게 지적하고 맞섰다.

"변호사의 접견금지와 3심제의 폐지는 명백한 헌법위반이다."

이렇게 반대에 나선 민주당과 무소속 의원 95명은 '국가보안법개정 반대투쟁위원회'를 구성하여 위원장에 백남훈, 지도위원에 조병옥, 곽상훈, 장택상 의원을 추대하여 범야 연합전선으로 저지투쟁에 나섰다.

사태가 이쯤 되자 자유당도 '반공투쟁위원회'를 구성하고 나섰다. 장택상의원을 회유하여 위원장으로 추대하고 범야 연합전선의 붕괴를 기도하면서 강행통과를 서둘렀다.

그래서 1960년 봄으로 예정된 4선을 위해 또 다시 보안법으로 억압통치의 장치를 만들어 재집권하려는 전략을 세웠고, 그래서 진보당 조봉암 위원장 등 간부 7명을 간첩혐의로 구속했던 것이다.

이렇게 집권당은 군정법령 55호의 발동으로 진보당의 등록을 취소하려는 치밀한 계획을 세움과 동시에 야당의원들의 거센 반발이 있을 것에 대비했다. 그래서 자유당은 내무부와 은밀한 협의를 거쳐 극비리에 전국 각지의 경찰서에서 유도와 태권도 유단자인 무술경찰관 3백 명을 임시로 특채했다. 그리고 3일 동안 국회경위의 역할을 담당할 훈련을 시켰었다.

이 때 상호는 그 현장을 지켜보게 된 것이다. 미군 특수 8240부대에서 10만달러 사건으로 군복을 벗고 나왔던 상호는 잠시 아버지가 벌려 놓은 전남 연도어장에서 관리 일을 돕다가 다시 서울로 상경했었다. 그리고 들어가게 된 곳이 바로 국회의사당이었다. 경찰자격의 경위로 입사했던 것이다.

그때 자유당은 신보안법의 강행통과도 불사한다는 방침을 세워 12월

國会事務處 四級 警衛勤務 韓相浩

29일 법사위에 상정했다. 그리고 비열하게도 야당의원들이 식사하러 나간 사이 자유당의원만으로 3분만에 '신보안법'을 통과시켜 버리는 변칙을 보였던 것이다. 그 현장에서 무술경호원의 책임을 충실하게 이행하기 위해 유진산 의원을 끌어내기도 했었던 상호였다.

자유당 의원들의 이처럼 사전에 계획된 변칙의 기습작전으로 법사위에서 허점을 찔리고 만 야당의원들이었다. 법사위의 변칙통과의 무효를 강력히 주장하고 의사당 안에서 농성투쟁에 들어갔고, 그러면서 두 당에서는 몇 차례 걸쳐 협상을 벌리면서 입씨름은 끝내 몸싸움으로까지 번졌다. 하지만 이때를 예상하고 채택된 무술 경호원들이었다.

이 날 상오 10시를 기해 무술경위들은 사회를 맡을 한희석 부의장을 에워싸고 본회의장에 난입했다. 연 6일째의 철야농성으로 지칠 대로 지쳐 있었던 야당의원들이었다. 무술경위들은 야당의원들을 무자비하게 구타하고 야당의원들을 끌어내어 지하실에 감금시켰다. 본회의장은 삽시간에 아비규환 그것이었다. 야당의원들이 무술경위들에게 반항하다가 부상을 당하고 질러대는 비명이 의사당 안팎으로 흘러나왔다.

그때 박순천, 김상돈, 허운수, 유성권, 윤택중, 김응주, 김재건의원 등이 중경상을 입고 세브란스 병원으로 실려가 응급치료를 받았다.

이렇게 무술경위들이 농성하는 야당의원들을 폭행하여 끌어내고 의사당의 모든 출입문을 지키고 있는 가운데 한희석 부의장의 사회로 자유당 의원들만으로 본회의가 진행되었다. 이들은 일체의 법질서를 무시하고 삽시간에 보안법을 통과시켜 버렸다. 그리고 이어 1959년도 새 예산안과 12개의 새 법 개정안을 일사천리로 통과시켜 버렸던 것이다.

이러한 국회 날치기 통과로 보안법이 통과되고 난 후, 지하실 한 구석에 감금되어 있던 야당의원들의 금족령이 풀렸다. 거기에서 뒤늦게 풀려난 야당의원들이 태평로 의사당 앞에서 '날치기 보안법무효' 그리고 '민주주의 만세!'를 소리쳐 외쳤지만 그러나 보안법 통과를 시킨 기차는 이미 멀리 떠나고 돌아올 줄 몰랐다.

이처럼 자유당은 치밀한 계획 속에서 1959년 12월 24일, 경위권이 발동된 가운데 단독으로 국회에서 '신국가보안법'을 통과시켜 버렸던 것이다. 이때에 있었던 이른바 '보안법파동'은 집권당의 정적을 제거하기 위한 하나의 폭거였다.

이렇게 국회 날치기로 통과시킨 신국가보안법은 당연히 조봉암 심장을 겨냥하기 위해 준비된 화살이나 마찬가지였다. 진보당 조봉암의 항소심과 상고심은 1심과는 다른 분위기에서 진행되어졌다. 재판장은 김세원, 주심 김갑수, 간여 검사는 대검의 오제도였다.

1959년 2월 27일, 대법원 확정판결에서 조봉암은 의도한 대로 사형이 구형되었고, 간부들은 모두 무죄를 판결 받았다. 주심 김갑수는 조봉암, 양면산에게 사형을 선고하면서 혐의인 간첩, 국가보안법 위반, 무기 불법소지 등을 모두 유죄로 인정했다.

그러나 진보당이 국가변란을 기도한 결사는 아니며 그 정책으로 내건 평화통일론은 언론 자유의 한계를 벗어나지 않기 때문에 무죄라고 했다.

이렇게 조봉암을 제거하기 위한 비열한 음모는 구속된 진보당 간부들에게 모진 고문을 가하면서 회유했다. 살려 주겠으니 조봉암이 간첩이었다는 사실만을 진술하라는 등 사건조작을 위해 온갖 수단과 방법을 동원한 것이다.

물론 조봉암의 변호인단은 정치적 구명의 가능성을 타진하면서 재심을 청구했는데, 그러나 거기에는 조봉암이 전과를 뉘우치고 이승만에게 충성을 다짐한다는 성명을 낸다는 그 같은 내용이 포함되어 있었다. 그렇게 함으로써 그 사건은 그들이 만들어 낸 조작극이 아닌 것처럼 꾸며 내기 위해서였다.

그러나 그들의 이같이 음험한 계략을 읽어낸 조봉암은 고귀한 자신의 영혼을 간교한 자들의 계략에 무참히 짓밟히고 싶지는 않았을 것이다. 그처럼 야비한 그들의 흥정을 옥중성명을 통해 다음과 같은 말로 일언지하에 거절해 버린 것이다.

"나는 비록 법 앞에 죽음의 몸이 되었다고 하여도 나의 조국 대한민국에 대한 충성은 스스로 의심할 수 없다는 것을 밝힌다."

그처럼 간교한 무리들과 타협하여 비굴하게 살아남기를 바라는 것보다는 차라리 떳떳한 죽음의 길을 택하겠다는 결의를 보여준 것이다. 그러므로 재심청구는 7월 30일 사형을 언도했던 김갑수에 의해 기각되었고, 가족들의 구명탄원은 무위에 그치고 말았다.

결국 조봉암 간첩혐의사건은 7월 31일 법무장관 홍진기와 이승만 대통령의 확인을 거쳐 사형이 집행되었다. 이것이 당시 집권당이 견제세력을 제거하는 데 국가보안법이라는 올가미를 씌워 성공시킨 '사법살인'이었던 것이다.

이렇게 당시 이승만 집권당은 그들 영욕의 연장을 위해서 여수순천사건 직후, 1948년 12월 1일 제정되었던 국가보안법을 이렇게 더욱 보완하여 무기로 사용해 온 것이다. 그리고 연속적으로 그 국가보안법 행사력을 동원한 집권당이었다.

1959년 해외에서는 쿠바혁명이 일어났고, 소련은 중국과의 협정을 파기했으며, 소련 공산당 서기장 후르시초프가 미국 방문으로 화제를 모으고 있었다.

이때 한국에서는 집권당이 1960년의 제4대 대통령 선거전을 겨냥하고, 야당의 발을 묶고 언론에 재갈을 물릴 목적으로 국가보안법을 강화하는 데 다시 눈을 돌려 화제를 일으키고 있었다. 지난 5·2 총선에서 개헌선을 확보하지 못한 채 갈수록 지지기반이 이탈하기 때문이다.

그래서 제4대 대통령 선거전 역시도 다시 그 같은 방법을 쓰기 위해 거기에 대비하는 준비를 비밀리에 서두르고 있었다.

1959년 11월 26일이었다. 서울 시공관에서는 민주당의 정·부통령 후보 지명대회가 열렸다. 다음 해 봄으로 예정된 제4대 대통령과 제5대 부통령을 뽑는 최후의 결전에 나설 후보자를 선출하려는 대회였다. 지명대회 결과 조병옥이 대통령 후보로, 장면이 부통령 후보로 지명을 받게 되었다.

그 다음날 열린 제5차 전당대회에서였다. 대표최고위원의 선출 문제로 신·구양파의 파쟁이 치열한 가운데 무기명 투표에 의해 선거가 집행되었다. 투표결과 총투표자수 968명 중 장면 518표 조병옥 447표, 기권 1표, 무효 2표로 장면이 민주당 대표최고위원에 선출되었다.

이렇게 두 차례에 걸친 투표결과가 보여주듯이 민주당은 당권과 정·부통령 후보의 지명을 둘러싼 대립과 갈등을 빚고 있었으면서도 당내 민주주의를 통해 후보와 당수를 선출하는 역량을 과시해 보였다.

그런 한편 자유당은 차기 대통령 선거가 1년이나 남아있던 1959년 6월 29일이었다. 서울 대한극장에서 전국대의원 1,008명이 모인 가운데 제7차 전당대회를 열어 이승만 총재의 유임을 결의함과 동시에 중앙당 간부들의 개선과 정책개정안 등을 채택했는데, 이날 전당대회에서 이재학 국회부의장을 통해 돌연 지명대회를 겸행하자는 데 동의했다.

그리하여 이승만 총재를 대통령 후보로 지명하고 부통령 후보의 지명은 당 총재에게 일임할 것을 만장일치로 채택했다. 이승만은 전당대회의 결의를 수락하고, 이기붕을 러닝메이트로 지명했다.

그 한편 민족주의 민주사회당에서는 전진한 최고위원이 대통령으로 입후보하려 했고, 군소정파에서는 반독재민주수호연맹의 장택상을 대통령 후보로, 박기출을 부통령 후보로 천거하고 등록하려 했으나 등록을 하지 못했으며, 전 진보당 부위원장 김달호도 대통령에 입후보하려 했으나 관의 방해로 입후보 등록을 하지 못했다. 그리고 통일당의 당수인 김준연과 임영신만이 각각 부통령 후보 등록을 마쳤다.

자유당은 대통령선거를 치르기 위한 준비작업을 끝낸 상태에서 선거를 조기 실시하려는 전략을 세우면서, 일차적으로 야당과 언론규제를 목표로 하여 보안법을 통과시킨 여세를 몰아 법의 효력이 발생한 지 20일 만인 1959년 2월 5일, 서울지방법원으로 하여 당시 야당지였던 경향신문에 대해 압수수색영장을 내게 하였다. 그리고 미군정법령 88호를 적용 폐간명령을 내렸다.

이렇게 이승만 정권은 라이벌이었던 조봉암을 처형한 데 이어 보안법 파동 후유증을 치르고 있는 가운데서도 경향신문이 대정부 비판에 앞장서고 있었기 때문에 권력의 횡포를 휘둘렀던 것이다.

그러는 가운데에도 자유당은 더 이상 민심이반을 가져와서는 안 된다는 초조감으로 휩싸인 것이다. 그래서 학생들이 개학하기 전에 정 · 부통령 선거를 전격적으로 실시해야 한다고 생각한 것이다. 그 전략에서 선거시기를 은밀하게 검토하고 있었다.

자유당이 이처럼 치밀한 계획을 짜고 있을 무렵이었다. 민주당에서는 조병옥 후보가 12월에 들어 지명대회 과정과 당내 파쟁으로 인한 피로에 지병인 위장병이 악화되었다. 국내에서는 치료가 불가능하다는 진단을 받은 것이다. 그래서 부득이 1960년 1월 29일에 치료차 도미여정에 오르게 되었다. 미국 월터 리드 육군병원에서 개복수술을 받기 위해서였다. 자유당으로서는 더 없이 좋은 기회를 하늘이 만들어 준 것이다.

2월 3일, 정부는 선거시기를 예년보다 2개월이나 앞당긴 3월 15일에 실시할 것을 발표했다. 도미길에 오른 조병옥이 일본 도쿄에 기착해서 며칠 쉬고 있을 때였다. 이 소식을 전해 들은 조병옥은 야비한 그들을 비난하는 성명을 다음과 같이 발표했다.

"이것은 페어플레이 정신을 망각하고 등뒤에서 총을 쏘는 격이다."

하지만 모든 사악한 것들은 결코 조그만 틈새도 놓치지 않는다고 하던가. 기다렸다는 듯이 그 틈새를 이용한 선거일 공표는 비난성명의 발표에도 불구하고 조정되지 않았다.

조병옥은 그 길로 월터 리드 육군병원에 입원했다. 그리고 2월 6일 개복수술을 받았다. 수술 후 경과는 매우 좋았던 것으로 병상에서 일어난 조병옥은 선거 강연 연습을 해보이기도 하면서, 가족들에게 빨리 귀국할 것을 졸라대기도 하며, 또 문병 온 주미대사 양유찬과 담소를 나누기도 할 정도로 빠른 회복을 보이고 있었다.

그러나 2월 15일 아침, 그토록 평화적인 정권교체를 기대하며 조병옥 후보의 쾌유를 기다리는 국민에게 그야말로 충격적인 비보가 날아들었다. 그러니까 정확하게 선거를 1개월 남겨놓고 조병옥은 이 날 병원에서 심장마비를 일으켜 급서했다는 소식이었다.

전 국민들이 그처럼 염원하던 정권교체는 어이없게도 또 다시 한 걸음 뒤로 물러서면서 실망을 안겨 준 것이다.

그의 유해는 고국을 떠난 지 22일 만인 2월 10일 하오 1시, 온 겨레의 애도 속에 김포공항에서 돈암동 자택으로 돌아오고 있었다. 운구 행렬에는 그의 죽음을 애도하는 많은 시민들이 줄을 이어 뒤따르면서 고인의 타계를 슬퍼했다.

완전히 전의를 상실하게 된 민주당이었다. 4년 전의 5·15 정·부통령선거 때와 마찬가지로 대통령 후보 없는 부통령 후보만으로 선거를 치르게 되었다. 두 번째의 고통을 겪게 된 장면 부통령 후보였다. 유권자에게 호소했다. 자유당에 3분의 1의 표를 주지 말고, 재선거를 실시하자고 열변을 토했다. 실의에 빠진 민주당은 그야말로 주인 잃은 대통령선거였다.

이같이 야당이 주장을 잃고 허탈한 상태에 놓여 있는데도 집권당은 온갖 관권선거를 획책하는 3·15부정선거를 치루는 온갖 악행으로 그들 스스로가 자멸하는 역사의 수레바퀴를 돌리고 있었던 것이다.

1959년 3월, 이승만 대통령은 선거를 앞두고 5부 장관을 경질하여, 내무장관에 최인규, 재무 송인상, 부흥 신현확, 농림 이근직, 교통 김일환을 임명했다. 그리고 도지사와 일선 경찰서장을 선거팀으로 교체했다.

이때 내무장관으로 임명된 최인규는 취임사를 통해 다음과 같이 말했다.

"공무원과 공무원 가족은 대통령과 정부의 업적을 국민에게 선전해야 하며 이 같은 일이 싫은 공무원은 그 자리에 있을 필요가 없다."

참으로 일말의 부끄러움도 없이 공공연하게 공무원을 선거에 동원했다. 이미 민주당이 주장을 잃고 있었음에도 불구하고 이기붕을 부통령에 당선시켜야 한다는 자유당은 선거에서 이 같이 온갖 부정과 관권을 동원했던 것이다.

최인규는 각 지방의 군수, 경찰서장으로부터 미리 사표를 받아 놓고 부정선거에 협력하지 않거나, 또는 선거가 좋지 못한 결과를 얻어냈을 때는 파면시킨다는 간접 통고로 그 압력인 것이었다.

그만큼 이승만 정권은 거듭된 실정과 독재로 정당한 선거를 통해서는 결코 승산이 없음을 알았던 것이다. 그래서 관권을 동원한 부정선거 계획을 도모하기에 주저하지 않았고, 그래서 행정기관뿐만 아니라 대한반공청년단을 강화시켜 이들을 일선 행동대원으로 이용했던 것이다.

1959년 8월 12일, 단장을 신도환으로 바꾼 반공청년단은 89개 시, 군 단부를 조직하는 한편, 그 활동을 추진해 나갔다.

"우리 전 단원은 국부 이승만 각하와 서민정치가 이기붕 선생을 정, 부통령으로 선출하기 위하여 엄숙히 약속한다."

이와 같은 구호를 입에 달고 유권자들을 찾아다니며 그들은 공공연하게 공갈협박까지도 서슴치 않았다.

이처럼 혈안이 된 자유당 부정선거의 핵심은 4할 사전투표, 3인조, 5인조, 9인조의 공개투표를 통해 자유당 후보의 득표율 85%를 사전에 달성한다는 것이었다. 그리고 이와 같은 부정선거를 방해하지 못하도록 하기 위해서는 야당 선거 참관인들을 매수하라는 것이었고, 상황에 따라서는 테러하여 퇴장시키도록 지시했다.

그런데 이처럼 사전에 준비된 자유당의 부정선거 계획이 말단 경찰에 의해 폭로된 것이다. 폭로 내용은 4할 사전투표와 3인조, 5인조의 공개투표 외에, 유령유권자의 조작과 기권강요 및 기권자의 대리투표, 내통식 기표소의 설치, 투표함 바꿔치기, 개표 때의 혼표와 환표, 그리고 득표수 조작발표 등이 포함되어 있다는 폭로였다.

이렇게 부정선거가 사전에 폭로되었음에도 불구하고 자유당의 관권을 동원한 부정선거 준비는 그대로 계속되고 있었다. 엄청난 선거자금을 살포하여 유권자를 매수하는 동원비에 쏟았다. 그리고 이기붕, 한희석, 박용익, 송인상 등이 협의하여 한국은행과 산업은행 등을 통해 거액의 은행돈을 기업에 융자해 주고 그 융자금을 선거자금으로 염출해 내는가 하면, 기업으로부터도 선거자금을 끌어 모으기에 혈안이 되고 있었다.

선거가 막바지에 접어들었을 때였다. 전남 여수와 광산에서 민주당 간부가 구타, 살해당하는 사건이 발생했고, 전국 도처에서 폭력이 난무했다. 민주당은 부정살인선거의 중단을 촉구하고, 자유당의 부정선거 계획과 내무부의 부정투표 지령을 폭로했다. 그러나 자유당 정권은 요지부동이었다. 돌아오는 것은 '못살겠다 갈아보자'는 국민들의 함성뿐이었다.

선거는 드디어 3월 15일 실시되었다. 자유당의 사전계획대로 철저한 부정선거가 자행되었다. 숫제 야당참관원들이 거의 퇴장한 가운데 부정투표가 진행되었다. 이날 민주당은 선거참관을 아예 포기하기로 하는 한편, 선거의 불법무효를 선언했다.

하지만 그 아우성조차도 침묵으로 삼켜 버린 자유당이었다. 중앙선거관리위원회는 그대로 선거결과를 발표했다. 그야말로 유감없이 관권을 발동한 부정선거는 알아 볼 것도 없이 이승만을 제4대 대통령에 당선시켰고, 부통령에 이기붕을 당선시킨 것이다. 이승만은 전체 유권자의 92%, 이기붕은 78%를 득표했다는 그야말로 선거유례사상 없는 희극을 연출해 낸 것이다.

일부 지역에서는 개표가 진행되면서 이승만과 이기붕의 득표수가 총유권자수를 초과하기도 했다. 그러자 자유당측은 최인규에게 득표수를 이승만은 80% 정도로 만들고, 이기붕은 70~75% 정도로 하향조절시

키라는 그야말로 웃기지도 않는 지시가 내려오는 촌극을 벌리기도 한
선거였다.

부정과 폭력을 공공연하게 자행하고 있는 3·15일 부정선거 개표를
지켜보고 있는 국민들은 분노에 떨었다. 이때 가장 용기 있게 자리를 박
차고 일어선 사람이 마산의 시민과 학생들이었다.

시민과 학생들은 부정선거를 규탄하는 시위를 벌였다. 그러나 이를
그대로 지켜보고 있을 경찰들이 아니었다. 강제 해산시키려는 경찰과
투석전이 벌어졌다. 그러자 경찰은 무차별 발포와 체포, 구금으로 다수
의 희생자가 발생했다. 사태가 이쯤 되자 전 마산시민과 학생들은 격분
했다. 치솟는 함성이 거리를 메웠다. 그 함성을 끌고 데모대는 남성파출
소를 비롯한 경찰관서와 변절한 국회의원 및 경찰서장 자택을 습격하는
사태까지 이르게 되었다.

이 과정에서 7명이 사망했고, 80여명의 사상자가 발생했다. 경찰은
주모자 색출을 한 끝에 검거된 26명을 공산당으로 몰아 혹독한 고문을
자행했다. 그런가 하면 정부 또한 과거에 그래왔던 것처럼 마산의거를
공산당의 조종에 의한 것으로 몰아붙여 시민들을 더욱 분노케 했다.

그 분노가 꺼지지 않고 있을 그때, 행방불명되었던 마산고생 김주열
의 시체가 바다에서 떠올랐다. 시체의 오른쪽 눈에 최루탄이 박힌 채 처
참한 모습이었다. 김주열의 시체가 인양되면서 마산에서는 2차 시위가
4월 11일, 격렬하게 일어났다. 마산시민과 학생들의 치솟는 절규의 함
성은 경찰의 만행과 3·15 부정선거를 규탄하는 꺼지지 않는 불꽃으로
타올랐다.

그 불꽃은 마침내 서울과 부산, 그리고 대구, 광주, 목포, 청주 등 전
국적으로 4월 혁명의 불씨를 점화시킨 것이다. 4월 18일 서울에서는
고려대학생 3천여 명이 국회의사당 앞에서 연좌데모를 마치고 귀교 길
에 정치 깡패들의 습격을 받은 것이다. 여기에서 학생 수십 명이 부상하
는 사태가 발생하면서, 이것이 불씨를 당기는 기폭제가 된 것이다. 타오
른 울분의 함성은 "우리는 부정선거를 반대한다!"고 외쳤던 구호에서
"이승만 독재는 물러가라!"는 구호로 바꾸어 놓았다.

드디어 서울 시내 대학생들이 총궐기에 나섰다. 그 날이 '피의 화요일'이라고 불린 4월 19일이었다. 고교, 대학생을 비롯한 10만 여명의 서울시민이 시위에 참가했다. 시위대의 일부가 경무대로 울분의 함성을 터뜨리며 치달았고, 일부는 정부 기관지인 서울신문사와 반공회관, 경찰서 등을 연속적으로 불질러가며 부정선거를 규탄했다.

또한 지방도시에서도 수십만의 학생과 시민할 것 없이 들고 일어나 이승만 독재정권을 타도하는 시위를 벌였다. 서울과 마찬가지로 경찰은 무차별 발포를 했다. 이 때 사망자가 서울에서 104명, 부산 19명, 광주 8명 등 전국적으로 186명이었다. 그리고 부상자가 6,026명이었다.

사태가 이쯤 되자 정부는 경찰이 시위대에 발포하기 시작한 직후, 서울 등 주요 도시에 계엄령을 선포했다. 그리고 당시 육군참모총장이던 송요찬 중장을 계엄사령관에 임명했다. 그러나 군대는 유혈사태와 파괴 방지에만 전념하면서 사실상 중립적인 태도를 견지했다.

차라리 정의를 위해 한 목숨 내던지겠다는 정의의 불꽃, 이미 그 화신이 되어 버린 시위대를 보았기 때문이다. 이처럼 걷잡을 수 없는 유혈사태에 내각은 4월 21일, 어쩔 수 없이 그 책임을 지고 물러났고, 22일 드디어 이기붕이 모든 공직에서 물러나겠다고 발표했다.

당시 부통령이던 장면은 이승만이 대통령직에서 물러날 것을 촉구하고, 그에 앞서 부통령직에서 물러났다. 그러한 상황에서도 이승만은 자유당 총재직만을 사퇴했을 뿐, 일련의 조치를 취하여 사태를 수습하고 정권유지를 꾀했다. 그러나 그것은 부질없는 짓이었다. 이미 혁명적인 열기는 그를 대한민국 건국의 대부(大父)로 인정하지 않았다. 민중은 이승만의 하야를 요구했다.

4월 25일, 시위의 새로운 불길이 타올랐다. 전국 대학교수들이 시국수습을 위한 선언문을 발표하고 시위에 나선 것이다. 이날 오후 3시, 서울대학교 교수회관에는 27개 대학교수 258명이 모였다. 모인 교수들은 시국선언문을 발표했다. 내용은 다음과 같은 것이었다.

"대통령을 위시한 여야 국회의원들과 대법관 등은 3·15 부정선거와 4·19 사태의 책임을 지고 물러나는 동시에 재선거를 실시하라."

　　교수들은 이와 같은 요지를 14개항으로 발표한 데 이어 4백여 교수들이 "4·19의거로 쓰러진 학생의 피에 보답하라!"는 슬로건을 내걸고 계엄을 무시하고 시위를 감행, 서울시가를 행진했다. 이 날이 4월 25일이었다.

　　이와 같은 교수단의 데모는 시민과 학생들의 절대적 지지와 용기를 다시 불러일으켰다. 그날 밤부터 궐기는 다시 불붙기 시작했다. 시민, 학생들이 또 다시 대대적인 데모를 감행하고 나섰다. 교수들이 데모를 촉발시킨 것이다. 그러므로 이승만은 하야를 하지 않으면 안 되게 되었다. 결정적 촉진제 역할을 훌륭하게 해낸 교수들이었다.

　　이 대통령의 하야성명이 발표되기 직전 송요찬 계엄사령관은 26일 아침 시위군중 속에서 5명의 대표를 뽑아 이승만과의 면담을 주선하고, 이승만 대통령의 하야를 종용했다. 그날 아침, 송요찬은 데모군중들이 파고다 공원에 있던 이 박사의 동상을 파괴하고, 그 동상의 목에다 줄을 걸고 질질 끌고 시위를 하는 것을 본 것이다. 뿐만 아니라 이미 걷잡을 수 없는 수십만의 군중이 경무대 어귀에 집결하여 외쳐대는 함성은 "이승만 독재는 물러가라!" 그 같이 치솟는 민중의 불길은 불가항력으로 더 이상 막아낼 수 없음을 인지했기 때문이다.

　　마침내 4월 26일, 이승만은 새로 임명된 장관 허정, 그리고 계엄사령관 송요찬과 주한 미국대사 메카나기의 권고를 받아들여 마침내 대통령직에서 물러나겠다는 의사를 밝혔다.

　　4월 26일 오전 10시, 드디어 이승만은 국회 결의로 하야성명을 하기에 이르렀다. 그 내용은 다음과 같았다.

　　1. 국민들이 원한다면 대통령직을 사임하겠다.

　　2. 3·15선거에 많은 부정이 있었다고 하니 선거를 다시 하도록 지시했다.

　　3. 국민이 원한다면 내각책임제의 개헌을 하겠다.

　　4. 선거로 인한 모든 불만스러운 점을 없애기 위하여 이기붕 의장을 모든 공직에서 완전히 물러나도록 조치하겠다.

　　이와 같은 이승만 대통령의 전격적인 하야성명이 마침내 발표된 것이다.

　이 무렵 국회는 사태수습 협의중에 있었다. 국회는 3·15선거의 무효선언과 내각책임제의 개헌 등을 수습 방안으로 채택했었다. 그러는 중에 이승만 대통령의 하야 소식이 발표되자 긴급회의를 소집했다. 그리고 이 대통령의 사임권고 결의안을 만장일치로 통과시켰다.

　국회의 결의가 이 대통령에게 전달되고, 이 대통령은 4월 27일 국회의 결의를 존중하여 즉각 대통령직에서 물러나겠다는 뜻을 밝힌 대통령 사임서를 국회에 제출되면서 자동적으로 허정 외무장관이 대통령 서리에 취임했다. 장면 부통령이 이 대통령의 사퇴를 촉구하기 위해 사임했었기 때문이다.

　참으로 해방이 되고 그토록 숱한 정치적 암투를 벌여 온 혼돈의 시대, 그 12년의 독재 정치는 이처럼 많은 피를 흘리게 하고 마침내 종식되면서 4월 28일, 이승만은 경무대를 떠나 이화장으로 옮겼다가 곧 하와이로 망명길에 올랐다.

　권불십년이라던가. 그처럼 한 시대를 풍미했던 권력의 뒷모습이 보여준 것은 그랬다. 참으로 이 세상은 허상으로 일정한 것들은 모두 없어지고, 높이 있던 것들은 언젠가는 추락한다는 말을 되새겨 보게 한 것이다.

　그리고 익을 대로 익은 죄악은 뛰쳐나와 무성하게 꽃을 피우는 것 같지만, 결코 아름다운 열매를 맺지 못한다는, 성자 예수께서 설(說)하신 진리, '심는 대로 거두리라' 는 말씀과, 석가부처께서 진리라고 설(說)하신 만고불변의 '인과응보(因果應報)의 법칙' 그 진리가 말하는 실상이 어떤 것인가를 하늘은 만인 앞에 그렇게 교훈으로 보여준 것이다.

17. 곰의 자손, 아담의 후예

한 시대를 살아오면서 그처럼 영욕이 엇갈렸던 우남(雩南) 이승만(李承晩), 그는 조선왕조의 창건자 태조 이성계(李成桂)의 후예로 세종대왕의 형님인 양녕대군의 16대손이다. 하지만 그의 가계는 한파(寒派)로 알려진 양녕대군파에 속한 데다가 양녕대군의 다섯째 아들(長平副正) 이흔의 서계(庶系)였기 때문에 유교적인 반상제도가 심했던 조선사회에서 사실상 오랫동안 벼슬길이 막혀 있었던 몰락한 양반이나 다름없었다. 그러한 가계혈통을 이어 받은 부친 이경선은 서당훈장 김창은의 외동딸과 결혼했다.

벼슬길에 나설 수 없었던 이경선은 일찍부터 보학(譜學)과 풍수지리에 눈을 돌렸다. 그래서 거기에 남다른 깊은 조예를 가지고 전국의 명당을 찾아 돌아다니는 풍류아적인 선비의 생활로 가산은 넉넉하지 못했다.

이승만은 이렇게 이름뿐인 양반의 아들로 1875년, 황해도 평산군 마산면에서 3남 2녀 중 막내아들로 태어났다. 그러나 위로 두 형들은 이승만이 태어나기 전 홍역으로 죽었기 때문에 사실상 외아들이 되었다. 그러나 이승만의 아버지 김경선은 그러한 생활이 만들어 낸 풍류를 즐기는 선비로 아들의 교육과 출세에 아무런 도움을 줄 수가 없었던 것이다.

하지만 시골 서당훈장의 딸이었던 이승만의 어머니는 그런 아버지와
는 달랐다. 손수 아들에게 천자문을 가르쳐 줄 정도로 당시 여성으로서
는 학식이 있었고, 그래서 후에 이승만이 학자, 정치가로 성장하는 데
그 초석의 밑거름이 되었다고 할 수 있다.

그의 모친은 외아들만은 훌륭하게 키워 내기 위해 이승만이 두 살 되
던 1877년, 남편을 설득하여 거처를 황해도에서 서울 남대문 밖 염동
(鹽洞)으로 옮겼다가 다시 낙동(駱洞)으로 집을 옮겼다. 그 후 다시 옮
겨앉아 살게 된 곳이 양녕대군의 위패를 모신 지덕사(至德祠) 근처 도
동(桃洞) 골짝이었다. 이곳에서 이승만은 유년기를 보냈다.

물론 생활은 모친의 삯바느질로 빈한한 생활이었지만, 외아들에 대한
모친의 극진한 정성과 사랑으로 행복한 유년기를 보낼 수 있었던 이승
만이었다. 소년기에 이르러 여느 양반집 자제들과 마찬가지로 과거 등
과를 목표로 서당공부를 시작했다.

서당시절, 이승만은 사서오경을 익히고 서당에서 치르는 종합경시 도
강(都講)에서 언제나 장원을 차지했었는데, 열세 살 때부터 나이를 속
여 해마다 과거에 응시했지만 거듭 낙방의 고배를 마셨다. 그것은 그만
큼 소년 이승만의 특수한 성장과정의 환경이 그때부터 출세지향적인 강
박관념을 형성해 준 것이라고 할 수 있을 것이다.

뿐만 아니라 이 같은 이승만의 성장 배경은 이후 그로 하여금 조선왕
조에 대해 냉담한 입장을 취하면서 당시 개화기 물결을 타고 들어온 사
민평등(卯民平等)의 기독교 사상과 민주주의 사상을 누구보다도 선호
하고 받아들였던 것이라고 볼 수 있다.

이승만은 열다섯 살 때 부모가 간택한 우수현 근처의 동갑내기 음죽
(陰竹) 박씨 집 딸 박승선과 혼인을 하였고, 1894년에 터진 청일전쟁을
계기로 서당공부를 중지했다. 갑오경장(甲午更張)의 일환으로 과거제
도가 폐지되었기 때문에 서양 신학문에 재빨리 눈을 돌린 것이다. 청일
전쟁에서 일본이 노대국 청국을 제압 승리한 사실이 정치적으로 그만큼
중요한 세계적 지각변동임을 빠르게 감지했기 때문이다.

1895년 2월, 청년 이승만은 신긍우(申肯雨)의 권유로 단발(斷髮)을

결행하고 서울 정동에 있는 미국인 선교학교인 배재학당에 입학했다. 미국인 감리교 선교사 아펜젤러(Henry G. Appenzeller)가 1885년에 설립한 학교로 배재학당은 한국인, 서양인, 일본인, 청국인이 두루 섞여 있는 국제적 분위기의 학교였다.

유교적인 세습을 배워온 청년 이승만에게 있어서는 별천지 같은 분위기로 새로운 서양문명에 눈을 뜨게 해준 것이다. 이 학교에는 서양 신학교를 졸업한 이상주의적 선교사들이 사명감을 가지고 한국에 건너와 성경뿐만 아니라 영어를 가르쳐 주고 있었기 때문에 배재대학이라고 불려지기도 했다. 사실 이승만이 배재학당에 입학한 기본 동기는 영어를 배우기 위한 것이 주목적이었다.

당시 이 배재학당에는 한국인으로서는 최초로 미국유학을 하고 돌아온 개혁정치가 서재필(徐載弼)이 있었다. 그는 1주일에 한 번씩 강사로 드나들면서 세계역사와 지리, 그리고 민주주의와 국제정세 등에 대한 특강을 해주었다.

여기에서 신학문에 크게 눈을 뜨게 된 이승만이었다. 입학 후 그는 곧 영어 학습에서 두각을 나타냈다. 반년만에 배재학당 초급 영어반의 조(助)교사가 되었고, 그래서 그는 주위 사람들로부터 천재라는 평을 받기도 했었다. 그가 1898년 7월 배재학당을 졸업할 때는 600여 내외 귀빈 앞에서 '한국의 독립'이라는 주제로 영어연설을 능숙하게 해낼 정도였다고 한다. 그의 목적이 1차적으로 달성된 셈이었다. 그리고 이승만이 여기에서 눈을 뜬 것이 새로운 혁명적 사상이었다.

기독교 사명을 가지고 건너온 개신교 선교사들로부터 자유, 평등, 민권 등 을 배웠고, 특히 서재필의 근대적 정치이념을 깨우치면서 미국식 민주주의 제도를 신봉하기에 이르렀다. 서재필을 존경하고 따르면서 그의 훈도하에 협성회(協成會)라는 토론회를 조직함과 동시에 『협성회보』라는 잡지를 창간하고 주필로서 논설을 썼다.

그러다가 서재필의 영향을 입어 창립된 독립협회의 개혁운동에 참여했다. 거기서 만민공동회(萬民共同會)의 총대위원(總代委員)으로 맹활약을 하게 된 이승만은 극렬한 반(反)정부 데모를 조직, 선동하다가 투옥되어 경무청 감방에서 목에 무거운 형틀을 쓰고 사형선고를 기다리면서 모진 고문을 받았었다.

투옥된 직접적 계기는 1898년 11월 19일, 이승만이 중추원(中樞院) 의관(議官)에 임명되고 난 다음이었다. 고종황제를 퇴위시키고 그 대신 의화군(義和君)을 신왕으로 옹립하면서 일본에 망명중이던 급진적 개혁정치가 박영효(朴泳孝)를 영입하여 새로운 혁신 내각을 조직, 정치개혁을 추진하려는 음모에 가담했었다. 그래서 고종의 노여움을 크게 샀었던 이승만이다.

그러나 이승만은 다행히도 재판과정에서 혐의가 충분히 입증되지 않았다. 그래서 1899년 7월 11일에 열린 평리원(平理院) 공판에서 단순한 탈옥미수 죄인으로 취급되어 종신형 선고를 받았다. 그가 경무청 구치소에 수감되어 있을 때 감방의 동지 두 사람과 함께 탈옥을 기도했다가 실패했었기 때문이다.

그 6년 반 동안의 감옥생활 속에서 진정한 기독교인이 될 수 있었던 이승만이었다. 미국인 선교사들이 감옥을 심방하여 믿음의 '신앙'이란 무엇인가를 가르쳐 주었기 때문이다. 그로 하여 이승만은 누추한 감옥생활에서 마음에 평정을 찾을 수 있었고, 그 결과 그는 감옥생활을 하면서 개신교 역사상 처음으로 40여 명의 양반 출신 관료, 지식인들을 기독교로 개종시키는 데 기여할 수 있었던 '신앙체험담'을 『신학월보』등 선교잡지에 기고하기도 했다.

그 후, 이승만은 선교사들이 차입해 준 523권의 책을 가지고 옥중 서적실을 개설하는 한편, 감옥서장 김영선의 허락을 받아 1902년 10월 옥중학교를 개설했다. 그는 이 옥중 학교에서 동료 죄수들과 함께 글을 깨우치지 못한 어린이 13명과 옥리를 포함한 어른 40명에게 한글과 한문, 영어, 그리고 성경과 찬송가를 가르쳐 주었다.

그러나 그의 종신형은 그 얼마 후 고종황제의 특사로 감형되었다. 한성감옥에서 풀려난 이승만은 1904년 10월에 개설된 상동청년학원(尙洞靑年學院) 교장으로 잠시 재직했다.

이 무렵 대한제국은 러일전쟁에 휘말리고 있었다. 일본의 침략적 본성이 노골화 되면서 나라의 운명은 풍전등화와 같았을 때였다.

이러한 시점에서 고종황제의 주변에 있던 개혁파 총신 민영환과 한규설은 영어를 잘하는 이승만을 감형시켜 미국으로 밀파시키자고 의견을 모아 고종에게 제안함으로써 종신형을 감형 받게 된 것이다.

그것은 머지 않아 러일전쟁이 끝나고 강화회의가 열릴 때 미국 국무장관과 대통령이 1882년에 체결된 조미(朝美) 조약의 '거중조정 조항'에 따라 한국의 독립을 도와줄 것을 요청하기 위해 영어를 잘하는 이승만을 밀사로 보내려고 한 것이었다.

그래서 고종황제는 이승만이 서울을 떠나기에 앞서 시녀를 통해 이승만을 궁중으로 불러들여 밀명을 직접 하달하려고 했었다. 그러나 평소에 고종을 존경하지 않았던 것은 물론이고, 반정부 음모에 가담했었던 이승만이었다. 황제와의 알현을 사절하고 밀사의 날개를 달아준 고국을 뒤로 한 채, 미국으로 떠났던 것이다.

1904년 11월 29일, 이승만은 처음으로 미국이라는 나라 하와이의 호놀룰루에 도착했다. 그곳에서 교포들의 따뜻한 영접을 받게 된 이승만은 하와이 감리교 선교부의 와드맨 감리사와 윤병구(尹炳求) 목사를 만났다. 그와는 배재학당에서 동문수학을 한 처지였다. 나라 일을 의논한 끝에 장차 미국에서 열리게 될 강화회의에 '해외에 있는 한국인들'의 의사를 대변하여 전달하기로 약속했다.

그리고 이승만은 하와이를 떠나 미본토 샌프란시스코를 거처 로스엔젤레스 및 시카고를 거처 미국의 수도 워싱턴 D.C에 도착하여 여장을 풀고, 곧 주미공사관을 찾아가 서기관 김윤정(金潤晶) 등을 만났다. 그리고 자기 사행(使行)에 대한 협조를 부탁했다.

그리고 난 다음, 민영환과 한규설이 지시한 대로 친한파(親韓派) 하원의원 딘스모어를 접촉하고, 그를 통해 이승만은 1905년 2월 20일 미국 국무부에서 국무장관 헤이(John Hay)와 30분간 면담을 할 수 있게 되었다. 헤이 장관은 이 자리에서 미국이 한국에 대한 조약상의 의무를 다하도록 최선을 다해 줄 것을 약속했다. 이것이 민영환과 한규설의 밀사로서 거둔 초보적인 이승만의 외교 성과였다. 그러나 그 해 7월 1일,

헤이 장관이 사망함으로써 이때 얻어낸 약속은 무위로 돌아가고 말았다.

그렇게 5개월이 지났을 1905년 8월 4일 오후 3시, 이승만은 미국 대통령 데오도어 루스벨트를 만날 수 있었다. 그러니까 이승만이 루스벨트를 만나기 그 1개월 전, 7월초였다.

미국의 뉴헴프셔주 포즈모스 군항에서 루스벨트는 자신의 중재 하에 대일 강화회의가 열린다고 발표했었다. 그와 동시에 루스벨트는 그의 심복인 육군 장관 태프트를 아시아로 파견, 일본지도자와 미, 일 현안에 관해 사전협의를 하도록 했다. 그래서 일본 방문 길에 오른 태프트 장관 일행은 7월 12일에 호놀룰루에 기항했었다.

그 일행들이 도착하기에 앞서 한국 교포들은 '특별회의'를 소집하고 윤병구와 이승만을 강화회의에 파견할 대표로 선정하고 미국 대통령에게 제출할 청원서를 채택했다.

그래서 윤병구는 육군장관 태프트가 호놀룰루에 도착했을 때 감리사를 통해 태프트가 루스벨트에게 이승만과 자기를 소개하는 소개장을 받아내는 데 성공했었던 것이다.

그런데 이렇게 하와이 교포들이 특별회의에서 채택한 청원서에서 이승만은 자신들은 고종황제의 사신이 아니라는 것을 분명히 했다. 그는 '8,000명' 하와이 교포들의 대표라고 자처하고, 자신들은 조국에 있는 '1,000만' 백성의 민의를 대변한다고 주장했다. 그리고 난 다음, 이어서 일본이 러일전쟁 중에 한국에서 자행한 각종 침략과 배신행위를 규탄하고, 귀국 대통령이 포츠머스 회담을 계기로 조미조약 정신에 입각하여 한국의 독립을 지켜주기를 바란다고 호소하였다.

이와 같은 청원서를 가지고 하와이를 출발 7월 31일에 도착한 윤병구 목사를 맞은 이승만은 함께 필라델피아에 거주하는 서재필을 찾아갔다. 그리고 청원서의 문장을 다듬어 만반의 준비를 끝낸 윤병구와 이승만은 호놀룰루에서 태프트장관에게서 얻어낸 소개장을 가지고 루스벨트 대통령을 찾아가 교포들이 만든 청원서를 제출했다. 그리고 "언제든지 기회 있는 대로 한미조약을 돌아보아 불상한 나라의 위태함을 건져

주기 바라노라"고 부탁했다.

이에 대해 루스벨트는 사안이 워낙 중요하므로 사적인 개인 청원은 받아 줄 수가 없음을 말하고, 정식 외교채널을 통해 그 청원서를 제출하면 자기는 그것을 강화회의에 내놓겠다고 대답했다. 이에 윤병구와 이승만은 어쩔 수 없이 면회장을 물러나와 그날 밤으로 기차를 타고 워싱턴의 한국공사관을 찾아갔다. 그리고 공사관 김윤정을 붙들고 당장 필요한 조치를 취하자고 졸랐지만 김윤정은 그들의 요구에 응하지 않았다. 본국 정부의 훈령을 받지 않았기 때문에 이승만과 윤병구의 요구를 들어 줄 수 없다는 것이 김윤정의 대답이었다. 이승만은 별말을 다 하여 달래기도 하고 으름장을 놓기도 해보았지만 허사였다. 그때 한국정부 공사관 김윤정의 생각은 더구나 국가가 존망지추(存亡之秋)의 위기에 놓여 있는 처지에서 그들이 고종황제의 '사신이 아니라'고 삽입시켜 넣은 문구 그 자체가 반정부 행위임에 틀림이 없고, 그것이 강대국에게 바로 국가의 허점을 보여주는 일이 된다는 것을 깊이 생각한 때문이었을 것이다.

그래서 그 청원서는 미국 국무부에 정식으로 제출되지 못한 채, 결국 사문서가 되고 말았다. 이렇게 고종황제의 밀사로 미국에 보내졌던 이승만의 이 같은 반정부 처사로 포츠머스 강화회의에서 한국인의 목소리가 대변되지 못하고 말았던 것이다.

이렇게 이승만은 국가의 위기 앞에서 반정부적 외교를 펼쳤던 것으로 이때의 혁명적 사행(使行)은 그렇기 때문에 무참하게도 좌절된 것이다. 그런데도 이승만은 8월 9일, 민영환 앞으로 편지를 보냈는데, 그가 사행에 실패한 원인을 월급이나 벼슬에만 매달린 김윤정의 협조거부, 즉 배신에서 찾았고 김윤정이 그러한 행동을 취한 것은 바로 일본측에 매수되어 있었기 때문이라고 매도했다. 과연 이승만의 외교활동 실패의 근본원인이 그의 말대로 김윤정의 배신에 있었던 것일까?

이것이 이승만의 초보적인 미국에서의 처녀 외교였다. 그러니까 윤병구와 이승만에게 루스벨트 앞으로 소개장을 써 주었던 태프트 장관은 7월 27일에 동경에서 일본 수상 카츠라를 만나 한국과 필리핀 등 동양문제를 논의한 끝에 소위 '태프트-카츠라 밀약'을 맺었던 것이다.

루스벨트는 이 밀약을 7월 31일에 추인하였었는데, 이 밀약에서 미국은 일본이 장차 미국의 식민지인 필리핀을 공격하지 않는다는 조건하에 일본이 군사력을 동원하여 한국에 대하여 종주권을 수립하는 것, 즉 보호국화를 이미 허용하였던 것으로, 이것이 제국주의 국가간의 막후흥정이었다.

이때의 악명 높은 '태프트-카츠라 밀약'이 1924년 미국 존스 홉킨스 대학의 외교사가(外交史家) 텐네트에 의해 폭로될 때까지 이승만은 자기가 루스벨트에게 농락당한 것을 전혀 알지 못했고, 그의 이 같은 순진한 정치 외교는 그 후 해방이 되고 미군정에 업혀 그처럼 농락당해 왔었음에도 그가 세상을 떠나기 전까지도 전혀 깨닫지 못했을 것은 물론이다.

이렇게 개화기에 서양 선교사가 들어와 이 땅에 세운 배재학당은, 청년 이승만을 신위적 권위를 풍기는 순진무구한 개혁가, 또는 혁명가를 만들어냈고, 그로 하여 이 땅에 서양 기독교가 뿌리 깊게 정착할 수 있도록 크게 기여해 준 1등 공신을 길러냈다고 할 수 있다.

개화기에 미국에 유학했던 한국 지식인은 모두 합쳐 70만 명으로, 그 중에 대표적으로 알려진 인물이 서재필, 유길준, 윤치호, 이승만, 감규식, 신흥우 등이다. 이승만은 이들 선구자보다 뒤늦게 유학하였지만 동시대의 다른 유학생들에 비해 더 유명한 대학을 다녀 더 많은 학력을 쌓았고, 또 최초로 국제정치학 분야에서 박사학위를 얻어낸 군계일학 격인 셈이었다.

그러한 그의 용광로 같은 학구열은 이미 성장과정에서 출세 지향적으로 치달을 수밖에 없도록 살아온 그의 환경적 요인이 그렇게 만들었던 것인지도 모른다. 이승만이 감옥에서 풀려나와 고종황제의 밀사로 조국을 떠날 때 그는 벌써 흉중에 밀사의 사명 이외에 미국에서 대학교육을 받기 위해 한국내의 저명한 선교사들로부터 미국 교계(敎界)의 지도자들 앞으로 쓴 추천서 19통을 두둑이 받아 챙겨 가지고 떠났던 것이다.

이승만을 추천한 선교사들은 이구동성으로 이승만이 정치범으로 7년간 감옥 생활을 할 때 40여 명의 동료 죄수들을 기독교로 개종시켰던 사실을 특히 강조했고, 그래서 그가 장차 한국 기독교계에서 주도적 역할을 할 인물임을 장담하면서 2~3년간의 교육완성 기회를 베풀어 줄 것을 부탁한 것이었다.

이 추천장을 들고 건너간 이승만은 당시 워싱턴 사교계에서 막강한 영향력을 가진 코베넌트 장로교회의 햄린 목사를 찾아갔다. 그리고 그에게 세례와 유학지도를 함께 부탁했던 것이다.

추천서를 받아 본 햄린 목사는 이승만을 그 당시 주미 한국공사관의 법률고문직을 맡고 있던 조지워싱턴대학교의 니덤 총장에게 소개했고, 니덤 총장은 그를 조지워싱턴대학교의 콜롬비아 문리대학 특별생으로 받아주기로 하되 한국에서 다닌 배재대학에서의 학업을 2년간의 학력으로 계산해 학부 2학년에 편입시켜 준 것이다. 그와 동시에 이승만이 장차 교역자가 되겠다는 의사표명을 했기 때문에 등록금 전액에 해당하는 '목회장학금'까지도 마련해 주었다.

이렇게 이승만은 개화기에 들어 온 기독교를 발판으로 미국 유학을 하면서 세계적인 명문인 하버드대학교와 프린스턴대학원에서 2년 반만에 석, 박사 학위를 취득했다. 그가 이 같이 할 수 있었던 데에는 남다른 비결이 있었다. 그는 조지워싱턴대학교에서 4번째 학기를 마치고 1906년 말과 1907년 초, 하버드대학교 인문대학원 원장 앞으로 보낸 입학지망서에서 본인은 다년간 동양학문을 연마한 인물로서 한국에 돌아가 할 일이 많고, 또 고국에서 자기를 학수고대 하는 사람들이 많기 때문에 하버드대학교에서 2년 이내에 박사학위를 취득하게 해달라고 부탁한 것이다. 그의 이러한 청원은 미래의 한국지도자가 될 것이라는 그의 흉중에 있는 암시 같은 것을 내보인 것이기도 했다

물론 이러한 조건부 입학요청서를 접수한 하버드대학교 대학원 측은 당황하였다. 이유인 즉 본국 학생 중에도 인문학 분야에서 2년 내에 박사학위를 취득한 선례가 없었기 때문이다. 하버드대학원측은 이승만에게 시한부 조건 없이 대학원 박사과정에 입학하되 석사과정부터 차근차근 밟으라고 통보했다.

그 회답은 이승만에게 있어서는 불만족스러운 것이 사실이었다. 하지만 이승만은 조국에 돌아가 서양문물을 도입하는 일에 종사하기 위해서는 명문대학의 학위가 필요하다는 판단 아래 일단은 하버드대학원측의 통보를 따르기로 한 것이다. 그리고 2년 이내에 미국의 명문대학에서 박사학위를 받아내겠다는 집념을 버리지 않았다. 그리고 어떠한 노력을 동원해서든지 간에 그 목적을 버리지 않았던 집념으로 이승만은 마침내 박사학위를 얻었다. 한국인으로서는 최초였다.

그처럼 기독교를 바탕으로 오직 고국에 돌아가 정치지도자가 되겠다는 꿈을 키워 온 이승만이었다. 그래서 1905년 초부터 1910년 중반에 이르는 약 5년 반 동안 미국에서 세 군데의 대학을 다녔다. 그런 한편으로 미국인 기독교회와 YMCA를 찾아다니며 한국의 선교전망과 독립에 관련된 강연과 설교를 하는데 정열을 쏟기도 했던 그였다.

이러한 선교, 홍보활동의 일환으로 이승만은 1906년 7월, 매사추세츠 주의 노스필드에서 개최된 '만국 기독학도 교회'의 한국인 총대(總代)로 참가하여 그의 역량을 과시해 보이기도 했다.

결국 이승만의 남다른 학구 집념은 서양사, 정치학, 신학 등 폭넓은 기초 위에 국제법을 익힌 한국 역사상 최초의 국제정치학자가 된 것이다. 그래서 만국공법(萬國公法)의 대가로 프린스턴대학교의 윌슨 총장은 이승만을 남에게 소개할 때 미래 한국 독립의 구원자라고 추켜세웠다.

이 무렵부터 한국인 교포 사회에서는 이승만이 장차 한국의 지도자가 될 것이라고 믿는 사람들이 늘어났고, 이러한 팬들은 물심양면으로 그에게 정치헌금을 제공하는 이가 늘어났다.

이승만이 필사의 노력 끝에 미국에서 이렇게 박사학위를 취득할 무렵 한국은 일제에게 합병되는 마지막 과정에 놓여 있었다. 그래서 그처럼 미국에서 각고의 노력 끝에 얻어낸 국제법 내지 국제정치학 박사학위를 활용할 곳, 말하자면 금의환국(錦衣還國)할 조국이 없었던 것이다.

그래서 이승만은 뉴욕에 있는 YMCA 국제위원회를 찾아가 위원장 못트 박사를 위시한 책임자들과 만나 자신의 취업 문제를 논의하는 한

편, 서울에 있는 게일 언더우드 등 선교사들에게 편지로써 조언을 구했
다.

그 편지에서 이승만은 하와이에도 일자리가 있지만 자신은 귀국하여
한국민을 상대로 기독교 교육사업에 종사하고 싶다고 털어놓았다. 그러
자 그들은 한결같이 이승만에게 한국에는 할 일이 많다고 강조하면서
귀국하여 서울에 있는 황성기독청년회(皇城基督靑年會), YMCA에서
일하는 것이 좋겠다고 충고 해주었다. 언더우드 재한(在韓) 선교부가
1910년 가을에 창설을 시도하고 있는 연합기독교대학 경신(儆新)학교
(현 연세대학교 전신)의 교수로 부임해 줄 것을 기대한 것이다.

이때 이승만은 좀더 구체적으로, 그는 한국인들에게 서양문명의 온갖
축복이 예수 그리스도의 십자가에 기초한 것임을 깨우쳐 주는 내용의
설교를 할 것이며, 미국 대학에서 자신이 전공한 국제법, 서양사 및 서
양사를 가르치며, 학문과 종교에 관련된 책들을 번역 내지 저술하고 싶
다고 그의 포부를 밝혔다.

그리고 그와 같은 종교, 교육사업을 통해 반일운동 혹은 혁명을 선동
할 의도는 없지만 일제 통감부가 자기를 어떻게 보아줄지 의문이라고
지적하고, 자신의 일거일동에 대한 일제당국의 경계와 감시가 가장 우
려되는 점이라고 토로했다. 그리고 그는 YMCA에서 일자리를 잡는 경
우 자기의 비타협적 성격 때문에 일본인들과의 마찰이 불가피해질 것이
므로 차라리 앞으로 설립될 대학에서 일하는 것이 좋을 것 같다고 속마
음을 털어놓으면서, 한국에 돌아가 가난한 백성들을 상대로 복음을 전
파하는 일에 일생을 바칠 각오도 되어 있다고 덧붙였다.

이승만이 미국에서 회답을 기다리는 동안 한편으로 서울 YMCA의
총무 질레트는 이승만의 취업문제로 일제의 부통감을 만나 이 일을 상
의했다. 부통감 소네 아라스케와는 잘 알고 지내오던 사이였으므로 이
승만의 YMCA직 취임에 대해 호의적인 반응을 보였고, 그래서 귀국 후
이승만의 신변에 별문제가 없을 것이라고 귀띔해 주었다.

서울 YMCA로부터 최종적 제의를 받은 이승만은 1910년 9월 3일,
한일합방조약이 공포된 지 나흘 후 짐을 꾸려 영국을 경유 10월 10일

하오 8시, 서울에 도착했다. 고국을 떠난 지 5년 11개월 만이었다. 그 동안 민영환과 한규설 등 그를 아껴주던 위정자들은 자결하거나 거세당하고 없었지만 부친과 박씨 부인이 학수고대하는 조국의 품으로 돌아온 것이다.

이승만의 조강지처 박씨 부인은 남편이 정치개혁을 부르짖으며 반정부 활동을 할 무렵 아들 봉수를 낳았었다. 그리고 이승만이 6년간의 감옥생활에서 풀려나 미국으로 건너간 다음에는 홀로 시아버지를 모시면서 집안 일을 도맡고 있었다. 이승만의 유일한 아들 봉수는 1904년, 이승만이 도미한 다음 이승만의 옥중동지 박용만이 미국으로 데려 갔었다. 그러나 미국에 도착한 지 얼마 되지 않은 1906년 2월 필라델피아에서 디프테리아에 걸려 사망했기 때문에 그를 맞는 가족은 부친 경선(敬善) 옹과 조강지처 박씨 부인이 거느리고 있는 하녀 박간난 뿐이었다.

그야말로 가난한 집안에 태어나서 혼자의 힘으로 앞길을 개척하고 귀국한 이승만이었다. 하지만 그가 미국에서 정치학박사를 이룩하고 돌아온 그의 공에 비하면 그의 환향 분위기는 너무도 썰렁했다.

귀향한 이승만은 동대문 밖 창신동 625번지, 낙산 중턱의 성벽 아래 지장암 옆에 자리잡고 있는 본가를 찾아들었다. 그러나 가난하게 생계를 이어가고 있는 가족의 생활상이 6년 동안 넓고 아름다운 미대륙의 학교와 호텔, 그리고 별장 등에서 생활해 온 이승만에게는 너무나 궁색하고 초라하여 숨이 막혀 왔던 것인지도 모른다. 불편한 생활 속에서 박씨 부인과 잦은 불협화음이 일어나게 되면서 견디다 못한 이승만은 1910년 드디어 창신동 집을 뛰쳐나오고 말았다. 그리고 1912년 정월, 결국 조강지처 박씨 부인과 이혼을 하였다.

그 후 이승만은 줄곧 종로에 있는 YMCA 건물 3층의 지붕 밑 방에 기거하면서 종교, 교육사업에만 열중했다. 그것이 서양 외국유학으로 자유화된 지식인들의 개방적인 사고였던 것으로, 특히 그는 '원수까지도 사랑하라' 는 서양 기독교정신을 복음화 하겠다는 약속을 한 사람이었다. 그러나 그는 오직 그 남편만을 믿고 기다려 온 아내에게조차도 그리스도 사랑을 실천하지 못한 이율배반적인 종교인 생활을 해 온 것만큼은 틀림이 없다. 그리스도 예수가 십자가를 짊어지고 피흘려 죽기까지 세상에 보여준 것은 결코 사랑할 수 있는 사람만을 사랑의 대상으로 삼으라는 것이 아니었기 때문이다.

기독교의 스승 그리스도 예수께서는 분명히 하늘은 각 사람에게 감당할 만한 십자가 이외는 주지 않는다고 말씀했고, 그가 보여주었던 것이 그것이었다. 억울하게 십자가를 짊어지고 고난을 받으면서도 끝까지 원수까지 사랑하는 것이 '하늘의 법'이라는 것을 보여 주었고, 그 법을 실천으로 행했을 때 비로소 신성(神性)을 이룬 그리스도의 형제가 될 수 있다는 것이었고, 그러므로 그의 제자가 될 수 있다는 이 같은 복음의 말씀을 전하라고 한 것이었다.

엄격히 말해서 행함이 없는 기독교인의 생활은 예수의 이름을 생활도구의 방편으로 활용하는 위선자들일 수밖에 없다. 국어사전에서 위선자란 표면적으로 착한 것처럼 꾸미는 사람이라고 했다. 곧 인격 타락을 의미하는 것이다.

인간의 도리를 알게 하는 공자께서도 수신제가 이후에 치국평천하라는 말씀이 있고 보면, 종교를 논하기 전에 사람으로서 행해야 할 도덕적인 면에서도 실추된 다만 지식뿐인 종교인임을 스스로 나타내 보여준 것이라고 할 수 있다.

그가 귀국한 1910년도 초반, 서울 YMCA는 외국유학을 하고 돌아온 개화기 지식인들이 한데 모인 말하자면 10년 전, 독립협회의 축소판이었다. 거기에는 당시 미국인 선교사 질레트와 브로크만이 각각 총무와 협동총무직을 맡고 있었다. 그 밑으로 미국, 일본 등지에서 유학을 하고 돌아온 윤치오, 김규식, 김린 등이 손을 잡고 종교부, 교육부, 학생부 등의 요직을 맡고 이끌어가고 있었다.

당시 YMCA는 개신교계 엘리트들의 결집체나 마찬가지였다. 미국, 일본 및 유럽의 YMCA와 튼튼한 유대를 갖고 있었기 때문에 일종의 치외법권을 누리고 있었다. 그래서 이승만이 귀국했을 무렵 한국 개신교 교인들은 서울 YMCA를 중심으로 '백만의 구령(救靈) 운동'에 열을 올리면서 한국역사상 최초의 초교파, 초국가적 학생집회인 '제1회 기독학생하령회'가 열려 기독교 청년운동에 불이 붙어 있었다. 이러한 역사적 기독교 부흥운동의 물결을 타고 이승만은 자신의 야망과 포부를 펼쳐 나갔다. 그가 맡았던 일은 학생부와 종교부 간사로 학생들의 교육과 청년운동을 총괄적으로 지도하는 것이었다.

이승만이 YMCA에서의 직위는 한국인 총무로 미국인 총무 질레트와 동격이었다. 한국인 중에서는 최고위의 학감(學監) 자리를 차지한 것이다.

이승만 학감이 벌인 주요 사업 중의 하나가 경향 각지에 설립된 기독교계 미션학교에 기독청년회 YMCA를 조직하는 것이었다. 그리고 토요일마다 학생 주최로 시내 5개 학생 YMCA의 연합토론회를 열었다. 이러한 여러 가지 일로 바쁜 중에도 이승만은 YMCA 국제위원회 총무 모트 박사가 저술한《학생청년회의 종교상 회합》과《신입학생 인도》라는 두 책자를 번역, 1911년에 각각 서울 YMCA에서 출판했다.

이렇게 기독교 선교사업에 맹활약을 해오던 이승만은 그러나 1912년 봄, 자의반 타의반으로 망명의 길에 오르게 되었다. 그 이유는 일제가 한국의 기독교세력을 박멸하기 위해 '데라우치 총독 암살미수 사건', 일명 '105인 사건'을 날조 전국적으로 기독교 지도자들을 체포하면서 서울 YMCA로까지 마수의 손을 뻗쳤었기 때문이다.

일제가 조작한 소위 105인 사건은 한국을 합방한 일제가 안창호 선생이 1907년 조직한 비밀결사 신민회(新民會)를 뿌리뽑기 위한 것이었다. 독립군 비밀결사대가 평북 선천(宣川) 지역의 개신교 교회와 서울 YMCA의 조직과 연계되어 있다는 것을 감지하고 있었기 때문이다.

일제가 날조한 105인 사건은 합방 후 한국인의 모든 정치, 사회단체를 강제로 폐쇄시키는 데 성공한 것이다. 일제는 YMCA만은 국제적 유대 때문에 함부로 건드리지 못하자 이렇게 비상대책을 강구했던 것이다.

1911년 11월 11일, 총독부 경찰은 선천의 신성학교 학생 20명과 선생 7명을 검거, 서울로 압송하면서 시작했다. 그 후 '데라우치총독 암살미수'라는 죄목으로 검거된 사람은 700명이었고, 그 중에 123명은 고문을 받은 다음 기소되었다. 그리고 1926년 6월 28일에 열린 첫 공판에서 그중 105인이 실형을 선고받았다.

이 사건으로 한국 기독교계의 거두 윤치오는 사건의 주모자로 체포되었다. 그 다음으로 YMCA에서 두각을 나타내고 맹활약을 해오던 이승만이 무사할 리가 없는 것은 당연한 일이다. 그는 질레트 총무와 때마침 한국을 방문한 YMCA국제위원회의 모트 총무의 개입으로 체포를 면할 수 있었다. 그들은 총독부와 만나 미국교계에서 이름이 알려진 이승만을 체포한다면 국제적으로 상당한 말썽이 빚어질 것이라고 경고했던 것이다.

그리고 주한선교사들과 미국 애니플리스 감리교계 목회자들은 국제회의의 한국대표로 뽑아 이승만을 출국시키기 위해 3월 9일에 감리교회 각 지방 평신도 제4기 회의가 소집되었고, 거기에서 한국 평신도 대표로 이승만을 뽑았다. 그렇게 함으로써 도피시킬 수가 있었기 때문이다.

이때 서울 종로 중앙감리교회 이경직 목사가 그의 교적을 미국 매사추세츠 캠브리지사에 있는 엡워스 감리교회로부터 자신의 교회로 옮겨 주었다. 그와 동시에 일본에 있는 감리교 동북아 총책인 헤리스 감독이 일본 정부에 부탁하여 이승만의 여권을 마련해 주었다.

그렇게 하여 미국 목적지에 도착한 이승만은 위기에 처한 한국기독교회를 구출하기 위해 고차원의 개인외교를 펼치기 시작하면서 미국의 여러 곳을 돌아 이승만은 1913년, 하와이 령에 도착했다.

그 무렵 하와이 여러 섬에는 약 6,000명의 한국인이 흩어져 살고 있었다. 당시 미주(美洲) 전체 한인교포의 수는 9,000여명이었다. 그들 중에는 처음 일꾼으로 들어갔던 사탕 수수밭을 떠나 자작농으로 성장한 사람도 있었고, 도시로 진출하여 행상, 식료잡화상, 채소상, 재봉소, 이발관, 여관업 등 상업을 하는 동포들도 많았다.

그곳에서 이승만이 제일 먼저 착수한 사업은 우선적으로 필라델피아에 살고 있는 서재필의 협조를 얻어 한국인의 독립의욕을 고취시킬 영문 월간잡지를 발간하려 했다. 그러나 현지 교포들의 호응이 좋지 않아 한글 전용의 월간잡지를 창간했다. 그 잡지는 그 후 1930년 말에 '태평양주보'로 그 이름이 바뀔 때까지 17년간 계속 발간되었다.

그야말로 혈혈단신으로 하와이 망명객이 된 이승만은 그러한 생활 패턴 속에서 어언 40세를 바라보고 있었다. 주위에 친족이라고는 아무도 없었다. 그러나 그와 형제처럼 지내 온 지기(知己) 한 사람이 있었다. 그가 바로 옥중동지로 결의(結義)를 맺은 박용만이었다.

그러나 이 두 사람의 소중한 우정의 관계는 하와이 좁은 교포사회 내의 갈등을 빚어내는 속에서 서로의 인격을 폄하시키는 관계로 변하고 말았다. 3·1운동 한성임시정부와 상하이 임시정부의 외무장관으로 임명된 박용만은 북경에서 신숙, 신채호 등과 어울리며 임시대통령으로 선출된 이승만을 비방 성토하는데 앞장섰다. 그야말로 어제의 막역했던 동지가 그와의 우정을 등지고 탄핵하는 생애 최초의 정적이 되고만 셈이었다.

박용만은 일찍이 일본 동경으로 유학하여 게이오의숙(慶應義塾)에서 신학문을 배우다가 중도에 귀국하여 1904년 보안회(輔安會)에 입회했다. 말하자면 일제의 황무지 개척권에 항거하는 운동권이었다. 거기에서 활약하다가 잡혀 한성감옥에 투옥되었다. 그 감옥 안에서 그는 반정부 음모로 투옥된 이승만과 해후하여 결의형제를 맺었던 것이다.

1905년 출옥한 박용만은 실형에서 풀려나 미국으로 떠난 이승만의 뒤를 따라 미국으로 건너갔다. 그의 숙부 박희병(일명 박장현)이 콜로라도주에서 미리 이주 자리를 잡고 있었기 때문에 여러 가지로 이승만에게 도움이 되어 주기도 했다. 이승만의 외아들 봉수를 미국으로 데려가 준 사람이 바로 박용만이었고, 이 때 그는 옥중에서 이승만이 저술한 '독립정신'의 원고를 몰래 미국으로 반출해낸 장본인으로 두 사람의 관계는 이처럼 우정이 남다르게 돈독했었던 사이였다.

그런 박용만은 고등학교를 만학으로 덴버에서 졸업하고, 1908년 당시 한국 유학생이 가장 많이 모여 있던 네브라스카주로 이사하여 링컨시에 있는 주립대학교에 입학했다. 거기서 그는 정치학과를 전공하면서

부전공으로 군사학 과목을 택하고 동시에 일종의 ROTC 과정도 이수하면서 1912년 정치학 학사학위를 취득했다.

그 후 그는 그곳에 본부를 둔 대한인국민회의 기관지 「신한민보(新韓民報)」의 주필 직을 맡으면서 《국민개병설》이라는 책도 출간했다. 그러는 동안 이승만과는 서로 편지를 주고받으며 우정을 돈독히 했었다. 그런 관계의 두 사람은 이승만이 하와이로 건너갈 때 함께 건너가 한국독립운동을 벌이기로 합의하고 앞서거니 뒤서거니 하와이에 당도하였고, 도착 후 박용만은 하와이국민회의 기관지 국민보(國民報) 전 신한국보(新韓國報) 주필을 맡다가 외교독립노선에 집착한 이승만과는 그 견해를 달리하고 무장독립노선을 취했다.

그래서 착수한 것이 바로 유명한 '대조선국민군단'의 창건이었다. 그 군병학교는 1913년 6월 11일을 기해 호놀룰루시 동북방향의 큰 산 너머 코올라우 구역 아이마누에 위치한 파인애플 농장에 '대조선국민군단(大朝鮮國民軍團 ; The Korean Military Corporation)이라는 독립군을 창설하였다. 그리고 8월 말에는 이 군단 부속의 군병학교 속칭 '산너머학교'를 개교 그 막사와 군문을 준공할 정도로 거창하게 일을 벌였다.

이 군병학교에서 훈련받는 사관학도들은 하와이로 이민 오기 전에 대한제국 군대에서 복무했던 광무군인(光武軍人)들로 그 수는 124명 정도였다. 그들은 낮에는 파인애플 농장에서 10시간 이상 노동을 하고 여가를 선용하여 둔전(屯田)식 현지 교육을 받았는데 그들이 사용한 교련기구는 단총 39정, 군도 10개, 나팔 12개, 북 6개, 목총 350정, 그리고 영문 교과서 28종 등이었다.

이 군사 사업은 막대한 경비를 필요로 했다. 그래서 이승만은 무장항쟁 노선을 고집하는 박용만의 군사사업을 비현실적인 것으로 보았고, 특히 교포사회에서 거두어 낼 수 있는 제한된 수준의 독립운동 자금을 낭비하는 것이라고 그 일에 비협조적이었다. 그 무렵 서로가 의견일치를 보지 못하면서 우정에 금이 가기 시작한 것이다.

결국 좁은 교포사회에서 박용만이 벌인 군병학교는 일본측의 요청에 따른 미국 정부와 하와이 총독으로부터의 군단해체 압력이 있었기 때문이라고 하지만, 외교적 독립만을 주장하는 이승만의 비협조 역시도 어느 정도는 작용했기 때문에 박용만은 서운함을 안고 그처럼 돌아선 것이었을 것이다.

마침내 군병학교가 1917년 겨울에 폐교되면서 두 사람은 서먹한 사이로 변했고, 그 후 박용만은 이승만을 노골적으로 비방하는 데 앞장서고 나선 것이다.

그러나 국내의 3·1운동은 망명객 이승만을 일약 전 민족을 대표하는 임시정부 대통령으로 부상시켜 주는 행운을 안겨 주었다. 그 역사적인 사건은 궁지에 몰려 있는 이승만에게 새 희망을 안겨준 뜻 깊은 날이었다.

이승만은 그 날, 서재필로부터 그처럼 고대해 오던 소식을 접하게 된 것이다. 국내에서 대규모의 항일군중 시위 3·1운동이 터졌다는 낭보였다. 3·1운동 발발 소식은 상하이에 있던 현순(玄楯) 목사가 3월 9일 안창호에게 전보로 알리고, 이 소식을 안창호는 서재필에게 통보해 줌으로써 이승만에게 전달되었다.

그처럼 국내에서 거족적인 항일운동이 대대적으로 터졌다는 소식에 이승만은 서재필과 더불어 미리 계획했던 필라델피아 한인대회 준비에 박차를 가하고 일어섰다. 그 결과 4월 14일, 미국 독립운동의 요람지 필라델피아 시내에 있는 소극장에서 미국 각지로부터 윤병구, 민찬호, 정한경, 임병직, 김현철, 장기영, 천세헌, 유일한, 김현구, 조병옥, 노디 김 등을 위시한 약 150명의 대표들이 모였다. 한인대표자대회가 개최된 것이다.

4월 14일부터 16일까지 연 3일 계속된 이 회의는 서재필이 의장을 맡았다. 이 회의에서 이승만은 '미국에 보내는 호소문'과 '임시정부 지지문' 등 주요 문건을 상정, 통과시키는 데 앞장섰다. 회의의 피날레 순서는 참가자들이 소극장에서 기념관까지 시가행진을 하는 것이었다. 일행이 유서 깊은 미국의 독립기념관에 들어서고 난 다음 이승만은 미국의 초대 대통령 조지 워싱턴이 사용하였던 책상 앞에 정좌하고 기념촬

영을 한 다음, 이어서 그는 '3·1독립선언서'를 낭독했다. 의기가 충천해진 이승만이었다. 낭독을 하고, '대한공화국 만세!'와 '미국 만세!'를 크게 선창하였다.

그의 눈앞에 그토록 오래 기다렸던 꿈을 실현시킬 대망의 날이 현실로 가까이 다가옴을 느낀 이승만이었다. 국내에서 일어난 3·1운동으로 이승만은 한국 역사상 최초로 탄생한 민주공화제 정부의 대통령이 된 것이다.

그러나 그에게 처음부터 대통령이라는 칭호가 내려진 것은 아니었다. 상하이 임시정부가 그에게 '임시대통령' 직함을 준 것은 1919년 9월이었다. 하지만 그는 그 이전부터 이미 '대한공화국 대통령' 행세를 하고 다녔던 것만큼은 사실이다.

젊은 시절 서울에서 정치범으로 6년 가까이 옥고를 치루었던 이승만이었다. 그리고 프린스턴대학원에서 한국인으로서는 최초로 국제정치학 분야의 박사학위를 취득했기 때문에 그의 명성은 익히 그렇게 될 것이라고 믿는 측이 많았다. 그런데 3·1운동 발발 후, 국내의 여러 곳에서 임시정부가 조직 선포되자 그는 새로 구성된 여러 정부의 각료 명단에서 정상급 지도자로 거명되었던 것이다. 그것은 그가 이미 기독교선교회 YMCA를 그의 정치 발판으로 발돋움의 야망을 키워 온 그의 노력의 결실이었다고 볼 수 있다.

3월 21일, 블라디보스톡의 '대한국민의회'에서 선포한 소위 노령(露領) 임시정부에서 대통령 손병희, 부통령 박영효에 이어 국무급 외무총장으로 추대되었다가, 뒤이어 4월 11일에 상하이에서 발족된 소위 상하이 임시정부에서는 정부 수반인 국무총리로 지명되었다.

그 후 이승만의 정치적 주가는 한층 더 올라가 4월 23일 서울에서 선포된 소위 한성정부에서는 '집권관 총재'라는 최고 통치자의 직위를 부여했던 것이다. 그리하여 이승만은 4월 23일에 워싱턴 D.C에 활동본부를 설치하고 부과된 직무를 수행하게 되면서 집권관 총재를 공화국제도에 알맞게 영문의 대통령(President)으로 번역하여 대외적인 명칭으로 삼았다.

그러자 상하이 임시정부에서는 스스로 대통령이라고 부르는 것은 참칭(僭稱)이라고 주장하고 이에 항의했다. 여기에 탑승한 박용만이었다. 그의 비난은 이승만은 사실상 조국 해방운동을 한다는 명분으로 그 자신의 출세가도를 위한 외교적 정치활동을 해왔다는 지적이었다.

그러나 이승만은 이 명칭을 고집했다. 무장 항쟁노선을 취해온 상하이 임시정부 요원들은 국제외교를 대외적으로 펼쳐온 이승만의 고집을 당해낼 수는 없었다. 끝내는 양보하고 말았다. 9월 6일, 개헌 절차를 거쳐 임시대통령제를 도입, 이승만을 '임시대통령'으로 추인하기에 이르렀다.

그때부터 이승만은 미국을 위시한 강대국 정부와 파리 강화회의를 겨냥한 외교, 선전활동에 전력투구하기 시작했다. 그는 '대한공화국 대통령'의 명으로 6월 14일, 미·영·불(佛)·이(伊) 등 열강 정부와, 그리고 6월 27일에는 파리 강화회 의장 끌레망소에게 각각 한국에 '완벽한 자율적 정부'가 탄생했다는 사실과 동시에 자신이 그 정부의 대통령으로 선출되었다고 통보했다.

그리고 6월 18일, 일본 천황(天皇) 앞으로 국서를 발송, 한반도에 적법적인 '대한공화국'이 수립되었음으로 일본은 당장 이 정부를 인정하고 한반도에서 모든 일본군대와 외교 관리들을 철수시키라고 촉구했다. 이국서는 이승만의 비서로 발탁한 임병직을 통해 워싱턴 주재 일본대사관에 전달되었다.

7월 17일, 이승만은 워싱턴 D.C의 매사추세츠가 1894번지에 '대한민국'의 공사관 사무실을 정하고 유급 전문직원들에게 외교 사무를 맡겼다. 그리고 그는 임병직 비서를 대동하고 10월 초부터 그 다음 해 6월 말까지 8개월간 미국 각지와 주요 도시를 순방하면서 교포유지들과 만나 유대를 굳혔다. 그런 한편 미국인 교회와 YMCA, 대학 및 상공회의소 등을 방문하여 일본의 만행을 규탄하고 대한공화국 지지를 호소하는 강연에 본격적으로 열을 올리기 시작했다. 그러면서 널리 그의 이름을 알려 나가기 시작했다.

1920년 여름, 이승만은 상하이 방문을 결심했다. 그래서 워싱턴에 남아있던 비서 임병직과 상하이 임시정부의 학무총장 김규식 및 군무총장 노백린 등을 하와이 호놀룰루로 불러 모아 다함께 상하이로 떠날 것을 궁리했다. 그러나 모아진 의견은 네 사람이 함께 행동하는 것은 위험하다는 것으로 원래의 계획을 바꾸어 비서 임병직만을 데리고 출발하기로 결정했다.

이승만은 호놀룰루에서 장의사를 경영하고 있는 유지 보드윅 씨 집에 칩거하면서 적당한 배편을 잡아 줄 때까지 기다렸다. 보드윅 씨는 11월 6일 일본을 경유하지 않고 상하이로 직행하는 운송선 2등 항해사를 매수하여 두 사람을 중국옷으로 변장하여 몰래 승선시켜 주었다.

배가 하와이 영해를 벗어나기까지 배에 몸을 숨긴 곳은 중국인 시체를 담은 관(棺)이 실린, 통풍장치가 전혀 되어 있지 않은 철제창고였다. 뒤늦게 밀항자를 발견한 선장은 다행히 그들의 밀행을 눈감아 주어 무사히 목적지 상하이에 도착할 수 있었다.

선장의 특별 배려로 검사받지 않고 상하이 부두에 상륙한 그들은 상하이 맹연관에 여장을 풀고 미리 연락해 둔 심복 임시의정원 의원 장붕에게 상하이 도착을 알렸다. 달려온 장붕에게서 현지 사정을 브리핑 받고 자신의 상하이 도착 사실을 임시정부에 통보했다.

상하이 임시정부 측에서는 이승만을 버링턴 호텔로 옮겨 모셨다. 그러나 그곳은 신변이 노출될 수 있다는 여운형의 소개로 프랑스 조계 내에 위치한 미국인 안식교 선교사 크로푸트 목사의 집으로 거처를 옮겼다.

임시대통령 이승만이 청사를 방문하여 각료와 직원들을 접견한 것은 12월 13일이었다. 그리고 공개적으로 자신의 모습을 드러낸 것은 12월 28일 상하이 교민단이 베푼 환영회에서였다. 그리고 임시대통령의 공무를 정식으로 집행하게 된 것은 1921년 1월 1일 신년축하식을 하면서부터였다.

상하이 임시정부 요원들은 미국에서 활약하던 임시대통령 이승만이 대정략과 거액의 독립운동 자금을 가지고 왔으리라고 기대했다. 그것을 행여나 하고 기대하고 있었던 상하이의 정객들은 이승만에게서 시간이 지나도 그러한 것들을 발견하지 못하자 모두들 실망했다. 그리고 시간이 흐르면서 임시정부 요원들은 이승만을 비난하기 시작했다. 크게 실수했던 이승만의 외교를 먼저 지적하여 입지를 난처하게 만들었다.

그것은 이승만이 3·1운동 발발 전후에 윌슨 대통령에게 한국을 국제연맹의 위임통치하에 둘 것을 청원했었던 사실 등을 들추어 비난하기 시작했다. 민족해방 운동을 위해 광야를 집으로 삼고 불철주야 살얼음판 위에서 항일투쟁을 하고 있는 그들로서는 당당하게 할 수 있는 말이었다.

사면초가로 궁지에 몰리게 된 이승만은 수동적 자세로 정국을 수습하려 했다. 그러나 여의치 못했다. 마침내는 이동휘, 안창호, 김규식, 남형우 등, 거물급 지도자들이 이승만에게 실망하고 임시정부를 이탈했다.

사태가 이쯤으로 돌아가자 이승만은 신규식, 이동녕, 이시영, 노백린, 손정도 등으로 새 국무원을 구성하고 간신히 위기국면을 넘겼다.

5월 17일, 그는 드디어 '외교상 긴급과 재정상 절박' 때문에 부득이 상하이를 떠난다는 고별서를 임시의정원에 남기고 잠적하였다. 그래서 이승만은 상하이를 떠날 때도 탈법적 방법으로 배표를 구입하고 몰래 승선하는 과정을 되풀이해야만 했다.

그러니까 이승만은 약 6년간(1919년~1925) 상하이 임시정부의 '임시대통령' 직을 차지하고 있었지만, 막상 그가 상하이에서 집무한 기간은 6개월(1920. 12~1921. 5)에 불과했을 뿐이다.

그 6개월의 상하이 체류기간 동안 이승만이 대한민국 임시대통령으로서 상하이 임시정부에 해 놓은 일이라곤 아무것도 없었다. 다만 거물급 지도자들을 떠나게 했다는 결과뿐이었다.

그러나 그는 다시 그의 외교활동 무대인 미국 수도 워싱턴 D.C로 돌아와 그곳을 주무대로 삼아 외교활동을 폈다. 그리고 자신의 활동본부를 '한국위원회'라고 칭했다. 그리고 이 무렵 필라델피아에서 '한국홍보국'과 '한국친우회'를 만들어 홍보활동을 펴고 있던 서재필과 제휴, 외교활동을 본격화했다. 미국에서 정규대학 교육을 받은 엘리트 청년들

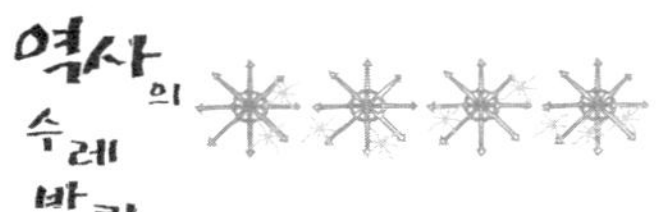

을 '구미위원부'의 위원으로 기용했는데, 그의 심복인 정한경, 대한인 민국회의 대표 이대위 그리고 하와이국민회의 대표 송헌주 등이 바로 그들이다.

'구미위원부' 출범 후 이승만이 맨 먼저 착수한 일은 독립운동 자금 모금이었다. 그는 교포들의 애국금과 인구세, 그리고 국내에서 비밀히 송금되는 의연금 등 만으로는 외교활동 기금이 모자랐다. 그래서 '대한민국' 명의로 독립 공채(公債)를 발행, 판매한다는 기발한 아이디어를 착상했다.

9월 1일부터 이승만은 김규식과 공동명의로 만들어진 공채표를 발매했다. 공채표는 10, 25, 50, 100, 500 달러 등 5종이었고, 연리 6%에 미국이 한국 정부를 승인한 1년 뒤에 상환한다는 조건이었다.

'구미위원부'는 미주와 하와이는 물론 멕시코, 쿠바, 칠레, 캐나다 등지에 흩어져 있는 교포와 화교(華僑)들에게도 공채표를 판매했다. 그리하여 1921년까지 최소한 81,351달러의 자금을 마련할 수 있었다. 이 금액은 '구미위원부' 총수입의 약 65%에 해당하는 액수였다.

이 자금으로 우선 상하이 임시정부에 매달 1,000달러 이상의 자금을 송금함으로써 임시대통령으로서의 체면을 조금은 세울 수가 있게 되었다. 그리고 이승만은 이와 비슷한 액수의 돈을 필라델피아의 서재필과 파리의 황기환에게 보내어 그들이 각각 발행하는 영문 내지 불문 월간 잡지 『한국평론(Korea Review)』과 『자유한국(Lo Coree Libre)』, 그리고 다른 많은 독립운동 관련 저서 및 팜플렛의 출판을 지원했다.

'구미위원부'는 또 미국내 21개 도시와 런던, 파리 등 유럽의 주요 도시에 '한국친우회'를 조직했다. 그 활동을 지원한 결과 25,000명의 회원을 확보하는 데 성공을 거두면서 미국인 헐버트 교수와 백 목사 등이 위원부의 선전원으로 미국 여러 도시를 순방하며 한국독립의 당위성을 역설하는 강연을 했다. 공채 판매 모금은 대체적으로 이러한 외교활동을 적극적으로 지원하는 데 지출되었다.

1919년 후반부터 미국 의회에서 한국문제가 심심찮게 거론되었다. 그리고 1920년 3월 17일에는 상원 본회의에 에이레(愛蘭) 독립지지안과 아울러 한국 독립승인안이 상정되어 표결에 붙여졌다. 그러나 애석하게도 에이레안은 가결되었지만 한국 독립안은 부결되었다.

그래서 구미위원부는 최종적으로 1921년 11월부터 1922년 2월까지 워싱턴에서 개최되는 워싱턴 군측회의 일명 '태평양회의'에 한국 독립 문제를 제기토록 의견을 모았다. 구미위원부는 상하이 임시정부는 물론 국내 각종단체와 뉴욕에 있는 유학생단체 공동회 등의 적극적인 후원을 얻어 이 회의에 이승만, 서재필, 정한경, 돌프, 그리고 토마스 등으로 구성된 대표단을 파견하고 군측회의에서 한국 대표에게 발언권을 주거나 본회의에서 한국문제를 정식으로 채택해 줄 것을 요구했다. 그러나 이 회의의 주도국인 미국, 영국, 프랑스, 일본 등 제국주의 열강 대표들이 이 요구를 묵살함으로써 이승만 등의 노력은 수포로 돌아가고 말았다.

워싱턴 군측회의가 폐막을 하고 서재필은 독립운동의 일선에서 물러나 독자쯘으로 무역회사를 운영하다가 결국 본업인 의업(醫業)으로 복귀했다. 그리고 김규식은 1920년 10월 워싱턴을 등지고 상하이로 떠났다. 그리그 1922년 1월 모스크바에서 열린 코민테른 주최 '극동노력자회의'에 참석, 미국 등 흡혈귀 국가들을 비판하는 데 앞장섰다. 그리고 그는 그때부터 미국은 믿지 말라는 말을 입에 달고 다녔다. 결국 자국의 이익 없는 일에는 개입하지 않는 것이 미국이며, 그것이 자본민주주의 국가로 세계 속에 막강한 국력을 길러낼 수 있었던 미국의 강점이라고 꼬집었다.

결국 이승만의 정치적 외교도 태평양회의를 고비로 일단은 뒤로 한 걸음 물러날 수밖에 없게 되었다. 의기투합했었던 어제의 동지들이 하나 둘씩 주위에서 떠나버렸기 때문이다. 구미위원부 사무실을 축소 정리한 다음 하와이로 돌아가 후일을 기약할 수밖에 없었다.

1930년대까지 이승만은 주로 여행으로 소일했다. 그것은 방랑벽이 심했던 아버지의 기질, 그 혈류가 흐르고 있었기 때문이었던지 태평양을 세 번. 그리고 대서양을 한 번 횡단했고, 또 기차로 시베리아를 통과하는 일도 있었다. 미국은 더 말할 것이 없었다. 일본과 중국, 필리핀 등 아시아 여러 나라와 과테말라, 엘살바도르, 니카라과, 쿠바 등 중남미 나라의 주요 도시를 두루 돌았다.

여성편력 또한 그에 못지 않았음을 그의 행적에서 나타내주고 있지만, 그것은 어디까지나 개인적인 사생활로 표면적으로는 크게 드러내지 않았기 때문에 이후 우뚝 서게 된 이승만이라는 그늘에 가려 묻혀졌다. 하지만 그 후문은 남아 있었던 것으로 1934년에 프란체스카 도너 여사와 재혼할 때까지 20여 년간 홀아비생활을 했지만 결코 고독하지 않았음은, 그 주위에 언제나 그림자처럼 따라다니며 뒷바라지를 해주는 신여성들이 많았다는 사실이다.

그 여성들은 이승만의 조강지처 박씨 부인처럼 '뜰방' 하지 않고, 대부분 똑똑한 인텔리 여성들로 이승만의 뒷바라지를 위해 단체기구를 돌아다니며 정치자금을 거두는 일 등에 앞장서기도 했다.

이승만의 망명시절 이승만에게 접근한 한국 여성으로는 노디 김과, 임영신(任永信)을 꼽을 수 있다. 임영신은 전라도 금산 태생으로 3 · 1운동 때 전주에서 만세시위를 주도, 일제감옥에서 6개월간의 영어(囹圄)생활을 했던 그녀는 일본 히로시마로 건너가 고등여학교를 졸업하였다.

그리고 귀국하여 공주영명학교와 이화학당에서 교편을 잡았다가 1923년 말, 미국으로 유학을 떠났다. 출국시 그녀는 관동대진재(關東大震災) 때 일제가 한국인을 학살하는 장면을 찍은 사진첩을 몰래 숨겨 가지고 샌프란시스코에 도착했다. 그곳에서 마침 방문중인 이승만을 만나 그 사진첩을 전달하게 되면서, 이를 계기로 두 사람은 서로 믿고 아끼는 동지로 밀착되기 시작했다.

하지만 임영신을 사랑하게 된 이승만이었다. 그곳 한인교회 이순길 장로를 통해 간접적으로 구혼을 했다. 임영신은 번민한 끝에 오빠들과 친구들에게 그 일을 놓고 상의했다. 그러나 모두들 반대였다. 미혼의 젊은 나이로 결혼 전력이 있는, 그것도 젊은 사람도 아닌 50대의 노인과 결혼한다는 것은 결코 바람직하지 못하다는 결론이었다. 그래서 모처럼의 청혼을 완곡히 거절했다.

그러나 이승만을 흠모하게 된 임영신은 이 때부터 이승만이란 이름에서 승(承)자를 따서 아호를 승당이라고 지어 애용했다.

그리고 해방 후, 이승만이 단신 귀국하자 임영신은 프란체스카 여사가 서울에 도착할 1946년 3월 25일까지 윤치영 내외와 함께 돈암장, 마포장에서 이승만의 비서역을 충실하게 담당했다.

그리고 그 후, 정부가 수립되고 이승만의 추천으로 민주의원, 유엔 전권대사로 미국에 건너가 빛나는 외교를 벌리고 돌아와 초대 상공부장관으로 발탁 기용되었다. 그래서 임영신은 한국 여성으로서는 최초로 정계에 그 족적을 남긴 걸출한 인물로 평가되어지고 있다. 그러나 이면에는 그토록 가슴 속에 애틋한 사랑을 감추어둔 이승만이 있었기 때문이다.

서양 기독교를 디딤돌로 대서양을 넘나들며 대 자유를 누렸던 행운아 이승만, 그러나 그는 1948년에서 1960년까지 대한민국을 통치하는 집권자로서 참으로 영욕(榮辱)이 점철되는 궤적을 남겼다. 그가 12년간 집권하는 동안 국민과 나라를 위해 얼마만큼 업적을 남겼는가 하는 평가에 대해서는 아직도 그 시비가 엇갈리고 있는 것이 사실이다.

그의 업적을 기리는 논자들 중에서는 이승만을 외교독립노선을 추구했던 외교 정치가로서 아주 훌륭했던 인물이라고 평한다. 그러나 한국 독립운동가들 중에서는 "그의 정치사상은 고작 선동론 내지 정략적 술책에 불과했다." 그리고 간혹 발견되는 그의 정치사상을 논평하는 글들에서는 "이승만에게는 반공노선 이외에 독창적 정치이론이 없다"라고 부정하는 측도 많다.

그러나 대체적으로 그의 업적을 기리는 논평에서 이승만은 외교활동은 중시하였지만, 그는 사상을 등한시하였기 때문에 그것이 국가통치권자로서 실패하게 된 원인이라고 평하고 있다. 그것은 일견 타당성이 있는 말이기도 하다.

이승만은 독립운동기간 동안에 중국인 손문(孫文)의 삼민주의(三民主義)나, 모택동의 신민주주의(新民主主義), 혹은 조소앙(趙素昻)의 삼균주의(三均主義) 그리고 이북 김일성 체제의 '민족주의' 등에 견줄 만한 체계화 된 '이즘'을 국가 통치자로서 개발하지 못했다는 것이 아쉬움으로 남는다.

다만 그는 동시대 우리나라 지식인들뿐 아니라 외국의 최고지도자들의 교육수준을 통털어 살펴보아도 그만큼 수준 높은 교육을 받은 지식인이나 통치자는 아직 없다. 분명 그는 세계 역사상 보기 드문 학자형의 언론인 출신 정치가였다. 하지만 그가 이룩한 업적은 실로 평가 저울에서 밑돌고 있다는 사실이다.

더구나 그는 분단국가로서 민족통일이라는 과제를 안고 있는 대통령으로서 거기에 대처하는 뚜렷한 독창적 사상을 창출하지 못했기 때문에 폄하되고 있는 것만큼은 사실이다.

물론 일민주의(一民主義)라는 소박한 정치이념을 제창하기도 했다. 하지만 분단국가로서 통일의 숙제를 안고 있는 실정에서 실현성이 없는 건국이념은 한낱 겉치레의 장식에 불과할 뿐이라는 평가다.

그는 1946년 3·1절 기념행사의 식사(式辭)에서 "한민족이 하나님의 인도 하에 영원히 자유 독립의 위대한 민족으로서 정의와 평화와 협조의 복을 누리도록 노력합시다"라고 연설했다.(유영익 著, 이승만의 삶과 꿈 참조)

그렇다. 그는 한민족의 후예로 서양사를 알기 전에 동방의 찬란한 정신문화를 꽃피워 열국을 무릎 꿇게 했었던 우리 한민족의 뿌리 그 사상을 먼저 알았어야 했다. 이승만이 국가 통치자로서 실패한 것은 바로 한민족 조상의 '얼'이 빠진 외래 사상에 깊이 물들어 있었기 때문에 민족적 긍지를 세워놓는 정치이념을 창출하지 못했다는 데도 그 원인이 있다.

그러나 이승만은 그를 새로운 서양문물에 눈뜨게 해준 기독교를 이 땅에 뿌리내리게 한 것으로, 그것이 건국대통령으로 크게 이룩해 놓은 유일한 업적이라고 할 수 있다.

사실 이승만은 기독교에 바탕한 서양문명을 전면적으로 수용하는 서양노선을 취했기 때문에 해방이 되고도, 일제가 침략정책으로 왜곡시킨 우리의 역사관을 바로 세워 놓는 일에 눈을 돌리지 못했던 것이다. 그래

서 저질의 민족 곰의 자손으로 왜곡시킨 채 우리 한민족의 역사는 아직
도 그대로 표류하고 있는 실정이다.

이승만은 미국에서 정치학박사뿐 아니라 신학박사 학위도 취득했다.
그러나 그가 진정으로 좀더 깊이 신학을 공부했더라면 지구촌 5색 인종
의 창조신이 엄연히 달리 존재하고 있다는 사실을 성서를 통해 한 번쯤
은 생각해 보았을 것이다.

성서는 분명히 구약과 신약으로 나뉘어져 있다. 구약 창세기 1장에서
는 대우주가 어떻게 생성되어 이루어져 나왔는가 하는 것이 기록되어
있다. 여기 1장에서는 오늘 서양 기독교 신학자들의 성서해석과는 달리
'우리'라는 다신(多神)들이 등장하여 태초의 말씀이라는 하나님의 빛
으로 '우리가 우리의 형상을 따라 사람을 만들자.' 그로 하여 사람이 창
조되어졌다는 것이고, 그들의 형상을 따라 창조된 사람에게 '우리'라는
다수의 성령들은 닷새 동안에 창조한 우주와 만물을 '이 모든 것 너희
에게 주노니 번성하여 다스리라' 하고 다스림의 권세를 그들에게 축복
으로 주었다는 기록이다.

이때에 창조된 사람은 분명히 흙이 아닌 하나님의 말씀에 의해서 창
조되었다는 것이고, 하나님의 이치에 따라 우주와 만물을 다스릴 신계
가 창조되어졌음을 창세기 1장에 기록해 두고 있다는 사실이다.

이렇게 하나님의 형상을 따라 태초의 빛 말씀으로 창조되어진 신계는
하나님 창조의 능력이 부여받았기 때문에 땅에 내려와 창조의 능력을
펼 수 있었던 것이며, 우주와 만물이라는 곧 거대한 하나님의 집을 맡아
관리하는 하나님 종(從)의 신분으로 우주와 만물을 다스리면서 하늘
'권세자'르 그 영광을 누리게 되었음을 기록하고 있다.

창세기 1장은 이렇게 본원(本源)의 영계(靈界)가 태초의 빛이라는 하
나님 말씀으로 신계족을 창조한 기록이다. 그리고 창세기 2장에서부터
성호(聖號)를 가진 여호와가 홀로 등장하여 구획의 경계를 나타내는 에
덴동산을 창설하고 물질세상을 펼쳐 나가는, 곧 이스라엘 뿌리역사를
기록해 두고 있는 것이 2장부터다.

그렇기 때문에 2장의 첫머리에서 우주와 만물이 이미 창조되어졌음

을 다시 기록해 두고 있다는 그 성구다.(창세기 2장 1~25)

"천지와 만물이 다 이루니라, 하나님이 그 지으시던 일이 일곱째 날이 이를 때에 마치니 그 지으시던 일이 다 하므로 일곱째 날에 안식하시니라. 하나님이 일곱째 날을 복 주사 거룩하게 하셨으니 이는 하나님이 그 창조하시며 만드시던 모든 일을 마치시고 이 날에 안식하셨음이라."

이렇게 여호와 하나님이 2장에서 흙으로 사람을 창조하기에 앞서 태초의 하나님이 천지와 만물을 다 이룬 그 일곱째 날을 복 주고 안식(쉼)으로 들어갔다고 했다. 그리고 4절부터 하늘 권세자 여호와가 자기의 영광을 만들고자 그의 이름 성호(聖號)를 가지고 물질세계 창조 역사를 펴나가는 모습이 전개된다.

창세기 1장과 2장의 창조는 이렇게 엄연히 그 질속이 다른 창조 역사로 그 전개 순서부터도 분명히 다르다는 사실이다. 창세기 2장 4절부터 이어지는 성구다.

"여호와 하나님이 천지를 창조하신 때에 천지의 창조된 대략이 이러하니라, 여호와 하나님이 땅에 비를 내리지 아니 하셨고, 경작할 사람도 없었으므로 들에는 아직 초목이 없었고, 밭에는 채소가 나지 아니 하였으며, 안개만 땅에서 올라와 온 지면을 적셨더라."

바로 이것이다. 2장에서 여호와가 등장하기 전, 1장에서 이미 다수의 하나님이 '말씀'으로 우주와 만물을 창조해 놓고 안식으로 들어갔다고 했다. 그런데 2장에서 경작할 사람도 없었고, 또 초목과 식물도 보이지 않고 안개만 땅에서 올라와 지면을 적시고 있었다는 곧 무(無)의 상태였다는 기록이다. 이처럼 아무것도 있지 않은 황무지 상태에서 여호와는 먼저 남자 아담부터 흙으로 창조해 나가는 것을 2장 7절에서부터 기록하고 있다.

"여호와 하나님이 흙으로 사람을 지으시고 생기를 그 코에 불어넣으시니 사람이 생령이 된지라, 여호와 하나님이 동방의 에덴에 동산을 창설하시고 그 지은 사람을 거기 두시고 여호와 하나님이 그 땅에서 보기에 아름답고 먹기에 좋은 나무가 나게 하시니 동산 가운데에는 생명나무와 선악을 알게 하는 나무도 있더라. 강이 에덴에서 발원하여 동산을 적시고 거기서부터 갈라져 네 근원이 되었으니 …(생략)… 여호와 하나님이 그 사람을 이끌어 에덴동산에 두사 그것을 다스리며 지키게 하시고, 여호와 하나님이 그 사람에게 명하여 가라사대 동산 각종 나무의 실과는 네가 임의로 먹되 선악을 알게 하는 나무의 실과는 먹지 말라, 네가 먹는 날에는 정녕 죽으리라 하시니라. 여호와 하나님이 흙으로 각종 들짐승과 공중의 각종 새를 지으시고 아담이 어떻게 이름을 짓나 보시려고 그것들을 그에게로 이끌어 이르시니 아담이 각 생물을 일컫는 바가 곧 그 이름이라, 아담이 모든 육축과 공중의 새와 들의 모든 짐승에게 이름을 주니라. 아담이 돕는 배필이 없음으로 여호와 하나님이 아담을 깊이 잠들게 하시니 잠들매 그가 그 갈빗대 하나를 취하고 살로 대신 채우시고 여호와 하나님이 아담에게 취하신 그 갈빗대로 여자를 만드시고 그를 아담에게 이끌어 오시니 아담이 가로되 이는 내 뼈 중의 뼈요, 살 중의 살이라 이것을 남자에게서 취하였은 즉 여자라 칭하리라.”

창세기 2장의 창조는 이렇게 이름을 가진 천신(天神) 여호와가 홀로 등장하여 ‘에덴동산’을 동방에 창설하고 거기에서 흙이라는 물질로 남자 아담부터 창조하고 난 뒤, 여자는 각종 동식물이 모두 만들어진 맨 마지막 끝으로 창조했다.

구약성서 창세기 1장과 2장의 창조는 이처럼 엄연히 다른 세계관으로 1장에서는 사람이 우리라는 복수형의 하나님 그 말씀에 의해서 창조되어졌기 때문에 창조와 동시에 우주의 지성을 보유할 수 있었던 것이지만, 2장에서 여호와 하나님으로부터 지음을 입은 사람 ‘아담’은 물질이라는 ‘흙’으로 창조되어졌기 때문에 그처럼 분별력이 없는 처음 사람 아담과 이브는 발가벗고 있어도 수치를 몰랐다는 원시인간이었음을 성서는 나타내 주고 있다.

그래서 여호와는 그가 지은 처음 사람에게 옳고 그름의 판단력 곧, 무지(無知)를 깨우치기 위한 방편으로 하나의 법을 세워 두고 그들의 지각이 어느 정도 자라 있는지를 천사 ‘루시엘’을 통해 시험하게 한 것이다.

그것은 창조신의 계율을 원시인간 그들이 얼마나 마음에 굳게 지켜두

고 있는가. 그 지각의 눈뜸을 가늠해 보기 위한 지혜였음을 나타내 주고
있다. 루시엘이라는 천사가 나타나 그들을 유혹했다는 성구다.

"너희가 그것을 따먹게 되는 날에는 너희 눈이 정녕 하나님과 같이
밝아질 것을 하나님이 아심이라."

바로 이것이다. 처음 사람 아담과 이브는 아직 옳고 그름의 분별력이
서 있지 않은 원시인이었다. 천사의 그럴 듯한 유혹에 넘어가 지엄한 여
호와의 계를 범하는 실수를 저지르고 만다. 그것은 그들에게 있어서 엄
청난 대사건이다. 이스라엘 조상 아담과 이브가 여호와 하나님의 명령
을 불순종했다는 최초의 '원죄'는 이렇게 만들어졌다.

이렇게 죄란 무지함으로 만들어진 것이고, 법은 옳고 그름의 경계를
알게 하기 위하여 만들어 놓은 것이다. 결국 이스라엘 최초의 조상 아담
과 이브는 그 하나의 법조차 지키지 못했다는 벌로 에덴동산에서 내어
쫓김을 받는다.

쫓겨난 이스라엘의 조상 아담과 이브는 그러나 그 사건을 통해서 비
로소 창조신 여호와 하나님에 대한 두려움을 알게 되고, 자각할 줄 아는
인간으로 천사 루시엘이 말한 그대로 그 이성이 비로소 눈떠지기 시작
했음을 성서는 나타내주고 있다.

이것이 바로 그들을 창조한 여호와가 그가 창조한 인간의 의식이 어
느 정도 자랐는가를 시험해 보기 위해 금계(禁戒)의 푯대를 세워 놓은
뜻이다. 이처럼 그들의 의식을 깨우치기 위해 세워 놓은 법은 처음은 하
나에서부터 시작되었다. 말하자면 여호와가 세워 놓은 금계를 범함으로
무지한 원시인간 아담과 이브는 어둠 속에 갇혀 있던 망막의 '알'에서
비로소 눈을 뜨기 시작한 것이다. 창조신 여호와가 '하나의 법'을 그들
앞에 세워 놓지 않았더라면 그들의 의식은 눈떠질 수가 없었을 것이다.
그 사건의 충격으로 자각할 수 있는 이성이 눈떠졌기 때문이다. 결국 처
음 사람 아담과 이브의 불순종의 원죄라는 것은 이처럼 무지했기 때문
에 만들어진 것이다.

더욱이 그들에게 다가와 유혹을 했다는 루시엘은 그 얼마 전까지 여
호와 하나님을 받들고 있던 천사장으로 여호와 하나님의 모든 비밀을

알고 있었다는 성서 기록이고 보면 더욱 그렇다.

그들은 그 법을 어기고 나서야 비로소 발가벗은 수치를 알게 되었다는 기록이고, 그런 그들에게 창조신 여호와는 직접 짐승의 가죽으로 옷을 지어 입혔으며, 그리고 그 에덴동산에서 벌로 내어쫓는다.

그들로부터 자손 카인과 아벨 형제가 태어났다. 그러나 그 형제가 육신 본능으로 형 카인이 동생 아벨을 질투하여 죽이는 사건이 또 일어난다. 그것은 그들의 이성이 아직 자라지 않았기 때문에 저지른 사건이다. 여기에서 또 다시 진노한 여호와는 동생을 죽인 형 카인을 그 죄의 벌로 멀리 내어쫓는다.

이렇게 처음 지음을 입은 원시인간 불순종은 그 족속이 번성되어지면서 계속적으로 이어졌고, 그때마다 진노하는 여호와의 형벌이 그 뒤를 따르게 되는데, 그것은 그 족속 진화를 위한 여호와의 방편 법이었다는 사실이다. 그래서 여호와는 아브라함이 백세에 얻은 귀한 아들 이삭을 제물로 바치라는 명령으로 그의 믿음을 시험해 보았고, 또 욥의 믿음도 천사를 통해서 그처럼 시험을 해보는 것을 성경이 기록하고 있다.

그러다가 어느 시기에 여호와는 인간 만듬을 한탄했다고 했다. 그러한 모습은 분명 서양 기독교 신학자들이 설파하는 대우주를 창조한 전지전능한 하느님의 모습이 아니다. 전지전능한 하나님이 인간 만듬을 한탄하고, 그들이 불순종으로 죄가 만연한다고 하여 어느 때에 이르러 '종자 씨' 노아의 가족만을 남겨 두고 홍수(물 심판)를 내려 몽땅 쓸어 버리는 행사를 했다면, 그·하나님은 전지전능하신 하나님의 모습일 수가 없다. 특히 진노했다는 것은 하나님은 '사랑'이라는 기독교 정신에 위배되기 때문이다.

여호와의 진노로 물 심판이 있고 난 후, 그 유대족 '종자 씨'가 어떻게 번성되어 나왔는가를 성경은 이렇게 기록해 두고 있다.

"롯이 소알에 거하기를 두려워하여 두 딸과 함께 소알에서 나와 산에 올라 거하되, 그 두 딸과 함께 굴에 거하였더니, 큰 딸이 작은 딸에게 이르되 우리 아버지는 늙으셨고, 이 땅에는 세상의 도리를 쫓아 우리의 배필이 될 사람이 없으니 우리가 우리 아버지에게 술을 마시우고 동침

하여 우리 아버지로 말미암아 인종을 전하자."(창세기 19장 30~33)

이때에 아버지와 딸이 상간을 하여도 여호와는 그들을 죄라고 정하여 벌하지 않았다. 바로 원시시대로 그 기록이 바로 구약성서다.

그로 하여 유대 이스라엘 족속은 점차 번성하여졌고, 그 민족이 불어나게 되면서, 여호와는 어느 시기에 이스라엘 백성이 이방이라는 나라 애굽의 노예가 되게 방치해 둔다. 그래서 혹독한 고통을 맛보게 하다가 어느 시기에 그 족속을 구출해 내면서 '나는 이스라엘의 하나님 여호와로라' 하고, 그가 그 백성이 믿어야 할 구원의 하나님이라는 것을 크게 각인시켜 주고 있다. 그 기록이 구약성서 〈출애굽기〉다.

이렇게 성서는 그때 이미 이 지구상에 여호와가 창조한 유대(이스라엘) 족속 이외에 '이방'이라는 민족이 분명히 존재해 있고, 이방의 족속 창조신이 엄연히 존재했었기 때문에 이스라엘 족속을 창조한 여호와는 그가 창조한 백성들에게 "나 이외는 다른 신을 섬기지 말라!" 그리고 "나는 질투하는 하느님이라"고 분명히 그 경계를 그어두고 있다는 사실이다. 그것을 뒷받침해 주는 성구다.

"여호와께서 말씀하시되, 이는 그들이 내가 그들의 앞에 세운 나의 법을 버리고 내 목소리를 청종치 아니 하며, 그대로 행치 아니 하고, 그 마음의 강퍅함을 따라 그 열조가 자기에게 가르친 바알들을 쫓았음이라. 그러므로 만군의 여호와 이스라엘의 하나님 내가 말하노라. 보라, 내가 그들 곧 이 백성에게 쑥을 먹이며 독한 물을 마시우고 그들과 그들 조상이 알지 못하던 열국 중에 그들을 해치고 진멸되기까지 그 뒤로 칼을 보내리라."

이러한 여호와 하나님의 모습은 전지전능하신 하나님의 모습이 아니라 군대를 이끄는 용맹한 장군의 모습으로 그 행사에서 민족 수호신으로서 열심을 다하고 있는 모습을 보여주고 있는 것이다.

여호와는 이스라엘 백성들에게 그가 그들이 믿어야 할 절대 하나님이라는 것을 가르쳐 왔다. 그것이 그의 영광을 삼기 위한 것이라고 밝혀두고 있으면서 "내 영광을 위해 지은 자들을 오게 하라!" 하고, 그가 창조하여 민족을 이룬 이스라엘 백성들에게 '사람'으로서의 행해야 할 도

리를 깨닫게 하기 위해 '율법십계명'을 모세를 통해 세워두고 엄히 다
스려 왔던 것이다.

이렇게 이스라엘 민족의 조상, 처음 원시인간 아담과 이브로부터 그
족속이 번성되고 진화되어져 감에 따라 점차 여호와의 명령 율법은 '십
계명'으로 늘어나게 된다.

이러한 계율의 법은 유대 족속의 조상 아담과 이브가 발가벗고 살았
던 원시시대로부터 구석기, 신석기, 청동기 시대를 거치는 동안에 점차
로 늘어났는데, 그가 창조한 백성 진화를 돕는 과정에서 여호와는 이스
라엘 백성과 '이방' 족속간에 연속적인 전쟁을 붙이면서 거기에서 계략
의 술수까지도 가르쳐 주고 있다.

그것은 이방 족속 창조신들 또한 마찬가지였다. 각기 그 백성의 진화
를 돕기 위한 것이었다. 각 족속 창조신들이 서로 그 계책을 세워 자기
의 백성 앞에서 진두지휘하고 있었음을 구약성서 속에 분명히 기록해
두고 있다.

이 때에 각 족속의 창조신들은 그 빛의 색이 다른 이방 족속들이 서로
섞여 혼혈하는 것을 막기 위해 철저하게 감시했음을 보여주고 있다.
'바벨탑' 사건이 바로 그것이다.

"자, 우리가 내려가서 그들의 언어를 혼잡케 하여 그들로 하여금 서
로 알아듣지 못하게 하자."

이렇게 각 족속의 창조신들은 서로 사이 좋게 의견을 모아 그들 각 족
속의 언어를 이때부터 흩어 놓았다는 것이고, 이 때에 그 색이 다른 신
들이 내려와 여호와의 백성 중에서 아름다운 여자를 취하기도 했었음을
다음과 같이 기록하고 있다.

"여호와께서 모세에게 일러 가라사대 너는 이스라엘 자손에게 또 이
르라, 무릇 그가 이스라엘 자손이든지 이스라엘에 우거하는 타국인이든
지 그 자식을 몰렉에게 주거든 반드시 죽이되 그 지방 사람이 돌로 칠
것이요, 나도 그 사람에게 진노하여 그를 백성 중에서 끊으리니, 이는
그가 그 자식을 몰렉에게 주어서 내 성소를 더럽히고 욕되게 하였음이
라. 그가 자식을 몰렉에게 주는 것을 그 지방 사람이 못본 체하고 그를

죽이지 아니 하면 내가 그 사람과 권속에게 진노하여 그와 무릇 그를 본받아 몰렉을 음란히 섬기는 모든 사람을 그 백성 중에서 끊으리라. 음란한 듯 신접한 자와 박수를 추종하는 자에게는 내가 진노하여 그를 백성 중에서 끊으리니 너희는 스스로 깨끗하여 거룩할지어다. 나는 너희 하나님 여호와로라."(레위기 202장 1~8)

이 성구에서 나타내 주고 있는 것은 구약시대는 신들이 직접 인간 세상을 다스려 왔고, 또 여호와 이외의 많은 신들이 하늘에서 내려와 신들로 하여 창조된 물질인간 여자를 취하여 혼혈아를 낳았던 것임을 성구는 기록하고 있다. 이 때에 이들의 행위에 진노한 여호와는 '내 성소를 더럽히고 내 성호를 욕되게 하였음이라' 하고 음란하듯 신접하지 말고 스스로 깨끗하게 하여 거룩하게 하라고 제사장 모세에게 경고해 두고 있다는 사실이다. 뿐만 아니라 이 성구에서 여호와는 이스라엘 백성 이외의 타국인에 대해서 그 한계를 엄히 그어 두고 있다. 그렇다면 여기에서 여호와가 지칭한 '타국인'은 언제 누구로 하여 창조된 인간 종자라는 말인가?

서양의 기독교 신학자들은 인류는 여호와가 창조한 최초의 사람 아담과 이브로부터 지구촌 5색 인종으로 그 유전자가 변질되어 그 피부색을 달리하게 된 것이라고 믿고 있고, 그것이 여호와 하나님의 신비로운 능력의 기적에 의해서 유전자 염색체가 변질되어졌다고 설파하고 있다. 이렇게 원시적인 성서해석으로 지금까지도 인류 뿌리역사를 왜곡시키고 있는 것이 서양 기독교 신학의 그 문제점이다.

하지만 구약성서 속에서 여호와가 경계를 긋고 있는 '이방인'이나 '타국인'은 결코 여호와의 권한 속에 있는 창조물이 아니라는 것을 분명히 밝혀두고 있다는 사실이다. 그것을 뒷받침해 주는 성구를 여러 곳에서 나타내고 있다.

"당시의 땅에 네피림이 있었고, 그 후에도 하나님의 아들들이 사람의 딸들을 취하여 자식을 낳으니 그들이 용사라, 고대 유명한 사람이었더라."(창세기 6장 4~5)

이 성구에서 나타내고 있는 '하나님의 아들들'이란 바로 창세기 1장에서 본체신 영계가 태초의 말씀으로 우주와 만물을 창조하고 그것들을 다스릴 하늘 사람을 그 창조 여섯째 되는 날 만들었다는 하늘 권세자, 즉 신계족으로 하나님이 말씀으로 창조했다는 아들들이다. 그들에 의해서 창조된 물질 인간 세상에서는 그들이 마치 육신이 없는 하늘 사람으로 '천사'들이라고 지칭하지만, 그 신들에게는 인간 세상이나 마찬가지로 육신의 모양이 있고, 각기 그 이름이 있으면서, 그 색에 따르는 하늘 정부를 인간 세상이나 마찬가지로 이루고 있음을 나타내 주고 있다.

그 색이 다른 신들이 땅에 내려와 여호와가 만든 창조물 물질인간 여자를 취하여 자손을 번식시키고 있었음을 성구는 보다 분명하게 밝히고 있다는 사실이다.

이처럼 성서는 삼천대세계(三天大世界)로 나뉘어져 있음을 분명히 밝히고 있고, 하나님의 아들들이 사람의 딸들을 취하여 자식들을 낳았다는 것은 바로 그들 천신들도 인간처럼 육신의 모양을 하고 있다는 이야기가 된다.

이러한 성구를 분석해 보면 천상의 하늘 사람 신계는, 태초의 본원 영계의 '빛'의 말씀으로 창조되어졌기 때문에 우주의 지성을 갖춘 하나님의 아들들이고, 그들 신계에 의해서 창조된 것이 바로 땅 위에 있는 '사람의 딸들'이다.

이렇게 '하나님의 아들들이 사람의 딸들을 취함으로' 그 사이에서 태어난 자식은 그렇기 때문에 그 힘과 지혜가 물질로만 창조된 피조물들과는 다를 수밖에 없다. 그들 '하나님의 아들들'은 이미 우주의 지성을 보유하고 있어서 그처럼 땅에 내려와 물질 인간을 창조해 내는 능력을 가지고 있었기 때문이다.

그래서 하늘 사람들이 땅의 아름다운 여자를 취하여 태어나게 된 인간은 그들의 고급 유전인자를 받고 태어났기 때문에 물질로만 창조되어 진화를 거듭해야 하는 인간과는 그 지능이 다를 수밖에 없다. 그들은 이미 우주 4차원의 지성을 보유하고 있는 천신들이기 때문이다.

그 우주의 지성을 유전인자로 받고 태어난 사람이 고대 유명한 '용사'였다는 성서 기록과 같이 동방에서도 그러한 뿌리 역사 기록을 가지고 있다. 바로 일제가 곰과 상간하여 태어났다는 우리의 국조 '단군왕검'의 탄생 신화가 그것이다.

이렇게 구약성서는 지구상에 처음 인종(人種)이 번성되기 시작할 때의 인류 뿌리역사를 보다 분명하게 기록해 두고 있으면서 그 유대 족속 이외에 '이방'이라는 나라 그 조상 창조신이 엄연히 달리 존재함을 성서 곳곳에 나타내고 있다.

"야곱 족속아 오라, 우리가 여호와의 빛에 행하자, 주께서 주의 백성을 버렸음은 그들에게 동방의 풍속이 가득하며 그들이 블레셋 사람같이 술객이 되며 이방인으로 더불어 손을 잡아 언약하였음이라."

이 성구에서 분명하게 나타내고 있는 '동방의 풍속'이 바로 그것이다. 우리 한민족의 뿌리 기록에서 처음 동방 아시땅에는 웅족과 호족이 나란히 이웃하고 살았다고 했다. 성서도 마찬가지로 그 당시 여호와의 족속과 또 다른 창조신의 족속 '이방인'이 나란히 이웃하고 살았었음을 이렇게 기록해 두고 있다는 사실이다.

그 당시 애굽왕이 이스라엘 백성을 향해 말하고 있는 성구에서 지구촌 전 인류는 아담과 이브의 후예가 아님을 보다 분명하게 드러내 주고 있다.

"이 백성 이스라엘 자손이 우리보다 많고 강하도다. 자, 우리가 그들에게 대하여 지혜롭게 하자. 두렵건대 그들이 더 많게 되면 전쟁이 일어날 때에 우리 대적과 합하여 우리와 싸우고 이 땅에서 갈까 하노라."(출애굽기)

이 성구는 이스라엘 백성이 애굽(이집트)에서 노예로 그들의 종살이를 할 때의 기록이다. 애굽 왕은 이스라엘 백성이 그들의 종족보다 더욱 번성하고 창성해지는 것을 염려했고, 그래서 그 족속의 씨를 번성하지 못하도록 더욱 혹독한 고역을 시켰다고 했다. 그러나 그들의 생육은 더욱 번성하고 왕성해져서 이것을 애굽왕 바로는 고심하고 마침내 이스라엘 족속의 여자가 사내아이를 낳으면 무조건 죽이라는 명령을 내린다.

이 때에 훗날 이스라엘 족속을 이끌고 가나안 땅으로 가게 될 제일의 제사장 모세가 태어났다. 그 부모는 태어난 갓난아이의 준수함을 보고

차마 죽이지를 못하고 석달을 몰래 숨겨 키운다. 그러다가 더는 몰래 키울 수가 없게 되자 갈대 상자를 만들어 역청과 나무진을 칠하고 그 안에 아이를 담아 바로왕의 딸 공주가 그 시녀를 데리고 가끔 목욕을 하러 나온다는 하수가로 떠내려 보낸다. 그때에 애굽의 공주가 시녀들과 목욕을 하러 나왔다가 갈대 상자 속에서 우는 아이를 가엾이 여기고 궁으로 데려가 아들로 삼아 키우게 된 것이다.

물론 그 때 숨어서 동태를 살피던 모세의 생모가 다리를 놓아 유모로 들어가게 되면서 장성한 모세는 그가 이스라엘 자손임을 알게 되었고, 마침내 바로왕 밑에서 노예 생활을 하고 있는 이스라엘 백성들을 구해내는 인도자로 세움을 받는다.

그러한 운명으로 자라난 모세였기 때문에 당시의 모든 학문 등을 익히고 섭렵할 수 있었다. 그 모세에게 여호와는 지혜를 주어 이스라엘 족속의 뿌리 기록을 남기게 한 것이 구약성서로, 창세기에서부터 출애굽기, 레위기, 민수기, 신명기에 이르기까지였다.

서양 이스라엘 족속의 뿌리 역사가 이렇게 모세에 의해서 기록되었듯이, 동양 한민족의 뿌리 역사 또한 마찬가지였다. 기록에 의하면 하늘에서 내려온 천신 환웅천제께서 우주의 생성원리 그 함축도가 들어 있는 천부인(天符印) 원방각을 가지고 내려와 그 원리를 천신 사관신지에게 풀어 기록하게 한 것이 바로 한민족의 경전인 〈천부경〉이다.

그렇기 때문에 천부경 속에 내포하고 있는 우주 생성원리의 함축도는, 모세가 기록한 창세기 1장의 기록과 하나의 이치를 이루고 있고, 처음 지구상에 존재하게 된 한민족의 조상 그 뿌리 역사 또한 마찬가지로 천신들에 의해서 그와 유사한 모습으로 전개되어졌고, 기록으로 남겨졌다는 사실이다.

구약성서 속에서 '이방' 족속을 다스려 온 많은 신들의 이름이 이스라엘의 하느님 여호와 이외에 등장하고 있는 것처럼, 한민족 뿌리 역사 기록 역시 마찬가지다. 농사법을 가르쳐 주는 천신, 길쌈하는 법과, 선과 악이라는 권선징악을 가르쳐 주는 천신, 또 나무로 집을 짓는 법을 가르쳐 주는 천신 등등 구약성서 속에서 등장하는 이름을 가진 천사들과 여호와 하나님이 그 백성들을 가르쳐 온 것과 조금도 다르지 않은 모습이다. 그 천신들은 원시 인간들이 세상을 살아나갈 수 있는 생활의 지혜를 가르쳐 주었고, 또 상과 벌을 내려 깨닫게 하는 모습 역시도 동서가 별로 다르지 않음을 보여주고 있다.

이러한 구약성서 기록에서 이스라엘 백성을 감찰하고 다스리는 여호와 하나님의 모습은 마치 병정놀이를 하는 골목대장과도 같은 모습이다. 그 백성들에게 "눈에는 눈, 이에는 이, 칼에는 칼로 대적하라"고 가르치면서 그야말로 이웃 이방 족속과 전쟁 붙임에서 술수의 계략까지도 천사들과 의논하여 가르쳐 주고 있기 때문이다. 그 성구 기록이다.

"마가야가 가로되 그런즉 왕은 여호와의 말씀을 들으소서. 내가 보니 여호와께서 그 보좌에 앉으셨고, 하늘의 만군이 그 좌우편에서 모시고 서 있는데 여호와께서 말씀하시기를 누가 아합을 꾀어 저로 길르앗 라못에 올라가서 죽게 할꼬? 하시니 하나는 이렇게 하겠다 하고, 하나는 저렇게 하겠다 하였는데 한 영이 나아와 여호와 앞에 서서 말하되 내가 저를 꾀이겠나이다. 여호와께서 저에게 이르시되 어떻게 하겠느냐? 가로되, 내가 가서 거짓말 하는 영이 되어 그 모든 선지자의 입에 있겠나이다. 여호와께서 가라사대 너는 꾀이겠고, 또 이루리라, 나가서 그리하라."(열왕기상 22장 19~23)

이처럼 이웃 이방 족속과 전쟁 붙임에서 거짓말 하는 영까지도 동원하는 여호와가 오늘의 기독교가 말하는 그처럼 전지전능하고 진실하다고 믿는 하나님의 위상일 수 있을까? 그 모습의 행사(行事)야말로 전지전능하신 하나님으로 믿기에는 자격미달로 조잡한 하나님의 모습이다.

이렇게 구약성서 속에서 보여주는 여호와 하나님의 행사는, 대우주를 창조하고 만생명을 사랑하신다는 절대자 하나님의 위상일 수가 없다. 분명히 지엽적인 민족 수호신의 모습으로 우주를 말씀으로 창조했다는 전지전능한 하나님의 위상이 분명히 아니라는 사실이다.

바로 이것이다. 구약시대는 각 족속의 창조신이 그가 세운 백성의 진화를 돕기 위해서 그 의무와 책임을 열심히 하고 있었음을 보여주고 있다. 그 시대가 바로 동서를 막론하고 있어 왔던 다신숭배의 시대로, 신과 인간이 함께 어우러져 먹고 마시던 신인합발시대라고 말한다.

이처럼 하늘 권세자들이 지구라는 땅에 내려와 그들의 정기 호흡을 불어넣어 각기 족속을 세우고, 그 백성들을 가르쳐 진화시키면서 절대자 하나님으로 영광을 받아오던 선천의 시대가 드디어 마감되어졌다. 천도(天道)에 따른 시대 변화가 온 것이다.

즉 이스라엘 족속 창조신 여호와가 그 족속을 다스려 오던 구약시대가 비로소 본체신 성자 출현으로 마감되어졌다. 그 시대 변혁으로 인간 생명의 본원자리 영혼을 알게 하는 진리의 복음, 그 '신약'이라는 예수 그리스도의 세계가 마침내 그 문이 활짝 열리게 된 것이다.

그러한 시대 변혁이 올 것을 구약성서 속에서 많은 선지자들이 와서 예언해 두고 갔다. 그것이 바로 '구세주 메시아' 예언이다. 곧 때가 이르면 하느님의 아들(성자)이 출현하여 그 백성을 죄에서 구원해 줄 것이라는 것이 선지자들의 예언이었다.(이사야 9장 5~6)

"어지러이 싸우는 군인의 갑옷과 피 묻은 복장이 불에 섶같이 사라지리니 이는 한 아기가 우리에게 낳고, 한 아들을 우리에게 주신 바 되었는데, 그 어깨에는 정사를 메었고, 그 이름은 기묘자라, 모사라, 전능하신 하나님이라, 영존하시는 아버지라, 평강의 왕이라 할 것임이라."

이렇게 선지자들의 예언은 때가 이르면 평강의 왕, 하나님의 아들이 온다는 것이고, 그때에 이르러 '이방' 민족과 연속적인 전쟁붙임을 해 오던 여호와의 친존시대가 마감될 것을 귀띔해 준 것이다.

그래서 이스라엘 백성들은 선지자들이 예언해 둔 '구원의 메시아' 하느님의 아들을 학수고대하고 기다리고 있었다. 그 예언이 성자 예수 탄생으로 응해진 것이다.

그처럼 선지자들을 통해서 보내준다고 하나님께서 약속한 아들이 유대 땅에 출현한 것은 유대 족속의 조상 아담으로부터 예수까지 48대에 이르렀을 때였다. 그 시대 사람들의 수명은 성서 기록으로 몇백년씩 장수했었다는 것으로 4,000년이라는 아득한 시간대가 흘렀을 때였다.

그 같은 시간의 역사가 흐르는 동안 이스라엘 민족을 직접 다스리며 진화 성숙시켜 온 신이 여호와 하나님이었다. 그 기간 동안 여호와는 십계명 율법을 세워 두고 응징하면서 그 백성 지각을 깨우쳐 주는 일에 열심을 다해 왔던 것을 구약성서가 기록해 두고 있다.

그렇게 그 백성의 사고하는 지각이 어느 정도 정점에 이르렀을 때였다. 성부 하나님이 선지자들을 통해 보내 주겠다고 약속한 '만왕의 왕' 그 하나님 아들 예수가 드디어 탄생한 것이다.

그러나 그 백성이 그처럼 기다리는 하느님의 아들은 만왕의 왕, 그 위풍 당당한의 모습이 아닌, 그야말로 보잘것 없는 나사렛 동네 목수의 아들로 태어났다. 그 시대 천한 목수의 아들로 태어난 예수는 13세가 되기까지 고작 그 아버지 요셉의 문짝 심부름이나 해주면서 사실상 세상의 교육을 받아보지 못했다. 겨우 율법사 대제사장들 밑에서 그들이 섬기는 여호와 하느님의 율법과 규례에 대해서 배운 것이 전부였다.

그리고 예수는 13세가 되었을 때 이스라엘을 떠났다. 그 당시 이스라엘에서는 남자 나이 13세가 되면 이스라엘 관습에 따라 아내를 맞이하게 되어 있었다.

그 해 예수는 예루살렘에서 나자렛으로 돌아가는 가족들의 대열에서 은밀하게 빠져나와 상인들의 무리와 함께 인드(Ind)로 향했다. 그것은 장차 아버지(성부)께서 정하신 그 위대한 역사를 준비하기 위해서였을 것이다. 그래서 성서에는 분명히 13세부터 29세까지의 예수의 생애에 대한 기록이 빠져 있다.

그리고 예수가 다시 등장하게 된 것은 그가 33세에 십자가에 못 박히기까지 그 3년간의 행적뿐이다. 그런데 성서적으로 단절된 예수의 생애, 그 삶의 흔적 기록이 인도 스미스 사원(寺院)에서 양피지에 쓰여진 '이사전'으로 발견된 것이다. 뿐만 아니라 티베트 등 이스라엘 이방의 여러 나라 등지에서도 예수에 관한 행적의 자료가 보관되어 있어서 기독교인들에게 더 없는 큰 충격을 던져 준 것이다.

여기에 하나님의 아들은 독생자로 예수뿐이라고 주장하는 기독교인들은 조작된 것이라고 반박을 했다. 타종교는 우상이며 진리가 아니라고 매도하고 있는 기독교리로서는 당연히 그럴 수밖에 없을 것이다. 특히 기독교 스승인 예수가 청년시절 인도와 티베트 등에서 불교의 승려들과 지내며 법명(이사)까지 받았다는 것은 타종교는 삿된 것이라고 설파하는 기독교리로서는 치명적인 것이기 때문이다.

그러나 그 기록의 내용을 살펴보면 더 없이 진솔함을 발견하게 된다는 사실이다. 그 기록의 일부다.

"이사가 은밀히 아버지 집을 떠나 예루살렘 상인들과 함께 인드로 갔으니 이는 하나님 안에서 완전함을 얻기 위해서요 대붓다의 법을 연구하기 위해서라."(민희식 : 법화경과 신약성서, 16~17)

여기에서 나타내고 있는 '대붓다' 라는 말이 편협한 유일신관 기독교리에 묶여 있는 기독교인들로서는 민감한 반응을 보일 수밖에 없다. 기독교 스승에 대한 불명예라고 생각하기 때문이다. 하지만 '대붓다' 라는 말을 정의하면 진리의 정각(定刻)을 이룬 진리체(眞理體)라는 뜻이다.

이렇게 표현상으로 말은 다르지만 같은 뜻을 담고 있는 것을 모르기 때문에 예수가 '대붓다' 를 꿈꾸었다는 고문서 자료의 기록에 기독교인들은 그처럼 흥분하고 반박하고 있는 것이지만, 그것이 바로 기독교리의 문제점으로 태초 그 '있음' 의 시작에 대한 성삼위의 존체를 풀어내지 못한 무지한 성서해석에서 오는 결과인 것이다.

사실적으로 성자들의 행적을 살펴보면 동서를 막론하고 세상에 출현했던 성자들은 성부께서 정해 놓은 시간까지 진리 탐구를 위해 유명하다는 기존의 사상가들을 찾아다니며, 그 밑에서 공부했었음이 공통적인 행적이라고 할 수 있다. 그리고 거기에서 만족하지 못했음도 마찬가지다.

그 후, 스스로의 독자적인 깨달음을 얻고, 그 깨달음의 진리를 제자들에게 가르쳐 전하게 했다는 사실이다. 이것이 기존의 사상을 뒤엎은 성자들의 진리로 그 불씨인 것이었다.

성현들이 이 땅에 출현하여 보여준 것이 그것이다. 진리의 하나님 그 아들들이지만 어렸을 동안은 종과 다름없이 청지기 밑에서 초등학문과 기존의 사상을 그 아버지가 정한 때까지 배웠던 것으로, 어느 날 갑자기 도통했다고 나타난 성현은 없다.

이러한 성현들의 행적을 미루어 볼 때 청년 예수가 여러 나라 등지를 떠돌며 기존의 사상가들 밑에서 무엇을 배우고 돌아왔던지 그것이 기독교 스승의 자존심에 관한 문제로 조작된 것이라고 반박하며 흥분할 일이 아닌 것이다.

오히려 그러한 성자들의 행적을 통해서, 인간 영혼이 성숙하면 마침내 신의 경지에 오를 수 있다는 성자들의 가르침 그 진리를 이해하게 되고, 내가 바로 신의 소생이라는 긍지를 갖게 해 준다는 사실이다.

그처럼 지극한 하나님의 아들 성자 예수의 모습을 성서가 아닌, 이방나라에 보관되어 있는 '이사전(5장 3~1)'의 기록에서 그 진실을 엿볼 수 있게 하고 있다.

"이사께서 죄에 빠진 자이네 숭배자를 버리고 오릿사 나라에 있는 주거나웃에 가시니, 그곳에는 비앗사크 리슈나의 시신이 안치된 곳이더라. 이사께서 그 곳 백인 브라마 사제들에게 극진한 환대를 받으셨더라, 그들이 이사께서 베다를 읽고 이해하는 방법과 기도의 힘으로 병을 치유하는 방법, 경전을 사람에게 가르치고 설명하는 방법과 사람의 몸에서 악령을 몰아내어 온전함을 되찾을 수 있는 방법을 가르치시니라. 이사께서 주거나웃 란자그리하 베나레스 그리고 다른 성지에서 6년을 지내셨더라. 그가 바이샤와 수드라에게 가르치시고."

이렇게 예수는 이스라엘의 본집을 떠나 처음에는 인도의 브라마 사제들에게서 〈베다성전〉과 〈마니법전〉을 읽고 이해하는 방법을 배웠고, 이후 이것을 가르쳐 주었다는 기록이다. 〈마니법전〉은 성자 석가 출현 이전에 기존의 사상가들에 의해서 기술된 유대 이스라엘 민족의 구약성서나 마찬가지 성격의 경전이다.

예수가 인도 땅을 밟았을 때는 석가가 입멸한 지 근 500년이 지난 후였다. 그런데도 그때까지 그 시대 변화를 깨닫지 못하고 있는 인도의 브라마 사제들이었고, 그래서 그들이 상고하며 믿는 것이 석가모니 교조께서 가르치신 불교 경전이 아닌, 석가 이전 다신숭배시대에 있어 왔던 기존의 〈마니경전〉이었다는 사실이다.

석가는 예수가 출현하기 500년 전 인도 땅에 출현하여 처음에는 인도 기존의 사상가들 밑에서 예수가 대제사장들 밑에서 율법을 배운 것처럼 초등학문을 배웠던 것이다. 그러다가 독자적인 고행 끝에 깨달음을 얻고 기존의 사상가들 브라마 사제들과 많은 마찰을 빚었다.

그것은 이후 예수가 이스라엘로 돌아와 기존의 사상 율법을 버리라고 했던 것이나 마찬가지였다. 기존의 사상에서 비롯된 모든 의식을 버리라는 것이었다. 그리고 진리로 깨달음을 얻으면 곧 내가 '부처' 라는 것을 알게 된다는 석가의 가르침이나 마찬가지로 예수 역시도 같은 이치의 말씀이었다. 진리의 말씀으로 깨달음을 얻으면 하나님의 아들 되는 명분을 얻는다는 것이었다. 예수 출현 500년 전 석가는 인도 땅에 출현하여 이 같은 가르침으로 기존의 사상을 완전히 뒤엎고 새로운 법시로 사상 혁명을 일으키고 입멸하신 것이다.

예수가 인도로 건너갔을 때는 석가모니 교조가 그 법시에 불을 당기고 떠난 그 500년이 지난 시간대였을 때였다. 예수 역시도 처음에는 그들 기존의 사상가들 브라마 사제들 밑에서 석가나 마찬가지로 그들의 〈마니경전〉을 배우는 것으로부터 시작했다. 그러나 그 공부를 마친 6년 후, 예수는 그들이 믿는 기존의 사상을 뒤집어엎고, 그들의 잘못됨을 지적하며 그들의 사상에 대항했다고 했다. 그때까지도 여전히 기존의 사상가들은 그 의식을 행하고 있었기 때문이다. 예수가 거기에서 기존의 사상가들과 마찰을 빚고, 번번이 배척을 당하는 행적은 석가 성자와 조금도 다를 것이 없었다. 그 기록의 일부다.

"그러나 이사께서 브라만의 말을 듣지 아니 하시고 수드라에게 가서서 브라만과 크샤트리아에 대항하여 설교하셨더라. 그는 동료 인간의 존엄성을 짓밟을 권리를 가졌노라고 자칭하는 사람들의 인권을 완강히 부인하셨더라. 이사께서 설교하시기를 사람들이 성전을 가증한 것들로 채우고 있다고 하시니라. 쇠와 돌을 숭배하기 위해 지고한 영혼의 일점이 거하시는 동료 인간을 제물로 바치느니라. 호사한 의자에 앉은 게으름뱅이들이 비위를 맞추기 위해 이마에 땀을 흘리며 노동하는 자들을 능멸하니라. 그러나 형제로부터 평범한 축복을 앗아가는 자들은 그들 자신의 축복도 빼앗아갈 것이라. 그리하여 브라만과 크샤트리아는 깜짝 놀라 그들이 무엇을 행해야 할지 물었더라. 이사께서 그들에게 명하시니라. 우상을 숭배하지 말라, 너 자신을 먼저 생각하지 말라, 네 이웃을 능멸하지 말라, 빈자를 도와라, 유약한 자를 부양하라, 아무에게도 악을 행치 말라, 네 것이 아닌 남의 것을 탐내지 말라. 이사께서 수드라에게 했던 밀을 전해 듣고 브라만과 전사들이 이사를 죽이기로 결심하였더라. 그러나 이사께서 수드라로부터 이 소식을 먼저 전해 듣고 밤을 틈타 그곳을 떠났더라. 후에 이사께서 두루마리를 다 익히시고 네팔과 히말라야 산 속으로 가시니라."

바로 이것이다. 성자들로 하여 진리의 시대 그 문이 열리기까지 각기 백성들은 그들을 창조한 민족 수호신을 절대자로 숭배하고 믿어왔기 때문에 성자들은 기존의 사상을 뒤집어엎는 교화의 전도에서 그처럼 사상적인 마찰을 빚고 있었다는 점이다.

인도 기존의 사상 역시도 이스라엘 백성들이 여호와 하나님이 흙을 손가락으로 주물러서 그들의 조상을 만들고 그 코에 생기를 불어넣었다는 것과 유사한 것이었다. 그들의 조상이 태양신의 자궁과 발가락에 의해서 창조되어졌다고 믿고 있었다.

그러한 믿음으로 태양신을 섬기는 사제들은 인간을 제물로 바치는 제사 의식을 매년 행하고 있었고, 여호와 하나님의 규례를 지키는 이스라엘 제사장들은 양을 잡아 제물로 바치는 제사 의식을 그와 유사하게 행하고 있었던 것이다. 그러한 그들의 제사 의식을 석가나 예수는 폐하라는 것이었고, 진정한 예배의 대상을 바로 깨달으라는 이 가르침으로 성자들은 그들로부터 시대의 이단자로 배척을 받은 것이다.

이렇게 그 시대와 나라를 달리하고 세상에 출현한 성자들은 그 교화의 가르침에 있어서는 근원을 하나로 귀결짓고 있다는 사실이다. 다음 자료에서 보다 진실하게 삼신일체의 진리에 대해서 말해 주고 있다.

"이사의 말씀이 그가 지났던 나라의 이교도들에게 전파되매 그들이 우상을 버리니라. 이를 본 사제들이 참 하나님의 이름을 찬미했던 이사를 다그쳐 그가 자기들을 견책했던 것과 마찬가지로 그가 말하는 우상도 쓸모 없다는 주장을 사람들 앞에서 설득하도록 하시니라. 그러자 이사께서 그들에게 이르시기를, 너희 우상과 짐승이 권능이 있고, 진실로 초자연적인 힘을 가졌다면 그들로 하여금 나를 쳐서 땅에 쓰러지게 해 보라! 사제들이 대답하기를, 만일 우리 신들이 당신의 하나님에게 경멸을 품는다면 기적을 행하게 하고, 그가 우리 신들을 깨뜨리도록 해보시오! 이사께서 말씀하시니라. 우리 하나님의 기적은 우주가 창조되던 첫째 날부터 행해졌고, 이 기적들은 매일 매 순간 일어나느니라. 이것들을 보지 못하는 자들은 생의 가장 아름다운 선물을 빼앗기는 것이니라. 사람들이 불멸의 영혼을 눈으로 보려고 노력할 게 아니라, 마음으로 느껴야 하고, 스스로 깨끗하고 가치 있는 영혼이 되려고 노력해야 할 것이니라. 너희는 인간을 제물로 바쳐서는 안 될 것이요, 동물을 살육하지도 말 것이니 이는 만물이 인간에게 유용하도록 주어졌기 때문이니라. 남의 물건을 훔치지 말 것이니 이는 네 이웃을 강탈하는 것이기 때문이라. 이리하여 너희도 남에게 부당한 대접을 받지 않으리라. 태양을 숭배하지 말라, 이는 우주의 한 부분일 뿐이라. 사제가 없는 민족이 있다면 그들은 자연 법칙의 지배 아래 그들 영혼의 깨끗함을 보존하리라."

바로 이 끝 부분이다. 여기에서 예수는 분명히 사제가 없는 민족이 있음을 말해 주고 있고, 그 민족이야말로 자연의 법칙 아래 그들 영혼이 깨끗함을 보존할 것이라고 밝혀주고 있다는 사실이다.

사제란, 다신숭배시대에 있어서 신과 인간과의 사이를 중보 역할을 하는 제사장을 뜻한다. 그 제사장제도가 인류 고대사회에서 유일하게 없었던 민족이 중앙아시아 배달 한민족뿐이었다. 그런데 예수께서는 그 사제가 없는 민족이 있음을 암시해 주고 있고, 그 민족이야말로 영혼의 순수성이 지켜질 것이라고 귀띔해 주고 있는 것이고 보면, 이 얼마나 놀랍고 자랑스러운 한민족인가.

하늘과 땅과 사람, 천지인이 하나라는 개념의 '한사상' 을 창조신으로부터 배워 온 배달 한민족은 고대사에서 사대사상(四大思想)의 근원지로, 하늘의 이치 천도를 창조와 동시에 배워 온 민족이었다.

이렇게 배달나라를 세우신 환웅천제께서는 다른 민족의 창조신들과는 달리 하늘 원천의 이치를 가르쳐 주었던 것이다. 그런데 예수께서 그들에게 "사제가 없는 민족이 있다면 그들은 자연의 법칙 아래 그들 영혼의 깨끗함을 보존하리라" 하신 것이고 보면, 하늘을 공경하고, 조상을 섬기며, 사람을 위하고 사랑하라는 경천(敬天) 숭조(崇祖) 애인(愛人)이라는 인내천 사상의 자연지도(自然之道)를 환웅천제로부터 배워 온 배달 한민족은 분명히 하늘 예정 가운데 '제사권' 민족으로 세워진 것임에는 틀림이 없다고 할 것이다.

하지만 신의 성호를 가진 신계족에 의해서 세워진 민족들은 한결같이 이처럼 그 신과 인간 사이를 중보 역할을 하는 사제들이 있었던 것으로, 이후 이스라엘 본집으로 돌아온 예수는 또 그 기존의 사상을 고집하는 대제사장들과 그 같은 마찰로 마침내는 십자가에 매달리게 된 것이다.

이후 예수가 이스라엘로 돌아와 모습을 나타낸 것은 29세였다. 청년이 되어 돌아온 예수였다. 이처럼 장성해서 돌아온 예수였지만, 그러나 성령에 이끌림을 받아 광야에서 시험을 치루게 된다. 이 성구에서 나타난 '성령'이란 거룩한 영이란 뜻으로 하나님이 그를 이끌어 육신의 소욕을 얼마나 이겨 낼 수 있는가 하는 것을 시험해 보았다는 의미를 갖는다.

성령은 예수를 40일을 밤낮으로 금식하게 했다. 물질이라는 인간 육신 본능은 먼저 식욕에 약하기 때문에 첫째 시험을 한 것이 먹는 것이었다.

"네가 만일 하나님 아들이거든 명하여 돌들이 떡덩이가 되게 하라."

돌덩이를 떡덩이가 되게 하여 먹으라는 시험이었다. 하나님의 아들로 그 신통력을 부릴 수 있었기 때문이다. 그러나 예수는 육신의 본능으로 엄습해 오는 식욕의 유혹을 물리쳐 말씀했다.

"사람이 떡으로만 살 것이 아니요, 하나님 입으로 나오는 모든 말씀으로 살 것이라 하셨느니라."

시험을 받는다는 것은 정신적 의지가 육신의 본능을 얼마나 다스릴 수 있는가, 하는 그 정신적 완성의 척도를 가늠해 보고자 하는 것이다. 이미 장성하여 정각을 이룬 성자 예수는 첫 번째 시험을 물리치고 두 번째 시험에 들어갔다.

성령이 거룩한 성으로 데리고 가서 그 성전 꼭대기에 세우고 말했다.

"네가 만일 하나님 아들이거든 뛰어 내리라, 저가 너를 위하여 사자들을 명하시리니 저희가 손으로 받들어 발이 돌에 부딪치지 않게 할 것이라."

그러나 그 또한 간단한 대답으로 물리쳤다.

"주 너의 하나님을 시험치 말라 하였느니라."

성부 하나님의 능력을 함부로 시험하지 말라는 완벽한 믿음으로 두 번째 시험에도 합격했다.

그러자 이번에는 예수를 더 높은 산으로 데리고 가서 천하만국과 그 영광을 보여주며 유혹했다.

"만일 내게 엎드려 경배하면 이 모든 것을 네게 주리라."

이에 예수는 단호하게 물리쳐 말한다.

"사탄아 물러가라! 주 너의 하나님을 경배하고 다만 그를 섬기라 하였느니라."

바로 이것이다. 물질 인간 육신의 소욕은 이 세 가지의 유혹에 언제나 비틀거리며 넘어지게 마련이다. 그러나 세상 육신의 부귀영화에도 흔들리지 않는 장성한 하나님의 아들로서 예수는 그것이 세상의 유혹을 물리친 '이긴 자'의 모습이라는 것을 성서 속에서 보여주고 있는 것이다.

이렇게 예수는 인간에게 또 하나의 부활의 생명이 있음을, 그 확증이 되어 보이기 위해서 하나님의 예정된 제물로 출현했지만, 그 정해진 시간을 위해서는 육신의 욕망, 그 장애물을 넘는 시험을 이렇게 치루어야 했던 것이다. 사랑의 제물로 그 피흘림을 당해야 하는 고난의 순간에 대비한 시험이었던 것이다.

그때부터 예수는 비로소 구원의 소식 천국 복음을 전파하기 시작했다.

"나는 길이요, 진리요, 생명이라, 나를 믿는 자는 죽어도 살겠고……."

그리고 그 백성들을 향해 이렇게 외쳤다.

"사망의 자식들아, 너희는 살아 있으나 죽은 자들이다!"

그리고 다시 이어서 말씀했다.

"너희가 물과 성령으로 거듭나지 않고는 결단코 천국에 들어가지 못하리라!"

비로소 인간의 물리적인 죽음 이후에 인간의 실체인 영혼이 있고, 그 영혼이 가게 된다는 하늘나라 복음을 전파하기 시작한 것이다. 천국 복음이란, 글자 그대로 인간들에게 복이 된다는 소리다. 그러나 당시의 인간들은 사람으로서 행해야 할 도리만을 배워 왔을 뿐 진리에 대해서는 무지했고, 그래서 영생할 수 없는 생명체들로 살아 있으나 죽은 자들이나 마찬가지라는 말씀이었다.

그처럼 불쌍한 인간들에게 태초의 하나님 말씀으로 거듭나게(탈겁) 하여 영생하는 존재가 되게 해주겠다는 것이 예수가 전하는 희소식으로 천국 복음이라고 했다.

그 영생하는 사람으로 재창조(거듭남)시켜 주겠다는 것이 그리스도 세계라는 신약복음서인 것이다. 구약성서에서 그 백성을 창조하고 다스려 온 여호와 하나님은 본질상 하나님이 아니었기 때문에 인간 육신은 창조할 수 있었지만, 태초 빛의 능력이 아니기 때문에 인간 실체인 영혼의 생명을 불어넣어 줄 수가 없었던 것이다. 결국 사람 모양은 형상화시킬 수 있는 신계였지만 영원한 하나님의 '종자씨' 그 열매가 되게 하는 태초의 빛, 그 능력이 그들에게는 없을 수밖에 없다. 그래서 구약시대 이스라엘 백성과 여호와의 관계는 어디까지나 창조주와 피조물이라는 즉 주종의 관계였다.

그러나 그 유대 땅에 진리의 성자 예수 출현으로 하여 신약복음에서 하나님과 인간과의 관계는 비로소 하나님 아버지라고 부를 수 있게 된다. 예수는 가르침에서 율법을 초등학문이라고 했다.

사실 율법을 가르쳐 온 여호와는 하나님 집의 진실한 종으로 그렇기 때문에 종의 법을 가르쳐 온 초등학문의 선생인 것이다. 그 초등학문을 가르쳐 온 선생을 예수께서는 눈먼 '몽학선생'이라고 지칭하고 있다. 여호와가 영생하는 하늘나라 천법을 가르쳐 줄 수가 없었던 것은 본질상의 하나님이 아니었기 때문이다.

그래서 예수는 그 백성들을 향해, "나는 문이니……." 이 말씀이었고,

그 천국을 들어가려면 자기에게 와서 하늘나라 '사랑의 법'을 배워야
한다고 했다.

그러나 그 백성들은 그들이 절대자 하나님으로 믿는 여호와의 율법
십계명을 굳게 지킴으로 '의롭다' 함을 얻는 줄 알고 있었고, 그것이 믿
음의 최대 목표였다. 그런 그들을 향해 예수께서는 다음과 같이 쐐기를
박았다.

"전의 계명이 연약하여 무익하므로 폐하고, 율법은 아무것도 온전케
못할지라, 이에 더 좋은 소망이 생기니 이것으로 우리가 하나님께 가까
이 가느니라."(히브리서)

예수의 이 같은 가르침에 그 백성들은 이게 웬말(?) 그야말로 소동이
일어나는 것은 당연했다. 율법 십계명은 그들이 굳게 믿는 여호와 하나
님의 지상 명령이기 때문이다. 감히 율법을 폐하라니, 그래서 예수를 귀
신들린 사람이라고 배척했다.

사실 그들의 입장에서 보면 깨달음을 얻는다는 것이 결코 쉬운 일이
아니다. 그야말로 조상 대대로 믿어온 여호와 하나님의 율법을 폐하고
그의 말을 듣게 되면 더 좋은 소망이 생기는 것이라니, 그러고도 그가
하나님의 아들이라니, 여호와를 오직 유일하신 하나님으로 믿고 있는
이스라엘 백성들은 쉽게 납득할 수가 없는 말이다. 그래서 예수가 하나
님의 아들이라는 말에 감히 '참람하다' 하고 그 얼굴에 침을 뱉은 것이
다. 그들로서는 도저히 이해될 수가 없는 말이기 때문이다.

이 관계를 아직까지도 풀어내지 못하고 있는 기독교 신학에서는 그렇
기 때문에 구약의 여호와 종의 '율법'과, 신약의 본체신 아들의 '사랑
법'을 그대로 하나로 묶어 예수를 여호와의 아들로 설정하고 있다는 사
실이다. 말하자면 본체신 성부(영계) 하나님의 아들 예수를, 하나님의
종 여호와(신계)의 아들로 설정해 두고 있기 때문에 진리의 실상을 바
로 보지 못하게 하고 있는 커다란 오류를 범해 오고 있는 것이다.

아직까지도 그러한 성서풀이를 해 오고 있는 기독교 신학이고 보면,
그 당시 이스라엘 백성들은 더 말할 것이 없는 것이다. 여호와 하나님
위에 본원이라는 태초 빛의 하나님이 성부와 성자, 성신으로 삼위일체

가 되어 존재하고 있음을 도무지 알지 못한 때문이다.

뿐만 아니라 하나님의 아들이라는 성자가 태초 '있음'의 근원, 천지 부모의 능력을 행하는 빛의 존재로 그 빛 속에 색을 달리하는 일곱 성령체가 태초 진리의 말씀으로 분자적 독자 신으로 도의 맥을 이루고 있음을 아직도 헤아리지 못하고 있는 것이다.

그렇기 때문에 하나님의 아들(성자)은 오직 예수 그리스도 한 분으로 '독생자'를 주장하고 있다. 하지만 독생자란 뜻은 누구에 의해서 창조되지 않고 스스로 계시는 하나님의 아들이라는 뜻이다. 이러한 깊은 뜻을 헤아리지 못하고 있기 때문에 서양 기독교 신학은 타종교를 배척하면서 그토록 삿된 것으로 매도하고 있는 것이다.

스스로 계신다는 하나님의 아들 '독생자'는 하나님의 능력행사를 하는 '빛'의 존체로 그 빛은 빨, 주, 노, 초, 파, 남, 보라, 일곱색으로 빛이라는 전체 속에 부분집합으로 들어 있는 것이다. 이 빛이 만물을 조물해 낸 하나님의 능력인 것으로 예수께서 "나를 본 것이 하나님을 본 것이다." 이 말씀의 뜻이 여기에 있었고, 그가 바로 태초에 하나님과 함께 있었다는 창세기 1장에 기록하고 있는 '우리' 속에 들어 있었던 '성령'으로 요한복음 1장에서 그 뜻을 보다 분명하게 밝혀 주고 있다.

"태초에 말씀이 계시니라. 이 말씀이 하나님과 함께 계셨으니 이 말씀은 곧 하나님이시니라. 그가 태초에 하나님과 함께 계셨고, 만물이 그로 말미암아 지은 바 되었으니 지은 것이 하나도 그가 없이는 된 것이 없느니라. 그 안에 생명이 있었으니 이 생명은 사람들의 빛이라."

바로 이것이다. 성자 예수는 독생하신 하나님의 말씀 속에 들어 있는 빛의 존체로 세상에 보내심을 입었고, 그 능력 행사에서 독자적 기능의 도맥 '사랑'이라는 진리로 영생할 수 없는 인간들을 재창조(탈겁)시켜 준다는 것이다. 그것이 선지자들이 귀띔해 준 하나님의 선물이라는 것이었다.

이렇게 하나님의 선물이라는 생명의 빛은, 시대와 나라를 달리하고 독자적인 도(진리)의 말씀으로 인간 무지의 어둠을 불밝혀 주고 갔던 것이다. 그 빛의 존체가 바로 세계 7대 성현이라고 한 그분들이다.

그 7대 성현 중에서 우두머리가 되는 도맥이 바로 하나님은 사랑이시라고 예수께서 설파한 진리로 "나를 통하지 않고는 천국에 들어갈 수 없느니라" 이 말씀을 하셨던 것이며, 그 빛의 도맥색이 빨강이다.

그 진리라는 천법을 세상에 전해 주기 위해 이스라엘 땅에 출현한 예수였지만, 그 백성들은 그 실체를 도무지 알아보지 못한 것이다.

그래서 귀신이 들린 것이라고 쑥덕거리는 그들에게 예수께서 하신 말씀이다.

"너희가 그동안 본질상의 하나님이 아닌 자들에게 종노릇하였더니, 이제는 하나님을 알 뿐더러 하나님의 아신 바 되었거늘 어찌하여 다시 약하고 천한 초등학문으로 돌아가서 종노릇하려 하느냐, 너희가 날과 절기와 해를 삼가 지키니 내가 너희를 위하여 수고한 것이 헛될까 하노라."

그들은 여호와 율법의 규례에 따라 날과 절기를 철저하게 지켜 왔다. 여호와 하나님의 지상 명령이었기 때문이다. 그런데 그동안 하나님이 아닌 자들에게 종노릇하였다니, 여호와를 오직 창조주 절대자 하나님으로 믿어 오던 그들에게 있어서는 예수는 당연히 이단의 괴수며 사탄으로 내몰릴 을 당할 수밖에 없는 것이었다. 그들은 돌멩이를 들어 예수를 내어쫓았다. 그러나 예수는 그들에게 쫓기면서도 다음과 같이 또 말씀했다.

"형제들아 내가 법 아는 자들에게 말하노니 너희는 율법이 사람이 살 동안만 그를 주관하는 줄 알지 못하느냐?"(로마서 7장 1~4)

그리고 다시 덧붙여 하신 말씀이다.

"율법의 행위로 그의 앞에 의롭다 함을 얻을 육체가 없나니, 율법으로는 죄를 깨달음이니라, 이제는 율법 외에 한 의(義)가 나타났으니 율법과 선지자들에게 받은 것이라."

여호와의 율법으로는 의롭다 함을 얻을 수가 없다는 예수의 이 같은 말씀을 그들은 도무지 알아듣지 못한 것이다.

이렇게 율법은 육신을 있게 한 창조신 여호와가 그의 백성을 동물과는 변별되는 만물의 영장으로 다만 사람으로서의 도리를 깨닫게 하기 위해서 세워 놓은 법인 것이다.

그래서 예수께서는 율법은 인간의 실체인 영혼과는 관계없이 사람이 살 동안 인간 세상에서 지켜야 하는 '규례의 법'이라고 말한 것이다.

이렇게 이스라엘의 하나님 여호와가 율법 십계명을 세워 놓은 것은 죄를 깨닫게 하기 위한 정죄법이기 때문에 여호와는 진노의 하나님일 수밖에 없는 것이다. 그 율법에 대해서 예수께서 하신 말씀이다.(로마서 4장 15)

"율법은 진노를 이루게 하나니 율법이 없는 곳에는 범함도 없느니라."

그리고 또 그 율법에 대해서 다시 말씀했다.(로마서 5장 13~14)

"죄가 율법이 있기 전에도 세상에 있었으나 율법이 없었을 때는 죄를 죄로 여기지 아니 하느니라."

이렇게 예수께서는 그 율법의 행위로서는 구원받을 수 없음을 거듭해서 다음과 같이 강조했다. (로마서 3장 19~21)

"무릇 율법이 말하는 바는 율법 아래 있는 자들에게 말하는 것이니 이는 모든 입을 막고 온 세상으로 하나님의 심판 아래 있게 하려 함이라, 그러므로 율법의 행위로 그 앞에 의롭다 함을 얻을 육체가 없나니 율법으로는 죄를 깨달음이니라."

이러한 성구를 바탕으로 놓고 볼 때, 인간의 어리석음, 그 무지는 곧 유죄가 된다는 말이기도 하다. 그래서 아담과 이브가 불순종함으로 만들어졌다는 '원죄' 문제는 무명 속에 갇힌 인간들의 분별력을 깨우치기 위한 창조신의 지혜였던 것으로, 예수께서는 율법 아래 있는 그들을 흑암 아래 갇힌 자들, 혹은 하나님의 심판 아래 있는 자들이라고 했다. 여기에서 예수께서 지칭한 하나님은 이스라엘 백성과 이방나라 백성을 구분짓고 그처럼 전쟁이나 빈번하게 일으키며 '나는 질투하는 하나님이라'고 한 여호와가 아니라 종족을 초월하는 대우주의 주재자 하나님이다. 그 분명한 사실을 성경은 기록해 두고 있다.

"하나님은 홀로 유대인의 하나님 뿐이시뇨? 또 이방인의 하나님은 아니시뇨? 진실로 이방인의 하나님도 되시느니라."(로마서 3장 29)

그렇다. 예수께서 말씀하신 하나님은 창세기 1장에서 우주와 만물을 빛으로 만드신 영계의 하나님으로 만물 위에 계시기 때문에 족속을 초월한 하나님이다. 그 하나님의 아들을 믿게 되면 그 믿음을 의롭다 여기고 그에게 그리스도와 같은 아들이라는 명분을 얻게 된다는 것이 예수께서 이 땅에 전해 준 희소식으로 신약 복음의 말씀이다.

그리고 예수께서는 구약의 율법에 대해서 이렇게 말씀했다.

"그런 즉 율법이 무엇이냐? 범법함을 인하여 더한 것이라. 천사들로 말미암아 중보의 손을 빌어 베푸신 것인데, 약속한 자손이 오시기까지 있을 것이라. 중보는 한편만 위한 자가 아니니 오직 하나님은 하나이시니라. 그러면 율법이 하나님을 거스리느냐, 결코 그럴 수 없느니라. 만일 능히 살게 하는 율법을 주셨다면 의가 반드시 율법으로 말미암았으리라. 그러나 성경이 모든 것을 죄 아래 가두었으니, 이는 예수 그리스도를 믿음으로 말미암은 약속을 믿는 자들에게 주려 함이라."

그리고 다시 율법에 대해서 하신 말씀이다.(로마서 2장 12~16)

"무릇 율법 없이 범죄한 자는 또한 율법 없이 망하고, 무릇 율법이 있고 범죄한 자는 율법으로 말미암아 심판을 받으리라. 하나님 앞에서는 율법을 듣는 자가 의인이 아니요, 오직 율법을 행하는 자라야 의롭다 하심을 얻으리니, 율법 없는 이방인이 본성으로 율법을 행할 때는 이 사람은 율법이 없어도 자기가 자기의 율법이 되나니 이런 이들은 그 양심이 증거가 되어 그 생각들이 서로 혹은 송사하며 혹은 변명하여 그 마음에 새긴 율법의 행위를 나타내느니라."

여기에서도 예수는 그와 같이 율법이 세워지지 않는 민족이 존재하고 있음을 나타내고 있다. 그리고 그 시대 사람들은 진화 성숙하지 못한 관계로 모습만 사람일 뿐, 피 흘리는 데 빠른 동물적인 본성 그대로 출렁거리고 있었기 때문에 사람의 도리를 깨닫게 하기 위해서 여호와는 그의 백성에게 육신이 살아 있는 동안에만 해당되는 율법을 굴레로 씌워 놓았음을 가르쳐 준 것이다.

이렇게 때가 이르면 그 율법 외에 한 의가 세상에 나타날 것을 선지자들은 예언했기 때문에 왕궁이나 아니면 보다 근사한 가문에서 풍채 좋은 그럴 듯한 모습으로 출현할 것으로 상상하고 있었던 것이다. 그런 그들의 상상을 뒤엎게 하고 나타난 예수였다. 외모를 중하게 여기는 이스라엘 백성들은 그것이 하나님의 비밀이었던 것을 알지 못한 것이다. 볼품 없는 가문에 풍채 또한 흠모할 구석이 없는 모습으로 태어난 예수였다. 그런 그가 그 백성들 앞에서 한 말이다.

"너희가 성경에서 영생을 얻는 줄 알고 상고하거니와 이 성경이 내게 대하여 증거하는 것이로다."

그 깊이를 모르는 이스라엘 백성들은 그야말로 기도 안 차는 말임에는 틀림이 없다. 그 뒤에 또 말씀했다.

"누구든지 나를 영접하면 나를 영접함이 아니요, 나를 보내신 이를 영접함이라."

하지만 그 백성들은 그들이 믿는 여호와 하나님과 본체신의 관계, 그 신위를 알지 못했기 때문에 일대 혼란이 일어난 것이다. 이스라엘 백성들은 구세주라는 하나님의 아들이 그들이 굳게 믿고 있는 유일하신 여호와 하나님의 아들로 좀더 근사한 모습으로 출현할 것으로 상상하고 있었기 때문이다.

이렇게 성자 예수를 여호와의 아들이라고 믿는 것은 2천년이 지난 지금도 마찬가지다. 서양 기독교 신학자들은 그러한 성서 해석으로 본체신 성자 예수와 여호와의 관계를 부자지간으로 설정하여 놓고 믿는 커다란 오류를 범하고 있는 것이다.

그렇기 때문에 오늘까지도 기독교 신학은 땅의 법과 하늘의 법을 구별하지 못하고 여호와가 모세를 통해 이스라엘 백성에게 세운 '율법십계명'을 천주님의 지상명령으로 알고 성자 예수의 하늘나라 '영혼의 법'과 함께 묶어 설파하고 있는 것이다. 이스라엘의 민족 수호신 여호와를 우주를 창조한 성자 예수의 아버지라고 믿기 때문이다.

하지만 여호와는 분명히 영계가 아닌 신계로 영계의 하나님이 말씀으로 창조하여 우주와 만물을 다스리게 하기 위해서 다스림의 권세를 부여 해준 본체신 하나님의 종의 신분이라는 사실이다.

이렇게 본체신 하나님의 종된 신분으로 각기 그 이름을 가지고 이 땅에 내려와 인간 종자 씨를 그 천신들의 색의 정기를 불어넣어 만들어 내고, 각자 그들 종의 법으로 그 종자들을 진화 성숙시키고 있었던 시대가 바로 구약시대다.

그 하나님의 종들이 각기 종자 씨를 뿌리고 지혜를 내어 그 인간 종자들의 진화를 위해 열심히 그 의무를 하고 있는 동안 이 세상에 보냄을 입은 천사, 선지자들은 천도의 변화가 올 것을 미리 예언해 주었다. 그것이 때가 이르면 그 종의 법에서 해방시켜 줄 하나님의 아들 구세주가 올 것이라는 귀띔이었다.

그래서 이스라엘 백성들은 구세주 메시아가 나타나 주기를 학수고대하고 있었다. 그런데 그 하나님의 아들이라고 하는 예수가 나타나 그 백성에게 한 말은 그야말로 기도 안 차오는 말들뿐이었다.

그들이 거룩하게 믿는 여호와 하나님의 율법으로는 구원을 얻지 못한다는 것이었고, "너희가 그동안 본질상 하나님이 아닌 자들에게 종노릇하였더니"라고 말했을 때 그 백성들은 "이게 무슨 소리?"하고 놀랄 수밖에 없는 것이다. 그래서 예수를 귀신 씌웠다 하고 돌멩이를 들어 내친 것이다.

이렇게 하나님의 아들이라고 자칭하고 나타난 예수는 그 백성들에게 지금까지 믿어 온 여호와 하나님은 본질상 '참빛'의 하나님이 아니라고 말했고, 그의 아버지가 모든 것의 주인이라고 말했으나 그 백성들은 도무지 그 말의 뜻을 헤아리지 못한 것이다.

"내가 또 말하노니 유업을 이을 자가 모든 것의 주인이나 어렸을 동안에는 종과 다름이 없어서 그 아버지의 정한 때까지 후견인과 청지기 아래 있나니 이와 같이 우리도 어렸을 때에 이 세상 초등학문 아래 있어서 종노릇하였더니."(갈라디아서 4장 1~3)

이 말씀은 그가 본체신 하나님의 아들이나 아버지가 정한 때까지 후견인과 청지기라는 종의 율법 밑에 있는 것은 그 율법 아래 있는 자들을 구원해 내기 위한 것이었음을 말해 주고 있다. 그가 바로 인간 실체의 속 사람 영혼을 성숙시켜 주는 하늘나라 생명수를 가지고 온 성부 하나님의 아들로 그래서 그는 그 백성에게 이렇게 말씀했다.

"나는 하늘에서 내려온 생명의 떡이니 내 안에 생명이 있고……."

그리고 다시 하신 말씀이다.

"살리는 것은 영이니 육은 무익하니라, 내가 너희에게 이른 말이 영이요 생명이라."

그리스도 안에 있다는 생명, 그것을 알아보고 증거해 준 사람은 오직 세례요한뿐이었다. 그는 예수를 이스라엘 백성에게 증거해 주라는 사명으로 보내진 선지자였다.

"태초에 말씀이 계시니라, 그가 태초에 하나님과 함께 계셨으니 곧 하나님이시라, 그가 태초에 하나님과 함께 계셨고, 만물이 그로 말미암아 지은 바 되었으니 지은 것이 하나도 그가 없이는 된 것이 없느니라. 그 안에 생명이 있었으니 이 생명은 사람들의 빛이라, 빛이 어둠에 비추되 어두움이 깨닫지 못하더라." (요한복음 1장 1~6)

이 같은 세례 요한의 증거에서 태초에 만물을 '빛' 으로 지으신 하나님은 조그만 구획적인 동산에서 물질이라는 흙으로 사람과 각종 동식물을 창조했다는 그 여호와 하나님이 아님을 분명히 말해 주고 있는 것이다.

그리고 다음 성구에서 세례 요한은 그 빛의 존체에 대해서 다시 증거해 주고 있다.

"참빛, 곧 세상에 와서 각 사람에게 비추는 빛이 있었나니 그가 세상에 계셨으며, 세상은 그로 말미암아 지은 바 되었으되 세상이 그를 알지 못하였고, 자기 땅에 오시매 자기 백성이 영접하지 아니 하였으나 영접하는 자, 곧 그 이름을 믿는 자들에게는 하나님의 자녀가 되는 권세를 주셨으니 이는 혈통으로나, 육정으로나 사람의 뜻으로 나지 아니 하고 오직 하나님께로서 난 자들이니라." (요한복음 9장 15)

예수를 하나님 아들로 증거하기 위해 보내진 세례 요한의 이 같은 증거였지만 '진리'에 대해서 무지한 그 백성들은 그들이 믿는 여호와 하나님의 율법을 폐하라는 예수를 배척했다. 그리고 심하게는 돌을 들어 쫓았다. 그들을 보고 예수께서 하신 말씀이다.

"내가 아버지께로 말미암아 여러 가지 선한 일을 너희에게 보였거늘 그 중에 어떤 일로 나를 돌로 치려 하느냐?"

이에 유대인들이 말했다.

"선한 일을 인하여 우리가 너를 돌로 치려는 것이 아니라, 참람함을 인함이니 네가 사람이거늘 자칭 하나님이라 하기 때문이니라."

그러자 예수께서 대답했다.

"너희 율법에 기록되기를 내가 너희를 신이라 하였노라, 하지 않았느냐. 성경은 폐하지 못하나니 하나님 말씀을 받은 자를 신이라 하였거든 하물며 아버지께서 거룩하게 하사 세상에 보내신 자가 나는 하나님의 아들이라 하는 것으로 너희가 참람하다 하느냐? 만일 내가 내 아버지의 일을 행치 아니 하거든 나를 믿지 말려니와, 내가 행하거든 나를 믿지 않을지라도 그 일은 믿으라. 그러면 너희가 아버지께서 내 안에 계시고 내가 아버지 안에 있음을 깨달아 알리라."

예수가 여기서 행하러 왔다고 하는 일, 그 일을 행할 때에 비로소 그가 부활 승천하는 하나님의 아들로서의 그 능력을 보이게 될 것이라는 말씀이었다.

그리고 얼마 후 제자들에게 그의 정해진 때가 이르렀음을 이렇게 말씀했다.

"인자의 영광을 얻을 때가 왔도다. 내가 진실로 너희에게 이르노니 한 알의 밀이 땅에 떨어져 죽지 아니 하면 한 알 그대로 있고, 죽으면 많은 열매를 맺느니라."

예수가 말한 그 일이란, 원수까지 사랑하고 용서하는 하늘의 법 '사랑의 도'를 이 땅에 전파하기 위해서는 고난의 십자가 위에서 성체의 물과 피를 몽땅 흘리고 죽어야 하는 것이었다. 그러므로 십자가의 도(道), 기독교 정신 사랑의 '진리'가 이 땅에 널리 전파되면서 많은 열매를 맺게 되고, 그것이 고난의 십자가를 짊어졌던 그리스도 예수의 영광이 된다는 말씀이었다.

그처럼 원수까지도 사랑해야 한다는 것이 영생하는 하늘나라 사랑의 법이라는 것을 몸소 실천해 보임으로써 인간 육신 안에 부활하는 또 하나의 생명이 있음을 드러내보인 그리스도 예수였다. 그것이 태초 우주와 만물을 사랑하신 기독교 정신으로 "피차 사랑의 빚 이외는 아무에게든지 아무 빚도지지 말라, 남을 사랑하는 자는 율법의 요구를 다 이루었느니라. 간음하지 말라, 살인하지 말라, 도적질하지 말라, 탐내지 말라 한 것과 그 이외의 다른 계명이 있을지라도 네 이웃을 네 자신과 같이 사랑하라, 하신 이 말씀 안에 다 들어 있느니라. 사랑은 이웃에게 악을 행치 아니 하니 그러므로 사랑은 율법의 완성이니라."

여호와의 율법, 그 초등학문의 요구를 완전하게 이룬다는 것이 그리스도 사랑의 법이다. 그 진리를 제자들에게 족속을 초월하여 전파하라고 이르시고, 승천하기에 앞서 예수께서는 제자들을 모아 놓고 이렇게 말씀했다.

"내가 너희와 함께 있을 때에 너희에게 말한 곧 모세의 율법과 선지자의 글과 시편에 나를 가리켜 기록된 모든 것이 이루어져야 하리라 한 말이 이것이라."

그리고 또 성경을 열어 말씀하셨다.

"그리스도가 고난을 받고 죽은 지 사흘만에 죽은 자 가운데서 살아날 것과 또 그 이름으로 죄 사함을 얻게 하는 회개가 예루살렘으로부터 시작하여 모든 족속에게 전파될 것이 기록되었으니 너희는 이 모든 일에 증인이라 볼지어다. 내 아버지 약속하신 것을 너희에게 보내리니 너희는 위로부터 능력을 입힐 때까지 이 성에 유하라!"

그 말씀을 마치고 예수께서는 베다니 앞까지 나가서 손을 들어 제자들에게 축복하고 천지부모의 본 자리 하늘로 오르셨다.

그리스도 예수가 빛으로 에테르화 하여 보인 것은, 인간 영혼의 실체가 그 닦음의 기운만큼 '빛' 으로 높이 오를 수 있다는 생명의 에너지를 나타내 보인 것이다. 그는 태초의 빛으로 성부와 성자와 성신이 일체라는 성삼위의 존체였기 때문이다.

물론 이 성삼위의 신위를 풀어내지 못하고 있는 것이 서양의 기독교리지만, 성경은 그것을 기록해 두고 있고, 또 이 땅에 시대와 나라를 달리하고 출현했던 성현들도 그 성삼위의 존체를 한결 같은 이치로 가르쳐 주고 있다는 사실이다.

그것이 노자 성현이 말하는 삼생만물(三生萬物)의 이치며, 동양철학에서 말하는 삼태극의 원리로 불교에서는 삼신이 진리의 근본이라 하여 삼존불(三尊佛)을 세우고 있는 것이다.

이처럼 성현들은 하나의 이치로 삼신이 일체지만, 삼극을 이루어 독자적인 기능을 행사하다가 다시 근본체로 귀의일체화(歸依一體化) 한다는 이것을 삼진귀일 혹은 회삼귀일이라고 했다. 이것은 본자리가 음양 하나님으로 둘이며, 셋은 분자적인 성자들을 나타내고 있는 것이다.

그런데 아직까지도 예수께서 "새 술은 새 부대에 담아야 둘 다 보존되느니라" 한 이 말씀의 뜻을 헤아리지 못한 서양 신학자들이 안고 있는 숙제가 바로 성부와 성자와 성신의 삼위일체론이다.

이렇게 서양의 우주신관은 유일신관으로 태초의 천지 부모가 음양으로 존재하고 있다는 사실을 헤아리지 못하기 때문에 창세기 2장에서 성호(이름)를 가지고 홀로 창조 역사를 펴나가는 여호와를 전지전능한 하나님으로 믿고 있으면서 본체신 성자 예수를 그 아들로 성정하여 구약과 신약을 하나의 세계관으로 해석하여 믿고 있다는 사실이다.

이러한 성서 해석으로 태초의 성모(聖母) 하나님 그 신위를 밝히지 못한 서양 기독교 신학은 그렇기 때문에 예수를 낳아 준 육신의 모친 마리아를 애매모호 하게도 '성모 마리아' 라고 읊조리고 있는 것이다.

이처럼 불확실한 서양 기독교 신학을 그대로 여과 없이 받아들여 그 뿌리를 내리게 한 데 크게 공헌을 한 사람이 바로 대한민국 초대 대통령 이승만이었던 것이다. 그는 1899년 기독교에 귀의한 이래 미국과 한국에서 꾸준히 기독교 선교활동에 종사해 오면서 출세의 디딤돌로 삼은 것이다.

그렇기 대문에 대한민국 건국 대통령으로 그의 정치 이념은 한민족 조상의 '얼' 을 배제한 서양 사상으로 아담과 이브가 인류의 조상이며, 우리가 믿어야 할 하나님이 여호와라는 외래 종교사상에 바탕을 둔 것이었다.

이승만은 한민족 전통을 배격하고 자신의 기독교 지향적 개혁론을 펴는 글에서 다음과 같이 기고했다.

"이 세대에 처하여 풍속과 인정이 일제히 변하여 새 것을 숭상하여야 할 터인데, 새 것을 숭상하는 법은 교화로써 근본을 아니 삼고는 그 실상 대익을 얻기 어려운데, 예수교는 본래 교회 속에 경장(更張)하는 주의를 포함한 고로 예수교는 가는 곳마다 변혁하는 힘이 생기지 않은 데 없고, 한 번 된 후에는 장진이 무궁하여 상등문명(上等文明)에 나아가느니, 이는 사람마다 마음으로 화하여 실상에서 나오는 까닭이라. 우리나라 사람들이 마땅히 이 관계를 깨달아 '예수교'를 서로 가르치며 권하여 실상 마음으로 새 것을 행하는 힘이 생겨야 영원한 기초가 잡혀 오늘은 비록 구원하지 못하는 경우를 당할지라도 장래에 소생하여 다시 일어서 볼 여망이 있을 것이오."

조상의 뿌리가 아담과 이브라는 왜곡된 서양 기독교리로 변혁되어야만이 상등 문명국가로 나아가게 된다는 것이 이승만의 지론이었다. 그로부터 한민족의 뿌리 역사 족보는 더욱 표류할 수밖에 없게 된 것이다. 아담과 이브가 우리 조상이라는 기독교인들이 늘어나면서 이후 그 표밭을 무시할 수 없는 정치권에서는 한민족 뿌리 역사관을 더욱 바로 세워놓을 수가 없게 된 것이라고 할 수 있다.

그래서 국조 단군 동상을 세우기 위한 일부 뜻있는 사람들의 운동에 곰의 탈까지 쓰고 나온 기독교인들은 "곰의 자손은 물러가라!"고 맞섰고, 그것을 아무 대책 없이 바라보고만 있는 정부였다.

이렇게 해서 그야말로 유관순 동상은 세워져 있지만, 조선을 건국한 개국신 단군왕검의 동상 하나가 세워질 수가 없는 채, 그러면서도 국가 경축일인 10월 3일 개천절 행사에서는 그 뜻도 모르는 국민들이 으레적으로 부르는 노래가 있다.

"우리가 나무라면 뿌리가 있고, 우리가 물이라면 새암이 있다. 이 나라 할아버지는 단군이시니……."

참으로 무엇을 알고 부르던 노래던가. 우리의 뿌리가 단군이라니, 그야말로 우리 한민족의 전통문화는 낡은 구시대의 유물쯤으로 박물관에서나 만나 볼 수 있는 실정에서 젊은 세대는 건국 대통령 이승만이 선호하여 주창했던 서양문명으로 이미 체질화 되어 있는지가 오래다. 국적

없는 패션에 조상을 알 수 없는 노랑머리, 빨강머리 청소년들이 거리를 누비면서 그들의 조상이 과연 그처럼 이웃나라로부터 동방예의지국이라고 칭송을 받아오던 한민족 그 후예들의 모습인가 다시 생각해 보게 한다는 사실이다.

서양 자유주의 물결을 선호했던 이승만이 보여준 것은 종교뿐만이 아니었다. 조강지처는 하늘이 맺어 준 것으로 첩을 거느려도 버리지 못한다는 우리의 옛 전통 관습을 용감하게 벗어 던지고 노랑머리에 파란 눈의 아내를 새롭게 맞아 보여준 것이 바로 그것이었다.

그래서 건국 대통령으로서의 이승만 그의 일생과 업적에 관해서는 그 후 많은 논란이 된 것만은 사실이다. 흑백 논리에 따라 '문민독재자'로 평가하기도 하고, 또 일부에서는 세계 역사상 보기 드문 대정치가였다고 그를 찬양하는 인사들도 있지만, 보다 분명한 것은 이 땅에 그처럼 애매모호한 이스라엘 조상을 우리 한민족의 뿌리로 도입시키는 데 공헌했다는 것과, 서양의 흑백논리를 바탕으로 하는 미국식 개인주의를 심어 준 것이 그의 뚜렷한 업적이라고 할 수 있다.

18. 문민 독재정권 교체

1960년 4월 27일, 이승만이 대통령을 하야하고, 허정 내각 수반은 '비혁명적 방법에 의한 혁명'을 수행하겠다고 천명했다. 그리고 4월 28일 과도정부의 입각자 명단을 발표하고, 5월 2일 첫 국무회의를 열어 혼란상태에 있는 정국을 수습하고 결의문을 발표했다. 그 첫 번째가 부정선거 관련자 엄중처벌이었다.

이승만의 후계자로 3·15 부정선거 추진계획에 따라 그처럼 국민의 주권을 짓밟았던 이기붕은 4월 25일 교수단 데모를 계기로 데모대가 서대문 자택을 포위하자 6군단 영내로 피신했다. 이기붕의 피신을 둘러싸고 해외망명설까지도 나돌았다.

그러나 그가 잠적한 지 3일된 4월 28일, 계엄사령부에서는 이기붕 일가 자결사건에 관해 다음과 같이 발표했다.

"금일 5시 40분 이기붕 씨, 박마리아 여사, 장남 이강석 소위, 차남 이강욱 군은 시내 세종로 1번지 소재 경무대 제36호 관사에서 자결했다. 동 유해는 자결현장에서 검사와 의사의 검시를 끝마치고 수도육군병원에 안치중에 있으며 그 진상은 조사중이다."

이기붕 일가 장례는 이승만 부부와 자유당 소속 의원들이 참석한 가운데 수도육군병원에서 거행되었다. 위선으로 뒤덮인 그의 종말은 이처럼 그 막이 내려졌다.

그토록 권력을 장악하기 위해 온갖 방법을 동원하여 어리석음을 캐내던 그의 명예욕은 마침내 그의 삶을 조각나게 하고 비참한 죽음에 이바지하게 한 것이다.

허정 과도정부가 들어서고 3·15 부정선거 관련자들에 대한 처벌과업이 진행되고 있을 때였다. 하야를 한 이승만은 그 1개월 남짓 동안 이화장에서 두문불출했다. 그러다가 5월 29일, 이승만은 측근 인사들에게도 알리지 않은 채 부인 프란체스카만 동반하고

비밀리에 김포공항을 떠나 하와이 망명길에 올랐다. 12년 동안이나 전제군주처럼 독재와 전횡을 일삼아 오던 이승만의 쓸쓸한 망명길에는 허정 수반과 이수영 외무차관 두 사람만 나와 전송을 해주었다.

그러나 4월 30일, 국회에서는 양일동 의원과 장면 민주당 대표가 과도정부에 이승만 탈출의 경위와 진상을 밝히도록 요구했다. 민주당 의원들은 독재로 인한 부패와 학정에 사과하지 않고 이승만이 그대로 망명했다는 것은 무책임한 처사라는 성명을 발표하면서 망명길을 열어준 허정 과도정부를 비난하고 나선 것이다.

이에 허정의 변명은 이 박사는 건강이 나빠서 하와이로 요양차 떠난 것이라고 말하고 오히려 시국수습에 도움이 될 것이며, 필요하다면 언제든지 소환할 수 있다고 궁색한 답변을 하기에 급급했다.

이렇게 국민의 민주화 혁명으로 쫓겨나 하와이 호놀룰루에 도착한 이승만은 그러나 그 길로 다시는 한국 땅에 돌아오지 못했다.

4월 민주혁명으로 자유당 정권은 이렇게 붕괴된 것이다. 이기붕 일가

자살과 이승만의 망명 등 사태의 연속으로 국정은 공백상태였다. 여론은 더 이상 공백을 만들어서는 안 된다는 것이었고, 따라서 독재정치에 염증을 느낀 시민들은 내각책임제의 개헌을 요구했다.

내각책임제 개헌은 4사 5입 개헌파동을 거쳐 범야 신당운동의 결과로 태어난 민주당의 오랜 이상이었다. 내각책임제의 개헌으로 정치적 분위기는 국민적인 공감대가 형성되고 있었으나 민주당 신·구파 사이에 개헌을 둘러싸고 정치적인 이해가 대립되기 시작했다.

신파에서는 국민의 지지를 받는 장면이 있었기 때문에 종래의 대통령 중심제를 고수하려는 입장을 보였고, 조병옥의 사망으로 리더를 잃은 구파에서는 내각책임제로 개헌을 강력하게 주장했다. 그러나 여론에 따를 수밖에 없게 된 신파였다. 내각책임제로 원칙을 정하고 신·구파는 5인 소위를 구성, 신파의 엄항섭 의원과 구파의 정헌주 의원이 도맡아서 개헌 초안을 만들었다.

이때의 개헌안은 전문 103조로 되어 있던 제1공화국의 헌법 중 무려 52개 조를 고쳐 개헌안의 확정과정에서 찬반토론을 거쳐 우여곡절 끝에 개헌안이 통과됨으로 제2공화국의 모태가 만들어졌다.

그때까지도 혁명적 분위기에 들떠 있던 시민들이었다. 허정 과도정부가 들어서면서 관심은 자연히 3·15 부정선거에 주동적 역할을 한 사람들과 4·19 의거 때 살상행위를 자행한 자들의 처벌을 요구하고 나섰고, 정부는 "국민이 원하는 방향으로 3·15 부정선거의 책임소재를 밝히고 엄정히 다스리겠다"고 다짐했다.

정부의 방침에 따라 검찰은 3·15 부정선거의 원흉과 발포 책임자를 색출 조사에 들어갔다. 맨 먼저 당시 내무장관으로 국회의원을 겸하고 있던 최인규를 구속했다. 그리고 뒤이어 치안국장 이강학, 이성우 내무차관, 내무부 지방국장 최병환, 자유당 선거사무장 한희석 의원, 반공청년단장 신도환, 법무장관 홍진기, 교통장관 김일환, 공보실장 전성천, 자유당 기획의원 이중재, 임철호, 이재학, 장경근, 정문흠, 박만원, 조순, 정기섭, 정존수, 박용익, 이존화, 송인상 재무, 이근직 농림, 최재유 문교, 신현확 부흥, 손창환 보사, 구용서 상공, 경무대 비서관 박찬일,

서울시장 임흥순, 부시장 최응복, 내무국장 김용진, 시경사찰과장 강남희, 시경보안과장 고상원, 치안국장 조인구, 시경국장 유충렬, 경무관 곽영주, 시경 경비과장 백남규, 치안국 특정과장 이상국 등을 차례로 연행했고, 자유당 시절 활개를 쳤던 정치깡패 역시도 구속했다.

그리고 1960년 7월 29일, 새 헌법의 절차에 따라 제5대 민의원 선거와 초대 참의원 선거가 동시에 실시되었다. 선거 결과는 민주당이 압도적으로 승리를 거두었으나 선거 과정에서 신·구파간에 분당론이 제기되면서 따로 당선자회의를 갖는 등 치열한 집권경쟁이 시작되었다.

민주당 구파측은 대통령과 국무총리 후보를 놓고 윤보선, 김도연 두 사람 중에서 안배하기로 결정했고, 민의원 장에는 신파의 곽상훈 의원을, 참의원 의장에는 구파의 소선규 의원을 내정했다.

한편 신파측에서는 대통령 후보로 구파의 윤보선, 그리고 장면을 국무총리로 지명하도록 했고, 만약에 이것이 실패할 경우 인준투표를 모두 부결시키고 민의원에서 장면을 직접 국무총리로 선출한다는 전략을 세웠다. 이 같은 양파간의 전략으로 1960년 8월 8일, 참의원 의사당과 민의원 의사당에서는 각각 정·부의장을 선출했는데, 민의원 장에는 곽상훈, 부의장에는 이영준, 서민호 의원이 당선되었다. 그리고 참의원 장에는 백낙준, 부의장에는 소선규 의원이 당선됨으로 민·참 양원의 의장단 선거는 구파측의 승리로 끝나게 되었다.

신·구파간의 게임은 국무총리 지명전에 있었다. 구파에서 대통령 후보로 선출된 윤보선은 김도연을 부영수격인 국무총리에 지명했다. 신파 의원들은 묵계 하에 단합투표로 총리지명 인준안을 부결시켰다. 개표결과 통과선인 114표에서 3표가 부족했다. 어쩔 수 없이 윤보선은 신파의 지도자 장면을 총리에 지명했다. 8월 19일, 민의원에서 실시된 인준 투표결과 장면이 총리로 인준을 받게 되었다. 총리 인준에 성공한 장면은 "어느 한 파에 치우치지 않도록 노력하여 신·구파의 무소속의 균형 있는 내각을 만들겠다"고 그의 신념을 밝혔다.

공약대로 장면은 거국내각을 그러한 비율의 원칙에 입각해 줄 것을 구파측어 제의했으나 구파측에서는 장면 내각에 입각을 거부한다고 밝

4·19후 혁신세력은 활발한 움직임을 보여 통일의 열기를 높이는 데 한몫했다. 이들이 주도한 시위에 내걸린 '가자 북으로! 오라 남으로!' 라는 구호

히고 '구파민주당' 이란 이름의 원내 교섭단체를 등록했다.

이에 장면 총리는 청와대에서 윤보선 대통령, 민의원장 곽상훈, 유진산 의원 등 4자 회담을 갖고 비상시국을 타개하기 위해 구파의 입각을 공개적으로 약속했다. 그리고 구파측에 대해 5명 정도의 입각을 보장하겠다는 조각 협상을 제의했었지만, 그러나 협상은 순조롭지 않았다. 장면 총리가 '구파민주당' 의 교섭단체 등록을 보류해 줄 것을 요구하고, 분당을 전제로 한다면 구파의 입각을 보장해 줄 수가 없다고 전제함으로써 협상이 무산된 것이다. 그로 하여 신파 일색의 첫 내각이 탄생되었다.

민주당의 신·구파는 출신 배경이나 정치적 성향에서 차이가 있었다. 신파는 무소속 또는 자유당 출신의 신참 인사들이 모인 정파였고, 구파는 민주당의 전신인 민국당을 형성한 골수파 야당 인사들이었다. 민국당은 한민당과 상하이 임시정부 계열의 인사들이 연합하여 결성한 정당이었기 때문에 구파에는 지주 출신들이 많은데 비해, 장면이 중심이 된 신파는 대체적으로 관료 출신들이 많았다. 이들은 주로 평양지방 출신들로 미국에 건너가 일찍이 서양문물을 받아들였던 개화파로 친미적 성향이 강했다.

신·구파의 대립이 노골화 된 것은 1960년 8월, 제2공화국의 제1차 내각을 구성할 때였다. 9월 18일, 구파에서는 "정치 생리를 달리하는 사람들과는 당을 같이 할 수 없다"는 뜻을 밝히고 신당발기위원회를 구성했다. 이들은 11월 8일 준비대회를 열어 4사5입 개헌 파동 후 정치적 유대를 가진 신파와 6년 만에 완전 결별을 선언하고 독자적으로 신당을 조직하기에 이르렀다.

이에 장면측의 신파에서는 단독의 노장 위주의 각료명단을 발표했다. 신파일색의 민주당 정부가 첫선을 보인 것이다. 이렇게 신·구파가 갈라서면서 사실상 장면 내각은 처음 시작부터 원내의 안정 세력을 갖지 못하고 약체성을 면키 어려웠다.

갈라선 구파측에서는 강령 외에도 창당대회에서 채택한 선언문을 통해 "4·19의 감격은 실로 순간적이었을 뿐, 장면 정권은 본연의 임무를 자각하지 못하고 부패독소를 과감히 제거하지 못한 채, 탁수에 휩쓸려 정권유지에만 급급하고 있으니 민족 역사의 내일을 위하여 이에 더한 통탄스러운 일이 어디 있겠는가"라고 전제하고 "정부 또는 정당과 국민 대중과의 사이가 이렇듯 불신이란 장벽이 가로막고 있는 한, 국가민족의 운명은 암담하기 실로 저 국토양단의 비극으로도 견줄 바 못된다"고 천명했다. 민주당과 신민당이 처음으로 선거에서 맞대결을 한 것이다.

이렇게 되면서 난국수습과 혁명과업 수행에 전념할 것을 다짐하고 출범했던 장면 새 내각은 신·구파의 분열로 4월 혁명과 더불어 새롭게 나타나는 혁신세력에 대응할 힘이 자연히 미약할 수밖에 없었다.

4·19 직후 혁신정당은 우후죽순처럼 정당간판을 내걸고 나타나기 시작했다. 혁신정당 중에서 7·29 총선에 입후보자를 낸 것은 한국사회당, 사회대중당, 혁신연맹 등이었는데, 사회대중당은 재건을 목표로 구진보당 간부와 민주혁신당 간부가 결성하여 창당준비위원회를 조직하고, 11월 24일 출범했다.

그리고 1961년 1월 21일 통일사회당이 결성되었으며, 민족자주통일 중앙 협의회는 1960년 9월 한국사회당, 사회대중당, 혁신동지총연맹,

유교회, 천도교, 민주민족청년동맹, 4월혁명학생연합회 등 혁신계 정당 및 사회단체가 연합하여 결성되었고, 1961년 2월 21일, 중립화 조국통일운동총연맹이 조직되었다. 이 단체는 혁신계의 김창숙, 장건상, 유림, 조경한, 정화암, 김학규 등 원로급들이 중심이 된 것으로 통일사회당, 사회혁신당, 삼민회, 광복동지회 등 민자통을 이탈한 정당, 사회단체가 결성한 통일단체로 대부분의 혁신정당들은 7·29 총선에 입후보자를 내세웠다.

활발한 움직임을 보인 혁신정당은 통일론을 들고 나왔다. 그러나 이들 중에서 사회 대중당이 민의원 4명, 참의원 1명을 당선시켰고, 한국사회당은 민·참의원 각각 1명씩을 당선시킴으로써 사실상 혁신세력은 지리멸렬로 참패를 당한 것이다.

그러나 통일사회당은 창당선언문에서 '폐쇄적인 할거성을 지양하고 이념적 산화(酸化)를 시도할 겨를도 없이 산만하고 무력한 태세로 7·29 총선에 임한 것'을 철저히 자아비판하고, "조국을 통일, 자주독립의 훌륭한 민주적 복지국가로 발전시키는 역사적 대과업을 능히 담당, 완수할 수 있는 민주적 사회주의 노선을 지향하는 대동적이고 단일화한 혁신정당을 창건하려 한다"고 신념을 밝혔다.

그런 한편 민족자주통일 중앙협의회는 '자주·평화·민주'의 3대 원칙 아래 남북통일을 실현하기 위한 국민운동을 전개할 것을 결의하고 나섰다. 구체적 방안으로,

1. 즉각적인 남북정치협상
2. 남북민족 대표들에 의한 민족통일건국 최고위원회 구성
3. 외세배격
4. 통일협의를 위한 남북대표자회담 개최
5. 통일 후 오스트리아식 중립 또는 영세중립이나 다른 형태의 선택 여부 결정, 등의 중립화 통일방안을 주장했다.

이와 함께 민족자주통일연맹은 학생들의 남북학생회담 제의를 적극 지지하면서 1961년 5월 13일, '남북학생회담 환영 및 통일촉진 궐기대회'를 개최했다. 이날 1만여 명의 시민, 학생들이 참석한 가운데 치러

진 대회는, '남북학생회담의 전폭적 지지' '남북정치협상 준비' 등 6개
항의 결의문을 채택하고 '가자 북으로! 오라, 남으로!' 라는 구호를 외
침으로써 우리 국민의 오랜 염원인 통일의 열기를 드높여 식장을 메웠
다.

그러나 이때 중립화 조국통일연맹은 민족자주통일연맹의 '자주. 평
화. 민주' 라는 원칙이 지나치게 여러 가지로 해석될 우려가 있고, 또한
통일의 기본 방향이 될 수 없다는 두 가지 점을 들어 탈퇴 이유를 밝혔
다. 그리고 "국제회의를 통한 국제적 보장하에 영세중립통일을 기해야
하며, 또 영세중립화를 성취하기 위해 국민운동을 전개해야 한다"는 이
러한 영세중립화안을 제시했다.

이때 혁신정당은 통일문제가 특히 젊은층에 호소력이 있음을 간파하
고 통일과 관련한 조직을 서둘렀다. 그래서 사회대중당은 민족자주통일
연맹을 조직했고, 통일사회당은 중립통일연맹을 지원했다. 이 조직들은
혁신정당을 대신하여 적극적인 시위운동으로 장면 정부가 통일에 보다
적극적인 태도를 보일 것을 요구하고 나섰다.

선거를 통해 중요한 정치세력으로 등장하는 데 실패한 혁신세력들은
시위와 행동으로 국민의 지지를 얻고자 한 것이다. 민주당 정권에 의해
추진된 '반공법' 과 '집회와 시위에 관한 법률안' 을 2대 악법으로 규정,
대대적인 반대투쟁에 나섰다. 정부에서 제안한 두 개의 안보법안에 대
한 반대운동으로 국민지지를 얻는 절호의 기회를 발견한 것이다. 혁신
계의 급진파와 중도파는 공동으로 협동할 수 있는 대의명분이 만들어진
것이다.

1961년 3월 22일 오후 2시, 서울 시청 앞 광장에서는 대대적인 '2대
악법 반대성토대회' 가 열렸다. 혁신정당과 노조세력, 그리고 일부 학생
들의 합세로 1만여 명이 넘는 군중은 성토대회에서 "밥달라 우는 백성,
악법으로 살릴소냐." 그리고 "데모가 이적이냐, 악법이 이적이냐."라는
플래카드를 앞세우고 2대 악법을 철폐하라고 시위를 벌렸다.

여기에 맞서 반공법을 지지하는 4개의 반공단체가 동원되었고, 반공
법의 성토대회에 참석했던 학생들이 거리로 쏟아져 나와 서울의 거리는

데모의 물결로 뒤덮였다. 그리고 밤 8시경부터는 혁신계 인사들이 합류하여 시청 앞에서 시작된 횃불데모는 시가행진을 나섰고, 일부는 미대사관 앞에서 연좌데모를 벌렸다.

이렇게 이날 밤 혁신세력의 횃불데모는 점차 과격해진 행동으로 파출소를 파괴하는 난동을 벌리게 되면서 그동안 혼미한 상태를 유지해 온 정계에 긴장감을 고조시켰다. 그러면서 공공연히 위기설이 나돌면서 장면 과도정부에서 마침내 군사 쿠데타 정권으로 넘어가게 하는 계기를 만들어 주고 말았다.

민주당은 이승만 정권 밑에서는 동지적 입장으로 비교적 잘 단합을 했었다. 그래서 가슴을 맞대고 서로 의기투합하여 반독재 투쟁을 함께 벌려왔었다. 물론 대통령 후보 선출을 둘러싸고 몇 차례 당내의 갈등을 빚기도 했지만, 당내 민주주의를 통해 다수결에 승복함으로써 그때마다 위기를 극복했었다.

그런데 정작 투쟁의 대상이었던 자유당 정권이 붕괴되고 4월 민주화혁명의 덕택으로 굴러 들어오게 된 정권을 둘러싸고 민주당원들은 극심한 대립과 파쟁으로 혼란에 휩싸이고 있었다. 결국 한 집안의 내분은 스스로의 파멸을 자초한다는 만고의 진리를 보여준 것이라고나 할까?

그야말로 힘들이지 않고 굴러 들어온 복덩어리를 그들 스스로 감당하지 못하고 마침내 군부가 무력으로 정권을 장악하게 하는 아름답지 못한 선례를 한국현대사에 남기게 한 것이다.

19. 5·16쿠데타 독재정부

1960년 9월 10일, 김종필을 비롯한 영관급 장교 9명이 서울 충무장에서 군의 정풍운동을 벌이는 한편 혁명거사를 결의하였다. 쿠데타가 처음으로 모의된 것이다. 그리고 쿠데타 거사를 재확인하게 된 것은 같은 해 11월 9일, 박정희 소장 자택에서였다.

이들은 1961년 4월까지 혁명조직 및 거사계획을 완성하고 4월 19일 행동에 들어가려 했었다. 그러나 여러 가지 여건으로 다시 5월 12일로 예정했다가 여의치 않아 16일로 거사일을 정한 것이다.

그들은 거사명분으로 혁명공약 6개항을 작성했다. 그 가운데서 6항은 "이와 같이 우리의 과업이 성취되면 참신하고도 양심적인 정치인들에게 언제든지 정권을 이양하고 우리들은 본연의 임무에 복귀할 준비를 갖춘다"는 내용이었다.

군사쿠데타를 일으킨 5월 16일, 박정희 소장과 그의 조카사위인 김종필 중령을 중심으로 하는 장교 25명과 사병 3,500여 명이 새벽 3시경 한강 어귀에 진입했다. 4월 민주혁명으로 민주당정권이 들어선 지 8개월 만이었다. 약간의 총격전으로 예정보다 약 1시간 늦게 서울 입성에 성공한 반란군들이었다.

이들은 서울에 입성하여 먼저 중앙청과 서울중앙방송국 등 목표지점을 일제히 장악했다. 새벽 5시였다. 그들은 첫 방송을 통해 거사의 명분을 밝히고 6개항의 혁명공약을 국내외에 선포하면서 9시에는 군사혁명위원회의 포고령으로 전국에 비상계엄령을 선포했다. 그리고 오후 7시를 기해 장면 정권을 인수한다고 밝힘으로써 쿠데타에 성공한 것이다.

당시는 유엔군 사령관이 한국군 작전지휘권을 장악하고 있었다. 사령관 매그루더 장군은 쿠데타 반대성명을 발표하고 강제진압의 의사를 밝혔다. 그러나 이때 윤보선 대통령은 '올 것이 왔다'라고 묵비권을 행사해 버림으로써 사실상 군사 쿠데타의 필연성을 인정해 버린 것이나 마찬가지였다.

윤보선 대통령이 반란군에 승복하는 처사에 매그루더 장군은 쿠데타 저지를 포기했다. 그러므로 쿠데타는 기정사실화 되면서 피신해 있던 장면 총리는 은신처에서 18일 밖으로 모습을 나타냈다. 그리고 국무회의를 열고 내각 총사퇴와 군사혁명위원회에 정권이양을 결의했다. 그에 따라 윤보선 대통령은 국무회의 결정을 그대로 재가했다.

사태가 이렇게 흘러가자 미국무성도 이날 한국 군사혁명위원회의 지도자가 반공친미적임을 지적하면서 쿠데타를 혁명으로 승인하기에 이르렀다. 쿠데타의 성공이 최종적으로 확정된 것이다.

윤보선 대통령은 5·16쿠데타가 일어난 3일 후인 5월 19일, 쿠데타

에 대한 책임을 느끼고 하야를 천명했다. 그러나 국가의 법통을 수호해야 한다는 여론에 따라 하야결의를 철회했다가 국가재건최고회의가 정치정화법을 제정하여 구정치인의 공민권을 제한하게 되자 전격적으로 사임을 표명한 것이다.

당시 이렇게 쿠데타에 성공한 반란군은 그때쯤은 혁명전사가 되어 있었고, 최고권력기관으로 등장했다. 처음 군사혁명위원회를 조직하였을 때 의장에는 그 당시 육군참모총장이던 장도영을 세웠고, 부의장에 쿠데타의 실질적인 박정희가 선임되었던 것이다.

군사혁명위원회에서는 남한 전역에 비상계엄령을 선포했고, 동시에 포고령 제1호를 발표했는데 다음과 같은 내용이었다. '옥내외 집회금지, 국외여행 불허, 언론사전 검열, 야간통행금지 연장' 등이었다.

이렇게 쿠데타를 일으켜 권력기구로 등장한 반란군은 5월 18일, 군사혁명위원회를 국가재건 최고회의로 개칭했다. 그리고 5월 20일 장도영을 수반으로 하는 혁명내각을 구성하고, 이주일 소장을 위원장으로 하는 부정축재자 처리위원회를 구성했다. 그리고 6월 6일 국가재건 비상조치법을 공포함으로써 국가 최고권력기구로 법적 확증을 얻어내게 된 것이다.

그로부터 본격적인 군정을 실시하게 된 국가재건최고회의는 입법권, 행정권의 일부와 사법의 통제권을 장악함으로써 법제, 사법, 내무, 외무, 국방, 재정, 경제, 교통, 체신, 문교, 사회, 운영, 기획 등의 분과위원회를 구성했다. 그리고 직속기관으로 중앙정보부, 재건국민운동본부, 수도방위사령부, 감사원을 두었고, 그 한편으로 산하기구인 혁명재판소와 혁명검찰부를 두는 것도 잊지 않았다. 이 기구를 통해 용공분자의 색출을 표방하여 혁신세력을 대대적으로 견제하는 틀을 완고하게 만들어 놓은 것이다.

사실 군부 직속기관으로 만들어진 중앙정보부는 1961년 6월 10일 법률 제619호로 '중앙정보부법'이 국가재건최고회의에서 제정 공포됨으로써 군사정권 시절에 인권탄압과 정보정치의 대명사처럼 불려왔다. 중앙정보부는 '국가안전보장에 관련된 국내외 정보사항 및 범죄수사와 군을 포함한 정부 각 부서의 정보, 수사활동을 감독하며 국가의 타 기관 소속 직원을 지휘 감독할 수 있다는 막강한 권한을 가지게 된 것이다.

중앙정보부는 쿠데타가 성공한 군내부의 반혁명 기도나 민간정치인들의 저항을 효과적으로 분쇄할 수 있도록 만들어진 기구였다. 반대 세력을 저지하기 위해 비밀리에 조직된 중앙정보부는 쿠데타의 제2인자 김종필이 군부내 기반이었던 특수부대 요원 3천명을 중심으로 모아 조직하면서, 당시 최고회의 의장 박정희 직속의 최고권력기관으로 군림하게 된 것이다.

그로 하여 군사정부는 각종 민주적 정당과 사회단체, 언론매체, 노동조합을 강제 해산시킬 수 있었고, 민주세력에 대한 탄압을 자행할 수 있게 되었다.

군정이 실시되면서 제일차로 3·15 관련 최인규, 발포책임자 곽영주, 정치 깡패 이정재 등과 함께 「민족일보」 사장 조용수를 반국가죄로 처형했다. 그와 반면에 자유당 정권에 탑승하여 국민의 지탄을 받아온 독점재벌 등 부정축재자들을 경제 건설에 적극 활용한다는 명목으로 거의 사면했다. 정치악의 온상지대는 이때 다시 그 무대를 만들어 가고 있었던 것이다.

군사정부는 정치정화법을 제정하여 민간정치인들 일부는 거세하고 그 중에 일부는 포섭하는 분열통치 전략을 펴기도 했다. 그리고 다른 한 편으로 자금원을 확보하기 위해 통화개혁과 통화증발 등의 경제조치를 단행하였다.

그러나 이처럼 군사정권의 장악이 확실해지면서 쿠데타 세력간에도 권력쟁탈전이 내부에서 서서히 일어나기 시작했다. 쿠데타의 주동자인 박정희는 마침내 장도영을 5·16 쿠데타를 방관했었다는 이유로 몰아내기 위해 중앙정보부를 활용했다. 그리고 마침내 최고회의 의장에 취임하는 데 성공했다.

그로부터 박정희는 민정참여의 전략을 세우기 시작했다. 쿠데타가 성공하여 권력을 장악하게 되자 생각이 달라진 것이다. 민정이양을 지연

시키면서 민정참여 체제를 구축해 나갔다.

하지만 박정희는 1963년 2월 18일, 이른바 민정불참을 선언한 바 있었다. 이날 그는 시국수습을 위한 9개 방안을 각 정당이 수락한다면 자신은 민정에 참여하지 않을 것이라고 천명한 것이다. 그 9개 항목 중에는 5·16혁명의 정당성과 정치보복의 금지, 한일문제의 초당적 협조 등이 들어 있었다.

이렇게 민정불참을 선언함으로써 2월 27일 12개 정당 대표와 7개 사회단체 대표 및 27명의 재야인사가 개인자격으로 참가한 가운데 박정희의 민정불참 선서식까지 거행되었었다.

그러나 그 선서식이 있고 1주일만에 박정희는 '원주발언'을 통해 민정불참 선서에 부정적인 의사를 표시하고, 3월 16일 '현시국은 과도적 군정이 필요하다'는 것을 이유로 들어 4년간 군정연장을 국민투표에 부치겠다는 단언과 함께 민정불참 선언을 뒤집기에 이르렀다. 그리고 계엄령과 각종 포고령을 동원해 일체의 기존정당과 사회단체를 해산시키고 정치, 집회, 결사를 금지한다는 포고령으로 묶어 놓고 비밀리에 정당결성의 추진에 들어간 것이다.

이렇게 되자 야권에서는 맞대결에 나섰다. 종로 백조그릴에서 군정연장 규탄대회를 열었으나, 줄다리기 끝에 다시 박정희의 4·8성명이 나오게 되면서 야망에 불타는 박정희의 민정참여는 기정사실로 굳어졌다.

1962년 11월, 군사정부는 민정이양을 위한 헌법개정안을 국가재건 최고회의에서 의결했다. 그리고 12월 국민투표를 실시하여 이를 확정했다. 찬성을 얻어 확정된 이 헌법은 내용이 전면적으로 개정되었다는 점에서 실질적으로는 헌법 제정에 가까운 것이었다.

새 헌법의 주요 내용은, '대통령제 채택' '소선거구제 채택' '국회의 단원제와 정당국가화에 따른 국회활동약화' '법원에 위헌 법률 심사권 부여' '헌법개정에 대한 국민투표 채택' '경제과학심의회의, 국가안전보장회의 설치' 등이었다.

최고회의 의장에 오른 박정희는 최고회의에서의 개헌안 확정투표를 앞둔 12월 6일 새벽 0시를 기해 경비계엄 해제를 선포했다. 실로 1년 6

개월 만이었다.

개헌안은 1962년 12월 12일 박정희 대통령 권한대행이 주재한 최고
회의 제28차 본회의에서 정식으로 가결 선포되었다. 그리고 12월 26일
시민회관에서 공포식이 거행되었다. 제3공화국의 새 헌법으로 확정된
것이다.

계엄령이 해제되면서 5 · 16 쿠데타 이후 일체 금지되어 왔던 정치활
동이 1963년 1월 1일부터 다시 재개되었다. 1962년 12월 31일 군사
혁명 포고령 제4호로 되어 있던 정당, 사회단체의 정치활동 금지조항이
묶인 날로부터 1년 7개월만에 폐기된 것이다.

정치활동 재개의 길이 트이자 정쟁법에 묶여 있는 구정치인을 제외하
고는 누구든지 정치활동을 할 수 있게 되면서 윤보선 전 대통령과 김도
연 전 신민당위원장은 범야당 결성에 원칙적인 합의를 보았다. 야당연
합을 목표로 창당작업이 추진되면서 민정당은 각 정파 사이에 타협이
이루어져 대통령 후보에는 윤보선, 당위원장에는 김병로를 각각 옹립하
고 집단지도체제를 채택하기로 했다.

이밖에 야당연합전선에서 이탈해 당의 재건에 나선 민주당이었다. 박
순천, 정일형, 홍익표 등이 모여 1963년 7월 창당대회를 갖고 박순천
을 총재로 추대함으로 단일지도체제를 구축했다. 이때 군소정당들도 각
기 고개를 들고 양대 선거를 향해 출범 채비를 서둘렀다.

사실 그동안 중앙정보부는 쿠데타 직후에 발생한 장도영 장군의 반혁
명사건을 비롯하여 권력내부의 반대세력의 제거에 크게 기여했고, 그로
하여 막강한 권부의 실세로 등장하면서 중앙정보부 요원의 수가 37만
명에 이르게 되었을 때였다.

이 같이 엄청난 수에 달하는 중앙정보부 요원들 중에는 상당수가 민
간인들로 고용되어 있었고, 이들은 정보요원으로서 신분을 숨긴 채 통
상적인 자기 직업에 종사하면서 주변의 동태를 감시하고 그 결과를 상
부에 보고하는 점조직으로 이어져 있었다는 사실이다.

이렇듯 중앙정보부 요원의 개입활동은 모든 영역에 걸쳐 사실상 광범
위하게 이루어져 그 손길이 심지어는 다방과 술집에 이르기까지 뻗어

있었던 것으로 중정보부는 특히 인혁당 사건을 비롯한 숱한 용공조작사
건을 만들어 많은 사람을 죽음으로 몰아넣는 데 공헌을 해왔다.(김정
원, 〈분단 한국사〉 참조)

이처럼 요소마다 심어 놓은 중앙정보부는 요원의 수는 엄청났던 것으
로, 거번 맥코맥의 〈한국과 일본 : 관계정상화 10년〉이라는 책자에서는
남한 인구의 약 10% 정도가 중앙정보부와 직간접으로 관계를 맺고 활
동하고 있었다는 놀라운 사실이 실려 있었다.

이처럼 엄청난 기구를 정권을 장악함과 동시에 설치해 놓은 군사정부
였다. 7월 3일, 박정희 비호세력은 쿠데타의 핵심이었던 육사 5기 출신
의 문재준, 박치옥 등이 반혁명 쿠데타를 기도했다는 혐의로 체포되면
서, 중앙정보부 실세를 거머쥔 김종필 계열의 육사 8기생들이 권력의
중심부에 등장했다.

이러한 권력 쟁탈전으로 군정기간 동안 이적행위로 적발된 반혁명 사
건이 무려 13건에 이르렀다. 최고회의 발족 당시 구성원이었던 최고위
원 장성들의 상당수가 이 같은 혐의로 제거됨으로써 1963년 2월 최고
회의에는 출범 당시 32명 가운데 6명만 남을 정도였다. 그동안 치열한
숙청이 단행되었던 것이다.

군사정권은 '반공법'을 강화시켜 권력의 입장에 반대되는 모든 행위
를 처벌할 수 있도록 한 이 법은 반공이라는 명분 아래 숱한 정치폭력의
무기로 삼아왔다. 반공법은 야당, 학생, 언론인, 종교인, 노동자 등 모
든 비판 세력들에게 재갈을 물리게 하는 악법으로 이승만 정권이 만들
어 계승시켜 준 것을 보완 한 것이다.

그래서 남북 협상에 의한 평화적 통일 운운하는 단어만 나와도 반공
법위반에 의해 불순분자로 끌려가야 했고, 이를 근거로 5·16 쿠데타
이전에 남북 학생회담 추진 등 평화적 민족통일을 위한 운동에 참여했
다가 체포, 구속된 인사들에게 적용된 것이 바로 그 반공법 위반이라는
것이었다.

그 반공법은 세계 유례사상 없었던 지독한 악법으로 단순히 정부의
정책을 비판하는 것만으로도 반국가단체의 주장에 동조, 적을 이롭게

했다는 이유로 처벌의 대상이었다. 그만큼 그 악법을 휘둘러 온 기구가 중앙정보부였다.

그 실세에 있던 김종필 정보부장이 정당의 사전 조직을 맡았다. 그러면서 앞전에 사면 조치로 풀어 주었던 독점재벌들로부터 엄청난 정치자금을 조달할 수 있었던 것이다. 그리고 5 · 16 주체세력을 중심으로 '혁명이념의 계승과 민족적 민주주의 구현'을 표방하고 김종필 정보부장은 창당준비를 서둘렀던 것이다.

군사정권이 정치활동을 재개한 것은 1963년 1월 1일이었다. 그로부터 열흘이 겨우 지난 1월 10일 그들은 가칭 '재건당'이라고 명명한 당의 첫 발기대회를 열었다. 그리고 1월 18일 민주공화당이라는 당명으로 김종필을 창당위원장으로 하는 발기선언대회를 열었다.

그동안 김종필은 중앙정보부장이라는 직위를 배경삼아 각계각층의 인사들과 교제를 가져오면서 그 인사들을 모아 민주공화당을 사전 조직한 것이다. 이 같은 김종필의 독주에 쿠데타 주체세력들이 거센 비판을 하고 나섰다.

마침내 분열이 시작된 것이다. 군사정부내에서 김종필 라인과 유원식, 김동하 최고위원 등의 세력으로 대치 형성되면서 반대파에서는 급기야 김종필의 허물을 털어내기 시작했다. 그것이 이른바 '4대사건 의혹'이었다.

사실 민주공화당 사전 조직을 맡은 김종필으로서는 정치자금이 필요했던 것이다. 그 자금을 확보하기 위해 중앙정보부가 개입된 비리를 세분하면 증권파동, 워커힐 사건, 새나라 자동차 사건, 그리고 일명 빠찡고 사건이 그것이다. 그리고 뒤이어 반대파가 공격한 것은 간첩 황태성의 지침으로 창당 과정에서 2원화 조직을 도입했다는 것이었다.

사태가 이쯤 되자 김종필은 그 비난을 피하는 방법으로 2월 25일 모든 공직에서 떠나 제1차 외유길에 올랐다. 반대파의 비난으로 잠시 떠난 김종필이었고, 주역을 잃게 된 민주공화당측에서는 그러나 2월 26일 재야법조계 원로인 정구영을 총재로 영입하고 창당대회에 차질이 없이 출범했다.

제5대 대통령 선거가 박정희와 윤보선의 대결이었다. 군사 쿠데타를 주동하고 절대로 민정참여는 하지 않겠다고 선언했던 박정희가 여당의 후보로 나온 기묘한 대통령 출마였다. 1963년 5월 27일 민주공화당 개편대회에서 대통령 후보로 지명된 박정희는 군복을 벗고 마침내 본격적으로 대통령 선거에 나섰다.

그런데 선거전에서 사상논쟁이 불거졌다. 각 당 후보자들은 지방유세를 갖고 각종 공약을 제시하면서 지지를 호소했다. 그런데 박정희 후보가 9월 23일 방송 연설을 통해 "이번 선거는 민족적 이념을 망각한 가식된 자유민주주의와 강렬한 민주주의를 바탕으로 한 진정한 자유민주주의의 사상적 대결"이라고 말했다. 이것이 불씨로 '사상논쟁'의 불이 붙게 된 것이다.

그때 전주에서 지방유세를 하고 있던 윤보선은 바로 다음 날 기자회견을 청해 박정희 후보를 향해 화살을 날렸다.

"여순반란사건의 관련자가 정부안에 있으며, 이번 선거야말로 이질적 사상과 민주사상의 대결"이라고 응수하면서 사상논쟁은 본격화 되었다. 윤 후보는 이어 "박정희 후보가 공산주의자라고 말한 것은 아니다. 그러나 그의 민주주의 신봉 여부가 의심스럽다"라고 묘한 뉘앙스를 안겨주었다. 그러나 이미 그 어떤 뜻을 담아두고 있는 윤보선 후보의 이같은 말은 빠르게 전해지면서 술렁이게 했다.

그런데 같은 날 여수에서 윤보선 후보의 찬조연설을 나온 윤재술 의원은 그 말의 뜻을 좀더 밝혀 드러내는 연설을 했다.

"이곳은 여순반란사건이란 핏자국이 묻은 곳이다. 그 사건을 만들어 낸 장본인들이 죽었느냐, 살았느냐? 살았다면 대한민국에서 지금 무슨 일을 하고 있는 가를 여러분은 아는가. 모르는가? 여러분이 모른다면 저 종고산은 알 것이다."

비아냥거리는 말이었다. 말하자면 박정희 후보는 '강렬한 민주주의를 바탕으로 한 진정한 자유민주주의의 사상대결'을 감히 이야기할 수 없는 사람이라는 말이었다.

사상논쟁으로 궁지에 몰리게 된 박정희 후보였다. 긴급회의를 소집한 최고회의는 윤보선 후보의 발언을 국가안보의 차원에서 대처키로 하고 선거법 위반으로 고발하고 나섰다. 그러자 공화당측의 공격은 윤보선 후보를 강렬하게 '이중인격자'라고 반박하고 나섰다.

"윤씨가 대통령에 재직하고 있을 때부터 5·16 사태를 미리 알고 있었다."

이 같은 폭로에 뒤이어 대통령 후보를 낸 재야 6당은 박정희 후보의 등록 취소를 청구하는 행정소송을 재기했고, 공명선거투쟁위원회 주최의 선거집회에서는 "간첩 황태성의 책략에 의해 공화당의 2원제 사전조직이 추진되었으며 밀봉교육이 실시되었다"고 주장하는 이 같은 삐라가 뿌려지면서 사상논쟁을 치열하게 부채질하고 있을 이 무렵, 국민당 대통령 허정 후보는 기자회견에서 다음과 같이 폭로했다.

"박정희 의장이 한일회담에서 양보한 대가로 일본 민간회사로부터 거액의 수표를 받았다는 설이 있다."

그러자 민정당 기획위원회 역시도 여기에 가세했다.

"박 의장의 사상은 이질적이며 위험한 존재다."

이 같은 성명을 발표함으로써 쌍방의 논쟁은 극으로 치달아 확산되면서 자민당 대표 김준연은 9월 25일 열린 시국강연에서. 1961년 5월 26일자 '타임'지의 박정희 프로필을 인용했다.

"박 소장은 전에 공인된 공산주의자였다. 그는 군반란(여순사건)을 조직하는 데 협력했다. 그래서 그는 이승만 씨의 장교들에 의해 사형선고를 받았다. 그러나 그는 전향하여 반란군에 관한 정보를 제공하고 사형을 면제받았다. 그는 지금 분명히 강력한 반공주의자다."

이 같은 포문에 대해 박정희 후보는 기자회견을 자청했다. 기자가 질문했다.

"여순반란사건에 관련됐다는 야당측 주장을 해명할 수 없느냐?"

이에 박정희 후보는 가볍게 응수했다.

"허무맹랑한 일이어서 해명할 필요조차 없으며 법이 가려낼 것이다."

그리고 여순사건 진압작전을 지휘했던 원용덕을 내세워 변명을 하게 했다.

"박 의장은 여순사건에 관련이 없으며 토벌작전 참모로서 공을 세웠다."

이처럼 상반된 주장을 기자회견에서 원용덕을 내세워 하게 한 박정희 후보였다. 살아남기 위해서는 어쩔 수 없이 각본에 짜여진 대사를 그대로 읊어야 하는 원용덕이었다. 그야말로 하루 아침에 노루가 개가 되고, 개가 노루가 되는 정치판 진면목을 그대로 보여주고 있는 것이었다.

선거 종반에서 야당 단일후보의 실현을 위해 허정이 사퇴했고, 뒤이어 송요찬이 사퇴함으로써 박, 윤의 양자 대결로 선거는 압축되었다. 그런데 선거일을 5일 앞두고 민정당 찬조연사 김사만은 안동연설에서 "대구, 부산에는 빨갱이가 많다."고 주저없이 토했다. 이것은 표를 얻기 위한 것이 아니라 경상도 표를 오히려 쫓는 역효과를 내게 한 것이나 마찬가지였다. 박정희 후보에게 동정표를 몰아주게 한 것이다.

이처럼 여러 복선을 깔고 있는 것이 정치판으로 어제의 동지가 오늘 적으로 변하는 그야말로 가장 무섭고 혐오스러운 일들을 그처럼 자연스럽게 만들어 내는 곳이 바로 국민들이 속고 있는 정치판 생리인 것인지도 모른다.

1963년 10월 15일, 실시된 선거 결과 15만 표 차로 여당 후보 박정희가 당선 확정되었다. 제5공화국이 들어선 것이다. 5 · 16 군사쿠데타로 성공하고 대한민국 통치자에 오르게 된 박정희였다.

박정희 정권이 들어서고 추진된 것이 한일간의 국교 정상화 문제였다. 사실 그 즈음 미국은 60년대에 들어 새로운 동아시아 전략의 일환으로 한일간의 국교정상화 문제를 강력히 제기하고 나섰다.

사실 두 나라간의 국교 정상화를 위한 한일회담은 1951년부터 시작되었던 것으로, 이승만 정권 이래의 현안이기도 했다. 그 자유당 정부에 이어 민주당 정부로 이어졌던 한일회담 추진은 1960년 10월 25일 제5차 한일회담이 열렸으나 5 · 16쿠데타로 중단되어 있었던 것이다.

제 5공화국이 들어서고 미국은 그 문제를 다시 제기하고 나선 것이다. 군사 쿠데타를 승인해 주는 대가로 당시 비교적 말을 잘 듣는 박정희 정권으로 그 문제를 풀어 보려는 것이 미국이었다. 한 · 일간의 국교

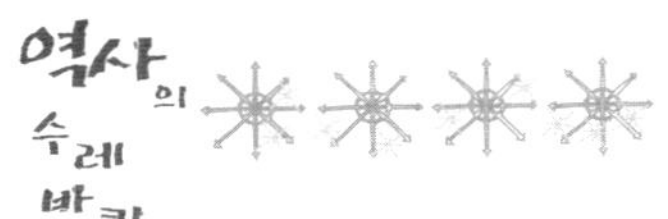

제5대 대통령선거에서 15만 표 차로 야권후보 윤보선에게 신승한 박정희 대통령이 취임선서를 하고 있다 (1963. 12. 17)

를 정상화 시켜서 동아시아에서 남하정책을 저지하고 중공을 견제한다는 것이 미국의 전략이었기 때문이다. 그로 하여 굴욕적인 한일협상이 이루어지게 된 것이다.

물론 거기에는 박정희를 비롯한 군사정권 핵심요인들이 대부분 일본 육사와 만주군관학교 출신들로 일본에 대한 애정과 향수를 갖고 있었던 그 친일성도 어느 정도는 작용했을 것으로 보고 있다.

그러나 보다 근본적으로 작용한 요인은 당시 군사정부는 미국의 원조가 대폭 삭감된 상황에서 공약으로 내놓은 '5개년 경제개발'에 따른 대규모 투자재원의 확보가 필요했던 것이다. 이러한 상황에서 미국의 지역통합전략과 함께 일본의 자본 해외진출 욕구 등이 미루어 왔던 한일회담을 적극적으로 추진하게 하는데 근본 요인으로 작용했던 것이라고 볼 수 있다.

사실 그 한일회담은 1961년 10월 20일 재개되었었다. 이 때 특사로 파견된 사람이 정보부장으로 있었던 김종필이었다. 이케다와 비밀회담을 가졌다. 그러나 일본측은 한국의 거듭된 양보에도 불구하고 고자세로 버티기 작전으로 나왔다. 그러면서 추진되고 있었던 한일회담은 합의사항을 놓고 한일 양국간의 의견 차이가 있는 것도 문제였지만, 그보다는 국내의 격렬한 반대 투쟁으로 늦어지고 있었던 것이다.

그처럼 끌어오던 한일회담은 화폐개혁 실시로 국내 경제상황이 매우 불안정한 상태였고, 따라서 박정희 정권이 경제개발 5개년 계획의 첫해로 자본도입이 시급해짐에 따라 비밀리에 추진되고 있었다. 그래서 1962년 한일회담 조기타결을 서둘렀다. 김종필이 다시 일본으로 건너가 '김종필-오히라' 회담을 열고 비밀 메모를 통해 대일청구권문제 등에 대한 한국측이 불리한 그야말로 굴욕적인 합의를 해주게 된 것으로, 독도문제를 국제사법재판소로 이관하자는 데 합의를 해준 것이다.

그러나 이 같은 협상내용은 즉각 밝혀지지 않은 채, 1964년에 이르러 공포되었다. 2년 동안 비밀에 부쳐졌던 것이다. 그때 일본측은 청구권 협상의 타결로 한국에 무상 3억 달러를 10년간 지불하고, 경제협력의 명목으로 정부간의 차관 2억 달러를 연리 35%로 제공하며, 상업 베이스에 의한 무역차관 1억 달러를 제공하기로 협상이 이루어졌다.

이와 같은 한일회담의 진행 과정을 그동안 비밀에 부쳐온 집권당이었다. 그리고 정부가 한일회담의 결과를 밝힌 것은 1964년으로, 3월 타결, 4월 조인, 5월 비준의 방침을 밝혔다. 여기에 야당은 즉각 '대일굴욕외교반대 범국민투쟁위원회'를 결성하고 전국을 순회하는 유세에 돌입했다. 그것은 기차가 이미 멀리 떠나 버린 뒷자리에서 손을 흔드는 격이나 마찬가지였다.

그것은 야당 의원뿐만이 아니었다. 3월 24일 서울대생들은 '한일회담 즉각 중지'를 요구하라는 집회를 갖고, 김종필을 현대판 나라 팔아먹은 '이완용'이라고 분노하고 화형식을 거행한 뒤 가두시위를 벌였다. 애국의 횃불이 다시 들고 일어나면서 학생들의 시위는 빠르게 전국적으로 확산되어 나갔다.

5월 20일 서울 시내의 대학생 연합으로 박정권이 표방했던 '민족적 민주주의' 장례식을 거행하고 난 뒤, 4·19 민족 민주이념에 정면 도전한 군사쿠데타 정권타도 투쟁을 선언하고 나섰다.

이 날 벌인 시위로 1백여 명이 부상을 당하고 2백여 명이 연행되었다. 그러한 아비규환 속에서도 학생들은 굽히지 않고 투쟁을 계속했다. 드디어 단식 농성을 벌이면서, 군사쿠데타, 부정부패, 정보정치, 매판독점자본, 외세의존 등 군사정권의 본질적인 문제를 들추어내며 정권퇴진을 요구하고 나섰다.

사태가 이쯤 되자 6월 3일에는 여기에 합세한 시민들까지 1만여 명의 시위대가 광화문까지 진출하면서 파출소가 방화되는 사태로까지 번졌다. 규모가 커지자 위기감을 느끼게 된 집권 정부는 그날 밤 8시를 기해 서울시 일원에 비상계엄령을 선포했다. 이때에 내려진 포고령은 일체의 시위금지, 언론, 출판 사전검열, 그리고 모든 학교의 휴교를 명령한 대대적인 탄압을 개시했다.

그로부터 계엄이 해제되는 7월 29일까지 55일 동안 학생 168명, 민간인 173명, 언론인 7명이 구속되었고, 포고령 기간 동안 위반된 건수가 890건이었으며, 1,120명이 검거되었다. 그 중에서 540명이 군사재판에 회부되었으며, 68명이 민간재판, 216명이 즉결재판에 회부되었다.

그리고 정부에서는 무마정책으로 계엄이 선포된 이틀 후인 6월 5일, 공화당의장 김종필을 문책, 당의원직에서 사임시켰다. 정부는 김종필에게 그 허물의 책임을 몽땅 짊어지게 하고 두 번째 외유에 나서도록 조처한 것이다.

그리고 정부는 일당과 학생들의 격렬한 반대투쟁을 위수령, 계엄령으로 탄압하고, 1965년 6월 22일 한일기본조약을 체결했다. 이 협정은 한국 외무장관 이동원, 한일회담 수석대표 김동조가 본건을 맡은 것으로 '대한민국과 일본국간의 기본관계에 관한 조약' (기본조약)과 부속된 4개의 협정 및 25개의 문서로 된 '한일협정' 이 타결된 것이다.

이렇게 이루어진 한일협정에 의하여 평화선이 철폐되었고, 우리측의

40해리 전관수역 주장이 철회되었다. 동시에 일본의 주장대로 12해리 전관수역이 설정되었다. 그리고 재일교포의 법적 지위 및 영주권 문제 등이 일본 정부의 임의적 처분에 맡겨지게 되었으며, 문화재 및 문화협력에 관한 협정은 일제가 36년간 불법으로 강탈해 간 모든 한국문화재를 일본의 소유물로 인정한다는 것이었다. 이 협정에서 정신대 문제와 사할린 교포문제, 또 원폭 피해자들 등의 문제는 거론조차 되지 않은 채, 그야말로 졸속하고도 굴욕적인 회담으로 끝나게 된 것이다.

그 요인은 박정희 군사정부로 하여 미국의 원조가 삭감된 데에다가 박정희 정권이 '5개년 경제개발' 계획으로 내세운 공약에 따른 투자재원이 필요했기 때문이었던 것이다.

결국 그처럼 굴욕적인 한일협정은 국토의 일부와 우리 국민이 일본으로부터 받아내야 할 파렴치한 학정의 피해보상을 헐값으로 팔아 넘긴 것이었고, 그 대가로 이루어진 것이 군사정부가 말해 온 5개년 경제계획이라고 할 수 있다.

그리고 박정희 정권은 그 후 미국의 요청으로 베트남 전쟁에 야당과 국민의 반대에도 불구하고 파병시켰다. 1964년 7월 30일, 국회 본회의에서 '베트남공화국 지원을 위한 국군부대의 해외파병 동의안' 이 제출되었다. 그리고 그 안건은 다음 해인 1965년 8월 13일, 야당이 불참한 가운데 공화당 의원들만으로 통과시켜 단독 처리했다.

물론 그로 하여 강대국인 미국과의 원만한 관계를 지속할 수 있었던 군사정권이었고, 따라서 5개년 경제개발 성장에도 국익을 준 것은 사실이었다. 그때 미국측은 파병의 대가로 한국군의 전력증강과 경제개발에 소요되는 차관공여를 약속함으로써 이루어진 것이기 때문에 엄격히 말하면 이 땅의 고귀한 젊은이들의 피와 살을 팔아 얻어낸 대가였다고 할 수 있다.

당시 베트남전에 32만 명이 파병되어 5천여 명의 한국군 희생자를 냈었을 뿐만 아니라, 파월장병들의 후유증은 미국이 전쟁에서 살포한 고엽제 등으로 본인들은 물론 2세들의 질환 등으로 심각한 후유증을 남기고 있기 때문이다.

이렇게 국내외 돌아가는 속사정이야 어찌 되었든 간에 표면적으로는 그럴 듯하게 경제성장을 보여주고 있는 박정희 정권이었다.

1967년 3월 24일 대통령 선거일이 공고되고, 선거전이 막이 올랐다. 공화당 후보는 물론 박정희였고, 야당에서는 그때쯤 신민당을 통합하여 윤보선을 후보로 정했다. 그리고 통한당에서는 오재영을, 민중당은 김준연, 한독당 전진한, 정의당 이세진 등 6명의 후보가 등록을 마쳤다.

이때 공화당에서는 "틀림없다 공화당! 황소 힘이 제일이다!" 그리고 "박대통령 다시 뽑아 경제건설 계속하자!"에 이어 "중단하면 후회하고 전진하면 자립한다!" 이 같은 선거 구호를 내걸었고, 여기에 맞선 신민당에서는 "빈익빈이 근대화냐 썩은 정치 갈아치자!" 그리고 "지난 농사 망친 황소 올 봄에는 갈아치자!"에 이어 "박정해서 못살겠다. 윤택하게 살 길 찾자!"는 구호를 내걸고 선거에 나섰다.

박정희 후보는 조국 근대화를 위해 농공병진정책과 경제개발 5개년 계획의 추진을 역설하였고, 윤보선 후보는 정권교체를 제도적으로 보장하기 위해 현재의 대통령 중임제를 폐지할 것을 주장하고, 경제시책을 수탈정책이라고 비판했다. 여기에 대중당의 서민호 후보는 유독 이념정당을 표방하고 농지개혁의 재조정, 독점재벌의 배격 등을 공약으로 내세웠다.

이 선거 과정에서 윤보선 후보의 지원유세에 나선 『사상계』 사장 장준하는 "박정희는 우리나라 청년의 피를 월남에서 팔아먹고 있다"는 등의 발언으로 '국가원수모독죄'의 혐의로 구속되었다.

선거 막바지에서 선거전은 박, 윤 두 후보로 압축되었지만, 신민당은 자금 조직에서 열세를 면치 못했다.

재집권에 성공한 박정희 정권은 한일국교 정상화와 월남파병 등을 실현하면서 미국, 일본과의 우호협력 관계를 돈독히 하고 있었으며, 그로 하여 경제개발 5개년 계획을 성장시켜 나가면서 착실하게 권력의 기반을 구축하고 있었기 때문에 선거를 몰고 가는 여세는 당당할 수밖에 없었다. 더구나 집권당의 입장에서 행정조직의 측면을 지원받고 있는 데다가 풍부한 선거자금을 동원해 낼 수 있는 유리한 입장이었다. 선거전이 시작되면서부터 공공연한 관권의 개입과 금품수수, 각종 선심공세로, 들놀이, 친목회, 동창회, 화수회, 부인회 등을 벌이게 하여 비누, 수저, 돈 봉투를 돌리는 등, 향응을 제공할 수 있었던 것이며, 따라서 집권당에서 경제개발에다가 중점을 둔 연설이 국민들에게는 설득력이 있게 받아들여진 것이다.

거기에 대응할 수 없는 열악한 조건의 윤보선 후보였다. 그런 데다가 국민들 또한 '윤보선' 하게 되면 통치권자로서 카리스마가 없다는 것이 일부 시민들의 평이었다. 그것은 5·16쿠데타가 일어나고 윤보선이 국민에게 보여준 모습 때문이기도 했다. 따라서 자유당 정권이 붕괴되고 장면 내각이 들어서면서 8개월 동안에 당내 분열이 보여준 모습은 국민들을 실망시켰던 것도 사실이었다.

대권경쟁에서 다시 승리를 거둔 공화당은 그 여세로 같은 해 6월 8일로 다가온 제 7대 국회의원 총선거에 전력투구했다.

반면 조직면에서도 그랬고, 선거자금 동원면에서도 그 게임이 되지 않은 야당의원들이었다. '안전세력 확보' 그리고 '공화당 독재견제'를 선거 구호로 내세웠으나 국민들은 거기에 이미 관심 밖이었다. 4·19 민주화혁명이 일어나고 그들에게 정권을 맡겨 보았지만 별 수가 없었다는 것이 국민에게 심어진 불신의 요인이었다.

이러한 분위기에 박정희 대통령은 장기집권을 구상하게 되면서, 재선의 임기가 끝나기 전에 제7대 국회에서 개헌을 감행해서라도 계속 집권할 생각으로 6·8총선을 무리하게 끌고 가려고 한 것이다. 3·15 부정선거를 뺨치는 광범위한 부정선거가 공공연하게 자행되었다.

6월 8일 선거는 유령유권자 조작과 온갖 부정 속에서 공화당의 일방적인 승리로 끝났다. 이때 집권당에 의해 수감된 장준하, 서민호 후보가 옥중당선 되었고, 목포에서 김대중 후보가 시민들의 관심의 대상으로 부상되면서 당선되었다.

신민당은 6·8선거를 사상 그 유례 없는 선거라고 규정하고, '부정선거 백서'를 만드는 한편, 전면 재선거를 요구하며 무려 6개월 동안 등원을 거부했다. 그러나 군사쿠데타까지 일으켜가며 정권을 잡고 질주하는 집권당과의 머리싸움은 끝내 무위로 돌아갈 수밖에 없었다.

그러나 도(道)가 오래면 마(魔)가 꿰이듯 권력 역시도 다를 것이 없었다. 서서히 그 막을 내리는 어둠이 그 자락을 흔들며 다가오고 있었다.

1968년 5월에 발생한 세칭 '복지회사건'은 권력내부에서 금기로 된 후계자 문제를 거론한 데서 발생했다. 특히 독재자 밑에서 후계자 문제는 가장 터부시되는 금기사항이다. 그런데도 이승만이 그랬고, 박정희 정권 때는 더욱 두드러지게 심했다. 헌법에 임기조항으로 명문화되어 있는데도 무시했다.

그래서 공화당 당무위원 김용태, 6대 국회 문공위원장 최영두 등 김종필 라인들은 1971년의 후계자 문제와 관련하여 사조직을 만들었던 것이다. 이것이 농촌부흥과 사회 개방을 표방한 '한국국민복지회'라는 조직이었다. '복지회'는 전 공화당 중앙위원 송상남의 발상이었다. 공화당의 일선 조직을 통해 회원을 확보해 나가는 전략으로 여기에는 1968년 2월부터 김종필의 오른팔이었던 김용태가 회장에 앉게 되었고, 최영두가 부회장, 그리고 송상남은 사무총장으로 조직 확장을 맡았다.

그로부터 조직 확장에 들어간 복지회는 전국적으로 각 지구를 설치하고 주로 주류파 중진급을 지도위원으로 내정했다. 이 복지회가 문제가 된 것은 포섭대상자들에게 전달된 정세보고서가 말썽이 된 것이다. 거기에는 박 대통령을 폄하 모독하는 내용이 들어 있었기 때문이다. 특히 박 대통령을 격분케 한 것은 대통령의 시정방향과 3선 개헌 저지에 관한 내용이 담겨져 있었기 때문이다.

공화당내의 반 김종필 세력은 그러한 내용의 정세판단서가 1971년도를 내다보는 김종필 라인의 정치적 포석이라고 결론을 내렸다. 그로 하여 그동안 음성적으로만 빚어진 공화당내의 주류파와 비주류파의 세력다툼은 1971년의 선거를 내다보고 내연으로 치닫게 되었던 것이다.

복지회는 태동단계에서 분노한 박정희의 엄명으로 해체되었고, 김용태 의원을 비롯한 관련자들을 당에서 제거시켰다. 이때 그들이 후계자로 지목하고 있었던 김종필은 불충을 이유로 들어 당의장을 포함한 모든 공직에서 물러나겠다고 선언했다. 그리고 부산에서 기자회견을 통해 "오래 전부터 생각해 온 일이며, 다시 정계에 복귀할 생각은 없다"고 말하고 뒤이어 "71년에 관계되는 이야기는 하지 말자"는 말을 끝으로 회견을 서둘러 종결했다.

이때 박정희 대통령은 부산으로 이후락 비서실장 등을 보내 그의 번의를 권유했다. 하지만 별다른 효과가 없었다. 김종필의 당직 사퇴 표명은 공화당 주류파를 크게 출렁거리게 했다. 김종필 당직 사퇴 선언이 있었던 다음날, 중앙당 주류계 인사들은 서울시내 모처에서 모여 김종필 당의장 탈당계 접수 보류 등의 4가지 조건을 박정희 총재에게 건의할 것을 결의하였다.

그러나 박정희 총재는 "김종필 당의장이 개인사정으로 당을 떠나게 된 것은 유감"이라고 말함으로써 그의 퇴진을 기정사실화 시켰다. 복지회 사건을 박정희 대통령이 김종필 사임으로 일단락짓게 된 것은 무엇보다도 그가 가족관계에 있다는 것 때문에 좀더 관대해질 수가 있었을 것이다.

그리고 1969년의 정초부터 정가에서는 3선 개헌 문제가 서서히 나돌기 시작했다. 그 문제는 길재호 사무총장과 윤치영 당의장 서리에 의해 발설되어 양성화 되기 시작했다. 개헌 논의가 점차로 확산되자 박 대통령은 1월 10일 연두 기자회견을 통해서 다음과 같이 밝혔다.

"특별한 사유가 없는 한 나의 임기 중에는 개헌을 안 하는 것이 내 소신이지만 꼭 필요가 있다면 연말이나 내년 초에 논의해도 늦지 않다."

이 같이 복선을 깔아 두는 대통령의 기자회견으로 3선 개헌 문제는 기정사실로 굳어지면서 정계의 당면 과제로 부상되었다. 김종필의 공직 사퇴를 계기로 수면 위로 부상한 개헌논의였다. 공화당 비주류의 윤치영을 비롯한 길재호, 백남억, 김성곤, 김진만 등 당 5역의 지원을 받아 당내에도 어느 정도 깊숙이 파고들었다.

여기에 반발하는 의원들은 당권에서 소외된 구주류계로, 양순직, 신윤창, 박종태 의원 등이었다. 이들은 새해 들어 처음으로 열린 의원총회에서 윤치영 등 당지도층 인사들을 집중 공격했다. 그러한 분위기를 보고받은 박 대통령은 "더 이상 개헌에 관해 논의하지 말 것" 이렇게 엄명하고 3월로 예정된 전당대회를 무기 연기시켰다.

하지만 김종필 라인으로 당권에서 소외된 구주류계는 당내의 결속을 다져 나갔다. 그 때 마침 법무에서 문교로 자리를 옮긴 권오병 문교장관이 문교행정의 특별 감사 때 폭언사태를 빚은 것을 비롯하여 그동안 지탄의 대상이 되어 오다가 신민당에 의해 해임권고 건의안이 발의된 것이다. 그것이 공화당 내의 실력대결로 접전의 계기가 되었다.

공화당 구주류 의원들의 반란으로 이 건의안은 4월 8일 국회에서 뜻밖에도 가결되는 사태로 나타났던 것이다. 이 반란표는 권오병 개인문제에 앞서 개헌문제를 둘러싸고 구주류의 결속된 실력과시 행동으로 당 지도부에 대한 공공연한 도전장으로 받아들여지면서 일대 숙당작업이 진행되었다.

이것이 세칭 4·8항명 파동으로 박정희 총재를 비롯한 집권층과 개헌추진 세력에 큰 충격을 안겨 준 것이다. 드디어 구주류계 의원들 양순직을 비롯하여 예춘호, 정태성, 박종태, 김달수 의원 등 5명과 중앙위원 11명 등 93명의 구주류 당원들을 대대적으로 숙당 정리작업으로 들어갔다. 이들이 당에서 제명 처분되면서 박정희 대통령의 장기집권을 위한 3선 개헌은 본격적으로 추진되기에 이르렀다.

그리고 박 대통령은 1969년 7월 25일, 개헌 추진에 대한 공식적인 입장을 발표하는 자리에서 다음과 같이 말했다.

"여당은 빠른 시일 안에 개헌안을 발의하고 야당은 합법적으로 반대운동을 펴달라."

그와 같은 발표에 따라 7월 28일 공화당은 백남억 정책의장이 마련한 3선연임 허용과 국회의원 각료직 허용을 내용으로 하는 개헌안 골격을 만들어 확정한 뒤 소속의원들에 대한 설득작업에 들어갔다.

이렇게 추진된 개헌안의 서명을 받아내기 위해 청와대, 중앙청, 중앙정보부 등 권력기관이 총동원되어 신민당 의원들까지 변절시켜 개헌대열에 끌어들이고 김종필계 의원들을 협박과 회유로 끌어들이기까지 했다.

1967년 6월 8일 부정선거를 통해 개헌선을 확보한 박 정권이었다. 그러한 온갖 방법을 동원함과 동시에 권력지향층의 충성분자들을 동원하여 개헌에 대한 필요성을 띄우기 시작한 것이다. 공화당 당의장서리 윤치영은 1968년 12월 17일 부산에서 다음과 같이 연설했다.

"조국근대화와 민족중흥의 과업을 이룩하기 위해서는 무엇보다도 강력한 정치적 리더십이 필요하다."

그리고 이어 다음과 같이 역설했다.

"이 같은 지상명제를 위해서는 대통령 연임조항을 포함한 현행헌법상의 문제점을 개정하는 것이 연구되어야 한다."

이것이 개헌을 해야 하는 이유로 3선 개헌의 물꼬를 텄다. 독재자의 종말이 어떤 것인가를 보아 온 것이지만, 정치란 그만큼 이성을 잃어버리게 하는 그 마약 같은 것인지도 모른다. 한 번 발을 들여 놓으면 '강력한 정치적 리더십'을 발휘하는 것은 '독재자'의 횡포 그것이었다.

박정희 대통령 역시도 처음 군사쿠데타로 성공하고 국민들 앞에 "민정에 참여하지 않겠다"는 선언을 '언제 내가 했더냐?' 하는 그 독재자의 장기집권 욕망으로 치달리고 있었던 것이다. 그들이 온갖 수단과 방법을 동원해서 서명을 받아낸 표수는 공화당 107명, 정우회 11명, 신민당 3명 등 모두 122명이 서명을 하여 국회에 제출되었다. 그러나 당총재를 지낸 정구영은 끝까지 서명을 거부했다.

이때 신민당의 유진오 총재는 "3선 개헌은 민주주가 돌아오지 않는 다리이며, 이 다리를 넘어서는 날에는 평화적 방법으로 민주주의를 되찾을 길이 영원히 막힐 것이다"라고 말하고 개헌저지 투쟁에 나섰다. 그리고 신민당의 변절자들의 의원직을 자동 상실케 하는 편법으로 9월 27일 당을 해산했다가 20일 후 다시 복원시켰다. 그리고 이 기간 동안 신민회란 이름의 국회교섭단체로 등록했다.

30일 간의 공고기간이 끝나고 개헌안이 9월 13일 국회 본회의에 회부되었다. 신민당원들은 표결저지를 위한 단상점거에 들어갔다. 사태가 이쯤 되자 이날 자정 이효상 국회의장은 "13일 본회의는 자동적으로 유회됐으므로 월요일인 15일에 본회의를 열 수밖에 없다"고 선포를 하고 본회의장을 빠져 나갔다.

　그것이 속임수였던 것을 눈치 채지 못한 신민당 의원들은 안심하고 잠자리에 들었다. 그러나 길 건너편 3별관에서는 공화당 의원들만 참석한 가운데 이효상 의장의 사회로 단 6분만에 개헌안은 신종 쿠데타적인 수법으로 변칙처리된 것이다. 9월 14일 새벽 2시 30분이었다.

　그러한 비도덕적인 개헌안이 처리되고 있는 국회주변은 반경 5백m는 1천 2백여 명의 기동경찰이 엄중하게 통행을 차단하고 있었다. 그러한 가운데서 개헌지지자만으로 개헌안이 처리 통과된 것이다. 이러한 이변의 변칙통과가 5·25정치파동, 4사5입 개헌파동에 이은 세번째 날치기 변칙에 의한 통과였다.

　그러나 이러한 이변이 길 건너에서 일어난 것을 뒤늦게 알게 된 농성 신민당원들은 현장으로 뛰어가 가구와 집기 등을 마구 집어던지고 때려부쉈다. 이러한 난동에 그들은 야당의원들이 단상점거 때문이라고 그 속내 들여다보이는 형식상의 변명을 했다.

　그처럼 개헌안을 변칙 처리한 이효상 의장은 그 일에 대한 도의적인 책임을 지고 의장직 사퇴를 제출했지만, 그것은 다만 전략상의 유화적인 체스처로 분노한 야당의원들을 달래기는 어려웠다.

　결국 개헌안의 투표를 앞두고 공화당의 지지유세와 신민당의 반대 유세가 전국적으로 극으로 치닫게 되면서 국민적인 쟁점으로 부각되었다. 공화당 유세는 "안정이냐, 혼란이냐, 양자택일을 하자"고 내세웠고, 신민당 측에서는 "개헌안 부결로써 공화당권 몰아내자!"는 구호로 국민들의 지지를 호소하고 나섰다.

　이렇게 개헌반대 투쟁을 일선에서 지휘해 오던 유진오 신민당 총재는 마침내 뇌동맥경련증으로 몸져누우면서 국민투표 이틀을 앞두고 특별 성명을 통해 "부정과 불법을 막아 개헌을 저지하기 위해 민권투쟁에 참여해 줄 것"을 호소했다.

　10월 17일 개헌안의 국민투표가 실시되었다. 국민투표 과정에서 집권당에 의한 관권이 동원되면서 각종 부정이 자행되어 개표 과정에서 무더기표가 발견되는 부정이 나타났다. 개헌은 말할 것도 없이 집권당의 승리로 확정되었다.

개헌안이 압도적으로 통과되자 신민당 유진오 총재는 10월 19일 국민투표 결과에 대한 책임과 신병을 이유로 신민당 총재직에서 물러날 뜻을 밝히고 신병치료차 일본으로 떠났다. 그의 사임은 박 정권의 종신 집권을 가로막고 있는 또 하나의 걸림돌이 제거된 셈이었다.

2o. 독재자의 종말

　개헌 저지에 실패한 신민당은 유진오 총재 부재로 능률적인 국정참여를 하지 못한 채 국회출석을 거부하면서 1970년 1월에 전당대회, 9월에 대통령 후보 지명대회를 각각 개최하기로 결정했다. 그리고 당세를 확장하기 위해 구정치인과 혁신계 인사들을 폭넓게 받아들이기 시작했다.

　신민당의 전당대회에 앞서 1969년 11월 8일 원내총무 김영삼 의원이 돌연 '40대 기수론'을 제창했다. 당시 42세였다. 그는 "우리 야당은 빈사상태를 헤매는 민주주의를 회생시키는 데 새로운 결의와 각오를 다져 앞장서야 할 사명 앞에 서 있다. 이 중대하고 심각한 사명의 대역에서 깊은 의무감과 굳은 결단 그리고 벅찬 희생을 각오하면서 71년 선거에 신민당의 대통령 후보로 나설 것을 당원과 국민 앞에 밝힌다"고 선언했다.

　그 뒤를 이어 당시 45세인 김대중 의원도 출마를 선언했고, 또 48세의 이철승 의원이 뒤따라 출마를 선언함으로 40대 기수 3파전으로 이들은 선의의 경쟁을 한다는 서약서에 서명했다. 물론 당내에서는 40대 기수론에 거센 반발이 제기되었다.

　특히 유진산 당수는 대통령 후보가 40대라야 한다는 것에 맹타를 가하기 시작했다. 그것은 정치적 미성년자의 사고로 묵과할 수 없다는 것이었다. 그러나 40대 기수론은 거역할 수 없는 당내외의 대세로 굳어졌다. 이제 국민은 지금까지 별로 보여준 것이라고는 없는 구태의연한 정치인들보다도 참신한 새 인물을 원한다는 것을 알았기 때문이다.

1970년 9월 29일 신민당 대통령 후보 지명대회가 서울시민회관에서 개최되었다. 이때 유진산은 중앙상임위원회에서 김영삼을 대통령 후보로 지명해 줄 것을 호소했다. 막강한 주류의 세와 당수 지명의 힘을 얻은 김영삼 의원이었다. 그래서 후보에 선출될 것으로 예상했었다.

석간신문은 이날 '김영삼 후보 지명'을 머리 제목으로 뽑기도 했다. 그런데 지명대회의 결과는 의외로 김대중 의원이 대통령 후보에 지명되었던 것이다. 예상치도 않았던 뜻밖의 결과로 입장이 난처해진 유진산 당수였다. 하지만 박수를 보내면서 말했다.

"40대 기수 중의 한 사람을 여러분들이 더 밝은 눈을 가지고 적절한 판정을 내준 데 감사한다. 여러분이 뽑아준 지명후보를 내세워 최선을 다하여 일치단결해서 싸워나가자."

이 같은 말로 유진산 당수는 김영삼을 뽑아달라고 호소했던 그 민망함을 희석시켰다. 그리고 입후보 선출에서 패배한 김영삼 의원은 그러나 " 나와 같은 40대 동지의 승리는 신민당의 승리요, 바로 나의 승리"라고 말하면서 대통령 선거에 협력할 것을 다짐했다.

이날 전당대회에서 전개된 결과는, 한국정치사에서 가장 극적으로 전개되었던 김대중, 김영삼이라는 두 참신한 정치지도자를 배출했다는 데 그 의미 깊은 대회로 기록이 남게 된 것이다.

관권을 동원하여 변칙적인 3선 개헌으로 장기집권의 길을 튼 박정희 대통령이었다. 강압정책을 펴며 장기집권을 향해 치달렸다. 그러나 40대의 새로운 기수를 내놓는 신민당의 도전장을 의식하지 않을 수 없었다. 1971년 4월 27일에 실시되는 제7대 대통령 선거를 앞두고 양당은 촉각을 세웠다.

한편 신민당은 김대중 후보를 지명하여 선거운동에 열을 올린 데 비해, 이미 구축화 되어 있는 공화당 측에서는 차분한 자세로 일선조직을 점검하는 자세로 임했다.

선거가 막바지로 치달으면서 공화당은 김종필, 백남억으로 짜여진 특별유세반이 전국을 돌았고, 신민당은 유진산 당수 등 중진반이 전국을 누비며 각축전을 벌였다.

유세전에서 박정희 후보는 "다시는 국민에게 표를 찍어 달라고 나서지 않겠다"고 이미 승리를 예견하고 있다는 승자의 모습으로 당당하게 선언했고, 김대중 후보는 "이번에 정권 교체를 이루지 못하면 총통제가 실시될 것"이라고 단언하여 많은 국민의 관심을 불러일으켰다.

이때의 선거과정 운동에서 공화당 측이 노골적으로 지역감정을 조장했다. 박정희 후보의 유세에 나선 이효상 의원의 발언이 그것이었다.

"신라 천년만에 다시 나타난 박정희 후보를 다시 뽑아서 경상도 정권을 세우자!"

그의 이 같은 발언은 분단된 국토에서 국민 정서를 해치는 고질적인 지역감정을 만들어 지역과 지역이 서로 원수 보듯 대립되는 망국적인 병폐를 만들어 냈던 것이다.

그것이 과연 이 나라와 국민을 사랑한다고 자부하는 정치인의 발언이었을까? 그러나 그처럼 생각 짧은 정치인들로 당시의 정부는 점유되어 있으면서 무엇이 악행인지도 모르는 일들을 서슴없이 자행하고 있었다.

야당탄압 작전은 김포 강화사건을 비롯하여 김대중 후보의 자택에서 폭발물이 터지는 사건이 일어났는가 하면, 연달아 정일형 선거대책본부장의 자택에서 원인 모를 화재가 발생하기도 했다.

사건의 진상조사 발표에서 정부 여당은 조작극이라고 했고, 경찰은 김 후보 자택의 폭발물 사건은 "김 후보의 15세 된 조카인 김홍준 군의 단독범행"이라고 했다. 또 선거대책본부장의 화재는 "고양이가 실화범"으로 밝혔다. 이 같은 발표에 국민들은 실소를 자아냈다. 그야말로 작은 나뭇잎 하나로 하늘을 가리는 격이었다.

집권당은 국민을 마치 어린애 취급하듯 이렇게 자신만만해 있었다. 그래서 서슴없이 공권을 발동하여 투표당일에도 여러 가지 시비가 일어났다. 김대중 후보가 투표한 마포구 동교동 제1투표소에서는 투표구 선관위원장이 사인(私印)대신 직인을 찍어 1,690표가 무효로 돌려지기도 했다. 이렇게 자행된 부정선거는 당연히 박정희 후보의 당선으로 그 결과가 나올 수밖에 없는 것이다.

4·27 선거에서 나타난 현상은 지방색의 노출이었고, 표의 동서현상이었으며, 여촌야도의 부활과 군소정당의 철저한 몰락을 나타낸 것이 특징이었다.

박 정권의 불법부정선거와 지역감정으로 정권교체의 꿈이 좌절된 신민당이었다. 그러나 신민당은 비록 패배는 했지만 김대중 후보가 540만 표의 지지를 받았다는 데 대단한 자부심을 갖게 되면서 당원들은 당면한 제8대 국회의원 총선에 승리하여 강력한 견제세력으로서 4년 후에 있을 선거에 대비해야 한다는 각오로 임했다.

5월 25일로 결정된 제8대 국회의원 총선을 앞두고 있었을 때였다. 신민당 내부에서 치명적인 사건이 발생했다. 실로 엉뚱한 데서 불거져 나온 문제의 사건은 국회의원 후보등록 마감일인 5월 6일 당수인 유진산이 갑자기 자신의 선거구인 영등포 갑구를 포기하고 전국구 1번 후보로 등록한 것이다. 그것도 자신이 직접 등록서류를 들고 가서 접수시켰다.

당수에 대한 실망과 분노로 청년당원들이 들고 일어났다. 당원 1백여 명이 상도동 유진산 집으로 몰려가 퇴진을 요구했다. 이것이 유진산 사건으로 파동은 다음날인 5월 27일 관훈동 신민당 중앙당사에서 각 지구당에서 몰려온 당원들과 합세 다시 재연되었다. 당원들은 유 당수가 지역구를 공화당에 팔아먹었다는 것이었다. 그것도 당원들과 의논 한 마디 없이 불쑥 지역구를 바꾼 그의 처사였고 보면, 이것은 당수로서 철저하게 당원을 배신한 행위일 수밖에 없다. 그것은 어쩌면 40대 새로운 인물들에게 기수를 넘겨주고 뒤로 물러나야 하는 노장 정치인의 비참한 비애의 발로에서 모개흥정하듯 이루어진 사건인지도 모른다는 여론이었다. 그래서 박 정권과 유착설이 나돌기 시작했다.

유진산을 규탄하는 난동으로 중앙당은 마비상태에 들어갔다. 4일간의 격동을 치른 끝에 5월 10일 당 중진들의 합의하에 양일동, 고흥문, 홍익표가 운영위원회 부의장에서 사퇴했고, 그 다음 서열인 김홍일 전 당대회 의장이 당수권한대행을 맡게 되면서 5·6 진산 파동은 겨우 수습이 되었다. 하지만 이 사건으로 국민들은 신민당에 대하여 크게 실망을 했고, 신민당은 5·25 선거전에서 엄청난 타격을 입게 된 것이다.

대통령 선거전에서 참신한 인물을 내세워 모처럼 크게 당세를 확장했던 신민당은 그 기세가 꺾일 수밖에 없게 된 것이다. 국회의원 총선은 이미 공화당 측의 승리로 판정이 난 것이나 마찬가지였다.

신민당의 진산 파동은 국민들에게 커다란 실망을 안겨 주면서, 풀 꺾인 당원들은 그러나 선거유세에 나섰다. 선거전은 공화, 신민 후보의 대결로 압축된 가운데, 공화당은 대통령 박정희가 나섰고, 신민당은 대통령 후보였던 김대중이 중심이 되었다.

공화당은 "중단 없는 조국근대화"를 구호로 내걸었고, 신민당은 "총통제 음모 분쇄"를 구호로 내걸었다. 이 선거 과정에서 김대중에 대한 살해음모가 지방유세 도중에 자동차사고를 가장하여 발생하기도 했다. 40대 새로운 인물 등장에 위협을 느낀 집권당의 음모는 그 후, 그의 뒤를 계속 그림자처럼 따르며 목숨을 노렸다. 새롭게 국민들에게 부상되는 김대중의 고난의 정치사는 그로부터 이어졌다.

선거 개표 결과에서 놀라운 현상이 일어났다. 공화당 113석과 신민당이 그러한 악조건 속에서 무려 89석이라는 의석수를 얻은 것은 의회사상 가장 근소한 차이를 보인 것이다. 물론 숫자적으로는 여당의 승리였지만, 정치적으로는 신민당의 승리나 마찬가지였다. 더구나 총선을 총지휘한 당수조차 부재한 악조건 속에서의 이 같은 성과는 신민당의 승리였고, 따라서 내일을 기약할 수 있는 김대중의 성공이나 마찬가지였다.

이 선거는 여야균등 국회를 등장시키는 계기가 되면서, 집권당은 온갖 공작 속에서도 국민의 관심을 모아가는 김대중에 대한 견제심리가 작용되기 시작했다. 그 즈음하여 집권당에 억눌려 있던 지식인들도 용기를 내고 제목소리를 내기 시작했다. 그러면서 1971년 7월 28일 사법파동을 비롯하여, 광주대단지 사건, 월미도사건, 한진 기술자 KAL빌딩 난동사건, 조세저항사건 등이 일어났다.

특히 선거 과정에서 이효상이 발언한 지역감정 촉진으로 김대중은 호남에서 대단한 인기몰이를 하게 됐지만, 그 지역감정을 일으킨 정부에 대한 반발로 8월 10일 광주대단지 주민 5만여 명이 정부의 무계획적인 도시정책과 지역을 가르는 졸속행정에 반발하여 폭동을 일으킨 것이다. 그것이 해방이후 최초의 대규모 도시빈민투쟁이었다.

이렇게 제8대 국회의 개원을 전후하여 사회 각 방면에서 들고일어나는 파동고 난동은 정치문제로 확산됐고, 국회의 대정부질의를 통해 논란이 계속됐다. 결국 신민당이 3부장관의 해임건의안을 제출하게 되면서, 공화당은 제2의 항명파동으로 숙당이 전개되었다. 공화당 내에서 분열이 시작된 것이다.

박정희 총재는 항명을 주도한 김성곤, 길재호, 두 의원을 출당시켜 의원직을 상실케 하고, 김창근, 문창택, 강성원 의원을 당명 불복종을 이유로, 내무장관으로서 해임건의안의 대상이 된 오치성 의원을 당론 분열을 조성했다는 이유로 6개월간 정지처분을 내렸다. 그리고 김성곤, 길재호는 의원직을 삭탈 당한 것도 모자라 중앙정보부에 끌려가 혹독한 고문을 당하기도 했다.

공화당내에 분열이 오면서 긴장한 박정희 대통령이었다. 1971년 12월 26일 느닷없이 국가비상사태를 선포했다. "국가안보를 최우선시하고, 일체의 사회불안을 용납하지 않으며, 최악의 경우는 국민의 자유 일부도 유보할 결의를 가져야 한다"는 6개항의 특별조치를 발표했다.

그리고 이날 박 대통령은 청와대에서 열린 국무회의와 국가안보회의의 공동제안으로 비상사태를 선언했다.

"최근 중공의 유엔 가입을 비롯한 국제정세의 급변과 이의 한반도에 미치는 영향 및 북괴의 남침준비에 광분하고 있는 양상을 예의주시하고, 검토해 본 결과 현재 대한민국은 안전 보장상 중대한 차원의 시점에 처해 있는 것으로 단정하기에 이르렀다."

이것이 그가 비상사태를 선언한 이유라고 밝혔다. 물론 그 같은 특별조치는 '국가안전'을 위한 것이라는 명분을 내세우고 했지만, 실상 그것은 자신의 위치가 위태로울 때마다 '권력안전'을 위해서 방패막이로 사용해 온 것이었다. 그리고 거기에 덧붙여지는 것은 언제나 남침준비에 광분해 온 북괴가 전쟁을 일으킬 조짐을 보이고 있다는 것이었고, 그때에 맞추어 위장된 간첩 출몰 사건을 수차례에 걸쳐 만들어 나왔음이 이후에 폭로되기도 했다.

국가 비상사태 선포에 신민당은 정무회의를 열어 이 법안들을 결사적으로 저지하기로 결의하고, 공화당의 이 같은 조치는 비상시국을 빙자한 반민주적 기도라는 비난성명을 발표했다. 그리고 12월 22일 밤부터 본회의장 및 국회 제2,3별관에서 철야농성을 벌였다.

그러나 지금껏 결행하고자 하는 일은 어떠한 수단과 방법을 동원해서라도 관철시켜 나온 박정희 집권당이었다. 박 대통령은 12월 23일 백두진 의장에게 공한을 보내 국가보위에 관한 특별조치법의 조속한 국회 통과를 촉구하고, "만일 이번 회기 중에 통과되지 않으면 비상사태를 극복하기 위해 비장한 각오로 임하지 않을 수 없다"라고 강경한 입장을 밝혀 변칙 처리할 것을 지시한 것이다.

이렇게 대통령으로부터 지시를 받은 당에서는 무소속의원들과 함께 12월 27일 새벽 3시 국회 제4별관에 있는 외무위원회에서 법사위와 본회의를 잇따라 열고 이 법안을 일사불란하게 전격적으로 처리해 버렸던 것이다.

역시 변칙의 날치기 수법으로 처리한 '국가보안법'은 안보를 빙자한 독재구축의 명분을 만든 것으로 다음과 같은 내용이었다.

1. 대통령은 국가비상사태를 선포할 수 있으며,

2. 경제규제를 명령하고 국가동원령을 선포하며

3. 옥외집회나 시위를 규제하고

4. 언론, 출판에 대한 특별조치를 취하며

5. 특정한 근로자의 단체행동권을 제한하며

6. 군사상 목적을 위해 세출예산을 조정할 수도 있다.

그야말로 자유민주체제의 국가에서는 상상도 할 수 없는 내용을 담아 법으로 규정시켜 버린 것이다. 초헌법상의 비상대권을 대통령에게 부여한 특별조치법은 국민의 입과 발을 모두 묶어놓자는 유일독재의 발상법안이었다. 그것은 군정체제로서의 회귀를 의미한 것이기도 했다.

국가보안법이 변칙으로 통과되어 버린 뒷자리에서 신민당은 1972년 6월 5일부터 4일 동안 "비상사태 철회하라!" "국가보안법은 무효다!"라는 플래카드를 들고 국회 본회의장에서 농성을 벌였다. 특히 김홍일 대표위원은 4일간의 단식을 하면서 국가보안법 철회를 촉구했다. 이 같은 시위 과정에서 경찰과 충돌하여 14명의 의원이 연행되어 갔다. 그러나 이미 다리를 통과해 버린 '국가보안법'은 다시 철회되지 않았다. 예정된 코스대로 유신을 향해 가고 있었다.

1972년 10월 17일, 박정희 대통령은 군대를 동원하여 헌법기능을 마비시켰다. 반대파의 정치활동을 전면 봉쇄하는 사실상의 친위 쿠데타를 감행한 것이다. 이것이 대통령에게 부여된 권한의 '국가보안법'으로 영구집권을 위한 그 첫 시행이었다.

5·16쿠데타를 일으켜 성공한 박정희는 11년 동안, 3선연임 금지의 헌법을 고쳤었고, 4·27선거로 8대 대통령에 취임한 지 1년 반만에 또다시 쿠데타로 헌정을 짓밟아 유신독재 권력을 강화하고 있었다. 그것이 10월 유신이다. 그 유신체제가 형식상으로는 간선제로 대통령을 선출하는 기구로서 신설된 통일주체국민회의와 국회의원 3분의 1을 전국구로 해서 당선비례대로 배분하여 선출된 여당의원들의 모임인 유신정우회가 중심이 된 것처럼 보였다. 하지만 실질적으로 유신 대통령의 원내 전위부대(유신정우회)를 뒷받침하는 것은 '중앙정보부'와 '국군보안사령부'라는 막강한 권력기관이었다.

'유신정우회'는 1973년 3월 7일 제9대 국회의원으로 선출된 공화당 내 전국구 의원들로 구성됐다. 공화당 소속이라고는 하나 체질을 달리하는, 그래서 정당도 아니고 사회단체도 아닌 특수성을 지니고 있는 '유신정우회'는 유신헌정 체제의 수호 및 발전, 국회와 직능 대표적 기능에 활동목표를 둔다고 명시되어 있다. 그러나 실질적으로는 대통령이 국회를 장악하기 위한 원내 친위부대로서의 역할을 맡은 조직이었다.

이러한 준정당 유신정우회 의원은 국민이 직접 뽑은 의원들이 아니기 때문에 야당의원들은 그들을 '시녀 국회의원' '들러리 국회의원'이라는 비난을 하기도 했다.

이렇게 박정희 대통령은 무조건 자신을 대통령으로 선출할 통일주체 국민회의와 국회 친위 교섭단체 유신정우회, 그리고 공화당을 거느리고 유신체제를 출범시켰다. 1971년의 대통령 선거에서 예상 밖으로 김대중이라는 새 인물의 등장으로 고전한 데다가 야당에 의한 국회의 비판 기능이 활성화 되어 가고 있어서 정상적인 방법으로는 영구집권이 불가능하다고 판단했기 때문이다.

이러한 집권당의 유신체제에 대한 국민의 저항은 제9대 국회의원 선거과정에서부터 나타나기 시작했다. 정부는 야당을 유신체제로 활동을 제압했고, 또 철저하게 감시했다. 그런데 이처럼 여러 가지 어려운 상황에서도 국민은 야당에 더 높은 지지율을 보였다.

영구집권을 향해 치달리는 박정희로서는 김대중이라는 인물이 눈엣가시 같은 존재였다. 그를 제거하기 위한 작업에 들어갔다. 당시 김대중 전 신민당 대통령 후보는 일본에 체류 중이었다. 박정희 대통령이 10월 유신을 선포하고 독재통치를 시작하던 1972년 10월, 그는 신변에 위협을 느끼고 해외에서 유신통치를 반대하는 투쟁을 벌인 것이다. 주로 미국에 머무르며 유신체제를 비판하면서 1973년 6일 재미교포들의 반정부단체인 '한국민주회복통일촉진회의'(약칭 한민통)를 결성하여 초대 명예회장이 되었다. 그리고 일본에서도 8월 13일 도쿄 한민통의 결성을 준비하고자 한 것이다. 그래서 일본내의 유신반대투쟁을 지원하기 위해 1973년 7월 10일 일본으로 건너와 도쿄에 머무르고 있었다.

그러나 그를 제거하려는 정부의 검은 그림자는 때마침 일본을 방문한다는 그를 제거하려는 거사작업에 들어갔다. 1973년 8월 8일, 김대중은 오후 1시가 조금 지난 시각에 당시 통일당 당수이던 양일동이 묵고 있던 호텔 그랜드 팔레스 2212호실에서 양일동 및 당시 통일당 국회의원 김경인을 만났다. 그리고 돌아가기 위해 김경인과 함께 막 방문을 나섰을 때였다.

그 순간 바로 옆 2210호실 및 그 건너편 2215호실에서 5명의 괴한이 뛰어나왔다. 그리고 그 중 3명은 김대중을 2210호실로 끌고 들어갔고, 나머지 2명은 김경인을 방금 나온 양일동이 머물고 있는 2212호실로 끌고 들어갔다.

김대중을 덮친 괴한들은 마취약에 적신 손수건으로 김대중의 코를 틀어막으며 2210호실로 끌고 들어갔다. 그리고 그의 목을 짓누르며 두 손을 뒤로 꺾어 로프로 묶으면서 유창한 한국말로 협박했다.

"조용히 하지 않으면 죽여 버린다!"

그리고 괴한들은 김대중을 끌고 나와 엘리베이터에 태우고 아래로 내려갔다. 괴한들이 떠난 뒤 2210호실에는 대형 배낭 2개, 숄더백 1개, 10여m 길이의 나일론 끈, 휴지, 녹슬어 쓸 수 없는 실탄 7발이 들어 있는 권총 탄창 1개, 묽은 농도의 마취제가 들어 있는 약병, 북한제 담배 '백두산' 2개피가 들어 있는 담배 갑 등이 놓여져 있었다. 괴한들은 북한제 담배갑을 현장에 놓아둠으로써 범행을 그쪽 방향으로 돌리려는 위장이었다.

그러나 일본 경찰은 현장에서 범인들이 남긴 지문을 채취하여 조사해 본 결과 그 지문 가운데 주일 한국대사관 1등 서기관 김동운의 것임을 밝혀냈다.

한편 김대중을 납치한 괴한들은 호텔 지하 주차장을 통해 승용차편으로 어디론가 가기 시작했다. 나중에 밝혀진 것이지만 이 차는 요코하마 주재 한국총영사관 부영사 유영목의 것이었고, 당시 승용차 조수석에는 김동운이 타고 있었다는 사실이다.

납치범들은 오사카나 코베 근처로 추정되는 안가에서 김대중을 작업복으로 갈아입혔다. 그리고 얼굴을 포장용 테이프로 감은 다음 다시 차에 태웠다. 그리고 약 1시간 가량 달려 차를 세운 곳은 어느 바닷가였다.

여기서 납치범들은 김대중을 모터보트에 태워 30~40분쯤 항해한 뒤 정박해 있던 대형 선박에 옮겨 실었다. 그리고 그곳에 있던 사람들에게 인계하고 돌아갔다. 이 선박은 중앙정보부의 공작선으로 536톤짜리 용금호였다는 것도 나중에 밝혀졌다. 용금호는 그 해 7월 29일 입항하여 그곳 외항에 정박해 있었다.

김대중을 인계 받은 용금호에 있던 자들은 배가 출항하자 김대중을 배밑쪽 선실로 끌고 가서 몸을 다시 묶기 시작했다. 손발을 꼼짝하지 못하게 묶은 다음 눈에다가 테이프를 여러 겹으로 붙였다. 그리고 그 위에 붕대를 감았다. 그런 다음 오른손목과 왼발목에 각각 수십 킬로그램이 되는 돌을 달았다. 그리고 마지막으로 등에 판자를 대고 몸과 함께 묶었다.

그때 그들이 주고 받는 말이었다.

"던질 때 풀어지지 않도록 단단히 묶어."

"이불을 씌워 던지면 떠오르지 않는다."

그리고 얼마 후 김대중은 눈이 번쩍하는 불빛을 느낌과 동시에 굉음이 들렸다. 그 순간 선실에 있던 자들은 "비행기다!" 하면서 뛰쳐 나가는 발자국 소리가 들렸고, 배는 더 빠르게 달리기 시작하면서 비행기의 폭음소리도 되풀이되었다. 이런 상태가 30분 이상 계속됐다.

그러한 질식할 것 같은 과정을 거쳐 김대중은 어느 항구에 도착 앰블런스에 태워지고 수면제에 의해 그대로 잠이 들었다. 그리고 김대중이 눈을 떴을 때는 어느 2층 양옥에 있었다. 그리고 다시 어두워진 다음, 승용차에 태워져 동교동 집 근처에 내려졌다. 8월 8일 괴한들에게 납치되고 다시 6일만인 8월 13일 저녁 10시 30분경이었다. 그는 분명 하늘이 구해 준 것이었다.

김대중 납치사건은 심증은 가지만, 사실상 범인의 진상 규명은 어려울 수밖에 없었다. 사건 후 박 대통령은 미국의 칼럼니스트 잭 앤더슨에게 "나는 하느님에게 맹세컨대 납치사건과 관계가 없다. 사건은 아마 중앙정보부의 소행일 것"이라고 떠넘겼다. 박 정권은 처음부터 끝까지 한국 정부의 개입설을 완강히 부정했다. 하지만 일본 경시청은 사건현장에서 범인의 지문을 채취하는 등 움직일 수 없는 증거를 포착하고 한국 정부에 사건관련자 출두를 요구했다. 정부는 이를 완강히 거부했다.

이에 따라 일본내에서는 '국권침해'에 대한 비난여론이 대두, 한일정기 각료 회의 연기, 대륙붕 석유탐사를 위한 한일교섭 취소, 경제협력 중단 등, 오랫동안 밀월 관계를 유지해 오던 한일관계가 냉각상태에 빠져들었다.

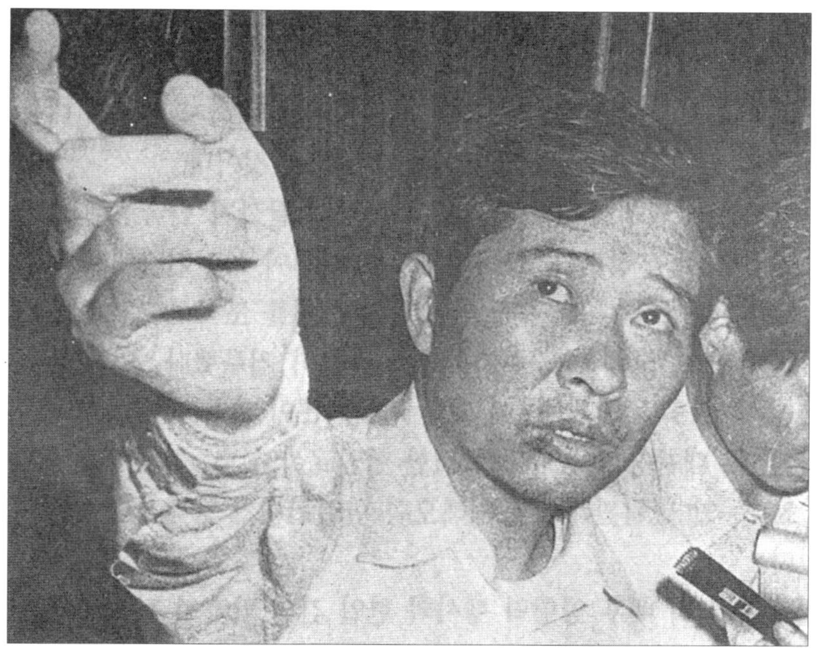

1973년 8월 8일 일본 도쿄에서 행방불명된 후 엿새 만에 서울 자택에 돌아온 김대중 전의원이 저간의 경위를 기자들에게 설명하고 있다.

여기에 미국이 개입했다. 그 영향력 행사로 한일간의 막후절충을 통해 관계정상화가 시도되면서, 김동운 1등 서기관이 해임되었고, 김대중의 해외체류 중 언동에 대한 면책과, 그리고 김종필 총리의 진사방일 등에 합의함으로써 사건 발생 86일 만에 이 사건은 정치적으로 결말지어졌던 것이다.

이에 따라 무기 연기되었던 한일각료회의가 다시 열리게 되었고, 중단된 차관업도 재개되었다. 그러나 주권침해, 중앙정보부 관련설, 범인 출두, 김대중의 원상회복 문제 등은 납치사건 진상과 더불어 영구미제로 남겨지게 되었다. 하지만 후일 당시 중앙정보부장으로 있던 이후락에 의해서 그것이 박정희 대통령의 지시에 의한 것임이 밝혀졌다.

아무튼 이때 김대중 납치사건을 계기로 유신선포 이후 패배주의와 냉소주의에 빠져 있던 운동권 학생들이 최초로 '유신체제 비판불용'이라는 금기를 깨고 시위에 나선 것이다.

1973년 10월 2일, 처음 반유신의 불을 당긴 것은 서울대학교 문리대 생들이었다. 서울대생들은 4·19 기념탑 밑에서 비상학생총회를 열고 '자유민주체제 확립'을 요구하는 성명서를 낭독했다. 그리고 '정보, 파쇼통치 즉각 중지와 자유민주체제 확립, 국민생존권 보장, 중앙정보부 즉각 해체와 김대중 납치사건 진상규명, 기성정치인과 언론인의 각성촉구' 등 4개항을 결의하고 2시간여 동안 구호를 외치며 시위를 벌였다.

이날의 시위는 전국 대학의 유신철폐 시위, 재야인사들의 시국선언문 발표, 신문사와 방송국 기자들의 자유언론실천 선언으로 이어지는 반독재투쟁의 기폭제가 된 것이다. 각계의 민주인사들이 서울 YMCA에서 '개헌청원운동본부'를 발족시키고 유신헌법 철폐를 위한 개헌청원운동이 본격적으로 전개되면서 불과 10일 만에 30만 명의 서명을 받을 정도로 놀라운 속도로 번지기 시작했다.

당황할 수밖에 없는 박정희 대통령은 12월 29일 김성진 청와대 대변인을 통해 담화를 발표했다.

"최근 일부 지각없는 인사들 중에 유신체제를 뒤집어엎고 사회혼란을 조성하려는 불순한 움직임이 있다."

이와 같은 담화를 발표하고 개헌서명을 즉각 중지할 것을 요구했다. 그러나 이미 민주화 운동에 불은 붙은 것이다. 반 협박적인 담화에도 굽히지 않고 개헌서명운동은 날로 확산되어 갔다.

'개헌청원운동본부'의 장준하 대변인은 박 대통령의 담화에 대한 성명을 발표하고 다음과 같이 말했다.

"개헌청원운동은 정부 당국자가 주장하는 바 우리 백성들이 정부당국과 대화를 하는 최선의 방법으로 채택한 것"이라 전제하고 "당국은 이 합리적이며 합법적이고 평화적인 운동을 막는 우를 범하지 말라." 여기에서 물러서지 않고 계속할 것이라고 맞섰다. 그 뒤를 이어 문학인들이 궐기를 하고 나섰다.

정치적으로 어두웠던 그림자를 끌고 1974년 새해가 밝아왔다. 그러나 유신헌법 철폐와 민주회복을 요구하는 국민의 소리는 더욱 거세게 높아만 갔다. 그러자 정부는 개헌청원 서명운동을 저지하는 강압정책을 마련했다.

1월 8일, 긴급조치 제1,2호를 선포한 것이다. 제1호는 유신헌법을 반대 부정 비방하거나 개헌을 주장하는 일체의 행위를 금지하고, 위반자는 영장 없이 체포하고 군법회의에서 15년 이하의 징역에 처한다는 것이었고, 제2호는 이에 따른 '비상군재'를 설치한다는 것이었다.

이 같은 대통령 '긴급조치권'은 단순한 행정명령 하나만으로도 국민의 자유와 권리를 무제한적으로 제약할 수가 있는 초헌법적 권한인 것이었다. 이러한 '긴급조치법'은 사실상 반유신세력을 묶는 탄압도구로 만들어진 것으로 1월 15일, 비상보통군재 검찰부는 전 『사상계』 사장 장준하와 백범사상연구소 대표 백기완을 긴급조치법 위반혐의로 첫 구속했다. 그리고 도시산업교회 김경락 목사 등 종교인 11명을 같은 혐으로 구속했고, 이어 종교인, 학생 등을 다수 구속했다.

거기에 이어 4월 3일 민청학련 사건을 기화로 학생들의 반독재 투쟁에 족쇄를 채우기 위해 긴급조치 4호를 선포했다. '긴급조치법'은 처음 둘에서 점진적으로 늘려가기 시작했다.

긴급조치 제4호는, 전국민주청년학생총연맹(민청학련)과 관련되는 제단체를 조직하거나 활동에 직간접으로 관여하는 일체의 행위 금지, 민청학련 및 관련단체의 활동에 관한 문서, 도서, 음반, 기타 표현물을 출판, 제작, 소지, 배포, 전시, 판매하는 일체의 행위 금지, 정당한 이유 없이 출석, 수업, 시험을 거부하거나 학교관계자 지도, 감독하의 정상적 수업과 연구 활동을 제외한 학원내외 집회, 시위, 성토, 농성, 기타 일체의 개별적 집단행위 금지였다.

이 같은 조치를 위반하거나 비방한 자에 대해서는 5년 이상의 유기징역에서 최고 사형까지 처할 수 있고, 위반자가 소속된 학교는 폐교 처분할 수 있도록 되어 있었다. 그야말로 자유당 독재는 여기에 비교하면 지극히 양반인 셈이었다. 정부는 국민의 손과 발을 묶고 그것도 모자라 입까지도 재갈을 물리는 격이었다.

서울대 농대생 김상진 군이 유신헌법을 항거하다가 할복자살을 했다. 그것을 계기로 유신헌법 철폐와 정권퇴진을 요구하는 민주화운동이 거세게 일어나 불붙기 시작했다. 긴급조치법에도 국민의 반유신 저항운동이 그처럼 거세게 확산되자 박정희 정부는 1975년 5월 13일 마침내 더욱 강력한 긴급조치법 제9호를 선포했다. 국민의 기본권을 제약하고 반대세력을 탄압하려는 초강경의 탄압정책을 늘려나간 것이다.

박정희 권력의 광기가 절정에 오른 암흑의 시대였다. '긴급조치법'에 의해 구속된 사람의 수가 8백여 명에 달했다. 그런 한편 정부는 반정부 세력을 막기 위한 방법을 만들어냈다. 그것이 1974년 4월 3일, 조작된 민청학련 사건이었다. 정권에 위기를 느끼자 학생들을 희생의 제물로 삼은 것이다.

1975년 4월 25일, 중앙정보부장 신직수는 실로 믿기지 않은 엄청난 사건을 발표했다. 그것은 국민들에게 공포였다.

신직수 부장의 발표 내용은 다음과 같은 것이었다.

민청학련은 공산계 불법단체인 인혁당 재건위조직과 재일조총련계 및 일본공산당, 국내좌파 혁신계 인사가 복합적으로 작용 1974년 4월 3일을 기해 현정부를 전복하려 한 불순 반정부세력으로, 이들은 북괴의 통일전선형성 공작과 동일한 4단계 혁명을 통해 노동자, 농민에 의한 정권수립을 목표로 했으며, 과도적 정치기구로 민족지도부의 결성을 획책했다.

이들이 획책한 이른바 4단계 혁명은,

1. 유신체제를 비민주 독재로 단정, 반정부세력을 규합하며,
2. 4월 3일을 기해 전국 주요대학이 일제히 봉기하여 중앙청, 청와대 등을 점거 파괴하고
3. 민주연합 정부를 수립하는 것을 내용으로 했다.

민청학련의 배후 주동인물로는,

1. 전 인혁당수 도예종과 여정남 등의 불순세력
2. 재일조총련 비밀조직의 강원(綱員)인 곽동의와 곽의 조종을 받은 일본 공산당원 다치카와(太刀川正樹)와 하야카와(川希春) 등 일본인 2명
3. 기독교학생 총연맹 간부진

4. 이철, 유인태 등 주모급 학생운동자와 유일근 등이다.

민청학련의 단초는 1973년 말 절정에 달했던 학원가의 반독재 시위가 긴급조치 제1호로 잠시 수그러들었다가 이듬해 신학기 시작과 더불어 다시 술렁이기 시작했었다.

연초부터 학원가에 떠돌기 시작한 '3, 4월 위기설'이 나도는 가운데 4월 3일 서울대를 비롯하여, 성균관대, 이화여대 등에서 일제히 데모가 터졌다. 이때 서울대 의대생 5백여 명은 흰 가운을 입고 시위를 벌였다. 이날 데모의 특징은 거의 같은 시간에 각 대학이 동시에 시위를 벌였다는 것이며, 선언문의 주제가 '전국민주청년학생총연맹'의 명의로 되어 있었다는 점이다.

그리고 이날 학생들의 시위에서 배포한 유인물은 '민중, 민족, 민주선언'으로, 내용은 다음과 같은 것이었다.

1. 부패, 특권, 족벌의 치부를 위한 경제정책을 시정하고 부정부패, 특권의 원흉을 처단할 것
2. 서민들의 세금을 대폭 감면하고 근로대중의 최저생활을 보장할 것
3. 노동악법을 철폐하고 노동운동의 자유를 보장할 것
4. 유신체제를 철폐하고 구속된 애국인사를 석방할 것
5. 모든 정보, 폭압정치의 원천인 중앙정보부를 해체할 것

이와 같이 시위에서 배포한 내용을 빌미로 민청학련을 희생의 제물로 옭아 묶는 단초로 삼은 것이다. 정부는 이 사건의 관련자들을 비상군법회의에 송치하여 8명이 처형되었다. 학생데모 위협용으로 삼은 것이다.

민청학련사건 관련자에 대한 군법회의 재판은 1974년 6월 15일부터 10월 11일까지 119일간을 계속함으로써 한여름 내내 긴급조치 피의자들을 다루는 군법회의 공판정은 연일 사형, 무기징역 15년, 20년 등 유례 없는 중형을 선고하여 내외에 큰 충격을 던졌던 것이다.

그러나 이러한 정부의 강경책에도 구속자 석방을 요구하는 집회 및 시위가 학계 및 종교계 중심으로 광범위하게 번져 나갔다. 각계각층에서 반독재 민주화투쟁이 격화되면서 마침내 외교문제로 번지게 되었고 미국의회에서 대한민국 군사 경제원조의 대폭삭감이 논의되면서 국제

여론이 악화되었다.

사태가 국내외로 번지자 당황한 정부는 인혁당 사건 관련자와 반공법 위반자 일부를 제외한 사건관련자 전원을 석방함으로써 이 사건이 날조된 것이었음을 스스로 폭로한 것이나 마찬가지였다.

이 사건이 계기가 되어 종교계 학계할 것 없이 광범위한 단체들이 연대의 틀을 마련했으며, 그리고 대책 없이 긴급조치법을 바라보고만 있던 지식인들이 변혁운동의 중심에 서게 되는 계기를 만들어 주었다.

1974년, 야당을 좌지우지해 왔던 유진산이 세상을 떠났다. 후계자를 둘러싸고 당권 향방은 불투명한 채 초기부터 치열한 경쟁이 불붙었다. 맨 처음 40대 기수론을 제창한 김영삼이 '선명'의 깃발을 들고 등장했고, 1971년 대통령선거에서 국민들로부터 많은 지지를 얻었던 김대중과, 그동안 만만찮게 야심을 불태워 온 이철승이 후계자 물망에 올랐다. 당수권을 두고 한바탕 열전이 벌어졌다. 신민당 수난의 시기였다.

결국 당 총재에는 결선 투표 없이 선명기치를 내건 김영삼이 당수 자리에 올랐고, 그로부터 반유신, 반독재 전열을 가다듬어 나가기 시작했다. 그리고 유신의 종말에 이르기까지 5년 동안 줄기찬 투쟁을 벌려나오는 동안 야당에 힘을 실어 준 것은 참신한 학생 그리고 시민들이었지만, 여기에 종교인 단체들이 또한 그 몫을 크게 담당해 왔다.

이때 천주교 주교회의 소속기구로서 '천주교정의평화위원회'가 결성되고, '가톨릭 농민회' 그리고 노동자의 권익신장과 민주화를 위한 '가톨릭노동청년회'가 구성되어 활발한 협력활동을 벌인 것은 기록할 만한 업적이다.

그리고 개신교 역시도 '한국기독교교회협의회'의 산하 '인권위원회'가 유신체제 동안 구속학생과 교직자 교인들의 인권을 위해 노력해 활동은 특기할 만한 것이었다.

이렇게 유신체제 반대운동은 이미 걷잡을 수 없는 빠른 물결로 불어나고 있을 때였다. 유신시대의 각종 비리, 의혹사건 중의 대표적인 사건이 발생했다. 『사상계』 사장 장준하의 의문사였다.

1975년 8월 17일 오후 2시 반경, 그는 경기도 포천군 이동면 약사봉

계곡에서 의문의 변사체로 발견되었다. 다음 날 「동아일보」는 '장준하 사인에 의문점'이라는 제목을 사회면 머리기사로 실었다.

"장씨가 경사 70도 벼랑을 장비 없이 내려오려 한 점, 등산로를 따라 갔다가 벼랑으로 내려오려 한 점, 사고 직후 김용환 씨가 장씨의 시계를 차고 있었던 점 등의 의문을 제기한다."

이와 같은 기사가 나가면서 검찰은 「동아일보」 기사와 관련, 한우석 지방부장, 장봉진 의정부 성낙오 편집부 기자를 소환했다. 그리고 이들 중 성낙오 기자는 대통령 긴급조치 9호 1항의 위반혐의 '유언비어를 날조, 유포' 했다는 혐의로 21일 밤 구속수감됐고, 장준하의 죽음은 '단순한 실족사'로 마무리되었다. 하지만 그가 걸어온 역정이나 그 무렵의 사회적인 분위기, 특히 박정희 대통령은 장준하에 대해서 도덕적으로 심한 열등감을 느끼는 관계였다는 점이다.

박정희는 만주에서 일본군 중위로 독립군 색출에 공을 올렸고, 장준하는 광복군 대위 출신으로 오직 조국해방을 위해 투쟁해 왔다는 상반되는 관계였다. 이것이 박정희가 장준하에게 갖는 심한 열등감이었다. 그런 데다가 영구집권 체제를 구축하고 있는 박정희에게 사실상 등을 돌려 재야 반체제운동을 지도하고 있는 장준하였고 보면, 눈을 아프게 하는 '가시' 같은 존재일 수밖에 없었을 것이라는 점이다. 이런 모든 상황으로 감안해 볼 때 타살의 심증은 그쪽으로 굳혀지기에 충분한 것이었다. 하지만 이미 세상을 떠난 자들은 말이 없고, 다만 사고 직후 김용환 씨가 차고 있던 장준하의 시계만이 지금도 어디에선가 그 날의 비밀을 침묵하고 있을 것이다.

유신독재의 희생물은 비단 죽은 자만이 아니었다. 1975년 10월 8일 제94회 정기국회가 열리고 있을 때였다. 본회의 대정부 질문에 나선 신민당 김옥선 의원의 신랄한 비판이 말썽이 된 것이다. 김 의원은 유신체제의 독재성과 안보를 구실로 한 정권연장 강경책을 쓰고 있다는 다음과 같은 내용의 강경발언으로 정면도전을 했다.

"전국을 뒤흔드는 각종 안보궐기대회, 민방위대 편성, 학도호국단조직, 군가보급, 부단한 전쟁위협 경고발언, '싸우면서 건설하자'는 구호

등은 국가안전보장을 빙자한 정권연장의 수단이다. 전쟁도발 가능성의 판단은 오로지 독재자의 전유물이며, 독재자는 자신의 실정을 국가안보라는 절대적 명제로 깔아뭉개고 국민을 사병화하여 국민생활을 끊임없는 전투와 같은 상황에 놓이게 하고 있는데, 지금과 같은 전쟁위기 조성의 이면에는 남침대비라는 정도를 넘어선 정치적 의도가 숨겨져 있다."

그리고 다시 한층 더 소리를 높여 말했다.

"오늘 우리 의회는 1인 통치를 합리화 시켜 주는 한갓 장식물에 불과하게끔 되어 버린 정치적 현실을 통탄하여 누가 우리보고 독재국가의 국회의원이라고 낙인을 찍을 때 우리가 설 자리는 어디인가? 불행하게도 이제 우리는 독재국가가 아니라고 항변할 아무런 논리적 근거도 갖추고 있지 못하다. 독재자의 온갖 실정과 또 그로 인한 민생고는 국가안보란 절대적인 명제 아래 깔려 묻히게 됨으로써 국민은 독재체제를 뒷받침하는 정치적 사병이다."

유신체제하에서 감히 그처럼 항변할 수 있었던 김옥선 의원의 순백의 용기야말로 오래도록 이 땅에 기록으로 남겨둘 만한 것이었다. 그녀는 그 발언으로 의원 신분을 박탈 축출 당했다. 국가와 헌법기관(대통령과 국회)을 모독한 긴급조치 위반법에 해당한다는 것이었다.

유신체제의 최대 도전은 1976년 3월 1일 서울 명동성당에서 일어났다. 3 · 1운동 57주년을 기념하는 기도회가 열리고 있었다. 약 7백 명의 기독교 신자들이 모여 기도회가 끝나갈 무렵 전 서울여대 이우정 교수가 미리 준비해 온 '민주구국선언문'을 낭독했다.

"이 겨레를 위한 최선의 제도와 정책은 국민에게서 나와야 한다는 민주주의의 대헌장이다. 다가오고 있는 그 날을 내다보면서 우리는 민주역량을 키우고 있는가, 위축시키고 있는가?"

구국선언문의 서명자는 윤보선, 김대중, 함석헌 이외 14명으로 모두 학계의 지도자급 인사들이었다. 물론 이 선언문을 발표하고 시위에 들어가려 했던 재야인사들과 신자들은 명동성당을 내려오다가 경찰에 의해 강제 해산되었다. 그리고 그날로부터 1주일 사이에 선언문에 서명한 전원은 연행되었고, 대대적인 수사가 진행되면서 윤보선 전 대통령만이 자택에서 조사를 받았다. 대통령 긴급조치 제9항을 위반했다는 혐의였다. 재판부는 전원을 유죄로 인정 징역 8년에서 2년까지의 실형과 같은 기간의 자격정지형을 받았다. 8년 구속자는 김대중과 문익환 이외 9명이었다.

피고인들은 당당한 법정투쟁으로 체제공방이 이루어졌다. 유신체제는 법적 절차에 당위성이 없고, 유신헌법을 성립시키는 국민투표의 과정과 내용에 당위성이 없으며, 정부가 주장하는 유신헌법의 목적에도 당위성 없으며, 유신헌법의 내용이 독재적인 헌법으로 민주공화국으로서의 당위성이 없다는 점을 내세웠다. 그리고 피고인들은 그 긴급조치법에 의해 이 법정에 섰으므로 마땅히 재판을 거부해야 할 일이나 우리들의 정당성과 양심을 밝히기 위해 재판에 임한다고 자신들의 입장을 밝혔다.

이 사건을 외신들이 자세히 보도하면서 세계적인 주목을 끌었다. 그러나 민주화 길은 아직도 멀기만 했다.

1976년 3월 9일, 신민당 비주류측은 기자회견을 갖고 집단지도체제만이 국민의 기대에 부응할 수 있는 신민당을 만드는 최선의 방향이라고 선언했다. 당 헌 개정을 들고 나온 것이다. 72개 지구당 개편대회를 계기로 당권경쟁은 본격화 되었다.

5월 22일 전당대회 대의원의 접수를 시작하자 비주류 청년단원 150여 명이 중앙당사를 점거하는 일대 난동사건이 일어났다. 청년 당원들 사이에 각목을 휘두르는 등 폭력사태가 발생하면서 당원들이 부상을 당했던 이른바 신민당의 '반당대회'의 '각목사건'이었다.

이에 따라 수습전당대회가 열렸고, 집단지도체제의 당헌을 채택하면서 최고위원의 선출에 들어갔다. 과반수 득표로 대표최고위원에 이철승이 당선되면서, 마침내 당내의 이철승 시대가 개막되고, 비주류로 전락한 김영삼계였다.

1978년 제10대 총선이 다가왔다. 박정희 정권의 마지막 선거가 12월 12일 실시되었다. 야당은 내부 정리를 하고 헌정사상 처음으로 야당이 득표에서 여당을 압도하는 선거를 치루게 되었다. 이기고도 의석은

3분의 1석이었다. 하지만 긴급조치의 오랜 무기력에서 벗어나게 하는 계기가 되었다.

신민당 전당대회에서 김영삼이 당선되었다. 박 정권은 온갖 저지공작에도 불구하고 국민의 지지를 받고 있는 김영삼 체제에 새로운 공작을 시도했다. 김영삼이 취임 후 외신기자 회견을 갖고 남북한의 긴장완화를 위해 발언한 것이 빌미가 되었다.

그 발언과 관련하여 상이군경과 반공청년을 자처하는 사람들이 마포 당사로 몰려와 당원들을 폭행하는가 하면, 여당에서는 발언 취소를 요구하는 등 정치문제로 비화시켰던 것이다. 박 정권과 격렬한 대결을 빚는 전초전이었다.

1979년 8월 9일 새벽 YH무역 여성노동자 170여 명이 마포 신민당사 4층을 검거 농성에 들어갔다. 회사운영 정상화와 근로자의 생존권 보장을 요구하는 시위였다. 그들은 도시산업선교회의 알선으로 사회적 파급효과가 큰 신민당을 택한 것이다. 이들의 농성이 영구장기집권의 흐름을 뒤바꾸게 하는 계기가 되었다.

노동자들의 생존권 투쟁은 반유신 투쟁과 연계되었다. 기업주의 결탁에 의한 노조탄압에 온몸으로 맞서는 노동자들의 투쟁과 YH여공들의 저항은 그대로 사투에 가까운 처절한 모습이었다. 물리력 행사만을 믿는 박 정권은 경찰 1천여 명을 동원했다. 이른바 '101호 작전'을 개시한 것이다. 당사에 뛰어든 경찰은 농성 노동자들을 강제 해산시키고 신민당 의원 및 취재기자들을 무차별로 폭행했다.

이 과정에서 1백여 명이 부상을 당하고 여공 김경숙이 추락 사망했다. 사건 직후, 신민당 의원들은 8·11일 폭거를 규탄하는 농성에 들어갔고, 이어 8월 13일 당사에서 여공 김경숙의 영결식을 거행했다. 빈소에는 가족과 경찰 관계자만이 참가한 가운데 단 3분만에 간단하게 치러졌다.

이 사건이 계기가 되어 여야의 팽팽한 맞대결은 갈수록 증폭되었다. 경찰이 야당 당사를 난입하여 기물을 파괴하고 무차별로 폭행했기 때문이다. 박 정권의 야당 당사 사건은 국민의 분노를 크게 일으키게 했으며 국제적인 비난의 대상이 되기에 이르렀다.

그 사흘 후, 미 국무성은 토머스 레스턴 대변인의 성명을 통해 "우리는 한국정부 당국이 이 같은 난폭한 행동에 책임이 있는 사람들에 대해 적절한 문책을 바란다"고 논평하고, 이 같은 한국 경찰의 행위를 전례 없이 비난했다. 미국의 이 같은 비난은 여야대결의 정국에 파장을 일으키면서 혼미를 더해 갔다.

YH사건과 '김일성 면담용의' 사건을 둘러싸고 대립을 거듭하다가 1979년 8월 13일 신민당총재단 전원에 대한 직무정지 가처분 신청이 법원에 제기되었다. 총재단에 법원의 직무정지가처분 결정이 내려졌다. 정국이 경색국면에 빠져들면서 김영삼은 9월 15일자 『뉴욕타임즈』 헨리 스코트 스토크스 기자와의 회견에서 다음과 같이 발언했다.

"나는 미국 관리들에게 미국은 공개적이고 직접적인 압력을 통해서만이 박대통령을 제어할 수 있다고 말할 때마다 그들은 한국의 국내정치 문제에 간여 할 수 없다고 대답했다. 이것은 납득할 수 없는 논리다. 미국은 우리를 보호하기 위해서 3만 명의 지상군을 파견하고 있는데 그것은 국내문제에 대한 간여가 아니란 말인가"라고 반문했다.

기자 회견 내용이 알려지자 공화당과 유정회는 김 총재를 국회에서 제명하기로 결의했다. 그리고 10월 4일 경호권 발동으로 무술경위 수백 명을 출동시켜 놓은 가운데 본회의장이 아닌 다른 국회 별실에서 제명안을 10여분만에 변칙 처리했다. 신민당은 즉각 의원 총회를 열고 소속의원 전원이 의원직 사직서를 국회에 내기로 결의했다.

이제 국민감정은 시간의 흐름에 따라 정부에 대한 실망으로 신민당을 동정하기에 이르렀고, 그 목소리에 탑승 지원했다.

1979년 10월 16일 유신정권의 뿌리를 뽑는 민중항쟁이 부산에서 비롯되어 마산으로 불붙어 확산됐다. 부산대생 4천여명은 교내에서 야당 탄압 중지 등을 외치며 '민주투쟁선언문'을 살포했다. 그리고 반유신, 반독재 구국투쟁의 대열에 참여할 것을 다짐하고, 애국가를 부르며 시위를 하는 동안 동아대, 고려신학대, 수산대, 등 부산시내 각 대학의 학생들이 저녁 8시경 시청 앞에 집결 시민들과 합세했다. 여기에는 상당

"최루탄을 쏘지 마시오!" 6·26국민평화대행진이 강행된 부산시내에서 진압경찰이 다탄두 최루탄을 쏘려 하자 한 젊은이가 웃옷을 벗어 젖히고 절규하듯이 뛰쳐나가고 있다.

수의 고등학생도 합세하여 더욱 격렬해졌다.

대규모의 시위대로 변한 학생들은 경찰과 대치하다가 그들과 같은 폭력투쟁으로 맞섰다. 파출소는 물론 신문사에 투석하고 경찰차에 방화를 하는 등 이 같은 격렬한 시위는 이튿날 새벽 2시까지 계속됐다. 유신 이후 가장 강렬하게 맞선 시위로 충무파출소, KBS, 서구청, 부산세무서가 파괴되고, MBC의 유리창이 박살났다. 경찰차량 6대가 전소되고, 12대가 파손되었으며, 21개 파출소가 파괴 또는 방화되었다. 그리고 이틀 동안에 경찰에 1,058명이 연행되고, 66명이 군사재판에 회부되었다.

부산에서 이틀째 유신철폐가 계속되는 시간에 박정희 대통령은 청와대 영빈관에서 유신 7주년을 자축하기 위해 공화, 유정회 의원들을 초청 파티를 벌이고 있었다. 파티를 끝내고 집무실로 돌아온 박정희는 최규하 국무총리에게 부산지역 비상계엄령을 선포하도록 지시했다.

부산지구에 계엄령이 선포되자 학생과 시민들은 계엄해제를 요구하는 시위를 계속 감행했다. 드디어 공수단의 무자비한 진압이 시작되면서 시위는 마산으로 번져갔다. 마산은 부산에서 불과 1시간 거리에 있기 때문에 모든 생활권이 직결되어 있었다.

"지금 부산에서 우리의 학우들이 유신독재에 항거하여 피를 흘리고 있다."

소식을 들은 경남대생 5백여 명이 먼저 들고 일어나면서 저녁에는 수출자유지역의 노동자와 고등학생들까지 합세하면서 시위군중들은 더욱 수가 늘고 격렬해졌다. 파출소 3곳이 방화로 불타면서 정부는 20일 정오를 기해서 마산지역 작전사령관 명의로 마산시 및 창원출장소 지역에 위수령을 발동시켰다. 마산 창원에서 505명을 연행하고 59명을 군사재판에 회부했다.

계엄령과 위수령으로 부마민중항쟁은 일단 막을 내렸다. 그러나 그 불씨는 꺼지지 않았다. 16일에는 이화여대, 19일에는 서울대와 전남대, 24일에는 계명대 시위 등 계속 불붙어 가는 학생시위는 마침내 10월 26일 사태를 촉진 유발시킨 뇌관이 되었다. (가람기획 김삼웅 著, 〈해방 후 정치사 100장면〉 참조)

1961년 5·16쿠데타로 성공한 박정희는 만 18년 5개월 10일 동안 유신독재로 절대 권력을 휘두르며 자유당 부패를 능가하는 부정부패를 국민들에게 저질러 온 독재자였다. 그러나 그는 10월 26일 믿고 신임해 오던 중앙정보부장 김재규의 총격으로 1인 독재자의 생을 마감했다.

사건은 궁정동 별관에서 일어났다. 저녁 6시 50분경 만찬이 시작되었다. 식사도중 박정희 대통령이 부마사태를 중앙정보부장 김재규의 무능 탓으로 힐난했다. 그러자 뒤이어 박 대통령의 신임을 받고 있던 차지철이 덩달아 합세 공박을 가해 왔다.

흥분한 김재규는 밖으로 나와 2층 집무실에서 권총을 갖고 만찬회장에 돌아오는 길에 직속 부하 박흥주와 박선호에게 지시했다.

"총소리가 나면 경호원을 사살할 것."

김재규가 박정희를 제거하려고 마음먹은 것은 정보업무 수행과정에서 무능을 이유로 몇 차례 힐책을 받아온 데다가, 대통령에게 올리는 보고나 건의가 번번이 차지철 경호실장에 의해서 제동이 걸린다는 것이 불쾌해졌던 것이다. 이 무렵 강경하게 나오는 정부 반대시위 부마사건은 김재규에게 불쑥 용기를 갖게 하는 한 가닥 불빛으로 다가올 수도 있었을 것이다.

총소리가 들린 것은 7시 35분경이었다. 김재규는 차지철과 박정희에

5 · 16학생데모. 80년 5월 서울시내의 각 대학학생대표들은 회의 · 토론 끝에 스크럼을 짜고 시내로 진출, 서울역 일대에서 대규모 시위를 벌였다.

게 각각 2발씩 쏘아 두 사람을 한 장소에서 나란히 함께 손을 잡고 하늘 행을 하도록 했다. 배신은 배신을 부르고, 칼을 든 자는 칼로 망하며, 욕심이 잉태하여 사망을 낳는다는 만고불변의 진리를 그를 통해서 다시 한 번 되새김질해 보게 한 것이다.

결국 그의 욕심이 불러들인 만행으로 무고한 그 많은 생명들이 고초를 당하고 죽어가면서 흘렸을 그 영령들의 피가 그 독재자의 종말이 어떤 것인가를 보여준 것이라고 할 수 있다.

참으로 위험을 무릅쓰고 "나는 괜찮아"하고 선봉장에 나섰던 그의 용기처럼 떠날 때를 미리 알고 떠났더라면 그 이름은 정의의 군사혁명이라는 '깃발'로 우리 곁에 오래 남아 있었을 것이기 때문이다.

21. 황극의 문을 여는 청소부

　상호가 국회의사당 무술경호원직을 그만 두고 나온 것은 1963년 5·16군사 정부가 들어서면서였다. 자유당 시절 이승만이 국회의 견제세력을 억압하기 위해서 국회의사당에 채용했던 무술경찰들 50명을 2개월분의 월급을 주어서 모두 해산시켰다.

　직장을 잃어 버린 상호는 잠시 아버지의 사업장을 기웃거리다가 다시 서울로 상경했다. 아버지는 장남을 후계자로 키우려고 했었지만 체질부터가 거기에 맞지 않은 상호였다. 그래서 서울로 상경하여 일거리를 찾는 동안 처음에는 외가로 친척아저씨가 되는 집에서 비실거리며 식객 노릇을 했다.

　그 아저씨는 당시 해군 소령으로 서울지구 병무사령부에 근무했었다. 그 아저씨와 친구 되는 고향 분이 김종필 씨 동생 김종관 씨와 군대생활을 함께 해 온 막역한 친구 사이로 가깝게 지내고 있었다. 그래서 상호 역시도 그 아저씨 친구 분들과 자연스럽게 어우러졌다. 그때는 5·16 쿠데타가 일어나기 직전이었다.

　상호가 얼마동안 아저씨 집에서 식객 노릇을 하다가 효창공원 근처에 하숙을 정했다. 그 집 주인은 전날 상호가 미군특수부대에 근무할 당시 그 주인을 부대의 경비원으로 취직을 시켜 준 일이 있었기 때문에 무직인 상호를 극진하게 대해 주었다.

그럴 즈음 5·16쿠데타가 일어났다. 그때 김종필 씨가 쿠데타의 2인자로 쿠데타가 성공한다는 보장이 없었을 때였다. 실패했을 경우 가족들에게 돌아 올 후유증을 염려한 동생 김종관 씨가 효창공원 상호의 하숙집에서 그 얼마동안을 함께 숙식하며 지냈다.

그런데 5·16쿠데타가 군사혁명으로 확고한 입지를 굳히고 나서 김종필 씨가 방송을 통해 동생 김종관 씨를 찾았다. 그것이 상호와의 인연으로 김종관 씨와는 막역하게 지내면서 김종필 씨의 형님 운전을 2개월 동안 맡아 해주기도 했던 상호였다.

그 고급 세단은 처음 이병철 씨가 5·16쿠데탸가 일어나기 직전 독일에서 3대를 수입했었던 것인데 쿠데타가 일어나고 그 뇌물 상납 대상이 바뀐 것이다. 그래서 1대는 이병철 씨 본인이 타고, 1대는 육영수 여사에게 상납되었으며, 그 남은 1대를 김종필 씨에게 상납한 것이다. 그 차를 김종필 씨 본인은 필요 없다고 하여 동생 김종관 씨가 타고 다니게 되었다. 형님이 쿠데타를 일으키면서 가슴을 태우게 했던 만큼 그만한 보상을 받게 된 셈이었다.

그래서 얼마 동안 그 고급 세단을 굴리는 김종필 씨의 동생과 부자 부럽지 않은 여행을 잠시 즐기기도 했었다. 그러다가 동생 김종관 씨는 그 차를 큰 형님에게 넘겨주었다. 그래서 그 큰 형님의 운전을 2개월 정도 해 준 상호였다.

그리고 나와 시청 5급 공무원 시험에 응시하여 합격했다. 물론 합격을 쉽게 할 수 있었던 데에는 상호의 실력 외에 김종필 씨의 동생 김종관 씨의 배경도 어느 정도는 작용했었을 것이다. 그와 함께 공무원 시험에 응시했었기 때문이다. 그는 합격하여 병무계장으로 들어갔고, 상호는 총무과내 서무계에서 근무하게 되었다. 당시 고향사람 박창권 씨가 총무과 서무계장으로 있었기 때문이다.

시장은 별 두 개인 소장 윤태일이었다. 서무과에서 하는 일은 시장 결재로 나가는 모든 서류를 맡아 취급하는 일이었다. 시청 근무 생활은 더없이 즐거웠다. 그 옆에 든든한 김종관 씨가 말없는 백 그라운드가 되어 주고 있었기 때문이다.

그렇게 편안한 직장 근무를 해오다가 상호는 동대문구청 호적등기과로 옮겨 근무하게 되면서 숙직실에서 기거를 했다.

그런 어느 날 직원들이 모두 퇴근하고 상호 혼자 숙직실에 있었을 때였다. 그때는 비상계엄령이 내려져 있을 때여서 10시가 통행금지였다. 이웃에 사는 주민 한 사람이 찾아와 이상한 소리를 늘어놓았다.

"그 참 이상하게 꼭 그 통금시간만 넘으면 옆집에서 곡괭이 소리가 나고 삽질 소리가 난다니까요."

"주인이 뭘 하는 사람인데요?"

"모르죠, 전에 살던 사람은 이사 가고 얼마 안 됐으니까요. 식구가 없는지 조용한데 밤이면 꼭 그 소리를 낸다니까요."

상호는 그 말을 들으면서 얼핏 그 옛날 신부가 마루 밑에 묻어 두었던 10만 달러 생각이 얼핏 스쳐 지나갔다. 혹시 그럴지도 모른다는 이상한 예감이 들었다. 종로경찰서 형사특수계로 신고를 했다.

그래서 신고를 받은 종로경찰서에서 형사 둘을 내보내어 출입하는 사람들을 살피도록 했던 것이다. 그런데 그 집을 들락거리는 식구가 별로 없다는 것이 이상해진 형사들이 잠복근무를 한 것이다. 그런 며칠 후, 종로경찰서 형사들은 뜻밖에 큰 수확을 올렸다. 자정이 넘어서 한 사내가 리크 샤크에 무엇인가를 잔뜩 무겁게 짊어지고 들어간 것을 본 것이다.

붙들어 조사를 했을 때, 놀랍게도 그 속에는 미화 10만 달러가 들어 있었던 것이다. 당시 중앙정보부장이 김종필이었을 때였다. 당연히 중앙정보부로 넘겨졌다. 그 달러는 이북 김일성의 지시로 일본 조총련계가 마련해 들여보낸 정치 공작금이었다고 한다. 붙잡힌 간첩의 말에 의하면 김일성이 남북협상을 하자는 뜻으로 거기에 목적을 두고 보내진 것이라고 자백을 한 것이다.

물론 그 말이 어디까지 진실성이 있는 것인지는 모르지만, 아무튼 붙잡힌 간첩은 그렇게 실토를 했고, 그래서 그 달러는 그 후 국가적인 차원에서 유용하게 써진 것만은 사실이었다.

당시 남한 정부는 독재 집권으로 미국으로부터 원조가 삭감되어 있었

을 때였다. 이 때를 맞추어 북측에서는 통일협상을 그러한 방법으로 유
도해 보려고 했던 것인지도 모른다. 그 즈음 북측의 전략은 재일 조총련
에 대한 물량적 공세를 했고, 동백림 사건과 같은 경제적으로 어려운 상
태에 있는 해외교포나 유학생들에게 조직적으로 접근하여 경제적인 후
원으로 회유공작을 폈던 것이다.

뿐만 아니라 1960년 후반기 이래 김일성은 일본의 좌파학자, 정치인
을 불러 들여서 대미 교섭의 중개인이 되어줄 것을 간청했고, 때로는 뉴
욕 타임즈의 레스틴 기자, 손즈베리 기자, 코헨 교수 등을 평양에 초대
하여 융숭한 대접을 하면서 정치적 외교를 펴는 한편으로 영향력이 있
어 보이는 재미교포들을 초대하여 그들을 설득시키는 외교정책을 펴왔
다. 그리고 그 토대를 딛고 대유엔, 대미, 대자유세계, 대제3세계 등 세
계 도처에 대담한 도전 전략을 시도했던 것이다.

이것이 김일성의 주체사상을 바탕으로 하는 대남공작의 일환으로 조
국해방과 민족통일을 위한 새로운 방책이었다. 아무튼 그러한 북측의
전략으로 느닷없이 저절로 굴러 들어온 횡재였던 것만큼은 사실이다.

허기진 정부는 그러나 그 어마어마한 달러가 혹시 위조지폐가 아닌지
그 진의를 미국무성에 의뢰했고, 위조지폐가 아니라는 사실이 밝혀지면
서 중앙정보부는 거기에 대해서 일체 발설하지 말라는 함구령을 내린
것이다.

그러나 5 · 16군사혁명 주체세력들이 굴러 들어온 이 횡재에 대한 정
보를 입수하고 공짜 돈인데 나누어 쓰자고 조선호텔에서 탄두대회를 열
었다. 입장이 곤혹스러웠던지 김종필은 화장실을 다녀오겠다며, 그 장
소를 떠나 "그 돈은 함부로 써서는 안 된다"는 말만 그 뒤에다가 전하게
했다. 그로 하여 남산에 세워진 것이 바로 KBS 방송국이라는 말이었
다.

일이 이쯤으로 돌아가자 상호는 은근히 부아가 끓어올랐다. 그래서
신고를 했었던 종로경찰서 형사를 통해 국민이 신고를 했으면 당연히
보상이 있어야 하는 것 아니냐고 일침을 놓아 들어가게 했었던 것인데,
그것이 말썽이 된 것이다. 돌아오는 말인 즉 "가만히 입 다물고 있지 못

하면 좋지 못해!" 하는 등골 서늘한 으름장이었다. 그래서 "떠들어 버리겠다!"고 경찰서에 한 마디 던지고 나온 것이 불씨였다.

당시 서울 분실장으로 있던 사람이 이종세였다. 그 사촌 동생이 시청에 입사할 때 이종세가 추천을 한 사람으로 당시 시청 사회과에 근무하면서 상호와는 절친하게 지내고 있었다.

그런데 위에서부터 분실로 구속시켜 버리라는 지시가 내려온 것이다. 그러나 사건의 전말을 알고 있는 분실장은 그 지시를 가볍게 방치했던 것인데, 그러한 태도가 불손하게 보여졌던지 '괘씸죄'로 분실장 이종세를 파면시켜 버린 것이다.

그때야 겁이 더럭 난 상호였다. 당시 날아가는 새도 눈빛 하나로 떨어지게 한다는 중앙정보부장의 심기를 건드려 놓았으니 줄행랑을 쳐야 했다. 얼른 사표를 내던지고 몇 푼 받아 든 퇴직금으로 가평에 있는 광산에 투자를 했다. 동업조건이었다. 정부보조금까지 얻어 벌린 첫 사업이었다.

그러나 천성적으로 사업과는 우선 체질부터가 맞지 않는 상호였다. 어머니의 말대로 예술성은 있어도 계산적인 숫자 머리는 한껏 모자라는 상호였다. 더구나 사업이 무엇인지도 모르는 사람이 그것도 동업조건이었고 보면, 그대로 수업료를 낭창 지불해야 했다. 그리고 돌아섰을 때는 따뜻하게 맞아 줄 식구도 없고, 텅 빈 하늘과 허허로운 바람뿐이었다.

그래서 그때부터 동가식 서가숙 하면서 당시 주머니를 털면 먼지만 떨어지는 신민당을 쫓아다니다가 의기투합하여 만난 사람이 같은 처지에 놓여 있는 이춘종 장로였다. 그 역시도 식구가 몽땅 광신도 집단으로 들어가 버리고 홀아비 아닌 홀아비로 일정한 직업이 없이 떠돌다가 상호를 만났던 것이다.

그 역시도 처음부터 무직이었던 사람은 아니었다. 자유당 시절 세무서 직원으로 근무하면서 주위 친구들 중에서는 그래도 뒤지지 않는 넉넉한 살림을 꾸려온 능력 있는 가장이었다. 그런데 언제부턴가 가족의 권고 신앙에 심취되면서 남들이 부러워하는 직장을 미련 없이 던져 버렸다. 그리고 한참 국내에 광신도들이 모여 집단을 이루고 있는 '타운'

으로 들어가면서 천국행 '티켓' 값을 낭창하게 지불하고 들어갔다.

그리고 얼마가 지나 '이게 아닌데' 하고 그가 정신이 번쩍 들었을 때는 이미 식구들은 그를 '마귀' 취급하듯 했고, 그래서 어쩔 수 없이 팅겨져 나와 그래도 살아볼 양 몸짓을 하고 있는 것이 '조립식 양어장' 판매사업이었다.

그 조립식 양어장의 특허를 상호가 가지고 있었다. 그런 데다가 송어알을 부화시켜 기르는 특수한 기술을 터득한 상호였다. 물론 그것이 여수수산학교를 다녔었기 때문에 얻은 기술 정보이기도 했다. 그래서 이춘종 장로는 자금을 끌어오는 물주였고, 상호는 기술자라는 관계에서 두 홀아비는 바늘과 실처럼 붙어 다니며 밤낮 없이 어우러졌다.

그때부터 가족 잃은 외로운 두 사람은 의기투합하여 물 좋고 경치 좋은 청계산에 들어와 주인 없는 시유지를 한 점 차지하고 앉아 밤이면 주거니 받거니 한 잔 술에 허허실소나 터뜨리며 지내 왔던 것이다. 그런데 그것도 복이라고 말벗이 되어 주던 그 양반마저 어느 날 훌쩍 저 세상으로 먼저 손을 흔들고 떠나 버린 것이다.

그로부터 밤이면 살아 마신 세월만큼 더욱 허전해지는 상호였다. 그래서 밤이면 태산준령 넘어와 훌쩍대는 산새소리에 가끔은 시인이 되어 보기도 하고, 그러다가 유일하게 가슴을 기댈 수 있는 기타 줄이나 팅기고 앉아 있는 것이 유일한 즐거움이었다.

그러한 모습이 일반적인 사고를 가진 사람들의 눈에는 한껏 궁상으로 보여 지겠지만, 죽음의 사선을 수없이 넘어온 상호에게는 세상을 초월해서 내려다보게 하는 무릉도원이라는 생각이었다.

그래서 가끔씩 찾아주는 피붙이들에게 밤이면 신선들이 놀러와 그 흰소리를 들려주고 가는 것이 바로 그 계시라고 그것을 자랑처럼 늘어놓기도 했다. 물론 그때마다 동생들로부터 듣게 되는 핀잔이다.

"못 말리는 우리 집 한 도사님, 이제 간판 붙이시구랴, 킁!"

그 동생을 찾아온 상호였다. 살아온 젊은 날의 파란만장했던 이야기보따리를 풀어 놓고 그것이 인생의 한 점 삶이라고 웃었다. 세상에서 남들이 그처럼 부러워하는 명예나 인격으로 평가되는 돈을 결코 쫓아본 일이 없는, 그래서 그처럼 탁류에 때묻지 않은 마알간 웃음을 풀어내고 있었다.

그 하늘 같은 웃음을 바라보고 있노라면, "명예를 맛보지 못한 사람은 행복하다. 명예를 가진다는 것은 연옥이고, 그것을 원하는 사람은 지옥이다." 미국의 외교관이며 시인 E. B. 리튼이 한 이 말을 떠올려 보게 했다.

그 혈류를 함께 나눈 형제들, 그래서 외가 식구들은 몽땅 비현실적이라고 아이들에게 가끔씩 핀잔을 들어오기도 하지만, 그러나 체질적으로 명예나 돈이 커 보이지 않는 것을 어쩌랴. 우리들 속에 존재하는 생과 사, 그리고 깨어남과 졸림, 젊음과 늙음이 모두가 다 똑 같기 때문에 인간은 평등하고, 그래서 하늘은 공평하다고 말해 주고 있었다.

그 흰소리를 자랑처럼 늘이고 있는 상호의 삶이 인위적으로 가공된 그 어느 예술보다도 오히려 더 정직한 예술이라는 생각을 가끔씩은 해 보게 된다. 사실 예술의 목적은 정신적 오락이며 영혼의 카타르시스라고 정의해도 좋을 것이다.

그 정신적인 오락을 즐기는 형제들의 삶은 그래서 물질적으로는 빈곤할 수밖에 없다. 그래서 가끔은 불편해지기도 한 것이 사실이지만, 그러나 그것이 각 사람에게 주어진 분복의 팔자라고 상호가 곧잘 쓰는 용어 중의 하나다.

상호는 그러한 분복으로 한 세월 살아온 낭창한 이야기보따리를 풀어 놓고 허허롭게 웃으면서 말했다.

"하늘이 다 정해 준 분복대로 살다 가는 거여. 욕심이 사망을 낳는다는 것 아니냐, 그래서 다 제 명에 못 죽는 것이고."

"세상에나 조상 덕은 혼자 다 입은 사람이 어디다 내밀 명함 하나 없는 백수 도사님이라니."

"부모 복 잘 타고 났다고 평생 잘 먹고 살으라는 법 있는 줄 아냐? 아, 우리나라 대통령들을 봐라, 이승만에서부터 몽땅 자수성가한 사람들이지. 그래서 부자 자손에 거지조상 없는 사람 없고, 거지 자손에 부자조상 없는 사람이 없다는 말이 있는 것이여, 허허허……"

　참으로 혼미한 한 시대를 살아왔던 상호의 눈가에는, 그러나 아직도 등 푸르렀던 날에 가졌던 통일에 대한 염원만은 그대로 퇴색되지 않고 남아 있는지 부스럭 소리를 내며 목소리에 한껏 힘을 주며 다시 말했다.

　"지금 국회가 온통 떠들썩하게 대통령 발목잡기를 하고, 일부에서는 친북 세력이다 뭐다 하고 떠들지만 그 대통령 관상을 보란 말이여. 하늘 천명을 받아 통일의 물꼬를 트는 일꾼으로 보내진 것인데, 자유당 때나 군사정권 때 걸핏하면 써먹던 구시대 수법으로 밀어내질 수는 없다 이거여, 우리나라에 변화기운이 들어오고 있는데 그 천기 흐름도 모르고 앉아서 정치한다고들 쿵! 국민들이야 어차피 자유당 시절부터 눈봉사를 만들어 놨으니까 그렇다 치고, 뭘 알고나 정치를 한다고 하는지 원, 쯧쯧……."

　"거 오래간만에 현실성 있는 소리 한 번 하시는구랴, 흰소리만 하시는 줄 알았더니, 홋, 홋, 홋."

　"그래? 너도 그렇게 생각하냐? 거 오래간만에 너하고 그 코드란 것이 맞을 때도 다 있구나, 허허허."

　동생으로부터 언제나 시큰둥하게 핀잔만을 받아 왔던 상호는 기운이 저절로 솟는 모양이었다. 어깨까지 뒤로 제껴가며 목소리에 힘을 주며 말했다.

　"야, 너는 야당이 대통령 탄핵을 한 것을 어떻게 생각 하냐?"

　"글쎄요. 세계 속에 우리나라만큼 민주주의로 앞서 가는 나라도 없다는 생각이 들던데요. 그만큼 정치가 발전했다는 증거 아니겠수? 그 전 같았으면 어디 있을 법이나 한 일이유? 사실 해방이 되고 우리나라에 많은 변환기가 있었지만 그 동안 썩은 물줄기를 돌려놓지는 못했잖아요. 그런 면에서 보면 대단히 용기 있는 대통령으로 보이거든요."

　"그래 잘 봤다. 노무현 대통령이 들어서면서 지금까지 관례를 뒤집으려고 하다 보니까 무리수가 따른 것이거든, 대통령 탄핵은 단순히 말 잘못의 문제가 아니라 큰 흐름으로 보면 흙탕물로 흐르던 거대한 정치라는 물줄기를 돌리려는 데서 오는 어쩔 수 없는 마찰이었던 거라구. 작년에 있었던 촛불 시위만 보더라도 여러 가지 대외적인 것을 배제하는 세력들이 상당히 커졌거든, 흐흥. 그야말로 국민들이 용납할 수 없는 일들이 좀 있었냐? 예전 같았으면 얼마든지 속임수를 써서 무마시켰을 텐데도 노무현이는 흐르는 그대로 따라 진전시켰거든, 그것이 민주정치란 것 아니겠냐?"

거기에 대해서는 우리 국민 모두가 인정해 주어야 한다는 상호의 말이었다. 물론 일부에서는 거기에 대한 반론도 있는 것이 사실이지만, 그러나 노무현 정부가 들어서면서 투명한 정치를 실천해 보이려는 인상을 준 것만은 사실이다. 그래서 대통령 자신이 내놓은 슬로건에 맞도록 정체성을 확보하고 일을 추진해 가고 있는 모습이기도 했다.

해방 후 일본이 물러가고 우리나라는 여러 번에 걸친 변화가 있어 왔다. 하지만 지금까지 근본적으로 오염되어 내려오는 썩은 물줄기를 돌려 놓으려는 참으로 용기 있는 지도자는 없었다. 그대로 적당하게 눈치 작전으로 외세와 영합하고 자기의 세를 구축하면서 민족 통일에 대한 숙제는 입으로만 흔드는 그런 정치를 해왔다고 해도 과언은 아닐 것이다. 그러면서 정치인들은 분파적으로 그 옛날 사색당파와 마찬가지의 작태를 국민들 앞에 보여 왔었다.

그런데 노무현 정부가 들어서고 그러한 썩은 둠벙 물을 퍼내려는 진정한 일꾼의 모습을 보여주고 있는 것은 사실이다. 그야말로 엄청난 세력의 야당을 견제하면서 자기 당을 혁신하는 등, 그 같은 사심 없는 용기가 청소를 해내는 과정에서 탄핵을 받게 된 것이라고 할 수 있다.

그러나 탄핵 이후 정당지지율이 급변하고 탄핵반대 촛불집회에 많은 사람들이 자발적으로 참여를 하고 있다는 것은, 그처럼 굳어져 내려오는 관례를 뒤집어엎는 과감한 대통령의 용기에 국민들이 보내는 뜨거운 박수 같은 것이라고 할 수 있을 것이다.

물론 아직 100% 철두철미한 혁신은 가져오지 못하고 있는 것만큼은 사실이다. 그러나 초보적인 혁신에도 이처럼 광란을 몰고 오는 것은 썩은 물줄기가 그동안 그만큼 크게 둠벙을 이루어 놓았었다는 증거다. 그래서 변화가 있어야 하는 민주정치에 어쩔 수 없이 겪게 되는 과도기적 현상이라고 말하는 이들이 늘어가고 있다.

　사실 해방 이후 정부의 권력층 그 중심부에 서 있었던 사람들 대부분이 과거 친일을 해오던 사람들이었거나, 아니면 변절자들이 대부분이었다. 그들이 이루어 나온 썩은 물줄기를 이제 겨우 퍼내는 그 시작에서 이처럼 정부는 엄청난 시련을 겪고 있는 것이다. 그 물줄기가 여러 갈래로 퍼져 흐르면서 퍼내려는 두레박질에 요동 소리를 내고 있기 때문이다.

　그 장면을 국회는 국민들 앞에 부끄러움 없이 보여주었다. 국회의사당이 숫제 진흙 난장판과도 같았다. 엎치락뒤치락 싸우는 것이 볼썽 사납기가 그지없었다. 어떤 사람들은 그것을 보고 똥 묻은 개가 겨 묻은 개를 보고 짖어댄다고 아전인수식이라고 비아냥거렸고, 그러다가 어느 날 낭창하게 똥 먹은 속내장이 몽땅 트럭으로 실려 나오면서 그것이 자업자득에 의한 것이라고 말하기도 했다.

　그러나 이제 겨우 시작에 불과한 진통이다. 그것이 우리 국민들이 언젠가는 한 번 겪어야 하는 진통인 것만은 틀림이 없다. 진통 없는 개혁은 있을 수 없기 때문이다. 그래서 우리 국민 모두가 함께 그 진통을 겪고 있는 것이라고 말하는 상호는 크게 웃으면서 말했다.

　"밤이 지나면 아침이 오고, 다시 태양이 뜬다는 것이여. 두고 봐라 우리나라가 국운이 돌아오고 있다 이 말이다. 시방 노 대통령이 왜 빗자루를 들고 설치는 줄 아냐? 우리나라에 새로운 황극 기운이 들어오기 때문에 그 맞을 준비를 하느라고 저런 것이여. 말하자면 하늘에서 국회청소부로 보낸 사람이다 이거여, 흐흥."

　"청소부? 그것도 계시로 받은 거유? 하긴 국운이 들어오면 변화가 있어야 되는 것이겠지만, 그럼 진통이 아직도 남아 있겠네?"

　"내년부터는 서서히 어둠이 물러가게 돼있어. 조화기운이 들어오니까 먼동이 트기 시작한다 이 말이여, 흐흥."

　"그럼 태극기 휘날리며 백두산에 갈 날도 멀지 않았네? 하긴 도인들이나 기인들이 모두들 그것이 한 소식이라고 합디다만."

　사실 몇 줄 글이라는 것을 써 오면서 어쩌다가 만나게 되는 도사, 기인들로부터 그 같은 소리를 가끔씩 들어오기도 했었다. 특히 우리나라

가 국운이 돌아온다는 것은 많은 현자들이 한결같이 비서(秘書)에 기록
해 둔 말이기도 했다. 그것이 또한 많은 경전들 속에 내포되어 있는 예
언이다.

우리 집 도사님 그 같은 말을 들으면서 문득 지난날 그 이 대감을 통
해 얻어 볼 수 있었던 비서《신교총화》가 생각났다. 신교총화란 이름 그
대로 인류문명의 모체인 제1의 종교로 신교에 얽혀 있는 중요한 내용을
여러 가지 정리한 이야기 집이라는 뜻이다.

이 책의 분량은 한문 원문으로 약 45페이지 정도 밖에는 안 되지만,
인류 역사의 흐름과 생활 모습, 인간상의 타락, 세계문명 발전의 생생한
모습, 우주 운동의 본질과 수도에 대해 동이민족의 연원, 그리고 모든
고등 종교가 신교 정신에서 흘러나온 명쾌한 해명과, 한민족이 세계사
에서 부여받은 위대한 소명 등, 방대한 내용을 담고 있었다. 말하자면
시간대의 처음과 끝을 알고 있는 도의 경지에서 전해 주고 있는 기록들
이었다.

그 대예언 강론의 주인공 자하 선생과 팔공진인 두 사람은 모두 신선
의 경지에 오른 사제지간이라고 했다. 팔공진인의 스승 자하 선생의 성
함은 이비(李裨)이며 자는 덕화(德和), 자로(紫露)는 그의 호로 광동
(廣東) 사람이다.

태백산 구화동(九花洞)에 살았으며, 저작 당시 1893년에 543세라고
하였다. 그 내용의 일부를 보면 다음과 같다.

'말세가 되면 인정이 다사되면서 본원을 망각하리라. 신불교의 본원
을 연구하지도 않으리니 어쩌리요, 스스로 그 근원을 상실하리라.'

'종금 이후로 세로(世路)가 험란하여 천사 만마가 천리를 어지럽히리
라.(P.4)'

'사람의 마음이 사악하여져 사도에 잘 빠져 들고 진실과 허위를 구분
하지 못하리라.(P.36)'

'사람이 도도해지고 스스로를 속이고 남을 속이며 하늘의 광명을 상
실하리라.(P.27)'

'사람들이 자기의 선조의 도를 알지 못한 채 다만 다른 것에 매달려

있으리라.(P.24)'

'귀마에게 잡히어 사역되는 바 미친 것 같으리라.(P.36)'

'천하가 합쳐졌다 분열하고 분열했다가 합쳐지는 것은 진리의 일반 원칙이라. 이를 아는 자는 먼저 그 기틀을 살피고 행해야 하리라.(P.40)'

'인류 구원의 대명의 싹은 가을 결실 기운을 쏟는 때에 뿌리를 두고 있으며 후천 대명력(大明歷)을 쓰는 날이라.(P.26)'

'후천 벽두에 1만2천의 도인이 출세하며 이때에는 사람마다 하루에 만리를 가는데 천지를 날아다니는 것이 솔개가 하늘을 나는 모양 같으니라. 곳곳에 사는 모습은 밤이 없는 성이며 연후에 진정한 세계적인 교주가 출현하리라.(P.26)'

'우리 동방은 인목(寅木)이요 임(壬)은 곧 수(水)로서 수생목(水生木)하는 진리 때문이다. 임검(壬檢)의 도(道神敎). 단교(檀敎)는 반드시 임이일태극수(壬二一太極數)로 태극제(太極帝)를 말하는 임성인이 먼저 이끌어 갈 것이니라(P.44)'

'사람마다 하루에 천리를 갈 것이며 집 위에 집이 올라서고(屋上加屋) 집집마다 약국(家家藥局)이며 곳곳마다 종소리가 울리고 사는 모습이 새가 이 가지에서 저 가지로 옮겨 사는 모습과 같으리라. 공중에서 전쟁하는 지경에 이르러 사람과 가축이 다 함께 멸하는 그때 건곤이 복명(復明)하리라. (천도가 바로 잡히게 된다는 뜻)(P.26)'

'태녀(兌女 : 미국)가 비록 막강하다 하더라도 진장남(震長男 ; 동방 한국)에게는 순종하지 않을 수 없게 되어 있으니 그의 덕부(德夫)가 아닌가.(P.33)'

'장래 태인의 문명은 서로 죽이는 것을 주장하므로 천제께서 반드시 이들을 주살하리라(P.43)'

'우리 신족(神族) 통일은 순임금으로 비롯되었으나 아동방에서 다시 그러한 인물이 나오리라.(P.35)'

'신불 천황 대도의 조화능력이 광대하여 장차 동서양의 통일 원리가 이수(理數) 가운데 있으리라.(P.1)'

'단군성조의 신성의 도가 7정양병(七丁兩丙) 3회의 년(三回之年) 5 귀의 달(伍歸之月)에 반드시 회복되리라.(P.4)'

'신조(단군성조) 때의 옛 영토를 다시 찾게 되리라. 후에 신인의 도가 세계에 구원의 빛을 밝히리라.(P.36)'

'동방에 대성인이 있으니 곧 동학 유·불·선 삼선(三善)이요, 서양에 대성인이 있으니 곧 서학(기독교)이라, 이들은 모두 중생을 교화시키는 데 그 사명이 있었느니라.(東 有大聖人하니 曰 東學이요 西 有大聖人하니 曰 西學이라. 都是敎民化民하니라)'

이 기록에서 주목을 끄는 것은 서양 기독교를 성인의 도라고 진솔하게 인정하고 있다는 점이다. 사실 성서처럼 인류 역사의 뿌리에 대해서 방대하게 기록해 두고 있는 경전도 없다. 종말론도 마찬가지다. 어느 경전보다도 많이 기록되어 있는데, 그 내용들이 〈신교총화〉의 예언들과 유사하게 그 일치를 이루고 있다는 점이다.

이 땅에 인간 종자들을 심게 하고 그 익은 열매를 거두기 위해서 출현하신다는 정법의 왕을 불교 경전에서는 '미륵님'이라고 하고, 기독교 신학자들은 다만 '재림예수' 한 분으로 해석하고 있다. 하지만 예수는 분명히 성부 하나님의 아들로 만물을 지으신 이가 함께 출현하여 하늘과 땅을 새롭게 하고 거기에 그동안 진리로 익은 인간종자들을 거두어 진리의 왕국을 이루게 한다고 분명히 말씀해 두고 있다.

그러니까 예수도 재림하지만, 만물을 지으신 위치, 곧 대도의 주인이 직접 출현한다는 성서 기록이다.

"내가 하나님의 이름과 하나님의 성 곧 하늘에서 내 하나님께로부터 내려오는 새 예루살렘의 이름과 나의 새 이름을 그이 위에 기록하리라. 귀 있는 자는 성령이 교회들에게 하시는 말씀을 들을지어다." (요한계시록 3장 12:13)

이 성구에서 나타내고 있는 "나의 새 이름을 그이 위에 기록하리라." 이렇게 예수 홀로 재림한다는 것이 아니다. '그이'라는 하나님이 인간 지상에 내려오는 광경의 장면을 다음과 같이 기록해 두고 있다.

"또 내가 새 하늘과 새 땅을 보니 처음 하늘과 처음 땅이 없어졌고,

바다도 다시 있지 않더라. 또 내가 보매 거룩한 성 새 예루살렘이 하나님께로부터 하늘에서 내려오니 그 예비한 것이 신부가 남편을 위하여 단장한 것 같더라. 내가 들으니 보좌에서 큰 음성이 나서 가로되 보라, 하나님의 장막이 사람들과 함께 있으매 하나님이 저희와 함께 거하시리니 저희는 하나님의 백성이 되고 하나님은 친히 저희와 함께 계셔서 모든 눈물을 그 눈에서 씻기시매 다시 사망이 없고 애통하는 것이나 곡하는 것이나 아픈 것이 다시 있지 아니 하리니 처음 것들이 다 지나갔음이니라. 보좌에 앉으신 이가 가라사대, 보라 내가 만물을 새롭게 하노라, 하시고 가라사대, 이 말은 진실하고 참되니 기록하라, 하시고 또 내게 말씀하시되 이루었도다, 나는 알파와 오메가요 처음이요 나중이라. 내가 생명수 샘물로 목마른 자에게 값없이 주리니 이기는 자는 이것을 유업으로 얻으리라." (계시록 21장 1:7)

이 기록의 장면이 기독교가 지상에서 열린다는 '천년왕국' 세계며, 불교에서 말하는 구주미륵 출현시대 곧, '용화세계'로 죽음이 없는 '신선시대'가 도래한다는 것을 유·불·선이 성서기록이나 마찬가지로 예언해 두고 있다는 사실이다.

신교총화 기록에서 처음 이 땅에 내려와 물질계를 열어 놓고 올라가셨던 하나님이 진리로 성숙된 인간 종자들을 거두러 다시 지상 강림하시는데, 그 하나님의 진리가 처음 시작을 이루었던 이 동토에서 마무리 된다는 것으로, 그것을 원시반본(原始反本)이라고 했다.

그리고 그것이 천도의 순행이기 때문에 지금 미국이 제아무리 세계 속에 막강하여도 하나님의 진리가 새롭게 불을 켜는 이 동토(한국)에 굴할 수밖에 없게 되어 있다는 예언이다.

그처럼 축복 받은 민족, 그 하나님의 백성들이 주인의 대도에 불을 밝히고 세계로 나가게 된다는 것을 성서는 다음과 같이 기록해 두고 있는 것이다.

"또 보매 다른 천사가 살아 계신 하나님의 인을 가지고 해돋는 데로부터 올라와서 땅과 바다를 해롭게 할 권세를 얻은 네 천사를 향하여 큰 소리로 외쳐 가로되 우리가 우리 하나님의 종들의 이마에 인치기까지

땅이나 바다나 나무나 해하지 말라하더라." (요한계시록 7장 2:4)

하나님의 인(印)은 곧 천지와 우주를 창조한 진리의 말씀이란 뜻이다. 그 진리의 말씀으로 의인의 수를 채우기까지 해치지 말라는 그 '때'와 시기가 모두 하나님의 권한 속에 있음을 나타내고 있다. 그 인 맞은 자는 곧 도를 통달했다는 '도통군자'로 1만 이천의 도인들이 나올 것이라고 했고, 기독교 도맥 다윗의 뿌리에서 진리의 말씀으로 거듭난 곧 세상을 '이긴 자' 수효가 14만 4천이라고 기록해 두고 있다.

그처럼 진리화 된 성령의 열매를 각기 도맥마다 그 수효를 기록해 두고 있고, 인간이 신의 성품으로 완전히 탈겁된 시대를 '알파와 오메가' 그 성공시대라는 것이다. 즉 창조주가 인간을 창조하여 진화 성숙시켜 온 그 목적의 뜻이 이루어졌을 때, 땅에서 하나님의 나라 지상천국이 이루어지게 된다는 기독교 스승의 가르침이나 유·불·선, 스승들의 가르침이 귀결점은 다르지 않다는 사실이다.

이렇게 성인들은 각자 시대와 나라를 달리하고 이 땅에 출현하여 그 이치를 전해 주고 갔다. 신교총화에서 기록하고 있는 예언이나, 그 뜻이 조금도 다르지 않은 성구 기록이다.

"내가 인 맞은 자의 수를 들으니 이스라엘 자손의 각 지파 중에서 인 맞은 자들이 14만 사천이니 이 일 후에 내가 보니 각 나라와 족속과 백성과 방언에서 아무라도 능히 셀 수 없는 큰 무리가 흰옷을 입고 손에 종려가지를 들고 보좌 앞과 어린 양 앞에 서서 큰 소리로 외쳐 가로되 '구원하심이 보좌에 앉으신 우리 하나님과 어린 양에게 있도다.' 하니 모든 천사가 보좌와 장로들과 네 생물의 주위에 섰다가 보좌 앞에 엎드려 얼굴을 대고 하나님께 경배하여 가로되 '아멘 찬송과 영광과 지혜와 감사와 존귀와 능력과 힘이 우리 하나님께 세세토록 있을지로다 아멘' 하더라, 장로 중에 하나가 응답하여 내게 이르되 이 흰옷 입은 자들이 누구며 또 어디서 왔느뇨, 내가 가로되 주여 당신이 알리이다. 하니 그가 나더러 이르되 이는 큰 환란에서 나오는 자들인데 어린 양의 피에 그 옷을 씻어 희게 하였느니라. 그러므로 그들이 하나님의 보좌 앞에 있고." (요한계시록 7장 4:12)

이 성구에서 흰옷을 입은 무리는 곧 환란에서 나온 자들이라고 했다. 환란은 고통이고 그 연속적인 환란을 통해서 인간은 진화 성숙되어진다는 것으로, 그것이 불가(佛家)에서 말하는 윤회(輪廻)의 이치다.

그래서 붓다는 세상을 고통의 사바세계라고 했던 것이며, 그 고통을 거듭하면서 진리의 꽃으로 피어나야 하는 이것이 인간으로 창조된 본분이기 때문에 붓다는 제자들 앞에서 한 송이 연꽃을 들어 보이며 빙긋이 웃으셨던 것이다.

참으로 온갖 벌레들이 서식하는 진흙 밭 연못 속에서 그 고통을 견디고 뿌리를 내려 마침내 아름답게 피어나는 연꽃처럼, 고통의 세상 속에서 진리의 꽃으로 피어나야 한다는 것이다. 이것이 조물주가 이 땅에 종들로 하여 인간 종자를 심어 놓게 했음을 성서는 창세기에 기록해 두고 있는 것이다.

그렇다. 이렇게 이 땅에 심어진 인간 종자들은 하나님의 진리의 꽃, 천지화(天地花)로 피어나야 하는 것이 숙명적인 인간의 본분으로 하나님의 기쁨이 되게 한다는 것이며, 그래서 정해진 그때까지 진리화 되지 못한 쓸모 없는 인간 쭉정이들은 거두어 불 속에 던져 버린다는 것이 성서가 기록하고 있는 '불 심판'이다. 그와 같은 예언의 기록들을 〈총화신교〉뿐 아니라 많은 경전들이 그와 같은 뜻을 담아 기록해 두고 있다.

이렇게 창조란 주인의 목적이 있기 때문이며, 그 창조가 처음 시작되었던 이 동토에서 그 창조의 마무리를 하기 위해서 대도의 주인이 다시 원시반본으로 회귀하여 그 진리로 불을 켠다는 것이다.

이렇게 배달 한민족은 그 사명이 하나님 예정 가운데 있었던 천손민족이라는 사실이다. 그래서 오늘은 비록 분단국가로 놓여 있지만, 통일이 될 수밖에 없는 것은 동서가 이 대도 가운데서 통합되어지기 때문이라는 것이다. 물론 그 같은 예언은 신교총화뿐 아니라 성서 또한 마찬가지로 기록해 두고 있다.

"성안에 성전을 내가 보지 못하였으니 이는 주 하나님, 곧 전능하신 이와 및 어린 양이 그 성전이심이라. 그 성은 해와 달의 비침이 쓸데없으니 이는 하나님의 영광이 비취고 어린 양이 그 등이 되심이라. 만국이 그 빛 가운데로 다니고 땅의 왕들이 자기 영광을 가지고 그리로 들어오리라." (요한계시록 22장 21:25)

바로 이 성구다. '하나님의 영광'이 비취는 데 또한 어린 양이 그 등이 되심이라'고 했다. 즉 하나님의 분자적 머리 도맥이 사랑이라는 진리며, 그 스승이 십자가에서 사랑의 희생양으로 제물이 된 그리스도 예수다. 그 어린 양의 진리가 주인의 대도와 함께 이 동토에서 등이 되어 함께 불을 밝히게 된다는 뜻이다.

즉 동서가 이 동토에서 사상적인 종교 통일을 이루게 된다는 것을 의미하는 것으로, 만국이 그 빛 가운데로 다니며 왕들이 자기 영광을 가지고 그리로 모여들게 된다고 했다.

이러한 것이 천도의 순행으로 동서양의 종교가 이 동토 한국에서 통일되면서, 따라서 공산주의와 민주주의라는 양대 사상이 대도의 조화사상 가운데서 통합을 이루게 될 수밖에 없는 것이다.

그 새로운 변혁의 황극(皇極) 기운이 이미 1988년도부터 우리나라에 들어오고 있었다는 것이 도인들이 한결같이 말하고 있는 그 도수다.

그 새로운 변혁의 기운이 들어오면서 한국을 세계에 알리게 하는 88 올림픽이 우리나라에서 열리게 된 것이라고 했다. 즉 동양철학을 바탕으로 하는 변혁의 수(數) 88은 64괘로 성숙의 도수를 나타낸다는 것이며, 이것은 세계 화합의 기틀이 이 땅 동토에서 시작된다는 의미로, 천손의 긍지가 되살아나는 시발점의 신호탄과 같은 것이라고 했다.

그 같은 상생도수가 88이며, 글자 모양이 누에꼬치 모양을 하고 있는 것은, 그 누에꼬치에서 명주실을 풀어 낼 때, 모든 맺힘이 풀어지는 해원의 상생(相生) 도수임을 나타내는 것이라고 했다. 즉 그 맺힌 매듭이 풀어지면서 만물을 감싸는 대도의 조화사상이 천존과 인존이 하나로 연결되는 조화정신의 홍익대법, 그 진리가 다시 이 동토에서 불을 밝히게 된다는 그 같은 의미를 나타내고 있는 것이라고 했다.

이러한 하늘의 기본 틀 속에서 21세기는 구라파 연합이 하나가 되며, 우리나라가 하늘의 천도문명으로 세계를 이끌어 갈 종주국이 된다는 것이다. 그래서 우리 민족의 오랜 염원인 남북통일은 매듭이 풀어지는 상생기운으로 총칼이 아닌 화합으로 종결을 짓게 되는 것이라고 했다.

〈신교총화〉에서 "신불 천황의 대도의 조화능력이 광대하여 장차 동서양의 통일 원리가 이 수 가운데 있으리라"고 했고 "단군성조의 신성의 도가 7정 양병 3회의 년, 5귀의 달에 반드시 회복되리라"고 기록해 두고 있다.

이러한 예언으로 미루어 보더라도 남북의 통일 화합의 기틀은 결국 '동질성회복'이라는 명제를 놓고 우리 민족 뿌리사상을 바탕에 두지 않고는 결코 이루어질 수 없음을 확실히 해두고 있다는 사실이다.

이러한 천도의 순행 때문이었는지 모르지만, 아무튼 60년대 북측의 김일성은 민족 주체사상이란 것을 확고하게 내어놓았고, 1991년 8월 1일 민족 주체사관을 선언했으며, 1993년에 이르러서는 단군릉 재건작업에 들어갔다. 그리고 1995년 음력 3월 15일(양력 4월 14일) 어천절 기념행사에서 개천절을 민족 경축일로 선포하기도 했다.

그리고 2,000년에는 개천절 남북공동 기념행사를 위한 제1차 남북 실무단 협의가 북경에서 4월 26~27 양일에 걸쳐 개최되었고, 후속 협의를 거쳐 평양에서 개천절 남북공동 기념행사를 성공적으로 개최하였다.

그러는 동안 남한측 정부는 아직도 꿈에서 깨어나지 못하고 권력다툼의 당쟁 싸움만 하고 있지만 남한측 일반 지식인들 사이에서는 우리 뿌리역사의 소중함을 각성하고 거기에 대한 관심도가 점차 높아지면서 30여개가 넘는 크고 작은 모임들이 민족뿌리 찾기 운동을 벌리고 있는 반가운 모습들을 만나 볼 수가 있다.

그러한 조용한 움직임이 전체 국민 계몽운동으로 활발하게 전개되어지기를 바랐지만, 그러나 반세기를 넘게 외래 사상으로 물들어 온 국민정신은 그 중요성을 절실하게 인식하지 못하고 있는 것이 사실이었다.

그래서 더러는 마치 시대에 뒤떨어진 망건을 바라보듯 할 일 없는 사람들이 뒷방에서 하품하는 소리쯤으로 들어 주는 것은 그래도 양반이다. 이 같은 뿌리 찾기 운동에 맞서 '곰의 자손은 물러가라!'는 일부 기독교인들의 시위에 그때마다 무산되면서 힘없이 주저앉아 버리곤 했다.

그것은 전체 인류의 조상이 아담과 이브라는 서양 신학자들의 잘못 풀이된 성서 해석 때문이다. 거기에 서양의 숨겨진 의도가 전혀 없다고 배제할 수는 없을 것이다. 종교라는 사상은 인류 역사에서 종종 그 침략의 무기가 되어 왔고, 또 그 실상을 구약성서가 분명하게 기록해 두고 있다고 할 것이다. 그처럼 이웃 민족을 정복하기 위해 사용해 온 여호와 하나님의 말씀이라는 무기로 서양은 간단하게 배달민족의 얼까지도 도려낸 것이라고 할 수 있다.

그러한 사상 무기로 민족주체성을 이미 잃어 버린 국민들을 그러나 정부는 속수무책으로 바라보고만 있을 뿐이다. 좀더 솔직히 말하면 그 대책을 찾아 볼 생각조차 해보지 않은 것이 지금까지의 정치 지도자들이었고, 그러면서도 필요에 따라서 '민족주체성'이라는 말은 적당하게 곧잘 사용해 왔다.

하지만 이미 민족 얼이 빠져 버린 국민들은 그 말의 뜻을 알 듯 모를 듯 무심하게 지나쳐 버리기 예사였다. 그야말로 조상 족보 없는 상것처럼 강대국에 빌붙어 굽실거려 온 정부나 국민이 모두 그처럼 민족 뿌리 역사관마저도 왜곡시켜 놓고 얼이 빠져 있는 상태에서 자라나는 우리의 2세들은 더 말할 것도 없다.

사실 해방이 되고 정부나 국민은 민족주체성을 잃어 버린 채 정부의 정책방침에 따라 서양식 자유민주주의를 제창해 왔다. 그러나 그 서양인의 민주주의는 엄격히 말해서 그 나라 국민정서에 맞게 만들어진 제도로, 그것이 서양인의 이상적인 민주주의다.

그들의 국민성은 자기를 내세우고 자신의 의견을 상대방에게 절대로 굽히지 않으며, 끝까지 투쟁하려는 정복성의 습성이 있다. 그것이 서양인들의 사고방식이다. 그러한 강인한 투쟁의 정복성으로 황무지를 개척하며, 그래서 정복문화를 이루어 나온 서양인들이다. 그들의 국민정신은 '눈에는 눈, 칼에는 칼로 대적하라!'는 그들의 민족수호신 '여호와' 하나님에 의해서 심어지게 된 것을 구약성서가 분명히 기록해 두고 있다고 할 것이다.

이렇게 그들 조상 하나님은 결코 양보가 아닌 투쟁으로 이웃 민족과 대결하는 정복문화를 가르쳐 온 것이다. 그러한 민족정기가 흐르고 있는 서양인에게는 그렇기 때문에 결코 상대방에게 양보를 하지 않으려는 것이 전제가 되어 있다. 이러한 국민정신에 의해서 다수의 의견에 따라 가자는 민주주의 제도가 만들어진 것이다.

그러나 우리 배달 한민족에게 심어진 민족정기는 대립적인 '너냐' '나냐'가 아니라 너와 내가 하나라는 개념의 인내천 사상의 얼이 민족혼으로 심어져 있다. 그래서 흑백논리에 따른 대결과 택일이 전제되기보다는 전체의 조화를 더 중요시해 온 것이다.

그래서 내 자신을 내세워 상대방과 투쟁하는 자기 주장의 이익보다는 양보를 미덕으로 하는 조화정신이 체면을 더 중요시해 왔고, 그러므로 극단적인 대결을 피하려는 사고방식은 역사적으로 이웃 민족을 먼저 침략해 본 일이 없었다. 그처럼 평화를 사랑해 온 민족이다.

이것이 일찍이 배달 한민족 조상 하나님 환웅께서 이 민족 위에 심어준 홍익인간 이화세계(弘益人間理化世界)라는 조화정신으로, 이것이 유불선 기독교가 추구하는 지상천국의 이념이었던 것이다.

이렇게 우리 한민족은 처음 시작부터 대도의 조화정신이 심어진 민족으로 그로부터 비롯된 민족정신의 얼이 국민정서를 이루어 나오면서, 나와 더불어 존재하고 있는 부모와 가족, 그리고 이웃과 천리 등을 더 소중히 여겨 왔던 것이다.

이러한 민족정신은 서양의 민주주의를 앞서는 화백제도를 만들어 신라시대에도 덕치국가 정치이념으로 펼쳐 왔던 것이다. 그것이 개체와 전체를 하나로 통합시키는 조화정신 사상인 것이었다.

결국 이렇게 그 나라 국민정신 바탕 위에서 만들어진 것이 이데올로기라는 정치제도로 서양은 개체관적인 사고방식 바탕에서 서양식 민주주의를 만들었고 그 제도를 정치이념으로 삼았던 것이다.

그런데 그 서양인의 정서에 맞는 이데올로기 '민주주의' 사상을 해방이 되고 대한민국이 재건되면서 여과 없이 그대로 받아들여 그 제도를 정치이념으로 펼친 것이다. 그것이 우리 민족의 전체관적인 사고방식으로 조화를 이루어 나온 아름다운 국민정서를 파괴시킨 요인으로 대구

폭동을 비롯하여, 제주 민중항쟁이 일어났으며, 여수 14연대 반란의 불씨가 '여순민중봉기'로 들고 일어나게 하면서 일제치하에서도 볼 수 없었던 잔악한 탄압으로 국민의 재산과 생명을 그처럼 앗아가는 만행을 저질러 왔던 것이다.

그것이 이 땅에 개인주의를 불러들이게 한 서양식 민주주의 사고방식 때문이었던 것으로 서양인은 말초적이고 국소적인 면을 먼저 관찰하고 나서 점차적으로 확대하여 전체를 보려는 사고방식을 형성하고 있기 때문에 우리 민족의 정서와는 거리가 먼 것이었다.

우리 조상들은 먼저 전체적인 것을 놓고 그 내면적인 것을 세분화 해 보려는 조화정신의 사고방식이 국민정서를 이루어 나왔었기 때문에 미국식 지상물질주의 정치체제와 경제구조, 그리고 남보다는 앞서야 한다는 개인주의적 교육방침의 서양사상은 우리 사회에 크게 혼란을 가져오게 한 것이 사실이었다.

그처럼 너와 나를 개체로 보는 서양 민주주의 사상은 그렇기 때문에 정복문화를 이루어 나오게 하면서, 서양의 역사는 2년마다 크고 작은 전쟁을 일으켜 나왔다. 그리고 오늘까지도 미·러간의 대립적 관계로 사실상 세계를 파멸로 이끌 수 있는 위험성을 내포하고 있다고 해도 과언은 아닐 것이다.

그래서 미국의 전 국방장관인 키신저 박사는 핵무장하의 미·러 전쟁을 해방하기 위해 데탕트 이론을 내세우고 있으나, 그들의 평화 개념은 미국식 사고방식에서 다만 순간적인 휴전협정일 뿐이라고 비난하는 이들도 있었다.

결국 그들의 뿌리 역사 기록 구약성서에서 그들 조상의 하나님 여호와가 그 백성과 이웃 이방 족속과의 전쟁붙임에서 "누가 가서 저들을 꾀이겠느냐?" 했을 때 "내가 거짓말하는 영이 되어 그들을 꾀이겠나이다" 하는 것을 보여 주었고, 또 그 후손들은 그러한 전쟁의 전략을 그로부터 배워 정복문화를 이루어 나온 민족이다. 이것이 서양문명을 발전시켜 나온 기본철학이며 사상으로 그 민족 수호신 여호와 하나님이 가르쳐 준 문명이다.

　이처럼 창조신이 다른 각 민족은 그 수호신들이 이끌어 준 문명으로 서양과 동양의 양대 사상은 그 의식구조부터 다르면서 우주를 보는 신관(神觀) 자체 역시도 커다란 차이를 보이고 있다는 점이다. 실질적으로 물질을 다스리고 지배하는 것은 인간 정신으로, 동양인은 물질문명을 이루어 나온 서양인과는 달리 정신문명을 발전시켜 나왔다.

　그래서 한민족의 철학은 모든 사물과 나를 개체로 보지 않고 전체라는 틀 속에서 공통분모를 찾는 홍익대법으로 그것이 조화정신의 '한사상'이었던 것이다.

　이 같은 조화사상의 홍익대법을 배제하고 국가적인 민족주의만을 앞세울 때 극히 위험한 침략주의로 변모될 수도 있다는 것을 우리는 2차대전 전의 나치즘과 파시즘에서 볼 수 있었던 것이며, 그 또 한편으로 우리 것만을 너무 내세워 주장하는 민족주의는 진보 발전하는 세계문명 속에서 고립된 폐쇄 정책으로 물질문명을 발달시킨 강대국에 물리적으로 대응할 국력을 키우지 못하게 된다는 사실이다. 우리는 그 같은 실례를 조선조 말엽에서 살펴 볼 수 있는 것이다.

　당시 세계화의 개방은 어쩔 수 없는 대세의 흐름이었다. 그러나 대원군은 우리 것만을 주장하고 안으로 빗장을 걸어 잠그는 쇄국정책을 폈던 것이다. 그래서 개방을 요구하고 나오는 신파측과의 분쟁으로 나라는 마침내 파멸을 초래하고 말았던 것이다.

　그 결과 우리나라는 일제의 식민지 노예로 전락되면서, 그처럼 국제정세를 바로 보지 못한 대원군의 민족적 자기중심주의가 초래한 어리석음의 대가를 국민전체가 그처럼 혹독하게 지불했던 것이다.

　그러한 역사적인 교훈 때문이었을까? 북측의 김일성은 소련으로부터 받아들인 공산주의 모순을 우리 민족 특유의 철학으로 보완하여 시대와 민족분단 상황에 적합한 정치이념을 창출할 필요가 있다고 생각했던지 새롭게 들고 나온 것이 1960년대에 부르짖은 '민족주체사상'이었다.

　이것은 어쨌거나 양대 사상으로 이질화된 한민족 주체의식을 살려 민족자주통일을 이루어 보자는 목소리임에 틀림이 없다고 할 것이다. 그러한 북측의 목소리에 그 뜻이 알아지는 일부 인사들이 정부의 눈치를 살펴가며 조용한 몸짓을 하기 시작했다.

그때 그 대표적인 사람이 평생을 '한사상'만을 주창해 온 안호상 박사였다. 그는 광복회 의장 김선적 씨 등과 함께 중국을 거쳐 평양을 방문했다. 그러나 그 일행은 돌아와 중앙정보부로부터 밀입북 경위에 대한 조사를 받는 등 많은 정신적 고통을 받아야 했던 것이다.

그러나 그것이 계기가 되어 남한측에서도 그와 뜻을 같이하는 움직임이 조용하게 일어나기 시작했다. 그런 모임의 회합에서 안호상 박사의 주장은, 북측의 공산주의를 우리 민족주체사상으로 그 모순을 보완한 만큼, 남한측에서도 서양식 민주주의 모순을 우리 민족주체사상으로 보완하여 우리의 오랜 역사 속에 침잠된 정신문화적 특징의 사상을 살려 집약하고, 그 틀 속에서 창출해 낸 우리 민족의 새로운 사상만이 세계 도처에서 일어나는 전쟁을 예방할 수 있다고 했으며, 그러므로 세계 평화를 정착시킬 수 있다고 주장한 바 있다.

즉 공산주의 이념과 민주주의 이념의 교량역할을 할 수 있는 것이 바로 우리배달민족의 '한사상' 뿐이라고 역설한 것이다. 이 목소리에 많은 국민들이 호응을 보였고, 여기에 종교인들도 탑승하기 시작했다. 대종교, 천도교 및 민족종교단체들이 그 추축이 되면서, 불교, 원불교, 가톨릭, 그리고 일부 개신교까지도 호응을 했다. 또한 시민단체 대표들까지 탑골공원에 모여 공동행사를 시행하였다. 그리고 그 후 공동학술회의를 세종문화회관에서 개최하면서, 그러한 모임을 범국민운동으로 발전시켜 나가야 한다고 그 필요성을 역설했다.

그러나 오랜 동안 외래사상에 물들어 온 우리 국민정신은 국회가 그 썩은 물줄기를 퍼내고 다시 돌려 놓는 것만큼이나 어려운 작업임에는 틀림이 없는 것 같다. 그것은 우선적으로 우리 뿌리 역사를 바로 세워놓자는 데 냉담하게 등을 돌리는 기독교인들 때문이기도 하다. 서양 신학자들의 무지한 성서 해석을 그대로 받아들여 믿고 있는 것이 오늘 이 땅에 세워진 기독교 신학이기 때문이다.

그러나 그러한 서양 기독교 신학자들의 모순된 성서 해석의 문제점을 지적하고 오랜 목회 생활에서 양심선언을 하고 물러난 정직한 목사들을 어쩌다가 몇 사람 반갑게 만나볼 수 있었다. 먼저 만나보게 된 분이 김 경 목사님이었다.

그 분은 기독교 신학교수 생활을 13년 동안 해 오신 분이다. 평생을 목회 생활을 해 온 그분이 그러나 어느 날 드디어 양심선언 고백을 하고 나선 것이다. 〈신과 철학자 그리고 시인〉이라는 시집을 통해서였다. 그 첫 장은 "하나님 질문 있습니다"로 시작되고 있었다. 그리고 이어지는 질문은 그야말로 폭소를 자아내게 했다.

질문의 내용은 전지전능하신 여호와 하나님이 대우주를 창조한 하나 님으로 믿고 있는데 어찌하여 처음 사람을 흙으로 조잡하게 만들었고, 또 그 처음 천지도 분간 못한 무지한 인간이 따먹고 죽을 선악과는 왜 만들어 놓고 인간을 시험했다는 것은 전지전능하신 하나님의 인상에 어 울리지 않음인데, 그것을 왜 에덴동산 중앙에 세워 놓고 죄를 짓게 했느 냐는 질문으로부터 시작했다.

그리고 그 죄를 짓게 유도한 것이 여호와 하나님이 분명한데, 그 허물 을 인간에게 몽땅 씌워 '원죄' 라고 정하여 사망을 주었고, 또 하나님은 원수까지도 사랑하라는 그런 분으로 알고 있는데 그 실수 하나조차도 용서하지 못하고 벌로 쫓아냈다니 말이 되느냐는 질문이었다.

그리고 항차 인간도 그렇게 자식을 키우지 않음인데, 죄를 짓게 하는 원인제공은 연속적으로 여호와 하나님이 해 왔으면서 진노하셨다니, 그 게 어디 말이 되느냐는 것이었다.

그리고 또 그 이방 족속은 언제 누구로 하여 창조된 피조물들이기에 한 생명이 천하보다도 귀중하다고 가르친 분이 예수님 말씀인데, 그 성 부 아버지란 분이 일만 명이나 되는 이방나라 족속을 떼죽음을 하게 했 으며, 또 나는 질투하는 하나님으로 다른 신은 내 앞에서 섬기지 말라 니, 여호와 하나님 외에 존재하는 신은 어떤 존재기에 전지전능하시다 는 능력으로 싹쓸이를 하지 못하고 그 명령을 무지한 백성들에게 엄한 명령으로 세웠느냐는 질문 등은 참으로 파안대소를 자아내게 했었다.

그리고 끝으로 그 질문에 대한 대답을 그 백성들에게 들려주던 음성 으로 직접 들려주던지, 아슴한 계시로라도 들려주던지, 그야말로 죽기 전에 좀 속 시원하게 그 의문을 풀어달라는 회의적인 신앙 고백이었다.

또한 김경 목사님은 그 같은 질문을 로마 교황청 바오로 2세 앞으로 몇 번에 걸쳐 이의를 제기를 해왔으나, 묵묵부답에 마침내 그 답답함을 여러 지면을 통해 호소하다가 충북에서 목사 재직 중 기독혁명 50개조를 발표한 죄목으로 성직을 박탈당했다고 했다.

그 후 목사님은 우리 한민족 사상과 폭넓은 종교사상을 연구하면서 현재는 세계계관시인 발행인을 맡아 활동하고 있다고 했다. 그러면서 현재 80 고령으로 민족종교운동에 적극 참여를 해 주고 있다.

그리고 그 얼마 후 만나본 분이 강희남 목사였다. 그 분 역시 이제는 84세의 고령으로 '범민족화 운동연합'에 공동의장을 맡고 있다. 그 목사님이 우리 민족 역사와 종교에 눈을 돌리게 된 것은 1963년 이 무렵 '남북학생교류협의회' '범민련'에 관련하여 교도소를 몇 번 들락거리게 되면서, 교도소 안에서 우연히 '단군력'을 보게 되면서부터 그 진실에 대한 눈이 떠지기 시작했던 것이라고 했다. 그 분의 지론 역시도 김경 목사님과 같이 역설하면서 기독교 신학의 모순점을 지적했다.

이처럼 왜곡된 서양 신학은 우리 동양철학의 진수가 아니면 우주 창조의 비밀이 밝혀질 수가 없음을 점차 인식하게 되었고, 그러므로 동서합일의 종교통일이 우리 민족의 경전 천부경 안에 들어 있다는 사실에 눈 떠가는 신학자들이 늘어나고 있다는 반가운 소식을 가끔씩 접하게 된다.

얼마 전 통일연대 대표 한상열 목사가 단군 대제에 제주를 맡은 일이 있어 쇼킹뉴스로 화제가 되기도 했고, 마찬가지로 한신대 교수직을 맡고 있는 김상열 교수께서는 80년대 단군운동을 펼치다가 교수직에서 파면되었다가 다시 복권되는 사건도 있었다. 그리고 현재 통일연대 학술위원장직을 맡고 있으면서 단군학회 부회장으로 민족통일 운동에 앞장서고 있다는 소식은 그만큼 맹목적인 원시신앙에서 이제 문명화된 지식인들의 관심 속으로 자리잡고 있다는 증거이기도 한 것이다.

그리고 얼마 전 그분들과 같은 생각을 가지고 있는 권천문 목사를 우연히 어느 모임장소에서 만나게 되었을 때였다. 그 분 역시도 정통 장로

교파의 목사로 철학박사 학위까지 취득한 분이었다. 그러나 점차 서양 신학의 성서해석에 회의를 느끼면서 언젠가부터 그 문제점을 지적하는 별난 목사라는 시선에 스스로 목사직을 던져 버리고 나왔다고 했다. 그분은 다음과 같은 신앙 고백을 했다.

"거짓 없이 살아보려고 모여드는 순수 무구한 신도들 앞에서 확신 없는 여호와를 맹종하라는 설교를 차마 할 수 없었지요, 예수 이름 팔아먹는 장사꾼 같아서 말입니다. 사실 신학은 깊이 들어갈수록 회의를 느끼게 되어 있지요. 그래서 누구나 박사학위를 쓰고 나올 때쯤은 이건 아니다 라는 결론을 얻게 되어 있어요. 그러나 어쩝니까, 그래도 목줄이 걸려 있으니까 그냥 그렇게 양심 팔아 가며 지내고 있지요. 이것이 오늘 우리 현실로 여호와 하나님의 은총이라는 것 아닙니까, 허허허……. 그런데 성경을 깊이 연구하면 성경 내용이 한민족 철학에 뿌리를 둔 히브리문화사인 것을 깨닫게 됩니다. 한민족의 비의(秘意)가 아니면 도저히 해석할 수 없는 내용이 많습니다."

그처럼 진실을 말하는 권천문 목사의 얼굴에서 진정한 그리스도의 사람, 그 진솔한 눈빛을 반갑게 만나볼 수 있다. 그 눈빛이 살아 있는 하나님 그 진리를 전하는 진정한 목자의 모습이라는 생각이었다.

그분 역시도 이제는 우리 한민족 뿌리 역사를 바로 세우는 일에 동참하고 있으면서 〈한민족의 하나님 사상〉과 〈교과서에 없는 대한민국 게놈지도〉라는 그의 저서에서 기독교 성경 창세기를 한민족 역사와 한사상으로 재해석하여 학문적으로 정립하기도 했다. 그리고 앞으로도 또 그 같은 작업으로 국민정신 계몽운동에 전념할 것이라고 그의 신념을 밝혔다.

참으로 이분들은 대단한 용기를 가진 이 시대의 참 목자라는 생각을 하게 되면서, 이 시대에 어둠을 밝혀 줄 촛불의 사명을 하늘로부터 받고 온 분들이라는 생각이었다.

그리고 그러한 사명을 가진 분들이 이 사회에 각기 서 있는 그 자리에서 심지에 불꽃을 당기고 있음을 또 다른 모습으로 만나 볼 수 있었다. 그것도 50년 동안이나 혼자서 외롭게 사재를 털어가며 우리의 개국이념을 받드는 '개천민족회의'를 이끌어 온 오순희 총재가 그런 분이다.

이제는 고령으로 93세에 이른 이 할머니는 음력 초하룻날과 보름날이면 어김없이 단군상 앞에서 경을 외우면서 국가와 민족의 전망을 지켜 도와달라는 기도를 잊지 않는다고 했다. 그리고 그 아들에게 당부하는 것이 어머니가 죽더라도 그 모임의 운동에 게으르지 말 것을 간곡하게 당부해 온 것으로, 듣는 사람들에게 귀감이 되기도 했다.

참으로 그같이 나약한 여자 몸으로 어디서 그처럼 강인한 민족사랑의 정신이 용솟음치며, 또 오늘까지 그 심지에 불을 붙이고 있는 것인지 듣기만 해도 고개가 저절로 숙여진다.

그 같은 어머니의 유지를 받들어 아들 홍수표 씨가 그 모임의 부총재로 노령의 어머니를 대신하여 조용하게 그 모임을 이끌어 가고 있다.

그런 그 분을 5월 초, 광화문에서 선단학 기천문(氣天門) 도장을 개원하고 있는 김영기 원장의 초대 모임 장소에서 뜻밖에 만나보게 된 것이다.

그 날 모임은 우리 고조선의 중창을 이룩하려는 단군단 발족 10주년 기념행사를 갖기 위한 것이라고 했다. 회원은 주로 40대 중반으로 김영기 원장과 그 같은 활동을 함께 벌려 온 배달공동체 대표 이윤희 선생을 비롯한 그 비슷한 연대의 젊은이들이 주축을 이루고 있었다. 인왕산 중턱에서 새시대 황극의 문을 열고자 하는 천제를 올리는 젊은이들의 정갈한 모습을 보면서, 비록 오늘 우리 사회가 혼미한 상태에 있지만, 그러나 그처럼 애국애족의 심지를 불태우는 이 나라의 든든한 젊은이들이 있기에 우리 겨레의 장래는 결코 어둡지 않을 것이라는 확신이 입가에 가만한 미소를 머금게 했다.

그 행사가 끝났을 때였다. 그 같은 모습을 대견해 하는 홍수표 부총재는 모두를 격려하는 뜻으로 저녁 만찬회를 베풀어주며, 그들의 조그만 나라사랑 운동을 치하해 주고 있었다. 그러한 젊은이들의 나라사랑 운동 모임 속에서 그러나 안타깝게 거론되는 것이 역시 국회의원들의 자질 문제와 곁들이는 대통령 탄핵에 대한 이야기로 이어지다가 통일에 대한 문제가 대두되었다.

배달공동대표 이윤희 선생이 목소리에 힘을 주며 말했다.

"지금까지 정치를 한다는 그들이 국민들에게 보여준 것이 무엇이었습니까? 나라야 어떻게 되든 또 남들이야 어떻게 어떤 상태에 빠지든 아랑곳하지 않고 자신만의 출세와 성공을 위한 그 몸짓들 아니었습니까. 그것이 황금만능주의에 빠진 권력층의 민족 얼빠진 정신상태에서 비롯된 것이고 그것이 자본주의 허점으로 우리 국민 정신에너지를 저해시켜 왔다고 봅니다. 그 또한 통일로 가는 길목을 가로막는 저해요인이었지요. 국제정치학자들은 한국의 분단문제를 미·소간 홍정의 산물로 돌리지만, 그러나 이런 해석은 당시의 우리 민족이 벌인 동족상잔, 상호불신, 분열, 자기중심적 정당주의, 그릇된 자유관 등에도 그 원칙적 책임이 있었다고 봅니다."

그러자 김영기 원장이 그 말을 받아 응수를 했다.

"그렇습니다. 통일 문제를 놓고 지나치게 미·소 또는 강대 세력을 의식한 나머지 우리 자신의 민족적 의지나 역량을 과소평가하려는 경향이 많았지요. 이러한 생각들은 앞으로도 조국통일을 위해서 도움이 되지 않는 것이 사실입니다. 더구나 동북아 문제와 한반도의 문제가 야기되고 있는 시점에서는 더욱 국민들의 새로운 각성이 필요하다는 생각입니다. 그 운동을 전개해야지요."

주고받는 그들의 대화가 진지하게 무르익어 가다가 끝으로 강화도 마니산 단군 참성단 아래 우리 민족의 역사관을 세우고, 단군 한배검께서 전국의 명산을 택하여 젊은이들을 위한 국선수도(國仙修道)장을 세워 심신을 수련시켰던 것처럼 이 시대에도 그 같은 수련장이 필요하다는 것을 희망사항으로 그 방안을 모색하고 있었다. 그리고 민족 없는 개체는 그 자체가 불행이며, 민족분단의 비극은 전체 한국 민족의 불행으로 이어진다고 모두들 머리를 주억거리며 한 마디씩을 토했다. 그리고 이 시대에 세계평화 통일은 민족적 정통성에 입각한 조화의 개천사상과, 덕치국가 정치이념인 단군사상만이 양극사상의 비극을 해소할 수 있다는 확고한 신념으로 끝을 맺었다.

그것이 분단된 우리 민족이 풀어야 할 당면한 숙제로 남북이 추구하는 공동선 그 민족애라는 것이 느껴지면서, 그들의 애국·애족하는 눈빛이 가슴을 뭉클하게 했다. 우리 민족은 처음 시작에서부터 평화와 자유 평등을 배워 왔기 때문에 그러한 민족애의 눈빛들이 마치 인자한 어버이를 사랑하듯, 그처럼 갈구하는 그들 자유에의 의지가 그래서 더욱 고고하게 빛나 보였던 것인지도 모른다.

오늘 이 혼탁한 시대를 살아가는 우리의 젊은이들이 그처럼 애타게 가슴 조이며 부르짖는 민주화의 오케스트라도 결국은 우리 민족의 아름다운 조화의 사상 그 선율 속에서 이루어질 것이 확실히 믿어졌다.

그것이 또한 우리 국민 전체가 바라고 있는 염원임에는 틀림이 없다. 그 소원을 이루기 위해서는 우리 국민 모두가 그 민주화를 위하여 그 연주에서 스스로 맡은 자기 소임을 떳떳하게 감내하며 이루어 나갈 때 우리 민족의 오랜 숙원인 남북통일은 물론, 진정한 민주화를 이 땅에 정착시킬 수 있을 것이다.

모임이 끝나고 밖으로 나왔을 때는 5월의 싱그러운 바람이 그 젊은이들의 눈빛처럼 가슴으로 스며들었다. 그 시원한 바람을 토닥이며 그들이 오늘 가난하게 엮는 꿈의 현장이 내일쯤은 기필코 현실로 이루어지기를 빌면서 그 기대를 조용하게 가져 본다.

그들의 가슴 속에서 오래 참으며 들끓고 있는 꺼지지 않는 심지의 불씨야말로 우리 모두의 민족애(民族愛) 그것이기 때문이다.

22. 에필로그

파스칼이 "인간은 생각하는 갈대다"라고 하였으며, 데카르트는 "나는 생각한다, 고로 존재한다"라는 철학적인 명제를 내세웠듯이 인간은 생각할 수 있기 때문에 인간일 수가 있다.

인간은 자아가 존재하므로써 자아인 인간과 대상물 사이에는 상호간의 가치가 인정되며 그 이용가치 여하에 따라서 사물에 대한 가치의식이 생성된다고 했다. 이러한 모든 가치판단의 기준과 주체는 어디까지나 인간 자아인 것이다.

그래서 개인이나 국가가 그 주체성을 잃었을 때는 언제나 타로부터 지배를 받게 마련이다. 주체성이란 곧 내가 나의 주인공이라는 마음의 상태로 인간 또는 사물의 주체로서의 본질을 의미하는 말이다. 자기의 판단에 의하여 행동하는 입장, 능동성 또는 자발적 능동성의 뜻을 내포하는 것으로 우리의 인식 상태의 의식을 뜻한다.

주체성이란 말은 봉건제도가 무너지기 시작한 후 근대사회에서 사용되기 시작했다. 특히 2차대전 후 타국의 식민지로 있던 나라들이 독립하면서 두드러지게 사용되어 왔던 말이다.

오늘 우리는 국가나 개인 모두가 주체성을 잃어 버린 채 비틀거리고 있다. 특히 양분된 채 조국 통일이라는 커다란 숙제를 안고 있는 우리는 먼저 지금 존재하고 있는 우리의 뿌리 그 실체를 찾는 일일 것이다. 그러므로 올바른 민족 가치관의 긍지를 갖게 되면서 개인이나 국가나 주체적 존재인 존재의식으로 주체성이 회복될 것이다.

그런데 오늘 우리는 어떠한가? 분단된 조국의 아픔을 다만 지정학적이라는 말에다 그 책임을 돌리고 있다. 뿐만 아니라 해방 이후, 개인이나 국가나 강대국의 것이면 무조건 환영하고 받아들이면서 타에 의지하려는 주체성 없는 나약한 모습을 만들어 나왔다.

이러한 현실에서 우리 조상들의 역사와 문화는 한껏 빛바래진 유물쯤으로 박물관에 넣어두고 어쩌다가 국경일이면 겨우 먼지를 털어 꺼내보는 그 정도가 전부다. 그래서 뿌리의 역사와 문화를 뒷전으로 밀어내 버린 여기에서 비롯된 것이 바로 민족 주체성 상실이다.

인류는 어느 족속을 막론하고 조상 뿌리의 역사를 나름대로 지니고 있다. 그 속에서 조상 뿌리의 계보를 어느 민족보다도 세계 속에 자랑으로 크게 부각시켜 놓고 있는 것이 유대족 이스라엘 민족이다. 그것이 바로 구약성서이기 때문이다.

그들의 뿌리 역사가 지구촌 안에 그처럼 널리 전파될 수 있었던 것은 그들의 조상 뿌리에서 대법계의 스승 성자 예수가 육신의 몸 그 혈류를 타고 탄생했기 때문이다.

그러나 성자 예수는 그러한 그들의 자랑을 무색하게 하듯 다음과 같은 말씀을 세상에 남겼다.

"육은 무익하니라."

이러한 그의 말씀은 육신 안에 있는 인간 영혼의 소중함을 일깨워주는 말씀이다. 그만큼 이스라엘 백성들은 그들이 여호와 하느님으로부터 선택받은 민족이라는 것을 크게 자랑으로 삼아온 민족이다. 그러한 그들의 교만에 예수는 육신의 혈통만을 자랑으로 삼지 말라고 쐐기를 박은 것이다. 그리고 그는 인간 종자 씨알이 진리라는 하늘나라 말씀으로 익어 성숙하면 너와 내가 족속을 초월하여 모두 하느님의 평등한 자녀가 될 수 있다는 이러한 가르침이었다.

그래서 예수는 이스라엘 땅에 출현하여 십자가를 짊어지기까지 설파했던 하늘나라 영혼의 법이라는 새로운 계명 곧, 원수까지를 용서하고 사랑해야 한다는 것을, 그것이 다시 살아 부활할 수 있는 능력자, 곧 하느님 아들로서의 권세임을 그 모델이 되어 보이면서 다음과 같은 말을 또 남겼다.

"너희는 족속을 초월하여 땅 끝까지 이 '복음'을 전파하라!"

바로 이것이다. 기독교 스승인 성자 예수가 이 땅에 족속을 초월하여 전파하라는 하늘나라 사랑의 법, 십자가의 도는 인간 생멸 이후, 죽음이 없는 영생불멸의 하늘나라 법으로 이 같은 천국복음(天國福音)의 말씀을 족속을 초월하여 전파하라고 당부했던 것이다.

그가 여기에서 이 같이 족속을 초월하라는 것은 유대족 이외의 이웃 '이방'이라는 족속의 뿌리가 엄연히 달리 존재함을 나타내 주고 있는 말이기도 하다. 이 같은 말씀으로 사람을 외모로 취하지 말라는 그리스도 예수의 사랑의 법, 십자가의 도는 족속을 초월하는 인간 평등 박애주의의 정신 사상이다.

이러한 인간 평등주의 기독교 정신이 개화의 물결을 타고 우리나라에 들어와 정착될 수 있었던 것은, 조선 500년을 거치면서 우리나라에 중국으로부터 들어온 유교사상이 지배자 위주의 반상제도를 만들어 냈고, 그로부터 억눌린 백성들은 인간은 누구나 하느님의 자녀로 평등하다는 박애주의 '천주님' 기독교 정신사상을 환영했다. 그래서 그러한 외래 사상을 몰아내려는 정부와 맞서는 순교자들의 피가 이 땅에서 반상제도를 몰아내게 하는데 그 일익을 담당하면서 마침내 오늘에 이르러 정착될 수 있었던 것이다.

이렇게 이 땅에 심어진 기독교 정신, 사랑의 도는 그 시대 억눌리고 가난한 자들의 유일한 기쁨과 위로가 되면서 그리스도의 세계라는 신약복음과 함께 유대족속 창조신(여호와)의 행사와 함께 그 족속 혈류의 계보인 구약성서에 얹혀 크게 회자되어지고 있는 것이다.

여기에서 서양 신학자들이 지금까지 왜곡시키고 있는 것이 바로 그 인류 조상의 시조문제다. 그러니까 구약성서가 기록해 두고 있는 이스라엘 족속의 조상 아담과 이브가 지구촌 5색 인종의 뿌리로 인류의 시조라는 주장이다. 그래서 그 민족의 창조신 '여호와'가 지구촌 모든 민족이 믿어야 하는 절대자 하느님이라는 것이며, 전 인류가 믿어야 하는 유일하신 하느님으로 우주와 만물을 만들어 낸 그 시작의 근원으로 믿으라는 것이다.

그러나 그들의 이러한 논리 주장에 맞서 타종교인들은 맹종을 강요하는 기독교리라는 비난을 여지없이 하고 있다. 그것은 여호와가 "나는 질투하는 하느님이라, 나 이외의 다른 신을 섬기지 말라!" 이 명령과 함께 "나는 이스라엘의 하느님 여호와이니라!" 하고 분명히 대우주적 하느님이 아닌 지엽적인 그의 존재를 성서적으로 드러내 주고 있다는 반론이다. 뿐만 아니라 그 행사 자체에서도 유대족의 창조신 여호와는 우주와 만물을 창조했다는 전지전능하신 절대자 하느님으로 인정하기에는 그 위상이 자격미달일 수밖에 없다는 것 때문이다. 그러나 '의심은 죄니라' 하고 무조건 의심 없이 믿어야 한다는 것이 오늘의 기독교 신학의 가르침이다.

이처럼 불투명한 신학자들의 논리 때문에 '신약 복음서'라는 그리스도의 세계관까지 그 빛이 흐려지고 있는 것이 사실이다. 이것이 오늘날 크게 문제점을 안고 있는 서양 기독교 신학으로, 지구촌 물질문명을 발전시켜 주도해 나온 서양의 불합리한 종교적 맹점의 성서해석이라고 할 수 있다.

그래서 서구 기독교문화를 그대로 여과 없이 받아들인 주변 약소국가들의 백성들은 그렇기 때문에 그 조상 뿌리 역사를 혼돈하고 있는 것이 사실이다.

그렇다. 이것이 종교라는 이름으로 들어와 그 족속의 민족혼을 말살시킬 수 있는 정신작용으로 식민지화를 만들어 가는 데 있어서 보이지 않는 무서운 무기 역할을 해 왔다고 해도 과히 틀린 말은 아닐 것이다. 인류의 전쟁 역사는 바로 사상이라는 종교에서부터 비롯되어졌기 때문이다.

우리는 이 같은 사실을 과거에 또 실제로 당해 왔었다. 일제가 우리 민족을 영구적인 그들의 식민지 통치하에 두기 위해서는 뿌리 깊은 우리의 역사관을 먼저 잘라야 했다. 그래서 왜곡시켰던 것이 바로 우리 국조 단군왕검이 곰과 상간하여 태어났다는 것이었다. 그러므로 자랑스러운 문화민족이 아닌, 저질 민족으로 복종하는 노예의 근성을 심어 주고자 했던 것이다. 이것이 우리 민족혼을 말살시키려는 일제의 침략정책이었다.

그러한 일제의 의도적인 농락의 붓끝으로 잘라 놓은 우리의 뿌리 깊은 역사를 우리는 개화의 물결을 타고 왜곡된 채 들어온 기독교 사상으로 한민족 조상의 뿌리 역사를 그대로 표류시켜 버리는 결과를 만들어 냈다.

하지만 우리가 여기에서 분명히 알고 밝혀야 할 것은 기독교의 스승 예수는 분명히 육신의 법과 영혼의 법, 곧 육신의 일과 영혼의 일을 구별할 줄 아는 지혜를 여러가지 비유를 들어 말씀했다는 사실이다.

어느 날 바리새인들이 모든 것이 하늘에 계신 우리 아버지 것이라는 예수를 시험하고자 그 앞에 동전 하나를 내밀며 물었다.

"이 동전이 뉘 것이냐? 말해 보라!"

그러자 예수께서는 다음과 같이 대답했다.

"가이사의 것은 가이사에게, 하느님의 것은 하느님에게로 돌리라!"

그의 대답은 이렇게 세상일과 하늘나라 일을 분명히 혼돈하지 말라는 이러한 뜻의 말씀이었다.

그러나 오늘 이 땅에 도입된 기독교리는 어떠한가?

그야말로 세상에 각 족속을 달리하고 존재하게 된 육신의 조상 그 뿌리마저도 유대 땅 이스라엘 족속의 조상 뿌리에 접목시키고 있는 것이다. 이것은 그야말로 서양 신학자들의 성서무지의 해석으로, 그렇기 때문에 오늘 이 땅에 많은 기독교 신앙인들은 우리의 국조이신 단군은 실제 인물이 아닌, 꾸며낸 허구의 신화로 심지어는 우상을 만들고자 하는 마귀 놀음이라고까지 매도하고 있다. 그래서 우리의 뿌리를 찾자는 운동에 맞서 '곰의 자손은 물러가라!' 는 시위까지 벌리는 작태에 나라는 국조 단군동상 하나도 건립해 놓을 수 없는 상황에 처해 있다.

이러한 신앙인의 몰이해 속에서 우리 민족의 개국조 단군왕검의 초상은 뒷골목 초라한 박수무당집의 신당에서나 겨우 빛바래진 궁색한 그림의 처연한 모습으로 만나보게 된다.

이 얼마나 부끄러운 민족의 수치인가?

사실 그동안 우리는 조상의 뿌리 역사 그 소중함을 망각하고 살아왔
었다. 그러면서도 우리는 국가가 경축일로 정해 놓고 있는 개천절 행사
에서는 그렇듯 목소리를 높여 그 뜻도 알지 모르는 노래를 부르곤 한다.

'우리가 나무라면 뿌리가 있고,

우리가 물이라면 새암이 있다.

이 나라 할아버지는 단군이시니……'

참으로 무엇을 알고 부르던 노래던가. 그렇다. 개천이라 함은, 천도의
뜻에 의하여 물질인간 지상국가가 이 터전에 세워졌음을 의미한다. 말
하자면 우리 배달 한민족의 조상이 하늘 천신으로부터 이날 성은을 입
고 탄생되어져서 배달나라가 세워졌음을 경축하는 뜻이다.

이날 하늘문을 열고 하강하셨다는 한민족 조상신이 바로 환웅천황이
시다. 환웅이라 함은 밝은 하늘나라의 큰 하느님 곧 태극의 위치에 계시
는 성부 하느님의 대위가 되는 성모 하느님으로 물질세계를 형상화 시
키는 천지 부모의 위치인 것이다.

이러한 대도의 환웅천황께서 삼천의 무리(天神)들을 거느리고 동방
의 해뜨는 이 중앙아시아 터전에 내려와 하늘의 모형국가를 세우신 것
이 바로 배달나라다. 그렇기 때문에 배달나라 사람들은 처음부터 다른
족속과는 달리 창조와 동시에 하늘나라 대도의 법, 곧 사람을 널리 이롭
게 한다는 하늘나라 조화정신사상(한 사상)의 천도의 가르침을 받았던
것이다.

이것이 홍익인간 이화세계(弘益人間理化世界)라는 지상천국의 모형
국가 이념으로 배달나라 사람의 사상이며 민족정신으로 찬란한 동방의
정신문화를 꽃피울 수 있게 했던 것이다.

그 같은 창조의 역사가 이 터전에서 환웅천황으로부터 시작되었고,
이 날이 한민족이 세워졌다는 국가의 경축일로 상원 갑자 상달 상날이
라는 10월 3일이다. 그래서 먼 조상으로부터 우리 민족은 이날을 기념
해 온 것이다.

이렇게 동서를 막론하고 인간 종자가 지구상에 처음 존재하게 된 뿌리 역사를 유대 이스라엘 족속뿐만 아니라, 지구촌에 그 피부색을 달리하고 있는 족속마다 나름대로의 그와 유사한 뿌리 역사를 가지고 있다.

그처럼 조상 뿌리가 '있음'으로 존재하게 된 뿌리 창조 역사를 서양 성서 학자들은 구약성서에 기록된 유대 이스라엘 창조 역사만이 진실된 것이며, 다른 이방 족속들의 창조 역사는 허구의 신화에 불과한 것이라고 매도해 오고 있다. 그리고 그 피부 염색소가 다른 족속을 이스라엘의 창조신 '여호와' 하느님의 기적에 의한 것이라고 설파하고 있다.

그들의 주장대로 우리의 뿌리 역사가 허구의 신화라면, 구약성서 창세기의 인간 창조 역사 또한 날조된 허구라고 비난을 받을 수밖에 없을 것이다.

이처럼 인간의 종이 처음 족속의 창조신에 의해 창조되어졌음을 동서의 크고 작은 민족마다 유대족의 뿌리 역사 창세기의 기록이나 마찬가지로 가지고 있다는 사실이다.

그래서 서양 유대민족이 절대 믿어야 하는 하느님을 '여호와' 하느님이라고 불렀듯이 우리 조상들도 마찬가지였다. 배달나라를 세우신 창조신을 환웅천제님, 혹은 하늘에서 내려 온 신불(神佛)님이라고도 불렀으며, '한 알님' 또는 '한님'이라고 불렀다는 것으로 보아서도 그와 다르지 않다.

그렇다. 우리 민족의 뿌리를 세우신 환웅천제께서는 그의 창조에 따른 의무를 다하기 위해 아직 의식이 눈 떠 있지 않은 무지했던 처음 배달 사람들에게 세상을 살아갈 수 있는 여러 가지 생활의 지혜를 삼천의 하늘 천신들로 하여금 배우며 익히게 했다. 그러므로 처음 배달나라 사람들은 그 의식이 그로 하여 점차 진보 발전되어 나왔고, 이러한 한민족 뿌리의 역사를 구약성서나 마찬가지로 〈환단고기〉에 기록해 두고 있다는 사실이다.

처음 배달민족 창조신 환웅께서 이러한 물질계 인간 창조 역사를 펴신 곳을 '아시벌' 혹은 '아시땅'이라고 했다. '아시'는 처음이라는 의미를 갖고 있다. 이렇게 우리 환웅천제로 하여 배달나라가 지구 중심축이 되는 중앙아시아에 세워졌고, 그로부터 백성이 불어나면서 환웅천제의 뜻을 받들어 백성을 다스릴 임금으로 세워진 분이 바로 완성된 참사람으로 신성을 겸비한 단군왕검이었다.

마침내 이 땅에 물질세계를 열어준 환웅천황의 조화주의 세대가 마감되고, 완전한 인간으로 신성을 이룬 단군왕검이 백성을 다스리는 치화(治化)의 시대, 그 문이 열린 것이다. 나라 이름을 동방의 해 뜨는 나라 조선이라고 했다. '단군'이라 함은 환웅천제의 뜻을 받들어 그 백성을 참사람이 되게 가르치는 사명자로 신과 인간 사이 중보자 역할을 하는 말하자면, 구약성서에 기록된 최고의 제사장 직분이나 마찬가지다.

이렇게 인간창조 뿌리 역사는 동서를 막론하고 그 전개 상황이 다르지 않음을 보여주고 있다. 하늘 천신들에 의해서 물질인간이 창조되어졌고, 또 어느 기간의 세대까지 그 천신들의 가르침을 받으면서 성숙되어졌다. 그리고 사람의 의식이 갖추어진 어느 기간에 이르러 마침내 그 백성을 다스릴 임금으로 그 창조신이 보기에 의롭다 함을 인정받을 수 있는 제사장이 세워졌다는 사실이다.

이처럼 각기 그 민족의 창조신이 그의 영광을 삼기 위해 그 민족을 다스려 왔던 시대가 신과 인간이 어우러졌던 신인합발의 시대다. 인간이 발가벗어도 그 수치를 몰랐었다는 의식이 눈떠지지 않았던 원시시대, 그리고 구석기, 신석기, 청동기시대까지였음을 한민족 뿌리 역사 기록 환단고기에서 읽어 볼 수 있고, 특히 구약성서가 그 시대 변천의 역사를 보다 분명하게 기록해 두고 있다고 할 것이다.

그런데도 서양 신학자들은 우리 한민족의 뿌리 역사 기록은 허구로 다만 단군은 실제성이 없는 신화일 뿐이라고 매도하고 있는 것이다. 그러면서 그러한 상황전개를 같이하고 있는 구약성서는 진실된 인류역사로 의심 없이 믿어야 한다는 것이며, 또한 그 족속의 창조신 '여호와' 하느님이 모든 족속이 '절대자'로 믿어야 하는 예배의 대상이라고 설파하고 있다.

하지만 성서는 분명히 신약과 구약으로 나뉘어져 있으면서 그 예배의 대상이 분명히 다름을 나타내 주고 있다는 사실이다. 그래서 성자 예수의 신약 복음서에는 그 족속의 창조신 '여호와'의 이름이 등장하지 않는 것으로 하늘 천신들이 인간을 다스려 오던 친존시대가 사실상 마감되어졌음을 예수께서는 "이 땅의 임금들이 쫓겨나리라" 하고 그 시대 변화를 말해 주고 있다는 사실이다. 비로소 본체신 성자들의 태초의 말씀이라는, 말하자면 인간 영혼의 근원을 알게 하는 우주관으로 인간의 실체 속 사람 영혼이 성숙하게 하는 진리의 시대가 그 문이 활짝 열리게 된 것이다.

이것이 태초의 천지부모 조화주 하느님 그 인간농사 업장의 변화도에 의한 것이다. 이러한 천도의 변화 운을 맞아 배달민족 조상신 환웅께서도 그의 친존 시대를 마감하고, 지상의 덕치국가 홍익인간 이화세계(弘益人間理化世界)를 이룩할 사명자로 단군왕검을 후사로 정하시고 하늘로 오르신 것이다. 그러므로 단군왕검은 환웅천황의 뜻을 받들어 참사람이 되게 하는 홍익인간 사상을 국가의 정치이념으로 나라와 백성을 다스렸다.

이것이 한민족 종교며 사상으로 만물의 영장인 인간이 지켜야 할 윤리며 법도인 동시에 만법의 순리인 것으로 자연지도(自然之道)라고 했다.

이러한 대도의 홍익인간 이념은 유불선(儒佛仙) 기독교가 구현하고 있는 바로 그 지상천국의 이념인 것이었다. 이처럼 처음 이 땅에 세워지면서 어느 민족 국가보다도 먼저 하늘의 이치를 깨달았던 배달민족으로 그래서 하늘 제사권 민족이라고 한 것이다.

그러나 이러한 대도의 하늘 천법을 서양 족속들은 성자들 출현 이후 비로소 배울 수 있었다. 그들은 처음부터 우리 한민족 조상들처럼 하늘의 이치를 배운 것이 아니었다. 그들 조상 창조신으로부터 육신의 법이라는 '눈에는 눈, 칼에는 칼 하는' 어디까지나 사물을 개체로 대립적인 존재로 인식하는 율법, 곧 육신의 법을 배워 익히게 한 것이다. 그러한 조상 민족정신은 그렇기 때문에 이웃나라를 침략 지배하려는 정복문화를 이루어 나왔던 것이다.

하지만 우리 배달민족은 그들과는 달리 하늘나라 대도의 조화정신을 배워 왔었기 때문에 너와 내가 대립적인 존재가 아니라, 너와 내가 결국 '하나'에서 비롯되어졌다는 영혼의 법을 익혀 왔던 것으로, 이것이 성자 예수께서 그 이스라엘 백성들에게 출현하여 '새 계명을 너희에게 주노니 서로 사랑하라' 이러한 우주 조화정신을 일찍부터 배워 온 그래서 장손민족이라고 한 것이다.

그래서 오늘 우리는 이처럼 민족 뿌리 역사를 왜곡시킨 채, 이 땅에 그대로 받아들여진 기독교리를 재조명하고 바로 수정해야 할 일이 국가적인 차원에서 먼저 이루어져야 한다는 사실이다. 그러한 정신개조 작업이 이루어졌을 때, 비로소 그리스도 예수의 복음, 사랑의 도는 족속을 초월하여 널리 전파될 수 있을 것이며, 속사람 '영혼'이라는 인간 실체 그 '있음'의 세계를 밝혀 볼 수 있을 것이다.

인류 전체의 힘은 꿋꿋한 뿌리에 바탕을 두고 가지를 뻗으며 차츰 차츰 성장해 나가는 도덕물이라고 러스킨은 말했다.

바로 그것이다. 인간 영혼은 무한한 우주의 근원, 곧 '진리'라는 절대자 태초의 빛으로부터 비롯되어진 것이고, 민족 뿌리의 정기는 그 족속을 존재케 한, 곧 육신을 있게 한 혈류, 그 조상 뿌리의 정신으로 그 민족의 종교와 사상을 낳게 한 바로 이것이 민족정기인 것이다.

이것이 인류 뿌리 역사로 그렇기 때문에 각 민족의 창조신 법의 궤율에 따른 종교 형태로 그 민족성이 만들어 내는 독특한 문화를 이루어 나온 것이다. 그래서 오늘을 살아가는 우리는 우리 토양에 맞는 우리의 민족문화 그 정체성을 다시 찾아내야 하고, 그랬을 때 지금까지 강대국에 의존하려는 나약한 노비근성의 의타심을 미련 없이 버릴 수 있게 될 것이다. 이것이 민족정기로 주체성 회복이기 때문이다.

이러한 조상 뿌리 그 역사와 문화를 찾아내기 위해서는 먼저 표류하고 있는 우리 민족의 뿌리 역사관을 바로 세워 놓는 일부터 해야 할 것이다.

지금까지 우리는 민족의 수난 시대에 개방화 물결을 타고 여과 없이 받아들였던 서양 사상에 만연되어 있고, 그래서 우리가 분명하게 알아야 할 소중한 조상 뿌리의 역사와 문화는 특히 서양 문화를 선호하는 요즘 젊은 층들에게 있어서는 그야말로 시대에 뒤떨어진 쓸모 없는 이야기로 흘려 버리고 있는 실정이다.

이러한 현실에서도 우리의 정부나 식자들은 그 어떤 행사장에서 우리는 자랑스러운 문화민족의 후손이라고 말하기를 서슴치 않는다.

그렇다. 우리의 역사는 언제부터인가 크게 동강나 표류하고 있음을 그 누구도 부인하지 못한다. 아예 우리 역사의 뿌리를 땅속 깊숙이 암장해 버린 채, 그 동강난 줄기와 잎사귀의 역사에서 그 뿌리를 찾으려 하고 있는 것이다.

이 얼마나 엄청난 모순인가, 찰스 다아윈이 대서양을 지날 때 파도가 일어났다. 파도에 배들이 몹시 흔들렸으나 풀잎 하나만은 그 무서운 파도에도 밀려가지 않고 그냥 제 위치에 있었다. 연구 결과 다아윈은 그 풀잎이 바닷속 깊이 뿌리를 내리고 있음을 알았다.

우리의 역사도 이처럼 오랜 뿌리가 있다. 수면에 드러난 풀잎의 근시안적 조명만으로 우리의 역사를 오도해서는 안 될 일이다. 우리의 단군 조선을 밝혀내고 그리고 단군 조선을 있게 했던 우리의 개천시대의 근원적 뿌리를 절실하게 찾아야 할 때다.

그래서 나는 〈역사의 수레바퀴〉라는 이 작품을 쓰면서 우리의 뿌리를 잃어 버리게 했던 시대적인 상황과 그리고 그 역사의 수레바퀴 속에서 일어났던 크고 작은 사건들을 통해 잘못 인식된 우리의 역사 그 진실을 밝혀 보고자 한다.

수난의 역사 속에 표류하고 있는 우리 역사의 뿌리를 건져 올리므로써 오늘에 사는 우리의 실체를 바로 볼 수 있을 것이며, 그것만이 분단된 조국의 통일의 문을 열게 하는 그 지혜를 귀띔해 줄 것이기 때문이다.

우리 조상들이 심어준 대법의 조화사상이야말로 오늘 대립적으로 놓여 있는 양극사상을 배타적으로 적대시하기보다는 그 모자람을 서로가 절충 보완하면서 자연스럽게 하나가 되게 하는 그 동질성부터 회복해 줄 것이며, 그러므로 나와 불가분의 관계로 있는 민족통일 과업을 이룰 수 있게 해 줄 것이다.

사람이 동물과 다른 것은 정신, 즉 마음이 있다는 점이다. 개개인에게 정신이 있듯이 인간집단이나 국가와 민족에게도 그 나름대로의 국민정신, 민족정신과 같은 집단정신이 있다. 이러한 정신은 일정한 방향을 갖고 살아 움직일 때 비로소 그 가치가 결정된다고 했다.

우리 한민족의 민족정신을 역사적으로 살펴보면 한반도에 단군왕검의 홍익인간사상을 주축으로 한 '한얼사상'은 고대사에서 이웃 민족을 지배해 왔던 '이데올로기'로서 우리 민족사에 길이 연결되어 왔던 것이다.

다만 수난 과정에서 다소 변질 약화되었던 때가 있었지만, 신라가 삼국을 통일한 화랑도 정신을 비롯해서 물샐 틈 없었던 혼란의 어려움 속에서도 분연히 재기하여 일어설 수 있었던 것은 그러한 우리의 배달정신 때문이라고 할 것이다.

그러나 기나긴 역사 속에 우리 민족은 우리 본연의 진면목과는 달리 민족성까지 변질이 된 것도 우리는 솔직히 시인해야 한다.

그것은 국내적으로나 대외적으로 끝없이 시달림을 받은 때문으로 우리 민족성의 본질적인 것이 아니다. 긴 세월 속에 타민족에게 시달리는 동안 환경의 영향을 받아 나약해졌고, 그렇기 때문에 자연발생적으로 의타심이 생기면서 자신력을 잃었던 것뿐이다.

이제 우리는 타의에 의해서 조성되었던 우리 민족 주체성을 확립 회복하여야 하며, 그러기 위해서는 왜곡된 역사의 뿌리를 찾아내어 바로 세워 놓는 일일 것이다.

그리하여 한민족의 형이상학적인 '한얼' 사상의 보배로운 동조, 동손, 동질의 정신적 가치관을 되찾고, 숨은 역사 속에 면면히 이어온 우리 조상의 숨결과 정신을 되살려 나와 더불어 있는 나라를 바로 세워야 할 때다.

그래야만 우리가 강대국의 지배로부터 벗어날 수 있고, 너와 내가 하나로 전체 공익이라는 개인의 자유와 평등 속에서 그 책임이 따르는 전체가 개인을 능멸하지 않는 상부상조의 모범 된 사회국가가 세워질 것이기 때문이다. 따라서 이러한 우리 조상의 홍익인간 정신을 되찾아 주체성을 회복했을 때, 비로소 우리 겨레의 오랜 숙원인 통일 조국의 과업을 이룩하는 것은 물론, 세계화 시대를 이끌어 가는 21세기의 주역이 될 수 있을 것이다.

우리에게는 어느 민족이 갖지 못한 위대한 정신사상, 그 혈류가 우리 조상들로부터 이어져 흐르고 있기 때문에 일찍이 동서를 막론하고 왔다 간 대 예언자들은 앞으로 우리 민족이 세계를 주도해 나갈 것을 예언해 두고 있었던 것인지도 모른다.

그 중에서 특히 주목할 만한 것은 동양 문화권에서는 최초로 노벨 문학상을 수상한 바 있는 인도의 영적 시인 타고르가 한국을 찬미해 준 시편에서도 엿볼 수 있다.

타고르가 일본을 방문했을 때였다. 한국을 방문해 줄 것을 요청하는 우리의 동아일보 기자에게 지금은 한국을 방문할 수 없는 것을 말하고 한편의 시를 써서 그 마음을 대신하겠다고 건네주었다. 그때는 우리나라가 일제치하에 있었을 때였다. 그가 한국을 찬미한 시를 우리는 다시 음미해 볼 필요가 있다.

동방의 등불
일찍이 아시아의 황금시기에
빛나던 등불의 하나였던 코리아,
그 등불 다시 한 번 켜지는 날에
너는 동방의 밝은 빛이 되리라.
마음에는 두려움이 없고
머리는 높이 쳐들린 곳
지식은 자유스럽고
좁다란 담벽으로 세계가 조각조각 갈라지지 않는 곳,
진실의 깊은 속에서 말씀이 솟아나는 곳,
끊임없는 노력이 완성을 향하여 팔을 벌리는 곳,
지성의 맑은 흐름이
굳어진 습관의 모래벌판에 길 잃지 않는 곳,

무한히 퍼져 나가는 생각과 행동으로
우리들의 마음이 인도되는 곳,
그러한 자유의 천국으로
내 마음의 조국 코리아여 깨어나소서.

그렇다. 세계적인 대예언자들은 지구 마지막 때에 이화선경세계(理化仙境世界)가 동방의 해뜨는 나라, 이 땅에서 이루어질 것을 모두 한결같이 암시하고 있다. 영적 시인 타고르는 그때 벌써 과거, 현재, 미래를 볼 줄 아는 눈, 즉 영적 기파로 우리 민족의 내일을 예언해 주고 있었다는 사실이다.

그는 우리의 근본 뿌리, 단군왕검의 배달 조선의 원천을 알고 있었으며, 그리하여 후천에 이화선경세계가 이 민족 배달겨레가 구축이 되어 이 땅에서 이루어질 것을 알고 '내 마음의 조국 코리아여 깨어나소서!' 하고 노래해 준 것이다.

얼마나 놀랍고 엄청난 일인가. 자유로운 진리의 말씀이, 다시 이 땅에서 횃불로 켜져 세계만방을 비춰게 될 때, 아시아 대륙을 주름 잡았고 세계 으뜸의 나라로 찬란한 정신문화를 낳았던 한민족 우리는 그 등불 또 다시 켜지면서 열국이 우리 앞에 무릎을 꿇게 된다는 말이다. 이것이 천도의 순행으로 영적 시인 타고르는 그것을 알고 이렇게 벌써 시로써 찬미해 준 것이다.

이렇듯 우리 민족은 처음 그 시작에서부터 하느님 예정 가운데 지상천국의 모델국가로 세워졌었던 축복 받은 나라, 그 민족의 후손인 것이다.

그러한 하늘의 뜻, 그 섭리가 있었기에 우리 민족은 반만년이라는 유구(悠久)한 세월 동안 한 곳에서 단일민족이라는 특수성을 자랑하면서 살아온 민족이다.

우리 한민족의 뿌리이신 단군왕검의 홍익인간 사상을 주축으로 한 '한얼' 사상이 고대사에서 열국을 무릎 꿇게 하였고, 세계 으뜸의 정신문화 유산을 낳게 했었다는 사실이다.

이처럼 찬란했던 배달민족의 나라, 그러나 언젠가부터 우리 민족은 그 주체성을 잃고 뿌리마저 잘라 왜곡시킨 채, 심지어는 자기 비하로까지 하락되어 남의 나라 것은 무조건 높이고 받아들여 굽실대는 걸인근성, 노비근성의 보잘것 없는 민족으로 스스로를 낮추고 있는 실정이다.

그야말로 자연의 조화 속에서 순응하며, 자연과 인간을 대립된 반대적 존재로서가 아니라 조화로운 한 계열에서 극복하여 놀라운 사상과 과학, 문학, 철학을 탄생시켰던 우수한 배달민족, 그 주체성을 우리는 과연 언제쯤 그 뿌리를 찾아 회복할 것인가.

오늘 우리 민족이 정치적으로는 양분된 상태로 주권을 회복하고 있다고는 하지만, 우리 민족사의 광복은 미완성 상태로 정신적 의미에서 볼 때 배달 한민족의 부끄러운 수치가 아닐 수 없다.

우리는 빛난 우리 민족의 역사를 바로 찾아 튼튼한 역사의 뿌리를 디디고 민족중흥의 기치를 드높여 세계사의 주류 속에 뛰어들어야 한다. 인류는 역사를 갖고 그를 토대로 삼아 반성, 비판함으로써 보다 나은 미래가 약속되듯이 정신사적으로 사대주의의 역사 병에서 유발된 자기 자신을 약자시하고, 남을 강대시하는 비굴한 자기 비하 의식을 우리는 무엇보다도 먼저 버려야 할 것이다.

지금 우리는 민족 주체성을 확립하겠다는 각오와 함께 우리의 현실에 대한 정확한 이해와 분별을 토대로 하여 우리의 서 있는 자리에서 자립의 정신, 자주의 정신, 그리고 자조의 정신으로 지난날의 그릇된 가치관에서 미래지향적인 바른 가치관을 찾아 전향할 때다.

'나'는 국가와 민족의 중심이며 또한 시발점인 동시에 우주의 근본이며 핵심이기 때문이다. 이러한 사실을 새롭게 깨닫게 될 때, 우리는 서 있는 자리에서 창조적인 내가 될 것이며, 그러한 내가 바로 자립, 자주, 자조할 수 있는 국가건설의 분자적인 나로 그것이 애국, 애족하는 길일 것이다. 나와 국가는 공동체적인 운명이기 때문이다.

그래서 우리는 이 불가분의 관계로 있는 국가와 민족, 그 뿌리의 실체를 밝혀 내는 것이 오늘 나의 실체를 찾는 일일 것이다.

그러한 뜻에서 세계의 7대 성인 중의 한 사람인 소크라테스는 "너 자신을 알라" 는 말로 유명하다.

이 말은 지극히 철학적이다. 물론 우주를 알기 전에 먼저 자기 자신의 존재를 깨닫는 것이 지식의 시작으로 근본이며 핵심이 된다는 말이다.

그래서 우리는 먼저 자아를 발견하는 데서부터 출발해야 한다고 보는 것이다. 그런데 세계문화사적으로 더듬어 보면 물질문명을 발전시킨 서양과, 정신문명을 발전시킨 동양으로 그 사상이 대립적 관계로 놓여 있다.

이것이 바로 태초 우주 자연법칙에서 비롯된 음양의 이치로 그 한 짝을 이루게 한 공존의 미학이기 때문이다. 그러나 물질문명을 발전시켜 나온 서양사상의 경우 고대 철학사상은 소크라테스까지만 해도 철학의 목적이 자기 구제에 그 뜻이 있었다.

그러나 플라톤 이래의 철학은 이론적이고 객관적인 것으로 서양인은 구약성서를 바탕으로 한 신을 의지하고 과학 기술을 발전시켜 나오면서 자신을 해방시키려고 노력해 왔다.

그러나 오늘날 서양은 오히려 신이란 정신지주의 상실로(성경 중심 사상의 오해, 또는 무지) 인간정신의 혼란, 그 최후의 배반을 직면하지 않을 수 없게 되었다고 한다. 그러한 현대 서양문명의 위기에 대해서 많은 서양의 식자들이 문제를 삼고 지목해 왔지만, 구제의 처방은 아직도 나타나지 않고 있다고 안타까워 하고 있다.

서양의 물질문명이 가져온 결과는 그랬다. 사람의 인격마저 달러로 추정하는 데까지 타락하였으며, 오늘날에 이르러서는 하는 수 없이 동양의 도학에 관심을 크게 기울이며 표명하고 있다. 그래서 서양이 낳은 철인 토인비는 죽어 다시 태어난다면 동양 철학에 심취해 보고 싶다는 말을 했던 것으로 그만큼 서양철학은 그 한계에 직면해 있음을 드러낸 것이다.

왜 그럴 수밖에 없는 것일까?

그것은 바로 동양인은 서양인과 반대로 2,500년 이전부터 이러한 위험을 예견하여 말해 왔던 것이다. 곧 동양인은 자기 내부를 반성, 검사하고 자제하며 자기 안의 진정한 자아(自我)를 찾는 데 노력해 왔다. 말하자면 인간 중심적인 인도(人道)를 닦음으로써 인간관과 우주관을 정립하였던 것으로 이것이 동양인의 도며 참 주체사상으로 자기실현의 첩경이며 우주의 원리라는 것을 알았던 것이다.

이것을 바탕으로 하는 동양사상에서의 인간관은 우리 고유사상인 삼일철학(天地人)의 경천(敬天) 숭조(崇祖) 애인(愛人)사상에서 비롯된 사람이 곧 신이라는 높은 경지의 휴머니즘으로서 서양의 휴머니즘이 도달치 못하는 극치의 휴머니즘이다.

이러한 지고한 사상을 우리는 조상들로부터 이어 받아 온 자랑스러운 배달민족이다. 그래서 우리 민족은 세계 사상에서 그 유래를 찾아볼 수 없는 단일민족으로 반만년이라는 긴 세월동안 지구 한반도에서 한민족 고유의 사상과 철학을 갖고 살아오면서 정신의 지주로 삼아 왔다.

이제 우리는 조상으로부터 물려 내려온 이 정신문화 유산을 어떻게 현실화 할 것인가? 하는 것이 보다 우리에게 주어진 당면한 과제일 것이다.

우리 한민족의 주체성을 다시 찾아 회복했을 때, 국민과 나라가 공동 목표를 향한 유신 정신으로 분단된 조국의 통일은 자연스럽고도 필연적으로 이루어질 것이며, 사회적 병리현상인 나약한 주체성도, 고질적인 지방색과 학벌의식의 잘나고 못난 계급의식과 같은 비생산적인 유해 의식 역시도 자연히 사라질 것이다. 따라서 인간이면 누구나 궁극적으로 찾아야 할 바른 종교 의식도 새롭게 돋아나게 될 것이다. '나' 는 바로 국가와 민족의 동력원이기 때문이다.

그래서 이를 효율적으로 알고 국가와 국민이 새로운 정신 교육을 삼았을 때 협동과 총화는 자연스럽게 이루어질 것이며, 따라서 국력은 크게 배양될 것은 물론, 우리의 국가 목표인 한민족의 안전과 통일이 이루어질 것이다.

그러한 국민정신 계몽운동만이 이 터전에서 그토록 이웃 민족을 지배해 왔었던 우리 배달 한민족 그 조상들의 기상으로 세계인류평화를 주도해 가는 자랑스러운 한민족 그 후손들의 내일을 다시 기대해 볼 수 있을 것이다.

그것이 새롭게 변화를 보이는 황극시대, 그 문을 여는 천도의 흐름이
란 것을 동서양을 대별해서 왔다 간 많은 현자들이 그처럼 예언해 주고
있고, 그래서 오늘은 비록 분단된 국가로 어지러운 사회 혼란까지를 가
져오고 있지만, 그래도 그 기대를 조용히 가져 볼 수 있는 것이다. 우리
에게는 꺼지지 않는 심지의 불씨가 민족정기로 살아남아 있기 때문이
다.

한승연 장편소설

역사의 수레바퀴

지은이 / 한승연
펴낸이 / 김재엽
펴낸곳 / 한누리미디어

100-845, 서울시 중구 을지로 2가 148-73
신화빌딩 401호
전화 / (02)2278-4513, 2268-4514
팩스 / (02)2268-4524

등록 / 제16-467호(1993. 11. 4)

초판발행일 / 2004년 6월 22일

ⓒ 2004 한승연 Printed in KOREA

값 15,000원

E-mail/hannury2003@hanmail.net

※잘못된 책은 바꿔드립니다.

ISBN 89-7969-248-X 03810